董晓萍 李国英 主编
"教育援青"人文学科基础建设系列

跨文化民间文学十六讲

董晓萍 著

商务印书馆
The Commercial Press
创于1897

图书在版编目（CIP）数据

跨文化民间文学十六讲 / 董晓萍著. —北京：商务印书馆，2022
ISBN 978-7-100-21006-5

Ⅰ.①跨… Ⅱ.①董… Ⅲ.①民间文学—对比研究—世界 Ⅳ.① I057

中国版本图书馆 CIP 数据核字（2022）第 057796 号

权利保留，侵权必究。

跨文化民间文学十六讲
董晓萍　著

商　务　印　书　馆　出　版
（北京王府井大街36号　邮政编码100710）
商　务　印　书　馆　发　行
北京新华印刷有限公司印刷
ISBN 978-7-100-21006-5

2022年5月第1版　　　开本 880×1230　1/32
2022年5月北京第1次印刷　　印张 18 7/8

定价：95.00元

教育部人文社会科学重点研究基地重大项目
"跨文化视野下的民俗文化研究"

青海省人民政府-北京师范大学高原科学与可持续发展研究院与
北京师范大学跨文化研究院"丝路跨文化研究"重大项目
（项目批准号：19JJD750003）
综合性研究成果

教育部人文社会科学重点研究基地
北京师范大学民俗典籍文字研究中心
青海省人民政府-北京师范大学高原科学与可持续发展研究院与
北京师范大学跨文化研究院"丝路跨文化研究"重大项目组
资 助 出 版

"教育援青"人文学科基础建设系列

编辑委员会

乐黛云 〔法〕汪德迈（Léon Vandermeersch） 王　宁　程正民
〔法〕金丝燕　陈越光　董晓萍　王邦维　王一川　王　宾
李　强　周　宪　宋永伦　李国英　李正荣　汪　明

总序 "教育援青"国家战略与人文学科基础建设

  近年国家推进"教育援青"战略,加强中国特色社会主义高等教育体系建设,高度重视多民族共同发展的高等教育事业,这项举措意义重大。西部高等教育与国家发展战略的关系,从来没有像今天这样关系密切。跨文化学对外研究世界各国多元文化,对内研究本国多民族优秀文化,可以在"教育援青"中发挥特殊作用。北京师范大学是我国高等师范教育的最高学府,在这次"教育援青"中与青海师范大学携手,责无旁贷,编写人文学科基础建设用书是实际行动之一。近期建立的青海省人民政府-北京师范大学高原科学与可持续发展研究院与北京师范大学跨文化研究院合作从事"丝路跨文化研究"的重大项目,正是诸项落实措施中的一种。这项工作的目标,是要着眼高端、立足长远、繁荣西部文化生态,认真总结西部多民族跨文化协同发展的历史经验,重视从西部高校培养具备跨文化对话能力的新型人才,促进西部高校教育的内生型发展,具体有三:一是服务于党和国家的"十四五"规划大局,辅助青海高原可持续社会建设;二是开拓内地重点高校与西部高校对口支援学科建设的新基地,实现优势教育资源共享;三是纳入双赢机制,建设青海多民族凝聚力教育事业,满足西部高校师资队伍建设与人才培养的需求。

一、建立落实国家战略的"长效机制"

我国多民族千百年来和睦相处，建设中华文明，共同创造了极为宝贵的国家文化财富，这是我国的独特历史。在中国共产党的百年党史中，始终以人民利益为最高利益，促进各民族互相尊重与平等发展，这是中国共产党创造的先进经验。在高等教育方面，20世纪以来，自五四运动、战争年代，至和平建设时期，北京多所高校专家学者投入民族社会调查和全国各民族民间文学搜集运动中，与西部高校师生携手，为今天国家大力开展的非物质文化遗产保护工作打下了基础。新中国成立七十余年来，特别是改革开放后的四十余年中，我国经济社会迅速发展，多民族高等教育蒸蒸日上，取得了众所瞩目的成就。这引来西方霸权国家的恐慌，他们挑衅我国的主权，侵犯中华民族共同体的文化权利，引起我国和世界一切爱好和平的国家与人民的强烈不满。面对世界格局的变动，我们要头脑清醒，坚持中国的道路自信、理论自信、制度自信和文化自信，同时也要认识到"教育援青"国家战略不是短期行动，而是长期任务。

北京师范大学党委书记程建平教授在2021年3月发表《构建中西部教育"结伴成长"机制》一文，明确提出了"长效机制"

的理念。他总结高校党建工作的历史经验,从正在启动的高校"十四五"规划现实任务着手,指出"长效机制"应包括:第一,把西部高校建设当作国家重点高校自身建设的一部分,共建双赢;第二,选拔"学术水平要高、办学能力要强,而且还要肯干、投入"的优秀校长,派驻西部高校,带领当地领导班子携手创建共赢局面;第三,勤奋深耕,促进内外双循环发展,"深层次的帮扶,是要帮助西部高校实现由'外部输血'到'自我造血'的转变"。总体说,这项重要的国家任务要重视吸引社会公益力量,加强内地重点高校与西部高校联手建设的对内影响力和对外辐射力,"青海师范大学高原科学与可持续发展研究院与北京师范大学跨文化研究院正式签署战略协议,标志着双方的对口支援工作再结硕果"①。

"长效机制"理念的另一层深意,是建设中国特色社会主义高等教育体系中多民族凝聚力教育的长期稳定模式,高校学者对此也有长期的认同和社会实践的传承。20世纪一批留学归国的学术大师,包括清华大学的费孝通先生、北京大学的季羡林先生、北京师范大学的周廷儒先生和钟敬文先生等,都曾为西部留下宝贵的精神遗产。费孝通先生留英归来,是西部社会人类学调研和高校民族教育的早期开拓者。季羡林先生留德归来,曾发表专题文章《少数民族文学应纳入比较文学研究的轨道》,指出:"我们对国内

---

① 程建平:《构建中西部教育"结伴成长"机制》,《中国教育报》2021年3月15日第5版。另见毛学荣、史培军《西部高校如何走好高质量跨越发展路》,《中国教育报》2021年3月15日第5版。

少数民族文学，包括民间文学在内，虽然进行了一些研究，但是总起来看是非常不够的，而且也非常不平衡。"①周廷儒先生留美归来，是青海高原地理科学考察与研究的先驱，并培养了门下第一位博士，即现由北京师范大学派往青海师范大学的史培军校长。钟敬文先生留日归来，是我国民俗学高等教育的奠基人。他与费孝通、季羡林和周廷儒的看法相同，多年支持西部民间文学事业的发展，还曾亲自致力于西部高校民族民俗学人才的培养工作②。这些学术大师都是钟情于祖国西部的"海归"，是广大后学景仰的名师楷模。现在他们的大学问需要转型，这就要求今人能够继承和发展。我国比较文学学科的创建人乐黛云先生、法国汉学家汪德迈先生、法国跨文化学领军人物金丝燕教授、我国传统语言文字学家王宁先生和李国英教授、现代公益文化学开拓者陈越光先生、印度学和东方学学者王邦维教授、俄罗斯文艺学学者程正民先生和李正荣教授、文艺学和艺术学学者王一川教授、跨文化民俗学学者董晓萍教授等，都为此做出了贡献。他们也都高度重视西部高等教育③。

---

① 季羡林：《比较文学与民间文学》，北京大学出版社1991年版，第333页。
② 参见董晓萍《钟敬文先生对新时期民俗学科的重大建树——兼谈〈北京师范大学学报〉与民俗学科的发展》，《北京师范大学学报》2012年第5期，第30—39页。
③ 参见曹昱源《青海师范大学与北京师范大学合作启动"青海高原丝路跨文化研究"重大项目》，乐黛云、〔法〕李比雄主编《跨文化对话》第44辑，商务印书馆2021年版，第260—261页。

二、跨文化学在文化内部多民族相处与对外文化交流两端发挥作用

在我国,跨文化学不可替代的功能是,对外研究人类命运共同体文化,对内研究中华民族凝聚力文化,在高校培养具备跨文化能力的新型人才,这对于在世界百年未有之大变局中,在"教育援青"国家战略的背景下,加强西部高等教育,是一种必要的助力。

此时特别要提到语言学、民俗学、民族学、历史学、东方学和社会学的贡献。五四以后,在我国传统国学中,从文史哲三门,发展出上述现代人文社会科学。在新中国时期,在社会主义新文化建设中,建成了相应的高等教育人才培养机制。自20世纪60年代人文思潮革命后,国际上出现跨文化历史学的研究倾向。我国在扩大改革开放和深化对外交流后,转向文明互鉴视野下的人文社会科学研究,再转向跨文化中国学教育①,这是一个逐步发展的过程。

在这次实施"教育援青"的国家战略中,跨文化学的介入,可以对西部高等教育带来以下促进发展的新视点:

一是纳入多元文化交流机制,提升健康文化生态的建设水平,补充多民族凝聚力教育事业的新个案。在中华文明长期发展的过程中,中央与地方、上层与民间、汉族与兄弟民族、中国与外部世

---

① 参见董晓萍《文化主体性与跨文化》,《西北民族研究》2019年第2期,第66—69页。

界,彼此互动,形成了和而不同、和平共处的中国模式。这是一种中国模式,它在世界四大古老文明中独立呈现,并友好共享。今后还要在新的层面上建设,并将之综合运用到跨文化对话之中,以便更加有利于向世界提供中国经验。

二是纳入文化生态平衡机制,筑牢内地高校与西部高校对口支援的基础。文化生态资源的差异化,与国家教育事业多元统一的格局,在某种程度上说,这是一个矛盾统一体。但当今世界变局又说明,在捍卫国家文化主权的前提下,重新认识这个矛盾统一体,建立平等、尊重和优势共享的教育机制,是十分必要的。它有利于搞好世界治理、国家治理和社会治理。中国历经数千年而稳定发展的奥秘,就在于用心构筑和创新维护这个矛盾统一体。当然,世界发展到今天,我们还要补充建设跨文化知识体系,耐心观察和认真建设单一文化与多边文化的接触点与交流点,精准发力,营造新时代的优秀人文文化,用现代汉语说叫"对口"。具体到北京师范大学与青海师范大学的合力共建、扎实落地的一步,就要进行学科"对口"建设支援,这样才能掌握差异中的平衡点,打造共赢空间。

三是纳入未来价值机制,辅助青海可持续发展,提升服务于"十四五"规划的大局意识。内地高校与西部高校虽不乏差异,但双方也长期拥有共享价值,即中华民族共同体价值观。中国儒家文化最早揭示了人际关系中的价值文化,而这种古老的关系价值还要依靠充分吸收我国多民族跨文化相处的历史智慧和现代经验,并提炼新思想,才能构建未来价值观。

在高等教育方面,跨文化学教育的特点,就是强调跨文化中国学教育,高度重视我国多民族文化资源、教育经验及其社会功能。当代内地高校与西部高校的共建活动,已不再是少数精英的单边意愿和单向的教学输出活动,而是多边行动。跨文化中国学教育要通人脉、爱和平,教育各民族新一代大学生和研究生,在现代社会中掌握跨文化学的理论与方法,做到文化间的互相欣赏、忍耐差异、宽容彼此和尊重他者,成为新型国际化人才。今日求学,明天放飞。

三、西部高校"人文学科基础建设系列"著作的特征

自2018年起,随着"教育援青"工作的推进,在青海师范大学方面,已将青海地区的社会发展、多民族高等师范教育与"两弹一星"精神教育三位一体进行建设。2021年以来,青海师范大学高原科学与可持续发展研究院与北京师范大学跨文化研究院携手合作,共同从事"丝路跨文化研究"重大项目。在该项目的教学科研成果中,专门设立"人文学科基础建设系列",拟于2021年年内完成,交由商务印书馆出版,于2022年春季和秋季学期投入使用。

"人文学科基础建设系列"的定位是,促进建设中华民族共同体格局下的跨文化中国学教育事业。

这套"人文学科基础建设系列"的理念是,服务于"长效机制"

总　　序

的基础学科建设，而不是编制短期支教的培训班方案。作者都是人文科学领域有代表性的学者、教授和博士生导师，具有几十年指导本科生和研究生的经验。他们以无私奉献的情怀投入这项工作，针对西部高校学科建设的实际需求，提供跨文化中国学的教育成果，同时输入国际前沿学术信息，做到高端教育与对口帮扶相结合，专业需求与交叉研究相结合，以及内地高校优势教育资源与青海多民族特色资源保护吸收相结合，人人争取在"教育援青"中多出一份力。

"人文学科基础建设系列"的适用学科，包括汉语言文字学、民俗学、民间文学、民族学、文艺理论、古代文学、现代文学、中印比较佛学、东方学、比较文学与世界文学，以及其他相邻学科和注意吸收人文学科研究成果的自然科学学科。

"人文学科基础建设系列"的使用范围，适合高校的基础课、专业课和选修课使用，也为西部高校利用这套教学用书再去培养下一代人才做好准备。

"人文学科基础建设系列"的撰写和出版，得到北京师范大学和青海师范大学领导的大力支持，商务印书馆学术编辑中心做了大量实际工作，北京师范大学－青海师范大学高原科学与可持续发展研究院、北京师范大学跨文化研究院给予充分重视，在此一并郑重致谢！

董晓萍　李国英

2021年6月25日

目　录

绪论　中国文化·跨文化·民间文学 …………………………… 1

上编　基础理论

第一讲　民俗叙事的本质 ………………………………………… 15
第二讲　故事现象学 ……………………………………………… 43
第三讲　信仰故事 ………………………………………………… 60
第四讲　讲述人 …………………………………………………… 95
第五讲　搜集论 …………………………………………………… 123

中编　体裁分论

第六讲　神话传说 ………………………………………………… 187
第七讲　故事 ……………………………………………………… 248
第八讲　传统民歌 ………………………………………………… 263
第九讲　通俗歌曲 ………………………………………………… 296
第十讲　谜语 ……………………………………………………… 328
第十一讲　谚语 …………………………………………………… 347

第十二讲　史诗……………………………………………… 375

下编　个案研究

第十三讲　跨文化的中印故事……………………………… 395
第十四讲　跨文化的中俄故事……………………………… 421
第十五讲　跨文化的中欧故事……………………………… 465
第十六讲　跨文化的中日故事……………………………… 501

后　记………………………………………………………… 587

绪论　中国文化·跨文化·民间文学

当今中国已处于全世界的人类精神活动之中，因而对两个词的谈论已必不可免，即中国文化与跨文化。古往今来，在两者之间发生密切联系的人文现象之一，就是民间文学。在任何文化环境中长大的人们，或者参加任何精神活动的人们，都知道民间文学，并与之相伴相生。各国民间文学的佳制，收藏在父母与小儿女的娓娓对话里，摆放在床头入睡前必读的童话书中，飘荡在青年男女爱恋而冒险的泪花里，传递在卫星导航的互联网中，宛如汪洋大海、浩瀚星河，何止千样百种。那些引人思考民间文学为何物的思想学说，以及那些最能够打动人心的民间文学经典作品，正是本书要谈的内容。

一、主体性与跨文化性

跨文化能让人了解人，让民族了解民族，让国家了解国家，让文化了解文化，它是打开人类心锁的一把钥匙。

凡文化则有文化主体性和跨文化性，民间文学能将两者融会，自然而然，不留斧痕。

主体性是中国文化的特质，是中国人的心之所在、情之所系、魂之所安。中国历代积累了丰富的典籍文献，如正统典籍《四书》《五经》，传世史书《史记》和《资治通鉴》，诗词歌赋《楚辞》和《乐府诗集》，笔记杂纂《太平广记》和《夷坚志》，古典通俗小说《水浒传》《三国演义》《西游记》和《红楼梦》等，它们都以民间文学为资源，是收藏民间文学的经典文化博物馆。

民间文学的口头贮藏叫"口头文学"，那些带有广泛认同性和持久影响力的部分叫"口碑"。中国人的国庆家宴、外交礼仪、信仰故事、农田耕作、手工技艺、商业贸易、房舍建筑、男女相亲、乡土聚会和方言土语都离不开口头文学。

中国民间文学有自己的跨文化性，并且跨来跨去活力四射。中国是历史文明之邦，也是世界上文化能力最强的国家之一。它有多级文化分层，使精英者更精英，民间的更民间。它也有文化交流的博大格局，让自文本和他文本彼此交叉和对话，相互成就灿烂和浪漫。它还造成宫廷讲故事和民间诵经典共存的局面，多层文化分分合合，你中有我，我中有你，如风谣传统、诗歌传统、文学传统、文论传统、戏曲叙事传统、编年史传统和民间科技传统，都是这样。各种传统都有各自的杰作，有的还达到很高的程度，如风谣系统中的《诗经》，诗歌系统中的唐诗宋词，文论系统中的《文心雕龙》，戏曲叙事系统中的《赵氏孤儿》，编年史系统中的《二十四史》和历代地方志等。中国民间文学是各种传统没有完全分开而积淀于整体文化中的产物，有很多文人和官员投入到发明、记载、编辑或表演活动中。多层传统的交集体现了中国民间文学主体性的特点。凡是通晓和传承民间文学的人，都是懂得中国文化传统的人，也是有现实行动力的人，他们因此受到欢迎和尊重。

中国于20世纪初发生了轰轰烈烈的五四运动，伴随而来的新文化运动瞬间爆发。短短几年，新国学与民间文学共兴共荣，一批现代人文社会科学，如民俗学、民间文艺学、人类学、社会学和语言学等，相继诞生，朝气蓬勃。然而，倘若没有整个中国文化的主体性做基础，也就没有瞬间的变革。有没有外来影响？当然有，但任何外来影响要成功地发生作用，都是激活主体性与修复原有传统的结果，而不是取代或消灭。从中国内部文化而言，古老文化的主体性是世界上最有定力的精神实体。自己有主体性而接触外来文化，与自己没有主体性而拿来外来文化，这是两种不同的图景。具备主体性而接触外来文化，搞明白了，就要进一步提升主体性，再吸收外来优秀文化成分，知己知彼，寻求共享，这叫跨文化。这个过程相当漫长，需要两代、三代，乃至数代的努力，但跨越是绝对的。在跨越之中少有牵绊、活泼创新的是民间文学。起初人们留恋于比较，因为比较能够快速激发兴趣，打通不同的现实；但比较也容易简单化，忽略其中最难的问题就是正确把握主体性。从中国民间文学来说，直接与西方民间文学比较，看不出文本的整体传统没有完全分解的优势，有人还以为它资料落后、理论薄弱，其实这是一种误解。任何文化价值都是无与伦比的，中国整体文化，有自己的基因，这让民间文学长期获益，让它的创新活动能连续下去，没有文化断裂，也没有失去本色。

中国文化具有跨文化性。跨文化性指文化机体接受差异、有容乃大、生命更新和开放发展。这是一种巨大的文化能力。在中国整体文化根基上发展起来的民间文学，其跨文化性表现在诸多方面，比如它的跨民族性。中国是多民族统一国家。各民族都有自己的民间文学。在中国长期社会发展中，还形成了多民族共享民间文学。先秦汉魏文献《庄子》《礼记》《山海经》和《搜神记》，唐代段成式的《酉阳杂俎》和玄奘的《大唐西域记》,明代杨升庵的《古今风谣》,清代杜文澜的《古谣谚》和李调元的《粤风》,都是这类可以信手拈来的历史遗产。在五四运动中,顾颉刚和钟敬文翻译和研究两广地区苗、瑶、壮族共享的《粤风》,开创了跨民族研究的先例。更多留学回国的五四学者,也表现出对跨民族民间文学的重视,北京大学校长蔡元培开风气之先,支持创办北大《歌谣》周刊,为之搭建了平台。

中国民间文学的跨文化性还体现在它的跨国传播上,展现出外向的性格。在陆地与江河湖泊之中,在丝路与海域之间,它跟着使节去远足,跟着商队去旅行,跟着木船去航海,跟着僧侣去游方。它流淌着中国文化的血液,点燃了多元文明的语言和智慧。能够长期跨洋越海的民间文学作品,虽品种珍稀,但能量极大,蕴含着各种变化。分布在全球各地的华夏儿女,听到民间文学,就会找到一个很大的心灵家园。世界各国人民听到民间文学,就会发现一个很小的区间隔膜。不同语言、不同肤色、不同文化和不同社会背景的人们,还因为共享民间文学而美美与共,也因为人类总有被差异吸引的天性而增进宽容。民间文学把不可胜数的思想方法、社会模式和人生经验,变成生动可爱的文本,集合起来存放,随时备用。

百余年来,在我国南北各地,已有多所高校兴办的学术刊物,刊登了民间文学搜集和研究的文章,其中最有名的,是上面提到的北京大学《歌谣》周刊。紧随其后的,还有中山大学的《民俗》周刊,浙江大学、浙江民众实验学校和杭州中国民俗学会的《民间》月刊、《民间文学》和《民俗学集镌》等。投稿人和译者来自国内外,在外国学者中,以法国、俄罗斯、德国、日本和朝鲜学者居多。在中国学者中,季羡林、钟敬文、钱锺书、戈宝权等都曾使用欧亚国家的资料，开展跨学科、跨语言、跨文本的研究，涉及民间文学。胡适、陈寅恪、鲁迅、周作人、许地山、刘复、郑振铎、赵景深等人的研究，延伸到中国古典小说、通俗文学和印欧文化圈等广阔地带。

中国民间文学的跨文化性还体现在人地关系上。人类面对苍莽的大自然、浩渺的宇宙和山摇地动的灾害环境，个体是渺小的，但因为人类有社会、历史和文明，便具有了坚忍不拔的精神力量。民间文学是展示人类好奇、幻想、乐观和幽默的体裁，民间文学也会让人类理性、实干、忍耐和自律，用好与天地万物协调的技能。对中国人而言，在与大自然相处方面，汉字和多民族文字是中国人手上的信号旗，汉语和多民族语言是中国人脚下的风火轮。千百年来，这种跨文化交流的范围和速度被以"天人合一"和"不胫而走"来形容。

主体性，让中国人坚忍不拔，做好自我；跨文化性，让中国人心态平和，追求圆满的结局。

二、传统文化与现代化

我国自周代开始搜集民歌，距今已有三千多年了。但研究民间文学的学问又是另一回事，它不是考古学，而是现代学问。这是为什么呢？因为民间文学又是一生身的文学。什么是生身文学？那就是它的现象与生俱来，与生同在。幼年的母歌，成年的婚誓，谁都会与之牵手一生。生身文学现象伴随古人，也伴随今人，犹如空气和水，不可须臾离开。生身文学描写自我，也描写别人，这种自我就是认知兼反观的双重对象，故而讲述的难度很大，客观性更差。法国名著《小王子》的作者曾谈到这一点,认为评价自己比评判别人要难得多。能成功地评价自己的人,才是一个真正有智慧的人。研究民间文学的学问产生得很晚,因为人类需要时间去反观,需要智慧以共享。但一旦自识,就会重视这门学问。宇宙浩瀚无垠,人类其实很渺小,人类最大的智慧就是建设命运共同体,在这方面,词浅语深的民间文学先走了一步。

  在世界范围内,民间文学研究开始于19世纪中叶。当时欧洲对外殖民扩张,但人类学、民俗学和社会学的学者已经觉醒。在殖民国家如英国和法国,很多学者通过民间文学,发现了殖民者与殖民地的文化差异,提出了文化间关系的假设、类比和反观,为此还形成学派。还有另一种情况,就是在欧洲的中世纪之后,经历文艺复兴和启蒙运动,民间文学被认为代表国家民族的本真文化,受到前所未有的重视。在北欧斯堪的纳维亚文化圈,在德、法、俄,自19世纪中期至20世纪初,新思潮兴起,民间文学研究迅速发展。德国的格林兄弟(Jacob Grimm & Wilhelm Grimm)从语言学、哲学和民俗学方面,与英国学者马克斯·缪勒(Max Müller)相呼应,以印度梵语文献《五卷书》为对象,提倡印欧文化圈的民间文学研究,一时间风生水起。那时也正是《共产党宣言》发生威力的时代,部分欧洲封建君主制国家解体,建立了新的民族国家,芬兰正是在这一时期异军突起,史诗《卡勒瓦拉》与史诗研究成为国家的旗帜。在俄罗斯,社会主义十月革命一声炮响,建立了苏维埃新政权,也带动了中国的现代国家革命进程。俄罗斯作家阿·托尔斯泰(А. Толстой)在这一时期出版了他的《俄罗斯民间故事》①,对中国产

---

① 〔俄〕阿·托尔斯泰:《俄罗斯民间故事》,任溶溶译,时代出版社1953年版。

生了影响。

中国的民间文学研究开始于五四运动前后。1911年，武汉爆发了辛亥革命，此后不到10年，在北京发生了五四运动。在这场前所未有的社会体制革命波澜中，中国传统文化受到了极大的冲击。民间文学在中国既有基础，又有现代国际新思潮的推动，于是曙光乍现。五四先驱无不投身到民间文学运动中来，哲学家、文学家胡适，历史学家顾颉刚，考古学家董作宾，文学家俞平伯，语言学家赵元任，作家周作人和散文家钟敬文，巨匠联合，前所未见。他们付出了全部的热情和才华搜集歌谣和故事，介绍民间文学研究的理论与方法，同时酝酿社会文化改革的思想力量。

与西方不同的是，中国的民间文学搜集和讨论，不只有一般的基础，而且积淀深厚。早在两千多年前，孔子编《诗经》，孟子、庄子和荀子使用民间文学写书，就已经动手。一千五百年前，刘勰撰《文心雕龙》，构建了中国文论的概念，目力所及，也包括民间文学，如谚语和谜语。刘勰还将他的文论与儒释道思想综合，凝"神"聚"气"，发表了不少惊世骇俗的观点。这些现象都符合我上面所说的中国整体文化的特点，都体现了我国国学传统蕴藏民间文学的思想资源，而且没有中断，西方民间文学就未必比得过。但中国民间文学与西方民间文学不在同一个体系内，中国民间文学搜集和研究在五四之前也没有进入现代人文科学研究领域，因此中西各走各路。五四运动打破了阻断，让中国民间文学与外国民间文学研究学科见了面，此后一步步开始交流。

20世纪40年代，延安文艺运动搜集和利用民间文学，建立共产党的革命文艺政策。新中国成立后，大力开展社会主义文化建设，民间文学的地位得到巩固，民间文学研究工作全面推开，民间文学学科建设也在高校蓬勃发展。

20世纪60年代以后,人类社会进入现代化时期,后来又出现经济全球化,民间文学的受众也彻底变成现代人。但文化叙事传统不能自动转型,需要学者运用现代理论去阐释,帮助受众在现代社会氛围中理解民间文学。学者和受众双方还都要进行跨文化观照,才能认识自身文化中的民间文学优势,再带着优势去跨文化,才能获得精神上的愉悦和文化上的自信。

三、跨文化民间文学与当代大学生

当代大学生是国家先进文化的传承者,是接续跨文化的勇敢先锋。但他们在现阶段也"处于社会结构矛盾的核心",处于百年未有之大变局中,将经过变革的历练而走向成熟,而后成为大家。近年流行的一本书《法国1968:终结的开始》对大学生有一处评论:

> 学生以及整个青年之所以成为事件的主体,是因为他们已经真正为社会革命的一极,彻底地与典型地具现了现代个人深层的及普遍的生存状态。在经济发达的国家,教育已经不再仅是一种文化遗产的传递,而是某种具有决定性的生产与发展的物质力量,大学则正是这整个系统的重要一环。学生事实上并非是一个职业类别,而是一个既接近又远离整个社会矛盾与张力的场域。革命的行动不必然完全是以社会边缘分子的导向为主,相反地,却是位于社会结构矛盾核心的学生,这些人与国家机器的发展与转变紧密相连,与整个政治与

经济体制性的统治直接冲突。因此,在不同形式的政治与经济权力的笼罩下,学生或青年知识分子直接是以劳动者的身份,成为运动的主导,不再是如以往,是被压迫或苦难沉默大众的代言人。①

21世纪的人,人人都在跨文化中生存。在电视机前、电脑前和手机前,从政府官员到学者精英,到普通市民,再到打工者,乃至中外各阶层观众,都是自媒体的叙事者,也都是跨文化的故事员。什么故事?现在大体有三种:作品故事、人生故事和故居故事。请问:怎样知道莎士比亚的故事?意大利人说,莎翁的《罗密欧与朱丽叶》的原型就在意大利小城维罗纳(Verona)。据说朱丽叶住在那里,罗密欧就在那所房子的阳台上望着她的倩影。每年都有成千上万的世界各地游客来到这个不起眼的小城,为的就是再听一遍这个动人的故事。现在世界各国都在比讲故事。欧美人很会讲故事。莎士比亚故事的传播在全球化时代更快。意大利人用罗密欧与朱丽叶的故事保护了维罗纳的古老建筑。中国人也会讲故事,在网络时代,中国故事就像烂漫的山花,开放在互联网上。网络用最新潮的设备挽留最土气的民间文学,还成为一种时尚。一个小小的鼠标,点燃了当代人的激情。据中国社会科学院统计,2019年我国网络小说汹涌澎湃,"80后"和"90后"作者占绝大多数。海外青年作者(包括华侨、华人和外籍)用英语写民间文学的多达9万之众。有的网络小说搬上银幕后大红大紫,人称"精品"。这

---

① 〔意〕安琪楼·夸特罗其、〔英〕汤姆·奈仁:《法国1968:终结的开始》,赵刚译,生活·读书·新知三联书店2001年版,第17页。

是一种雅与俗、古与今的完美之恋，网络对此有了不起的贡献。

现在"网络"运行已进入政治、外交、经济、社会、文化、教育各个层面，连电商、微信支付等日常生活行为都由网络枢纽执行。"网络"一词能力之大，令人换脑。

四、学术机构与资料范围

我国的民间文学学术机构有两类：一类是高校和科研院所，一类是国家和地方民间文艺家协会。钟敬文生前在以上两类学术机构都担任过领导者的角色。新中国成立后，他在北京师范大学建成民间文学和民俗学学科。经过72年的建设，北京师范大学成为民间文学和民俗学教学科研重镇、民间文学和数字民俗数据资料中心、中外跨文化民俗学学术交流重镇。本书的理论与资料用书范围也在此范畴内选定，包括钟敬文主编《民间文学概论》《民间文学作品选》和《民俗学概论》[①]，《钟敬文民间文学论集》（全两册）[②]，《钟敬文全集》（全16卷30册），钟敬文主编《中国民间故事集成》[③]，以及国际同行研究中国民间文学的著作：艾伯华（Wolfram Eberhard）《中国民间故事类型》（*Type-Index of*

[①] 钟敬文主编《民间文学概论》（第二版）、《民间文学作品选》（第二版）与《民俗学概论》（第二版）三种，高等教育出版社2010年版。

[②] 《钟敬文民间文学论集》（全两册），上海文艺出版社1982—1985年版。

[③] 钟敬文主编：《中国民间故事集成》（全31卷），中国文联出版公司、中国ISBN中心1992—2009年版。

Chinese Folktales）①、丁乃通（Nai-tung Ting）《中国民间故事类型索引》（A Type Index of Chinese Folktales: In the Oral Tradition and Major Works of Non-Religious Classical Literature）②、池田弘子（Hiroko Ikeda）《日本民间故事类型与母题索引》（"A Type and Motif Index of Japanese Folk-literature"）③、伊藤清司（Yito Seji）《中国古代文化与日本》④。本书对前人成果的使用原则如下：（1）在中国的流行面最广，（2）具备中国历史文献与田野调查的资料系统，（3）中国各民族流传的代表作，（4）中国民俗学研究者与国际同行有共同的学术兴趣，并在中国研究上取得成果，（5）具有中国特点又进入西方AT类型和UAT的故事系统，（6）列入中国和世界文化遗产与非物质文化遗产名录，（7）已在中国高校教材中多年使用，经得起时间考验。

五、本书的重点与方法

作者通过本书，继承钟敬文先生主编民间文学经典教材的传统，对钟先生的原创理论与方法论予以认真阐明，这是一个基本点。另一种情况是，钟先生主编的经典教材早已出版和多次再版，

---

① 〔德〕艾伯华：《中国民间故事类型》（修订版），王燕生、周祖生译，刘魁立审校，董晓萍校注，商务印书馆2017年版。
② 〔美〕丁乃通：《中国民间故事类型索引》，郑建成等译，中国民间文艺出版社1986年版。
③ 〔日〕池田弘子：《日本民间故事类型与母题索引》，《芬兰国际民俗学会通讯》第209号（FFC 209），赫尔辛基：芬兰科学院，1971。
④ 〔日〕伊藤清司：《中国古代文化与日本——伊藤清司学术论文自选集》，张正军译，云南大学出版社1997年版。

读者容易查阅到，所以本书的阐述，需要做到要言不烦。

本书加强对跨文化民间文学和研究理论的介绍。从前的民间文学教学侧重说明具有普遍意义的民间文学现象，而不是特殊性。跨文化民间文学则具有相反的意义，即承认多元文化自身发生的民间文学现象和文化解释，并称之为特殊性。这类民间文学作品的价值也通过其特殊性而展现。本书重点解释民间文学的主体性、跨文化性与共享点。在方法上，本书以描述为主，这里强调描述的含义是，不做刻意的理论构架，不搞整齐划一的规范。依据民间文学作品本身，针对一般文本、特殊文本、多民族文本和相关跨境文本的不同对象，开展跨文化学、民间文艺学和民俗学的交叉研究，初步建设跨文化民间文学研究系统。

本书服务于西部高校支教目标。北京师范大学的西部对口支教高校地处青藏高原，本书也适当搜集和使用当地民间文学文本，并介绍相关研究成果。对过去偏重于东部民间文学研究的状况而言，这种变化也有可能带来新的观点和方法。

本书所收章节，半数以上未曾发表过，但曾在北京师范大学的本科生和研究生教学中使用，再吸收反馈加以改进。还有接近半数的内容，选自我个人的著作《说话的文化》《全球化与民俗化》和《跨文化民间文艺学》，但在本次撰写时也重新做了结构上的调整和文字修改。在这个意义上说，对它的准备工作早已开始了。

我走过世界不少国家，听过和看过很多国家的民间文学。我真心地认为，中国民间文学是世界上最富有的宝藏级遗产。中国民间文学应该对内绵延赓续，对外彩虹高挂。尤其在当今的时代，对祖先留下的好东西，还要对内加强传承和对外扩大传播，鱼与熊掌得兼。

上编 基础理论

第一讲　民俗叙事的本质

叙事理论是民间文学理论的基础,现在它的发展已经超出民间文学理论的范畴,文学、艺术学、历史学、人类学、社会学、经济学、数学和技术史学等都在程度不同地使用它,以应对多元文化研究思潮崛起的挑战。民间文学研究也因此产生了新的研究分支——民俗叙事学(Folkloristic Narratology)。在我国,这项研究的基础是民俗学和民间文艺学,在本讲中会多次提到它们。

一、基本概念与研究问题

本讲首先解决两个问题:基本概念与研究问题。重点讨论四个概念:叙事、叙事理论、民俗叙事学、叙事的本质,并穿插论述所涉及的研究问题。

1. 叙事

叙事,在传统民间文学研究中,也简称为"讲故事",就是有头有尾地描述一个故事。在当代叙事学的研究中,它指在多元文化中,在叙事活动的精神世界里,发现三个世界,即故事世界、想象世界和生活世界。讲述人采用单线讲述的结构,或者采用连环套讲述的结构，分别或交叉地提取这三个世界中的事件，从事件中抽取情节，按照情节发展的顺序，前后连贯地讲述，最后形成一个相对的闭环结构，通俗地说，把故事讲完了，再去用于四处传播。

下面使用三个工具概念，分别解释三个世界。

故事世界。此指讲述人通过叙事描绘的世界，所涉及的基本问题是：故事世界中的原型和异文，包括人、物、事的变形，如何彼此勾连创造一个不确定的阈限？

想象世界。此指讲述人在叙事过程中被激发出来的想象世界。这是讲述人生活在他们自己的世界中的世界。这个概念所涉及的基本问题是：故事的叙事怎样迷惑世界？怎样在故事世界和社会现实之间创造阈限空间？怎样引导人们对超自然本体产生某种知性的回应（如万物有灵论）？怎样形成叙事的可信性？在听众收听叙事和他们的民俗之间是否存在矛盾？

生活世界。此指讲述人叙述的故事世界或想象世界有时也是一个物质化的和社会的世界。这个概念所涉及的基本问题是：叙事果然能把故事中的想象变成事实吗？那些超现世的故事世界与想象现实，通过叙事活动，怎样成为一种真实的存在？

以上三个工具概念，还会引导我们思考另外两种颇为不同的情况：一是叙事活动借助于空想的和艺术的创造力，将故事世界与生活世界混为一谈，引导人们将叙事误解为真实发生的社会现实；二是把故事世界中的想象世界与社会现实区分为两个层面的东西，讲述人将想象的世界放在一边，将社会现实放在另一边，而社会现实代表着人们的日常生活。

2. 叙事理论

叙事理论，指把被叙述的事件、事件的情节结构与情节发展的顺序，用理论形态呈现出来。这一过程是，提取叙事文本的形式（母题或情节），在人类历史和社会进程中寻找那些有序或无序的行为，讨论它们的文化现象、历史现象和社会现象中呈现的大量非平衡现象，再创造话语理论、对话理论、差延理论和文化转场理论等，针对现象背后的理念，进行有意义的解释。

3. 民俗叙事学

民俗叙事学的分析，有助于认识自我文化与共享文化的关系。为了进一步认识这种关系，还要了解另外两个工具概念：局内群体与局外群体。

局内群体（in-groups），指由于某些社会因素的认同结成的群体。民俗叙事学使用这个概念的目标，是对认同的内部结构开展研究。

局外群体（out-groups），指与"局内群体"相对的他者群体。局外群体在某种情况下会被妖魔化，被说成与内部文化成员无法融通，不能共享价值观，不能共享语言，不能共享生活方式，不能共享宗教信仰，是一群遥远的陌生人。

民俗叙事学的研究之重要，在于它承认，在人类社会中，有一类思想和行为，不是刻意流传下来的，或者是存在于高头讲章或金科玉律之外的无序事物，以往它们被视为无意之物或无用之物。民俗叙事学是在这些貌似无意、无用或无序的现象背后，解释其背后掩藏的两个问题：一是在故事、想象与生活现实之间，是否存在着彼此进化的联系？如果存在，它们是否具有进化的统一性？二是在讲述人与叙事文本之间，是否存在社会同质性？民俗叙事学对这些问题的追问，不论答案是肯定的还是否定的，其结果都在告诉我们，人类社会大体都存在着这样或那样的进化上的联系。世界故事类型就是浮现于进化表层的相似物。人类社会的差异是绝对的，而正因为有差异，人类又反过来追求无差无等，通过种种努力，让共享成为常态。例如，各国都有崇拜月亮的神话，都有动物与人开口说话的故事，都有对爱情忠贞不渝的蝴蝶夫人母题，也都有破解难题的英雄史诗。对这些从五湖四海的陌生环境中汇集而来的故事类型，我们不能归因于几十年来的旅游业和新媒体的作用，而只能用共享现象的历史积淀来解释。

民俗叙事学给传统民间文学研究带来的变化有四：

第一，放弃狭义的民间文学概念和相关的历史学、人类学和语言学的狭义概念，不再拘泥于故事研究，而是转向社会研究、文化研究和思想对话研究①。

第二，开展民俗学、民间文艺学和跨文化学的交叉研究。很多民间文学作品的意义，在单一文化中看不出来，在跨文化的范畴内就能看出来。比如，人虎关系的故事，中国自古就有，印度也自古就有。现代中国人不觉得它很刺激，现代印度人觉得它是一种迷信，任它消失。但是，当美国人把它拍成好莱坞大片《少年派的奇幻漂流》之后，它就跨文化了。它把一个古老的人虎关系的故事，在印度、孟加拉国、日本、加拿大和法国等不同国家之间跨来跨去，

---

① 参见 Anna-Leena Siikala, "Changing Interpretations of Oral Narrative, etc.", in Lauri Honko & Anna-Leena Siikala ed., *Study in Oral Narrative*, Helsinki: Gummerus Kirjapaino oy Jyvaskyla, 1989, pp. 6, 189。

也因此把故事的意义凸显出来,让影片名声大噪。中国观众走进电影院看这个电影,看新鲜、想意义,找回久违的抑恶扬善、和平友爱的情感,有人还联想到武松打虎的小说情节。开展这种跨文化思考,比起传统民间文学,不仅收获个案,还收获方法。

第三,选择具有跨文化性的研究对象。不是所有叙事都适合做共享研究,只有那些能跨文化和已跨文化的故事才被证明是适合的对象。对这类叙事要进行现代学术的反观,还要进行跨文化学的研究。例如,在《大唐西域记》中,唐玄奘记录了月亮中的玉兔神话,对这只兔子的来历,季羡林和钟敬文都做过跨文化的研究。释迦牟尼化身"王子饲虎"的故事,被画在我国西部的敦煌壁画上。印度"烈士池"的故事,进入我国的唐传奇和明代小说。王邦维和蒋忠新对它们都做过研究,指出它们来自印度佛教,又成为中国故事[①],在体裁和观念上都有变化,这也是一种跨文化研究。

第四,改进研究方法。民俗叙事学采用跨文本互文性的研究方法,不做单一文本的研究。但这也不等于做泛泛的研究。新方法瞄准"各自社会生活中的生产与再生产"[②],在承认多元文化的前提下,通过建立个案避免空泛,避免失去人文研究的理性和味道。

---

① 王邦维选译:《佛经故事·十五、贤愚经·王子摩诃萨埵》,中华书局2009年版,第153—157页。蒋忠新:《〈大唐西域记〉"烈士故事"的来源和演变——印度故事中国化之一例》,陈允吉主编:《佛经文学研究论集》,复旦大学出版社2004年版,第81—92页。

② Anna-Leena Siikala, "Changing Interpretations of Oral Narrative, etc.", pp. 189-199.

4. 叙事的本质

以上概念从不同方向涉及一个根本性的问题,即叙事的本质。

对叙事本质的研究,有两个切入点:一是从叙事文本切入,二是从讲述人切入。我们要根据研究目标,选择其中的一个切入点开始工作。当然两个切入点也不是隔山隔水,互不相望,而是有联系的,但搞研究总要有重点,抓住重点,整体拉动,带动其余,做理论建构。

当我们把目光转移到讲述人的时候,又会发现,中西民俗学也有共同点。讲述人与叙事文本,无论谁在前面,谁在后面,只要加入"人"的因素,进入"人"的世界,就不能只做形式分析,还要做内容分析;也不能只做单一文化群体研究,还要做多元文化群体研究。

二、民俗学的"叙事"研究史

中西民俗学界都有学者认为,民俗学的核心是文学。不管我们是否同意这种观点,但它至少反映了一种倾向,即民俗学与文学的联系很密切。在经典民俗学时期,各国的开山大师,几乎都是文学家,英国民俗学会首任主席班恩(Charlortte Sophia Burne)和早期民俗学与人类学家安德留·朗(Andrew Lang)、芬兰民俗学与文学的先驱伊利亚斯·隆洛德(Elias Lönnrot)、中国民俗学之父钟敬文,无不如此。他们专治民俗学,也善属美文,民俗学与文学在他们的时代是一对亲家。不过民俗叙事学后来居上,并对民俗学和民间文艺学都大有改进,也与文学是近缘。

（一）时间排序、双喻排序与逻辑排序

中西各国各有自己的文化渊源、民俗背景、社会形态和学术传统，研究"叙事"的学术史也有异同。一个主要的表现，是在发现"叙事文本"和"讲述人"两个概念的过程中，所体现的时间排序（time of discovering the concept）、双喻排序（the double meaning of metaphorical language）和逻辑排序（hierarchical order）以及中西差异。时间排序产生话语事件，双喻排序产生思想话语，逻辑排序产生概念话语。

中国古代已产生这类时间排序和双喻排序活动。在我国历代社会的民间文学和民俗活动中，搜集和谈论它们的叙事文本的时间排序都比较清楚。双喻排序也自古进入中国整体文化之中，在历代经典、通俗文学和民间文本中都有专擅，并互相渗透。试想哪部先秦汉魏文史哲著作没有时间性和双喻性？哪部都有。哪种唐宋传奇、明清小说和雅俗戏剧没有时间性和双喻性？哪种都有。中国人的自然观与社会观长期通透融合的农业文明，刻画了这种特征。

比起西方国家之间密切交互的历史过往，我国曾相对封闭，在这种环境中形成了内部重大话语事件，并以独特的形式保存下来，不管是五百年还是一千年都在流传，至今还保存在大学教材和中学课本上。人们耳熟能详的汉乐府运动、明清民歌运动、古代白话小说运动等，都是这些话语事件的代表作。中国也有丰富的传统手工艺发明，它们也都扎根在中国这种话语文化的传统之中，从未脱离文化而单打独斗。

中国的双喻排序发育很早，在先秦诸子著作中常见。民间文学的双喻排序表达，在中国整体文化系统中养成，在三千年的历史长河中积淀。五四运动之后，现代人文社会学科兴起，其中民间文艺学与民俗学两个学科的发展，从专业上保护了我国的双喻排序体系。从民俗叙事学的角度，回头细数这些遗产，真是一个特殊门类，其中每个文本都以时间排序和双喻排序为支撑，让世人习以为常。为了强调这种特殊性，钟敬文首次将其中的民间文学文本研究命名为"民间文艺学"[①]。在这个概念中，所谓"文艺学"，指与文学文本关联的理论研究；所谓"民间文艺学"，指与民俗学和文学都关联密切的民间文学文本的理论研究。由于我国民间文学十分发达，而且民间文学评论活动也有两三千年的历史，所以钟敬文还提出，可以将"民间文艺学"作为一个独立的学科加以发展。我接受这种界定，因为符合中国实际，也能与国际民俗学进行对话与交流。在本书中谈到民间文学文本的理论研究，全部使用"民间文艺学"的概念。在涉及民俗学的范畴时，还会使用"民俗学"的概念。在讨论民俗叙事学时，则使用"民俗叙事学"的概念，并交代民间文艺学、民俗学、民俗叙事学等不同概念和相关文本之间的逻辑关系。

　　下面回到民间文艺学。在我国民间文艺学史中，由时间排序产生的历史事件话语，由双喻排序产生的思想话语，其著作与运动成果都很多，这是突出特点。在西方民俗学史中，主要在中世纪之后，"人"的叙事得到发展。继而发生的文艺复兴、启蒙运动和工

[①]　钟敬文：《民间文艺学的建设》，初刊于《艺风》1936年第4卷第1期，收入《钟敬文民间文学论集》下册，第1—12页。

业革命,都使民间文学与唯"上帝"论分离,对"人"自身或以"人"的"风俗习惯"为情节线索的文本研究迅速发展,建立体现个体觉醒意识的民俗叙事文本,并不断更新时间排序和双喻排序,这符合西方思想史和社会史的发展轨迹。

在关于"叙事文本"与"讲述人"的逻辑排序上,中西民俗学界的共同特点是,发现"叙事文本"在前,发现"讲述人"在后。总体说,对"讲述人"的发现与研究始于20世纪后期,中西皆如此。这个发现,建立了学者与讲述人并行的逻辑关系,创造了"讲述人"的新概念,将学者与"讲述人"之间的学术伦理关系,提升到学术思想发明逻辑的高度,这是一种观念和方法上的革命。在发现"讲述人"之前,学者把提供讲述人视为"被搜集人",讲述人是由学者牵线出现的被动者。学者代替讲述人分类、整理资料、下定义、陈述意义,以及拍摄日常生活的影视片,由学者包办讲述人的一切。"被搜集人"还是文本的附庸,只在搜集阶段为学者讲述,在研究阶段学者就只用文本,没有"被搜集人"什么事了。但是,也是这种观念和研究方法,让学者走进了死胡同,因为再也没有他文本、他逻辑和他理解,已都被学者归化了,成为自文本、自逻辑和自理解。来自多元化生态中的讲述人变成一元化的牺牲品。谁来解决这个问题?普罗普(Vladimir Propp)、列维-斯特劳斯(Claude Levi-Strauss)、巴赫金、钟敬文和劳里·航克(Lauri Honko)等中外学者共同付出了努力。关于这方面的变化,详见第二讲至第五讲。总之,确立了学者与"讲述人"之间缺一不可的逻辑关系之后,才建立了民间文艺学研究的主体性与跨文化性的学术关系,建立了"独白""复调"和"对话"等话语性概念。

（二）整体论与分层观

中国文化整体性与中国文化分层，是一体两面、长期共存，中国的民间文艺学研究也是在这个大背景下进行的。

中国民间文艺学的起步与发展，与芬兰国际民俗学大本营等北欧国家和东欧国家有三种不同情况：第一，它不是外来入侵造成的结果，像北欧国家的民间文学研究的那样；而近年北欧学者努力从现有文化的底层，重建民间文学和理论系统，以期恢复被侵略前的本国早期历史文化。第二，它不是由文化霸权制造的不情愿的分裂，像意大利和德国学者所讨论的那样。在这些国家的民俗学著作中，不喜欢讨论文化分层，避免引起社会政治敏感问题。第三，它不是庸俗社会学或教条主义的产物，不与民间文学多元活泼的生态脱节，它在曲折坎坷的探索中内建与外观，走中国道路。

研究中国文化整体论与文化分层论，是对钟敬文民间文艺学学说的阐发。钟先生历经五四运动，留学日本，再返回祖国，对中国文化传统的跨文化现象有深刻理解。他认真考察外来先进学说，也放弃其中不合适的部分。他从中国国情出发，致力于建设有国学深度的、符合民俗文化轨迹的和有国际化融合度的民间文艺学。1982年，在我国改革开放之后，钟敬文首先提出中国文学分层说，在这个高点上，确定民间文艺学的位置。

民间文学是中国文学的三大干流之一。正如黄河、长江和南方的粤江是中国的三大河流一样。哪三条干流呢？一是古典文学,在过去是占压倒地位的,是正统的文学。这中间出现了许多伟大的作家和伟大的作品。二是俗文学,或叫做俗文学。因为中国在唐宋以后,都市兴起了,都市的市民同农村不一样,主要是由商人和都市居民等组成。由于适应这一部分人的需要,所以产生了小说、戏剧,产生了通俗文学。在它上面有古典文学,在它下面有农民、工匠等的文学,或叫做第二层的文学。第三就是民间文学,它是由我们国家里面占最大多数的劳动人民所创造和继承、发展的文学。虽然它不等于无产阶级的文学,但是就它所反映的生活、思想感情和所表现的艺术特色来说,它具有古典文学和俗文学所没有的自己的特点和优点。①

中国的改革开放是一个前所未有的新时代。在钟先生提出文学分层说之后,举国上下全面弘扬优秀传统文化,加强跨文化的发展,出现了"文化热"。钟先生在"文化热"中,将文学分层说推向文化分层说,正式将他的中国整体文化观与分层观结合,面向国家改革开放的大格局,划定民间文艺学的学术地位。

近几年我国学术界出现一个热点,那就是对于文化问题的讨论。开了许多座谈会,发表了许多论文,甚至于连专门性的刊物也出来了。我国近代学术历史上曾经有过几次关于文化问题的讨论,但是范围比较广泛,时间比较持久的,要算这

---

① 钟敬文:《民间文学的价值和作用——一九八二年十一月在杭州大学中文系的讲话》,《新的驿程》,中国民间文艺出版社1987年版,第44页。

次吧。……这次文化热点的产生,决不是无缘无故的。当前我们的社会正处在一个大转变时期。体制、生活方式等迅速地在起着变化。许多事物在受到新的评价和选择。解放思想、实事求是原则的肯定和确立,使许多知识分子有勇气去反思、考察传统文化(包括那些新传统文化);而被隔绝了多年的世界学术新潮(包括那些有关文化的新观点,新学说)正在汹涌而来,使一些敏感的文化人对它迅速感应并加以运用。由于这种种原因造成了文化问题讨论热点的出现,也使那些在讨论中呈现出来的观点不免有种种差异。……在这次文化讨论热潮中,我也被卷了进去,虽然不是充当什么主角。……文化的范围很广泛,层次也不单一。它是一个庞大的复杂的综合体。我向来认为中国传统文化有三个干流。首先是上层社会文化,从阶级上说,即封建地主阶级所创造和享有的文化;其次,是中层社会文化,城市人民的文化,主要是商业市民所有的文化;最后,是底层社会的文化,即广大农民所创造和传承的文化。①

建立文化分层说有其学术功能。什么是它的学术功能?简言之,文化分层说,是在文化主体性与跨文化性之间,建立了一个理论衔接点。主体性是文化特质和文化自觉的表达,跨文化性是携带主体性的文化开放与文明互鉴的特征。主体性与跨文化性两者都不是没缝的石头,硬碰硬。它们在实际接触中,分点撞击和多层接触,民间文学是两者的接触面和对话资源。

---

① 钟敬文:《话说民间文化》,人民日报出版社1990年版,第1页。

根据钟敬文的文化分层说，中国文化分为上层文化、中层文化和下层文化，民间文学属于下层文化的一部分。这里要提到的是，比钟敬文的文化分层说发表稍早，1980年，在他主编的《民间文学概论》中，他对民间文学的界定，是从民间文学本身是什么的角度进行的。

> 民间文学是劳动人民的口头创作，它在广大人民群众当中流传，主要反映人民大众的生活和思想感情，表现他们的审美观念和艺术情趣，具有自己的艺术特色。①

用文化整体性和文化分层的分析框架看，钟敬文解释民间文学的要点如下。

第一，钟敬文的表述分两层：第一层，中国文学分层，分为上层文学、中层文学和下层文学，民间文学属于下层文学。民间文学还有"审美"和"情感"两要素，构成民间文学的"艺术"形式。对于这两个艺术特征，朱自清早在20世纪为清华大学讲授《中国歌谣》时，就已经提出②。当时北京大学歌谣学运动方兴未艾，李大钊、胡适、顾颉刚、钟敬文都是歌谣的热心搜集者，他们也都在评价民间文学的"情"与"美"，但朱自清成书早，对钟敬文的影响也更大。再往前追踪，明前七子、公安三袁，还有晚明的冯梦龙，以及更早的刘勰《文心雕龙》，都谈过"情"与"美"的观点，这是中国文学理论自己的文脉。对此多加关注，再予以抽象，还可用主体性的概

---

① 钟敬文主编：《民间文学概论》（第二版），第1页。
② 参见朱自清《中国歌谣》，作家出版社1957年版。

念来概括。但是，承认民间文学的"艺术"形式，不能只依靠主体性的概念就落地，还要考虑到跨文化性。为什么呢？就在朱自清讲义出版的前两年，芬兰学派的形式主义母题法已传入我国，引入者就是钟敬文①。这是国际民俗界进行跨文化研究的早期方法，它虽有种种不足，也与今天谈的跨文化研究的内涵有所不同，但说它从形式上跨文化毫不过分。自19世纪中叶起，这套方法在芬兰、德国和俄罗斯逐步形成。西方同行用它对民间文学做形式上的解剖，屡试不爽，为一时之盛。钟敬文将这种形式主义的方法引入文化主体性很强的中国，曾经争论很多，但此举的意义更大，主要是在民间文学领域促成主体性与跨文化性的对话。就在1929年朱自清出版《中国歌谣》的同年，钟敬文发表了研究中国故事类型的著名论文②，同年普罗普也出版了他的《故事形态学》③。

中国与俄罗斯民间文艺学的理论与形式研究互补性很强，双方关注的基本问题有不少聚焦点。钟敬文、普罗普、巴赫金互不相识，在学术史上也没有直接交集，但三人却有一些主要观点不谋而合④，钟敬文很早就接触到俄罗斯经典作家的作品，再转向马克思主义艺术观，这条路走的时间很长，下面会做简要概括。这样做的目的，是要帮助人们了解，中国民间文艺学是在中国社会文化和国学深层建立的，不是一束表面的花朵。

接受俄罗斯民粹派，五四时期钟先生是书斋民间文艺学者，他

---

① 参见〔英〕库路德编，约瑟·雅科布斯修订《印欧民间故事型式表》，钟敬文、杨成志译，"中山大学民俗学会小丛书"本，中山大学语言历史研究所1928年印行。

② 钟敬文：《中国印欧民间故事之相似》，原文撰于1928年，收入《钟敬文民间文学论集》下册，第240—244页。

③ 〔俄〕普罗普：《故事形态学》，贾放译，中华书局2006年版。

④ 参见程正民《巴赫金的文化诗学》，北京师范大学出版社2001年版。

在思想上接近俄罗斯的民粹派，即一种非激进的、政治淡泊的文化思想学说。俄罗斯的民粹派知识分子并未全盘接受马克思主义。当时中国书斋民间文艺学者的理想也是浪漫的，充满改造社会的初步设想，他们更倾向于把民间文艺学当作国民教育的手段，把投身于民间文艺学当作自己的责任和使命①。

俄罗斯19世纪思想文化遗产中的民间文艺观，指车尔尼雪夫斯基、别林斯基和杜勃留波夫等人的民间文艺观，列宁曾亲自撰文提倡他们的学说②。别林斯基是唯一不用原始思维、不用"外借论"解释民间文学的人。他认为，民间文学作品是俄罗斯民众自己的创造物，其产生和发展由俄罗斯的历史进程决定。民众在民间文学中表现了自己的历史愿望和民族性格。他从歌谣的内在结构中寻找民众思想，指出科学的任务是，正确地揭示民间文学作品所蕴含的思想和这种思想所被赋予的艺术形式，只有通过这种思想和艺术形式的分析，才能达到研究目的。中国民间文艺学，是从他的"直接人民性"的理论得到启发的，认为在"直接人民性"中含有人类先进思想。车尔尼雪夫斯基发展了别林斯基的直接人民性理论。他提出，民间诗歌是民族文化中最高的、最优秀的成就。杜勃留波夫研究民间诗歌中的世界观，他认为，民间文学研究不能脱离历史研究，也要看到民间文学与社会历史的反联系。他提出，民间诗歌没有反映封建战争，因为这些战争不是人民的战争。发动战争的不

---

① 参见〔美〕洪长泰《到民间去——1918—1937年的中国知识分子与民间文学运动》，董晓萍译，上海文艺出版社1993年版，第288—292页。

② 参见程正民《20世纪俄罗斯马克思主义文论的发展》，《程正民自选集》，山东文艺出版社2007年版，第23—24页。

是人民,但历来战争的参加者和受害者却是人民①,这就是民间文学作品有时与社会历史事实反联系的观点,后来被普罗普发挥得淋漓尽致,详见本书第二讲。这批思想文化遗产同俄罗斯社会意识形态有着深刻的历史联系,对俄罗斯文化传统的阐释也很具体②,所以能在俄罗斯社会主义民间文艺学的建设中持续发挥影响。对我国民间文艺学而言,在20世纪50年代,别林斯基的"直接人民性"观点,车尔尼雪夫斯基的民间文学是民族文化"最优秀"的代表作的观点,杜勃留波夫的民间文学历史观,后来都被用作话语,进入新中国民间文艺学体系。50年代至70年代,在我国民间文艺学的学科建设中,"人民性"成为使用率最高的话语,并凭借这一话语,获得政治属性,加入社会主义意识形态建设。

高尔基是与苏联时期社会主义革命领袖密切接触并能替民间文学说话的特殊人物。他提出民间文学起源于人与自然和人与人斗争的观点,被直接用于我国民间文学教科书中③。我国引进的苏联时期其他民间文艺学著作的作者有:安德烈耶夫、阿扎多夫斯基、尼古拉·彼得罗维奇、索哥洛夫兄弟、古雪夫、开也夫、契切罗

---

① 参见北京师大中文系民间文学教研室编《民间文艺学参考资料》,内部资料,1982年,第358—364页。
② 参见程正民《20世纪俄罗斯马克思主义文论的发展》,第22页。关于我国民间文艺学高等教育课程中对车尔尼雪夫斯基等思想的借鉴,参见钟敬文主编《民间文学概论》(第二版),第48—49页,另见刘锡诚编《俄国作家论民间文学》,中国民间文艺出版社1986年版。
③ 参见钟敬文主编《民间文学概论》(第二版),第9、38、52、151页。

夫、鲍米兰采娃和普罗普等①。主要从四个方面吸收其观点：一是关注党和国家领导人的讲话、文章中对民间文学的引述，把领袖传说当作民间文艺学的对象进行研究；二是建立社会主义革命运动与民间文学搜集运动、民众创作活动的联系；三是加强对理论研究与田野调查的共同强调；四是把民间文学研究国家项目化，在高校建立民间文学教研室，在中央和基层建立民间文学研究部和群众文化馆站②。80年代以后，钟敬文将从俄罗斯传来的理论纳入总体理论，进行反观研究；将其形式主义方法视为具体方法，置于总体理论之下。

第二层，文化分层反观文学分层，对民间文学的特征进行宏观分析，阐明"跨"的性质。

> 这三种文化，各有自己的性质、特点、范围、结构形态和社会机能。彼此有互相排除的一面。但是，因为都是在一个社会共同体里存在和发展的，这些不同性质的文化就不免互相关联，互相错综。何况在阶级社会里，统治阶级的文化是占统治地位的文化，是霸道的文化。它要侵入被统治阶级的文化是必然的。……（但）也不能排除中下层文化对上层文化

---

① 关于俄国社会主义民间文艺学的成就，连树声、刘魁立、刘锡成、魏庆征等都有介绍，并翻译了一批俄文著作，例如：中国民间文艺研究会编：《苏联民间文学论文集》，作家出版社1958年版；刘锡诚编：《俄国作家论民间文学》；〔苏〕谢·亚·托卡列夫等编著：《世界各民族神话大观》，魏庆征译，国际文化出版公司1993年版；《刘魁立民俗学论集》，上海文艺出版社1998年版。关于我国高校民间文学教材对阿扎多夫斯基等观点的正式引用，例如：钟敬文主编：《民间文学概论》（第二版），第44页。

② 参见北京师大中文系民间文学教研室编《民间文艺学参考资料》，第459页。

的影响。拿文学史做例子吧。中国历代的上层社会文学体裁，不少是从中下层社会的创作那里取来的，从汉魏、六朝的五言诗歌，到词曲、小说、戏曲，莫不如此。自然上层阶级取用那些新鲜活泼的民间体裁之后，就要从内容和形式上给以改造（这种改造，不能一律看作坏事，它能起腐化作用，也能起提高作用，必须做具体分析），使之符合于自己的口味。又如上层社会作者诗文中所常用的典故、词藻，十之六七是取自民间文学创作的。这些例子证明上层文化并不是与中下层文化无关的。

我上面的话，在于说明中国传统文化的体系及其复杂性。而不看到这点，并对它具有一定的具体知识，想要概括地谈论中国的传统文化以及整个文化，并进而加以去取，这样做，即使出于好心诚意，结果恐怕是南辕北辙的。①

在中国的分层文化之间可以"跨"，在传统文化与现代文化之间可以"跨"，在中外文化之间也有所"跨"。没有这种宏观视角，只从自我文化的微观视角看待民间文学，用他的话说，"想要概括地谈论中国的传统文化以及整个文化，并进而加以去取，这样做，即使出于好心诚意，结果恐怕是南辕北辙的"。

---

① 钟敬文：《话说民间文化》，第3—4页。

（三）民间文学理论的结构与"四性"

在钟敬文主编的《民间文学概论》中，关于民间文艺学的结构，分三部分，包括基础理论、体裁分论与搜集论。在本小节中，简述这三部分各自的研究对象与范围，也对当代学界提出的新问题加以说明，并对长期呈现的相对稳固的民间文学知识进行介绍。

第一部分，基础理论

民间文艺学要解决一个基本问题：民间文学怎样实现主体性与跨文化性的兼容和转化？民间文艺学的研究对象是一种动态性极强的文化现象，从动态运行上观察民间文学的主体性与跨文化性，要比从静态中观察看得更清楚。下面看钟敬文主编的《民俗学概论》。

在这本教材中，民俗分四个范畴：（1）精神民俗，包括民间文学、传统节日民俗和民俗信仰。（2）物质民俗，包括传统生产方式、传统生活模式、传统手工艺和经济民俗。（3）社会组织，包括家风民俗、社区民俗、人生仪礼、民间组织。（4）语言民俗，包括民间谚语、谜语、熟语、行业用语等。

我们在精神民俗的范畴中能看见民间文学。民间文学如何辨识？要了解它的"四性"，即集体性、口头性、变异性和传承性。目前人们能看到的大都是这种解释。其中，集体性，指民间文学集体创作、集体加工、集体保存和集体传播的特征。口头性，指民间文学由口头创作，通过口耳相传得到加工和传播，并在口头传承中被保存的特征。变异性，指民间文学在流传过程中，从形式到内容的很多因素，比如语言、情节、人物甚至主题等，都可能发生变化。它是从民间文学的集体性和口头性中派生的特征。传承性，指民间文学作品在不断变化的过程中积淀下来的那些世代相传的、相对稳定的因素，如传统文化观念、传统审美意识和各种艺术套式等。下面看一个月亮民歌的例子，已流传了两千多年。将它的各种文本放在一起，就容易看到，"四性"在文本中是怎样表达出来的。

月子弯弯照九州，九州外有第十州。黄牛小牛你听我说，我姓吴来姐姓周。

——［汉］王符《潜夫论》（距今1800年）

月子弯弯照九州，几家欢乐几家愁。几家夫妇同罗帐，几家飘散在他州。

——［宋］宋人京本通俗小说《冯玉梅团圆》
——［明］冯梦龙编《山歌》（距今1100年）

月子弯弯照九州，几家欢乐几家愁。几人夫妇同罗帐，几人飘散在他州。

——［明］王世贞《艺苑卮言》（距今560年）

月亮弯弯照九州，家家欢乐唯我愁。几时得姐同枕席，再不流浪在外头。

——刘兆吉《西南采风录》（1940年代抗战时期西南联大迁徙途中搜集）

一个月光照九州，有人欢乐有人愁。有人楼上吹箫笛，有人楼下皱眉头。

——《民间文艺》第八期（钟敬文辑）

月儿弯弯照九州,学费高涨呀学生愁。有钱的投考上高楼,无钱的流落在街头。

——《南京学生助学歌》(钟敬文于1945年搜集)

月子弯弯照九州,几家欢乐几家愁。几家人口团圆聚,几家飘零在外头。

——《儿童歌谣》(钟敬文辑)

八月十五望中秋,有人快活有人愁。富人有钱献月饼,穷人少米食芋头。

——《民歌拾零》(钟敬文于1946年解放战争时期搜集)

月儿弯弯照高楼,高楼本是穷人修。寒冬腊月北风起,富人欢乐穷人愁。

——电影《洪湖赤卫队》插曲(1961年)

月亮走我也走,我送阿哥到桥头。……月亮月亮歇歇脚,我俩话儿没说够。

——20世纪70年代通俗歌曲《月亮走,我也走》

有一个弯弯的月亮,弯弯的月亮下面,是那弯弯的小桥,小桥旁边,有一个弯弯的小船,弯弯的小船悠悠,是那童年的阿娇。

——20世纪80年代通俗歌曲《弯弯的月亮》

月亮民歌流传于我国各个历史时期和各地区,人人会唱,人人共享,这就是它的集体性特点。其歌词朗朗上口,好唱易学,这就是它的口头性特点。歌词中的"月亮"的概念不断变化,在不同时期、不同地点、不同方言中,它又叫"月子""月光""月儿",这就是它的变异性特点。不管怎么变,它始终是大同小异的月亮歌,这就是它的传承性特点。对民间文学的这个"四性"特征,大家都应该学习和掌握。

当代民间文艺学的"四性"研究有变化,变化最大的是集体性。现代化、城市化和全球化以来,人口流动,使集体流传的社会环境和讲述群体逐步缺失,网络信息的出现,也让传承性和变异性的轨道发生了转弯。民间文学在多民族民俗中的非平衡位置也不能忽视。

另一种变化是传承性。中西民间文学定义的取向,与对传承性的理解大有关系。中国民间文学是长期农业文明的产物,自然观与人文宇宙观融为一体。民间文学是这种整体结构的派生现象。民间文学的时间传承性是慢节奏的,双喻习惯是稳定的。相比较而言,西方文化离不开宗教,直到当代,西方民俗学者对民间文学要素的分析也以宗教文学为参照系,如讨论民间文学中的"传统"要素,就会分析正统宗教的基督传说与非正统的撒旦传说。再如讨论民间文学的"诗学"要素,就会从古希腊亚里士多德的"诗学",到古罗马贺拉斯的《诗艺》,到德国格林兄弟的"文学科学",打通梳理。总之,西方民间文学的传承研究,在时间排序和双喻排序上,都有宗教学的参照性[1]。

第二部分,体裁分论

民间文艺学中的体裁分论,指对民间文学作品进行体裁分类和研究。在我国的民间文艺中,将民间文学作品分为十种:神话、传说、故事、歌谣、谚语、谜语、说唱、民间戏曲、史诗与叙事诗。关于这方面的体裁知识和代表作,将在后面设专章讨论。

---

[1] 参见Lynne S. McNeill, *Folklore Rules: A Fun, Quick, and Useful Introduction to the Field of Academic Folklore Studies*, Logan: Utah State University Press, 2013, p. 13。

第三部分，搜集论

民间文艺学的搜集论是民间文学研究的独有内容，不是可有可无，而是十分重要。目前中外同行的共识是，这是一种跨文化和跨学科的研究。在研究目标上，搜集论讨论民间文学文本的存在形式、真伪、资料库的性质，从文本到理论的提升需要处理的问题等。

三、民俗叙事本质的研究价值[①]

民俗叙事本质的研究价值，涉及两个方面：一是文本的意义，二是文本的意义是怎样形成的。

（一）文本的意义

谈到文本的意义，要考虑它的指向是什么。是文学的，还是社会的？

经典民俗学将文本的意义归于文学，这也是一种价值取向。它来自欧洲中心论。以故事为例，全世界的故事文本都要以欧洲为中心，对来源、语言和原型进行整理、归并和构图。各国故事文

---

① Anna-Leena Siikala, "Changing Interpretations of Oral Narrative, etc.", pp. 189-190. Lauri Honko & Juha Pentikäinen, "The Structure and the Function of Legend", in Juha Pentikäinen, *Legend Is a Part of Life*, Helsinki: Gummerus kirjapaino oy jyvaskyla, 1989, p. 176.

本的意义参差不齐，但都要按照欧洲模式直线进化，达到欧洲故事的标准化水平，做到整齐划一。这种观点自20世纪60年代开始受到批评。90年代，东欧社会主义国家高校对民间文学研究进行反思，原各加盟国的民间文学作品都曾按照苏联社会主义模式分析，统一历史、统一社会、统一思想和统一形式，此时又退回原路，各说各话。俄罗斯民间文学研究在巴赫金理论之后进入全新时期，以思想创新与理论深刻著称。

当代民俗学将文本的意义归于社会。这种转变与提倡多元文化价值密切相关。按照这种价值观，任何一元文化都不能统领人类所有文化。民间文学的意义不是单轨进化和直接进化的问题，而是多元多线，始终都在跨文化交流和对话的方面发展。早期欧洲民俗学者聚焦于民间故事母题和主题的国别分布与流动，现在已转向关注不同国家地区的不同民俗体裁。后芬兰学派代表人物安娜-列娜·茜卡拉（Anna-Leena Siikala）是民俗叙事学理论的创建者，其文本价值的取向，就是明确的社会观。她的观点是："口头叙事文本是社会互动进程的产物，在各自的社会活动中生产与再生产。"[1] 自1989年提出此学说以来，响应者众多。

当代民间文艺学对文本意义的研究观点，可大致归纳为以下几点。

跨文化论。民间文学以口头文本为主，口头文本的性质是跨文化共享。民间文学拥有一批世界性的共享要素。这些要素在各自文化中，全部保留其原有叙事思维方式，或者根据各自文化的需求产生自我特征。

---

[1] Anna-Leena Siikala, "Changing Interpretations of Oral Narrative, etc.", p. 189.

自我工具论。在不使用文字的社会中,民间文学文本是传达内部社会思想的媒介,是用来描述和讨论自我社会中的重要问题或紧张问题的工具。这种工具发挥作用的方式,不是权力控制,也不是从一种文化到另一种文化地单纯吸收内容和形式,而是寻找那些可以促成共同理解和共同掌握的结合点开展工作,发展民间文学的叙事能量、活泼的艺术形态和文化生命力。

文化丛论。此指将民间文学的叙事与国家社会文化的叙事模式相捆绑,在思维方式和经验方式上具有一致性,形成可以共享的打捆方式和群体认同的意义。

文化自觉。此点仍然涉及对民间文学理论中的集体创作论、宇宙知识本体论和原型论的认识。当代民间文学理论认为,真正的文化自觉依赖于想象、国家、民族与个人情感的唤醒,也与文化传统有关,或多或少都如此。被共享的文化自觉要求用人们可以掌握的文化传承知识和能够解决生活问题的工具来构建,人们还要反复参考民俗模式、文化模式和宇宙观知识。弃之不用,就没有成功的胜算。

二元结构论。这是解释民间文学长期流传的关键点。人们总是被有关宇宙本体和原型论的解释性知识和社会人生的经验化现象所双面引导,在理论与经验的二元结构中选择。二元结构特征能涵盖民间文学的所有理念,共同体和跨文化性的途径问题。

文化意义网。民间文学的叙事文本,在本质上是一个文化意义网,包括文化知识、经验化知识、口头传统在发展中生成的知识。

体裁论。体裁是传导文化意义网的不同文本意义的载体。不同体裁的意义,在承载量上有轻重之别。口头传统的经典体裁是重量级体裁,如史诗。在当代社会,它们被公认为是区别于其他体裁的分界线。个别文本的意义载体要在总体意义之下进行分析。

跨体裁论。在民间文学作品中,神话、传说和故事的母题在各自语境中都是跨体裁的文本,其意义取决于它们所依附的能面向问题和解决问题的体裁。个体文本的阐释空间是十分有限的,跨文化文本的体裁阐释空间是广阔的。

(二) 文本意义的形成

此指民俗叙事研究的方法论和基本问题,包括如何在叙事文本研究中,插入对话、话语、语境和表演等工具概念,携带多元文化的问题开展文本意义研究。

对话的二元过程论。民间文学叙事活动始终处于讲述人与听者的对话中。讲述人也是解释者。讲述人在听者对宇宙本体论和原型论的认知中,在讲述人与听者的双方经验化地解释世界的过程中,经过互动,完成对话的二元过程,共同建构文本的意义。先秦史籍《晏子春秋》已有这种记录。晏子是齐国君主十分信任的朝臣,他劝谏齐景公习礼和遵礼,堪称对话二元过程的教本。有一则饮酒礼的记载这样写道:

> 景公饮酒酣,曰:"今日愿与诸大夫为乐饮,请无为礼。"晏子蹴然改容曰:"君之言过矣!……"少间,公出,晏子不起,公入,不起;交举则先饮,公怒,色变,抑手疾视曰:"向者夫子之教寡人无礼之不可也,寡人出入不起,交举则先饮,礼也?"晏子避席,再拜稽首而请曰:"婴敢与君言而忘之乎? 臣

以致无礼之实也,君若欲无礼,此是已!"公曰:"若是,孤之罪也。夫子就席,寡人闻命矣。"觞三行,遂罢酒。①

这个故事讲,齐景公大宴群臣,告诉大家,可以不拘礼节恣意酣饮,晏子不同意,认为在朝廷活动的场合君臣不可无礼,齐景公沉迷于饮酒,听不进去。晏子反其道而行之。在齐景公出去时,晏子不起身致意。在齐景公回来时,晏子视而不见。在君臣之间推杯换盏时,晏子抢先喝,旁若无人。齐景公很生气,批评晏子傲慢无礼。晏子回答他,我故意做无礼的事,您才能明白无礼的后果。齐景公知错,懂得施行礼制的重要性。《晏子春秋》中这种故事很多,先秦典籍《战国策》和《左传》中也有这类故事。其文本的意义,都不是单纯研究君主本身发现的,而是从臣子与君主两人的对话中发现的。在君臣谈话的时间排序上也要等到君主转过身去之后,才在臣子那里发现缘由。前后两个时间内产生的意义有机合成为对话文本,形成双喻意义。文本的好处,是记载君臣二元对话与君主形成政见的过程,使实施礼制的历史得到升华。

主流话语论。主流话语也处于变动之中,变化的动力是对想象世界和生活世界的共同叙事。在这方面,民间文艺学的做法是,关注口头文本所衍生的异文。异文是最能表现自我文化特质的那一部分。每个异文也都提醒学者对文本的不同变化给予重新关注。学者还要关注主流话语的承担者与沟通过程,建立次级话语。民间文艺学的研究不是将各种异文归于一统,那样做的结果只会偏

---

① 汤化译注:《晏子春秋·内篇谏上第一·景公饮酒酣愿诸大夫无为礼晏子谏第二》,中华书局2015年版,第4—6页。

离研究目标。

多义情境论。民间文学作品的文本意义离不开情境的意义,情境意义又是如何形成的呢?这取决于文本所关联的情境参照物获得阐释的机会。在对情境意义的研究上,当代民间文艺学研究大都基于叙事的本质是一种语言表演艺术的社会事实的认知,采用情境"多重意义"观(multiple signification)。这种观点认为,民间文学作品不是单纯的句子组合,而是由时间排序产生前后关联,由双喻排序产生复调,由逻辑排序产生不同层级的话语,再通过叙事的句式,在文本意义的深层,形成数个语义维度。此外,还需要了解的是,民俗学、人类学、民族学、社会学、文艺学、艺术学和心理学等其他学科对于民俗叙事的解释不是相互排斥的,而是从不同视角发现形成文本意义的过程。

表演能力论。表演是民间文学与生俱来的文化特征。民间文学承担文化表演和描述这种表演可能性的任务。表演的话语未必与叙事的社会真实相一致,但表演时所使用的话语和词语由表演者所处的社会情境决定。表演能力是一种依赖于表演者提取文本深层意义的特殊能力。

自我信仰的体裁论。人们对民间文学的兴趣,有时出自这类作品中自我信仰系统的描述结果,以及传统信仰与现实认知的沟通程度。对在历史上形成的自我信仰体裁,要求增加自我信仰的历史概念去描述。

动态知识论。民间文学是一个动态的知识生存系统,不能按照书面文学的研究方法去限定。动态知识系统的意义,是在社会生活的过程中发生变迁,随着变迁又被重新评估、重新加工和重新建构,民间文学本身也会被再三再四地重新解释,呈现出它的动态活力。

第二讲　故事现象学

在芬兰学派以故事类型法引领世界上第一个民俗学方法论高峰之后,所出现的第二个方法论高峰,就是普罗普的故事现象学(Phenomenology),其经典著作是《故事形态学》。现代芬兰学派代表人物劳里·航克直接把普罗普称为民俗学的"现象学大师"。与普罗普同时开辟非AT的第二战场的,还有亚洲学坛的钟敬文。钟敬文首创中国故事类型,并用民俗志的方法发展它,开创了中国的故事现象学。

一、故事学与故事现象学

芬兰学派的故事学方法在18至19世纪的德法俄学术圈内发生,现象学同样是德法俄学术圈的发明。芬兰学派的故事学过分强调故事在历史地理变迁中的"自然过程",在20世纪初受到诟病,故事现象学帮助它查漏补缺。

故事现象学的含义是,故事就是现象,现象就是故事,这是由故事本身的三个特点所决定的:第一,故事不是物质实体或客观事物,而是精神现象,如中国著名的四大传说故事;第二,故事的内容未必是事实,如"老鼠嫁女"的故事,中印共享,但在两个国家都不存在鼠人婚的社会事实；第三，故事中的事件大都不是亲身经历，而是一种存在意识，是一种特殊的心理经验，如《庄子》中所讲的"庄周梦蝶"的故事："不知周之梦为蝴蝶与？蝴蝶之梦为周与？"① 由以上特点所决定，故事是人类的精神文化现象，而且是可以跨文化的现象。

全世界都在讲故事，都存在故事现象。我们也可以肯定，对故事现象的研究，不能像达尔文《物种起源》的研究那样，使用纯粹的自然过程方法；也不能像普罗普青年时代流行的苏联理论那样，使用教条主义的方法，认为故事等于社会事实。故事现象学通过对文本"直接的认识"描述故事现象，其里程碑是由普罗普树立的，而它一经提出，首先受到芬兰学派的欢迎，也被视为普罗普故事研究的新方法。

二、故事现象学的方法

故事现象学的研究对象是故事现象。

故事现象学的方法，是以直观所见故事现象为基础，从文本中来，到文本中去，对故事现象直接进行本质还原，通过分析故事文本的情节、母题与功能，采用拆结构的技术，制成故事现象的本体论结构，体现故事讲述人及其共享群体思想观念中的他反观、他逻辑和他理解，解释故事现象的结构形态与传播规律。

故事现象学的研究使民间文艺学成为理论与经验结合的二元

---

① 陈鼓应注译：《庄子今注今译》上册，商务印书馆2016年版，第109页。

科学。

故事现象学的方法论要点如下：

（一）搜集文本

在研究故事现象之前，搜集所有故事类型的文本和可能存在的异文，分析全部异文的所有结构，提取出它们的主、次差异点，探索他反观的思路。

（二）比较文本

在研究故事现象的过程中，对故事进行结构性的假设，比较各异文之间的异同，探索他逻辑的时间排序和双喻排序，探索他理解的方式。

（三）解释文本

在研究故事现象的阐述阶段，分析故事现象的结构与相应功能的变化，寻找变化的语言因素和环境因素，同时也要避免把故事现象的变迁与文化模式变迁和社会事实混同，揭示他逻辑的表述程式。

三、普罗普的故事现象学研究

普罗普是具有世界影响的学者,他的代表作《故事形态学》采用了一种前所未见的全新工作程序,使用"中心角色"的核心概念,选用100个俄国神话故事为样本,对故事现象做重新分类,发现中心角色所承担的并不是情节,而可能是功能。他以"功能"为假设,搭建故事叙事的层次,建造故事的本体论结构,揭示了故事的他反观、他理论、他逻辑奥秘。他的极富创造性的学术建树,使他首先成为民俗学大师,再成为现象学大师。他的《故事形态学》理论在东西方学术界都产生了广泛的影响,改变了人文科学的格局。

(一)关于"功能"假设

普罗普关于故事中心角色承担"功能"的假设有四个要点:
(1)功能是故事中的连续要素和稳定要素。
(2)功能分为具体功能与基本功能,它们结合后形成功能项。
(3)功能项带有内在秩序的同一性,它的数量是有限的。
(4)所有故事异文都是单一类型。①

---

① 〔俄〕普罗普:《故事形态学》,贾放译,第18—20页。

（二）故事现象的外在要素

普罗普关于故事变迁的分析，主要强调两个思想要素：
（1）故事现象与其自身生存时代相关联。
（2）在阐释故事的精神现象时，使用简单唯物论，会使研究结果变成脱离故事本体的牺牲品。

（三）芬兰学派失误的要害

普罗普在《故事形态学》中对芬兰学派的故事类型研究法提出批评，指出，芬兰学派提出情节与母题的概念和编制故事类型的一般原则，却没有将情节与母题区别开来，造成在故事类型的划分上，出现重复、交叉乃至混乱的现象。

（四）普罗普方法的改革

芬兰学派把母题与情节混合起来，做统一的单一模式，于是就不能不面临两个问题：一是情节变化大而母题变化小，这个矛盾如何处理？二是单一模式不能"拆句子"，单一模式就成了故事的最小单位，于是就无法处理多元模式的故事①。普罗普按照他创造的故事现象学对芬兰学派的方法进行改革。他把母题当作故事形象的稳定单位，每个单位里都有一个中心角色。他把情节当作故事形象的流动单位，每个情节都充满了变化。

（五）普罗普的突破

　　普罗普做了怎样的突破？我们来看他的工作。他从故事现象的本身出发，将情节与母题加以区分，又建立一个新概念叫"功能"。他再用"功能"搭建故事结构，然后对故事进行阐释。

　　下面我引用普罗普原著的中译本，同时借用程正民研究普罗普的文章，说明普罗普的观点是怎样产生的。

　　程正民借助普罗普使用的四个故事，展示情节与母题的分布，在下面的举例中，我用粗体字表示母题，用斜体字表示情节。

　　1. **沙皇**赠给好汉一只**鹰**。*鹰将好汉送到了另一个王国*。
　　2. **老人**赠给苏钦科一只**马**。*马将苏钦科驮到了另一个王国*。
　　3. **巫师**赠给伊万一艘**小船**。*小船将伊万载到了另一个王国*。
　　4. **公主**赠给伊万一个**指环**，*从指环中出来的好汉们将伊万送到了另一个王国*。②

---

① 参见〔俄〕普罗普《故事形态学》，贾放译，第11页。
② 〔俄〕普罗普：《故事形态学》，贾放译，第16—17页。

普罗普指出：

  在上述例子中可以看出**不变的因素和可变的因素**，变换的是角色的名称（以及他们的物品），不变的是他们的行动或功能。由此可以得出结论说，故事常常将相同的行动分派给不同的人物，这就使我们有可能根据角色的功能来研究故事。①

回头再看普罗普的四个故事，是不是母题变动小而情节变动大？母题的不变因素多，如有变动，也只是换符号而已。情节频繁变动，可变的因素也多。普罗普怎样在方法上与芬兰学派相区别？他认为，芬兰学派的问题在于"分类不是在描述之后，而是描述在先入为主的分类框架之中"②。民俗学界称芬兰学派的方法为"拆句子"，称普罗普的方法为"拆功能"。

我们再按普罗普的工作步骤，演示他的故事现象学的方法。

第一步，归纳功能以建立他反观。

普罗普按照故事的叙事情节，归纳出31种功能，由功能反观民众讲故事的意识。

我把31种功能稍加缩写后抄在下面，用括号表示普罗普对功能抽象提取的过程，用黑体字表示他的可提取的功能项。

  1. 一位家庭成员外出（外出）。　　　　　　　　**追寻者**
  2. 对中心角色发出禁令（禁忌）。

---

① 〔俄〕普罗普：《故事形态学》，贾放译，第17页。
② 同上书，第10页。

3. 中心角色打破禁令(解禁)。　　　　　　　　英　雄

4. 对手打探消息(刺探)。　　　　　　　　　　对　手

5. 对手获知受害者的消息(获悉)。

6. 对手欺骗受害者以控制他或获取他的财物(圈套)。

7. 受害者上当并无意中帮助了对手(胁从)。

8. 对手给某家庭成员制造危害或损失(加害)。

9. 某家庭成员缺少某种东西又想得到(缺失)。

10. 缺失或灾难被告知,中心角色出发(调解)。　报信者

11. 追寻者同意或决定反抗(最初的反抗)。

12. 中心角色离家(出发)。

13. 中心角色经受考验,遭遇魔法或遇到助手。

14. 中心角色对施予者做出反应(中心角色的反抗)。

　　　　　　　　　　　　　　　　　　　　　　施予者

15. 中心角色拿到宝物(宝物的提供与获得)。

16. 中心角色被送到所寻宝物的地点(在两国之间的空间移动)。

17. 中心角色与对手正面交锋(交锋)。

18. 给中心角色做标记(打印记)。

19. 对手被打败(战胜)。

20. 最初的灾难或缺失得到解除(消除灾难或缺失)。

21. 中心角色归来(归来)。

22. 中心角色遭受追捕(追捕)。

23. 中心角色从追捕中获救(获救)。　　　　　助　手

24. 中心角色用熟人认不出的装扮返回(微服抵达)。

25. 假冒中心角色者提出非分要求(非分要求)。假英雄

26. 给中心角色出难题（难题）。

27. 难题被解答（解答）。

28. 中心角色被认出（辨别）。

29. 假冒中心角色者被揭穿（揭露）。

30. 中心角色变化形象（变形）。

31. 敌人受到惩罚（惩罚），中心角色成婚并加冕为王（举行婚礼）。①

第二步，分析功能项以揭示他理解。

找到了功能，还不等于转向他理解和他逻辑，需要再分析故事。原来普罗普发现，中心角色位于故事现象的表层；功能埋藏在故事现象的深层。功能也不是简单而随意的堆放物，还可以分为两类，即具体功能与基本功能。具体功能比较流动，多用于日常生活；基本功能比较稳定，多用于话语。具体功能可以辅助基本功能。

在功能与功能之间存在着排列组合的内在秩序。内在秩序是统一的。可以按照这个内在秩序，观察不同功能的组合方式和含义。具体功能与基本功能结合并发挥作用即"功能项"。普罗普在31个功能中，找出7个功能项，它们是：追寻者、报信者、施予者（赠予者）、英雄、（英雄的）对手、假英雄、助手。

第三步，建立二元结构以展现他逻辑。

根据普罗普的意见，功能项不是平铺的，而是双层的：

第一层：追寻者、报信者、施予者（赠予者）；

---

① 〔俄〕普罗普：《故事形态学》，贾放译，第24—59页。本书作者对31个功能的中译文根据民俗学专业的通用表述做了少量修改。

第二层：英雄、对手、假英雄、助手。

普罗普的分析方法是二元结构的，即在双层结构的层面上开展工作。双层结构引导普罗普就故事现象的本体论结构做阐释。这是一个非常独特的分析方法。双层结构可以拆分，在这个意义上叫作"拆功能"。这种拆分所表明的，是故事现象的动态状态，以及故事现象允许学者在动态运行中阐释的可能性。

在普罗普之前，芬兰学派用"拆句子"的方法开展工作，是要证明故事的最早起源为印欧文化圈，所有的欧洲故事都有一个遥远的印度故乡，这种历史地理化的做法给芬兰学派带来了理论上的深刻性。普罗普否定"拆句子"而改用"拆功能"，在方法上说得通，但他还要回答一个问题，那就是"功能"有没有历史根源？他很想做这件事。1938年，他开始写《神奇故事的历史根源》，于1946年出版。在这本书中，他讨论故事现象的历史脉络，力图对故事现象学加以补充和深化。他提出：

> 我们将既不去猜测历史事实，也不去证实它们与民间创作的一致。我们想研究的是历史往昔的那些现象（不是事件），与俄罗斯的故事相符合并且在何种程度上确实决定并促进了故事的产生，换言之，我们的目的在于阐明神奇故事在历史现实中的根源。①

但他这次研究撞上了深水中的暗礁。他把故事现象直接或间

---

① 〔俄〕普罗普：《神奇故事的历史根源》，贾放译，中华书局2006年版，第1—2页。

接地视为历史现象，与芬兰学派曾经直接把故事现象当成社会现象没有实质性的区别。1948年，他在圣彼得堡大学（时称列宁格勒大学）受到批评。有的批评者提出，他的功能化方法的实质，是使用西方民俗学和民族志的观点，拆分俄罗斯本土的故事，产生了两种偏差：一是把俄罗斯故事变成欧洲和大洋洲都有的故事，二是他的研究方法削弱了对史前史故事的想象和母题的阐释。普罗普本人的回应很含蓄，还表示了对维谢洛夫斯基观点的质疑，他说：

> 我们的现代科学（我主要指民俗学），远远落后于我们的社会主义建设。我们落后的原因是没有从旧科学中摆脱出来。传统过强，拖了我们的后腿。当我完成最后一本拙著《神奇故事的历史根源》时，我很高兴，我坚信自己已经创造了一部真正的马克思主义著作，原因是我对立于社会经济基础之上的精神现象做出了解释。但失望也接踵而来，就是我的书还缺少一个要素，即"人民"。关于人民的问题，他们的意识形态和他们的阶级斗争并不在故事中经常出现。诚然，别林斯基、杜勃留夫斯基、高尔基都坚持这个观点，但作为神话学者，我把故事放到遥远的史前社会框架下分析，像芬兰学派的历史地理方法一样，我忽略了故事的内容信息和艺术原生态，只依靠考古文献。我不能把自己降低为一个比较学者，我把俄罗斯神话故事解释为受其人民文化的启示而创造的文化产物，成为人文文化早期的文化阶段的标志。我的批评者指责我是

有害的世界主义,对此,我不加辩白。①

普罗普这本书不算成功,不如他的《故事形态学》名满天下,事实上这本书也没有产生世界级的影响,但谁又能否认,正是普罗普的伟大创造,推动了世界民俗学的进步。

四、故事现象学在后普罗普时代的发展

严格地说,芬兰学派和普罗普都属于欧洲一元化的时代。对这个时代的方法论的特点,应该如何评价?乐黛云指出:"过去,认真决定于公式、定义、区分和推论。它叙述的是一个可信赖的主体,现在也要去'认识'一个相对确定的客体,从而将它定义、划分、归类到我们已有的认识论的框架之中。"今天已来到跨文化的时代,今天怎样看待经典民俗学时期的方法论?乐黛云说:"(今天采用)互动认知的思维方式,强调主体和他者在认知过程中都有所改变,并带来新的进展。"②这种认识对概括后普罗普时代的故事现象学有启示作用。

---

① 参见 Lauri Honko & Juha Pentikäinen, "The Structure and the Function of Legend", p. 174。
② 乐黛云:《差别与对话》,《民俗典籍文字研究》第18辑,2017年,第26页。

（一）芬兰学派的改革

劳里·航克对普罗普有一种激赏的态度。他认为，普罗普批评芬兰学派是中肯的，普罗普创造的"情节单元组合分析法"，应该定性为现象学方法，对国际民俗学贡献巨大。普罗普从现象学开辟新的民俗学理论科学，拥有非凡的意义和价值[①]。

根据我的了解，芬兰学派对普罗普学说的使用，至今已超过列维-斯特劳斯的结构主义学说。他们客观地看待普罗普的不足，认为他在故事现象学的研究中忽略了地方性和整体文化环境的研究。普罗普寻找故事现象与历史现象的联系，并没有错，但故事现象背后的历史是人类社会发展的历史。在国际学术界都摆脱了单一进化论和直线进化论之后，对故事现象的研究，也在人类社会的大历史中进行。现在承认多元化，就是承认大历史。今天已过渡到跨文化，就是在大历史下开展多元文化的交流对话研究。普罗普对组成故事意义的七个功能项的研究，提供了理解初民文化的一把钥匙。但普罗普的学说还有另一个贡献，就是他已指出的，俄罗斯故事与欧洲故事都属于全球体裁。要知道，他在1940年代提出这个观点时很孤独，西方民俗学界是不承认的，而现在已普遍认同。不过，在这种转变的过程中，经过了一个过渡，就是普罗普的方法经列维-斯特劳斯的再加工，发展成为一套完整而严密的结

---

① 参见 Lauri Honko & Juha Pentikäinen, "The Structure and the Function of Legend", p. 176。

构主义方法。这样一来，西方学界对接受普罗普的全球体裁的理念已没有障碍，所以说，普罗普的学说是世界民俗学史上的一座丰碑。普罗普也是一座桥梁，让民俗学走向现象学，再走向新层面上的理论科学。

普罗普对芬兰学派的批评没有给芬兰学派带来沉重打击，相反，芬兰学派认真使用普罗普的学说改进方法论，经过多年的努力，已产生以下变化。

第一，放弃编制故事类型的情节假设。这种假设的理论来源于格林兄弟，但芬兰学派承认，普罗普的故事现象学要比格林兄弟更为兼容和科学。

第二，放弃拆句法，吸收普罗普的拆功能法。普罗普本人认为，自己解决了故事现象中一个最难的问题，就是如何解释故事中的变形情节。他认为，解决的关键点就在于他找到的31个功能。芬兰学派也认为，31个功能最大限度地帮助民俗学者接近故事现象的内在思想秩序，这种秩序至今还在不同程度地传承。但对普罗普提出的基本功能与具体功能的组合模式，芬兰学派认为，这在多元文化和多元社会中会有不同的形式和内容，对此还需要继续研究。劳里·航克还认为，31个功能未必穷尽，对每个功能也还可以进行深入研究，如对生命树故事类型的功能，就可以做独立的垂直分析。此外，功能项如何进入多元文化的共享模式？对此也要思考。

第三，放弃单一的形式比较法，关注故事现象与多元文化的联系，加强对故事现象的文化意义的阐释。芬兰学者认为，普罗普与科隆父子（Julius Krohn & Kaarle Krohn）的区别是定位不同。科隆父子定位于故事文本，其研究是封闭的，就是不断地搜集异文。普罗普定位于故事现象的生产过程，其研究是开放的，可以向民俗、文化和社会开放。芬兰学者认为，普罗普与列维-斯特劳斯的区别在于使用故事体裁概念的广狭义。列维-斯特劳斯批评普罗普对故事体裁的界定过于广义，这样就忽略了文化符号之间的差异，而符号的差异正是解释情节、母题和功能的文化差异的一把钥匙。

以芬兰学派为核心的北欧民俗学者认为，可以将普罗普的学说扩大为结构链的分析。他们提出，结构链分析就是将故事现象与信仰现象联系起来分析。前人研究民俗学的结构只指故事和神话，对故事与信仰的结构链没有触碰，这就留下了空白。信仰从异文中来，结构链的研究能够促进民俗学者将文本现象与生活事实共同分析。

谈到体裁，美国学者露丝·本尼迪克特（Ruth Benedict）在新墨西哥州印第安祖尼人中发现，当地人没有故事分类的概念。故事就是某特定人群的特定生活内容和社会组织的建构方式。如此看来，承认全球体裁也有风险。劳里·航克对此观点的看法是，全球体裁研究的目标，不像一般理解的那样，为口头传统的本质和大众形式定制套餐，而是以大量异文的存在为基本事实，对以往的研究方法提出批评，并强调故事异文之间的文化间距[1]。美国民俗学者对芬兰学派一直盯得很紧，双方有时较劲，但更多是互补。

（二）法德俄学术圈的反应

1953年，法国学者列维-斯特劳斯撰文，将《故事形态学》介

---

[1] 参见 Lauri Honko, "Textualising the Siri Epic", FFC 264, Helsinki: Suomalainen Tiedeakatemia, p. 50。

绍给欧美学术界。应该说，普罗普的盛名离不开列维-斯特劳斯的推介。但列维-斯特劳斯的结构主义学说不是本节研究的重点，故不在此展开。我们还是回到后普罗普时代对拆功能方法的发展上。

20世纪60—70年代，旅居法国的立陶宛裔学者格雷马斯（A. F. Greimas），在普罗普和列维-斯特劳斯的工作基础上，发明了符号矩阵分析法①。他把普罗普的二元结构功能改为矩阵方程式，把普罗普的7个功能项简化为4个（英雄、英雄的对手、假英雄、助手），再把4个功能项按矩阵四角排列，对应配上另4个对立项，组成内外对立又有联系的8项，化为矩阵外框的4项与矩阵内框的4项的两类关系组。他把矩阵外框的关系组阐释为文化过渡形态，具体包括从文化到反文化、从反文化到高度发达的人与自然和谐的良性文化；把矩阵内框的关系组阐释为抽象逻辑结构图，表示从人到人的异化行为，再从非异化的自然到人与自然和谐的理想结局。他的这个方法曾轰动一时，不过更适合于已被作家文人结构好了的小说研究，而列维-斯特劳斯对普罗普的方法大加发挥之后，更适合布满生材料的多样化民族志研究。

俄罗斯当代民俗学者尤里·别列斯基以长篇论文《"神话"与"故事"：重建深层和非深层史前研究的工具》提交了他对普罗普方法的呼应并向前发展的新成果。他认为，在普罗普的方法中，需要补充故事的"想象"的新概念，还要加强对故事现象与被认为"真实"的民俗文化的研究（如仪式和祭祀），以及考虑本土故事情节

---

① 参见〔美〕弗·杰姆逊《后现代主义与文化理论》，唐小兵译，陕西师范大学出版社1986年版，第108—113页。

与外来情节单元的共享能力①。

当代故事现象学研究重视对话研究,大体有三种对话:(1)异文分布文化之间的对话,(2)异文传播的民族志对话,(3)异文流动与多元文化界定原则的对话。

故事现象学研究的总体趋势是保留具有唯一性和独特性的文化传统的研究,也要加强整体性研究。跨文化强调两者,而不是片面地只顾一方。

---

① Yuri Berezkin, "'Myths' and 'Tales': Tools for Reconstruction of Deep and of the Not So Deep Prehistory", in *University of Tartu's ASTRA Project PER ASPERA*, Tartu: 2016, p. 1.

第三讲　信仰故事

上一讲提到过，故事现象学的研究离不开信仰研究。但信仰现象十分特殊，它是一种文本现象，又不能进行单一文本研究。研究它的特殊性在泰勒（Edward Burnett Taylor）150年前出版的《原始文化》一书中就提出了，即在信仰与故事之间存在文化连续性吗？

《原始文化》的副标题是"神话、哲学、宗教、语言、艺术和习俗发展之研究"，颇可见出泰勒的初衷。他的"文化"概念涵盖对人类全部文化现象的解释，包括信仰与故事存在的连续性。要知道，今天民俗学界还在讨论泰勒，就是因为对他提出的这个观点仍有质疑：在传统文化与现代文明之间是否存在发展的连续性？泰勒在书中描述了三种网文化状态与一种连续性，即"文化由于稳定、变迁和遗存而产生的上下承续的阶段性的联系"[①]，可以看出，他的回答过于宽泛：

> 文化，或文明，就其广泛的民族学意义来说，是包括全部的知识、信仰、艺术、道德、法律、风俗，以及作为社会成员的

[①] 〔英〕爱德华·泰勒：《原始文化》，连树声译，上海文艺出版社1992年版，第1页。

人所掌握和接受的任何其他的才能和习惯的复合体。人类社会各种不同的文化现象,只要能够用普遍适用的原理来研究,就都可能成为适合于研究人类思想和活动规律的对象。①

泰勒描述的文化三状态是稳定、变迁和遗存。他对"稳定"的文化和"变迁"的文化的解释,今天争议不大。他以西方基督教文化为基础,指出稳定的文化是具有普遍性的文化,变迁的文化是阶段性的文化:"在研究不同地区的某种限定的习俗和观点的时候,我们坚信两者有建基在人类文化现象之上的因果联系,坚信固定和传播的规律的作用,按照这些规律,这些现象便成为社会生活在一定文化阶段上的稳固的、可作为特征的因素。"②他对"遗存"的文化的解释争议最大,并持续至今。我们下面要讨论的信仰现象和信仰故事就处于他的"遗存"(survival)文化之中,他称之为"初级的文化",又称之为已经固化为"化石"③。既为化石者,就无法转换成连续文化,那么泰勒在文化总定义中提出的文化连续性说法就要动摇。

今天来看,泰勒的文化定义的矛盾是显而易见的,但这不是泰勒一己的设置问题,而是人类文化多样性带给我们的新思考。就本讲的题目"信仰故事"而言,正是在泰勒之后的考察与研究说明,人类多元文化中存在不同形式和内容的连续文化现象,信仰故事就是其中的一种,但它们不是泰勒眼中的遗留物或化石,而是与故事现象一起存活的信仰现象。

---

① 〔英〕爱德华·泰勒:《原始文化》,连树声译,第1页。
② 同上书,第13页。
③ 同上书,第15页。

民间叙事文本与信仰或宗教不能分离。信仰或宗教是民俗学和民间文艺学共有的宝贵资源。在泰勒之后发展起来的经典民俗学有一个弊病，就是对民间叙事文本的信仰或宗教做简单化描述，再通过田野作业，搜集信仰资料，对叙事文本的信仰或宗教的异文加以补充。到了民俗叙事学阶段，就要改变这种做法，将叙事文本、田野作业和信仰或宗教做综合研究。在现代社会，信仰或宗教研究必不可少的原因，还在于它们促进人们毫不犹豫地投身国家认同与民族团结的建设中去。

本讲以信仰或宗教故事为重点，介绍这方面研究的基本问题、方法和个案。

一、基本问题

（一）概念

信仰故事，指以特殊传统信仰形态叙述的故事。它的形式，是对孤立的或特殊信仰群体的神秘体验行为和经验化认知的图式。它的内容，是超日常的灵异现象和超现世的他界想象。它的解释，与现实社会存在着文化堕距。但是，它在自己所赖以发生和流传的时代中具有很高的可信性和真正的价值。它是一种携带历史传统和连续文化的独特的叙事类别。

（二）意义

从学术研究上说，它的意义在于对信仰现象和信仰故事严格划分，还是关注历史传统与社会现实之间的连续性？这也是自泰勒以来整个民俗学界的基本问题。经典民俗学曾采取不加分辨的做法，对传统与现实的连续性事实与矛盾做模糊处理，结果却放弃了多元文化并存的事实。当代民俗学认为，研究信仰故事，正是要去除这种模糊做法，探索各文化内部信仰与叙事相关的文化一致性，同时构建民俗叙事学的理论结构。我国不是宗教国家，在我国研究信仰故事，与学者气质、专业背景、知识系统和文化遗产保护有关。开展这种研究，在某种程度上，也体现了学者对待传统文化的科学态度。

（三）范围

信仰故事的范围包括：

1. 书面文学记载与口头传统中的信仰故事；
2. 静态模式与动态模式中的信仰故事；
3. 圣人信仰中的信仰故事；
4. 圣地信仰中的信仰故事；
5. 非圣信仰中的信仰故事；
6. 信仰故事中的人生经历、民俗经历和异常经历；

7. 并非完全脱离实际的信仰故事;

8. 出人意料的信仰故事。

二、信仰故事的结构

信仰故事大体有两种结构,即最简地方化结构和目标叙述结构。

(一)最简地方化结构

信仰故事的最简地方化结构是信仰化的民间叙事在地方社会生存和发展的最低条件,大体有:

1. 记忆故事　　6. 神祇故事
2. 虚构故事　　7. 隐喻故事
3. 纪念故事　　8. 咒语故事
4. 娱乐故事　　9. 祈祷故事
5. 迁徙故事　　10. 仪式故事①

---

① 参见 Lauri Honko, "Geisterglaube in Ingermanland", FFC185, Helsinki: Suomalainen Tiedeakatemia, 1962, pp. 131-140。

（二）目标叙事结构

信仰故事具有社会与人生的目标规定性，并形成相应的故事叙事，大体有：

1. 劝训故事，叙述禁忌、抵抗侵犯、超常行事的结果；
2. 追寻故事，叙述因缺乏而追寻或战胜缺乏的结果；
3. 复仇故事，叙述复仇行为的来历或异类助手协助复仇；
4. 搜神故事，叙述搜神鬼怪及其与人的关系的故事；
5. 风物故事，叙述对某地点或纪念物的地方性解释；
6. 英雄故事，叙述英雄的信仰故事。①

三、信仰故事的体裁

1. 自然体裁。它与经验主义的认识、行为密切相关，是文化的、地方性的，甚至是独特的叙事类别。

2. 民俗体裁。这是与"自然体裁"相对的概念，它指从民俗学的研究目标出发，运用普遍与特质、客位与主位、共时与历时等视角，在与研究对象保持一定距离的前提下，在对"自然体裁"的概念进行重新界定后，根据研究目标，根据多元文化共生的原则，采

---

① 参见 Lauri Honko & Juha Pentikäinen, "The Structure and the Function of Legend", pp. 181-183。

用跨文化的理念，创建和使用新概念，重新分析信仰叙事所界定的概念，是我国传统民俗学和民间文艺学研究中所说的信仰故事研究。

关于我国的传统信仰故事的研究对象，钟敬文主编的《民俗学概论》做过简要的概括①：

> （在我国）鬼、狐及其他精怪，是另外一种超自然形象。在一些保存原始文化成分较多的民族中，鬼、神、怪没有太大分别。文化比较发达的民族，把神和鬼、怪区分开来，但不少人至今仍然相信（或不能彻底否认）鬼狐精怪的存在，甚至崇拜狐、蛇、黄鼠狼、刺猬等物，从而使得一部分这类故事带有传说色彩，它们常常被当作讲述者自己或其他人的"亲身经历"来讲。鬼故事以承认鬼的存在为前提，但故事中的鬼，并不都使人恐惧，有的令人觉得亲切，有的被人藐视和嘲弄，其中比较有意义的作品大多在鬼的活动中反映出某些人情世态。有人把鬼的故事分为：途中见鬼型、凶宅闹鬼型、报冤报德型、显形兆示型、人鬼婚恋型、不怕鬼型。②其他人也有类似的分类，如宋孟寅分为人鬼情型、还阳型、找替身型、申冤复仇型、不怕鬼型、鬼推磨型、恐怖型、因果报应型。③

根据这一观点，有两类信仰故事具有中国特点：一是搜神故

---

① 钟敬文主编：《民俗学概论》（第二版），第192页。
② 原注：赖亚生：《神秘的鬼魂世界》，人民中国出版社1993年版。
③ 原注：宋孟寅：《从耿村鬼故事看燕赵民间灵魂观念的心理特征》，《民间文学论坛》1991年第6期。

事,主要是指上文中的鬼狐精怪故事;二是佛教故事,我国的佛教故事大都与佛典文献有关,将在下面进行个案分析。

四、个案研究:《大唐西域记》的信仰故事

《大唐西域记》,唐高僧玄奘撰,成书于唐贞观二十年(646)[①],一千多年前,在玄奘从中国到印度取经的途中和印度本土,记录了个人亲历的山川地理、宫殿民宅、中外语言、宗教信仰、佛教经典、寺庙文物、风土人情和口头故事,其中的历史信息覆盖国内的新疆等地区,以及印度和吉尔吉斯斯坦、哈萨克斯坦、乌兹别克斯坦、阿富汗、伊朗、巴基斯坦、尼泊尔、孟加拉国和斯里兰卡等国,是一部由中国僧人撰写的"西游记"。研究这部著作,要思考以下问题:

第一,包括佛教在内的宗教是一种超自然现象,而超自然的本质是一种个人体验(奥托[Rudolf Otto, 1869—1937])[②],信仰故事仪式拥有这种个人体验,因而可以从故事的角度理解宗教。第二,宗教是一种人类现象而非超自然现象,界定是否超自然的决定因素,是传统中的文化,是文化把人们凝聚在一起,拥有共同的价值观,并相互团结。持此观点的是涂尔干(Émile Durkheim, 1858—1917),是他创立了经典社会人类学,他的方法就是观察

[①] 参见[唐]玄奘、辩机原著,季羡林等校注《大唐西域记校注》上册,中华书局2009年版,第112页。

[②] 参见Rudolf Otto, *The Idea of the Holy. An Inquiry into the Non-Rational Factor in the Idea of the Divine and Its Relation to the Rational*, New York: Oxford University Press, 1958。

"圣物",看"圣物"如何"确定分离与禁忌"①,"圣物"怎样成为信仰与实践的统一体。奥托和涂尔干都利用了民俗,但奥托利用民俗的神秘性,涂尔干利用民俗的社会性。

美国学者格雷戈里·阿利斯(Gregory Alles)提出,从民俗的角度研究宗教有四个策略②。

第一,功能性策略。建立价值观,唤起集体情感,形成社会凝聚力。

第二,补充性策略。从具体内容描述宗教,如对"神圣"和"信仰"的反映。

第三,散存性策略。宗教特征未必都存在于宗教中,也存在于非宗教现象中,如道德。

第四,原初性策略。寻找最初或最早的宗教,如西方学界认为,原初宗教的标准形态就是基督教。但这样划分,非基督教就成了异教。

在研究与宗教相关的信仰故事方面,"文化传统"是一个十分关键的概念。美国人类学家塔拉尔·阿萨德(Talal Asad)说:"没有普世的宗教定义,每种宗教都是自身所处的自组织话语的产物。"③在当代民俗叙事学的研究中,巴赫金的对话思想与互文性方法占有重要地位。它让我们思考:(1)宗教由多元声音构成,多元声音之间又有相互纠结的复杂联系;(2)宗教与语境相关,包括体

---

① Émile Durkheim, *The Elementary Forms of Religious Life*, New York, London, Toronto, Sydney, Tokyo, Singapore: The Free Press, 1995, p. 44.

② 参见Gregory D. Alles, "Religion (Further Considerations)", in Lindsay Jones ed., *Encyclopedia of Religion*, 2nd edn, Detroit: Macmillan, 2005。

③ Talal Asad, *Genealogies of Religion. Discipline and Reasons of Power in Christianity and Islam*, Baltimore: The John Hopkins University Press, 1993, p. 29.

制、权力和其他社会分层的文化观。宗教始终被镶嵌在政治、社会、文化与民俗结构之中。

在中国这个非宗教国家,从民俗学角度看宗教,可以促进中国学者思考本体论或宇宙观的学说,考察人与自然究竟是怎样联系在一起的,两者是二元关系还是一元关系。西方学说有宗教背景,把两者看成是二元关系,中国和印度等东方思维则主张一元关系,即人与自然关系的一体性,中国古代哲学称之为天人合一。

《大唐西域记》就是玄奘在未必理解为幻想,而是在一种佛教信仰认知的状态下,所搜集和传播的信仰故事,这种故事被认为是历史上流传下来的地方历史,也与祭祀仪式和日常活动结合在一起发挥作用。

书中记载的许多信仰,具有我国传统社会生活模式与文化传统信仰的统一性,所以这种研究也属于民俗叙事学的研究范畴。中国自唐代以来也接受了外来宗教的影响,产生了新概念和新解释,它们融入中国人的生活中,就不仅仅是中国传统社会生活模式和文化传统中的故事,而且是跨文化的故事,需要在跨文化的视角下,解释这类宗教概念和引导人生信仰行为的工具概念,开展民俗学与跨文化学的交叉研究,需要关注的问题是如何解释故事与信仰的生态关系。劳里·航克提出"有机变异"说,指故事与信仰的关系在二战后已经解构,当代人已未必相信故事中的信仰,而要在全球化的语境中恢复带有文化差异性的文本,也就要建立本土的"精神性文本"[①]。但是,要建立这种文本,就要求当代人对传统故

---

① Lauri Honko, "The Folklore Process", in Pekka Hakamies & Anneli Hanko eds., *Theoretical Milestones: Selected Writing of Lauri Honko*, FFC304, Helsinki: Acdemic Science of Finland, 2013, p. 69.

事与传统信仰的整合有整体自觉。

（一）研究《大唐西域记》信仰故事的五个概念

在下面的研究中，将使用口头文本、地名知识、信仰故事、翻译文本、民俗价值五个概念，以利开展信仰故事研究。

1. 口头文本与集体或个人作者

口头文本，此指玄奘向中印人民和宗教人士采集的口头故事。季羡林赴德留学前已接触到这类西方理论与方法论。当时他还是清华大学的学生，给他讲课的是一位美国教授，叫詹姆森（Raymond D. Jameson）。詹姆森在讲义中介绍了19世纪德国格林兄弟发明的比较民俗学方法和芬兰学者发明的故事类型学方法。钟敬文与季羡林晚年曾就此进行过对话，事后钟敬文写成了文章：

> R. D. 詹姆森是一位出生在美国的、卓有声誉的民俗学者，三十年代曾经在北京清华大学西方语言文学系任教。像后来我国学界知名的学者，如于道泉、季羡林诸先生，都曾受教于詹教授。①

詹姆森在讲课中说道，德国的本发伊（Theodor Benfey）于

---

① 钟敬文：《序言》，〔美〕R. D. 詹姆森：《一个外国人眼中的中国民俗》，田小杭、阎苹译，上海文艺出版社1995年版，第3页。

1859年出版了两卷本的梵文版《五卷书》,验证了格林兄弟的观点,但本发伊又说《五卷书》是文学而不是民俗学作品①。詹姆森又说,故事类型学的方法,"对于人类和民族的演变,对于观念和文化的发展都能做出解答,民俗学研究的价值对我来说似乎就在这里"②。季羡林晚年曾表示,他不同意本发伊关于《五卷书》的某些观点:"在比较文学发展的初期,民间文学与比较文学之间的关系是密不可分的。就以德国为例,在19世纪中叶,梵文学者本发伊(Theodor Benfey)发表了他的名著《五卷书:印度寓言、童话和小故事》……而《五卷书》中的故事几乎都来自印度民间文学"③。《五卷书》是印度古典佛经故事集,在这类文献上,民俗学的核心问题是,分析这些口头故事与佛典文献的关系。

2. 地名知识与本土知识

地名知识(place-lore),此指玄奘从中国到印度取经和弘扬佛法沿途记录的地名、地理形貌和地名故事。玄奘撰写的《大唐西域记》目录,以行程为序,依次编排卷名和国名,共十二卷,十余万字,提供了丰富的地名知识。例如,在卷第十《十七国》中的《伊烂拿钵伐多国》一节,写了伊烂拿山的地理地势、伊烂拿钵伐多国的民俗和二百亿比丘的故事;在《瞻波国》一节,写了瞻波国的四至风

---

① 参见〔美〕R. D. 詹姆森《比较民俗学方法论》,《一个外国人眼中的中国民俗》,田小杭、阎苹译,第103—123页,特别是第108—109、111页。
② 〔美〕R. D. 詹姆森:《比较民俗学方法论》,原载《清华周刊》第31卷第464号,夏善昌校,后收入北京师大中文系民间文学教研室编《民间文艺学参考资料》第一集(上),田小杭译,内部资料,1982年,第259页。
③ 季羡林:《比较文学与民间文学》,北京大学出版社1991年版,第1页。在这段话中,季羡林先生所译"本发伊",也译作"本菲"。

光、民俗和瞻波国祖先的由来的故事；在《迦摩缕波国》一节，写了迦摩缕波国的民俗和拘摩罗国王会见玄奘的故事。玄奘仔细写下了在同一历史时期内，分布在不同地理环境中的故事，以及带着客观观察、主观信仰和身体体验的个人经历，还将自己使用的书面文献和口头资料的出处都加了注，此举放在一千多年前，堪称稀见。他真是一位极能吃苦的上层知识分子，所以才能完成这种异常艰苦的工作。

玄奘的这些记述覆盖了很多国家，故不能简单地等同于今天所说的"本土知识"，但它们都有十分准确的地名，故可以说是历史上的地名知识。

现代民间文艺学者十分关注地名知识，对它的研究，能改进传统民俗学研究方法的诸多不足。它有两种建设性：一是建立地名知识类型，针对全球化侵蚀同质社会地盘及其历史记忆的弊病，转向关注地理地点对于保存历史记忆和传统知识的重要性，并对这类民俗开展共时性的比较研究[1]；二是可以建立口头故事传承的生态类型，通过考察故事是否具有符合本国生态文化环境的文本，判断这种故事是否具有活态形态。它强调故事类型与自然环境、文化空间和民俗承担者生活的整体共存性，将这种故事称作"有机异式"（organic variation）[2]，以此来克服以往芬兰学派方法的随意性。民俗学发展到今天，再回头评价玄奘的《大唐西域记》，正是

---

[1] 参见 Lauri Honko, Senni Timonen and Michael Branch eds., *The Great Bear: A Thematic Anthropology of Oral Poetry in the Finno-Ugrian Languages*. Poems translated by Keith Bosley. Helsinki: Finnish Literature Society, 1997。

[2] Lauri Honko ed., *Thick Corpus, Organic Variation and Textuality in Oral Tradition*, Helsinki: Finnish Literature Society, 2000。

一种共时民俗记述的范本。在我国曾经长期相对封闭的封建时代历史上，民俗史志文献比比皆是，但绝大多数都是历时性的民俗记述，很少见到这种共时性的民俗记录，《大唐西域记》便是这种稀缺品。玄奘怀着一颗博大的慈悲心怀，对长途跋涉中在各国所见所闻的各种不同文化一一记录在案，其中就包括并无相同基因的社会人群的共时民俗，他创造了一部地名知识民俗志。

3. 宗教信仰、文化分层与生命观

宗教信仰，此指玄奘用说故事的方式撰写正统佛学及其国家与地方信仰；但这里有三种说法需要重新界定。

首先，对皇家寺院高僧作者的界定。民俗学以往将上层文人著作与民间文学视为对立物，但用这种方法做分析往往产生理论上的混淆，因为上层文人著作不一定都与民间文学对立，民间文学也不一定都比上层文人著作优越。钟敬文曾指出，历史上的很多经典名著都化用了民间文学，使其作品活色生香①。玄奘是贵族高僧，又出色地记录了民间文学。关于他的精神世界的养成，季羡林先生曾有一段评价：

> 魏晋南北朝一直到隋唐许多义学高僧都出身于名门大族的儒家家庭。他们家学渊源、文化水平高，对玄学容易接受。……玄奘的情况很相似。②

---

① 参见钟敬文《民间文学》，董晓萍主编《钟敬文全集》第二卷第7册，高等教育出版社2018年版。
② ［唐］玄奘、辩机原著，季羡林等校注：《大唐西域记校注》上册，第103—104页。

在我国五四以来的民俗学史上,将民间文学与民众地位相捆绑,并作为学术问题和社会问题的现象,与外来影响有关。其中包括滕尼斯(Ferdinand Tönnies)的城乡二元论,韦伯(Max Weber)的传统权威与激进权威论,涂尔干的有机团结与无机团结论,罗伯特·芮德菲尔德(Robert Redfield)的小传统与大传统论等。然而,玄奘却给了我们一个不能简单捆绑的范例。玄奘去印度的时代,城乡分化、工业化史和殖民史都没有开始,他不过是一个满怀学习理想的僧人,他的仆仆道途是追求信仰之旅。他不是去掠夺别人的城市财富和工业财富,也不是把自己的大国文化强加在别的大国或小国头上。他是去学习别国的好东西,同时也介绍本国的好东西。这种出发之所获,便是双方文化的精华荟萃,是和颜悦色的跨国文化交流。

其次,对玄奘在《大唐西域记》中所收民间文学作品的性质的界定。从鲁迅到钟敬文都说过,在民间故事与绘画中,都有相当一部分是宗教和贵族故事主题。但是,民俗学以往没有做出令人满意的分类,因而还不能概括中国文学文化的整体性质。

再次,对玄奘阐述正统佛教信仰的故事的价值界定。现代民间文艺学已从对民俗事象的整体研究转向对个人经历、超现世信仰和生命观的研究,这一研究的学术途径,就是研究故事与宗教信仰之间的转化。玄奘的《大唐西域记》用说故事的形式阐述他的正统佛教信仰的过程,无一不是在讲这种转化。当然,他本人是在坚守他的信仰,与我们现在讨论的现代民间文艺学毫不沾边,但就宗教信仰与生命观的联系而言,这却是他本人和整个人类从古到今都一直在苦苦追寻的问题。世界上没有什么比回答生老病死的生命信仰更有生物与社会的双重属性。生命是生理现象,信仰是社会现象,它们古往今来都是在故事中叠合的,所以玄奘在《大唐西域记》中谈到的这类问题,不会因唐代距今千年而消失,相反,因人类的永恒关怀而价值常在。如果说故事与宗教信仰之间有某种变化,那么这种变化不体现在生命价值上,而体现在故事与信仰的符号意义的构造上。在全球化到来之前,它们在同质信仰系统中起作用,共同产生权威性;在全球化到来之后,它们在异质信仰系统中起作用,变成可以对外展示和表演的仪式和活态故事。《大唐西域记》与今天的信仰生态环境和故事形态不能同日而语,但它能让身处全球化前后的两个信仰系统中的现代人,使用这部历史文献,降低对故事与信仰密切关系评估的风险。

4. 翻译文本与精神性文本

翻译文本,指玄奘对印度故事和佛经文献的翻译过程与成果。在民间文艺学的研究中,相对而言,与它对应的概念是"精神性文本",以下讨论在这个概念上绕不过去的两个具体问题。

事后记录的可靠性。《大唐西域记》是事后记录的,季羡林先生曾明确地说,它是玄奘在回国一年后写成的[①]。就算上面谈到的玄奘对各种故事、信仰和民俗事象的记述统统都有现代研究价值,那么,这种事后记录的文本可靠吗? 这在民俗学的争论中是一件大事。曾有三种看法:一是事后记录的是世代记忆的故事,是可靠的,格林兄弟就持这种看法[②];二是书面记录会破坏口头故事的原

[①] 参见[唐]玄奘、辩机原著,季羡林等校注《大唐西域记校注》上册,第111—112页。

[②] 参见Murray B. Peppard, *Paths Through the Forest, A Biography of the Brothers Grimm*, New York: Holt, Rinehart and Winston, 1971, p. 61。

貌,是不可靠的①;三是早期故事搜集依靠耳听手写,必然有删节,故仍需要事后做整理,因而这种文本是可靠的。需要说明的是,现代民间文艺学已转为承认事后记录的可靠性,因为了解到学者和民众表演者双方都有事后处理文本的现象。问题不在时间的先后顺序上,而在口头文本与书面文献的互补和两者互动的方式上,为此,现代民间文艺学建立了"精神性文本"(mental text)的新概念来解释这种现象,它是指故事的讲述人拥有整个文本意识,但现场讲述都是片段的,需要事后整理,在事后整理时会附上个人的记忆和思考。这个概念将口头与文献放到一个整体文化生态系统中去解读,对我国的历史民俗学研究是大有用处的。玄奘自然不会从现代方法论上考虑他的做法,但我们可以使用这种现代方法,重新沿着玄奘的注释线索,去重读《大唐西域记》中事后记录的大量故事,发现它们的活力。

文化翻译的创造性。用中文翻译外国故事是有很多困难的,如怎样将母语转成外语,或者用外语标记母语。有时翻译者绞尽脑汁也找不到合适的对译用语,玄奘在翻译佛经故事期间肯定也会遇到这类问题。如此经翻译之手,故事原文要想一字不差地保留,几乎是不可能的。季羡林对玄奘在《大唐西域记》中运用的翻译本领有极高的评价,说他以文化交流为宗旨,善于创造变通,达到了译必传神的境界。

> 他的译风,既非直译,也非意译,而是融会直译自创新风,在中国翻译史上达到了一个新的高峰,开辟了一个新的时代。

---

① 参见朱自清《中国歌谣》,香港中华书局1976年版,第64页。

第三讲 信仰故事

……

（要准确地理解这本书）首先必须准确地评价玄奘其人和他西行求法的动机与效果。①

他是一个坚定的大乘信徒，……他制造了许多抬高大乘的神话。②

关于对文化翻译的解释，季羡林认为，应该将佛教故事的翻译与佛教信徒的游方、传经、譬喻与宣讲看成是同一个过程③。王邦维提出，"可以从历史以及文化交流和互动等角度来考察"这种翻译的内涵与价值④。从民俗叙事学的角度看玄奘的文化翻译，则要与玄奘在思行合一中创造"精神性文本"的活动过程相联系。这是一种宗教、故事和民俗相关联的形式，玄奘创造性地随时转换三种文本，去揭示其整体文化意义：一是文本体例的转换，将季羡林先生所说的"中文翻译与佛教信徒的游方、传经、譬喻与宣讲看成是同一个过程"，从佛典书面文献中解读出来；二是文本形式的转换，如采用中国诗的形式；三是创造符合佛典原意又符合中国人语言习惯的新概念，要在翻译者向本土听众传递的过程中产生。玄奘的《大唐西域记》，对于这三种文本的处理，不仅明确，还能进一

---

① 季羡林：《玄奘与〈大唐西域记〉——校注〈大唐西域记〉前言》，[唐]玄奘、辩机原著，季羡林等校注：《大唐西域记校注》上册，第7页。
② 同上书，第108页。
③ 关于玄奘将个人学佛求法与传承佛教相结合的人生经历，参见季羡林《玄奘与〈大唐西域记〉——校注〈大唐西域记〉前言》，[唐]玄奘、辩机原著，季羡林等校注《大唐西域记校注》上册，第102—120页。
④ 王邦维：《语言、文本与文本的转换：关于古代佛经的翻译》，《清华大学学报》2013年第2期，第93、100页。

步发挥。

5. 民俗价值与社会准入

民俗价值,指故事对讲述人本身的社会文化重要性。它在玄奘向本土听众传递的过程中产生,也在故事被传递的文化生态环境中产生。

民俗价值的本质是提供社会准入。所谓社会准入,指故事对于承担者自身具有社会文化重要性,因而拥有传承的社会基础;换句话说,社会准入体现了民俗承担者本身最重要的价值观。季羡林研究《大唐西域记》的印度历史文化背景是讨论"印度准入",季羡林和钟敬文的对话是讲"中国准入"。无论讨论哪种准入,都需要使用中印人民口头流传的故事资料。在这次研究中,我们使用了钟敬文主编的《中国民间故事集成》,共使用了30个省(市、自治区)146个县的604个文本,对《大唐西域记》中的大雁、鸽子、大象、兔子、龙马、鹿、蚕、王子饲虎、五百罗汉和僧人采宝等12个类型的故事进行了初步的查询和分析,共搜集到相似故事类型128个,相关故事类型476个;我们也使用了季羡林等翻译的印度佛经故事资料,再将两者做对比研究。所谓相似故事类型,指《大唐西域记》书面记载的故事,在中印故事类型中都有民间口头文本,并且中国故事类型与印度故事类型高度相似;所谓相关故事类型,指《大唐西域记》书面记载的故事,在中国有相关的民间口头文本,但大多只是主题相关,在母题类型上有一定差异或较大差异。

可以肯定地说,玄奘在《大唐西域记》中记载的一些故事在后世中印人民中间是有所传诵的,但后世相传的故事未必与玄奘讲的一致，后世在中国流传的故事也未必都是中印跨国之物，而纠缠于这种考察是没有结果的。其实，不管故事从哪里来，到哪里去，哪个是原型，哪个是异文，都要融入当地文化生态环境，获得社会准入，才能落地生根。这样的故事才能标志当地民俗和历史的双重价值，这样的书面文献与口头资料的比较研究也才会对《大唐西域记》的综合研究产生补充意义。

故事的生态状况也依靠社会流行性，社会参与程度越高，故事的流行性就可能越大。而故事获得社会流行性的特征是具有功能性母题，《大唐西域记》告诉我们，中印相似故事侧重寺院供养的功能，中国相关故事侧重劝善报恩的功能，如老虎报恩、大雁报恩、鸽子报恩、鹿报恩和兔子报恩等；两者的功能不同，源于两者的民俗价值观不同。

（二）《大唐西域记》故事类型编写与文本分层

给《大唐西域记》编写故事类型，在原则上，要以玄奘的逻辑为最初依据，以其原著十二卷和各卷中的主次标题为序，进行故事篇名的命名。本次共进行三层结构的命名，即地理地名索引标题、宗教故事篇名标题和民俗叙事主题标题。

1. 地理地名索引标题

季羡林先生已经做了这样的工作。他主持的《大唐西域记校注》，即以原著各卷的卷次标题和卷下地理纪程的国名标题为标题,未做任何改动①。本节依循此例,在卷次标题和国名标题下,编制故事类型题目,做到故事类型标题与其所在历史文献原著的地理标题相一致,以方便将故事类型与原著对照查询。例如,原著开首的卷次标题为"卷第一 三十四国",卷下的纪程国名标题是"阿耆尼国",本节将这两级标题照录,用作故事类型的目录标题,并用粗体字加黑,起到索引作用。故事类型在此标题下制作,如《大唐西域记》第一卷,做故事类型的索引标题如下:

卷第一 三十四国

阿耆尼国

(以下是故事类型。)

2. 宗教故事篇名标题

此指按原著宗教故事的史料,按故事情节单元的写法,编写故事类型。本节恪守民俗学的出处原则,在每篇故事的后面,以季羡林等对《大唐西域记》的今译本为底本,一律标示《大唐西域记》原著的出处,如《屈支国》的"昭怙厘二伽蓝"中有"佛足"故事类型,编写如下:

佛 足

1. 它是佛的大脚印在一块玉石上踏过的印迹。
2. 它置于东昭怙厘寺的佛堂中。

---

① 参见[唐]玄奘、辩机原著,季羡林等校注《大唐西域记校注》。

3. 它在斋戒的日子里大放光芒。①

3. 民俗叙事主题标题

此指原著的一个鲜明特点是记载所行地理区域内的沿途风情和相关故事。本次在编制故事类型时，尽量纳入原著的这一特点。例如，在刚才提到的《卷第一》中，有国名标题"屈支国"，在此标题下，列故事类型的题目和情节单元如下：

卷第一　三十四国
屈支国
屈支国人

1. 他们是屈支国人。
2. 他们的土地产葡萄、石榴、梨、枣。
3. 他们的婴儿出生后，用木板箍住头部，防止头形变扁。
4. 他们的管弦乐器、音乐和舞蹈都是诸国中最好的。
5. 他们的风俗俭朴，短发，戴巾帽，食杂三种净肉。②

除地理地名索引标题外，宗教故事篇名标题和民俗叙事主题标题的编制，均以其中心角色为线索，两者的编制原则保持一致。

（1）以行程为书写逻辑的地理故事集

玄奘在《大唐西域记》中使用沿途采集的故事。他在一路上

---

① 参见［唐］玄奘、辩机《大唐西域记·卷第一　三十四国》，季羡林等译，陕西人民出版社2008年版，第24页。
② 参见同上书，第12页。

听到不少街谈巷议的故事，把它们搜集起来，以行程路线为书写逻辑进行撰写。这样形成的原著体例，是将地理行程的地名与故事"混搭"在一起，写进书里，成为一部纪程实录。

在原著中，我们能看到，玄奘本人对这类佛教故事的描述有比较统一的格式，例如，他先用五个字"闻诸土俗曰"，说明这个故事是他从当地人口中搜集来的①，这样的表述共15处。接着他复述了这些口头故事的梗概。用现代人的眼光看这位古代的求学者，对他的不忘故事讲述人的行为，仍要不免发一点感慨。我们在编制这类故事类型时，遵照他原来的行文原则，在故事类型的开头单元中，撰写了对应的句子"这是听当地人讲的一个民间风俗故事"，作为情节单元的第一句，一并保留他的处理方法。例如：

26. 天神与山神的对话

1. 这是听当地人讲的一个民间风俗故事。
2. 在蔽多伐剌祠城一带，地震时山体滑坡，行路危险。
3. 天神要在山中住下，山神就震动山体和山溪，伴作地震，向天神发难。
4. 天神告诉山神，如尽地主之谊，天神可赐财宝，山神答应。

---

① 玄奘原著多处有"闻诸土俗曰"的字样，如《迦毕试国》的两例，参见董志翘译注《大唐西域记》，中华书局2013年版，第88、94页，其他见第134、160、545、574、654、688页。个别处也说"闻诸耆旧曰""国俗相传""土俗相传""印度相传"，这应该是玄奘向印度老人搜集故事的自我记录，见第146、250、352、491、496、561、706、740页。

5. 天神惩罚山神。此山增高后,旋即倒塌。①

玄奘的这种记录,也让我们看到他所建立的口头文本与"蔽多伐剌祠城"的地名知识的关系。

（2）使用佛院志书与僧讲故事

玄奘在印度佛寺佛院接触过史志典籍和书中的故事,他对这类佛教故事采用转述的方式,搜集下来,再采用统一的格式写进书里。他先说五个字"闻诸先志曰"②,接着讲这些志书故事的梗概,全书采用这种处理方法的共14处。我们编制这类故事类型时,以"据前人记载"开首,作为故事情节单元的第一句,保留他的写法。例如:

30. 窣堵波舍利

1. 据前人记载,窣堵波佛塔的舍利变化神奇。
2. 这是如来的骨肉舍利,有一升多。
3. 佛塔有时浓烟滚滚,烈火熊熊,似乎要被烧毁;但不久又自动熄灭,烟消云散。
4. 人们看见舍利化成白珠旗幡,环表柱而上,升入云天,再盘桓降落。③

---

① 参见[唐]玄奘、辩机《大唐西域记·卷第一 三十四国》,季羡林等译,第19页。
② 玄奘原著多处有"闻诸先志曰"的字样,其中《迦毕试国》的例子,参见董志翘译注《大唐西域记》,第92、505、508页,其他同样的表述见第133、147、191、192、368、409、416、654、659、674、740页。类似的说法有"国志曰""彼俗书记谓"等,见第205、255页。
③ 参见[唐]玄奘、辩机《大唐西域记·卷第一 三十四国》,季羡林等译,第16页。

作者笃信佛教，也笃信相关的神话传说。他在写佛教故事时还有一个特点值得注意，就是他对印度当地的佛本生故事做了特别标注。将这些标注的地方归纳起来，有两种情况。

第一，佛本生故事在印度《五卷书》和《佛本生故事》中有记录，而他提供了自己在公元7世纪的实地采集资料。例如，在《卷第三　八国》中，他使用了一则佛本生故事资料，他将该故事放第三卷的一节中，将此节命名为"尸毗迦王本生"，还特意标明了这个故事来自印度。

尸毗迦王本生

1. 他叫尸毗迦王，是如来菩萨变的。
2. 他在无忧王的佛塔修行，此塔位于窣堵波，在摩愉寺向西六七十里。
3. 他在佛塔里割下自己身上的肉，从老鹰嘴下赎回了鸽子。
4. 他求到了佛果。
5. 此塔也叫赎鸽塔。①

现在我们看一下《佛本生故事》中的同类故事。

尸毗王本生

1. 菩萨转生为尸毗王的儿子，长大成为尸毗王。

---

① 参见［唐］玄奘、辩机《大唐西域记·卷第一　三十四国》，季羡林等译，第58页。

2.他沉思自己的施舍,已经施舍身外之物,也可以施舍自己的身上之物,包括心脏、血、肉、眼睛和整个人。无论是谁,凡有乞求,我都施舍。

3.帝释天化成瞎眼的婆罗门老人考验他,向他乞求一只眼睛,他剜下眼睛给老人。

4.帝释天给他恢复了双眼,是"真知慧眼",能看穿一切。

5.他更加努力施舍,念偈颂曰"在这人世间,施舍最宝贵;施舍凡人眼,获得神仙眼。""你们吃饭时,不要忘施舍;倘若能如此,死后可升天。"①

第二,佛本生故事在印度《五卷书》和《佛本生故事》中都有记录,又有汉译佛经故事。玄奘提供了自己在故事流传圣地搜集的资料,如《卷第三 八国》中的《大石门及王子舍身饲虎处》故事。

大石门及王子舍身饲虎处

1.他是摩诃萨埵王子。

2.他在大石门附近看见了老虎。

3.他看到老虎饿得没有一点力气,心生悲悯。

4.他用竹片刺自己身体,流出血来,让老虎喝。

5.这里的土地和草木略带红色,好像被血染过,踩在地上如芒刺在背。

6.人们对王子饲虎的故事无论信与不信,无不悲伤。②

---

① 参见《佛本生故事选》,郭良鋆、黄宝生译,人民文学出版社1985年版,第340—348页。

② 参见[唐]玄奘、辩机《大唐西域记》,季羡林等译,第64页。

现在我们看汉译《佛经故事》中的《王子舍身救虎》篇:

王子摩诃萨埵

1. 国王有三个儿子,最小的儿子是摩诃萨埵。

2. 三个王子一起到森林里玩耍,看见一只老虎饿得要死,已无力喂养两只幼虎。

3. 摩诃萨埵自愿投身饿虎,献出躯体,让老虎活下去。

4. 王后梦见三只鸽子在森林里嬉戏,一只老鹰捉住最小的鸽子吃了。

5. 王后把梦告诉国王。国王说,谚语讲,鸽子就是儿孙,感到不祥之兆。

6. 小王子摩诃萨埵因为舍生救饿虎,转生兜率天,得到好报。

7. 国王一找到小王子死去的地方,痛哭不已。

8. 小王子变成天神,站在空中,向父母报平安。他劝慰父母早觉悟,多做好事。①

(3) 玄奘用佛典故事中大故事套小故事的连环套处理原典文献与口头资料

玄奘写佛经故事时,用大故事套小故事,这些故事组合起来,拥有一个共同的主题。例如,在《卷第二 三国》的卷下,有"健驮逻国"的标题,在这个标题下,他写了一个个大故事。在各个大

---

① 参见王邦维选译《佛经故事·十五、贤愚经》,第153—157页。

故事之下，又有小标题，这小标题下面便是小故事组。在各小组故事中，又有更小的故事。再如，在《卷第七　五国》中，他写了《象、鸟、鹿王本生故事》，但这不是一个故事，而是三个鸟兽变形故事，三种鸟兽由作者排序，连环组成不同的故事。例如，第一组故事如下：

象、鸟、鹿王本生故事（一）

1. 它是六牙象王，是如来修菩萨行的化身。
2. 它发现猎人假装穿袈裟，拉弓捕杀它。
3. 它崇敬袈裟，就自己将象牙拔下来，交给猎人。①

关于这组故事，就有对应的《佛本生故事》，具体如下：

六牙本生

1. 菩萨转生为象王的儿子，带领八千只大象，住在喜马拉雅山的金洞里。
2. 王后派猎人布陷阱，射毒箭，象王中箭。
3. 猎手要象牙，又够不着，象王就帮助猎人锯牙，把象牙送给他。②

下面是第二组故事：

---

① 参见［唐］玄奘、辩机《大唐西域记》，季羡林等译，第129页。
② 参见《佛本生故事选》，郭良鋆、黄宝生译，第348—359页。

象、鸟、鹿王本生故事（二）

1. 它是如来修菩萨行的化身。
2. 它发现世人不知礼法，就变成鸟，来到拔牙塔附近，与猕猴、白象一起提问。
3. 三方的问题是，谁先看见榕树，谁就先讲自己的事迹。
4. 它们按各自讲述的故事，排长幼的秩序。
5. 如来这样教导人们知上下尊卑，皈依佛法。①

关于第二组故事，有对应的《佛本生故事》，具体如下：

鹧鸪本生

1. 三个伙伴是鹧鸪、猴子和大象。
2. 它们住在喜马拉雅山山坡的一棵大树下。
3. 它们选老大。
4. 大象说，当它是幼象时，大榕树还是小树，树枝刚好碰到它的肚皮。
5. 猴子说，当它是幼猴时，大榕树还是树苗，它坐在地上能吃到树梢的嫩芽。
6. 鹧鸪说，在它拉粪便的地方，长出大榕树，它在还没有这棵树的时候，就知道它了。
7. 鹧鸪当老大。②

---

① 参见［唐］玄奘、辩机《大唐西域记》，季羡林等译，第129页。
② 参见《佛本生故事选》，郭良鋆、黄宝生译，第25—26页。

下面是第三组故事：

象、鸟、鹿王本生故事（三）

1. 森林里有两个鹿群各五百头。
2. 国王狩猎群鹿，菩萨鹿王出面请求，允许两个鹿群商量，各鹿群按日轮流缴纳一头鹿，保证国王每天能吃新鲜的鹿肉，鹿群也能延续生命，国王答应。
3. 菩萨鹿王自愿代替一头怀孕的母鹿去死。
4. 国王听说此事，感叹鹿尚懂放生，便下令罢黜交活鹿的规定，放生所有的鹿。
5. 国王把打猎的树林施舍为鹿群居所，叫"施鹿林"，此为"鹿野"地名的由来。①

关于第三组故事，有对应的《佛本生故事》，具体如下：

榕鹿本生

1. 菩萨投胎为鹿，是金鹿，住在森林里，叫榕鹿王。森林里还住着另一只鹿，也是金鹿，叫枝鹿。它们各有自己的鹿群。
2. 国王号令天下捕鹿，供他享用鹿肉。
3. 人们把森林中所有的鹿赶进御花园，供国王选用，王宫每天射杀鹿食用。
4. 国王留下两只金鹿。
5. 菩萨与枝鹿商定，在各自的鹿群中，每天轮流交出一只

---

① 参见［唐］玄奘、辩机《大唐西域记》，季羡林等译，第129—130页。

鹿供膳,避免滥杀造成更大的伤亡,双方同意。

6. 轮到怀孕母鹿去死,它去请求菩萨缓期,菩萨答应了。

7. 菩萨代替怀孕母鹿去死,被厨师认出,向国王报告,国王从菩萨口中明白代死的理由。

8. 国王敬仰菩萨的慈悲之心,赦免鹿群。菩萨带领鹿群回到森林。

9. 国王恪守菩萨的教诲,不伤鹿群,积德行善。

10. 群鹿恪守菩萨的教诲,不伤人类的谷田。①

对这类佛经故事,玄奘还加以改造和提升,用来表达个人潜心习佛的理想和决心。下面的故事多少能说明他的想法和写法。

故城及大天王本生故事

1. 他曾在一座故城作轮转王,号为"摩诃提婆"。
2. 他在这里为众菩萨和人说本生故事,修菩萨行。
3. 他有轮王七宝的业报,作四大洲之王,目睹世事沧桑,领会一切无常的道理。
4. 他无心帝王之位,舍国出家,入僧修佛。
5. 现在故城已成旧城,城市荒芜,人烟稀少。②

我们能看到,玄奘在处理圣俗朝野资料时,特别是在使用印度原有的佛本生故事和个人游方采集资料上,将宗教信仰、书面文

---

① 参见《佛本生故事选》,郭良鋆、黄宝生译,第8—11页。
② 参见[唐]玄奘、辩机《大唐西域记》,季羡林等译,第139页。

献、口头资料和地理地名加以整合。将其中的各种故事环环相扣，清晰地介绍了印度佛教的历史、变迁和社会基础，表达了他的观察、分析与信仰。

（三）中印双向交流的故事

在中国影响很大的蚕神故事，在玄奘的《卷第十二 二十二国》中，有一篇《麻射僧伽蓝及蚕种之传入》，对此已有记载，那是他在印度听到的故事。

麻射僧伽蓝及蚕种之传入
1. 她是东国的公主，被远嫁印度。
2. 她接到印度遣使的暗示，请她将蚕种带到印度。
3. 她在麻射寺种桑养蚕，建立了蚕神庙。
4. 她把桑蚕传到印度。①

艾伯华在《中国民间故事类型》中收录了中国的相关故事：

蚕
1. 某人离家去服兵役。
2. 妻子等待了很久，出于思念，她许诺，谁能把她的丈夫给送回来，她就把女儿嫁给谁。

---

① 参见［唐］玄奘、辩机《大唐西域记》，季羡林等译，第254页。

3. 一匹马去把她的丈夫接了回来。

4. 当这匹马想娶这个女儿的时候,它反倒被杀。

5. 马皮被绷紧晒干。

6. 当女儿经过马皮并开口骂它的时候,马皮起来反抗,把这个姑娘紧紧裹住,带着她飞到一棵树上。

7. 蚕就是这样变来的。①

玄奘听到的故事说,蚕是从中国传到印度的。艾伯华搜集到的故事说,蚕是从印度传到中国的,蚕神是菩萨。两人的本文,能多少促进我们对信仰故事、民俗价值与社会准入的关系增加一些思考。

格林兄弟曾提出著名的集体创作论,当时他们称集体为"民众",后来遭到激烈的批评。据多方研究,没有任何故事是被集体共同创造出来的。钟敬文先生20世纪40年代已提出,从理论上说,故事可能有最初的作者,但这只能是某个异文或某一阶段的作者②。20世纪60年代,《故事的歌手》的作者阿尔伯特·洛德(Albert Lord)提出,故事的每次讲述都有即兴成分,可将这种即兴文本称为"原创"(the original),而故事本身并没有固定的定本③。很

---

① 〔德〕艾伯华:《中国民间故事类型》,王燕生、周祖生译,商务印书馆1999年版,第85页。

② 钟敬文1940年代在香港执教时已对"集体性"观点持怀疑态度,他当时吸收了日本民俗学的观点,主要根据中国历史文献的实际,提出了个人的质疑。参见钟敬文《民间文学》,董晓萍主编《钟敬文全集》第二卷第7册。

③ Albert Lord, *The Singer of Tales*, Harvard Studies in Comparative Literature 24, Campridge Mass: Harvard University Press, 1960; see also Lord, "Oral Poetry", in Alex Preminger ed., *Encyclopedia of Poetry and Poetics*, Princeton: Princeton University Press, 1965, pp. 591-593.

多学者接受了洛德的观点。1970年代末,路斯·芬涅干(Ruth Finnegan)等人的实证研究又对洛德的理论提出了挑战,指出即便是现场即兴创作,也往往是将口头故事与书面文献相混合的。两者之间的关系,没有像洛德说的那样泾渭分明,也没有特别的互动现象。他们还对洛德提出的书面文学破坏口头文学的看法表示怀疑[1]。现在看来,民俗学者已认识到"作者"(authorship)的概念是有多重含义的,民俗学者最初关于集体创作与个人作者的关系的界定只是一种假设,而与其密切相关的口头创作与书面文献的关系问题,也远比民俗学者的想象要复杂得多。

詹姆森所说的芬兰学派使用的故事类型,前面提到过,有2500个故事编号,其中有500个编号是在印欧文化圈中产生的,里面有不少是佛本生故事,约占总数的20%。

玄奘是成功记录口头故事和同时撰写历史文献的个人作者,在民俗学者后来认识到的个人与集体、口头与文献的混合现象上,他的《大唐西域记》也都没有"跳出三界外",因此值得反观。下面是据初步统计得出的他在书中使用故事类型的结果。

玄奘还在书中明确标出了10个佛本生故事,另有他没有标出的"大雁塔"和"鸽寺"的故事也属此类,这样加起来共有12个,占芬兰学派类型编号总数的0.5%,占印欧文化圈故事类型的2.4%。当然这个数据还是十分保守的,并不能代表最终结果,但仅仅由此已能看出,以玄奘一人之力所著一书能够保存的佛经故事,在世界故事类型中,已可以显示其分量,这是何等了不起的事。

---

[1] Ruth Finnegan, *Oral Poetry: Its Nature, Significance and Social Context*, Cambridge: Cambridge University Press, 1977.

现代民间文艺学对德国的比较民俗学和芬兰的故事类型学方法还有新的批评。比如，德国比较民俗学曾认为，找不到故事原型就无法解释口头故事。实际上，在世界多元文化环境中是很难确定故事原型的。芬兰学派曾认为，用异文法可以考察故事的变迁，现在看，这一命题同样不可靠，因为所有类型的整体都在变动，所以用异文法确定故事的变迁有随意性①。来自多元文化的研究进展都告诉我们一个信息，即单一的口头资料研究会有很多不确定性，而将口头资料与书面文献结合起来研究可以降低风险。玄奘很早就做了这种结合的工作，今天的民俗学者还能看到他的著作，为什么不能趋前而亲近之呢？

---

① 阿兰·邓迪斯提出"变异母题"（allomotif）的假设，劳里·航克批评这种方法的随意性，研究结果也不见得可靠，参见 Lauri Honko, "Folkloristic Studies on Meaning: An Introduction", In *Arv. Scandinavian Yearbook of Folklore*, vol. 40, 1986.

第四讲　讲述人

20世纪60年代以后发生人文科学方法论的革命，在这场革命中，国际民俗学界再度"发现"了民间文学，其中的主要"发现"就是"讲述人"。

现在，"讲述人"与"学者"已成为双核概念，在双向阐释中发掘文本的意义，促进民间文学的传承。

一、讲述人研究的实质与研究问题

研究讲述人的实质是将民间文学理论主体化。关于讲述人研究的问题早已蕴藏在经典民俗学的学术史中。以往学者把自己当作讲述人的主宰，在搜集资料的阶段寻找讲述人，在学术研究的阶段又把讲述人关在门外。学者想象讲述人是什么样子就是什么样子，这样的关系模式大致有四种情况：跨文本的想象关系、跨国别的语言关系、跨书斋的田野关系、跨自然状况的统计关系。到了20世纪60年代，民俗学界已经开始反思，学者与讲述人的关系失衡，已经到了不自知的地步。80年代以后，讲述人研究思潮兴起，并取得了新的成果。在我国，当时正在发生中国民族民间文艺十套集成志书的搜集运动，为讲述人研究积累了巨大资源。中外民俗学者从讲述人的角度反观经典民俗学，又进一步发现，对前人工作中形成的学者与讲述人关系模式，总体上需要批评，但对前人科学、严谨、刻苦和创新的工作，以及他们所提出的很多问题和所取得的原创成果，也要充分肯定。今人所要做的工作，是重新评价前人留下而至今未能开拓的学术空间，抛弃以往狭隘、教条和简单化的做法，加强对民间文学的主体性与跨文化性的融通思考。

（一）跨文本的想象关系

芬兰是国际民俗学的中心，芬兰早期学者与史诗《卡勒瓦拉》（*Kalevala*）的关系，构成很有代表性的跨文本想象关系。

芬兰本无史诗，现在我们看到的芬兰史诗《卡勒瓦拉》，是由学者编创而成的。有没有讲述人呢？有，他叫阿尔希巴·贝尔杜宁（Arhippa Perttunen），是一位农民歌手。但他演唱的是散在民间的短歌，在歌与歌之间没有固定的主人公，也没有前后贯穿的情节。我们今天看到的《卡勒瓦拉》已完全不同，史诗中有忠于祖国、勇敢无比的英雄和英雄群像，有故事，有细节，有复杂而统一的结构，好像芬兰人真的是从史诗中描写的历史和社会生活中走出来的一样。这部史诗的作者也不是那位农民讲述人，而是芬兰学者兼作家伊利亚斯·隆洛德。他是著名的芬兰学者包尔旦（H. G. Porthan）的弟子，受到包尔旦《芬兰诗歌研究》的影响，接受了老师实地采集民歌方法，热爱民间文学，也热爱田野调查。1835年，他从书斋走进田野，在芬兰境内和与芬兰接壤的瑞典、俄罗斯等跨国多民族聚居地带，搜集当地的民歌、神话和故事。

他将散存的文本加以连缀,增加中心角色,架构情节单元,创造了首尾连贯的篇章,大幅度地进行了二度创作,终成史诗《卡勒瓦拉》①。

这部芬兰史诗,经过他这样掌握多国语言、有文学才华的学者之手,在空间上跨越了芬兰、瑞典、俄罗斯、德国、爱沙尼亚等多个国家的地理、历史和文化,塑造了芬兰的新历史。他的史诗具有国家深度、宏伟长度和全民族气象,极大地满足了芬兰人民的精神期待,一经面世,反响极为热烈,伊利亚斯·隆洛德本人也赢得了芬兰人民的极大尊重,被誉为"芬兰民俗学之父"。

这部《卡勒瓦拉》与讲述人的原本存在着很大距离,却得到芬兰人的热烈追捧,学者兼作家的伊利亚斯·隆洛德也比原讲述人更得民心,这是为什么呢?因为这部史诗在芬兰人民争取国家解放和民族独立的运动中诞生,与芬兰民俗学者对民间文学功能的想象相契合,建构了芬兰的内部认同,巩固了芬兰人的凝聚力,成为芬兰统一文化的精髓。芬兰史诗的创作过程也引起世界的关注,让不同国家的学者看到,古老而零散的口头文学究竟怎样才能被赋予一种让人意想不到的新形式,达到举国为之崇尚的境界。

在伊利亚斯·隆洛德之后,1897年,赫尔辛基大学教授尤利乌斯·科隆出版了《芬兰文学史》一书。他在书中花了很多篇幅研究伊利亚斯·隆洛德版的史诗,还注意到与史诗伴生的故事,与故事的跨国传播现象。他提出了历史地理研究法,成为故事类型法的最早雏形。尤利乌斯·科隆不幸在一场海难中罹难,他的儿

---

① 参见孙用《译本序》,〔芬〕隆洛德《卡勒瓦拉》,孙用译,人民文学出版社1985年版,第6—9页。

子卡尔·科隆继承了父亲的事业,但卡尔·科隆对故事研究更感兴趣,最早完成了故事类型个案研究。1926年,他出版《民俗学的工作方法》一书,将父亲提出的历史地理研究法进行补充和完善,即我们前面谈到的芬兰学派的方法。由此,这种方法经过他们父子两代的努力,成为芬兰民俗学研究的方法论体系。卡尔·科隆的学生安蒂·阿尔奈(Antti Aarne)于1910年出版《世界民间故事类型》,此书再经美国学者汤普森(Stith Thompson)的补充,成为一套完整的故事类型研究指导用书,简称AT[①]。在此后很长一段时间里,科隆父子创造的民俗学方法论都是芬兰学派的镇山之宝。芬兰学派也在不断地对其进行批评和改进,总是新成果不断[②]。

在这个过程中,讲述人从概念到形象,都是不完整的,学者对讲述人的学术兴趣也十分有限。在经典民俗学时期,投身民间文学领域的学者都是热爱民间文学的,讲述人站在学者面前讲故事也是兴高采烈的。学者与讲述人都追求国家解放和民族复兴,双方的目标是一致的。当时的学者还认为,经过搜集阶段的接触,自己与讲述人已没有什么不同,讲述人知道的事,学者也知道。学者又经过大学教育和民俗学专业训练,比讲述人知识更为丰富、认识更加正确,更有能力再现民间文学的全貌。他们的这些观点从哪里来?来源于欧洲浪漫主义文学运动和启蒙运动所激发出来的学者优越性。对比之下,讲述人被认为是不具备这些条件的。

今天看,芬兰学派的工作仍有一定的历史价值,主要有三:

---

① Antti Aarne, translated and enlarged by Stith Thompson, *The Types of the Folktale*, Helsinki: Academic Science of Finland, 1987.
② 参见〔芬〕傅罗格《跨文化的芬兰学派》,董晓萍译,中国大百科全书出版社2022年即出。

第一，早期民俗学者极为刻苦和勤奋，他们的历史记录都不是空的。他们在田野笔记中留下了详细的注释和说明，对临时解决又没有把握的问题都做了笔记，对讲述人的姓名、年龄和性别都做了简要的交代，有的还对使用过的参考文献和资料目录都做了保留，以便后人核对，这样的资料是可以再利用的。

第二，他们对档案和口头资料做比较研究，找到一脉相传的证据，再断定文本的语言传播和情境要素，这是后人得以继续工作的基础。

第三，他们做了形式主义的故事研究，发明了多种方法和技术，凡事贵在开启。他们在早期工作中所发生的一个常识性的失误是，没有把讲述人的知识当作另外一个知识系统。学者们自恃聪明，自认为可以驾驭讲述人的知识，却不知眼前一片盲区。

进入21世纪，劳里·航克刷新了芬兰学派的当代国际形象。他在北欧和印度等多个地区国家仆仆风尘，与讲述人合作，走向了另一个境界。到他为止，芬兰学派已付出了四代人的努力。在这里，我们应该重复一遍他们的名字：包尔旦、伊利亚斯·隆洛德、科隆父子和劳里·航克。他们都是芬兰学派不同时期的首席人物。

（二）跨国别的语言关系

下面讲德国学者本发伊难题。关于本发伊，季羡林在《梵文〈五卷书〉：一部征服了世界的寓言童话集》一文中做了说明：

19世纪中叶，德国东方语言学家本发伊曾把梵文的《五卷书》译成德文,在那篇著名的长序里,他把这些故事走遍世界留下的痕迹都寻了出来,因而建立了所谓比较文学史。他说,世界上所有的童话的老家都是印度,希腊却是一切寓言的故乡。这样的说法我们现在很难同意了。但无论如何,世界上所有的民族里产生寓言和童话最多的就是印度,现在流行世界各地的寓言和童话很少不是从印度传出来的。这是一般学者都承认的。①

季羡林在德国哥廷根大学留学十年,本发伊是他的学术前辈。季先生说,在19世纪中叶,本发伊这位德国学者,使用印度的古代经典故事书《五卷书》,创建了比较文学。但在季先生本人留学德国的时候,对本发伊的世界故事都起源于印度的观点就"很难同意了"。这是季羡林先生1946年的观点。现在又有七十余年过去了,我们能从季先生这段话里读出什么信息呢?一是本发伊在印欧文化圈的研究上有一席之地,在民间文学研究上也有成绩。二是季羡林先生没有谈到的一个问题,就是本发伊在民俗学史上的地位,当然这不是他的本行。

1. 本发伊是德国重要的民俗学者。他为什么对故事研究那么重视?因为他生活和工作于德国学术巨人格林兄弟的时代。格林兄弟是德国哲学家、语言学家和民俗学家,曾提出跨语言的印欧文化关系说。他们在这个学说中有一个假设,即欧洲某些语言的最早发源地在遥远的印度。上面提到的故事类型法中有一种拆句技

---

① 季羡林:《梵文〈五卷书〉:一部征服了世界的寓言童话集》,原作于1946年4月28日,后收入《比较文学与民间文学》,第31页。

术,就是将语言论和文本论相结合的结果,这种方法就出自印欧文化圈。可以说,没有格林兄弟,就没有本发伊的行动。

2. 本发伊是芬兰学派方法论的逆行者。在19世纪后期,芬兰学派研究故事类型已有2500个编号,其中有2000个编号是欧洲故事类型的编号,有500个是印度故事类型的编号。本发伊难题之一,是他宣称全世界故事都起源于印度,那就等于把欧洲的2000个编号也都倒挂到印度去了。但芬兰故事就挂不过去,因为芬兰的乌戈尔语系根本不属于印欧文化圈,这种跨国别的语言想象在芬兰行不通。

3. 本发伊难题之二是差异。他对芬兰学派提出两个难题:一是芬兰学派发明的世界统一故事类型对印欧语系和亚洲语言的差异如何解决?二是印度《五卷书》是佛经文学,与民间文学互相包含,《五卷书》是否有独立的故事本文?

在今天,跨国别的语言多样性已变成文化多样性的问题,转向更广阔领域的讨论。不过格林兄弟当年提出的语言学假设和本发伊提出的比较研究的可能性,现在仍有研究的价值。19世纪末20世纪初,民俗学从文学中独立出来,在反侵略和反殖民的运动中发挥了工具作用。二战后进入反殖民年代,民俗学以往构建的独立含义发生改变,于是人们又转身思考民俗学和文学的整体关系,以及与历史学、人类学和社会学等的相邻关系。单就讲述人的研究来说,这种变化是一个综合因素混合作用的过程,而学者无论如何都应该倾听讲述人怎么说。

（三）跨书斋的田野关系

在经典民俗学中，讲述人隐藏在文本与田野资料之后，是学者为讲述人开幕，请讲述人登场。很多前辈学者迷恋于自己的讲述人。他们接近讲述人的目的，不仅仅是为了获取讲述人的资料，而且是因为彼此同为人类。学者为讲述人做了很多笔记，根据笔记概括他们的生活特征。学者为讲述人拍了很多照片，将之收入自己的书中。绝大多数的讲述人，而不是少数讲述人，都已呈现于学者的成堆论文和等身著作中，而不只是学者的思想中。但学者又是如何与这些在田野中相遇的讲述人建立关系的呢？从学者最终发表的成果看，是通过问卷设计思想建构、使用概念和归纳抽象。今天看，问题就出在这里：在他们的方法和观点中都有一系列陷阱，有的还危及今天，所以我们需要做简要分析。

1. 学者的年龄观与性别观

（1）学者的年龄观

在经典民俗学中，学者有一种支配观点，认为某个年龄段的讲述人能讲传统故事类型。在他们的著作中，讲述人的平均年龄，以70岁至80岁以上老人居多。50岁以下的很少，最小的也有50岁。这种数据就体现了老龄数据的支配性。这种支配性从哪里来？首先，来自学者的搜集时间。钟敬文于1920年代搜集故事，那时他刚刚从学校毕业，受五四运动影响，开始向长辈搜集故事。长辈的年龄大于他的年龄，一般出生于1900年之前。

其次，前人提供的老龄组数据说明，在学者的认识中，对传统的考量是与年龄组正相关的。什么是学者思想中的传统故事？在这些学者的头脑中，就是七八十岁或以上年长者讲的故事。50岁以下的人被看成是非传统人群，不会讲传统故事。

据日本民俗学者关敬吾回忆，他幼年都是听祖母讲故事，这给他留下了故事必由老人讲的思想烙印，后来日本民俗学界的前人给他推荐的讲述人，也都是老年讲述人，"一位叫牧野悦的大娘（83岁）讲述的《加无波良夜谭》，书中收录了140余个故事。接着阅读的是《老奶奶夜谭》（迁石谷江十氏）、《柴波郡民间故事》（小笠原弓氏）、《甲斐（山梨县）民间故事集》（土桥座氏）等"①。关敬吾是继柳田国男之后日本最重要的民俗学者，曾编纂出版《日本昔话集成》（6卷本）②。他谈道，在他研究民间文学的时代，日本学术界的氛围还是研究老年人讲的故事。

出现这种陷阱与学者的田野调查方法也有关系。当年学者采用旅行式的调查方法，而不是住在当地深入家户。关敬吾就说，推荐他阅读老年讲述人的著名日本民俗学者岩仓氏就是一个旅行者。岩仓氏还受了俄罗斯民俗学者阿扎德斯基（M. Asadovskii）的影响，阿扎德斯基在1915年接触的讲述人50岁左右，"名叫维诺洛娃（女性）"，后来阿扎德斯基出版了《西伯利亚的女故事家》（1926年）一书③。当时芬兰等北欧国家和俄日民俗学者都盯着老

---

① 〔日〕关敬吾：《故事讲述家的研究及其展望——从平前信老人谈起》，关敬吾等：《日本故事学新论》，张雪冬、张莉莉等译，辽宁大学出版社1992年版，第2—3页。
② 参见〔日〕关敬吾《日本昔话集成》（6卷本），角川书店1953年版。
③ 〔日〕关敬吾：《故事讲述家的研究及其展望——从平前信老人谈起》，关敬吾等：《日本故事学新论》，张雪冬、张莉莉等译，第4页。

龄组的讲述人,并成为一种想当然的选择。

现在是网络时代,网络时代是年轻人的时代,传统故事消失了吗? 没有。怎样看待这个问题? 还有,在年龄与文本之间,究竟是讲述人的年龄代沟差距大,还是书面文献与口头传统的差距大? 目前的研究证明,活着的传统在任何年龄段都有,书面文献与口头传统的差距也没有想象的那么大。以往这方面的错觉在今天仍是陷阱。

再次,学者的"民众"观和民间文学集体性的概念发生了误导。当年学者假设"民众"是有一种集体形象(被想象)、集体年龄(老年)、集体文化(不识字)和集体活动空间(家里、炕头、田间、仪式),于是也会贴上老龄组的标签。

(2) 学者的性别观

在以往学者的田野报告中,需要警惕他们介绍讲述人性别的陷阱。性别是生理差异,在民俗学中变成社会差异,原因有二。

历史因素。很多讲故事的传统与男人有关,男性流浪汉和男性乞丐都可以在到处行走时讲故事。这些故事从甲地讲到乙地,从乙地讲到丙地,每到一地都会有变化,很难想象这是女性之所为。

地方因素。在欧洲的爱尔兰、丹麦、德国的北部和东部,讲神话是男人的传统。而在其他地方,讲神话又是女人的传统。在意大利的西西里岛,女人比男人更能讲故事。这里没有更多的道理,对这种区别我们只能给它取一个名字叫"地方传统"。

下一个问题:哪个性别与哪种传统更接近? 在以往学者的研究中,也有不同的反馈。这里有陷阱吗? 如果有,关注这种陷阱的意义又在哪里呢? 第一个,学者对同龄讲述人中男性多于女性的意义的反馈。在他们看来,在没有战争和灾害的年代,在记忆传统上,男性强势,女性弱势。现在我们知道,这个解释是站不住脚的,但为什么当时会产生这种反馈？前面提到，这与当年学者的旅行式搜集方法有关。假设他们每到一地，最先接触到的本地人，都是那些能表演的和能歌唱的男性讲述人。可惜对这个假设后人是无法验证的。男性的"记性"真的赛过女性吗？也难说。实际的情况是，早期学者也许并没有注意到这一点，他们把民众看成是集体的，没有再去分别男女性别。在他们之前，格林兄弟从局外人的角度搜集家庭故事，也没有注意讲述人的性别差异。在其他欧洲国家学者的搜集记录中，似乎也有同样的统计结果，即男性故事讲述人占多数，男性有更强的记忆力。关敬吾说，他的讲述人平前信老人就是男性，老人的故事都是"从祖父、父亲那里听来的"①。这是一条鲜明的男性记忆传统的路线。

2. 学者的知识观

讲述人的知识是一种时代性的知识，与同时代活跃的社会传统和期待目标相一致的知识。但在经典民俗学中，讲述人的知识由讲述地点和流传地点体现，在方法上偏重技术，却脱离了生活实际。例如，讲述地点被分为公共领域和私人领域两种，从前的学者报告说，在公共领域，男性讲述人多于女性，女性往往缺席。她们被拴在家里，很少有机会与他人一起讲故事。女性没有耐心掌握很长的、很复杂的和数量很多的故事。她们待在角落里吃苦耐劳，似乎与故事流传环境隔离。男性扎堆聊天放轻松，乐于传播，故事数量也多。今天我们对这类陷阱是一望即知的。这些学者没

---

① 〔日〕关敬吾：《故事讲述家的研究及其展望——从平前信老人谈起》，关敬吾等：《日本故事学新论》，张雪冬、张莉莉等译，第7页。

有读懂民众的生活。他们把双手插在口袋里,未曾推开过讲述人的房门,而女性就在那扇门的背后,充当男性的老师。日本女民俗学者山田八千代就遇到过这种女讲述人,对方叫杉浦达子,她的故事"主要来自祖母,其次来自婆婆、叔叔及周围的人。传承路线清楚的故事有祖母的34则(占总数的45%),婆婆的8则(占总数的10%),叔叔及村里人的8则(占总数的10%)"。山田八千代说,杉浦达子有很强的讲述能力、教育背景和教学能力,她的讲话水平胜人一筹。"她的记忆力极好,家庭条件也比较优越,婆婆又是个热心于教育的知识分子,杉浦的主要传承者是祖母及有文化的婆婆。杉浦对民间故事有着特殊的兴趣,常常不知不觉地进入故事的氛围中。她的传承就是在这种优秀的天资及浓厚的教育氛围中发展的。"①

3. 学者的社会观

小户型社会观。欧洲学者留意待在农村小户型社会中的最后一批人。19世纪,在欧洲完成农业革命后,留在家庭中的人们成为小户型社会的守望者。他们依靠家庭或家族的记忆,在小户内部传递传统。他们记住的是最后一位前辈讲的故事。

日本学者也倾向于小户型讲述人,他们的定义是"故事讲述人出生在有故事传承的生活环境,并有记忆力好的天资,能够在传承中保持自己的特色,以带有自己的民间故事观和人生观的传承方法进行传承"。他们还认为,小户型讲述人"没有现代的讲故事场

---

① 〔日〕山田八千代:《故事讲述家的研究——西三河的杉浦达子》,〔日〕关敬吾等:《日本故事学新论》,张雪冬、张莉莉等译,第180—181页。

所",其实"故事带有较高'纯度',也因此更有可信性"①。

我国民俗学和民间文艺学界对故事讲述人的研究开始于20世纪80年代,与日本民俗学的影响有关,在有些讲述人资料的分析上,也赞成小户型社会观,如钟敬文主编的《民俗学概论》中谈道:"我国目前发现的故事讲述家,……有的人长期过着封闭式生活,又不识字,其故事大多完整地保持着传统的面貌,属于这种情况的故事家如山东的尹宝兰、河南的曹衍玉、辽宁的李马氏(以上三人为女性)、谭振山、山西的尹泽等。"②

学者对于小户型社会,应该观察社会结构的变化,还是观察性别问题?陷阱就出在学者没有注意到社会变迁,没有改变搜集资料的方法,这就免不了主观臆断,做出空洞的结论。

民族社会观。在东欧国家,有些学者受到19世纪俄罗斯民族学和民族志学的影响,认为应该坚持民族社会的原则,如上面提到的俄罗斯民俗学者阿扎德斯基。

国家社会观。在普罗普学术生涯的后期,俄罗斯学者和讲述人共同建设新意识形态社会,建立民间文学社团组织和群众文化馆站,加强讲述人和故事传承活动的社会组织特征。扩大专业训练,通过研究和创作,让讲述人和故事文本对新社会建设发挥关键作用。新中国成立初期,全面学苏联,也进行了相同的讲述人班社建设和文化培训活动。钟敬文主编的《民俗学概论》指出,他们"参与解放后的社会活动,在讲述中自觉不自觉地渗入新的思想意识和新语汇,或从说唱艺术中吸取营养,如河北耿村的靳景祥、靳正

---

① 〔日〕山田八千代:《故事讲述家的研究——西三河的杉浦达子》,〔日〕关敬吾等:《日本故事学新论》,张雪冬、张莉莉等译,第182、185页。
② 钟敬文主编:《民俗学概论》(第二版),第203页。

新。有的人生活经历比较复杂,在长期讲述活动中形成了自己的一套讲述经验和讲述特色,如湖北省五峰县的刘德培。还有少数人传统民间文化知识较为丰富,其故事具有较多个性特征,如山东的宋宗科、黑龙江的傅英仁等"[1]。政府鼓励讲述人成为社会主义意识形态体制下的、有文化和有民俗特点的叙事者。

欧洲学者曾假设,传统神话与新社会生活故事有不兼容性,但到目前为止,这个假设还无法证实。相反,兼容的现象比比皆是。普罗普是第一个批评不兼容观点的学者,他认为,不兼容的说法是表层的、缺乏统一逻辑的和不准确的。他提出的功能项结构学说,被认为是研究民间文学兼容性和连续传承逻辑的理论框架。冯·塞多(von Sydow)也提出类似的新理论框架,他是从另一个角度谈的,认为故事可以按照历史地理路线流传[2]。

> 如果你从此地到彼地,你会发现,在绝大多数情况下,故事类型的生存现状,与发生在你自己的国家的政治疆界有关,也与你自己国家的本土传统流传后世的形态有关。事实上,大量故事讲述人的做法是,在本国环境内,在不同地区中,根据各种讲述场合的整合,这些故事已经可以向所有对象,至少是向本国大多数省份的听众传播。我们所质疑的传统,其实是通过它的承载者的相互控制和相互影响,在其自身区域内,经历一个统一的过程,最后呈现为一个整体上与其他国家不同的、独

---

[1] 钟敬文主编:《民俗学概论》(第二版),第203—204页。
[2] C. W. von Sydow, "Folk-Tale Studies and Philology: Some Points of View", in von Sydow, *Selected Papers on Folklore Published on the Occasion of His 70th Birthday*, Copenhagen: Rosenkilde & Bagger, 1948, pp. 189-219.

具特色的传统,一种在文化区域内形成的自然生态特点。①

再后来,洛德的书告诉我们,在波罗的海地区的斯堪的纳维亚半岛保存了很多欧洲古老传统,那里故事的故乡是欧洲,而不是印度②。

钟敬文主编的《民俗学概论》吸收了西方理论、俄罗斯理论和日本理论的成分,但没有加以模仿,而主要是使用中国资料,指出讲述人的叙事具有从传统到现代的连续性,形成相对稳定的格局,具有逻辑的和审美的一致性。

我国近年在民间故事普查中发现了许多故事家,他们的情况既有差别,也有许多共同之处。从共同的方面来看,他们都十分热爱民间故事,都有较强的记忆力,一般口头表达的能力很强。作为故事家,他们都掌握了大量的故事(50则、几百则不等)。因此,群众称他们为"故事篓子"、"瞎话大王"、"X大能讲",他们在群众中有相当影响,被称之为"家"。这些故事家的讲述大都有较高的水平,即所谓"比较的见识多,说话巧,能够使人听下去,懂明白,并且觉得有趣"。

民间故事讲述家在故事发展上所起的作用,约略讲来,可分三点。第一,他们每个人都是一个故事的集散点。他们从家

---

① C. W. von Sydow, "On the Spread of Traditions", in von Sydow, *Selected Papers on Folklore Published on the Occasion of His 70th Birthday*, p. 16.
② 参见〔美〕阿尔伯特·贝茨·洛德《故事的歌手》,尹虎彬译,中华书局2004年版。

族成员或在社会活动中听来许多故事,又不断地把这些故事传讲出去。在故事纵向传承与横向传播的链条上,他们是重要的一个环节,并为集中保存故事遗产作出贡献。第二,他们对故事稳定性和完整性的形成与保持起着重要作用。故事家多次听别人讲述,大量故事积聚在他们的头脑中,他们自然会自觉不自觉地修正某些粗心讲述者讲述中的差错,或补充其遗漏,在不同的细节中选取最适宜的说法等等,使故事在不断讲述中形成相对稳定的格局,具有逻辑的和审美的一致性。有的学者把善讲故事者的这种作用称为故事"自我修正法则"。① 第三,某些故事家在讲述中还常对原故事有所补充,或自觉做一些必要的强调与改动,或有特殊的传承来源,从而对故事传统的更新与发展也起着一定的作用。②

这是中国民俗学者根据中国社会变迁和讲述人多民族多地区分布的实际,对讲述人特征所做的比较全面的概括。

(四)跨自然状况的统计关系

传统田野资料的很多陷阱,是在打破自然状态下出现的,是由人为统计造成的,大体有以下几点。

---

① 原注:〔美〕斯蒂·汤普森《世界民间故事分类学》,郑海等译,上海文艺出版社1991年版。
② 钟敬文主编:《民俗学概论》(第二版)。重点看第九章对"自我修正法则"的解释,第202—203页。

1. 讲述人的姓氏统计

此指以往学者统计讲述人姓名信息的方式。欧洲的个人姓氏与家族的姓氏会重复使用。在法国，父亲会把自己的名字给子女用。丹麦人的旧风俗是，父亲叫尼尔斯（Niels），儿子就叫尼尔森（Nielsen），女儿叫尼尔斯达特（Nielsdatter）。如果是长子，则必须与父亲同姓，所以尼尔斯的大儿子会继承他的父姓。这是一种在传统中形成的自然状况，但我们发现，从前学者对田野资料中的出生姓名或就业姓名的登记，往往出现混乱，让后来的研究者不好判断亲属关系。

相同人名的写法在不同资料中也有不同。在20世纪60年代以前，拼错名字并不重要，中外官方文献对此要求都不严格。你明知道所找人的姓名，但你在档案文献或人口统计资料中却找不到，或者碰到类似人名却不好判断。

2. 讲述人的职业统计

以往学者的田野资料对讲述人的职业描述不明确，不乏随意性。很多职业用语是地方习语，有的职业用语今天已看不懂，也有的职业用语采用了不同说法而看不出区别，如"无业"和"家务"的区别是什么？

即便资料是可靠的，也很难从这批资料中找到可供经济分析和社会分析的资料。比如，欧洲故事讲，父亲是一个磨坊主，磨坊主按传统理解是富人，至少经济条件还不错，但从故事叙述的实际情况看，很难判断这个家庭的经济地位。在我国民国时期的河北定县，有大量离婚故事，但据社会学家调查，实际离婚的只有两例。

还有很多故事讲好人发财,但并不提供好人经营、核算和盈利的数据。我们使用这类故事可以观察民众的情感倾向、关系紧张点和生产生活模式,却得不到经济学和社会学统计所需要的土地、人口、制度资料①。

商业故事有所不同,今天的学者可以通过增加其他资料,包括政府档案、地方文献和口述史,来解决一些空白问题。而不能完全依靠档案上填写的职业资料。比如说,看政府档案可以获悉,某位家族商户的经理,在某个固定的年份,出现在某个固定的地点。次年,又出现在这个固定的地点,循环往复,那么他就有可能是学习者,有待以后掌管商户的接班人,此前他需要掌握货源、门市和商业网络的全面信息。从这一份档案可以看出社会职业、商户历史和地理分布等三种信息。

3. 讲述人的年龄统计

以往学者的年龄统计资料大都不统一,主要是在公共系统、地方传统与私人系统之间出现问题。

公共系统的年龄统计误差较大。学者对讲述人的年龄大都是估算。不识字的讲述人,缺乏在现代社会管理机构登记年龄和登记职业的经历,所提供的年龄与公共系统中计算年龄的要求对不上号。

地方传统中的年龄统计以估算为主。大量老年人没有按公历计算年龄的习惯,使用阴历登记年龄。还有很多讲述人计算年龄的方法,有的写朝代年号,有的写出生年份,也有的写实际年龄。

---

① 参见董晓萍、〔法〕蓝克利《不灌而治》,中华书局2003年版。重点看《总序》,第2—3页。

几乎百分之百的讲述人年龄都不准确。相当多的讲述人年龄是由学者换算的。

特殊职业的年龄统计按行规计算。有两种人例外:一是讲述人中相当多的手艺人,他们计算出徒的时间为"三年零一节"①;二是讲述人为僧侣人员,他们计算年龄按《百丈清规》执行。

4. 讲述人的故事数量统计

(1) 故事类型统计

学者有两种统计思路:一是讲述人能讲述什么故事类型取决于他们出生或生活的年代,也称"地缘关系统计";二是讲述人提供的故事类型取决于他们的亲属出生或生活的年代,也称"血缘关系统计"或"姻缘关系统计"。钟敬文说,他的故事是从二嫂口中得来的,这是血缘家庭关系的统计。山田八千代说,杉浦达子的故事大多数都是从自己的祖母那里听来的,这是姻亲关系的统计。不过这两种统计的年代大都是估算的,故事类型分析也是学者自己做的,讲述人不会。

(2) 故事篇名统计

故事类型与故事篇名有差异。常常有这样的情况:人们说某人会讲两三个故事,但它们属于同一个类型。学者说某种故事是一个类型,而在讲述人的实际讲述活动中是几十个故事为一个类型。《中国民间故事集成·新疆卷》的阿凡提故事,在其目录中登记为12个,正文实际讲述为202个。例如,下面是新疆故事卷的目

---

① 此指学徒三年期满后,还要增加一个季度的时间,为师傅义务服务,不取酬劳,以报答师恩。

录中的阿凡提机智人物故事，共1个故事类型，正文中实际讲述的是11个故事，看下表，差距很大。

0910 阿凡提的故事（维吾尔族）
0911 毛拉再丁的故事（维吾尔族）
0912 赛来恰坎的故事（维吾尔族）
0913 霍加·纳斯尔的故事（哈萨克族）
0914 阿勒达尔·阔赛的故事（哈萨克族）
0915 吉林谢的故事（哈萨克族）
0916 赛尔克巴依的故事（哈萨克族）
0917 伊斯哈的故事（回族）
0918 阿尔嘎其的故事（蒙古族）
0919 玛纳坎的故事（柯尔克孜族）
0920 霍加纳斯尔的故事（柯尔克孜族）
0921 阿凡提的故事（乌孜别克族）[①]

到目前为止，还没有关于故事篇名、故事类型与文化多样性的关系的分析框架，但存在这种需求。

---

① 钟敬文主编：《中国民间故事集成·新疆卷》，中国文联出版公司2003年版，第1910—2003页。

二、讲述人进入理论主体

上一节和本节开头已反复讲过，在从前的民间文学研究中，讲述人失语，没有实际意义。现在这个问题正在解决，包括"讲述人"的概念已经确立，讲述人的研究已进入民间文艺学理论的主体构成。讲述人与民间文学的各种联系，包括讲述活动、表演内容、民俗思维、行为方式、日常生活和影像资料等，都成为主体理论的研究对象。下面讨论几个具体问题。

（一）讲述人的主体地位

讲述人的发现者是谁？是民众自己吗？不是，是学者。前面讲过，在讲述人被发现之前，他们是没有学术地位的，也没有被使用概念命名。学者感兴趣的是文本，而不是讲述人。学者在叙事文本中交代了他们的名字，但没有一个固定的概念。讲述人的身份，在被搜集人、创作者和民俗承担者三者之间松散地飘移，没有严格的边界。他们是一种真实的存在吗？现在也有少量讲述人的照片或画像留下来，但在他们的旁边，没有学者；在他们的身边和背后，也没有相同的文化成员，他们是特殊分子，学术史上称"孤独的讲述人"。

为什么讲述人自处孤独？这里也有当年观念的误导，如讲述人匿名、行吟者形象流动，如荷马史诗的游吟者、苏州的歌女阿圆、内蒙古的说故事能手秦地女、青海金银滩上的王洛宾。讲述人为民间作品的产生和传承积极地活动,而学者总是寻找文本却不关心讲述人的创作传播过程。

当代讲述人研究的资料性工作如下:

讲述人命名。准确记录讲述人的血缘姓名,传统文化中的用名,提供民间文学作品时使用的落款,被授予传承人的署名等。

讲述人的知识系统和传播过程。主要观察他们的三个取向:传统取向、人文取向与现代传播取向。

讲述人的影像资料。记录和分析他们的讲述内容、社会情境、语言风格和个人经历口述史。

讲述人的表演研究。重点研究其表演的文化传统、风格流派和体裁变化。

(二)讲述人主体化研究中的基本问题

当代开展的讲述人主体化研究,总结了自格林兄弟和本发伊以来民间文艺学发展的理论要点。

1. 超级有机观

格林兄弟于1816年提出"超级有机观",指故事是一个超级有机整体,故事研究要占有大量的资料,证据要充分,这也是他们的工作逻辑。他们的研究目标不是故事文本本身,而是故事背后的想象世界。但这里有一个问题要解决,就是故事的概念经常被民俗学和文艺学界的学者共同使用,或者被当作心理学资料进行分析，结果被研究的不是故事，而是人类的精神世界。这种研究取得了很多成果，但有时研究的结果也不乐观，其原因有：（1）故事被当作独立体裁；（2）故事被当作有长度的叙事；（3）故事书的封面要有图画，正文要有插图；（4）故事要结合神话、传说和谜语共同叙事，这才被认为是传统故事。

当代民间文艺学研究的反思是，"超级有机观"是欧洲一元论的观点，现已被文化多样性的研究所代替。AT中的爱尔兰故事和印度故事被列入同类型的例子很多，实际上差异很大。这里还有两个矛盾：首先是内外理解的矛盾，即本土故事传统深厚，但进入世界共享的很少。其次是技术与文化的矛盾。故事类型研究经过相当复杂的技术劳动，把不同国家的故事文本转化成相似的故事类型，但这种技术追求形式演化的自然过程，排除社会变迁和文化影响等人为因素，强调被反复讲述的要素和被专业化学者记录与整理的要素。故事要素的构成，最好是纯故事，但纯故事哪里来呢？还不是专业人士鉴定过的故事？如此研究也只能走进死胡同。还有，近年"正确地"删除大体量资料中的多余部分的操作很普遍，此点也受到人类学的影响。

2. 工业机械观

这种观点认为，故事类型产生与工业机械化思维有关，对世界故事进行了机械拆卸和组装，但故事所伴随的大量个体创新成分被限定。

3. 故事文学观

这种观点强调文学与民俗的联系，尤其强调经典文学与故事的联系。认为，民俗学者即便排除故事的"文学性"，把故事文本独立出来，仍要面对多种可能性，并要考虑如何解决，例如，用纵横向研究解决，纵是强调传统，不接受任何新发明创造的故事；横是强调现实，寻找故事文本的现实生活层面与民众的态度。

4. 故事或口头传统

这是讲述人研究必然要遇到的两个概念，但现在两者之间缺乏基本的共享概念。什么样的文本可以被当作故事分析？任何故事都是口头传统吗？回答这个问题有三种假设：(1)多语种、多地区传承故事文本的一致性，季羡林先生就持有这种观点，他曾提出"多少年来我总有一个感觉，觉得我们对国内少数民族文学，包括民间文学在内，虽然进行了一些研究，但是总起来看是非常不够的，而且也非常不平衡。中国少数民族文学异常的丰富，你只需想一想云南地区的少数民族文学的情况，想一想内蒙古、西藏和新疆地区的少数民族文学的情况，便一目了然"[①]。此外假设(2)，即季先生在上面的话中所说"总起来看是非常不够的，而且也非常不平衡"。还有假设(3)，即多语种、多地区传承文本的故事类型可以分析，但缺少口头传统理论加入研究。

5. 故事的历史化

从研究倾向上说，这种研究从格林兄弟开始，以后被很多国家的民俗学者加以延伸和发展，其主要观点有：

---

① 季羡林：《少数民族文学应纳入比较文学研究的轨道》，原作于1988年3月4日，后收入《比较文学与民间文学》，第332—334页。

国家史。民间文艺学伴随国家论产生,故事是历史的佐证。故事的概念就是民俗的概念,故事代表国家文化的有机成分。故事研究是民俗学研究的核心内容。故事是最纯的国家文化,可以获得对"讲述人"的认同或"被遗产的认同"。1812年和1815年还有人提出故事是国家"文化财富"的观点,被格林兄弟采用,后来又变成更广泛的应用。

集体性。故事历史化促成故事集体性观点的产生,但有以下矛盾:(1)历史性强的故事被当成世界故事的最初资源,结果引来多元文化研究者的不服。(2)故事在后世传播过程中会被修正,这又促成文学家改编故事的膨胀心理。普罗普曾客观地指出芬兰学派的问题,但也不必转向历史化去解决问题。

进化论。此指民间文艺学研究受到文化进化论的影响,这样不可能编造故事。"讲述人"讲述的内容只是一个毛坯,学者必须整理"讲述人"的毛坯资料和进行再编写,然后在更高层次上进行故事研究。在此基础上也产生"讲述人"与"创作人"相区别的概念。

讲述人的主体化研究在国家文化建设层面发挥了作用,促进创造国家民族认同,促进创造传统,促进在古代经典和传统的基础上塑造全民的民族性格,促进增强民族凝聚力。

这项研究的其他现实意义有:创造出版物,学者与普通人共同在标题部分或封面上出现名字。创造知识传统范畴,这个范畴内的主体有农民、血缘关系、家庭、儿童等。其实学者原来对民俗、对日常家庭并不了解,现在他们通过故事向民众学习,获得了解。对婚丧嫁娶民俗仪式细节的描述。对特殊群体和特殊工作的描述,如渔民、猎人。创建了大量谜语、谚语、机智人物故事、民间游戏等搜集内容和研究题目。创建了新的地方故事。创建了社会阶级、阶层、性别、年龄等不同划分组别的资料。创建了赞赏民众的话语。不过民俗学者仍表现出以理论训练和突出个人才能解决民俗问题的倾向，受到文学领域的学者对故事的关注和赞美，但他们缺乏仔细的研究，反而刺激民间文艺学者研究故事更为专注。

结　论

本讲要点有三：

第一，讲述人研究的历史基础。这项专业化的工作由芬兰学派起步，是在芬兰争取民族独立解放的社会浪潮中开始的，但从学术史上说，还应该看到，是包尔旦打下了这门学科的基础。他还培养了一批喜爱这门学问的学生，种下了学科的种子。中国也有类似的情况。在中国，五四前后搜集整理民间文学的运动，也有反侵略、反殖民的社会背景，从学术构成上，胡适、董作宾、顾颉刚、钟敬文等人的研究成果是基础，后来成为职业民间文艺学家的钟敬文还毕生投入这项事业，并在这种环境中产生了后来的讲述人研究，这些都是两国之间的相似之处。

第二，讲述人文本整理的训练。芬兰学者兼作家伊利亚斯·隆洛德以文学的成就，成就了民间文学。他主张用训练有素的文笔，整理和集合那些四处散存的民间文学作品。他编撰《卡勒瓦拉》的事实证明，这种工作具有拯救意义，能实现学者参与社会进步革命的理想，也能在一定程度上保持民间作品的原真性。他还说，学者发挥这种文学化的训练，跟民间的伟大歌手整理加工普通艺人的唱词行为是一样的,这时学者就是歌手①。这一点也与中国民间文艺史相似。中国早期民间文艺学者也是拥有这种双重身份的,他们是文学家,也是讲述人。他们与民间故事讲述人的区别,是受到了民间文学研究方法的影响,把处理对象资料的方法文学化了。这里所谓的"文学化",不是指对民间文学作品进行了夸张或改造,而是指在当时学者搜集整理的理念上,追求理想化、浪漫化、审美化和情感化;在记录和撰写的实践上,追求民间文学作品的连续文本形式。他们和伊利亚斯·隆洛德所说的民间的"伟大歌手"一样,容不得作品的零散、间断或缺失。现代学者对这种手法已有诸多不同的讨论意见,主要批评这是学者的文学化观点,而强调要用地方性知识的观点看待民间作品,应该了解民间的天才歌手和普通艺人在作品的长度、片段或完整性方面的自我解释,包括地方概念、分类标准、仪式需求和日常功能。不过,我们说,在当时的历史条件下,在世界各国民间文学运动兴起之初,这是一个共生现象。它曾使民间文学作品在这种运作中,形成规模,登上殿堂,成为与正统文学或精英文学较量的新思想出版物,它还是起到了积极的历史作用的。

第三,讲述人研究中的性别要素是重要的,但他们的社会地位同样是十分重要的。当代流行的定量统计法告诉我们,很有必要了解民间文学的稳定性。一个粗略的考察表明,细节上总有所不同,呈现出异文状态,但个人独白叙事的故事框架基本上是很稳定的。民间文学研究中不能忽视个人独白的存在,包括:(1)选择讲述人研究文本的标准,包括没有被学者整理的文本,或者没有被学者解释的文本,或者故事与文化有联系的文本。(2)与讲述人合作

---

① 参见孙用《译本序》,〔芬〕隆洛德《卡勒瓦拉》,孙用译,第3—5页。

的方法,搜集和记录故事文本。全面介绍与分析记录和编写时的历史的、心理的、形态学的、结构主义的、心理学的、社会学的、历史学的背景和方法。对研究课题提出建议,对理论框架提出建议,对研究术语提出建议,对讲述人的概念的应用提出建议。(3)两个假设阐释系列,如单一故事类型的多个文本研究和多个故事类型的共享文本研究。

第五讲 搜集论

怎样确定我们手里的民间叙事作品是真实的？为此需要了解搜集民间叙事作品的原则和技能。同时，在当今信息化的时代，还要关注数字搜集理论①。此外，海外汉学存藏中也有很多中国民间叙事资料，也是一种需要关注的历史资源。本讲介绍民间叙事理论的搜集论。

一、搜集论的理论假设和基础知识

民间叙事学的搜集论的含义，指在早期芬兰学派之后，在经典民俗学时期建立起来的搜集整理民俗民间文学资料的学术原则与科学方法。它要求在范围上有计划地向全民和全社会铺开，而不是限于少数讲述人的狭窄范围内的活动；它要求在内容上保持民间叙事的原真性，而不要把学者的认知、逻辑和解释强加在讲述人的头上；它要求在方法上做到面对面，在自然环境中搜集，学者与讲述人双方在互动中形成访谈资料，而不要打电话、开会、问卷或

---

① 参见钟敬文主编《民间文学概论》（第二版），第106—122页。钟敬文主编《民间文学作品选》（第二版），重点看"主要参考书目"之七，第349页。

找人代工,让讲述人按学者的需求去回答问题,失去资料的价值。为什么会产生这种学术要求?以下从两个方面进行简要介绍。

(一)搜集论的理论假设

搜集论的提出,基于三个假设。

第一个假设,民俗民间文学以口传为主,文献很少,需要加以搜集,记在纸上,经过整理之后,进行保存和利用。现在看,这种假设只能针对部分文化,像印度和非洲。在中国这种文献大国,历来就有记录口传资料的传统,又形成大量书籍,这条假设就未必成立。在人类进入网络信息时代后,口语与纸媒都活跃在网上,花开两朵,各美其美,未见其中任何一种有消亡的迹象,所以也不必杞人忧天。

第二个假设,民俗民间文学是工业革命之前的前现代化时期的文化遗留物,在工业革命后,特别是进入现代化时期后,已经濒危,只有实施抢救,而且要抓紧,才能使其免于消亡。这种紧张感在格林兄弟时代就已经出现了,自彼时至此时,学者一直在"抢救"。现在看,这种担心也是多余的,因为民俗民间文学总是在边消失边生长。此消彼长正是它的动态生存方式。动态生存的另一个方式是变迁。比起书面文献,民俗民间文学的变迁速度要快一些,甚至在民俗民间文学传承人每次表演后都会自动做出变化和调整。但变迁不等于消失。变迁是民俗民间文学的生命力所在。学者对待变迁不能叶公好龙,在学术概念上说"欢迎、欢迎",在现实生活中却持消极态度。

第三个假设,民俗民间文学是农村社会、农民文化的产物。农村是民俗民间文学的宝库,农民是看门人。20世纪六七十年代以来,城乡差距缩小,农村城镇化速度加快。全球化以来,移民增加,农民工大军进城如潮,农村"空心",农民"换脑"。于是很多学者认为,民俗民间文学已与现代社会结构脱节,与现代农民剥离。这让他们充满危机感,呼吁搜集和抢救,至少是无奈的挽留。但其实也没那么糟糕。确实现代社会结构和社会分层的变化给民俗民间文学带来极大的冲击,不过也不可能连根拔起。正是由于全球化,民俗民间文学大量进入文化交流层面,走上汉语桥,进入影视片、网络小说,对这方面资料的认识,还被提升到跨文化的维度,进入巴赫金现代文化科学理论建设的考量。

总之,事物是多面的。搜集论的假设,在不同历史阶段发生,有其时代性和积极意义,但也是一种警示,告知学者不要自作聪明。民俗民间文学是一种现象,现象在前面,理论在后面。

(二)搜集论的原则与方法

在我国民俗学和民间文艺学界,科学搜集工作是伴随民俗学和民间文艺学两门现代人文学科的建立而产生的。换句话说,从五四新文化运动起,到延安文艺新传统建设时期,在我国进步知识分子和专业学者中,都有民俗民间文学搜集活动。但是,科学搜集论的提出与实践是在新中国成立初期发生的。在这方面,有社会主义新文化建设的需求,也有当时学习苏联带来的影响。在此后的社会发展和学术发展中,根据我国实际,搜集论逐渐成为我国民间叙事学研究的组成部分。下面主要围绕新中国成立以来的时段，介绍搜集论的原则与方法。

1. 原则

1958年7月，在北京召开了第一次全国民间文学工作者大会，大会制定并通过了民间文学工作的十六字方针，即"全面搜集、重点整理、大力推广、加强研究"。在这一方针中，全面搜集，指大力挖掘民俗民间文学丰富的第一手资料，为全面认识这笔文化财富和展开研究提供可靠依据。重点整理，指对其中具有民间文学特质和中华民族优秀文化代表性的资料，下功夫认真记录和转化成文字。大力推广，指这些文化财富要通过教育和传播，被人民群众和子孙后代所认识，作为社会主义新文化的借鉴，满足群众欣赏文艺的各方面需求。加强研究，指提供学术研究资料，构建理论体系。根据这个方针，我国民俗民间文学研究专业机构提出搜集论的基本原则是"全面搜集、忠实记录、准确翻译和慎重整理"[①]。

全面搜集。在体裁上，从宏大史诗，到中等篇幅的神话传说和小戏说唱，以及简短的谚语与谜语，只要在群众中流传得开，各种体裁都要搜集。在内容上，现代的、传统的，都要撒网搜集。民俗民间文学内容复杂，一时难以分辨清楚，要等回来再甄别。四川大学采风组在羌族地区搜集史诗，当地巫师要先请神，采风组认为这段没有什么用，就没有记录。端公所请的是山神、猎神、地神、寨神，对理解羌族史诗文化大有价值。巫师然后才唱史诗《羌戈大战》，

---

① 钟敬文主编：《民间文学概论》（第二版），第112—122页，重点看作者对"全面搜集、忠实记录、准确翻译和慎重整理"原则的解释。

采风组认为这才是记了有用的东西。其实他们漏掉了传统文化背景和民众解释，把资料的魂给丢了。在范围上，对同一作品的不同异文，都要记录下来。《娥并与桑洛》的异文十多种，它们都是研究这首傣族叙事诗不可或缺的。在介质上，口头叙述、手抄本、木刻本、碑刻、岩画都要搜集。注意搜集有特色的传统优秀作品，如史诗、叙事诗，要把老歌手、老艺人掌握的东西先搜集起来，以免人亡歌失。内蒙古民间叙事诗《鹿》，一个老艺人要唱几天几夜，但未等记录下来，老艺人去世，已无法搜集到。在结构上，要在文化生态中搜集。不能只搜集零头杂碎，要指出它们与当地文化网络的联系。对与民间文学相关的历史、社会、宗教、经济资料都要搜集，从一个大的文化对象中分离出民间叙事作品来。

忠实记录。指既要忠实于讲述人的身份，又要忠实于原作的思想内容和艺术形式。在讲述人记录上，要记下他们的姓名、性别、年龄、职业、受学校教育程度、讲述时间和讲述地点。如果是歌手或故事家，还要记下简历。同时注明搜集者或记录者的信息，包括姓名、职业、单位，写明是当面记录的，还是事后追记的。在讲述内容上，记录时不要随意增删、改动或做跳跃式记录，以免漏掉有价值的东西。讲述人提到的有关的民俗、历史背景材料都要一并记下来。在讲述形式上，对散文或韵文都要求一字不动地录音，对韵文最好记下曲谱。记录语言风格很重要，要记下讲述人最生动、最富有特色的语言与民族特殊用语，如羌族称端公为"许"，白马藏族称巫师为"白该"；记下民间文学特殊的传统用语和修辞手法，如套语"走了三天三夜"，"翻了七十七座山"。有的段落重复时，只换了两个字，如你因为嫌它啰唆，便干脆删掉，只保留一次，就破坏了民间文学的艺术结构。遇到这种情况，可当时记上符号，整理时补上。记下生动的歇后语、俗语、谚语和绰号等,如"见钱眼开""吃人不吐骨头"。记下讲述人表述生动的语言。保持语言的时代特色,如传统故事讲"光绪""道光""民国"多少年,不能要求对方换成"公元",可以回来后换算和标注。不能把古代作品中的人物对话用现代汉语去替换。对哲理性的评语和情节以外的评语也应记下。

准确翻译。对民族叙事作品要逐字逐句直译,忠于原文,然后意译,全文贯通。最好将译文与原文对照书写和印出,双语对照。保持原文的艺术特色和民族特色。保持民族心理、生活习惯。对所有音译处,要有注释。

慎重整理。此指把口语资料纸介化,这是从口头文学转为书面记录过程中必要的技术加工。它不是指用搜集者的思想观念去强加于民间文学作品,而是指从作品所赖以生存和传播的原生环境和社会生活背景出发进行整理。慎重整理后的书面资料仍属于口头文学的财富,只不过转换了它的保存形式。

2. 方法

这里所讲的搜集方法,完整地说,是指搜集整理的方法。

原貌式。指完全保持原貌,不做大的调整,只理顺字句。

单一式。以最佳记录为主,整理首尾完整、脉络清楚、语言也较有特色的记录稿。其余异文加注保留。

综合式。以一两份为主,补充其他异文,形成完整文本,如金启综整理的《老罕王的传说》。

反观式。整理后的民间叙事作品是否达标,要看民众是否接受。经过民众的反观后获得认可的作品才算合格。一位汉族搜集者,到云南景颇山上搜集景颇族民歌,整理时,想起景颇山上漫山遍野盛开的攀枝花,就根据自己的主观审美意识加了一句:"我们景颇人的生活像攀枝花一样火红。"他认为这样才浪漫、才美好,又有地方特色,提高了景颇族民歌的地位。但景颇族群众看了却说,他们从来不这样唱。问当地人为什么。他们说:"最讨厌攀枝花了,说不清是为什么,祖祖辈辈都讨厌,我们也讨厌。"有的搜集者以汉族观念套民族观念,在整理对方民间文学作品时写道:"在新长征的路上,我们景颇人像雄鹰一样展翅飞翔。"结果又犯了忌讳。景颇族群众说:"只有懒人才爱鹰。"问他们为什么。回答是:"我们每天低头劳动,看见的是土地上的蚂蚁。懒人不爱劳动,两眼望天,才看得到鹰。"

有的民间文学作品原来很美,整理者不了解当地的语言风格,给予"合理化"改动,哪怕是动一句,也会使全篇黯然失色。《阿诗玛》的第一次记录稿,有一句就被这样改过。原文讲,阿诗玛梳头"梳得像落日的影子",说美丽的阿诗玛头发拖得很长,就像落日前的影子。这个比喻非常富有诗意。改过的诗句为"头发闪亮像菜油",诗意荡然无存。前面提到的俄罗斯文学家兼民间文学作品整理者阿·托尔斯泰早年曾批评这种整理者说:"正好像蝴蝶翅膀上美妙和脆弱的图案,碰到人的粗笨的手指给毁了一样。"整理民间文学作品应做到"四不改":一不改原作的主题,二不改原作的中心角色和情节单元,三不改原作的语言风格与修辞,四不改原作的民族知识和审美习惯。

（三）整理、改编与再创作的样本比较

民俗民间文学搜集资料整理后有三种样本：整理本、改编本与创作本。要区分它们的性质与用途。下面以盘古神话的三种样本为例说明。

整理本。整理后的民间文学作品恢复了第一手资料的形态，科学性强，是科学研究和历史遗产的宝贵财富。即使有个别变动，也会在注释中加以详细说明。样本如下：

盘古初分

来先是一片混沌，只有一个卵，在阳气的作用下，卵慢慢长大了，卵里头出了一个盘古。盘古在里头一拱，卵就大一点儿，一缩，又小一点儿。时间长了，他一拱一拱，最后使劲一拱，卵一下开了。拱上去的是天，踩在底下的是地。天地就成了。

讲述人：赵某某，74岁，医生，上过7年私塾，会讲许多"瞎话"。

记录人：陈连山，河南大学中文系教师

搜集时间：1987年2月27日

搜集地点：栾川县漫寺头[①]

[①] 陈连山记录：《盘古初分》，张振犁、程健君编：《中原神话专题资料》，中国民间文艺家协会河南分会1987年版，第48页。另见张振犁《中原古典神话流变论考》，上海文艺出版社1991年版。

改编本。改编的民间文学作品解决了方言、口语化、零散叙述等不足,文本完整,增加了可读性,如袁珂编《中国神话传说》。但这种文本补入了整理者的主观见解,增添了修饰性,只能做参考本。在学术研究时要核对原作和异文。样本如下:

盘古开天辟地

据说当天地还没有分开的时候,宇宙的景象就只是黑暗混沌的一团,好像一个大鸡蛋。我们的老祖宗盘古就孕育在这个大鸡蛋中。

他在大鸡蛋中孕育着,成长着,呼呼地睡着觉。这样一直经过了一万八千年。有一天,他忽然醒了,睁开眼睛一看,啊呀,什么也看不见,看见的只是漆黑黏糊的一片,闷得人怪心慌。

他觉得这种状况非常可恼,心里一生气,不知道从哪里抓过来一把大板斧①,朝着眼面前的黑暗混沌,用力这么一挥,只听见山崩地裂似的一声响,哗啦!大鸡蛋突然破裂开来……(天地)就这样被盘古的板斧一挥,划分开来了。

天和地分开以后,盘古怕它们还要合拢,就头顶天,脚踏地,站在天地的当中,随着它们的变化而变化。

天每天升高一丈,地每天加厚一丈,盘古的身子也每天增长一丈。这样又过了一万八千年,……终于,他也和我们人类一样倒下来死去了②。

袁珂原注:①板斧的情节是根据民间传说添加的。②据

《太平御览》卷二引《三五历记》。①

再创作。经过文艺工作者再创作的民间文学作品,按照作家个人创作意图和创造个性进行了较大修改,与原作距离较大,适于文艺欣赏和社会普及。有的只保留母题原型而改变了体裁,如戏曲《白蛇传》。有的把体裁、人物、结构、内容和形式都改了,如《孔雀公主》。这种文本是书面文学,不再属于民间叙事范畴。样本如下:

山海经之人神大战

出场人物:

  嫦娥、嫦娥父、后羿、河伯、玉兔、太阳鸟、村民甲乙丙、虾兵蟹将。

太阳鸟们:(齐唱) 我们是天帝和天后的儿子太阳鸟,
太阳鸟们(轮流数):一、二、三、四、五、六、七、八、九、十。
    (齐唱)十个兄弟的家就住在东海上的榕树岛,
      那里有湛蓝的海水翠绿的大树还有白云飘。
      哦,海水映着白云飘。
      我们天帝和天后的儿子太阳鸟。

---

① 袁珂:《中国神话传说》上册,中国民间文艺出版社1984年版,第72—78页。

二、搜集论研究

20世纪50年代全面学习苏联时期，我国的社会主义民间文艺学也开始了同步建设。在苏联理论的影响下，社会民间文艺建设成为社会主义新文化建设的要素，与此相关的是，社会主义民间文艺学的理论形态构成与搜集民间文学的社会运动紧密联系在一起。

从历史进程上说，在我国民间文学研究与搜集活动的结合上，在20世纪初的五四运动和40年代抗战时期的延安文艺运动中已经产生，并扩大展开。即便有苏联理论的影响，也不是50年代才开始的，对此我在其他文章中已讨论过。但50年代之不同，是苏联学术文化理论体系对我国有全面影响，而不仅仅是输入社会主义革命学说。苏联理论体系的特征很鲜明，就是拥有社会主义意识形态与社会主义民间文艺学关联性的理论框架，还有一套比较成形的研究分支和经典著作，这让中国同行渴望了解和学习。

中国同行借鉴苏联理论的目的不是要解决苏联问题，而是要思考怎样处理中国本土极为丰富的民间文艺历史现象和现实资料，建设适合中国的社会主义民俗学（含民间文艺学）。当时苏联专家也在帮助中国民俗学者进行建设。本节集中讨论其中一直受关注的两个问题：一是知识分子在民间文艺学研究和搜集活动中的社会地位，二是搜集民间文学群众运动的性质和意义。它们都是研究学苏联的老问题，今天也成为被热议的国际话题。以下主要对其中的历史文献展开学术研究，从中吸取历史经验，以期推动这项工作朝着有利于我国文化建设的方向发展，同时也促进国际民俗学的建设。

（一）知识分子在民间文艺学研究和搜集活动中的社会地位

讨论知识分子在民间文艺学研究和搜集民间文学活动中的社会地位，它的核心问题是，知识分子在社会主义意识形态和新文化建设中的身份，以及他们对民族传统文化的继承与发展作用。在这方面，回顾20世纪50年代的历史，翻检苏联理论著作，结合我国实际观察，有几个地方需要反思。首先，知识分子抱着与共产党的理想价值观和建设蓝图一致的信念，投身社会主义意识形态建设，改造旧的世界观，树立新的世界观，使自己成为社会主义新文化的学科代言人和理论建设者，但在世界观上与党保持一致，与在民间文艺观上符合党性要求，这两者是一回事吗？其次，社会主义新文化是对民间文化传统有兼容性的，但兼容如果是局部的，就要改造传统民间文艺；兼容如果是全面的，就要吸收文化传统中所包含的所谓"迷信""落后"成分，而这些成分又是与社会主义意识形态相冲突的。如果弃旧图新、推倒重来，由现代知识分子根据科学原则搜集编辑民间文学作品，那样还能忠实于原作吗？还是改编民间文学作品？乃至于"新编故事"？学术界所长期讨论的知识分子的文化身份和社会作用，就是指知识分子在这场社会主义新文化建设中如何应对。他们的文化身份和社会地位正是在回答和解决这些问题中树立的。

丁易认为，新中国社会主义意识形态文化的建设要与延安文艺新传统接轨。在这个问题上,延安时期已经开始传播苏联民间文艺思想;在艰苦的抗日战争中,还建立了具有学者、文艺工作者和群众都能认同的民间文艺观。当时大批知识分子带着各种文艺才能奔向延安,投身于抗日民主政府领导下的民间文艺活动,已成为延安党性民间文艺思想的实践者。在延安根据地新文艺建设的初期,并未发现知识分子的世界观与党性民间文艺观之间的矛盾。丁易在《陕甘宁边区和广大敌后抗日根据地的文学活动》中说:

> 这些文艺活动首先是继承并发扬了苏区工农红军的文艺活动的优良传统,把文艺活动深入到工农群众中去,积极开展工农群众文艺活动。这里且从最大的一个解放区——华北解放区(原晋冀鲁和晋察冀两个解放区)为例。一九三七年,八路军开到这两个地区前线作战,随军宣传队到哪里,哪里便掀起了群众的文艺活动。富有战斗性的歌舞、短剧、活报,对当地的文艺活动都起了刺激和推动作用。由于农民在抗日战争中获得了解放,减租减息运动提高了他们的物质生活和政治觉悟,他们开始要求文化。再加上解放区各种文化机构和文艺团体的帮助,华北敌后就出现了许多农村剧团,用集体的秧歌舞及各种新内容旧形式的艺术活动表现农民自己的事情。
> ……
> 一九四二年以前,有太行剧团、抗敌剧团、冀中火线剧社、新世纪剧社等职业剧团;这些剧团并经常开办农村戏剧训练班或乡艺训练班,传授戏曲常识。学校方面有晋东南创办了民族革命艺术学校、鲁迅艺术学校,晋察冀有联大文艺学院,都训练出大批文艺干部,散布华北各地。此外,太行区有农村

戏剧协会，晋察冀有文救会，冀中有文建会，都是专门领导农村文化工作团体。这些剧团、学校、协会一方面展开了自身的文艺活动，另一方面也大大推动并帮助了群众文艺活动。①

在延安时期，中共中央加强解放区根据地的社会建设，发动土地革命，组织农民参加民族解放斗争，将民间文艺思想的实践与解放全中国的使命联系在一起。在这种环境中，知识分子转变世界观的任务十分紧迫。周巍峙是从太行山区转战到延安鲁艺的革命知识分子，夫人王昆是从延安时期起对我国社会主义歌唱事业做出重要贡献的艺术家，夫妇共同经历了这一时期。周巍峙谈到这个问题时提出，知识分子改造世界观，接受共产党领导下的社会主义建设纲领，即便没有苏联影响，也具有思想上的自觉性。这种自觉性来自承认民间文艺优点的文化自觉性。知识分子具备这两种自觉性，就能发挥新的社会作用。

  过去绝大多数的音乐专家都是瞧不起劳动人民、自然也不愿意为劳动人民服务的。所以劳动人民的生活和斗争的无比丰富生动的内容，在他们的作品中是没有地位的；人民的音乐创作和群众中的音乐天才，他们也是轻视的；对人民群众的音乐生活，他们是不关心的；群众不是他的创作和演出的对象，当然更谈不到对劳动人民的音乐活动加以具体的帮助了。因此旧社会的许多音乐专家，实际上是自觉或不自觉地处于

---

① 丁易：《陕甘宁边区和广大敌后抗日根据地的文学活动》，《中国现代文学史略》，作家出版社1955年版，第391—392页。

和人民群众相对立的地位的。

……

毛主席指示的文艺为工农兵服务,为社会主义革命和社会主义建设服务的方向,百花齐放、推陈出新的方针,以及在群众文艺工作中坚持业余、自愿的原则等,照耀着群众音乐运动胜利前进。①

周巍峙认为,知识分子转变世界观,就能转变对民间文艺的态度。知识分子肯于亲近民众,向民众学习,便能成为提高这支队伍传承优秀民间文艺能力的精英骨干,民间文艺工作的重要任务,就是要培养民间文艺人才队伍。钟敬文也有类似的看法,他在20世纪初以来国家社会现代化的宏观背景框架下,曾讨论中国知识分子的世界观转变问题。我们从他的文章中能看到,中国知识分子接受民本思想是有传统的,先进知识分子在五四以后,进入社会主义意识形态系统,改造世界观,又有一种转型的心态。他们热爱祖国,有历史使命感和社会责任感,这使他们在靠近民间文艺政策上,没有多少障碍。他们还诚恳地反省以往工作的局限,积极呼吁加强民间文艺作品的搜集工作,成为快速履新的时代代表。

人民口头创作的搜集、研究和利用,"五四"是中国近代历史的一个分水岭。……三十年代开始以后,由于中国共产党在白色区域文艺运动领导的加强和左联提出的"文艺大众

---

① 周巍峙:《坚持群众歌咏运动的革命传统　更好地为社会主义革命和建设服务》,《人民音乐》1960年第1期,第34—35页。

化"的实际需要,进步的文艺工作者迅速地注意起民间固有的文学、艺术来。……到了四十年代初年,毛主席又发表了革命文化运动史上最重要文献之一的《在延安文艺座谈会上的讲话》。在这个谈话中,他明确地指出革命文艺的对象和创作方法,指出文艺工作者本身必须进行改造,同时他号召作家们重视人民自己的文学、语言。这种指示使人民口头文艺学的运动史开辟了一个新时期。当时解放区的文艺的理论家和教育家们,首先批评了过去不够尊重人民艺术的错误,并郑重要求作家以后努力进行这方面的学习。许多作家也在参加实际工作中,亲自收集民间歌谣、谚语和故事,并认真地加以研究及利用,蒋管区进步的文艺工作者,也一齐响应毛主席的正确号召,更加珍重人民固有的文学和使自己的作品跟这种优秀的传统密切结合。……全国解放以后,又在这种胜利的到达点之前大大跨进了一步。搜集、发扬人民固有的优秀艺术,已经成了政府文化政策的一部分。①

钟敬文也指出,由于战争的残酷性和战争年代时间的紧迫性,延安文艺工作者对民间文艺的了解,在理论上还"应该加强学习,加强发掘、整理和研究工作"②。文艺理论家黄药眠也有同感。对于黄药眠的这段经历,程正民写道:"在1951年的思想改造中,《文艺报》对高校中文系的文艺学教学展开批判,主要对象是山东大学的吕荧,最后连'左'派教授黄药眠也不得不做检讨,当时主要批

---

① 钟敬文:《学习苏联先进的口头文学理论》,原为钟敬文为连树声译《苏联口头文学概论》一书所写《序言》的部分内容,原载《新建设》1954年2月号。
② 同上。

评文艺学教学不以《讲话》为纲。"① 从今天研究的角度看,钟敬文和黄药眠也都曾提出知识分子世界观与民间文艺观之间的矛盾问题。他们的意思是,知识分子树立了新的世界观,不等于就能够全面了解民间文艺。民间文艺的生存和发展遵循的是文化规律,而不是政治规律。一些知识分子在不了解民间文艺的情况下,带着新世界观,接触从传统发展而来的民间文艺,难免不发号施令,不对民间文艺"动手术",结果毁坏了民间文艺。钟敬文曾深入敌占区和国统区投身抗战斗争,黄药眠曾奔赴解放区参加革命,他们都从不同角度,对民间文艺的原生状况和发展规律有着亲身观察和学术研究的成果。他们都有资格指出知识分子世界观与民间文艺观的矛盾。党性民间文艺理论正在实事求是地磨炼成熟。

从知识分子的民间文艺观方面观察他们接近党性民间文艺理论的倾向,究竟要达到什么目标呢? 钟敬文认为,知识分子的世界观与正确的学术观兼备,对他们研究民间文艺是非常重要的。他不认为搜集民间文学的群众运动就能代替国家文化建设,因为一旦群众运动过去,民间文艺的文化本质仍会显露出来。知识分子无论运用党性民间文艺理论也好,或者出自自我世界观也好,都不能对民间文艺的审美价值和社会功能做出过度的政治评估,否则就会带来文化失衡的后果。在20世纪50年代学习苏联的风潮中,已有的教训是,少数学者将民间文艺的能量无限夸大,结果对民间文艺理论和民间文艺建设都有害无益。程正民认为,能构建民间文艺学与文艺学理论互补关系的是文化科学,"民间文化与文艺学

---

① 程正民、程凯:《中国现代文学理论知识体系的建构——文学理论教材与教学的历史沿革》,北京大学出版社2005年版,第119页。

的关系,……正是钟敬文与巴赫金共同关注的问题"。

文艺学要克服自己的偏狭,要让自己充满生机和活力,就必须重视反映和概括源于民间文化的民间文学现象,要把文艺学同文化史的研究紧密结合起来。巴赫金在《陀思妥耶夫斯基诗学问题》中,对陀思妥耶夫斯基复调小说同民间狂欢化文化内在联系的阐明,在《拉伯雷的创作与中世纪和文艺复兴时期的民间文化》中,对拉伯雷的怪诞现实主义同民间诙谐文化内在联系的揭示,都是实践他的理论主张的范例。

钟敬文对巴赫金关于文学与文化、文艺学与文化史关系的见解,关于要在民间文化语境中进行文学研究的看法,关于对传统文艺学固有偏狭性的批评,是非常赞同的。在钟敬文看来,巴赫金没有把文学研究封闭在文学的狭窄圈子里,而是从文化的角度,特别是从民间文化的角度,从民俗学和人类学的角度切入文学研究,是把文艺学和文化史的研究结合起来的,这样也就大大拓展了文学研究的领域,给文学研究提供了新的角度,给文艺学带来新的活力。

关于文艺学建设的思考,钟敬文可以说从巴赫金那里找到了知音,但钟敬文的这种思考并不是在见到巴赫金的论著之后才有的,他的思考早在30年代就开始了。1935年,在《民间文艺学的建设》一文中,钟敬文针对民间文艺的特殊性(制作过程的集团性、表现媒介的口传性、形式和内容的素朴性和类同性),明确提出要建设民间文艺学,认为它是文化科学中一门独立、系统的学科。他认为,一般的文艺学无法反映和概括民间文艺的特殊内容。几十年后,钟敬文在一系列文章中,特别是在《建立民间文艺学的一些设想》中,又重新强调建立独立民间文艺学科体系的重要性。他说,文学大概应分为三大干流,一是专业作家的文学(书本文学),其次是俗文学(唐宋以来的都市文学),再次是民间口头文学(主要是劳动人民的文学),"我们现在学界流行的文艺学,实际上只是第一种,古今专业作家创作的文艺学,而且往往是依照某些外国这方面的著作的框架(甚至有的例证也袭用了)而编纂出来的,它很少从广大人民各种口头文学概括出来的东西,除了关于文学的起源等问题,偶尔采集人民集体创作(原始文学)的例证。"根据三种文学的实际,钟敬文认为应有正确反映这实际的三种不同的文艺学,即古今作家文学的文艺学、通俗创作的文艺学及人民口头创作的文艺学。在这三者之上,才能有一种概括的文艺学,所谓一般的文艺学。[①]

程正民所讨论的巴赫金是纠正苏联民间文艺理论的失误,并将之向前推进的俄国学者。钟敬文的观点是在我国民间文艺理论与民间文艺学的互动建设中,所提出的学术见解和经验之谈。实践证明,民间文艺理论和民间文艺学的建设,不能完全依靠苏联,不能依赖于西方理论输入,却要充分依靠这批爱国的、有学问的中国知识分子以及理论工作者的共同努力。吸收外来先进学说始终是必要的,但目标是发展自己。

---

① 程正民:《文化诗学:钟敬文和巴赫金的对话》,《文学评论》2002年第2期,第5—6页。

（二）搜集民间文学群众运动的性质和意义

在讨论知识分子的身份和社会作用的同时讨论民间文学搜集运动，不是一个单纯的实践问题，还要涉及搜集工作背后的理论价值。什么是搜集民间文学群众运动的理论价值？那就是如何看待社会主义民俗学与民俗志的关系问题，它决定了搜集民间文学群众运动的性质和意义。

对中国民俗学者来说，从民俗学和民间文艺学的角度看，如果承认民俗学和民间文艺学的研究对象是携带传统从昨天走向今天的，那么就要对这种研究对象的书面与口头资料做综合考察，对其极为丰富的类型和母题做全面研究。如果认为它是与传统撕裂的，告别昨天的，只属于今天的，那么学者就可以根据现实需要任意搜集和研究。从民俗志学的角度看，记载民间文艺资料的书面文献是历史的，民俗志是现代的，民间文艺学者可以在现实生活中搜集，但民间文艺还有相当丰富的历史记载，唯新而不念旧是不行的。在这点上，中国民俗志学并不是苏联民族志，从我国20世纪50年代的资料看，从政府到学界都有学苏联民族志的倾向，当时开展的几次大规模民间文学搜集运动都是这种倾向的实践结果，所以将知识分子的作用与搜集民间文学群众运动两者共同讨论，就是要做全面研究。这方面的问题是，对于搜集民间文学的群众运动，是按苏联民族志的方向视其为科学社会主义运动，还是根据中国实际，搜集文献与口头多样化的民间文艺作品？怎样才能尊重民族民间文艺发展规律，体现社会主义意识形态兼容性的优势？

对此需要思考。

苏联理论是把搜集民间文艺群众运动作为科学社会主义运动的组成部分。在这种思想的指导下，搜集民间文艺作品时，排斥"迷信"的、"落后"的作品，选择反映农民起义的、长工斗地主的、穷人得好报的类型和母题，反映底层人民在阶级斗争中获胜的内容。在苏联开展的大规模搜集民间文学群众运动正是这样进行的①。在苏维埃时期，苏联学界还鼓励知识分子在运动中创造民间文艺新作品，包括歌颂革命领袖和反映社会主义现实主义的作品。这些做法对提升苏联民间文艺理论话语权收到了一定的效果。这些理论和实践的信息被介绍到我国后，对我国政府和学界的搜集活动也产生了直接影响。

我国民俗学者在历次搜集运动所依据的，除了苏联理论，也有其他国际思潮的影响，包括日本的、英国的、德国的和芬兰的等外来影响。各种外来影响产生了复杂的作用。一方面，苏联理论让我国学界了解社会主义国家民间文学搜集运动的理念，促使他们更为努力地寻找中国道路，钟敬文就对史禄国、普罗普、契切罗夫、费德林和李福清（Boris Lyvovich）等的理论都有所吸收，然后晚年提出建设中国民俗学派。还有，他晚年参与主持中国民间文学三套集成搜集运动的实践与理论阐述，也成为他建立中国民俗学派的基石部分。

另一方面，苏联理论也使我国党内理论工作者加强对文化主权道路的思考。改革开放后，更加重视建立中国特色的文化理论

---

① 参见〔俄〕Ю. Н. 西道洛娃《高尔基论民间文学》，六石译，北京师范大学中文系民间文学教研室印，内部资料，1955年。（原文未提供作者的俄文原名，特此说明。）

与搜集民族民间文艺运动的关系,不能说与反思苏联理论无关。周巍峙从五个方面总结我国改革开放后的全国性民间文艺搜集运动"对我国新的历史时期的社会主义文艺事业和精神文明建设"的重大意义:①它是一套具有重大科学价值的文献资料系列丛书。②它是我国优秀的民族民间文艺作品的总汇,表现了我国各族人民勤劳勇敢、智慧和坚持正义,大公无私,舍己为人,团结互助,热爱乡土,热爱人民,热爱祖国,反抗侵略,反对封建压迫,反对趋炎附势,反对贪赃枉法的民主思想和崇高品德,是对人民群众,特别是对广大青少年进行品德教育的良好教材。优秀的、健康的民族民间文艺的介绍与传播,对于满足广大人民群众的文化要求,提高人民的文化素养和欣赏水平,培养人民的高尚情操,加强人们的民族自豪感和爱国主义精神,都将起到重大作用。③编纂集成志书,并不是仅仅为了把祖宗创造的文化珍品,传给后代子孙,而是首先为了运用,为现实服务,为祖国现代化建设服务。④创造具有中国民族风格特色的社会主义新文艺,离不开我国民族民间文艺的优秀的传统。⑤培养人才所必需。我国的文化艺术有鲜明的民族特色,在世界上独树一帜,自成体系,是举世公认的。但是系统的研究工作却很不够,还没建立起比较系统的民间文艺理论体系,还有不少空白学科。这套集成可提供研究的资料基础。①

近年东欧学者对苏联理论进行了认真反思,虽然评价不一,但有一点是共同的,就是将之放到宏观历史背景下去考察,进行回顾

---

① 周巍峙:"修筑中华民族宏伟壮丽的'文化长城'——谈十大民族民间文艺集成志书的编纂任务",《文艺研究》1993年第2期,第51—55页。

与总结，提取需要讨论的当代问题，概括地说，要讨论当时被政治话语化的民间文艺理论，在社会主义意识形态建设中所起的作用；要讨论部分民俗民间文艺资料当时被置于禁区，现在又怎样成为民族文化传统的证据，或者成为文化多样性的地方参照物；还要讨论怎样看待社会主义国家政府大规模组织民间文艺搜集运动为保存民间文化做出的努力。对这些问题，都不能急于下结论，也不能因为曾经的挫折和失败而回避讨论。在当前民俗学研究国际化的新形势下，我国和其他社会主义国家的民俗学者都应该正视历史，面向未来，因为在事实上，无论在古代，在现代，在未来，民俗学和民间文艺学都是与国家知识系统和社会意识形态分不开的。有些问题过去发生，将来还会发生。

三、数字搜集理论

在全球化时代到来的前后，民俗民间文艺资料的搜集工作可分为两个阶段，即全球化之前的同质社会搜集阶段，以及全球化之后的异质社会搜集阶段。两者的区别，有全球化时期文化传播方式变迁的原因，有多元文化交流的原因，有网络信息化的原因，也有民俗民间文艺发展的内在需求，不能一概而论，但需要做统一思考。

首先要思考人类社会两种文化的交替变化，这是我们进行这项研究的背景和研究问题的起点。以全球化为界，人类社会有两种文化，一种是同质文化，一种是异质文化。什么是同质文化？它是国家社会内部传承的民俗文化，神话、故事、歌谣、珠算都是。

以珠算为例，它是中国人发明"九九歌诀"的运算器具。在相当长的时间里，无论怎样复杂的数字，只要打算盘，在中国人的手上和心上一过，就出结果。中国人从小就背"小九九"，背熟了，会用了，还能把数字和身体打通，加减乘除、乘方开方，各种运算准确。打算盘的高手还能与计算器的速度PK，把算盘打神了，做到人脑与人手之间不用开关，随时流通。打算盘的人，对于过手的数据，还能同时进行财会分析，从中发现数字以外的社会问题。连打算盘的动作本身也能变成高级传统技艺和美妙的节奏音乐。电视剧《暗算》中就有一个军旅精英打算盘的浩大场面，简直就像一场珠算音乐会。但是，在数字记账发明后，珠算濒危了，一代神算退出了历史舞台。人们开始用带电池而不需要技艺的计算器记账。当然，一旦停电，又什么都没有了，连基本的心算能力也退化了或丧失了。

我国是文化大国，用嘴讲神话，用脚踢足球，用信仰念佛经，用手打算盘，本来这些人体频道是条条相通的。把这种生态文化运用得流转自如，还能产生很多"天下第一绝""天下第一算""天下第一唱"，足以让人们震惊。在全球化之前的同质社会中，它的存在是一个绵长的知识系统，它是人体会思想的文化。

另一种是异质文化。它是全球化文化。在21世纪初，它的发展走高登峰，进入被高科技化、霸权化、单边化、资源支配话语权化的系统。现在电脑、手机、互联网已遍布地球村的大部分角落，没有它们人类几乎不知道怎样生活。人与人之间可以陌生，但人与它们须臾不可分离。在这里，我要强调，异质社会本身无辜，是人类自己要在两种文化中走向成熟。人类终有一天会认识到，两种文化都要，而不是死一个、活一个。好有一比，来自同质社会的民俗民间文艺，与来自异质文化的互联网，人类只让它们为一种文化服务，它们就成了另一种文化的杀手。人类让它们为两种文化服务，它们就是全人类的好帮手。这就是本节要谈的数字搜集理论的出发点。

（一）数字搜集的理念

确定数字民俗民间文艺搜集的理念，要讨论民俗民间文艺搜集向数字化转型的必要性。主要有以下三点。

1. 认识外部异质社会结构与数字化建设并行的时代

在全球化时期，特别是进入21世纪之后，民俗民间文艺的地位，由于国际文化交流的扩大，不但没有减弱，反而更加增强；但是交流的介质和理念需要转变，要从单向传播转为双向传播。同质社会的民俗民间文艺搜集方法是单向式的，是在一国范围内搜集的，这里姑且叫作"母语标准搜集"或"窄口径搜集"。它的搜集理念最初是由芬兰民俗学者创立的，即"不深入实地搜集是无法进行研究的"①，后来我国学者又通过学苏联搜集理论发展了此

---

① 〔芬〕马尔蒂·尤诺纳雷：《民间文学的实地采集方法》，中芬民间文学联合考察及学术交流秘书处编：《中芬民间文学搜集保管学术研讨会文集》，中国民间文艺出版社1987年版，第55页。（此著未提供芬兰作者的原文姓名，特此说明。）

点①。新时期要求双向式的搜集,即在世界多元文化开放交流的异质环境中搜集,这里姑且叫作"母语标准与目标国语标准的共同搜集"或"宽口径搜集"。

2. 认识内部异质社会建设与数字化形势的变迁

自20世纪90年代中期起,我国推行农村城镇化战略,农村地盘缩小,城镇化进程加快。与此同时,网络媒体流行,手机通信发达,改变了人际交流方式和文化传播渠道。在同质社会中产生的民俗民间文艺与本民族的思维模式相关,不会轻易改变;但民俗民间文艺的传承行为和媒介是要发生变化的,民俗学和民间文艺学是搜集研究对象的现象的科学,不是搜集整体思维的科学,它通过搜集民俗民间文艺现象开展研究,分析和描述出思维模式。现在民俗民间文艺的搜集理念要改变,要从同质社会下的原料仓库化,转为异质社会下的信息藏品化。

我国以往在同质社会条件下的民俗民间文艺搜集工具是纸介系统的,钟敬文将之命名为"记录民俗志"。现在在异质社会背景下搜集民俗民间文艺资料,在国际同行已经发展了电子民俗志的形势下,抓紧建设数字搜集理论势在必行。它的基本理念是,在民俗学和民间文艺学理论的指导下,在纸介和音视频资源、传输与模

---

① 参见〔芬〕A. M. 阿丝塔霍娃等《苏联人民创作引论》,连树声译,东方书店1954年版。刘魁立《谈谈民间文学搜集工作》,原作于1957年;《再谈民间文学搜集工作》,原作于1990年,收入《刘魁立民俗学论集》,上海文艺出版社1998年版,第157—183页。〔芬〕B. Ю. 克鲁宾斯卡娅、B. M. 希捷里尼科夫编著《民间文学工作者必读》,马昌仪译,作家出版社1958年版。〔芬〕索柯洛娃等《苏联民间文艺学四十年》,刘锡诚、马昌仪译,科学出版社1959年版。(以上文章均未提供俄文作者姓名,特此说明。)

拟系统、再现文化空间要素诸方面,运用数字信息理论和数字化技术,改进和延长纸介保存资源的利用寿命,建立数字搜集新资源,进行整体民俗民间文艺搜集整理工作,对此我们姑且叫作"纸介本的数字升级和多媒体数字民俗民间文艺资源共建"或"数字民俗志"。

3. 政府非遗保护与数字民俗民间文艺搜集的机遇

21世纪以来,联合国教科文组织对非物质文化遗产保护的政府工作框架理念得到推广和执行,民俗民间文艺优秀代表作获得国家认证的新身份,有的还被列入世界非遗名录。这类民俗民间文艺搜集的署名方式,同时由同质社会环境中的生态系统归属,转为异质社会传播环境中的文化权利归属。不仅如此,在全球经济一体化侵蚀多元文化的趋势中,民俗民间文艺传承愈发需要政府公共资金的投入,这样就更加强化了民俗民间文艺搜集成果的国别文化属性。

在民俗民间文艺搜集资料属性的界定上,我们要针对这种转变,制定转型策略。民俗民间文艺的搜集理念,需要在国别文化的属性下,由民俗知识系统、专家研究系统和国别代表作系统组成,对于这种转型,除了数字化,其他方式根本做不到。

(二)传统搜集工作与数字搜集的衔接点

民俗民间文艺的传统搜集理念,指以纸介形式搜集、整理和分类管理资料的全过程及其理论与实践。从数字化的角度反观这一历史过程,它们有以下几个主要特点值得注意,然后我们可以讨论它们与数字化的衔接点。

1. 纸媒化与数字化

我国农业社会发明了最早的纸介文明,但纸介文明的功能是将物质民俗与非物质民俗分开传承。它保管了历史文献,却省略了民俗的物质实体依托。在原地社会、原地历史、原地地理地点和原地人群变迁后,纸介文明与其物质实体形式成了两不相认的隔离物。这种尴尬还在于,让现代人失去对以往民俗民间文艺的认知渠道,也让历史遗产失去了被再价值化的空间。

在我国这个文献大国,数字化是离不开对民俗民间文艺史料的处理的。前面说过,数字搜集理论的一个目标,就是要改进和延长纸介资源的利用寿命。前人积累的民俗民间文艺搜集纸介化成果与数字化的衔接,应该是一种互补再造。在20世纪晚期,中国民俗学的最重要成果之一,是搜集和出版了《中国民间故事集成》。开展数字搜集工作,将这套集成纸介著作数字化,已成为一种必要的转换。它可以为这批纸介读物提供现代异质社会传承的条件,可以搭建现代研发利用的新氛围,还可以生成民俗民间文艺资源的物质财富与非物质财富一体化传承的现代格局,在21世纪的信息化社会中广泛传承。

2. 分层搜集与层级权利

我国民俗民间文艺资料的搜集,从中央到地方,分国家级、省(市)区县行政级、村庄或社区级、传承人级,分四层,四层资料的性质和成果权利归属也不同。

国家级、省(市)区县级政府资料,属于行政资料。它的主管部门既是发布者,也是数据管理者,还是一定保护资金的评估投放者,对这层资料,可向政府直接搜集。

国家级、省(市)区县行政级的"档案"和地方史志等。它介于行政管理和非行政使用之间,提倡社会公开利用。很多民俗学和民间文艺学者成为它的搜集利用者。对这批资料,可到国家和省市档案馆、图书馆搜集。

村庄或社区级的资料。它是民俗学和民间文艺学者利用的大宗,一些有课题的民俗学者还将之处理为个案。但它的情况比较复杂,大致有四种情况:一是村志或社区志,从概述、沿革、大事记到人物传记,古往今来面面俱到,主要是写给别人和后人看的;二是村庄或社区的民俗史,抢救记录当地民俗资料,目的是保留村庄或社区的历史;三是村史或社区史的个案研究成果,附带提供搜集整理资料,这种搜集资料都相当具体,覆盖面小,但资料的活力与研究的风险同在;四是带有传统生产技术流程、民间会社和作坊技艺规章制度性质的资料。

传承人资料。它们大都是同质社会中的口头讲述或演唱资料。传承人没有受过现代学校教育,既是传承人,也是同质社会整体文化的信奉者和实践者。这批资料中的少部分曾以纸介载体保存,但口传资料更多。对其展开数字搜集,可以将民俗与其传承人的人生口述史放在同一文化空间中共同搜集。

总之,注意我国民俗民间文艺资料的多层级性,这是数字化要面临的基本问题,我们目前的处理办法是:(1)纸介资料电子本升级(扫描和录入);(2)制定资料权属合同与分层署名;(3)数字化专题民俗民间文艺资料的分类与保存。

3. 混合整理与简单化利用

由上可见，我国的民俗民间文艺资料，在性质、来源和原地利用上，存在着很大的差别，但以往民俗学和民间文艺学者对这些资料大都是混合整理的，然后将不同性质和不同属性的资料一律按时间顺序加以归档，然后进行宏观研究。这类工作，在民俗学和民间文艺发展的初期阶段，产生了积极的意义，取得了历史性的成绩，但从严格的科学意义讲，它是单一纵向化的资料整理，导致了民俗民间文艺资料建设的简单化和研究成果的单一化，看似占有资料目录庞大，但研究风险不小。如何处理民俗民间文艺资料的历史过程兼容与属性差异性，这是数字化要面临的一个关键问题。

4. 文理分科与改革趋势

21世纪的民俗民间文艺搜集工作，还要反思20世纪高校文理分科造成的影响。

第一，在全球化时期，"空间"的概念被学者翻新使用，被各国各民族重新诠释，大家都强调多元文化生存发展的地理地点和历史传统，用以维护国家文化主权形象，这正是21世纪民俗民间文艺搜集的大环境变化，它与20世纪不搞异质空间信息的民俗民间文艺搜集工作是有区别的。

第二，现代社会对传统能源和不可再生人文资源的过度采集和消费，已引起高度的关注，自然科学与人文科学联手，加强人类地球资源共同保护，推行国家政府可控背景下的资源保护利用，将学者搜集资源与资源保护教育相结合，已形成广泛的共识，在高校教学科研中，贯彻这种意识，也是一种社会责任。

第三，在专业领域内，民俗学、民间文艺学与数字信息学的交叉术语最多，涉及人文文化、历史景观、地区特征、区域差异、生态环境和气候变迁等各方面，反映了民俗民间文艺对整体文化、生态环境和经济社会建设的多重影响，研究这些术语所呈现的现代全球文化变迁中的复杂现象，提出有针对性的具体问题，有助于发展深层研究，同时推动应用民俗学和民间文艺学的发展。这种环境大背景也是数字搜集理论建设的重要氛围。

（三）数字搜集研究

在数字民俗民间文艺搜集中，有哪些问题是需要通过研究解决的，以下做简要讨论。

1. 数字民俗搜集研究的信息类型

数字民俗民间文艺搜集信息有三个基本类型，即时间信息、空间信息和专题信息。鉴于民俗学者和民间文艺学者对时间信息比较熟悉，这里重点讨论空间信息和专题信息。

空间信息，是衡量民俗文化空间研究程度的基本尺度。数字民俗民间文艺搜集的空间信息，包括民俗的空间统计信息、地理集成信息和音视频实时传输信息，这些都是民俗民间文艺信息的重要资源，是民俗民间文艺资料数字化的基础。它要解决的问题是，采纳空间信息，与原有的时间信息放在一起，会发生新的难题，如纸介民俗民间文艺资料与数字信息异构的难题，多元民俗民间文艺与统一统计数据异构的难题，技术标准与文化分类异构的难题，等等。解决这些问题,才能避免散乱、复杂和多变的民俗民间文艺现象与数字信息集成之间不可克服的矛盾。

专题信息,指数字民俗民间文艺搜集获得的人文属性信息和文化分类信息,它是使用 GIS、GPS 技术,建立民俗民间文艺专题数据库、编制数字民俗民间文艺地图等工作不可或缺的基本内容。它不是时间信息和空间信息的简单附属,而是在民俗学和民间文艺学研究基础上提取出来的结果。这种多元化的民俗民间文艺专题数据是最有意义的人文信息,其时空组织方式和社会结构特征,应该是数字民俗民间文艺研究的重要内容。

2. 异构性结构是民俗民间文艺信息系统的高层结构

民俗学者和民间文艺学者使用的历史文献和口头资料,已在以往的方法中生成多种属性,对这些资料,以往学者统统使用"民俗文献"一词去概括是危险的。建立数字民俗民间文艺信息的异构结构,可以帮助民俗学者和民间文艺学者,从简单到复杂的民俗民间文艺现象,在不同社会历史时期和不同种类的文献传统中,展现被应用、被反映的不同思想观念、组织结构、具体劳作和社会运行系统,观察到政府与民间社会运行的有效方式。它能告诉我们,"民俗文献"一词所承载的历代社会文化变迁现象,不是贯穿始终的一条线,也可能有多种社会政治经济条件下的多民族、多地区多元文化融汇的问题;它还能帮助描述政府与民间运行的双向渠道,提供多元语言环境和民俗民间文艺知识的兼容方式。展现民俗民间文艺所渗透的社会、文化与自然界整体性的环境文化景观特征,恢复可视化的传承途径,再现民俗民间文艺现象变成文化权利资源的过程。

第一，异构性的概念。我国是一个多民族、多地区、历史悠久、文献丰富的国家，建立数字异构结构，是要建立数字民俗民间文艺搜集和研究平台所共同需要解决的关键问题，这在数字民俗搜集走出第一步时，就要想好和设计好。

异构性，是计算机应用科学的语词，原指信息系统有异构性，包括系统、语法、结构和语义的异构，并由此引起数字网络环境、数据分析类型、数据传输格式和数据模拟模型的差异。在自然科学领域，随着近年各类硬件和网络设备的标准化，系统异构的现象逐渐消失，但语法、结构和语义的异构却很难解决，因为它们的本质不是技术问题，而是文化问题。民俗文化是同质社会中的同构与异构合成体，这个特征造就了它在同质社会和异质社会都能生存的适应性。民俗学和民间文艺学与计算机应用科学相交叉，合作开展异构理论的研究，从理论上说，会有互补的前景。其中，在解决系统异构方面，可以借鉴自然科学的成果，发展民俗学和民间文艺学的方法；在解决语法异构方面，可以利用民俗学和民间文艺学的基础研究成果，对自然科学的成功之处加以改革和创造；在结构异构方面，可以通过建立民俗民间文艺信息集成数据、专家系统数据、专题信息数据的途径，完成兼容性的数据传输系统和数据再现模型。

第二，建立数字异构信息集成，是成功建立数字民俗民间文艺搜集理论的关键。它能指出数字异构信息的分布特征，即分析和描述民俗异构数据在不同历史、不同社会、不同地区和不同民族中分散存放，但彼此又能互相沟通的空间单元或客观因素。它能保证数字异构信息集成系统不影响各个具体异构单元的主观认知和自身运行，使原具体微观数据源在进入集成系统之后，仍能按照自己原有的文化模式运行，能保持一定程度的独立性。它还要具备包容差异的特征，能体现一国多民族民俗民间文艺信息的异构性和统一性，这种数字搜集信息系统才能具有良好的扩展前景。

第三，异构的难题。首先是技术与文化异构的难题。技术信息异构与文化内涵异构是当代任何学科的数字信息系统建设都要面对的问题，民俗学和民间文艺学也不例外，具体包括：一是不同数据库中相同的标识存在同名异义的问题。二是各类数据之间的隐含关系难以体现，如故事类型与民俗民间文艺的关系。我们现在把故事类型放在一个数据库中，把讲述人和流传地信息也放在同一个数据库中，意在体现数据之间的内在联系和说明我们有有效的表达手段。三是相同范畴的民俗民间文艺现象在不同地区、不同民族中，有时会采用不同的时间单位、自然色彩和词语表达方式，这直接造成了自然科学的所谓数据不可比，必须进行语义标准化处理，但在民俗学和民间文艺学看来，必须要体现这些差异，这样才能保证民俗民间文艺信息对比分析的准确性。近年我们一直没有跟着"标准化"的标准走，而是坚持建设兼容、链接和桥接异构的数据搜集信息系统，保持各地区、各民族、各专题民俗民间文艺数据文化内涵的差异性，同时也在继续探索解决以往纸介异构资料与数据异构信息的内涵复杂性与多变性问题。

3. 数字时空信息是民俗民间文艺信息系统的方法论核心

数字民俗民间文艺搜集理论是现代人文科学与技术科学结合的研究分支。由于全球化下时空理念的改变，使用新技术带来的处理时空综合信息的能力得到发展，它的时空信息观是大尺度的历史时间与实时传输的现实时间的超逻辑对接体，是国家政府行政空间与微观民俗民间文艺空间的对话。它更强调从多元地方社会的微观社会现实出发，补充国家政府行政空间运行的意义和价值。它可以用于民俗学和民间文艺学的时空信息处理。当然，没有一定的高科技手段，这些目标是达不到的。

与纸介民俗民间文艺资料的时空信息观相比，数字民俗民间文艺搜集理论在时空信息观上，在民俗学、民间文艺学与数字信息学综合研究的基础上，按一定专题，实现古今中外资料的异构和查询，增强民俗学和民间文艺学研究提炼问题和处理资料的质量与速度；在空间信息观上，与地理学结合，在保持纸介空间信息合理性的基础上，产生四个新的空间信息含义：公认共享遗产化地点，综合生态空间，多元价值化的地方社会空间，可视化社会共同体的动态文化空间。

数字搜集理论有助于增强民俗学和民间文艺学的理论与方法的活力。

四、海外汉学资料搜集与跨文化中国民间文学资源互视

在跨文化视野下开展搜集论的研究，还需要对海外汉学存藏的民俗民间文学资源的搜集和研究进行思考。

我曾在牛津大学工作，花时间查阅了布莱恩图书馆和东方学院中国学术研究所所藏1880—1970年间英文版中国民俗著作。从搜集书目看，这些著作，是牛津大学馆藏西人搜集出版的中国民俗著作的一部分，虽不能覆盖这段学术史的全部出版物，但它们的特征比较明显，主要是讲中国民间文学的。牛津大学图书馆在编

目时，也将其明确地编在"中国民俗"条下，从一个侧面体现了迄今为止西方对中国民俗归类的认识。还有另外一些民俗著作，也有藏本，不过情况更为复杂，被分别放在"宗教""历史""民族志"等类别下，条目纷纭。但我认为，仅就牛津大学所编"中国民俗"书目言，它们还是可以成为一批独立的学术资料的。在19世纪末至20世纪初的这一时段内，它们大都是被早期中国民俗学者反复谈论的英文书，在中国现代学术史上，也大都被涉猎过，已名声在外。它们可以在中国人所想象的早期"英国人类学"的范围内，在中国人所曾热切介绍西人搜集的中国民间故事的个案上，使今人了解这些书的实际内容。同时，今人也可以从这一视角，多少体会到其他英人书籍中的某些共性问题。因此，对它们加以概要地讨论和探究，是有必要和有可能的。

（一）已见西人搜集出版的主要中国民俗著作的书名、版本、出版年代和编纂体例

1. 安德留·朗《蓝色中国的民谣》(Ballades in Blue China)

共三个版本。

（1）1880年版。安德留·朗《22首蓝色中国的民谣》[①]，共收歌谣22首；另收古诗1首，翻译诗11首，合计收34首。卷首有谣

---

① Andrew Lang, *XXII Ballades in Blue China*, London: C. Kegan Paul & Co. I, Paternoster Square, mdccclxxx, 1880.

体序言。共80页。封内作者题名A. LANG。插图为宝瓶髻髻童子持书踏风火轮。图画配字,左侧为"招之即来",右侧为"无神无鬼",下方为"人心均平"。扉页有作者赠言:"赠给道伯森(Austin Dobson)。"封底内侧有题签:"此为道伯森小姐转送布莱恩图书馆的礼物。"图书装帧为黑漆皮面,精装,64开。封面内侧贴有从当时报纸上直接剪下来的书讯7条,均为该书初版于1880年的报道。

(2)1883年版。安德留·朗《32首蓝色中国的民谣》[①]。此本与1880年版本相比,歌谣减去了2个,新增9个,另翻译歌谣增加3个,共增加了10首诗歌。其余均相同。全部诗歌共50个,凡112页。

(3)1888年版。安德留·朗《32首蓝色中国的民谣》[②]。与1883年版本相比,歌谣更换6首,翻译诗换了6首。其余相同。书前第4页写有"印数50册",增补新民谣,个别篇幅较长,共50个,均已在其他大开本的杂志中刊登过,共119页。第9页题赠:"赠给道伯森,1880—1888。"第10页介绍本版特点:"凡未在《蓝色中国的民谣》初版中刊出者大多在朗曼和哈珀的杂志上刊登过。"图书装帧,灰白色纸面,精装,32开。

[①] Andrew Lang, *XXXII Ballades in Blue China*, London: Kegan Paul, Trench & Co., 1883.

[②] Andrew Lang, *XXXII Ballades in Blue China*, London: Kegan Paul, Trench & Co., 1888. 如安德留·朗三注,本节将给出全文所使用英文书目的全注,以下二、三节分析内容再涉及相同书目时,将仅指出作者、书名和所在章节,恕不再赘述全注,以节省篇幅。

2. 玛格文（REV. J. MacGowan, D. D.）《中国民俗故事》（*Chinese Folk-lore Tales*）①

共收11篇故事，凡197页。各篇题名：（1）侯寡妇、（2）光巨与河神、（3）刘老头的漂亮女儿、（4）仙僧、（5）神秘的佛袍、（6）女神复仇、（7）有本领的男人、（8）城隍爷、（9）殷家的悲剧、（10）三川和水鬼、（11）善有善报。

3. 玛格文《中国民俗》（*Chinese Folk-lore*）②

封内题注："由罗伯逊（J. W. Robertson Scott C. H.）先生提供此书。"罗伯逊，原《新远东》杂志（东京，1916—1918）创刊编辑，《日本基金会》的作者。原书藏于牛津阿什莫利亚博物馆远东部，后移藏于牛津大学布莱恩图书馆。

该著共分20节，凡240页。各节题名为：（1）故事的主题、（2）丑人与美女、（3）仙女和卖梨小贩、（4）狐仙与王子恋爱奇缘、（5）挪缸、（6）拿烙铁的人、（7）仙女帮一个衰败皇室重振基业、（8）王生之艳遇、（9）神桃、（10）苏生奇遇、（11）凤凰女儿的浪漫故事、（12）孝子唐生、（13）小仙女、（14）九山大王、（15）仙女与书生、（16）凤凰和美丽的狐仙、（17）海书生与歌仙、（18）王生与道士、（19）蛇郎、（20）一个未来的宰相如何被聪明的仙女治好了心病。

---

① J. MacGowan, *Chinese Folk-lore Tales*, London: Macmillan and Co., Limited ST., 1910.

② J. MacGowan, *Chinese Folk-lore*, Shanghai: North-China Daily News & Herald Ltd., 1910.

4. 诺曼·西斯代尔·皮特曼（Norman Hinsdale Pitman）《中国童话》(Chinese Fairy Stories)①

共收11个故事，未编号，共183页。各篇题目依次为：（1）芋头的第一课、（2）睡着的男孩、（3）青年男子与一瓢、（4）神知道、（5）盲儿罗荪、（6）老李的福气、（7）老神童与虎、（8）悟空与妖怪、（9）穷儿当皇帝、（10）会说谎的骨头、（11）龙王的鸟。

5. 吉尔斯（Herbert Allen Geles）《中国童话》(Chinese Fairy Tales)②

第1页注："所有故事为剑桥大学吉尔斯教授用英文讲述。"共收12个故事，未编号。原文题目依次为：（1）魔枕、（2）石猴、（3）偷桃、（4）画皮、（5）神梨树、（6）君子国、（7）学变戏法、（8）偷鸭、（9）长生不老、（10）湖上的足球、（11）花仙、（12）会说话的鸟儿。

6. 罗赛夫·万·奥斯（Le P. Joseph Van Oost）《汉学集刊》(Varietes Sinologiques) 1922年第52、53合期③

共五章。第一章历史地理；第二章人口构成；第三章谚语，共

---

① Norman H. Pitman, *Chinese Fairy Stories*, New York: Thomas Y. Crowell & Co., 1910.

② Herbert A. Giles, *Chinese Fairy Tales*, London: Gowans & Gray, Ltd., 1911.

③ Le P. Joseph Van Oost, "Notes sur le T'oemet", Missionnairy au Vicariat apostolique de Soei-yuen De la Congregation du Coeur Imm. de Marie. Scheut-bruxelles, Shang-hai, Imprimerie de la mission catholique, A L'orphelinat de T'ou-se-we. 1922. in *Varietes Sinologiques* 52, 53.

收山西谚语35条；第四章传说，收王昭君传说、杨家将传说、南蛮盗宝传说等3个，附谚语3条；第五章歌谣，收歌谣（短）39首，（长）5种78首，含《盼五更》7首、《走西口》27首、《害娃娃》32首、《打连城》5首、《二毛人》9首，共117首。另附王母娘娘传说、龙王传说等2种，谚语3条。有《太原府路》地图1张。

7. 阿诺德（Wilcox Arnold）《中国民俗——〈上帝〉之附篇》(Chinese Folk-lore Sequel to "The Great to Be")①

卷首有《前言》，后附《余论》，共8章，每章1个故事，共8个故事，凡48页。各章题目为：第1章林家，第2章老王八，第3章皇榜，第4章宝瓶，第5章崔老三之死，第6章哲学的结局，第7章冥思，第8章新国民的国家。

8. 艾伯华《中国童话与民间故事》(Chinese Fairy Tales and Folk Tales)②

卷首设《导言》，正文分两部分：第一部分，童话，共60个故事；第二部分，传说、神话、笑话和逸闻，共77个故事。封内注："艾伯华搜集和翻译。"共304页。

---

① Wilcox Arnold, *Chinese Folk-lore Sequel to "The Great to Be"*, London: Wilkinson Bros. Ltd., 1931.

② Wolfram Eberhard, *Chinese Fairy Tales and Folk Tales*, London: Kegan Paul, Trench, Trubner & Co. Ltd., 1937.

9. 艾伯华《中国民间故事》(*Folktales of China*)[①]

版权页题注:"本书的多数故事已由作者1937年在伦敦出版和1938年在纽约出版的《中国童话与民俗故事》一书中发表过。"

卷首有美国印第安纳大学民俗学家道森(Richard M. Dorson)撰写的长达27页的《前言》。另有作者自撰《导言》,6页。正文分八部分:第一部分人、动物和植物是怎么来的,第二部分幸福和好运气,第三部分爱情故事,第四部分精灵的婚姻,第五部分会施魔法的人,第六部分百灵相助,第七部分善有善报、恶有恶报,第八部分机智人物与傻子的故事。共收故事79个。末设附录5种:附录一故事注释,附录二书目索引,附录三母题索引,附录四故事类型索引,附录五总索引。

10. 艾伯华《中国民俗学与相关评论》(*Studies in Chinese Folklore and Related Essays*)[②]

卷首有《前言》和作者自撰《导论》(题目"中国对民俗的使用")。正文分三部分:第一部分中国浙江民俗研究系列论文,第二部分中国民俗研究系列论文,第三部分日本与近东民俗研究系列论文。共收论文33篇,凡347页。该书是作者在《中国民间故事类型》资料的基础上,所做的研究论文结集。

作者在《前言》中说,此著除2篇新作外,余者皆为过去35年间发表于各类期刊的论文,其中大部分已于二战前在德国发

[①] Wolfram Eberhard ed., *Folktales of China*, Chicago: The University of Chicago Press, 1965.

[②] Wolfram Eberhard, *Studies in Chinese Folklore and Related Essays*, Bloomington: Indiana University Research Center for the Language Sciences, 1970.

表过。故事的资料搜集于1934—1935年和1937年。书中的第一、二部分手稿，原存于柏林人类学博物馆，不幸于二战中被毁。

11. **波纳特（Leslie Bonnet）《中国童话》（*Chinese Fairy Tales*）**①

卷首有《答谢词》，说明该书在编辑过程中，曾使用了艾伯华的《中国童话与民间故事》的部分资料。全书共收33个故事，未编号，共208页。各篇故事的题目依次为：（1）爱花的男子、（2）常青树上的女子、（3）仙妻、（4）三个铜板、（5）长鼻子、（6）白蛇传、（7）五虎将军、（8）三个小矮人、（9）御碑亭、（10）神龟之子、（11）买雷、（12）不知足的好人、（13）天宫中的织女、（14）南瓜妈妈、（15）世界上的牛是怎么来的、（16）梁将军、（17）玉帝金口玉牙、（18）公鸡为什么吃虫子？、（19）两个傻子、（20）饿蟒、（21）番王、（22）阎王和楚王、（23）王亮和阿三、（24）旱魃、（25）春梦、（26）财迷、（27）忠贞的妻子、（28）勤和义、（29）勇士、（30）两兄弟、（31）仙人洞、（32）幸运的女仆、（33）红鬃马。

（二）西人记录中国民间故事的资料范围与写作要点

在上述英文著作中，作者所使用的"中国民俗"（Chinese folk-lore）、"中国民俗故事"（Chinese Folk-lore Tales）、"中国童话"（Chinese Fairy Tales or Chinese Fairy Stories）和"民间故事"

---

① Leslie Bonnet, *Chinese Fairy Tales*, London: Frederick Muller Ltd., 1958.

（folk story）等，概念不一，用词不固定，意思交叉含混，其实对象都差不多，皆指中国民间故事。作者搜集记录的资料，按照现代人类学或民俗学的界定，大致有神话、传说、故事（含魔法故事，即童话和生活故事）等，少量含有歌谣和谚语，也全是民间文学作品。作者在叙述中国故事时，有时掺杂了中国的民间信仰，也有时夹杂了西方的宗教说教。如果是传教士所为，便总要借题发挥、渲染西方教义。如此他们反而要把中国故事资料说细描全，使之在书籍篇幅上显得颇有分量。今天看，资料可读，观念也可研究。

这些著作的写作要点，因作者的学术经历和撰写背景而异，也可从以下三类著作中看出：一是早期英国人类学家的著作，二是英国传教士、政府官员和其他学者的编著，三是西方学者在中国做田野调查后撰写的著作。

1. 早期英国人类学家安德留·朗所撰写的涉及中国歌谣的通俗读物

为中国早期民俗学者所钟爱的安德留·朗的《蓝色中国的民谣》，正是这样一个例子。在该书的扉页上，安德留·朗套用了赛舍尔的《一个冬天的故事》，申述他引用民谣的观念，他说："我喜爱民谣，因为它优美。即使在讲述一个悲哀的故事，它也充满了乐观的情绪；即使在讲述一个高兴的故事，它也怀有几分淡淡的忧伤。"这种情调，几近英国学院派的感伤文学，一副贵族绅士的谈吐风度。我国前人以为他采写遥远东方的乡俗俚谣，是一厢情愿。

卷首另有谣体序言，是他对自己想法的进一步发挥。他赞美民谣对知识分子的精神愉悦作用，谈民谣一经方家吟诵，便出现一种化境，好像是一支空气清新剂，能让沉闷的书斋活跃，能让用脑

者焕发创造欲,现将原文译述如下:

关于22首民谣的民谣

朋友,当你眼含忧伤,
愁眉紧锁,不堪重负,
当你要极力摆脱魔影,
它们已把你紧紧地禁锢,
注视着你的命运获得安慰,
掩卷心系《蓝色中国的民谣》,
它们如清风扑面、美奂美轮,
这22首美丽的中国民谣。

一种思想,会不知疲倦,渴望飞翔,
伴随着智慧与伟大,
苍穹高远而神秘无穷,
使你升华,与它相配。
疲惫的你尽情呼吸,得到了全新的感觉,
还有笑意、轻松和新鲜的空气。
它们来了,让你转悲为喜,
这22首美丽的中国民谣。

最热诚的欢迎啊,当你和我,
一扫多日的不快,找到了迟来的欢乐,
自嘲、奇思和幻象,
半小时内做出选择。

看它们翩翩起舞,迈着标准的舞步,
节奏也那样铿锵有力,
直到颦眉舒展,爱意重归,
这22首美丽的中国民谣。

赞 词

王子或玩具让你的心情欢愉,
离奇有趣的故事绝对查无实据,
然后它们踏着轻盈的舞步消失,
这22首美丽的中国歌谣。

  书前另有商家广告词,引用了作者的第三次发言:"不仅如此,我还想说,这本头版《22首蓝色中国的民谣》(1880),正如戈本在其《文学论集》中所说,是'半个王冠的原价,现在以一杯黑啤酒或30个先令的低价售出',也许还会更少,我都想买上一本,去享受这人间实惠。"由此能看出这类读物被看好一时身价的理由:物美价廉,人人买得起,能通俗向下、促销流行。

  前人说,安德留·朗是英国人类学写作大师,文笔优美,用词简俗,语言朗朗上口,广受欢迎,通过撰写通俗读物,普及了人类学的知识,奏响了英国人类学的华章①。上述这番话,是符合这种介绍的。周作人自己便认为模仿了安德留·朗的思想和方法,后

---

  ① 参见〔美〕理查·M.多逊《民俗学研究在英国》,碧姗译,里林校,原收入中国民间文艺研究会研究部编《民间文学参考资料》第八辑,内部资料,1963年。后收入北京师范大学中文系民间文学教研室编《民间文艺学参考资料》第一集(下),内部资料,1982年,第395页。理查·M.多逊,亦译为"道森"。

来在中国倡导搜集和研究童谣①,博得一时声名。

2. 英国传教士、政府官员和其他学者的编著

中国过去被侵略,人们容易认为凡西方殖民官员、传教士和学者写的书,都是文化侵略,那么英人搜集出版的中国民俗著作也概莫能外。从上述著作看,似乎不尽如此,中间也有不错的学者和不错的学术工作。还有一些书,即便是殖民时期所著,今天看来,其所记录的中国民间文学资料,也不都是废料,至少可供研究。以上节所提到的书为例,现在可以把这些书的资料和关注点分为两种情况。

第一,从传教的需要出发搜集记录的中国故事。

有三种书:玛格文的《中国民俗故事》和《中国民俗》,阿诺德的《中国民俗——〈上帝〉之附篇》。

玛格文是一个天主教传教士,他写的《中国民俗故事》,是要通过讲故事的方式,宣讲他的宗教信条,顺带叙及他对中国社会和民众的看法。在各篇故事的开头,他都要先如此说教一番,权作在教堂里布道,然后再说一个中国故事,让中国人能明白他和跟上他。他在《光巨与河神》一文开头说:"中国是一个人口众多的国家,人民终日劳动,辛苦谋生。大人小孩都以为,一天吃两顿饭就饿不死,所以他们一天只吃两顿饭。"此话被他当作引子,用来向西方人解释中国文化,对于能引起中国听众怎样的回响,他大概有几分把握。在这里,他是自认为在替中国人说话的。接着,他又说,

---

① 参见周作人《童话研究》,原载《教育部编纂处月刊》第1卷第7期,1913年8月,后收入吴平等编《周作人民俗学论集》,上海文艺出版社1999年版,第29页。

有必要建立宗教,因为"中国人太苦,缺乏盖世英雄。他们从来也没有天大的抱怨,没有骇人的海盗,没有聚藏的黑店和公仓,而总能四平八稳,没有惊人之举。中国人的好处是被一种伟大思想所指引,并始终遵守这种模式过日子。在帝国中,人们无论男女老幼,贫富穷达,识字与否,都深信'天理',以此来衡量世间的万事万物和姿态行为。中国人也很浪漫,诗歌很发达。他们认为,在现世之外,还有一个看不见的世界,住着各种神灵,分善恶两类,掌管现世。善神能安民,人人可以亲近,以下的故事就讲了这个道理,说一个孤儿怎样在一个孤儿寡母的家庭中长大并中了状元"。由此,再引出一个故事。

玛格文的另一本书《中国民俗》,从基督教和儒学两个角度,搜集和观察中国故事,评论中国社会,还是守着自己的宗教思路。他在版权页上题注说:"一个基督教或儒家的作者问:'这是什么?'(答:是)'中国南方的图画''中国的帝国史''厦门的中英方言词典''中国人的生活记录'和'中国生活的光明面和阴暗面'。"他的这段设问,把他采集中国故事资料的范围和动机说得很清楚,他是试图把基督教和儒学调和在一起的,并想借儒学之力传播基督教。在第一节《故事的主题》中,他又说,搜集中国故事,就是发现中国人的信仰所在。以下他介绍了自己寻找和叙述中国故事的形式与办法:

中国童话里有中国人最深刻的信仰。据他们想象,山野沟壑都是神灵的居所。神灵能千变万化,上天入地,化身男女,在帝国里游方,对穷人行善,给无家可归的人以抚慰。

中国人的神灵观很模糊,神性特征不明显,但他们都信神,相信神的灵验、仁慈和普度能力。他们认为,在历朝历代,神都起了重要作用，如帮助人遇难呈祥，起死回生。在改朝换代时，在大革命中，在无政府的混乱里，每当人民遭受苦难，神都会及时出现，救民于水火。

在故事中，提到了许多善神的名字，他们都是在危急时刻显灵的。据中国史家记载，老子就如此。他是道家哲学的创始人。在后世的故事异文中，还有其他不同的说法，如有的说，他是仙人，一个偶然的机会，离开了西天，成了人类。

在中国故事中，老子还被说成是别的形象。一种说法是，他生于商代末年，目睹商纣王的暴虐行径，能站在人民的一边，解救国家的危难。以后，周公成为中国历史上的伟人，其政绩又扩大了老子学说的影响。另一种说法是，老子曾任周公的臣僚，受命出使罗马。他从西方旅行者口中听说，罗马的监狱里搞酷刑，便要去探个虚实。到了罗马后，他果然制止了这个现象，又离开了罗马。还有一个说法是，他请求周公让他离开几个月，驾鹤西去，天黑前到达了七丘城。他跟在一支罗马军队的后边来到罗马皇宫，说服了罗马皇帝。罗马皇帝听从了他的劝说，改变了监狱的酷刑。

老子的故事总是在历史上批评上层政府的时期出现。乃至在以后不同时代、不同国家、不同人面对危难之时，他都真身显现，以神力相助。他拥有无数信徒，分布在中国18个省中，传播道家学说。

值得注意的是，在讲述神祇时，中国故事的一个共同观念是，神祇原来都是普通男女，父母所生，有过普通人的生活，曾经历过生老病死考验。与凡人不同的是，他们总是仁爱无涯、境界高深，并且始终不变。

中国故事认为，人到了这种境界便长生不老。它的过程是：一要心净，排除邪恶意念，全心修行，泛爱众生；二是避食五谷，饮高山甘草露水为餐，养成真气；三是行医治病，积德行善，才能到达西天乐土。一个故事说，一个孝子行医积善得到回报。别的得道成仙的人也都获得了很高的社会声誉。在这里，道家讲究人心均平，没有差别，提出下层阶级也有机会升到上层阶级中，成为仙人，获得神性。

转变阶级出身的问题，在动物故事中表现得尤为明显。动物的地位原来是最低的，但它们只要有善良的品行，就能转化成上一阶层的男女人类。也有些动物不能变人，这要根据它们原先在天国的排行秩序而定。中国的虎、猴和鹿，都能变化成人，狐狸也被想象成能飞黄腾达。在鸟类中，仙鹤、凤凰、老鹰和鸽子，都被看成具有超自然的力量。龙、龟、蛇和鲸（大鱼）都有延年益寿之功。动物转生的途径，也是改性行善，务除杀性和恶行。另一个办法是变成土地佬，再获得神力。但没有一个人或动物能变成天帝。至于人和动物能否上西天，还要经过各种考验和审判再说，顺利通过者方能进入极乐世界。此书在日本和英国都有一定影响。

在三本书中，阿诺德的《中国民俗——〈上帝〉之附篇》，西方宗教倾向最明显。该书扉页附印英国《泰晤士报》的评论《文学的补充：口头文本》一文的摘要，说，这些故事显示了早期中国哲人的睿智，展现了华北人民的艰苦生活。故事向上帝提供了许多中国人物，作者用中国人看待上帝的观点写了这本书。看来作者是把中国故事当成献给西方上帝的一份厚礼了。

扉页对该书所在丛书《上帝》做了题解："生命永恒，与人间、星球、太阳系和更遥远的河汉同在。这本书用最有趣的民俗故事和哲学道理做成，能给你的生活一束阳光。它所讲解的训导，本应尽人皆知。故事的情节还会牢牢地吸引读者，给他们一个趣味横生、变幻无穷的世界。"

作者自己在《前言》中说，中国人对待民俗，就像父母对待孩子一样自然。他们没有留下多少财富，却留下了许多幸福和欢乐，留下了农民的天赋。读者能从这些故事中，遇到中国的农民们，并可以自己当评判员评价他们。

在《余论》中，他把中国儒学和神话故事定义为苦修哲学，是次一级的哲学。不过，他对中国故事的描述大都十分动听，有些故事的原型现在还有，如动物报恩型、狐狸美人型等，不能说这些故事不是中国本土的，但他对中国故事的宗教解释就离谱了。

第二，其他学者搜集的故事。

共三种，有皮特曼的《中国童话》、吉尔斯的《中国童话》和罗赛夫·万·奥斯《汉学集刊》中收录的故事。其中，皮特曼的《中国童话》没有任何说明，没有掺杂教义，只是纯粹记录故事。

吉尔斯的《中国童话》与众不同，这是由一位英国教授、博士兼驻华官员在90年前写的。吉尔斯曾在剑桥大学教书，曾任英国驻宁波领事，客居中国26年。此书与他写的另一本日本故事是姊妹篇，皆为旅居亚洲国家的旧作。艾伯华曾批评这种故事记录不成，因为经过西方人用英语转述，大加变味。但现在看，这是必然的。把中国故事译成英文，或把英文故事译成中文，会产生双向误读，都会失去原有民族语言的味道，这不用多说。但在我看来，这批资料依然可用，就在于作者所搜集叙述资料中的故事母题大致没变，至今还在中国流传，这说明故事本身还算地道。另外，这些资料已被记录了90年，至少还能证明，它们在90年前就被吉尔斯所认识的宁波老百姓讲过，从时间上说，这也够得上珍贵收藏了。

《汉学集刊》是法国天主教的书刊，配有中文对照文字，收入了山西地区流传的神话、故事、传说、歌谣和谚语，搜集范围广泛，工作做得相当仔细。凡民歌记录还都有对应的曲谱，方法也较为专业。这是上述11种书中最特殊的一册，非一日之功和一人之力所能完成。从查阅山西方志的情况看，在清代中叶，法国传教士曾在山西长治一带建有天主教堂，管辖范围达晋中、晋南的广大地区。至清咸丰年间，法国驻华公使布尔布隆还照会清总理衙门，要求把山西绛州东雍书院归还"天主教"，清同治二年（1863），清政府竟然答应把书院交给法国天主教士，并发放了地契执照。自光绪十六年至二十六年（1890—1900），天主教在山西乡村各地建立教堂，影响辐射至相当偏远的村落。我们近年在晋南一小山村调查，连那里也有百年老教堂矗立，令闻者感慨[①]。法国的天主教士因此搜集记录了不少山西村民口头的民间文学，抄写、印刷得也很完整。现在此书已出版80年，能让我们看到法国人当时搜集的山西民间文学的内容和成文样本。

3. 西方学者在中国从事田野调查后撰写的著作

共四种：艾伯华的《中国童话与民间故事》《中国民间故事》《中国民俗学》和波纳特的《中国童话》。

1934—1935年，艾伯华肩负为德国柏林人类学博物馆收集文物的公务，来到中国浙江。当时浙江是中国民俗学会所在地，钟敬文和娄子匡等同人在此创办了《民俗季刊》《民间文化》等杂志，收编了《妇女与儿童》等旧刊，发表了从各地征集来的民间文学资

[①] 参见山西省史志研究院编《山西通志》，中华书局1998年版，第177页。

料。艾伯华的中国合作者曹松叶,浙江金华人,曾参加钟敬文等人搜集和出版民间文学作品的活动。艾伯华通过曹松叶的私人关系,到浙江丽水地区做田野调查。其时钟敬文留日在外,与艾伯华保持书信往来,以后还曾寄赠个人的研究文章和搜集故事的原始资料。有了这种特殊的背景,艾伯华成为第一位接触中国现代民俗学者的西方人类学者,并成功地运用了中国的故事资料做研究。他了解当时在欧洲颇为先进的故事类型学说,又能来中国从事异地田野作业,正好英雄派上用武之地。1937年,他在芬兰出版了《中国民间故事类型》(FFC123),一举成名。此时中国陷于抗战,根本没法做学问。后来的几十年,由于种种客观原因,中国民俗学的整体水平愈加落后于西方,艾伯华正好填补了这一空当,成为国际学界资深中国故事学发言人、民俗学权威和汉学家。无论对中国人还是西方人来说,他独步一时,都能使外界对中国民俗学的兴趣保持下去。上述的三本书,反映了他在出版《中国民间故事类型》后,对中国故事理论和方法论继续探索的历程,可惜当年与他联系的中国民俗学者一直不大知道他的这些奋斗成绩,直到改革开放。

艾伯华1937年出版的《中国童话与民间故事》一书,是《中国民间故事类型》的文本篇,书中披露了被编纂类型所压缩掉的主要故事文本的全文,还补充发表了作者对中国故事的个人见解。文章写得活泼生动、意气风发,能见出青年艾伯华当年发现中国"新大陆"的兴奋和灵性。

他认为,幻想思维,是无所不包的思维,它不是在日常生活中停滞的,也不在人、兽和神面前停滞。中国故事、传说、逸闻、寓言、笑话和野史等,都混在一起,具有同一个精神世界,源自同样的思维方式,因此学者不能把它们分开,也不需要分开,只需要把各个故事用我们发现它们时的本色、朴素的和定型的思维模式表达出来。

他声明,这本故事集可能与其他故事书有区别,不那么"审美",但却是"中国人自己的",是具有中国特点的。他提出,从前也有不少欧洲人搜集、出版了中国故事,它们虽然都是欧洲人在中国的土地上听中国人讲的,但一由欧洲人用另一种语言转述,这些故事已半是欧洲思维或全是欧洲思维了。这些故事成了一种很不明智地扮演"中国人"讲故事的产品,里面掺杂了不少欧洲人自己的见解。尤其是遇到转述幽默故事,麻烦很大。他说,我手里就有这种糟糕本子,里面有800个故事,能挑出24个像样的就不错了。我知道,再一经翻译,恐怕剩下的700个故事也只能有7个让读者笑出声来了。翻译或改编的中国故事已"欧洲化",去适应欧洲读者的口味,而丧失了中国风格,这种变异是触目惊心的。他强调,我们所要求的中国故事,是带有其原有风格和原有价值的,我对3000多个中国故事和多种故事类型做过短期的田野调查,又经过了科学的工作,才把它们写出来,这种工作与此前其他欧洲人的不同。

艾伯华在自己的著作中,使用了"艺术故事"和"真实故事"两个概念,来解决故事资料的"真实性"问题。他指出,中国书面文献中的许多故事都是"艺术故事",是对戏曲、短篇小说或通俗小说的转述,与专业学者所要求的"真实故事"大有区别。虽然编者在书序中都说它们是故事,实际上可能是文人创作。

艾伯华于1965年出版的《中国民间故事》,仍是对1937年出版的《中国民间故事类型》一书的文本资料的出示。不同的是,这次他把中国故事资料来源与中国国内的民俗学运动联系介绍,增添了必要的社会、思想背景。这件事,能说明他在对外界介绍中国故事时,自己的学术思想和表达方式也在改变。

他为此书撰写了新的《导言》。他说,中国民俗学的兴起较晚,到1917—1919年的新文化运动时,才从内部分化出了民俗学。当时的文学改革者希望从中发现真实的文学、真实的语言、真实的形式和真实的主体,因而把民俗想象成反思中国历史和历代文学的关键点。顾颉刚等人发起了故事搜集活动,用它来阐释散存于各种历史文献中的古代神话,他还使用现代口头流传的孟姜女故事,重新检索短篇小说、戏曲文学和古典白话文学资料,追溯其原始形态,不仅指出了故事的变异模式,而且指出在古代文学的历史化形式中,已包含了民间的故事母题。他的解释是独立发生的,但与法国人类学家葛兰言(M. Granet)对中国古代神话的看法十分相近。艾伯华对顾颉刚的评价是比较高的。

他说,其他学者和作家也开始搜集民歌,以期发现新的创作形式和创作素材,去创造中国现代诗歌。一些研究表明,中国的古代诗歌起源于民歌,后来被文人学士所编辑或模仿。胡适试图从历代文学中找出所有真正体现民俗的遗留物,包括原始诗歌、民谣、小调、谜语、谚语等。在鲁迅等人的鼓励下,大多数知名作家用新的文学形式创作。还有的人由作家文学转向民俗研究,关注民间戏曲、民间节日、民间信仰和民间艺术等,希望从这些类型中,找到适合新文艺建设的因素。这里他指的是钟敬文。

这是艾伯华以知情人的身份,描述的中国现代民俗学史。在时段上,比较集中于20年代至抗战前的一段,这与他的亲身经历有关。对今人来说,比较重要的是,能从中读出他对当时所获中国民俗学资料的反馈意见。他说,从1920年起,一些小团体和协会建立，四处搜集所能发现的民歌，并在一些寿命不长的杂志上发表。这一活动的中心是广州中山大学，其次是北大。至20年代中后期，由于国内战争爆发，广州中心衰落，各地的小团体得到了发展，在杭州、苏州、厦门、泉州等地，都有小型的民俗学会，还出版了各种杂志和小丛书。这些民俗学者都没有经过专门的学术训练，所以要挑他们的毛病是很容易的，比如，他们记录的故事，不附讲述人姓名和搜集地点，文本也有加工的痕迹，看不出故事的原始形态；记录者还根据个人的观点，回避了故事中的神灵成分和政治腐朽成分等。当然，他们毕竟搜集和发表了成千上万首民歌、3000多个故事、数千首谜语和谚语、上百个民间游戏资料，还给我们提供了极其珍贵的民间风俗、节日、迷信和医疗信仰的资料。

艾伯华也谈到中国共产党的文艺政策对保存民俗资料的积极作用。他说，凡是我们提到民俗学的发展阶段时，都应该提到中国共产党对民俗所表现的极大热情。后来不少成为中共重要领导人或被重视的社会人物，都参与过民俗学工作。被推崇为最优秀作家的鲁迅，就是提倡民间文学的。在1949年新中国建立后，中国还掀起了几次大规模的民间文学搜集运动。这些资料都倾向民间文学与生产斗争、阶级斗争和一切社会生活有关，其流传广泛，形式多样，反映了劳动人民的智慧和创造力。其中，民间故事不仅能教育、动员和愉悦读者，还能给领导人提供有价值的参考资料，帮助他们了解兄弟民族的民间文学和社会历史。一些民间故事还为作家、诗人和剧作家提供了丰富的创作养料和再创作的主题。不足的是，大量出版物同样不是有学术训练的民俗学者编辑的，因而不能给学者提供科学资料。

他对中国早期民俗学运动的介绍内容，在当时的中国民俗学书刊上都有，经他以西方人的身份说出，可以让更多的西方读者看到这些故事资料在本土成为研究资料的过程。他后来的个人评论，有些是对国内民俗学者的赞成、附和，也有些持不同见解。事隔多年后，我们还能听出一个外国学者与中国民俗学者之间的交谊和距离。

（三）中国民俗学者对"英国人类学"的部分误读

在中国国内学者还没看到上述著作之前，认同早期的"英国人类学"，或者责备早期西人编撰的英文版中国民俗著作，都有不少想象的成分。由于政治观念和学术环境的干扰，以后也有误读之处。当然，如艾伯华所说，也有西方对中国的误读。这些都需要根据资料事实予以反观和分析，兹仅以安德留·朗为例指出此点。

在被中国学者提及的安德留·朗《蓝色中国的民谣》一书中，也没有任何一首来自中国的歌谣。作者所使用的"中国"二字，纯粹是对遥远异邦的文化想象，是对追求平民理想的隐喻。在他的三个版本中，都有一首名叫《中国歌谣》的歌谣，其实也不是真正的中国民间歌谣。现直译如下，以便读者对照。

> 这里有欢乐而没有沮丧或厌倦，
> 这里有快慰并且亘古常新，
> 这些釉彩的瓷器和上面的标志，
> 是古老、幽雅的中国出产，
> 穿越了历史隧道，没有成为碎片。
> 钟声悠扬，岁月流逝，

其形态、其色调,依然时尚,
在那黄帝的时代。

这条条苍龙(龙尾被你们画成
一枝枝绽开的刺梅),
当诺亚跳下方舟而来,
它们是否向他倒地大吼?
它们喘息、它们啮齿、它们盘桓,
它们张牙舞爪、孔武有力,
它们在绘画中腾越青天,
在那黄帝的时代。

园里有一只水罐,驾着一张轻床,
花园里桃花盛开、浮动暗香,
一对情侣在幽色中私订终身,
生生死死,直至化鸟成双,
比翼齐飞,地久天长。
明媚的五月过去了,他们还在唱:
这是一个真实的故事,
在那黄帝的时代。

赞 词

来吧,咆哮吧,在我精神沉迷的时候,
请发表你善意的抨击,使用"唐的语言",
君子坦荡荡,不介意女人的责骂,

在那黄帝的时代。

在诗歌中,被说成"中国"的象征物的,是英国使者和商人带回的瓷器古董,英人听说的中国正史里的"黄帝"名字,来华传教士笔下的龙,与一个半似梁祝、半似罗密欧与朱丽叶的爱情悲剧故事。安德留·朗把远方中国的上下层文化材料捏合在一起,再行创作,形成了个人头脑中想象的中国诗篇,这与中国民俗还差得很远。将之与前面著作中记录的中国民间故事相比,其文人观念是一目了然的。它更不是民俗理论,无法直接成为中国现代民俗学的科学理论基础。

中国早期民俗学者对安德留·朗等其他19世纪英国人类学者的其他著作,包括泰勒和弗雷泽的理论著作,也提到了一些,但也有不少误读。前面已从不同的角度,简要说明了这种误读的不可避免性,包括语言困难、学术原因、文化交流障碍和社会政治制度的差别等。但在这里我想说的是,在一定的历史时期内,误读不可避免,有时误读还是另一个民族新思想的燃火点和原创的起跑处,这时创造的副产品就是误读。从20世纪初中国民俗学的兴起看,当时正是在一个允许误读的框架内,中国民俗学者做了三件事:

一是把民俗文化的地位由低向高提升。

二是把民俗事象由传播或采集活动变成了科学研究的对象。

三是把民俗利用由乡土资源变成了一种国际化的学问,造就了一场现代学术革命①。

---

① 关于民俗学国际化问题,参见钟敬文《民俗文化学:梗概与兴起》,中华书局1996年版,第85—142页。关于民俗学神话观的认识,参见《钟敬文民间文学论集》上册,第216页。

20世纪晚期，约60年之后，安德留·朗的中国追随者鲁迅、周作人和茅盾等均已辞世，唯一健在的钟敬文曾就这段学术史做了一次再评价[①]。他说：

> 像大家所知道，以泰勒、安德留·兰等为代表的英国人类学的比较神话学派，是十九世纪后期到本世纪初年，在世界学坛上取得了压倒地位的一个学派。从二十年代到四十年代，我国神话、故事方面研究观点主要受到这一派的影响。当时比较知名的学者如沈雁冰、赵景深、黄石和周作人等，都是接受了这一派的理论，并把它应用到中国神话、传说、民间故事及风俗的谈论、研究上的。直到几年前，沈先生在重印他五十多年前所著的《中国神话研究ABC》（新版改"ABC"为"初探"）的时候，还郑重说起这派神话学理论给过他研究工作的影响，并涉及它与马克思神话见解的异同问题。关于后者，这里且不具论，至于人类学派对他神话研究影响之深这一点，是可以大略概见的。
> 我在开始跟民间文学打交道时，就已经接触到这一派的理论，后来在国外学习也仍然跟这一派学者的著作有较亲近的关系，虽然这时候，我已经接触到马克思主义的著作。……
> 从今天我们看来，这派理论的学术史上的主要功绩，是它从进化论的观点去观察和说明人类不同时期神话的历史关

[①] 参见钟敬文研究晚清民间文艺学史的系列论文，他在分析晚清革命派学者的民间文学见解时，提到对神话中异形人物的解释、对荷马史诗的评价、神话与语言疾病说、神话与历史学的关系等。钟敬文：《晚清革命派著作家的民间文艺学》，《钟敬文民间文学论集》上册，第248—255页。

系。它把"野蛮"时代的精神产物（神话）和所谓"文明"时代的同类文化现象联结起来，不把两者看做截然不相关的现象，从而给人文史现象以接近科学的解释，并打破了那种鄙视原始人群及其文化的偏见。

……我们知道恩格斯的某些神话观点，与泰勒在《原始文化》中所阐述的不是没有关系的。不过它只作为部分的理论因素被批判吸收在为恩格斯和马克思所共同创造的理论体系中去罢了。这是一个具体启发性的范例——一个马克思主义者对待不同学派的做法的范例。①

用现在的知识看，早期中国学者的这些历史理解和学术作为是很普通的，但在当时却是惊人的逆反。从中西思想交流的过程看，最早的误读是通过语言误读产生的，这种误读尤不可免；转而生成理论误读，使误读的主体的学术创造有了新的想法。它听似陌生，却能从一个全新的视角，重新解释本土文化资料，那说法足以令人兴奋不已。它从此拉开了学者与所熟悉材料之间的距离，让学者从他处搭台，旁观自我。创造力旺盛的学者还能构筑新理论。这种误读最终会被以各种方式解释为历史的误读，而学者却发现自己创造了一种非他非我的学问，从而强调自我更新的意义。从20世纪学术史来看，现代学科的建立都免不了走这一步。而新学问只要符合本土文化发展的历史逻辑和必然规律，便有支撑的梁柱。

20世纪后期，世界进入了经济、信息全球化的时代，多元文化格局日益显现出来，学术交流的趋势也将转变。在尊重别人文化

---

① 钟敬文：《后记》，《钟敬文民间文学论集》下册，第525—527页。

的导向下，语言误读开始被纠正，中西学术文化之间的历史误读也将成为过去。学者将会在新的基础上，从自己占有的实际资料出发，尽量准确地借鉴他人的理论，并创造符合他人资料系统的新阐释理论。

最后谈谈传教士资料的"躺平"。西方传教士的著作曾被视为中国禁区。现在时隔近一个世纪，再看这些资料，如前所述，其中也有较真实的原文记录。牛津大学图书馆有很多馆藏出自传教士著作之手。这些信息，在中国现代学术史上还没有来得及写上一笔，需要以后花时间和人手去做①。

---

① 谨此向英国牛津大学杜德桥（Glen Dudbridge）教授致谢，没有他对我赴英的邀请和学术研究的指导，我在英国的上述工作便无从谈起。

中编 体裁分论

第六讲　神话传说

从本讲起,介绍民间文学的体裁论。首先介绍神话传说,它们是民间文学各种体裁的基础部分①。

西方民俗学界一般将神话与传说分开研究,认为神话是圣本,传说是神话的副本、信仰部分,或者属于半历史半虚构的英雄传奇。有人还主张把神话从民间文学中独立出来,因为神话进入《圣经》的教义,有宗教神像,有崇高的仪式,有教堂和信徒,具有不可替代的神圣性,其他任何体裁都不能与神话相比。有人甚至认为神话不是民俗,不应该把神话与民俗混为一谈,因为民俗从古到今未必连续发生,而神话是连续传承的,上帝是永存的。但这些西方学者的主张在中国是行不通的。中国从上古的《尚书》,到《五经》之首的《诗经》,再到国史典范的《史记》,无不将神话与传说一体化利用。在我国的民间文艺学研究中,开展神话传说一体化研究,符合中国实际,包括天人合一的宇宙观模式②,人为天子的礼制社

---

① 钟敬文主编的《民间文学概论》将民间文学体裁分为10类,即神话、传说、故事、歌谣、谚语、谜语、说唱、民间戏曲、史诗与叙事诗。参见钟敬文主编《民间文学概论》(第二版),重点看《目录》。

② 参见汤一介《论天人合一》,《中国传统文化的特质》,上海教育出版社2018年版,第111—124页。

会模式,占卜知天的理性思维模式①,以及民本思想的儒家社会管理模式等。在《民间文学概论》中,设有《神话和民间传说》专章,将神话传说合并研究,体现了中国特色。本讲由此切入和展开,也适当补充作者教学科研的新成果。

一、定义与特征

在这一部分,作者使用钟敬文主编《民间文学概论》的观点进行解释,并在注释中说明出处。

(一)定义

神话作为民间文学的一种形式,是远古时代的人民所创造的反映自然界、人与自然的关系以及社会形态的具有高度幻想性的故事。传说是人民创作的与一定的历史人物、历史事件和地方古迹、自然风物、社会习俗有关的故事②。

---

① 参见〔法〕汪德迈《中国思想的两种理性:占卜与表意》,〔法〕金丝燕译,北京大学出版社2017年版。
② 参见钟敬文主编《民间文学概论》(第二版),第123—124页。本讲列举的神话作品,均出自该书,第1—32页,不另注。

（二）特征

神话充满了神奇的幻想，是具有相当特点的一种意识形态，在性质、思想和艺术方面都有鲜明的特色。神话是原始人类对自然和社会的认识，是民间文学中最富于幻想的形式，是人类童年时期的产物。神话中的人物形象都是神或半人半神，并以这些群像为焦点，反映了原始人类的生活情景和思想感情。长期以来，文学、历史、哲学、社会学、宗教等各方面的研究者对神话做出了各种解释，形成了不同的学派。自然学派认为，神话表现了远古人类对自然的理论的和想象的探求；历史学派认为，神话是对当时历史的真实记录；社会学派认为，神话与当时的社会风俗、宗教仪式有密切关系；人类学派则认为，神话是原始信仰的残留物。这些学派不同程度地触及神话的一些现象或特点，但都未能对神话做出全面的、本质的、准确的概括。

传说往往和历史的、实有的事物相联系，所以包含了某种历史的、实在的因素，具有一定的历史性的特点。当然，从广义上说，一切文学作品，甚至包括神话在内，都由于这样那样地反映了某一时期的社会现实而具有一定的历史性。但是传说除了具有一般文学作品的广义的历史性外，还有和历史更为密切的联系。这是由于传说往往直接讲述一定的当前事物或历史事物，有时还采取溯源和说明等狭义的历史表述形式。人们通过传说，述说历史发展中的现象、事件和人物，表达人民的观点和愿望。从这个意义上讲，民间传说可以说是人民"口传的历史"①。

二、经典民俗学的神话传说研究

我国于20世纪初建立民间文艺学,同时也兴起敦煌学。敦煌学提供了新的神话传说资料,引起了我国民间文艺学与海外汉学的共同关注。出于对神话研究共同的兴趣,双方增加了学术对话,神话研究就此进入了跨文化研究阶段。正是从这一时期开始,延续至后来的半个多世纪,钟敬文的神话传说研究著述,很多是在跨文化语境下出版的,这对我国整体民间叙事的研究产生了长期的影响。钟先生的研究以神话传说为名气最大,这也与他很早就进入跨文化层面有关。他在晚年提出的一国多民族民俗学学说,也是在跨文化的观照下提出的,前人的工作为今后的发展方向奠定了基础。

(一)研究范围

20世纪以来,在民间文艺学的研究问题上,从钟敬文的神话传说研究中,可以看到他的跨文化开辟工作,仅从他对文化转场的理论贡献看,就至少有两点:(1)回答了从格林兄弟起就提出的发源地问题。他在中、日、朝、越"老獭子"类型起源研究中,从提

---

① 钟敬文主编:《民间文学概论》(第二版),第137—140页。

出一个差异性起源地到多个起源地,经历了转变①;(2)解释"变形"情节在中国的独有概念。他分析中、英、法、德、希腊、日、印的"变形"概念,提出这个概念在中国不能套用,中国有对应概念"变""七十二变""变来变去",但里面有中国的"和合"观、"忠诚不贰"的伦理道德文化和巫禊民俗。中国很民俗的东西进不了外来思想结构,与欧洲魔法故事有根本性的区别②。这是钟敬文对中国民间叙事体裁论影响最大的地方。以下我们结合其他中外学者著作,分析这种观点的价值。

(二)神话文本

钟敬文主编的《民间文学概论》中提供了12个神话文本。

1. 创世神话

关于创世神话,以《盘古》为代表,最早见于三国时期吴国徐整《三五历记》《五运历年纪》,讲宇宙诞生时天地混沌一片,天地不分,盘古生其中,他一日九变,于是每天天高一丈,地厚一丈。终于有一天,天地撑开了,他倒下了。他的左眼变太阳,右眼变月亮,齿骨化山岳,血液化江河,皮毛化草木,天下万物生。

---

① 参见钟敬文《老獭稚型传说的发生地——三个分布于朝鲜、越南及中国的同型传说的发生地域试断》,1934年写于日本,《钟敬文民间文学论集》下册,第128—148页。
② 参见钟敬文《中国的天鹅处女型故事》,原文撰于1932年,《钟敬文民间文学论集》下册,第36—73页。

2. 宇宙变成神话

《夸父追日》。夸父是位巨人，力大无穷，双耳奇长，手臂过膝盖。他住在海中大山上，双耳挂着两条蛇，双手握着两条蛇。他出发了，去追太阳。途中口渴，喝干了泾河和渭河的水，继续追赶。眼看快要追上了，他伸出双臂拥抱太阳，口渴而死。临死之前，他将手杖扔了出去，化作一片桃林，留给后来追求光明的人止渴。《山海经》《淮南子》《列子·汤问》《神异经·东南荒经》都记载了这个神话。

《羲和浴日》。东方大帝帝俊的妻子叫羲和，羲和生了十个太阳儿子，住在东方海外的汤谷中。汤谷的水像热汤一样滚烫。水中有一棵大树叫扶桑，几千丈长，一千多围粗。帝俊与妻子和九个儿子住在下面的树枝上，一个儿子住在上面的树枝上。十个太阳轮流交替出现在天空。为了使太阳光亮耀眼，羲和每天要在汤谷里给太阳儿子先洗澡，然后送他从扶桑下面的大枝条，升上树巅的大枝条，这叫"晨明"。羲和陪着太阳儿子乘坐六条龙拉的车子，每到一个重要地点，都有一个代表时间的名字。比如到了"曲阿"的地方，此地的时间名称就叫"旦明"。到了太阳快要升起的地方，羲和就在这里停车回去，留下的路让儿子自己走完，此地叫"县车"，即"悬车"，是停车的意思，因为是母子分手的地方，这里的时间名称就叫"悲泉"。十个儿子按照父母安排好的顺序，轮流在天上值班。

《后羿射日》。十个太阳儿子顽皮，一起出现在天上，造成严重旱灾。大地干涸，庄稼枯萎，森林中的动物没有吃的，都跑了出来，为祸四方，民不聊生。天帝派后羿下凡治理旱灾。后羿射落九个太阳,留下一个照明,大地恢复了正常生活。

《嫦娥奔月》。嫦娥的故事是月宫人嫦娥、玉兔和吴刚伐桂的故事。初见《淮南子》。

3. 洪水

《大禹治水》。这是世界大扩布型的宇宙变成型神话。大禹的父亲鲧用堵的方法治水失败,大禹用疏导的办法治水成功。

《女娲补天》。共工与颛顼争帝,共工失败,一怒之下撞倒了擎天柱不周山,天漏了一个窟窿。女娲断鳌足当擎天柱,用五色石补天。

《女娲造人》。洪水淹没大地,女娲抟土造人,繁衍人类。

4. 文化发明

《黄帝造车》。黄帝发明指南车,还发明了乐器。

《伏羲造八卦》。伏羲造八卦,后来变成《易经》。

《伏羲造渔网》。伏羲按八卦的形状造出渔网,供渔民打鱼。

5. 氏族战争

《黄帝战蚩尤》。黄帝与蚩尤大战涿州,黄帝胜。

6. 四大传说

四大传说是中国神话传说一体化传承的代表作,包括《牛郎织女》《孟姜女》《白蛇传》《梁山伯与祝英台》。

《牛郎织女》。牛郎与织女是天体的儿女,银河畔的两颗星。他们在人间结为夫妻。织女返回天庭,老牛开口说话,告诉牛郎追赶妻子的办法。两星在银河两岸遥望。王母娘娘让喜鹊传话，允许他们每七天见一次面。喜鹊传错话，告诉他们每年七月七日见一次面。王母娘娘罚喜鹊为他们搭桥。

《孟姜女》。孟姜女是植物的女儿，从葫芦中出生。她在后花园池中洗澡，被范喜良无意中看见，就按当地风俗嫁给范喜良。范喜良被抓丁修长城，久去不归。她万里寻夫，来到长城边，哭倒长城八百里，长城下露出白骨。她滴血认亲，找到丈夫的尸骨。秦始皇见色起意，要与她成亲，她要求秦始皇为范喜良隆葬重仪，秦始皇办完后，她跳进大海，忠贞不屈，变成银鱼。

《白蛇传》。白娘子是动物的女儿，修炼成仙，由白蛇变成美女，嫁为人妻。端午节饮下丈夫的雄黄酒，变回蛇身原形，把丈夫吓得昏死过去，她飞往昆仑山盗来仙草，救活丈夫。法海施计将她收入钵中，埋在雷峰塔下。她多年后获救，离开雷峰塔，与丈夫儿子团圆。

《梁山伯与祝英台》。祝英台是封建伦理家庭的女儿，女扮男装外出求学，临行前发誓保持贞洁，违者鲜花枯萎或红绸腐烂。她路遇梁山伯，两人结拜兄弟。三年学成后还乡，梁祝十八里相送。祝英台暗示梁山伯择日提亲。祝英台到家后才知道已被父亲许配他人，梁山伯得知后郁郁而死。祝英台在出嫁途中祭扫梁兄墓，放声恸哭，突然坟墓打开，祝英台纵身跳入。梁祝生不能同枕，死而同穴，最后化成一双蝴蝶，飞舞林中，再不分开。

（三）理论要点

神话传说一体化的特征有以下几点。

1. 神话传说传播的一体化

我国神话传说的记录文本成千累万，以上提到的12个神话文本，至少11个也是传说，它们是神话中富有生命力的部分，流传至今。其实今天我们看不到纯神话，纯神话是没有地点的，而我们看以上神话都是有地点的，比如人们告诉你，大禹治水的路线、女娲补天的地点、黄帝战蚩尤的地点，都是有地点的。这些地点也不是现代人附会的，而是历史上就有。先秦汉魏文献《禹贡》和《水经注》里都有大禹治水的地点，《竹书纪年》就有女娲补天的地点，而有地点的神话同时也是传说。我们也很难想象古人在完全没有地理意识的情况下编织神话，除非古人是在别的星球上讲地球的神话，看不清地球上的地点。

2. 神话传说与经典文献的互证

中国幅员辽阔，历史悠久，文明连续不断，神话传说容易与中国社会史建立联系，这引起多学科学者的兴趣。从1942年到1948年，留美诗人、学者闻一多发表了一系列论文，讨论伏羲和女娲的神话传说[①]，提出了很多天才的设想。他的一个重要观点是，"伏

---

① 参见闻一多《伏羲考》，《马昌仪中国神话学文论选萃》下册，中国广播电视出版社1994年版，第683—753页。

羲与女娲的名字,都是战国时才开始出现于记载中的"。他将神话传说一起研究后,还指出,在中国四川、河南、山东、新疆吐鲁番都有出土的汉代考古文物,都可以成为研究的佐证,他还举述中国南部广西、湖南、云南等地和越南、印度的49个洪水神话传说做研究①,其中就包括了上面提到的钟敬文主编《民间文学概论》使用的12个文本。30年后,1972年,在湖南马王堆1号汉墓出土汉代帛画,帛画上有伏羲与龙蛇,但没有女娲。钟敬文对这幅画做了研究②。他同意闻一多关于伏羲属于史前史人物的论断,也同意伏羲神话在河南和两湖地区形成的陈楚文化圈的产物,但他提出了两个不同的看法。

第一,帛画上的伏羲。钟敬文认为,伏羲不是闻一多说的图腾,"他本来大概是陈地一个部落的主神"③。帛画上的月精是月兔,闻一多没讨论过月中玉兔,但他把中国故事说成是从印度输入的,钟敬文不同意:

> 从传说的内容看,尤其不能承认印度输入说。因为印度传说带有浓重的佛家说教色彩。中国早期关于月兔的说法,却不见有这种痕迹。中国的传说,原来没有比较具体的故事,后来虽有"月中捣药"的文献和实物的图像,但时代较迟,而且也跟"修菩萨行"的印度兔子不相类(它倒是近于本土道教

---

① 参见闻一多《伏羲考》,《马昌仪中国神话学文论选萃》下册,第742—751页。
② 参见钟敬文《马王堆汉墓帛画的神话史意义》,《钟敬文民间文学论集》上册,第121—147页。
③ 同上书,第125页。

思想的产儿)。这是判定月兔是否输入品问题的关键。①

茅盾曾于1927年提出日月神话讲的是日月本体,不可能有嫦娥上天到月球做月精,也不可能有月中捣药说。钟敬文不同意茅盾的说法,指出,《山海经》神话已讲到日月可生可浴、可驱可御,说明在日月本体之外还有其他本体,未必不能产生月中人、月中兔、日中乌这类的神话②。马王堆汉墓的发现,提供了考古学、历史学与民俗学共同期待的结果。1973年,在经过半个世纪的探索积累之后,钟敬文使用马王堆汉墓的帛画开展进一步研究,参考了湖南长沙地区陈家大山楚墓出土的凤夔人物帛画、孝堂山石室和武氏祠石室的刻像、南阳汉画像、江苏徐州汉画像、重庆沙坪坝石棺画像、陕西米脂官庄墓门刻像、新疆吐鲁番的绢画等资料,也使用《天问》、《淮南子》、《吕氏春秋》、《山海经》、《玄中记》、梁任昉《述异记》、徐整《五运历年纪》和司马贞《三皇本纪》等文献,考察了吐鲁番绢画等其他年代相近的艺术品,然后对该画像中的神祇进行认定。他在对帛画中的伏羲化生和月兔神话分析上,提到中印故事类型比较的话题,他认为,这幅帛画出现的故事类型是在中国产生的。例如,宇宙变成型的故事,由"人物(神、魔之类)身体的某部分变成的"创世神话,在古印度、古巴比伦、北欧以至日本都曾产生和流传过。不过,神话的主人公和变化事物的种类,彼此

---

① 钟敬文:《马王堆汉墓帛画的神话史意义》,《钟敬文民间文学论集》上册,第137页。
② 参见钟敬文《答茅盾先生关于〈楚辞〉神话的讨论》,《钟敬文民间文学论集》下册,第484—487页。

各有不同罢了①。但这幅帛画中的伏羲"大概是陈地一个部落的主神"②,"这种绘画的用意",是使墓中的贵族女主人"在天国那里继续享受人世的华贵生活"。

首先,因为他在古代神话、宗教和传说的古史里的显赫地位。他本来大概是陈地一个部落的主神,或竟是一个以蛇为图腾的氏族的传说祖先(从现代民族志的材料看,这种蛇图腾的氏族或部落并不是罕见的)。在我国上古民族大融合的过程中,他的神话和宗教仪式被吸收了,在新的社会意识里被给以新的安排。我们现在所能看到的有关的资料里,对他有种种说法……有的说他是继天为王的第一位人皇,有的说他是位春之神兼主管东方的天帝。自战国以后,他在人间(传说的历史)和天上的位置都相当显耀,并且陈(传说中的他的都城)和楚(长沙)在地望上又是比较接近的,他的传说容易流通。因此,他的形象就很有可能被郑重地描绘在侯爵妃子陪葬的帛画的天国图中。(这种绘画的用意,是要使她在天国那里继续享受人世的华贵生活。)

其次,伏羲的形象常见于汉代及以后的坟墓等的石刻以至绢画中,……连边远的新疆,也在墓穴里埋藏着这种形象的绢画。这说明伏羲这个人物对死人的密切关系,说明他在汉代及以后的显赫地位和重大影响。难怪自李唐到清朝的一千多年间,他在国家祀典里占着稳固的地位了。

---

① 钟敬文:《马王堆汉墓帛画的神话史意义》,《钟敬文民间文学论集》上册,第123页。

② 同上书,第125页。

复次,是伏羲与太阳月亮神的密切关系。①

大约20年后,王邦维根据对《周礼》《山海经》和《南海寄归内法传》等历史文献的研究,讨论清代以前以河南为天下中心的正统观点与神话故事和文化史有联系②,这种看法与钟敬文提出的伏羲神话出自陈国不谋而合。

第二,对帛画中的月兔故事,钟敬文不赞成印度来源说,他引用了《易经》《灵宪》《法苑珠林》《初学记》和《太平御览》,参考了日本出石诚彦《上代中国的神话及故事》③,也援引了天文学对阴影的解释,对主张印度先有月兔故事的说法提出不同的意见。

> 近代外国有些所谓东方学者,认为中国古代的民族和文化是西来的,甚至以为连某些神话、传说的东西,也是从外国输入的。有人看到中国古代有月亮住着兔子的神话,因为古代印度也有相似的故事,就不管三七二十一,断定中国的月兔是一种舶来品。(主张这种说法的,如W. F. 梅耶斯。)不错,古代印度有一个关于月兔的故事,大意说,一只有善行的兔子,因为不能取得肉以供天帝的需求,便毅然投身火里,成了

---

① 钟敬文:《马王堆汉墓帛画的神话史意义》,《钟敬文民间文学论集》上册,第124、125、127页。

② 参见王邦维《"洛州无影"与"天下之中"》,《四川大学学报》(哲学社会科学版)2005年第4期;王邦维《"都广之野"、"建木"以及"日中无影"》,《中华文化论坛》2009年第S2期;王邦维《"天下之中"与"日中无影":神话、想象、天文学及其文化意义》,2011年4月16日在北京师范大学的讲稿,未刊稿。

③ 〔日〕出石诚彦:《上代中国的神话及故事》(上代支那に於ける神話及び説話),东京:岩波书店1934年版。

焦兔，天帝把它放到月亮里，以昭示他的高行。这个传说，在唐代曾被收录在一部佛教经典的类书里①，但是，像有些学者所指出，月亮里有兔子的传说，不但中国有，印度有，就是和我们远隔重洋、很少交往的古代墨西哥也有，南非洲的祖鲁兰德那里一样流行着这种传说②。产生在中国纪元前的月兔神话，为什么一定是从印度输入的呢？

自然，我们知道，比邻民族间文化（特别是传说、故事之类的口头创作）的交流是常有的现象，古代中、印间学术、文化的互相影响，也是不可否认的事实。但是根据现在考古学的新材料，在我国西汉初年就已经流行的月兔神话，却未必是从次大陆传来的进口货。除了从东半球到西半球各民族都有这种传说，和它在中国流传时代比较早的理由之外，从传说的内容看，尤其不能承认印度输入说。因为印度传说带有浓重的佛家说教色彩。中国早期关于月兔的说法，却不见有这种痕迹。中国的传说，原来没有比较具体的故事，后来虽有"月中捣药"的文献和实物的图像，但时代较迟，而且也跟"修菩萨行"的印度兔子不相类（它倒是近于本土道教思想的产儿）。这是判定月兔是否输入品问题的关键。③

钟敬文提出两个观点：一是中国自西汉初年已流行月兔故事，早于遣使张骞西行和和尚法显赴印度的时代；二是印度的月兔故

---

① 钟敬文原注："指唐代李俨撰《法苑珠林》。月兔传说，见该书卷七《日月篇》。"
② 钟敬文原注："见出石诚彦《上代中国的神话及故事》第二节。"
③ 《钟敬文民间文学论集》上册，第136—137页。

事是佛教故事,中国的月兔故事近似道教故事,两者有差距。以帛画为研究对象,他还指出,太阳和月亮本来是自然现象,但是在中国先秦社会里,它们就已经不能摆脱和人们的关系了。关于它们的神话传说(乃至于相应的法术行事),就是一种证明。他的这些意见,来自于他的国学功底和民间叙事研究,也来自于他的跨文化观察。

三、跨文化共享文本研究

怎样使用跨文化学的方法分析神话传说?怎样了解中国民俗学者和海外汉学家共同处理这种文本的差异与共享?我认为,跨文化共享文本研究,要抓住共享点,利用共享资源,从情节单元、历史文献、地方文本、民俗信仰文本和多民族异文诸层面进行。以下分析三个文本:宇宙生成、创世神话和天体三子。

(一)宇宙生成

中国早在三千多年前就有宇宙生成神话,在中国的历史典籍、宗教文献和口头资料中都有。它们的数量不多却很受关注,并且流传至今。这类神话介绍宇宙起源,宇宙构成元素,宇宙的形状、颜色、方向和变化,以及宇宙与人类的关系。在这类神话中,可以看到中国人对动植物遗传资源和宇宙知识的古老叙事模式。

希腊神话中有一位宇宙大神叫混沌(the god chaos),但希腊人没有讲混沌的模样。这位混沌神生了宇宙万物，也生了人祖该亚，这样宇宙就与人类的距离很近。这些特征在中国神话中都没有。中国的宇宙生成神话距北美印第安人的同类神话较近，与希腊神话的距离较远。

北美印第安人有宇宙生成神话，讲述宇宙构成的自然元素是地、火、风和水，这点中国没有，但神话中的宇宙生成没有明显的人格化，处于超自然的神灵状态，神与精灵的差序观念也很模糊，这点又与中国神话相近①。

中国古人将宇宙形成前的状态叫元气状态，它的名字叫"浑沌"，在中国汉语中，"浑沌"与希腊宇宙神的"混沌"神发音相同，只是神话母题大不相同。与希腊的"混沌"神话相比，中国神话中的这位"浑沌"要更为复杂一些。它起初有自己的神话原型，后来又变成了庄子的道家故事，再后来又变成了道家的仙话。现在这三种异文都在中国流传下来，很多人还知道它们。

1. 历史文献

浑沌神话的原型，指浑沌神话没有被哲学和宗教思想加工的原初形态。据《淮南子》记载，浑沌是没有形状的、完全处于自然状态的东西。它能够行走，能够变化，像一个可以活动的黄色皮袋子。但它不是人，也不是兽。它没有欲望，没有脾气，没有四周的边界，而是无边无际地存在着。它也叫"太一"，意思是像一种气状的物质。这就是宇宙初生时的样子。有了它，才有了后

---

① 参见〔俄〕谢·亚·托卡列夫、叶·莫·梅列金斯基等《世界各民族神话故事大观》，魏庆征编译，国际文化出版公司1993年版，第132页。叶·莫·梅列金斯基，又译麦列金斯基。

面的创世神。

《淮南子》中的"浑沌"神话故事情节单元编制：

1. 它是宇宙神，叫"浑沌"。
2. 它是气状的，没有方向，没有边界。
3. 它是无边无际的，没有开始，没有结束。
4. 它处于完全自然状态。
5. 它像一只黄色皮囊，没有五官七窍。
6. 它不是人，不是兽，它是神。
7. 它是气状的物质，也叫"太一"。

在这个神话原型中，宇宙的构成元素只有气，没有水、火、风等其他任何东西。宇宙里没有声音和气味，没有方向和边际，没有人和动物，完全是自然状态。这让我们想起地球刚刚形成之际的洪荒时代。

2. 庄周哲学

中国先秦时期是一个百家争鸣的时代，产生了儒家、道家和法家等古代哲学思想流派。儒家，就是孔子的学派。儒家主张入世，要按照西周时期的古代理想社会的蓝图，批评春秋时期的社会现象，改造当时的社会制度，建立有君主、有等级、有礼俗规约的集权社会。道家不同。道家以老子和庄子为代表，要求保持社会的自然状态，什么也不要动，什么也不要改，率性而行，保持自然界、社会与人际关系的最初和谐。道家思想强调"无为而治"。于是庄子看中了浑沌神话，把它写在自己的著作里。

在《庄子·应帝王》中写道，其实宇宙诞生时不是只有一个浑沌神，也不是没有边界和方向的。当时有三个神：一个南方之神，叫"修"，把守南方和天空大地；一个是北方之神，叫"忽"，把守北方和天空大地；一个是中央之神，把守宇宙中心部分的全部天空大地，它就是"浑沌"。庄子还说，浑沌是一只没有眼睛、耳朵、鼻子和嘴的动物，这点是与神话母题大体相同的，不过他又将浑沌比喻成动物，又是与流传到现在的民间说法相同的。他又说，有一次，南方之神和北方之神到中央大地来玩耍，浑沌不但没有赶走它们，反而对它们很友善，热情地招待了它们。两位神大为感动，就决定给浑沌凿七窍，报答浑沌的友情。什么叫凿七窍？就是在浑沌的身上凿开七个洞，分别做成口、耳、鼻、舌、目，让浑沌能看、能吃、能闻、能听，这样浑沌的模样就不会太奇怪了，会变得跟普通动物一样。南方之神出面办这件事，它每天给浑沌凿一个窍，一共凿了七天，把七个窍都凿好了，结果到了第七天，浑沌就死了。

《庄子·应帝王》中的"浑沌"神话故事情节单元编制：

1. 它是中央之神，叫"浑沌"。
2. 它是一只怪兽，没有五官七窍。
3. 宇宙还有南方和北方两个神，分别叫修和忽。
4. 它在自己的领地上招待修和忽，并不阻挡和责怪它们随意来访。
5. 修和忽要报答善良的浑沌。
6. 修给浑沌凿七窍，每天凿一个。
7. 修凿了七天，把浑沌的七窍凿好了，浑沌死了。

《庄子·应帝王》中的宇宙构成元素有气体、天空、土地和器具。宇宙有了南、北、中三个方向，有了神灵把守的边界。宇宙神是一只奇怪的动物，无色、无味、无声、无语，但有情感，有同伴。但是宇宙神是不能改造的，改造就有致命的危险。

庄子意思是，浑沌原有的自然状貌很好，存在的状态也很舒服，根本没有必要去改造它。这好比人类社会的统治者，强硬地要求按照统治者的思想意志去改造人民，统治社会，让全社会都服从统治和管理，结果事与愿违，把世界上很多自然美好的东西都给毁掉了。庄子的思想是与儒家的观点对立的，他这是在批评儒家。

3. 道家仙话

汉代道教兴起，仙话流行。据说，汉代的神仙方术家东方朔写了一本《神异经》，这本书把很多神话吸收起来，加以改造，变成了仙话。仙话中有神也有人，但要求人与自然合一。人化为自然是一种终极境界。在这本书里，有一节叫《西荒经》，里面使用了浑沌的神话。神话说，浑沌生长在中国西部高大的昆仑山上，是一头威武凶猛的怪兽，它的模样如狗，有四只脚，一身毛。它的两个耳朵听不见，两只眼睛看不见；肚子空空，没有五脏六腑，只有肠子，但肠子是直的。浑沌十分坦诚，不会拐弯抹角。它见到了贤达的明君，就会提出批评建议，见到了恶人恶事，就敬而远之。

东方朔《神异经·西荒经》中的"浑沌"神话故事情节单元编制：

1. 它是凶猛威武的野兽，叫"浑沌"。
2. 它没有五官七窍。有肚子，肚子里面有直肠子。有四只脚,有一身长毛。

3. 它住在西部昆仑山上。

4. 它性格正直。

5. 它为有道明君建言。

6. 它对恶人敬而远之。

这个神话中保留了浑沌没有五官七窍的基本情节,此外缺乏宇宙神的其他特征,如宇宙的构成和状态等。神话的最大变化是把浑沌变成了一个有脚、有知识、有伦理判断力的动物。宇宙的方向也增加了西方,但还没有东方。

道教仙话吸收了道家的哲学思想,也有一定的儒家伦理思想,但它的总体态度是治而不争,以回归自然为最高境界。《神异经》中的浑沌始终保持自己的自然本性,不去发生社会冲突。

在中国,浑沌神话有很长的生命力,这与它同各种思想、哲学、文学和民俗资料的结合传承是分不开的。

(二)创世神话

中国的创世神话,指在浑沌之后,诞生了创造世界的大神,大神在浑沌一片的宇宙中,创造了具体的自然物质。浑沌神话与创世神话是有接续性的。中西创世神话的差异是:中国是大神创世,再造人,由人再创世;西方是大神创世,再毁灭,由上帝再创世。西方讲上帝创造一元世界,日月本体;中国讲日月本体和附生本体,附生本体有动物、植物和人工物,这是一个多元化的本体。英国语言神话学家马克斯·缪勒用《圣经》解释神话故事类型,如《圣经·士师记》的教本与狮子尸体中发现蜜蜂的故事类型暗合,但这个故事类型在世界很多国家都有,并非《圣经》的专利。

中国的创世神话有三类:一是创造日月星辰、山川江河等自然物,二是创造动物和谷物等植物,三是在创造万物的同时创造人类。一般地说,在中国西部和南部的创世神话中,以第一类为主;在东部和南部的创世神话中,以第二类为主,兼有一、二类相合的故事;在中国的中部和北部,乃至一些民族神话中,有第三类故事。

创世神话大量进入中国的各民族史诗中,成为中国民俗的重要组成部分。创世神话与宗教创教说同源,特别是在民间宗教中,创世神话是象征神谕的经典,在口述史和民间文献中得到长期保存。

1. 历史文献

中国创世神话的代表作是《盘古开天》,也称"盘古神话",最早见于徐整《三五历记》《五运历年纪》,它们是3世纪的南方文献。这个神话大概是长江中游湖南一带苗族的神话。10至12世纪时,即中国的宋代,这个神话又被吸收到汉族神话中,收入《艺文类聚》和《绎史》①。中国其他各地各民族也有创世神话,但都没有盘古神话这样闻名,而且流传广泛。

盘古神话说,盘古身长九万里,体型巨大,跟天一样高。他用了一万八千年的时间,把混沌一片的宇宙变成天空和大地。他倒下后,双眼化日月,手足身躯化四极五岳,血液化江河,肌肉化田

---

① 参见钟敬文主编《民间文学作品选》(第二版),第1页。

地，皮毛化草木，须发化星辰，骨骼牙齿化金石，精髓化珠宝玉器，汗流变雨水。

《艺文类聚》和《绎史》引《三五历记》《五运历年纪》所记盘古神话情节单元编制：

  1. 宇宙混沌时期像一个鸡蛋。
  2. 盘古是在混沌之中诞生。
  3. 他长到一万八千岁的时候开始创造世界。
  4. 他将清气开辟为天，将浊气开辟为地。他自己站在天地之中，一日九变，主宰天地。
  5. 他每天长一丈，于是天高一丈，地厚一丈。
  6. 一万八千年过去了，他终于把天地给撑开了，他倒下了。
  7. 他的左眼变太阳，右眼变月亮。
  8. 他的手足和身躯化为四极和五方的山岳。
  9. 他的血液化为江河。
  10. 他的筋脉化为地理地貌。
  11. 他的肌肉化为田地。
  12. 他的皮肤和汗毛化为草木。
  13. 他的须发化为星辰。
  14. 他的骨骼和牙齿化为金石。
  15. 他的精髓化为珠玉。
  16. 他的汗流化为雨水。

  比起气态的混沌，盘古是拟人化的大神。在这个神话中，世界里已有了自然界万物，有明确的自然界构成元素的概念，包括天、地、日、月、星、河、四极五岳、草木和金石;有"雨"的气候概念,也有拟人的概念,如眼睛、血液、皮毛、须发、筋脉和骨骼。神创造世界还有时间的周期,即一万八千年。盘古从混沌中孕育诞生要一万八千年,盘古造世也要一万八千年。自然界的概念与神的概念是可以互相转化的,神不死,可以用躯体把生命力传递给世间万物,让万物生长。在这个神话中,唯独没有动物的概念。盘古本身不是动物,也没有创造任何动物。

将中国与古希腊的创世神相比,会发现完全不同。盘古是宇宙世界的第二代大神,希腊的创世神宙斯是奥林匹斯山神系的第三代主神。盘古创世是自己的事,没有其他兄弟与他分割世界资源。宙斯是与兄长们分而治之的,天空归宙斯,海洋归波塞冬,地府归哈得斯。盘古不造神,更不掌握其他神的命运。宙斯却是支配命运女神以外的众神的大神。总之,盘古的神话更接近自然界,宙斯的神话更有社会性。

2. 地方文本

在中国各地,盘古的神话原型流传到今天,一直没有消失。这个神话也有大量的异文,但大都是在原型的后面粘连了其他结尾,形成了新的神话组合。主要有以下几种情况:(1)与其他创世神话粘连。例如,盘古创造的天地有缺口,女娲就来炼石补天[①]。(2)与造人神话粘连。盘古创世后,认为世界不完美,又与女娲

[①] 参见钟敬文主编《中国民间故事集成·福建卷》,中国ISBN中心1998年版,第1页;《中国民间故事集成·浙江卷》,中国文联出版公司1997年版,第29页;《中国民间故事集成·新疆卷》上册,第125页。

成亲,创造人类①。(3)宗教神话。道教神话说,盘古是"鸿教主"统领一切鬼神②。佛教神话说,盘古开天后,将世界交给地藏王管理③。云南白族崇信小乘佛教,当地神话说,盘古与千手观音的父亲妙庄王交友,深得妙庄王的指点④。(4)地方神话。在中国东部浙江省的神话中,鸟神话很多,盘古也成了鸟的儿子⑤。甘肃神话说,盘古用黄土造牛、鸡等家畜⑥。

3. 多民族文本

中国还流传着另一种盘古神话,神话中的盘古的"古",写为"瓠",读作"槃瓠"。槃瓠神话流传于中国的广东、福建和江西等省的畲族人中间,从古至今。

据钟敬文在20世纪30年代的研究,槃瓠是中国南部民族祖先起源神话,早在公元1世纪的东汉应劭著述中已有记载,后来在公元3—4世纪的晋干宝《搜神记》、唐代杜佑的《通典》、南宋罗泌的《路史》和清代文献中续有记录⑦。神话讲,槃瓠是天上的大神,变成犬形来到人间。槃瓠为远古的黄帝或某氏族首领解决了一个难

---

① 参见钟敬文主编《中国民间故事集成·福建卷》,第3页;《中国民间故事集成·浙江卷》,第42页。
② 参见钟敬文主编《中国民间故事集成·福建卷》,第3页。
③ 参见钟敬文主编《中国民间故事集成·浙江卷》,第34页。
④ 参见钟敬文主编《中国民间故事集成·云南卷》,中国文联出版公司2003年版,第135—136页。
⑤ 参见钟敬文主编《中国民间故事集成·浙江卷》,第27页。
⑥ 参见钟敬文主编《中国民间故事集成·甘肃卷》,中国ISBN中心2001年版,第69页。
⑦ 钟敬文原注:《后汉书·南蛮夷列传》引应劭书,另引杜佑《通典》、罗泌《路史》和清代《湖南通志》。详见《钟敬文民间文学论集》下册,第102页,注①至⑥。

题,黄帝或首领兑现事先的承诺,将女儿嫁给槃瓠,槃瓠和女子繁衍后代,成为这个民族的祖先。

钟敬文对槃瓠神话情节单元的编制:

1. 某首领遭遇某种急难。
2. 一只狗为他完成工作。
3. 狗得首领女子为妻。
4. 狗和女子成了某一种族的祖先。①

畲族的盘古神话中出现了动物,但不是普通的动物,而是民族的古老图腾。畲族人民世代崇敬槃瓠,有深厚的槃瓠信仰。槃瓠神话很少变化,流传至今②。

中国西南地区一些民族没有盘古神话,而是传诵着其他的创世神话。神话中的创世大神是动物或某种自然元素。云南哈尼族神话说,创世神是一条鱼,它在混沌一片的宇宙中再造天地、日月、山川、风雨、众神和人类③。拉祜族说,创世神是火,火造天地、草木、野兽、人类,最后造日月,照耀人们下田劳动和回家休息④。

---

① 钟敬文:《槃瓠神话的考察》,《钟敬文民间文学论集》下册,第115页。
② 参见钟敬文主编《中国民间故事集成·广东卷》,中国ISBN中心2006年版,第27页。
③ 参见钟敬文主编《中国民间故事集成·云南卷》,第144页。
④ 同上书,第161—162页。

(三)天体三子

中国古人对日月星辰提出了自己的见解。在神话故事中,不是单纯的日月星辰的来源,而是讲它们与中国地理地势、气候天象、自然灾害和农业生活的关系。主要有四类:一是日月星辰与高大山体的关系,二是日月星辰与江河水流归向的关系,三是日月星辰与洪旱灾害的关系,四是日月星辰与农业生活的关系。在中国不同地区、不同民族的日月星辰神话中,大都有此共性,也有共性下的差异。那些被民族史诗和宗教神话保存的日月星辰神话,还有比较明显的母题变异的差别。

在希腊神话中,太阳神阿波罗是宙斯和勒托的儿子,与月神阿耳忒弥斯是孪生姐弟。他是光明之神,在他身上找不到黑暗。他的象征物是弓箭、天鹅、七弦琴和爱神木。爱神木是月桂树。他还主管预言和医药。他多才多艺,也是诗歌和音乐之神,后世称他为文艺的保护神。在后世的神话中,赫利俄斯与阿波罗混为一体,同为太阳神,而赫利俄斯原为阿波罗太阳车的神驭手,传说他每天驾驶四匹马拉的太阳车在天空驰骋,从东到西,早出晚归,给大地送去光明。在故事母题上,中国和古希腊的日月星辰神话有很多相似之处,但在神话结构上有所差别。希腊神话充满了神性家族的谱系叙述和文艺欣赏的欢乐,中国神话讲述天体与世间动植物、庄稼生长和人类生活的关系,更有天人合一的思维特征。

日月星辰神话,很容易与史诗和宗教融合,在这点上,中西相似。当然,与西方较为发达的宗教文化相比,中国没有严格的宗教传统，不过中国也有外来宗教的传入，还有各式各样的本土宗教信仰，所以日月星辰神话仍然是这些宗教信仰观念的重要内容。

从跨文化比较的视角看，还有一个学术界长期讨论的问题需要介绍，就是日月星辰是否具有实体？中国的日月星辰大多是实体的，日月星辰的精魂被认为是动植物的灵体所化。也有的地方神话和民族神话没有明确指出日月星辰有实体，但数量较少。希腊神话中的日月星辰都是实体的，还各有确定的名字。这些高悬天际的、大自然与人类都不可或缺的天体，激发了各国各民族人民的千百种想象，这方面的学术讨论也引发了对于大量相关的考古文物和历史景观遗迹的思考，有时还点燃了探险家们的冒险兴趣。

以下，为了讲课的方便，我们将分别介绍中国的太阳、月亮和星星神话，同时也会谈到它们的以上特点。

天体三子之一：太阳

中国的太阳神话由浴日、追日和射日的系列神话组成，它们整体叙述了古人观念中的太阳与地理地势、气候天象、自然灾害和农业生活的关系。

1. 浴日

在中国的太阳系列神话中，浴日神话介绍了太阳的诞生、运行方式和天体功能。最有名的代表作是《羲和浴日》。《山海经》的《海外东经》《大荒东经》和《大荒南经》对这个神话做了最早的记录[1]。

---

[1] 《山海经》记载的《羲和浴日》神话三则，参见钟敬文主编《民间文学作品选》（第二版），第2—3页。

（1）历史文献

《山海经》中记录了《扶桑浴日》神话，其情节单元编制如下：

1. 东方大神帝俊和妻子羲和生了十个太阳儿子。
2. 太阳一家人住在东方汤谷的神树上，神树叫扶桑。
3. 太阳儿子是一个集体，它们要轮流升上太空，在不同的地点和时间照耀大地。
4. 太阳儿子的值班顺序是由它们的父母安排的。
5. 母亲羲和是太阳儿子的生活和值班的监管女神。
6. 羲和给值班的儿子洗澡，陪儿子走完黎明前的黑暗行程。
7. 羲和与儿子共乘六条龙拉的车。
8. 羲和与儿子的行程轨迹都有专门的地名和时间名称。
9. 羲和在名为"悲泉"的地方下车，返回家去。
10. 值班的太阳儿子独自乘坐六条龙拉的太阳车在天空驰骋，从东到西，给自然界和人间送去光明和温暖。
11. 值班的儿子晚归后，与父母和其他八个兄弟住在扶桑树下边的枝条上。
12. 只有一个轮到值日的太阳儿子跟羲和妈妈去洗澡，然后住到神树上边的枝条上。
13. 值班的太阳儿子与羲和妈妈出发的地点是树巅的枝条。
14. 太阳的精魂是乌鸦。

中国神话中的太阳是一个由十个太阳儿子组成的集体，每个儿子都没有独立的名字，神话中只讲他们父母的神名。太阳们遵守父母规定的秩序,轮流合作,才能完成照明和送暖的任务。希腊神话中的太阳神只有一个阿波罗,他无所不能,以一当十。中国神话中的羲和母亲是保护儿子的女神,女神带领儿子通过在黎明前的黑暗中运行的轨道。希腊神话中的阿波罗是没有母亲勒托的陪伴的,也没有遇到黑暗的危险,他浑身都是光,是光明之神。中国和希腊的太阳在上班时都要乘坐神灵驾驭的车子,中国拉车的是六条龙,希腊拉车的是四匹马。中国的太阳儿子的身份是相同的,每个太阳都是太阳,不是其他。希腊的阿波罗的孪生姐姐阿耳忒弥斯是月亮,两者是身份不同的天体。而中国的月亮神是没有明确的父母双亲的,我们只知道月亮是盘古的右眼变的。不过中国的龙后来成为帝王的象征,是封建社会的最高统治者。给阿波罗拉车的神驭手赫利俄斯后来也与阿波罗混为一体,成为有权威的太阳神。

　　中国的太阳神话与植物联系密切,通天的物体是一棵巨型的神树。太阳每天从树巅上出发,开始每日的天体运行,神树的树巅正是天空和大地的交接通道的终点。这个神奇的植物的最高部位还被用来表示天体运行的第一时间"晨明"。从这种思路中,我们能看到中国古人的物候观,即通过观察植物的变化来观察天象的变化,计算花费的时间。希腊神话中的通天物体是高山,阿波罗等众神都住在奥林匹斯山上。神话没有告诉我们山体与地点和时间的联系。

　　中国地域广袤,东西南北地理环境十分不同,太阳也被想象成十个,要轮流照管不同的时段和不同的地点;太阳的职能也是专职的,不再承担光照以外的其他功能。希腊比中国的国土要小得多,神话讲一个太阳就够了。这个太阳还多才多艺,除了送光明,还管预言、医药、诗歌和音乐。阿波罗是可以分心做很多事情的,包括从事文艺活动和到处玩耍。但在中国的神话中,太阳外出玩耍会遭到严厉的批评,被指出会酿成重大自然灾害。

中国和希腊神话中的太阳神都有实体,中国是有三只脚的乌鸦,在湖南长沙马王堆出土的汉代帛画和四川三星堆出土的铜树上都能看到①。希腊是人的形象,已有大量西方名画描绘了这位可爱的阿波罗。

(2)信仰文本

《山海经》记载了中国西南地区的道教故事。故事讲,羲和与儿子行车的路线和路上的时间点,正是太阳运行的轨道。云南、四川一带的羲和浴日曾是一种道教仪式,由道士在手掌上运作一只白球,象征太阳,祈求控制水旱灾害。明代大学士杨慎讲,他在云南谪迁时看到过这种仪式。在四川三星堆出土的铜树上,铜制的三足乌栩栩如生地站在铜制的枝条上,好像太阳儿子就要登车上班一样。云南和四川地处青藏高原的山脉地带,太阳东升西落,浮沉于山巅峦海之间,日色霞光变幻无穷,景象壮丽。这也令人遐想太阳是高大山体的保护神,可以庇护山间山脚下的人类生活。高大山体的仰天隆起,让人们感到离太阳最近。当地人或把象征性的太阳放在手上祷告,或制成羲和浴日的铜树的宗教器具,这些都跟人们与高大山体共同居住和与高山上的太阳生命关联思考,产生并形成切近的隐喻。

(3)地方文本

中国当代流传的羲和与太阳儿子的神话有三类。①洗澡后太

---

① 关于湖南长沙马王堆汉墓帛画的三足乌研究,详见钟敬文《马王堆汉墓帛画的神话史意义》,《钟敬文民间文学论集》上册,第133—134页。

阳诞生。在云南元阳一带，人们认为太阳妈妈先洗澡，然后生下太阳，同时也生下别的世界物质，包括动植物，它们与太阳是孪生兄弟姐妹①。②太阳诞生后不洗澡。还有一种太阳神话由东海岸线的浙江省保存，里面提到了羲和生太阳儿子的情节，但已没有洗澡的情节②。③人类身体避开日光照射。云南和四川的神话说，太阳是女性，她把针撒向人间，变成太阳的光芒，让人们看不见她的身体③。这是用太阳的女性身体禁忌反喻人类自身要避免身体的暴露部分（主要是眼睛）受太阳强光的刺激。这两类神话都是在中国西南地区搜集到的。

（4）多民族文本

中国多民族神话中保存了一些内容不同的太阳神话，一些民族的太阳神话与地方神话纠缠得很紧，上面所举述云南太阳神话，就是当地傣族的神话；四川的太阳神话，就是当地的彝族神话。我仍然把它们首先放到地方神话中介绍，是因为中国西部辽阔的高原地带比东海岸地区人口少，世代受到太阳光的强烈照射，必须避免强紫外线和高温灼热的伤害，于是西部的太阳神话中关于躲避太阳直射的告诫首先是有区域性的，然后才是民族性的。我们从西部地域共识的角度看这批民族神话，能发现他们世代共享避免强光灼伤的防灾经验，而这种历史经验是人类身体保护的古老知识。东部海岸省份的汉族浴日神话重点强调太阳昼夜按轨道和时

---

① 参见钟敬文主编《中国民间故事集成·云南卷》，第193—195页。
② 参见钟敬文主编《中国民间故事集成·浙江卷》，第34—35页。
③ 参见董晓萍《民间文学体裁学的学术史》，《北京师范大学学报》1999年第6期，第21页。此文对滇、川两省太阳神话做了详细的讨论。又钟敬文主编《中国民间故事集成·四川卷》，中国文联出版公司1998年版，第272页。

序运行，要避免太阳与地表水量失去平衡，引起农业水旱灾害，这种历史经验是对于人类利用自然界的范围和限度的知识贮存。

云南哈尼族提到了手艺工匠修复太阳的问题。神话说，太阳造好后，最初不能发光发热，天神就命令77个工匠用金料补修太阳，把太阳修好后，就是一个又亮又热的大金球。工匠没有彻底修好，天神又命令让神牛当替补，最后把太阳修好了，太阳才能用适度的光芒照耀大地①。这个神话中的工匠情节与芬兰神话《三宝磨坊》中的铁匠神功略微相似，听来令人兴趣盎然。

2. 追日

太阳的运行带来日照、日光、日影、日食等自然现象。在中国神话中，人们对这些现象的叙事主体有两种：一是人们获得日照后的快意；一是过度日照时人类自救的生存方式，包括如何使用水源和植物，保持生存能力等。这类神话的代表是《夸父追日》。

（1）历史文献

《山海经》《淮南子》《列子·汤问》和《神异经·东南荒经》中都记载了夸父追日的神话。在汉语中，"夸"有"大"的意思；夸父，就是大人、巨人。

现将历史文献中的《夸父追日》神话故事情节单元编制如下：

1. 夸父住在海中大山上。
2. 夸父是一位巨人。
3. 夸父与蛇相伴，双耳挂蛇，双手握蛇。

---

① 参见钟敬文主编《中国民间故事集成·云南卷》，第149—152页。

4. 夸父力大无穷,要追赶太阳。

5. 夸父接近太阳时口渴,喝干了两条河的河水。

6. 夸父快要追上太阳时渴死了。

7. 夸父的手杖化为桃林,给后来人止渴。

  这个神话叙述了与防止过度日照相关的几种因素,如山、海、河和树木。我们根据现在的地理气候常识已能了解,神话中的"海中大山",仿佛人类居住在海洋性气候带,或者临近海洋的高山地区,气候凉爽湿润,地理环境优越,是不用担心过度日照的。但在大陆性气候地区,或者是神话中的河、渭两条江河所在的内地平原,就要防止受到高温热浪的袭击,也要提防干燥缺水的威胁。造成夸父生命终结的,正是过热和干渴两种灾难。他在追日途中,要始终与这种灾难做斗争。神话所说的夸父接近太阳的情景,正是描述他接近高温热浪的高风险源。神话还告诉我们,古人已经知道,解除热浪风险的重要储备是周围要有充沛的水源。自然界的江河水流可以向人类提供正常的饮水,而一旦出现江河缺水的现象,植物和水果也能解决最低限度的止渴问题,帮助生物维持生命。夸父在遇到高温热浪时,喝干了周围的河水。但"河渭不足"以供应这位超级饮水量的巨人①,附近又没有其他江河水源可以补充,结果供水断绝,夸父道渴而死。神话中所说的种树和结桃子,是讲在灾难来临时,水果正是既能解渴又能补充食物的好东西。总之,找到驻地水源和补充个体饮水是应对热浪高温袭击的

---

① 参见[晋]郭璞注《山海经·海外北经》,钟敬文主编《民间文学作品选》(第二版),第4页注④。

逃生之计。

（2）地方文献

在中国当代流传的神话故事中，有一个特殊现象，就是除了河南，别处没有夸父追日神话。在历史文献中，夸父的驻地在"海中大山"上。但在现代流传的神话中，夸父追日的地点在与东海岸的山东省接壤的河南，地处中国中部。民俗学者在河南搜集到很多夸父追日神话，其口头叙事的母题很接近历史文献的说法，河南现在还有"夸父峪""夸父山"和"夸父营村"，民间指认夸父在此口渴而死[1]。为什么《山海经》和《淮南子》说夸父是在陕西追日，而现代流传的神话却说是在河南追日呢？王邦维的研究或许可以提供参考答案。据他研究，宋代以来在河南建都，中国统治者有"天下之中"的理念，认为中国是世界的中心，河南是中国的中心，河南的中部也是太阳运行轨道的中心，每年到了一个固定的时节，在河南的这个中心地带就会出现"日中无影"的奇特日照现象，当地人认为，这能证明"天下之中"的推理确实存在[2]。我们也不妨跟着神话地点的转移去尝试理解神话的转移，那就是夸父在秦汉时代要到当时的中心地带陕西去追日，在宋代以后就要到后来的中心地带河南去追日了。

还有另一种追赶太阳的神话也流传很广，神话中的追日者是胜利者，太阳是失败者。黑龙江的一则神话说，这位追日者是一尊天神，叫二郎神，他在天上追日，没有口渴和需要饮水的问题。他

---

[1] 参见钟敬文主编《中国民间故事集成·河南卷》，中国ISBN中心2001年版，第404页。

[2] 参见王邦维《"洛州无影"与"天下之中"》，第94—101页；王邦维《"都广之野"、"建木"以及"日中无影"》，第46—50页。

追日的目的是惩罚太阳制造旱灾的罪恶,而不欣赏太阳的光热功能。这个神话所透露的观念是,认识水资源的重要性是在人类与太阳照射的关系中要解决的问题①。在中国的疆域中,黑龙江是个日照很少的省份,但省内是有大量来自中国东海岸的山东移民,由他们带去追日神话不是不可能的。

另一种有意思的现象是,中国民族地区没有追日神话。他们大多居住的地方离太阳最近,地处中国西部高原,日照充分,乃至过分,完全没有追日的必要。

3. 射日

在中国的太阳系列神话中,射日是抵御旱灾的神话。神话强调说,十个太阳兄弟就是一个太阳的象征。它们要集体协作,遵守节令时序,保证天体运行的节奏。在整个太阳运行的节奏都违反规律的时候,就要出现旱灾。旱灾的征兆不是一两种生物濒危现象,而是由自然界和人类整体,包括动物、植物、高山、森林、江河湖海、农作物和人类生命都在内的生态危机链。一个太阳变成了十个,就能造成旱灾和接连发生的次生灾害,如虫灾、风灾和火灾,危及整个世界的安全和秩序。上面刚刚讲过的二郎神追日就是试图制止这种可怕的灾难。

(1)历史文献

《淮南子·本经训》记载了《后羿射日》的神话,里面记载了中国最典型的射日母题。故事讲,在帝尧统治的时候,十个太阳一起

---

① 参见钟敬文主编《中国民间故事集成·黑龙江卷》,中国ISBN中心2005年版,第321页。

出现在天空，造成天下大旱。大地上庄稼枯萎，草木凋衰，百姓没粮食可吃，人间饿殍遍野，哀告之声上达天庭。帝尧听说后，赶紧派后羿下凡，治理旱灾。尧交给后羿一把红色的弓箭，这是一把救灾的武器。后羿就拿着这个武器来到人间。他射落了天上的九个太阳，只留下一个太阳给大地送光明和温暖。被射落的太阳变成了三足乌，纷纷落到地下。他还对发生在田野、江河、湖泽、森林中的灾象进行了治理，射杀了跑出森林觅食、四处为害百姓的野鸟猛兽，帮助人间恢复了太平。后羿与刚才讲过的二郎神都是天神，都没有接近太阳口渴的问题，但两者追日的方式不同：后羿是在地上追杀，二郎神是在天上追压。也有个别故事说，二郎神从天上追到了地上，挑着地上的大山压倒太阳。几种不同的追日情节反映了人类想象力的多元化。

《淮南子》中的《后羿射日》神话故事情节单元编制：

1. 后羿是天神帝尧的神臣。
2. 后羿持帝尧颁给他的弓箭，到人间解除旱灾。
3. 后羿射落九个太阳，只留下一个照明。
4. 后羿整治了江河湖泊和森林。
5. 后羿杀死了一批饥饿成凶的野兽，有三足乌（日精）、鸷鸟（凶悍的大鸟）、凿齿（长着五六尺长的尖利牙齿的动物）、九婴（能喷水吐火的九头鸟）、封豨（大野猪）、修蛇（能吞象的长蛇）。
6. 后羿使人间恢复太平。

在初民社会，日月、动植物和风雨雷电都对人类有益，也有自然携带的威胁。当自然万物的恩赐变成威胁的时候,祖先神话会用另一套语言词汇去解释。在这套语汇中,太阳变成了恶鸟,动物变成了野兽,风雨雷电变成了灾难。但中国人并不是随便用这套词汇的,在一般情况下,他们宁愿用更友好的语汇对待自然万物,跟自然在一起,而不是分开。

(2)信仰文本与多民族文本

西藏的射日神话是佛教神话,故事的主题是传播戒杀生的道理,并没有指向任何自然灾害。指挥射日的大神是莲花生大师,在他的教化下,被射落的九个太阳变成了赤、橙、黄、绿、青、蓝、紫七种光芒,转化为普度众生的圣光。射手哈拉在完成除害任务后,"没有了大拇指,从此再也不能射箭了"①,至于旱灾和相关次生灾害,神话根本没提。青藏高原主要是牧业,农业稀少,日照资源与基本农业无关,所以射日神话除了弘扬佛法,四大皆空,并不存在对自然界任何物质元素的讨论。

另一则射日神话来自湖南龙山,当地人说,其实冒出了十二个太阳,射日的结果是留下两个太阳,其中一个当太阳,一个当月亮②。关于十二个太阳的说法,印度佛教故事中也有③。这是湖南土家族的神话,土家族是一个颇具民间宗教传统的民族。湖南凤凰

---

① 钟敬文主编:《中国民间故事集成·西藏卷》,中国文联出版公司2001年版,第88—89页。
② 参见钟敬文主编《中国民间故事集成·湖南卷》,中国ISBN中心2002年版,第440页。
③ 艾伯华提出中印故事中的12个太阳和月亮的比较问题,参见〔德〕艾伯华《中国民间故事类型》,王燕生、周祖生译,第245—246、285—288页。关于这个问题的讨论,另见董晓萍《比较民间文学研究的资料与方法——以东方文学中的中日印越英雄回家故事为例》,原载《民俗典籍文字研究》2012年第10辑,第1—18页。

苗族神话众多，巫风浓郁，湖南苗族人说，天上各有九个日月，影响了苗家人的饮水，也引来了凶悍的怪鸟的侵害，民族英雄在众人和许多动物的帮助下，射落了多余的日月，保证了水源，战胜了恶鸟，从此苗家人安居乐业①。湖南泸溪县苗族说，太阳住在东海的山岩下，这个说法保留了《淮南子》的情节②。

东南部和南部地区对旱灾威胁带来的虫灾比较关注，在致灾动物的种类上，因地域条件的不同，会有不同的解释。贵州苗族认为，旱灾为患的野兽是蟒蛇③。

中国东北的蒙古族信仰佛教和萨满教，射日英雄莫日根按照佛教崇"七"的说法，治理七个太阳并出的旱灾。神话描述这场射日犹如描述一个狩猎的过程。在完成射击任务后，莫日根"将自己的拇指砍下，又将坐骑的前蹄砍下，然后自己变成了一只土拨鼠"④，这是遵循萨满教的信仰执行的祭祀仪式，古代狩猎者要在结束自己的捕猎生涯时献出躯体，祭祀被自己猎杀的动物，保持人类与自然界的平衡。

（3）地方神话

后羿射日神话今天还在汉族中间流传，但也会有地域差别。

有一些神话部分地保留了古老的原型，例如，位于东海岸线浙江省的神话，把羲和生太阳儿子与后羿射日的情节混在一起，但两种神话的各自母题都没有变化⑤。甘肃的射日神话除了不讲旱灾后

---

① 参见钟敬文主编《中国民间故事集成·湖南卷》，第440—442页。
② 同上书，第442页。
③ 参见《斩黄龙》，《南风》1982年第2期。
④ 钟敬文主编：《中国民间故事集成·内蒙古卷》，中国文联出版公司2007年版，第332—333页。
⑤ 参见钟敬文主编《中国民间故事集成·浙江卷》，第34—35页。

发生的野兽横行等次生灾害,其余都保持了神话原型①。

长江中游地区的个别神话随地理环境的变化而变化。湖南祁东人把射日与引水的神话连在一起,说后羿射掉九个太阳后,最后一箭射偏了,射漏了天上的瑶池,于是天上下雨,地上成河②。在湖南的射日神话观念中,同时含有日、月和水的元素。湖南地处长江中游地区,境内有中国最大的内陆湖洞庭湖,神话的环境合乎当地的地理水文环境。

中国是一个缺水国家。缺水必多灾。中国在长期农业社会中产生和积淀下来的太阳系列神话反映了这种特征。追日和射日神话在中国大地长久流传,家喻户晓,表现了中国人对于抗御水旱灾害的社会脆弱性,形成了处弱而强的防范心理,积累了集体预警的历史传统,也有利用自然地理环境和动植物资源逃生的民俗知识和民间经验。当然,既然是神话,在讲述具体生存技能方面会比较笼统,但又在讲述人与自然共存的观念方面相当明确,这是中国太阳神话在反映灾害观上的利弊两面。

太阳神话被赋予与神权有关的母题,成为宗教神话和民族英雄神话的重要内容。在西藏的太阳神话中,控制太阳运行的大神被想象为藏传佛教的莲花生大师。在蒙古族狩猎群体的莫日根英雄神话中,莫日根射日如打猎,最后施行完整的狩猎祭祀萨满仪式。

天体三子之二:月亮

天上有几个月亮?月亮和太阳之间有无关系或是怎样的关

---

① 参见钟敬文主编《中国民间故事集成·甘肃卷》,第78—79页。
② 参见钟敬文主编《中国民间故事集成·湖南卷》,第439—440页。

系？历来说法不一。据中国历史典籍的记载，太阳有十个，月亮只有一个，太阳和月亮之间大都没有亲缘关系，神话只在讲它们的运行轨道和时间上，间接地提到彼此的联系。还有一份文献比较特殊，提到射日的英雄后羿与月中嫦娥是一对夫妻，但后羿不是太阳神，嫦娥本身也不是独立的月神，所以我们还不能说这个神话就是日月夫妻神话。在中国的民族神话中，存在多个月亮的说法。神话中的月亮或者7个，或者9个，或者11个，最多的达到12个。在这类神话中，太阳也有对等的数量，最多达到12个。民族神话中的日月关系也是多种多样的，有的日月为兄妹，有的是孪生兄妹，有的是夫妻，也有的没有相互关系。但总的说，中国神话中的日月都是被创世神创造的世界万物中的两个照明天体。盘古神话中的日月就是这样，它们一个是盘古的左眼，一个是盘古的右眼，彼此之间没有发生情节结构上的重叠。

  印度古代的《佛本生故事》有多个月亮的说法，但日月之间也没有亲缘关系。中国的川滇藏地区的月亮神话，其中有的有佛祖情节，接近印度月神话。

  希腊神话中的月亮神，不是一个神，而是两个。她们都是女性，两姊妹，其中的一个叫塞勒涅，负责黑夜，另一个叫厄俄斯，负责黎明。两位女神一个上夜班，一个上早班，都不是工作一整夜的。两位月神的哥哥是太阳神赫利俄斯，但太阳神在夜里做什么？希腊神话并没有给出答案。相比之下，中国的神话大不相同。虽然中国历史典籍、地方神话和民族神话中的月神数量不一，但真正在夜空中正常运行的月亮只有一个。这位月神不到"旦明"是不能下班的，绝没有另一个月亮来上早班，接替她完成照耀夜空的工作。而在中国的古汉语中，黎明指从"晨明"到"旦明"之间的时间，这时有对应的太阳神话,那就是前面讲过的《羲和浴日》。神话明确地告诉我们,黎明时分,当希腊的厄俄斯正在天上值班的时候,中国的羲和女神正在送她的太阳儿子去上班,母子俩都坐在龙车上赶路呢。日月交班有固定的时间,即"旦明"。中国神话重视日月运行的轨道、时间和交替升空的交叉点,这在希腊神话中没有。

月亮是实体吗?月中人是月精吗?这也是长期争论的问题。在中国神话中,月亮是实体,但月精不止一个,其中有月中人,还有月兔、蟾蜍、桂树。人和动植物都生活在月亮中,构成了月亮、人和动植物的整体关系。印度的月神是有明确指向的实体,但月亮不是一个,而是两个。《佛本生故事》中的月神紧那罗是菩萨本人所变,他的妻子叫月亮女①。直到今天,印度民间故事中的月中人也是女性,不过这位女性的年龄不被关注,她有时是年轻的月亮女,有时是月亮婆婆,印度人不会强调她是否需要长生不老。印度人的月亮知识不包括人体生命时间。希腊神话中的月神都是实体,有名有姓,有家族谱系。

(1)历史文献

中国汉代《淮南子·览冥训》记载的月亮神话是在中国家喻户晓的代表作,民间称此神话为《嫦娥奔月》。这是迄今为止所能看到的记载月神的最早文献。在这个文献中,月亮只有一个,但月中的实体构成有变化。古本《淮南子》记载,嫦娥吞下西王母的不死药,飞入月宫,成了月精,后化为蟾蜍。《归藏》记载,嫦娥吃了不死药来到月宫,但并未提到后羿。今本《淮南子》增加了后羿的

---

① 参见《月亮紧那罗本生》,《佛本生故事选》,郭良鋆、黄宝生译,第320—325页。

情节，说后羿向西王母请求得到不死药，西王母答应了他的要求。他回家后，把这件事告诉了妻子嫦娥。嫦娥趁后羿不在家的时候，偷吃了不死药，她的身体变轻，飞了起来，飞离了人间，来到了月宫，从此永远住在那里，成为月中人。

《淮南子·览冥训》等历史文献中的《嫦娥奔月》神话故事情节单元编制：

1. 她是后羿的妻子，名叫嫦娥。
2. 她偷吃了西王母的不死药，飞入月宫，永远住在那里。
3. 她是月中人，或者她化为蟾蜍。
4. 月宫里有白色的玉兔常年捣药，长生不老。
5. 月宫里还有吴刚在砍桂花树，树砍了再长，长生不死。
6. 他们都在月宫里生活。
7. 人们在夜里看到的月中阴影就是他们。

这个神话在六朝和唐代继续发展，神话里出现了玉兔，每天捣药，陪伴嫦娥。还有青年吴刚，每天在砍桂树，也是嫦娥的伙伴。现在中国广为流传的正是这个版本。

（2）地方文本

日月连体。在中国台湾地区，流传着月亮和太阳的连体神话，但对日月之间的关系没有任何解释。

日月夫妻。在中国东部的浙江、山东和中部的河北，都保留了后羿与嫦娥是夫妻的故事，故事说，他们家中有道教仙丹，嫦娥吞丹后成仙，羽化升天。浙江的一个故事说，太阳、月亮昼夜轮流上班，每天见不到面，无法共同生活，于是海龟来献计，让月亮每年二月运行28天,留下4天在家里,夫妻团聚①。这个神话解释了闰月的规律。

月精是合成物。在所有嫦娥故事中,月神不只嫦娥一人,还有其他动植物和人物的占100%。动物主要是兔子,个别神话中有天狗、乌鸦、海龟、公鸡②。在月中人的构成上,除了嫦娥,就是吴刚,也有的神话提到,还有其他神参与,他们是玉帝、王母娘娘、二郎神、百花仙子、太白金星、河神③。

吴刚伐桂。浙江省的神话提到吴刚,是被王母娘娘贬谪入月宫,砍不死树④。

（3）多民族文本

湖南苗族神话说,他们的民族英雄叫明那雄,他创造了世界,战胜了怪鸟,月亮是救他的天体,"他从太阳树上跌下来,落在月亮树上,紧紧地贴在上面"。苗族人还说:"明那雄没有死,每天晚上月亮出来的时候,就可以看见他站在月亮树上向着他的故乡张望。"⑤

上面提到,在盘古神话中没有人类,因为盘古不造人,但在这个故事的家乡湖南,当地人却把盘古与嫦娥联系在一起,说盘古指挥日月运行,帮助了嫦娥⑥。中国祭祀月亮的节日是中秋节。

---

① 参见钟敬文主编《中国民间故事集成·浙江卷》,第39—40页。
② 参见钟敬文主编《中国民间故事集成·山东卷》,第53页;钟敬文主编《中国民间故事集成·河北卷》,第370页。
③ 参见钟敬文主编《中国民间故事集成·浙江卷》,第39页;钟敬文主编《中国民间故事集成·山东卷》,第54页;钟敬文主编《中国民间故事集成·河北卷》,第371页。
④ 参见钟敬文主编《中国民间故事集成·浙江卷》,第38页。
⑤ 参见钟敬文主编《中国民间故事集成·湖南卷》,第442页。
⑥ 参见同上书,第444页。

(4)信仰文本

钟敬文指出,中国的月亮神话是有实体的神话,这与道教思想的嵌入有关,因此月中人与不死药、不死树和长生兔都有关系。以月中的长生兔为例,他指出,这个说法在先秦汉唐文献都有记录,如《易经》《灵宪》《法苑珠林》《初学记》和《太平御览》,他还参考了日本学者出石诚彦的《上代中国的神话及故事》。他指出:"月亮里有兔子的传说,不但中国有,印度有,就是和我们远隔重洋、很少交往的古代墨西哥也有,南非洲的祖鲁兰德那里一样流行着这种传说。"①他还认为,印度的月兔神话有佛教思想,但中国不同,"中国早期关于月兔的说法,却不见有这种痕迹。中国的传说,原来没有比较具体的故事,后来虽有'月中捣药'的文献和实物的图像,但时代较迟,而且也跟'修菩萨行'的印度兔子不相类(它倒是近于本土道教思想的产儿)。这是判定月兔是否输入品问题的关键。"②他的这些观点强调中国神话的本土特点。当然,对于月亮神话的佛教影响,自从《中国民间故事集成》资料搜集整理后,已能看得到。在西藏神话中,月亮中的兔子也明显地烙下了印度《五卷书》的痕迹。

天体三子之三:星星

中国的星辰神话发生很早,大约从公元前7世纪至前6世纪的先秦诸子已经开始,至11世纪的宋代笔记,都有记载,历时长达17个世纪之久。而且这个神话还广为流传,深入人心,成为中国著名的四大传说之一。中国人对星辰的关注这样耐心和持久,这在其他

---

① 钟敬文原注:"见出石诚彦《上代中国的神话及故事》第二节。"《钟敬文民间文学论集》上册,第137页。
② 《钟敬文民间文学论集》上册,第136—137页。

天体神话中是少见的,其他任何日月神话都没有它丰富。在世界神话史上,中国的星辰神话的传承时间,大概也是最悠久的一种。

中国星辰神话的观念和实践,与人体、自然界、动植物、官阶制度、日常生活和传统节日都有联系,母题复杂多样。部分星辰神话转为道教神话,在道教仪式中使用。中国农业社会的民俗信仰离不开星辰,星辰被放在天地四至、方位、方向、风、雨、雷、电、云雾的观测体系中,并起到主宰作用。在这些气候气象中,星神往往是掌管其他现象的领袖,还具有人间名人的灵魂。少数星辰神话演绎为男女爱情故事,但都是两界相通的神话,并非在单纯的现世生活中叙事。

(1)历史文献

一般认为,中国的星辰神话,在历史文献中记录最早的是《牛郎织女》。最早的文本是《诗经·小雅·大东》,诗中提到了"织女"和"牵牛"两颗星的名称,还提到"维天有汉","汉"就是银河。西汉司马迁写《史记》,在《天官书》中提到"织女"和"牵牛",这时已经吸收了神话故事的说法,说织女是天帝的孙女,牵牛是天庭的神牛,但一笔带过,写得很简单。总的说,从先秦到西汉的文献中,都没有关于两星夫妻关系的记载,但在这一时期的文献中,有"性别"的两颗星、动物牛、桑织植物和织造业,以及银河星系,这些元素都有了,只是没有用故事把它们联在一起讲。

自东汉起至六朝,牛郎织女的星辰故事逐渐向星星夫妻母题靠拢。王逸《楚辞章句》已有织女成亲之说,原文为"传说兮骑龙,与织女兮合婚(哀岁)",但故事中尚未出现星星丈夫。到了汉乐府《古诗十九首》,有了星星丈夫,两星相配的关系也固定下来了。

> 迢迢牵牛星，皎皎河织女。
> 纤纤擢素手，札札弄机杼。
> 终日不成章，泣涕零如雨。
> 河汉清且浅，相去复几许。
> 盈盈一水间，脉脉不得语。

在《古诗十九首》中，两星相恋的母题基本完整，叙事也是拟人化的，不过还没有加入人和动植物的情节。东汉应劭《风俗通义》引《岁华纪》"织女七夕当河渡，使鹊为桥"，有动物助手情节，但没有星星丈夫，仍不完整。

自魏晋六朝起，印度佛典和譬喻师的宣讲传统，大张旗鼓地输入到中国，中国原有的很多简单的神话情节，一下子变得羽翼丰满起来。一些互相没有联系的、无生物的自然物神话，与印度的外来传统结合，很快发生了基因突变。突变后的神话，产生了人间烟火气息，出现了完整的母题。其中，有的还变成宗教神话，有的变成人与动植物关系的神话，有的变成自然与人类整合的家庭神话。正是在这批突变文献中，《牛郎织女》变成了中国的《星星索》神话。

钟敬文1932年发表《中国的天鹅处女型故事》一文，这是中国民俗学者最早研究《牛郎织女》神话的长篇文章。在此文中，他指出与这个神话有关的魏晋六朝文献共5种，包括干宝《搜神记》、郭璞《玄中记》、句道兴《搜神记》、刘义庆《搜神后记》和《幽明录》。这是在相同朝代产生《牛郎织女》最多文本的时期[①]。

[①] 参见钟敬文《中国的天鹅处女型故事》，《钟敬文民间文学论集》下册，第39—44页。

在南北朝殷云的《殷云小说》和梁宗懔的《荆楚岁时记》中，都有对《牛郎织女》神话的记载①。钟敬文指出印欧故事中的相似类型有：

一、一男子见一女在洗澡，她的"法术衣服"放在岸上。
二、他盗窃了衣服，她坠入于他的权力中。
三、数年后，她寻得衣服而逃去。
四、他不能再找到她。②

与钟敬文同时代的日本学者，如西村真次、出石诚彦、高木敏雄和松村武雄，也对这个神话进行了研究，西村真次还认为，中国的这个神话类型是印欧类型③。钟敬文由天鹅处女母题入手研究《牛郎织女》神话，受到他们的影响。但钟敬文没有强调这一星辰神话的传承以汉代为定论，而是将之放在汉魏六朝至唐宋的较长历史时段内讨论，这是他与包括出石诚彦在内的日本学者不同的地方。这一时期，中国佛教发达，道教也很兴盛，都对星辰神话的发展产生重要作用。这一时期的佛教哲学还迫使儒学改革，顺带改革了儒家对神话的规避拘谨。宋代文献不仅容纳神话，还开辟了记录神话的独立渠道——以《太平广记》为代表的"广记"体，与以《太平御览》为代表的"御览"体，在这种变革中，星辰神话经过神坛，走向民间，越传越广。

---

① 参见［南朝梁］宗懔《荆楚岁时记》，岳麓书社1985年版，第42—45页。
② 钟敬文：《中国的天鹅处女型故事》，《钟敬文民间文学论集》下册，第39页。
③ 参见同上书，第39—41页。

我们将钟敬文的母题与印欧同类母题和日本学者的研究相比较,可知钟敬文是有创造性的。为什么？因为他依据中国文献的实际,原原本本地讨论神话,他不照抄"西村教授或雅科布斯氏等所拟定的型式"。还有一个答案,就是因为他承认道教和佛教的影响,使这个故事"有很大的演化"①。他的做法,让我们看到这个星辰神话的多元形态,具有自然神话(《诗经》)、文献神话(牛郎型)、宗教神话(织女型)和民间神话(共同型)的多样性。到了现代中国社会,牛郎织女神话大都混合了以上要素,变得更像家庭生活故事。

中国现代流传的《牛郎织女》神话故事情节单元编制:

1. 她是天帝和王母娘娘的小女儿,叫织女。
2. 她能织天边的五彩云霞。
3. 她和姐妹下凡洗澡。
4. 牛郎听了老牛的话,从树后偷走她的衣服,两人相见。
5. 她爱上了勤劳忠厚的牛郎,决定留在人间生活。
6. 她和牛郎男耕女织,生育一对子女。
7. 天帝派天兵天将把织女召回。
8. 牛郎按照老牛的吩咐,用牛皮做成箩筐,挑着一双儿女去追赶。
9. 牛郎快追到天庭的时候,王母娘娘拔下头上的银簪,划出一条银河。
10. 她在银河对岸望牛郎,牛郎和子女在银河的另一岸望

---

① 钟敬文:《中国的天鹅处女型故事》,《钟敬文民间文学论集》下册,第55页。

她,年复一年。

11. 王母娘娘被他们的爱情打动,决定让他们每七天见一次面。

12. 乌鸦传错话,告诉他们每年七月七日见一次面。

13. 每年七月初七,喜鹊飞来搭鹊桥,让他们在桥上相会。

14. 这一天下了小雨,就是他们相思的泪水。

与西方的星星丈夫神话相比,中国的《牛郎织女》神话不管怎样复杂变化,都有一个共同点,就是以女子为主角,男子为配角。这个特征在地方神话和民族神话中也有。男子在婚前和婚后阶段,都要离家,孤独地进入木屋或树林,完成各种难题考验,这个过程与传统封闭社会的成年礼是相似的。从得到或失去妻子方面说,他也基本是个独处者。他与女人的相聚是短暂的,与女人的隔离是永久的。在神话所叙述的这类情节中,可以看到佛教的色空观的影响。钟敬文就指出,中国星辰神话对男子的难题考验,与印度佛教故事《本生经》命僧侣做各种超人力的工作相似[①]。此外,牛郎在大地上做凡人,却要进入天际和星空追寻理想,在这类神话情节中,又能看到道教飞升的终极观的痕迹。

（2）地方文本

中国各地流传的星星神话有以下几种。

星星索。由上面的介绍可知,中国各地的星辰夫妻神话,在星星丈夫与星星妻子天上相会的方式上,几乎无一例外,都是丈夫

---

① 参见钟敬文《中国的天鹅处女型故事》,《钟敬文民间文学论集》下册,第72页。

借助动物的帮助"飞"上去的。在北美同类神话中,星星相会的方式是另一种,即一个星星用绳子把另一个星星直接拉上天去,并不需要动物做中介。因此,在是否使用动物助手的问题上,中美神话是有差别的。然而我们惊奇地发现,在一则近30年前搜集的河北神话中,竟然也有用绳子拉的情节。这个故事说,嫦娥用自己的头发搓了一条绳子,把吴刚从人间拽到了天上①。当然,即便是拉上天,中美神话也有不同,在美国的印第安人神话中,两个星星之间的拉拽是夫妻,而在中国神话中,嫦娥用绳子拉吴刚是被批评的,因为两人的关系不是夫妻,只是朋友。在美国印第安人的神话里,男女相会的地点是在星星里,而中国是在月亮里。

  星星起源。在盘古神话中,星星是创世神的造物。在东南沿海的福建神话中,星星是由盘古的头发变成,与湖南的古老神话说法一致②。浙江神话说,天是青石板,星星是青石板上的铜钉③,在浙江千岛湖畔的神话中,星星就是小石头④。在东部神话中叙述的星星的特点,都是小、多、亮,在夜空出现。此外,除了盘古神话中星星与人体有联系,其他都很少,甚至都很少与动物发生联系。西南部神话不同。四川的星星神话说,星星是月亮的一部分,帮着月亮发光。四川地势高,月明星亮,当地人对星光的印象比其他地方都深⑤。

---

① 参见钟敬文主编《中国民间故事集成·河北卷》,第370页。
② 参见钟敬文主编《中国民间故事集成·福建卷》,第50页。
③ 参见钟敬文主编《中国民间故事集成·浙江卷》,第31页。
④ 同上书,第43页。
⑤ 参见钟敬文主编《中国民间故事集成·四川卷》,第275页。

第六讲　神话传说

（3）信仰文本

河南汉族神话说，星星有金、木、水、火、土，太白金星让女娲从五个星星上取来石头，炼成五彩石，补好了天①。湖北浠水县的神话说，伏羲造八卦，照着东西南北天空中的星星定位，绘制了八卦图②。蒙古族神话说，星星是扎萨喇嘛造的，扎萨喇嘛就是创教神，他创造了一切神灵③。满族星星神与萨满教关系密切，一个满族神话说，星星是智慧的天师，是天神用植物、神土、仙泉水和人体的尾骨合成的④。另一个满族神话说，满族人祭祖都要祭星，这颗星就是北极星，是部落长乌苏里江老人变的，他通知部落全体人发洪水的消息，让大家逃生，自己却化为青烟⑤，它的讲述人是一位萨满。

（4）多民族文本

中国民族地区关于星星起源的神话很多，说法也很奇特。广东连山瑶族说，烟筒里的烟灰溅到了天上，变成了亮闪闪的星星⑥。新疆哈萨克族的神话说，星星是最先听到上帝讲话的天体，与湿度、云、雨、风和雾都有联系⑦。维吾尔族神话说，懒汉变成流星，流星是灾难的征兆，其他星星都不理它，人类也躲避它⑧。乌鲁木齐的星星神话融入了中东神话的因素。中东的阿里巴巴与四十大盗的故事，在乌鲁木齐成了星星神话的衍生本，原来星星是由星

---

① 参见钟敬文主编《中国民间故事集成·河南卷》，第388页。
② 参见钟敬文主编《中国民间故事集成·湖北卷》，第64页。
③ 参见钟敬文主编《中国民间故事集成·内蒙古卷》，第43页。
④ 参见钟敬文主编《中国民间故事集成·黑龙江卷》，第321页。
⑤ 参见同上书，第327—328页。
⑥ 参见钟敬文主编《中国民间故事集成·广东卷》，第4页。
⑦ 参见钟敬文主编《中国民间故事集成·新疆卷》，第108页。
⑧ 参见同上书，第116页。

团、马和仙女变的①。云南哈尼族神话说，星星是手艺好的工匠打造的②。拉祜族说，星星是老人的犁和鸡窝沾上了稀饭变成的③。云南白族神话说，星星是盘古的牙齿变成的，是观音菩萨让变的④。西藏珞巴族神话说，星星是天地结婚生的孩子，它们与日月、动植物、人类祖先和各种精灵都是兄弟姐妹⑤。在东北的游牧和渔猎民族中，星星具有特殊的意义。那里日照少，星光是牧民、渔人和猎手谋生所依赖的自然照明物，所以在这些民族中，星光神话特别夸张。蒙古族神话说，他们在游牧大迁徙中，英雄、人、猎犬和马匹都变成了星斗，其中，民族英雄的坐骑变成了北斗星，其他人畜都化作永恒的星。蒙古族人把逝去的人称作"上天"或"成佛"，就是这样得来的⑥。赫哲族神话说，星星就是北斗星，是赫哲人的晾鱼架和一个渔夫家庭变的⑦。

中国星辰神话有传统节日。农历七月初七的"七夕节"直接与牛郎织女神话有关，节中祭祀两颗星，所以这个节也叫"双星节"。很多地区的汉族和其他民族都过这个节日。

星辰节日有宗教氛围。蒙古族祭北斗星与佛教有关，满族和赫哲族祭北极星与萨满教有关。北方民族的观星习俗尤为深厚，这与游牧社会群体的天象知识系统有关。东部和中部地区都有祭太白星的节日，与道教有关，但这些节日不是单独举行的，往往与

---

① 参见钟敬文主编《中国民间故事集成·新疆卷》，第115、118页。
② 参见钟敬文主编《中国民间故事集成·云南卷》，第182页。
③ 参见同上书，第161—162页。
④ 参见同上书，第174页。
⑤ 参见钟敬文主编《中国民间故事集成·西藏卷》，第258页。
⑥ 参见钟敬文主编《中国民间故事集成·内蒙古卷》，第330页。
⑦ 参见钟敬文主编《中国民间故事集成·黑龙江卷》，第327页。

其他节日混合庆祝。

北美的星星丈夫故事非常有名。1989年，美国民俗学家阿兰·邓迪斯（Alan Dundes）访问中国，专门到北京师范大学拜访了钟敬文先生，并在北师大做了讲演。他主编的《世界民俗学》（The Study of Folklore）也被翻译成中文，被中国民俗学者了解。这本书介绍了美国印第安人的星星丈夫故事，引起了中国同行的极大兴趣。星星丈夫讲的是天上人间的动人爱情，中国也有同类神话，中美故事的结尾也是一样的，都是爱情悲剧。不同的是，美国的星星丈夫在天上，妻子在地下，夫妻在天上相会，在人间分离。中国的星星丈夫在地下，妻子在天上。夫妻在地上相会，在天上分离。两国神话的叙述方向正好相反。我们知道西方的上帝在天上，西方人信奉上帝，向往光辉灿烂的天界神国。中国人崇尚幸福美满的人间生活，所以中国的星星妻子向往人间，不愿意回到天上。当然，中美星星神话的差别不一定都与宗教有联系，因为文化差异的原因和表现是多种多样的，但其中肯定有一部分是有联系的。希腊神话中的星星默默无闻，比不上中国的星辰神话赫赫有名。

钟敬文认为，真正的艺术产品不是普通的东西。曾经还有一种倾向，就是把文学艺术品仅仅当作思想资料来处理，那也是狭隘的。因为，艺术的内涵，远远超过思想。艺术品里固然有思想，这毋庸置疑；但是，它还有感情，还有专门的艺术象征等其他方面的性质。对待这个问题，这些年来，大家既然都多少有些认识，那就应该继续本着解放思想、实事求是的精神，打开眼界，加强它、发展它,给它辟出一席之地①。

四、研究方法

神话传说传达特定群体内部的思维方式、文化符号、叙事类型和社会认同,是民间文学的核心部分,同时也成为中国传统文化的核心要素。它的研究方法不是单一方法,而是成套组合的方法,以下列举几种常用的方法。

(一)类型法

此指故事类型的研究方法,即在神话传说的文学文本中寻找故事母题,按故事文本的情节发展脉络,将故事母题排列起来,形成一个新的表达式,更简明清晰地解释原神话传说文本的文化内涵。

(二)符号法

此指文化符号研究法。使用符号是人与动物的区别。德国哲学家卡西尔(Ernst Cassier)发明了符号理论,他认为,动物使用

---

① 参见钟敬文《建立中国民俗学派》,黑龙江教育出版社1999年版,第148—149页。

"信号"(Sign),人类使用"符号"(Symbol)。文化符号是人类符号与社会文化传统的结合体。在现代社会,可使用文化符号研究国家文化主体性的外显成分。

(三)形态结构法

形态学理当获得合法的地位,它把在其他学科中泛泛论及的东西作为自己的主要对象,把那些散落在各地的东西收集起来,确立一种可以令人轻而易举地观察自然事物的新的角度。形态学所研究的现象相当重要,它借助于理性的运作对现象进行比较,这些理性的运作合乎人类的天性并使其愉悦。哪怕是不成功的经验也依然将效用与美合在一起。普罗普功能项正是由此延伸而产生的方法。

下面,把以上方法作为"一套"方法加以使用,分析《牛郎织女》《孟姜女》《梁山伯与祝英台》《白蛇传》的文本内涵。

1. 神话要素

表1 四大传说的神话要素

形象分类	牛郎织女	孟姜女	梁祝	白蛇传
女性形象	织女	孟姜女	祝英台	白娘子
动物形象	牛	鱼	蝴蝶	蛇
植物形象	树	葫芦/瓜	牡丹花	昆仑草
器物形象	梭子/簪子	长城	绸带	雷峰塔

在表1中,神话要素与情节单元结合,在一定的民俗结构中,生成故事母题。

2. 故事类型

表2　四大传说的故事类型

篇名	认同符号	农业民俗	故事类型
牛郎织女	星星	男耕女织	星星丈夫+动物开口说话型
	乌鸦/喜鹊	祭星民俗	传错话+偷听话型
	豆子/蜜蜂	聘礼民俗	难题求婚型
孟姜女	葫芦/瓜	起名民俗	葫芦生人型
	生命水	洗澡民俗	裸浴成亲型
	血	建筑民俗	建筑牺牲型
	鱼	丧葬民俗	尸体化生型
	土	游方民俗	国王妻子型
梁祝	绸墓蝶	禁咒民俗	交感巫术+尸体化生型
白蛇传	蛇酒草	厌胜民俗	美女蛇型+生命水型

在表2中,认同符号与农业民俗结合,生成故事类型。

3. 象征意义

表3　四大传说的象征意义

篇名	法器	信仰	行为	象征意义
牛郎织女	簪树	移动法器	接触律+祭星	星体崇拜

续表

篇名	法器	信仰	行为	象征意义
孟姜女	城墙	哭的习俗	禊祓+祭城	器物崇拜
梁祝	绸花墓	法器禁忌	结拜+祭墓	灵魂崇拜
白蛇传	钵塔	法器咒语	禳灾+祭塔	动物崇拜

在表3中,故事类型经由民间信仰,以及使用法器、行为惯制和仪式的表演过程,产生社会象征意义。

4. 民俗信仰

表4 四大传说的民俗信仰

民俗分类	牛郎织女	孟姜女	梁祝	白蛇传
厌胜	簪子	建筑仪式		塔钵镇妖
生命指示物	仙女衣服		花绸盟誓	生命水
滴血认骨		长城认夫		
哭的习俗		哭倒长城	梁墓开裂	
服务婚	无偿补劳			

在表4中,四大传说中的民俗信仰与故事叙事结合,成为信仰故事。

5. 情感价值观

表5 四大传说的情感价值观

篇名	缺乏	追求
牛郎织女	家长专制	自由,忠于盟誓
孟姜女	秦皇暴政	自律,忠于贞操
梁祝	封建礼教	自主,忠于爱情
白蛇传	非自由恋爱	自然,忠于恋情

在表5中,故事携带象征意义,也使用社会现实需求,可以产生意义价值观。

6. 传统节日

表6 四大传说的传统节日

分类	节日名称	农历时间
牛郎织女	乞巧节	七月初七
孟姜女	寒衣节	十月初一
	元宵节	正月十五
梁祝	上巳节	三月初三
白蛇传	端午节	五月初五

在表6中,神话传说的流传,经过节日化过程,成为连续文化。中国传统节日吸收神话传说,很早就进入国家民族的文化符号系统之中。四大传说在传统节日的广泛时空范围内传播,获得了更

大的社会流行性。

总之，通过故事形象，分析中心角色，找到神话要素。掌握认同符号，建立民俗母题，编制故事类型。将故事类型与民俗信仰要素结合，发现文化符号，再考察故事赖以生存和流传的社会现实需求，揭示其情感价值观。它们都沉淀到传统节日中，产生社会整合的力量。

五、神话传说与作家文学的关系

在我国文学史上，作家利用神话传说进行创作，涌现了很多著名作品。第一个宣称是民间戏曲创作人的是关汉卿。关汉卿在金朝当过太医院尹，是个宫廷医生。到了元代，他就成了遗民，宫廷医生做不成了，他就成了"书会才人"。在元代，知识分子的地位本来就低，所谓"九儒十丐"，排行"老九"，仅仅比乞丐高一级。而"书会才人"的地位就更低了。所谓"书会"，不过是个下层文人和民间艺人联合成立的民间组织，把编剧跟演剧合在一起，所以明代臧懋循在《元曲选序》中说，关汉卿等人"躬践排场，面傅粉墨，以为我家生活，偶倡优而不辞"，可见这个一度当过太医的人，当时沦落到了多么深的社会底层。而就在这个时候，关汉卿得到民间文艺的滋养也就十分直接、十分丰富，体验也十分深刻。他写过一套带有自述性质的散曲，叫《不伏老》，说他自己擅长围棋、蹴鞠、歌舞、吹弹、咽作、吟诗、双陆等各种技艺，其中就有一些是纯粹的民间艺术。民间文学和民间艺术的多方面滋养，对关汉卿的剧作产生了深刻的影响。

《东海孝妇》传说，原见于晋干宝《搜神记》，讲汉末东海郡有个青年寡妇叫周青，对婆婆很孝顺。她婆婆想到自己年老了，不愿意拖累年轻的儿媳妇，就上吊自杀了。小姑诬告嫂子周青害死了母亲，地方官把周青屈打成招，问成死罪。周青被杀之后，东海郡三年不下雨。另外，在对周青行刑时，用车载了一根十丈高的竹竿子，上面挂着五幅旗幡。周青当场立誓，如果她真的有罪，被杀以后，血就往地上流；如果是冤枉的，血就往上喷。结果杀她之后，流出青黄色的血，顺竿而上，一直到顶端，再往下流。关汉卿把这个传说进行了改造，写成《窦娥冤》，将周青改为窦娥，把婆母的自杀改成他杀，杀人凶手是流氓无赖张驴儿，他闯入婆媳两代寡妇的家中，逼婚、杀人、栽赃、陷害，贪赃糊涂的地方官听信一面之词，把窦娥杀死。关汉卿经过这番加工，把原来家庭中的姑嫂不和改成对社会上贪官污吏的控诉。

　　在关汉卿的其他剧作中，如《救风尘》《望江亭》《蝴蝶梦》和《鲁斋郎》，它们在构思上，都有明显的民间文学的影响。这种影响就是剧中的冲突非常尖锐，解决冲突的办法却奇妙而简单，有些地方符合理想情感的逻辑，却不符合生活逻辑。在《望江亭》中，女主人公谭记儿，扮成渔妇，把恶霸杨衙内的"势剑"（尚方宝剑）和"金牌"骗到手，不但救出自己的丈夫，还把杨衙内给镇压了，这个构思颇似七仙女、田螺娘，只要拿到对方的一两样东西，就能把对方牢牢控制在自己的手里。从生活逻辑看，事情哪有这样简单？杨衙内的黑社会势力是由各种社会关系构成的，绝不是一把宝剑或一块金牌在什么人手中的问题。但民间文学却不计较情节的周密，重要的是表达情感的爱憎，这是一种符号大于行动的民俗。只要符合民俗满意原则，就达到了创作的目的。当然也正是在这些针线不密、泥土气息浓厚的地方，我们可以发现关汉卿所受到的民间文学的影响。我国古代书法理论讲究"巧可及，拙不可及"，民间文学的"拙处"确实是不可及的。

第七讲 故事

故事是民间叙事的骨干。从狭义上讲，故事指神话、传说以外的那些富有幻想色彩或现实性较强的口头创作故事。从广义上讲，故事是人民创作并传播的，具有虚构的内容和散文形式的口头文学作品。本讲采用狭义的概念，介绍故事的内容与研究方法。

一、动物故事

动物故事，指以动物为主人公，或者人与动物相伴，模拟或反映社会关系的一种非历史性的、幻想性较强的故事。它是人类历史上产生最早的故事，也是地理分布流传最广的故事，包括一般动物故事、童话和寓言。

（一）一般动物故事

一般动物故事，指以拟人化的动物为主人公的故事。它以生动活泼的形式，传授社会经验、文化知识和人生智慧，进行道德修养教育，寄寓经验教训。例如，狐假虎威（狐狸圈套型）、狼与羊

（兔子判官型）、老鼠嫁女（猫鼠型）。这类故事中的动物构成对各种关系、对社会和人生的模拟概括，说明正确地认识和运用道德规范和智慧，对于建立和谐社会秩序和人际关系的重要性。

（二）童话

童话，指带有变形情节的故事。"童话"一词源自日本，由周作人在20世纪初从日本儿童文学中移植而来。以后儿童文学界和民间文学界都使用它，但各有各的理解。童话的特征是变形，指人与自然界的动植物和外界环境之间发生互变。童话也是跨文化性最强的叙事体裁，大体有：

1. 环境条件的变化，如《渔夫和金鱼》。
2. 动物变形报恩，如《青蛙王子》《田螺娘》。
3. 被害人变动物复仇，如《蛇郎》。
4. 命运的突变，如《灰姑娘》《南蛮识宝》。
5. 变形人，如《十兄弟》。
6. 森林广场型，如《狼外婆》。①

我国青藏高原自古以来就是跨文化地区，在那里流传的故事

---

① 关于虎人故事的记录《狼外婆》故事，另一个异文是《老虎外婆》，在我国清代已有相关异文记载，见［清］黄之隽《虎媪传》，收入［清］黄承增辑《广虞初新志》卷十八，清嘉庆癸亥寄鸥闲舫刻本。另收入钟敬文主编《民间文学作品选》（第二版），第83—84页。

有地方特色,也有浓厚的佛教思想色彩,还有跨国跨民族故事。流传在青海土族人民中间的《三兄弟学艺》故事讲,三兄弟出门学本事,走到岔路口分手,各人栽下一棵树,约定三年后在此碰头。老大学当铜匠,老二学做生意,老三学弹三弦。老大和老二都学成了,提前回家。老三来到岔路口,不见两个哥哥,自己回到家。父亲责骂老三没出息,老三离开家,在湖边拉琴,被湖神赏识,邀请他到湖神家做客。他为湖神演奏,湖神听得入迷,奖励他宝贝,他听从湖神三女儿的指点,要了一个琉璃瓦宝瓶带回家。湖神的三女儿从瓶子里走出来,帮他洗衣做饭,干完活后再回瓶子里。夜深人静时,湖神三女儿从瓶子里走出来打地基,天不亮就盖好了新房,老三惊讶极了。他们邀请父母来新房同住,一家人生活得很幸福①。印度有同类故事。这是一个跨文化流传的故事。

(三)寓言

寓言是富有哲理性的故事。它采用讽喻的手法,以拟人化的动物故事,阐发一个哲理。中外寓言集很多,分为:反映道德观念的寓言,如《东郭先生和狼》(《中山狼》);总结经验教训的寓言,如《南辕北辙》《列子·亡铁》;传授人生智慧的寓言,如印度寓言《冰雪王子》。

---

① 讲述者:李生多。搜集整理:李友楼、李九燕。搜集时间:1984年。搜集地点:东山乡白牙合村。参见乔生华编《土族民间故事精选》,青海人民出版社2015年版,第46—55页。

二、生活故事

生活故事,是以普通小人物为主人公,从日常生活中提炼故事情节,在城乡基层社会广为流传的、现实性较强的故事。分类如下:

(一)小人物故事

如长工斗地主一类的故事。

(二)机智人物故事

机智人物故事是世界大扩布故事,指以一个固定的、机智勇敢的主人公为对象,由描述他的生活的笑话、趣闻和讽刺等一系列事件所组成的故事。

1. 大话故事(极度夸张的故事)

《借地》。有人向和尚借一块袈裟大的地,和尚答应了。这人把袈裟扔向远方,袈裟铺天盖地地遮住了这个国家的所有领土,于是这个人得到了整个国家。

青海海晏县的《阿拉腾卓拉的故事》讲,阿拉腾卓拉是可汗的儿子,他刚生下来就要用70张羊皮做的襁褓才能包住,3天能说话，7天长大成人。他聪明能干，力大无穷。他听说父亲与另一位可汗朋友有约在先，如果对方生了女儿，就让两个孩子结亲。他就骑上骏马去找另一位可汗。他遇到高山，无法翻越，就用父亲给他的火枪朝山开枪，只见山崩地裂，出现一条平坦的大道。他遇见凤凰的7个幼鸟被蟒蛇威胁，每当凤凰出远门的时候，蟒蛇就来吃幼鸟。他用火枪打死蟒蛇，幼鸟得救。凤凰返回后答谢他，让他和他的骏马都骑在自己的背上，带他们飞到另一个可汗住的地方。他在那里见到了另一个可汗，也见到了自己的未婚妻。这位可汗要求比武招亲，阿拉腾卓拉参加了捉种羊、捉种牛、捉种马的三次比赛，大获全胜，迎娶公主。婚礼喜宴摆了三天三夜。他带公主返回自己的国家，在路途中睡着，敌兵追来，把他围住，他还大睡不醒。天降冰雹，一个大冰雹砸在他胸口上，把他砸醒。他迅速战胜了敌人。凤凰飞来，让他和公主与马匹都骑在自己的背上，把他们送回祖国。他惩罚了七个背叛者，把父母接来同住，一家人生活幸福。①

2. 两难故事

《孔子与采桑娘》。孔子见采桑娘，口含吐沫问："我是咽下去，还是吐出来？"采桑娘站在门口，一脚门里，一脚门外，问："我是出门去，还是进门来？"

---

① 《阿拉腾卓拉的故事》，讲述者：花木措，女，38岁，海晏县托勒乡德州村人。搜集：跃进。翻译：道布加。搜集时间：2006年6月20日。参见跃进编《青海蒙古族民间故事精选》，青海人民出版社2015年版，第25—34页。

三、笑话

笑话，是指形制短小并能引人发笑的故事。三国邯郸淳编《笑林》，晚明冯梦龙编《笑府》和《广笑府》，王利器编《历代笑话集》《历代笑话集续编》都是这方面的历史文献。笑话的分类如下：

讽刺笑话，指用极度夸张的手法，对愚蠢的或不良行为进行揭露和批评。

幽默笑话，指机智有趣而意味深长的故事。

诙谐笑话，指说话有趣，引人发笑。

滑稽笑话，主要靠动作，辅以言语，引人发笑，其情节富有戏剧性。

刘勰《文心雕龙·谐隐》指出笑话的特征，认为笑话的功能有两种，一是振救危亡，一是解除疲劳。我国古人还有"笑话醒人"的看法，都是讲笑话对讽刺规劝和精神愉悦的作用，而不能只把它当作游戏文学和滑稽表演看待。

四、传统工艺故事

全球化以来，高科技迅猛发展，环境开放和经济繁荣成为双刃剑，地球资源保护与公平公正利用成为人类社会的普遍呼声。工匠故事因涉及自然资源、技术资源和经济资源而被赋予新的价值。今人对这笔文化财富要继承，要提倡故事中的优秀人文精神，也要避免资源垄断、技术霸权和单边主义的倾向。工匠故事的文化史研究可以增添正能量,并从深层提供助力。

在中国,鲁班是对普通工匠和匠神大师通用的泛称。在中印之间,以佛经为桥,经过翻译,印度的工匠故事很早就来到中国,成为一种跨文化的文本。此外,号称西方古老思想之都的希腊罗马也有工匠故事,并且也都通过翻译,为中国读者所知。

青藏高原现代流传的工匠故事很有特色,跨文化色彩鲜明。例如,在先秦典籍《列子·汤问》中,记载了一个西部工匠善治木人的故事。这位工匠叫"偃师",在青藏高原上赶路,沿途展示手艺。周穆王从内地来此巡游,与他相遇。周穆王身边的史官记录了他的绝技表演,留下了一位工匠操纵木头"哑人"为国王表演的神奇故事。

> 周穆王西巡狩。越昆仑,不至弇山,返还。未及中国,道有献工人名偃师,穆王荐之,问曰:"若有何能?"
> 偃师曰:"臣唯命所试。然臣已有所造,愿王先观之!"
> 穆王曰:"日以俱来,吾与若俱观之!"
> 越日,偃师谒见王。王荐之,曰:"若与偕来者何人邪?"
> 对曰:"臣之所造能倡者。"
> 穆王惊视之,趣步俯仰,信人也,巧夫颔其颐,则歌合律;捧其手,则舞应节。千变万化,惟意所适。王以为实人也,与盛姬内御并观之。技将终,倡者瞬其目而招王之左右侍妾。王大怒,立欲诛偃师。偃师大慑,立剖散倡者以示王,皆傅会

革、木、胶、漆、白、黑、丹、青之所为。①

"偃师"制造的这种能表演的木人,在本文中,姑且称之为"文艺木人"。所谓"文艺木人",指工匠制造的舞蹈木偶。几千年前,周穆王看了文艺木人的表演大为惊讶,其实今天的智能机器人也能做到这个程度,但在没有计算机编程和不通电的古代,能让一块木头翩翩起舞、眉来眼去,堪称神奇。《列子》所说的西部又在哪里呢？从文本看,是在青藏高原上(详见后文)。而从我们现在所能了解的文献看,此条文字应该是对文艺木人的最早记录。

我们也有一个问题,即当地还有文艺木人的故事长期流传吗？还有需要工匠"解困"的难题吗？以下试使用这些西部省区的卷本回答,它们是《新疆卷》《青海卷》《西藏卷》《陕西卷》《四川卷》《云南卷》和《甘肃卷》。与前文的讨论原则一样,以下也选择其中的工匠故事,举述其代表作,并由作者编制成情节要点,同时标注原文本讲述人的族属,再加以陈述,这样读者可以自己判断,它们是不是西部地区多民族传承的跨文化工匠故事。

1. 文艺木人

520. 公正的国王（木人姑娘）

（维吾尔族）

有一个姑娘是会跳舞的木人。四个人想娶她为妻。第一位是木匠,他制作了这个姑娘。第二位是裁缝,他为姑娘缝制

---

① 叶蓓卿译注：《列子·汤问》,中华书局2011年版,第140—141页。

了衣裳。第三位是靴匠,他为姑娘做了鞋。第四位是阿訇,他向胡大祈祷,给了姑娘生命。国王认为,这个姑娘应该是阿訇的妻子,因为阿訇给了她生命。女王认为,这个姑娘应该是木匠的妻子,因为木匠给了她身体。①

2. 东部工匠为西部藏民盖房

061. 格萨尔王与北方七兄弟星

他是英雄格萨尔王,杀败了所有妖魔。妖魔变成风暴,他无法抵挡风暴的袭击。他请东方来的七兄弟帮忙,七兄弟是工匠。工匠为他盖起三层楼,下层住牲口,中间住人和储存粮食,上层供神佛。他和他的人搬出帐篷,住进楼房,再也不怕风暴的威胁。天神白梵天王听说这件事,请七兄弟工匠上天去盖房子。七兄弟工匠变成七颗星,人称"强嘎本顿",意思是"北方七兄弟星"。②

---

① 《520. 公正的国王》,讲述者:阿不都热依木·热扎克,男,54岁,维吾尔族,且末县教师。采录者:买木提敏·库尔班。翻译者:伊善芝。采录时间:1980年。采录地点:且末县。钟敬文主编:《中国民间故事集成·新疆卷》,第806—813页。本小节使用的《新疆卷》故事,凡标示故事编号与故事篇名的,均出自原著的原文。

② 《061. 格萨尔王与北方七兄弟星》,讲述者:罗桑多吉,男。记录整理者:王尧,男,汉族,中央民族学院教师。采录时间:1960年。采录地点:拉萨市。钟敬文主编:《中国民间故事集成·西藏卷》,第95—96页。

3. 鲁班赶白羊化石头与西部山石像羊群是相同的符号

078. 格斯尔的白山羊

他是英雄格斯尔。他在乌兰县的柯柯盐湖畔的群山峻岭中放羊。他的敌人魔鬼来了,白山羊变成了白色的石头羊。①

4. 西部工匠利用有限资源做活

354. 木匠与富人

富人叫木匠给自家的房屋做门。富人只给了一扇门的木料后不再增加木料。木匠做完一扇门后,富人又要做窗,木匠就把门改成窗。木匠做完窗后,富人又要做锅盖,木匠就把窗改成锅盖。木匠做完锅盖后,富人又要做砂壶盖,木匠就把锅盖改成砂壶盖。木匠做完砂壶盖后,富人又要做鼻烟壶盖,木匠就把砂壶盖改成鼻烟壶盖。富人向木匠要门、窗、锅盖、砂壶盖和鼻烟壶盖,木匠只给他一个鼻烟壶盖。②

这个故事与印度佛经故事《三重楼》相似。工匠从盖房(门、

---

① 《078. 格斯尔的白山羊》,讲述者:苏和,男,蒙古族,36岁,海西州德令哈市盲人医生。采录者:安柯钦夫、道荣嘎。采录时间:1988年7月。采录地点:海西蒙古族藏族自治州乌兰县赛什克乡。钟敬文主编:《中国民间故事集成·青海卷》,第150—155页。

② 《354. 木匠与富人》,讲述者:江村,男,农民。采录者:贡桑参坚·达瓦扎西,男,拉萨市群众艺术馆干部。采录时间:1984年。采录地点:尼木县塔荣乡。钟敬文主编:《中国民间故事集成·西藏卷》,第877页。

窗）到造日用木器（锅盖、砂壶盖）、制工艺品（鼻烟壶盖），心灵手巧，样样都会，但在资源单一有限的情况下，他是从资源存量出发利用技术的，而不是反过来。

五、新媒体故事

现代信息社会，流传着大量的新媒体故事。它们有故事类型的血肉，又穿上了信息化的新装；它们是老故事的千载情人，又搭上了新媒体和网络的快车。它们离历史很远，又离现代年轻人群体很近。本小节对此做简要介绍①。

（一）定义

新媒体故事，指在现代信息社会中，传统故事被现代信息材料加工、合成，又在网络信息状态下被传播的故事。它们适应现代人的文化需求，增加了描述现代知识、现代社会问题和现代日常生活的内容，成为现代社会文化的组成部分。

严歌苓说自己的小说就是讲故事，莫言说自己是一个会讲故事的人，这些都是现代人认同老故事的新现象，值得关注。不是人人都能写小说和写微博的，但人人都能讲故事。故事与网络的结

---

① 参见钟敬文主编《民间文学概论》（第二版），第121—122、164页；钟敬文主编《民间文学作品选》（第二版），第342页。

合,使故事成为活跃文化分子。

(二) 特征

1. 信息与非信息故事的差异

信息时代的出现,是一块新的里程碑,它将人类社会分成两极。

从有纸化到无纸化。在信息社会之前,人类社会的文化分为口头传统与文字文化两种,它们对立也好,融合也好,竞争也好,总是有两股势力,各有各的功能。以往故事学的研究,就是以口头故事为主要对象开展研究。

从穴居到宅居。进入信息社会之后,老故事发生很大的变化。信息社会将人类走出神话传说时代以后所摆脱的穴居生活,又送到了人类社会面前。在全球信息一体化的时代,人们共同居住在网络信息的社会关系中,又在新的网络层面上,结成了群居生活,网络语言叫"群发"。

从方言区到蝴蝶群。这个变化赋予新故事的现代传承以"蝴蝶群"的性格,集体讲故事。

2. 民间管理与社会管理的差异

传统故事是口语介质叙事,属于民间故事资源。新媒体故事是一种网络信息,它在民间传播,但也属于国家政府管理资源。其中还有一些新故事,进入商品市场,也成为现代社会管理的对象。

3. 传统故事与新媒体故事在思维上的差异

传统故事是幻想思维，故事有同质性，同质性的文化有仪式性和表演性。《羲和浴日》中的羲和，也是从黄帝到夏代掌管气象的官衔的名称。这个官职到了清代，称"钦天监"，康熙皇帝的外国老师汤若望就做过这个职务。这个官员负责观测天象和祈神祭天的各种仪式。仪式是同质文化表演的学校。

新媒体故事是网络思维，故事有异质性、情境性和移动性。网络的关系在变，各个图景的关系就在变，网络的关注点就在移动。传统文化、民俗文化、民族文化、地方文化、外来文化和现代文化都在网络上编织各种情境。

（三）分类

新媒体故事，从传播媒介讲，可分为四类，即因特网故事、EMAIL故事、PPT故事和手机故事。从故事内容讲，新媒体故事的网络传承与口头传播并行不悖，为不同社会阶层的广大人群所喜闻乐见。它们是保守而好听的老故事与具有现代适应性的生活图景有机融合的结果，是中国经典故事的母题、主题和套式被人们不经意保存，又经过信息加工，形成生动有趣的新故事作品。中国地域广、民族多，故事的历史地理分布不平衡，新故事返老还童最为繁荣。以下主要从这个角度介绍新故事的内容。

复仇母题转为尊重多元文化价值的和平母题。《蛇郎》是讲小妹遭迫害复仇的母题，现代社会也有这种故事流传，如在印度1981

年搜集到的蛇郎型故事。在网络故事中,也讲这个母题,但变成了多元化社会拥护和平、化解争端的故事。

老鼠母题转为宠物母题。印度《五卷书》的动物故事,在中国、中亚和欧洲广为流传,故事母题与当地文化结合,形成了各国各民族自己的精神文化遗产。现代社会强调动物保护,批评虐待动物的残酷行为。但新故事中的动物母题故事也提醒我们,很多国家的动物拟人化经典故事,找到了辅助社会良性治理的渠道,积累了历史智慧,获得了新的政治经验。这方面有些思想遗产被保留下来,转化成现代人能够接受的、能传播现代生活知识的新故事。例如,在老故事中,中国人厌猫爱狗,养猫防鼠,习以为常。老鼠嫁女的故事是讲动物与自然界和人类的关系秩序不可改变。但在现代社会,由于西方人的猫文化和米老鼠形象的流行,中国人受到影响,对各种小动物都能接受。

现代社会建设的焦点故事。全球化和现代化形势下的很多政府管理问题,成为世界故事交流的热点,这方面的问题包括单纯追求经济社会发展,造成环境破坏、资源流失、文化失衡,形成隐性灾害风险,最后在灾害来临时,政府付出高昂的救灾代价,几乎与经济建设成就相抵消。这类新故事令人反思。

结　论

新故事利用现代信息材料整合老故事,将口头传统资源和文字文化资源整合为信息资源,实现了"无纸化"的传播。在这种趋势中,带有人类祖先文明记忆符号的中国故事的身份也在发生变化。这种变化不是断裂式的核变,而是让故事变成时尚的遗产文化。在这一过程中,新故事由封闭内向的自我教育工具,转变为对外开放的社会信息通道。

中国故事学所研究的老故事是农业文明的产物。它们在长期封闭的社会环境中流传,是适合人民自我教育和自我娱乐的口语载体文化,是现代学校教育以外的社会公共文化资源。在20世纪中国发生的新民主主义革命和社会主义革命中,故事曾成为革命志士仁人的政治武器,也始终是老百姓心中的文化吉祥物。

现代人不能忽略故事,包括老故事和新故事。讲故事是维护优秀传统文化和创新弘扬中国现代文化的重要步骤,现代人要学会讲故事,讲好中国故事。

第八讲 传统民歌

传统民歌在当代社会成为跨文化的国家社会歌曲。我们研究国家文化、社会变迁和民间文学的关系,就要了解传统民歌。本讲在跨文化的视野下讨论传统民歌。

一、概念与问题

中国是一个诗词大国,诗词歌赋、戏曲舞蹈,无不有诗,包括民歌。研究传统民歌要从两点切入,即"诗歌"的概念与基本问题。

(一)概念

我国的"诗歌"一词,原称"诗"。大体有四层含义:

1. 诗是有韵律、可歌咏的一种文体。《尚书·舜典》:"诗言志,歌永言。"《毛诗故训传》里解释说:"曲合乐曰歌,徒歌曰谣。"《诗经·魏风·园有桃》里有"心之忧矣,我歌且谣"的说法。这是我国关于歌谣的最早定义,指人在自然与社会环境中抒发感情和形成话语。

2. 诗指志，在心为志，发言为歌。《吕氏春秋·慎大》："汤谓伊尹曰：'若告我旷夏，尽如诗。'"这里的"诗"，讲的是国家社会治理的文献。

3. 诗歌与我国古代伦理和政治制度的关系。《论语·为政》："诗三百，一言以蔽之，曰：'诗无邪。'"

4. 特指中国古代经典《五经》之首的书名，即《诗经》。

我国近现代出现"诗歌"双音词，但在词义上，双音词与单音词没有什么变化。在《现代汉语词典》中，将"诗歌"从属于"诗"总条之下：诗是"文学体裁的一种，通过有节奏、韵律的语言集中地反映生活、抒发情感"。"诗歌"词条的解释是"泛指各种体裁的诗"[①]。

（二）问题

本讲从诗歌的概念切入讨论传统民歌，是要介绍半个多世纪以来人文科学研究范式的变化，引起传统民歌研究理念的变化。

变化来自全球化时代。全球化是一个全新的时代，人文科学中的民俗学、人类学和跨文化学的研究，不再以"异国他乡"的想象为前提，不再单纯地依赖"传统""原生态"等概念作为思考的工具，而是开始用另一种话语来解释我们的历史和我们周围的世界。在诗歌研究方面，巴赫金的诗学理论和福柯的话语理论，成为人文科学新话语体系产生的催化剂，人们开始关注诗歌内涵中的

[①] 《现代汉语词典》，商务印书馆2005年版，第1229页。

复杂关系（人与环境、人与物、人与人），在这些关系中的传统文化如何协调多元主体朝着共同的方向前行，及其背后蕴含哪些权力、制度、媒体、流通等多方面的问题。

变化来自人文科学内部的需求。随着研究视角和研究问题的变化，我们的学科透镜也开始由"自我文化"或"他者文化"、"特质文化"或"特色文化"，转向"自我社会"或"全球化社会"，并势不可挡地卷入研究工作的国际化和跨文化。那些曾经被视为独特的民俗文化，那些看似不变的、恒定的老物件、艺术品和建筑物等，在"非物质文化遗产"的概念输入后，统统变成可对外、可互视、可交流的文化资源，或者被当作文化产业开发，它们昔日的地位已发生天翻地覆的变化。

这种变化的趋势与诗歌本身的固有素质不谋而合。诗歌早就是一种综合文化现象，而不只属于文学。从这个角度重新思考诗歌的概念就能发现，其概念变化与国家社会概念的变化是紧密交叉、多元相关的思想文化活动。

变化来自跨文化。诗歌在各类文化现象学中地位最高。在早期人类、自然界与社会三者还没有完全分开的时候，所产生的文化产品就是诗歌。被本民族认为最重要的诗歌，曾经是祭神仪式的一部分，是最高级的体裁。诗歌的体裁覆盖所有其他体裁。在欧洲的文艺复兴运动之前，诗歌是神的语言，神是诗的化身。诗歌的一些命名往往是神的命名。此后，"文化"替代了神，诗歌成为人类自我思考和自我管理的钥匙，诗歌还表达了人对于"物"的关注。进入全球化时期，诗歌的表演出现两种倾向：一种是各国各民族都对诗歌产生了最长期也最广义的一种观照，展现各国文化的主体性，也指出诗歌的社会性和人文精神，这在传统民歌的现代表演上得到了充分体现；另一种是通俗歌曲，被纳入商业因素，但在表演和传播上具有国际交流的特点。两者都在跨文化，不过是此消彼长。在获奥斯卡大奖的影片《国王的演讲》中，主人公乔治六世治疗口吃，治疗师对他讲："你会唱歌，把你心中所想唱出来。"结果他唱什么呢？唱儿歌，说绕口令。唱歌是所有人的文化权利，从国王到平民都有权利唱歌。全球化下传统民歌和通俗歌曲都因为文化权利的释放而获得最大的流行性，成为跑向跨文化脚步最快的民间文学体裁。

二、传统民歌的定义

传统民歌，指在农业社会中产生和世代流传的，从未受过现代学校教育的当地人，主要是农民，兼及其他从业者，运用当地的方言土调所演唱的口头歌曲。

中国传统民歌所表现的，是中国农业社会中农民的生产生活。中国农业社会以小农经济为主，农民没有土地，依靠租种土地、耕种粮食为生。中国也还有林、牧、副、渔各业，但从生活方式上说，这些副业人口也都是吃粮农民。农民承受了土地资源不平衡的压力，承受了水利气象不稳定的变化，世代勤恳耕作，促进了中国农业社会的长期延续，也促成了中国人对农业理想的热爱和歌颂。传统民歌正是这种文化的艺术产品，是这种文化的情感、愿望和内涵部分。

中国拥有难以胜数的传统民歌藏品。近年来，广西壮族的刘三姐歌曲、贵州黔东南的苗侗古歌、广东梅县的山歌、四川的康定情歌、江苏的茉莉花、陕晋黄土高坡的信天游、甘肃和青海的花儿、蒙古族的长调，都已成为知名度很高的传统民歌。各地各民族的传统民歌歌手，无分男女老幼、工农兵学商，还借助卫星电视网络，让古老的民歌飞向祖国各地，飞向世界。

中国很多传统民歌也有自己的文献史，在《二十四史》中，特别是在明清以后的书籍里，很多文人学士都将之列入读书的范围，给予了评论，进行了一定程度的社会推荐。五四以后，研究民歌还达到了前所未有的高峰。中国的传统民歌是中国人民，包括中国文人学者与现代文化遗产保护者的共同财富。

三、传统民歌的分类

在本节中，从传统民歌所体现的中国现代化之前农业社会文化的视角，在吸收前人成果的基础上，将之重新分类。大体分三类：一是在传统生产劳动中演唱的民歌，二是在传统日常生活中演唱的民歌，三是在传统社会重大事件中演唱的民歌。围绕这三类民歌，主要分析三个问题：劳动主题与生态文化，粮食主题与出生文化，信仰文化。我们的目的是引入反思的视角，对传统民歌与现代化之后出现的变体民歌加以比较分析，重点把传统民歌与通俗歌曲做对照研究，以期能从更宏观的角度研究它和保护它。

（一）劳动主题与生态文化

劳动，是传统民歌的第一主题，这类民歌都是配合农业生产劳动而演唱的歌曲，也叫"劳动歌"。我国各地各行业都有自己的劳动歌。劳动歌风格鲜明，在创作、流传和发展上，与地方社会的生态环境和社会结构有很大关系。

1. 行船号子

传唱在天地山水之间的劳动歌，当地人又称"号子"。

> 黄河那水长流/船儿水上走/搬船、撑船/每日水上游
> 众家那弟兄们/一定要操心/大家一起用力推/拧成一股绳

这是至20世纪80年代还在黄河船夫中流传的民歌。这种劳动歌在自然环境中传唱，演唱时配合船夫的拉纤进行。我国的黄河、长江上都有很多行船号子。船夫的劳动繁重、集体协作要求高，行船号子也多种多样。船夫的歌唱顶风逆浪、高亢强劲，充满了战胜风浪、行船过河的决心和智慧。另一种号子是伐木号子，节奏鲜明、铿锵有力，在东北林区集体伐木劳动中演唱时能让工人们凝心聚气、全力配合，否则无法完成劳动，甚至无法保障人身安全。这种传统民歌是特定工种的附属物，记录了我国传统农业社会简单劳动和重体力劳动的模式。这种歌唱，是一种生产技能，一种生存技能，反映了社会真实，在特定工种消失之后，这类传统民歌也就

慢慢淡出人们视野了。

2. 采茶灯

我国地域辽阔,自然地理条件差异大,形成南北农业格局。在南方农业区,有男插秧、女采茶的分工劳动。在江浙一带,山清水秀,鱼肥水美,生产劳动随江南生态环境的变化而变化,劳动者的社会生产结构也有所不同。当地民间流行的许多轻松欢快的采茶歌,成为这种生产模式的反映。一首浙江的《采茶灯》唱道:

> 溪水清清溪水长/溪水两岸好风光
> 哥哥呀你上畈下畈勤插秧/妹妹呀你东山西山采茶忙
> 插秧插得喜洋洋/采茶采得心花放
> 左采茶来右采茶/双手两面一齐下
> 一手先来一手后/好比那两只公鸡争米上又下啊
> 多又多来快又快/年年丰收龙井茶

在歌声中,一群女子,游走在一片青山白云之间,腰系围裙,手提篮筐,唱着歌儿,两手翻飞,上下不停地采摘着新茶。这是一幅美丽的农家田园图。

无论在我国的北方还是南方,传统民歌都是传统农业生产劳动的一部分,是农民与农业生产环境相协调的生态文化。上述劳动,如北方的拉纤和伐木,属高强度、高风险作业,传统民歌的演唱便具有生命的意义,艺术欣赏是第二位的,歌曲主要反映的是一种社会真实和文化真实,其要点是小群体、行业分工、公益性、走唱式、相互配合,在人与自然之间组织劳动空间兼表演空间。与之相比，江南地区的采茶劳动就不属于高风险作业，劳动节奏舒缓，那里的歌曲便也委婉悠扬，艺术性较强，不少好听的歌曲后来还变成了采茶戏和花鼓戏，流传至今。

马克思和恩格斯都曾吸收早期文化人类学中的民歌资料，研究人类社会的历史。俄国早期马克思主义者普列汉诺夫论述民歌的劳动起源观，以及他发表的民歌节奏符合传统生产方式与人体生理运动的双节奏的论点[①]，对我国新民俗学运动的发展曾产生指导意义。鲁迅使用《庄子》的思想所阐发的劳动产生劳动歌"杭育杭育"调的观点，也被我国民俗学、民间文艺学、文艺学和现代文学等学科的教学所广泛引用。在现代社会，一些传统生产的生态环境和集体作业方式消失了，相应的传统民歌也就不再流传了。在现代影视节目中，也有些行船号子被搬上了屏幕，在无风无浪的室内模唱，已被舞台化和博物馆化了。在现代工业化社会，劳动歌已经退出了历史舞台，但它拥有反映传统生产方式的社会真实，仍然是民俗学研究的学术资料，也是跨文化研究的国际资源。

（二）粮食主题与出生文化

世界各国的传统民歌都是研究人生成长理论的学术资料。在现代社会，各国人民按照现代生活方式度过人生，但在人生成长的观念和行为上，却各有各的关注点。中国传统民歌是研究中国人

[①] 参见〔俄〕普列汉诺夫《没有地址的信》，曹葆华等译，人民文学出版社1962年版，第39页。钟敬文使用了普列汉诺夫的观点，详见钟敬文主编《民间文学概论》（第二版），第174页。

的人生成长理论的学术资料。

在传统农业社会中,中国人的基本生活资料是粮食,传统民歌中的人生文化也就大都以粮食为主题进行歌唱叙事,与此相关的是土地和劳资关系等问题。

1. 农民生活歌

农民是农业社会的主体,农民生活歌的数量较多,质量也较高,值得注意的有以下几点。

对小农经济生活的描述。很多传统民歌揭示,在传统中国农业社会,土地和粮食是最基本的生产资料。少数地主阶级掌握了生产资料,控制了大多数农民的命运。但这些民歌不是直接谈经济制度,而是讲家庭、人口、情感、矛盾、冲突和人际关系变化的细节,传达和评论农民的情感和观念。首先是诉苦,叙述劳动繁重和口粮不足增加了体力劳动的艰巨性,表达了农民对待遇不公的不满。一首天津传统民歌《抠心鬼雇工》唱道:

> 正月里/正月正/抠心鬼雇活上了工
> 未曾上工先讲价/地头短/少歇工
>
> 二月里/龙抬头/抠心鬼雇活去放牛
> 东家吃的是龙须面/抠心鬼做的是红高粱粥

这种雇佣农业生产是在一种很痛苦的心情中进行的。另一首民歌也唱到粮食缺乏问题是农民被地主剥削的根源。没有土地,种粮收获不足,农业劳力本身也变成了饥饿人口。他们谈到命运的不公平就要谈到粮食分配的不公平。一首原民歌这样唱劳力的饭菜：

> 要吃财主饭/拿着命来换
> 清晨早上坡/插锄一支箭
> 晌午大犒劳/两人一瓣蒜
> 使的是牛马力/吃的是猪狗饭

农民没有土地和粮食所引发的直接危机是家庭贫困化。

> 想起穷人无靠场/儿子拿来换米粮
> 一人换得十斤米/口口吃来断肝肠①

这是断肠人唱的断肠歌。从对传统民歌的分析中还可以看出，农民自己也在挖受苦的根源，看到了由于没有自己的土地，所以不得不向雇主租地和交地租，以换取微薄的工钱养家糊口。下面一首民歌唱到农民采取消极对立的办法进行反抗。

> 长工活/慢慢磨/白天望的锄头脱/晌午望的太阳落

还有的民歌说，农民就地反抗。在更多的情况下，农民在没有生产资料和粮食短缺的背景下，反而是更加加倍地劳作，争取多

---

① 《儿子拿来换米粮》，原载韦志彪编《广西民歌》第1集，上海文化出版社1956年版，收入钟敬文主编《民间文学作品选》（第二版），第142页。

种地和多打粮,以期维持个人和家庭的生活,这种现象又被经济学者称作"经济内卷"①。一般地说,农民只在心里郁积着强烈的翻身感,并为了翻身而奋斗。因此,翻身是中国人的出生文化的第一个动力。

在长期的农业生产劳动中,农民对亲手耕种的土地和粮食十分尊重,形成了社会共识。其核心观念就是"庄稼为王"。在广大农民的眼里,庄稼、庄稼汉和庄稼活都是美好的,它允许此地和彼此耕作方式的变化,允许在气候水文的变化中加以人为调整,促进农业社会文化的长期延续。他们还欣赏农业田园社会,把它唱成了一支热情的歌,代表作是《小放牛》。

  赵州桥来什么人修/玉石栏杆什么人留
  什么人骑驴桥上走/什么人推车压了一道沟

  赵州桥来鲁班修/玉石栏杆圣人留
  张果老骑驴桥上走/柴王爷推车压了一道沟

这种歌曲充满了农民的自豪感。歌里所唱的劳作和建筑都体现了中国农民的创造力、务实精神和乐观态度,现在唱起来也是十分欢乐的。赵州桥也因为进入民歌而承载了丰厚的文化信息,成为中国农业社会奉献给世界文明的一份物质文化遗产。

欧达伟(R. David Arkush)曾经做过中国农民口头文艺资料

---

① 参见〔美〕黄宗智《华北的小农经济与社会变迁》第二编《经济内卷和社会分化》,中华书局1986年版,第65—228页。

的综合研究,他指出,中国农民文化是一种反宿命的文化,它虽然"苦难而贫穷",含有"极大的焦虑",但又极少有宿命感,而是通过勤劳节俭、精打细算,去争取农业收成,农民一直在提出各种对策,寻找稳定生活的出路①。他的分析得到了大量民间资料的印证②。

2. 妇女生活歌

在中国农业社会中,女人被视作男人的一半,受到政权、神权、族权和夫权的压迫。许多妇女生活歌都描述了女性的人生成长经历。

在诸多反映媳妇苦的民歌中,最令人感到悲愤的,是诉说童养媳生活的内容。

> 有个大姐整十七／过了四年二十一
> 寻个丈夫才十岁／她比丈夫大十一
>
> 一天井台去打水／一头高来一头低
> 不看公婆待我好／把你推到井里去③

从前女子的一生大都是被压抑和被损害的。不过妇女生活歌的流传范围不限下层劳动妇女,中国传统社会的上中层女性同样

---

① 〔美〕欧达伟:《中国民众思想史论》,董晓萍译,中央民族大学出版社1995年版,第60页。
② 参见同上书,第71—73页。
③ 《小女婿》,选自蒲泉、群明编《明清民歌选》乙集,古典文学出版社1957年版,原载《北京儿歌》(据清代抄本B编),收入钟敬文主编《民间文学作品选》(第二版),第150页。

在这个制度中生活,否则就不会有员外女儿孟姜女和乡绅女儿祝英台的传统民歌,也不会有曹雪芹笔下的林黛玉、巴金笔下的梅瑞珏和曹禺剧中的繁漪等一系列贵族女性的形象。顾颉刚曾搜集了《吴歌甲集》,把妇女生活歌分为两类,一类是"乡村妇女歌",一类是"闺阁妇女歌"。

社会学和人类学研究人生成长理论,把人生成长中的性别差异要素归结为社会制度的原因。民俗学也研究另一种逻辑和理解的资料,就是中国人看重出生文化,歌颂女性在其中发挥的作用。这些歌曲都是母亲版的民歌,大体有两种:摇篮曲和祭灶歌。

摇篮曲,是人生最早接触的歌曲,又称"母歌",一般由母亲对幼儿边拍边唱,让孩子既不感到疼,又能在音乐的舒缓节奏感中缓缓入睡。在民间文艺学上,也把这类歌曲归为儿歌[①]。本节的讨论,因为侧重对歌者观念和行为的研究,所以采用母亲版的概念。请听歌词:

月儿明/风儿静/树叶儿遮窗棂
蛐蛐儿叫铮铮/好比那琴弦声
琴声儿轻/调儿动听/摇篮轻摆动
娘的宝宝闭上眼睛/睡了那个睡在梦中

报时钟/响叮咚/夜深人儿静
小宝宝快长大/为人类立大功
月儿那个明/风儿那个静/摇篮轻摆动啊

---

① 参见钟敬文主编《民间文学概论》(第二版),第199—200页。

娘的宝宝睡在梦中/微微露了笑容

中国母亲唱的摇篮曲，里面有一个普遍的观念，就是让孩子"快长大"，提前社会化。这是母亲一生付出养育代价的社会目标。在母亲的歌声中，还流露了对孩子将来赢得较高社会地位的愿望，这都是中国孩子后来才明白的人生道理，但在他们的出生文化里就有了。另一首儿歌《小耗子上灯台》，在北京地区，也是由母亲唱给孩子的摇篮曲①。在这首歌中，母亲教育儿童成长的重要工具又是粮食。

小耗子/上灯台/偷油吃/下不来
哎哟哎哟叫奶奶/奶奶不来/叽里咕噜掉下来

粮油都是中国农业家庭的贵重资产。儿歌以"偷油"为象征性禁令，告诉孩子不要钻高爬低，惹祸生事，应尽快成熟起来，进入成人社会。从这类民歌中还可以看到，中国人出生文化的第二个动力就是提前社会化，用周作人的话说，是趁早培养"小大人"②。据洪长泰对中日资料的比较研究，中国直至20世纪初还没有"童年"的概念，相应的儿童书籍和儿童玩具都相当匮乏。在正统儿童教育资料缺失的情况下，民歌中的儿歌就成为唯一能长期起作用的家传教材。配合这种民间文学的民俗叫"抓周"，也是把儿童当作小大人进行前途测试的。

---

① 据我的学生在北京郊区调查，现在当地家庭还把《小耗子上灯台》叫作《摇篮曲》，是由妈妈唱给幼儿听的。
② 〔美〕洪长泰：《到民间去——1918—1937年的中国知识分子与民间文学运动》，董晓萍译，第65—72页。

第八讲 传统民歌

从前母亲的另一个舞台就是灶台，灶台是家庭粮食的加工厂，中国人还常用"巧妇难为无米之炊"的俗语，形容灶台与家庭管理的关系。在这块三尺之地，民间认为有一位灶神在司掌。母亲需要与灶神保持良好的沟通关系，才能保证全家人的安定生活。这类民歌叫祭灶歌。

下面是一首湖北的《祭灶歌》，由老年母亲在腊月二十三演唱。旧时小年腊月二十三，老太太牵头祭灶。唱歌前，她在灶上放一个大萝卜，萝卜上插三炷香、两根葱、两支蜡、一匙糖。这些东西都是日常生活中的平常物，现在成了民间祭祀的"道具"。这些"道具"是什么意思呢？用大萝卜，是在摆祭台。烧香，指燃香通神，用老百姓的话说，就是"给上头发一封信"，翻译成现代人的话，就是给玉皇大帝发一封"EMAIL"，告诉他现在人间要向他报告社情民意。摆葱，以"葱"谐"聪"；点蜡，以"蜡"喻"明"，希望玉皇大帝耳聪目明，并且要双耳兼听、双眼洞明。一匙糖，希望灶王上天后为全家人说好话，带来幸福吉祥。以下是老太太的唱词：

一碗凉水两棵葱/送我灶爷上天宫
你爷就对他爷说/就说我家甚是穷

多带皇粮少带灾/再带财宝下界来
多带福禄喜寿财/少带瘟病火星阳世山间来[1]

---

[1] 这首仪式歌流传于湖北新洲一带。在河南，此歌的最后两句也作"多带跑马射箭，少带穿针搭线"，指求子不求女之意，参见袁三英辑《祭灶君歌》，原载《民俗》第74期，1929年，收入钟敬文主编《民间文学作品选》(第二版)，第128页。

从这首祭灶歌中能看到，老太太打的是"扶贫"报告，主要问题还是讲粮食，要求灶王"多带皇粮"。其次，还要防灾减灾，即"少带灾"和"少带瘟病火星阳世山间来"。我们要看到，手中有粮，是农民衡量财富和健康的标尺。因此，中国人出生文化的第三个动力是求好运，中国人自己也叫"求福"，现代中国人受了英语的影响，也称此为"运气"。

3. 情歌

情歌是传统民歌的大宗。爱情题材在一切文艺作品中都占有很大的比重，这与恋爱婚姻是人类最基本的需求有关，也与真挚的爱情会产生强烈的情感，而强烈的情感最容易产生灵感有关。一些西方学者提出，中国传统社会长期提倡禁欲主义，为什么中国的情歌最多，还有大量官方禁止的私情歌？他们的结论是，这是中国人对传统封建礼教制度的心理逆反，是正常人性被压抑的一种天然合理反抗。这是西方学者的看法。

再看中国上层文学的爱情表达。在中国上层社会中，由于封建正统观念的束缚，男女当面表露爱情被看成是有伤风化的事情，所以从前的文人学者著书，在写到爱情生活时，都采取了十分晦涩的手法。王实甫写《西厢记》，里面提到崔莺莺爱上了张生，便写了一个请柬，邀请张生来做客，请柬是四句诗，说："待月西厢下，迎风户半开，隔墙花影动，疑是玉人来。"翻译成现代汉语就是，请客的时间是在傍晚，即"人约黄昏后"；请客的地点是在崔莺莺的闺房，即西厢房内。她本人看到窗外的花树摇动时，就知道张生已经来了，她会上前迎接客人。这些是她自己写好了的，可是当她的"玉人"果真到来时，她却又扭扭捏捏、吞吞吐吐地想赖账。再看曹雪芹写的《红楼梦》，男主人公贾宝玉借着读《西厢记》的机会，要向林黛玉吐露自己的爱情，但贾宝玉还没敢直率地说出来，林黛玉就把脸沉下来，表示不高兴了。当然她这么做是假的，她其实是一直盼望与宝玉的爱情被具体落实的，但她又不得不这么掩饰，这是由她的上层教养决定的。

现在再来看情歌，就知道为什么情歌招人喜爱了。一首浙江情歌说"无郎无姐不成歌"，这是民众用自己的语言说出了爱情与创作的关系。他们把男女当面直率地表达爱情当作正常的人性，任情而发，以歌声动人。一首民歌说，一个男青年爱上了一个女青年，两人约会时，女青年腼腆不开口，男青年心直口快地问她：

  日头要落又不落/小妹有话又不说
  小妹有话只管讲/日头落坡各走各

他的表达纯朴之至，全无掩饰。女青年这样回答：

  想你想你真想你/找个画匠来画你
  把你画在眼珠上/看在哪里都有你

由于情真意切，率真热烈，情歌的手法尽管是白描，却能产生摄人魂魄的巨大力量，能引起人类情感的共鸣。与上层文学描写爱情相比，民歌因为没有正统思想的框框，无拘无束，随口来去，似行云流水，所以也被比作"天籁"，具有上层文学不可替代的优势。晚清学者黄遵宪把它比作"我手写我口"的摹写蓝本①。

与世界其他国家的情歌相比,中国情歌的最大特点是青春版;没有中年版,更没有黄昏恋。这也反映了农业社会重视人口生产的观念。在青春版的情歌中,反映青年男女谈恋爱时的说话和行为,大体有三个主题。

一是选择爱人的标准。情歌是对男女双方的真性情的自然流露,早在明代,就已有冯梦龙、袁宏道等文人学士为民歌的情真意切所倾倒,夸奖它们的真情实意,这在今天看来也是对的。

从情歌看民间选择爱人的标准,都是从传统农业生产生活的需要出发的,这是与现代人的择偶标准不同的,《康定情歌》唱道:

> 李家溜溜的大姐/人才溜溜的好
> 张家溜溜的大哥/看上溜溜的她
>
> 一来溜溜地看上/人才溜溜的好
> 二来溜溜地看上/会当溜溜的家

此歌原名《溜溜调》,是在四川甘孜地区康定城一带广为传唱的老歌。20世纪40年代,曾被南京大学的一位音乐教师改编为《康定情歌》,但基本旋律还都是原民歌的,歌词也是老歌词。当地传说讲,歌中的"张家大哥"和"李家大姐"都实有其人,男的叫张志才,女的叫李贵英,现在我们知道这是一种附会,未必属实,但一首民歌能拥有自己的传说,也证明它属于自己的地方文化,确实

---

① 《钟敬文民间文学论集》上册,第326—330页。

是一种原生态的民歌。1948年前后,《康定情歌》首次被上海籍女高音歌唱家喻宜萱在法国和英国的音乐会上演唱,录制了唱片,从此被传到国外,名声大振,国内也有更多的音乐人增加了对它的了解。

　　回到民歌本身说,歌中的张大哥看上了李大姐,两次夸她"人才溜溜的好",都是在讲择偶标准。据田野调查,原来《溜溜调》还有一句话,叫"溜溜一枝花",是指要求女方长相漂亮,但我们知道,不同地区、不同民族的"漂亮"标准是不一样的。在当地,人才好的女子是指女性的生理特征突出,身体结实,会打点人缘,管家理财。旧谚说"要想家里富,炕上坐着胖媳妇","丑妻家中宝",都是讲传统社会的媳妇是要给夫家传宗接代、辅助劳动和协调家庭关系的,是要承担起组织家庭生活的责任的。要是像林黛玉那样当骨感美人、弱不禁风,就是人才溜溜的不好。

　　二是强调对婚姻的绝对忠诚。中国青春版的情歌都是从一而终的生死恋,强调专情专一,谴责移情别恋,更反对离婚。民歌《梁祝》传达了相爱男女的生死之恋,这首民歌在中国流传之广,可谓家喻户晓,历久不衰。

　　　　　碧草青青花初开/彩蝶双双久徘徊
　　　　　千古传颂深深爱/山伯永恋祝英台

　　　　　同窗共读整三载/促膝并肩两无猜
　　　　　十八相送情切切/谁知一别在楼台

　　三是对爱人分离的恐惧感与紧张感。青春版的情歌讲两情相思,不能分离。它制造了爱情的浪漫,也渲染了爱情的痛苦。男女青年分别的时间一长,双方都很焦虑。所有的相思情一旦进入民歌,都很动人。请听一首江南风格的《茅山歌》:

想郎想得怪心慌/好似喝了迷魂汤
走路忘了过门槛/做饭忘了撇米汤

另一首西北汉子的花儿《妹妹的山丹丹花儿开》,开首唱"尕妹妹的大门上浪三浪",言出肺腑,毫无藻饰,让人感到真正的爱情就是这样。

还有一类情歌是讲爱人暂时分离的茫然与恐慌。在传统农业社会里,迫于农业歉收和生活压力,很多定亲的男子走西口,闯关东,外出挣钱,以养家糊口。这时心爱的人不得不分开,于是双方就都要表态维护婚姻的安全。这种情歌大都是以女性的口吻唱的,表达的感情也十分细腻和强烈。山西民歌《绣荷包》就淋漓尽致地传达了一个未婚妻对情郎早回家的期盼。

初一到十五/十五的月儿高/春风摆动杨柳梢
三月桃花开/情人捎书来
捎书书带信信/要一个荷包袋

一绣一只船/船上张着帆
里面的意思/情郎你去猜

二绣鸳鸯鸟/栖息在河边

你侬侬我靠靠／永远不分开

郎是年轻汉／妹如花初开
接到这荷包袋／郎你要早回来

这种情歌所暗含的传统男女恋爱的民俗要点有三个。一是赠信物，即"荷包"之类，这是古老的信仰，用来检测相爱者的忠贞度。二是考察对方的年龄，要求双方都年轻和能生育。这是将婚龄与育龄联系在一起的思考，是男女双方能否持续发展感情关系的一个要素，也是从前完整婚姻的一个重要组成部分。三是"早回来"，不要在家庭之外长期滞留。这表达了中国人安土重迁的观念，中国人至今送客习惯说"慢走"，紧接着就说"早回来"，让外国人感到很困惑，不知道该走还是不该走。这些爱情民俗经过歌手的演义，被唱得缠缠绵绵、大红大紫、呼唤团聚、崇尚故土，成了情歌中的上乘之作。

我国多民族地区是情歌的海洋，但不同地区、不同民族的情歌也各具特点。青藏高原的情歌，与藏族史诗《格萨尔王传》交相辉映，蕴含佛教因素，也与婚礼仪式相配合，具有鲜明的地域和民族色彩。下面是青海安多藏族情歌拉伊的选段：

开篇歌

上师远在圣地，
若想顶礼膜拜，
竟揲五彩氆氇，
雪飘洁白哈达，

此乃拜佛礼节;

村中尊父骄子,
试觅心仪恋人,
表白真情实意,
立下海誓山盟,
此为初恋的约定!

思念歌

熙攘路口我守候,
疾行步者稍留步,
青杠烟头我点火,
不昧心思问句话,
客人匆匆我理解,
日落西山映余晖,
揪心问话莫笑话,
千山万壑斜影长。
请问客人启程时,
是否经过岭之地,
是否看见情郎他,
是否骑上千里马,
是否配上金鞍子,
是否说了来此地,
是否说要探望我,
思念日子无尽头,

眼中泪水止不住，

祈盼心儿已破碎！ ①

这位女子的思念歌分两部分，一是把男子想象成格萨尔王，二是期待两人相会，男子从远方骑马来看她。歌中使用《格萨尔王传》的词"岭之地"，即格萨尔统辖的岭国。女子对情人很思念，希望男子像格萨尔王那样驰骋岭国，骑骏马，配金鞍，千里疾行，飞驰而来，与她相会。

中国各民族情歌都强调初恋就是终身恋，男女双方都渴望与初恋者一世团聚、终生厮守。一旦出现双方遇到不得不违背的意外，或者人力不能抵抗的灾难，双方就做出"生不能同枕，死也要同穴"的选择，共赴黄泉。在这方面，《梁祝》用缠绵的花草和双飞的蝴蝶比喻初恋的双方最终以另类的方式结合，就是这种思维方式所致。它的手法很古老，它的观念很"中式"，因此成为中国情歌中的经典。

4. 儿歌

儿歌，是由儿童传唱的、富有儿童情趣的民歌。这里主要介绍两种：发音歌和游戏歌。

发音歌。儿童的头等大事是学语言，传统儿歌中的"绕口令"，起到训练发音、锻炼口齿的作用。中国孩子从小就知道的《吃葡萄》儿歌，即"吃葡萄不吐葡萄皮，不吃葡萄倒吐葡萄皮"，就是一

---

① 汪什代亥·索南达杰编译：《安多拉伊》，青海人民出版社2016年版，第169—170、259页。此书由青海师范大学民族师范学院吉太加教授赠送，对本人的教学科研很有帮助，特此致谢。

首训练发音的绕口令。儿歌大都是把读音近似的双声字和叠韵字错综复杂地组织在排列好的句子中，背诵时要求注意力高度集中，口脑密切配合，稍一走神，就会念错。下面是一首比较复杂的绕口令，现在还保留在上海滑稽戏中：

    天上一颗星／屋上一只鹰／墙上一颗钉／凳上一盏灯／地上一根针
    弯下腰／去拾针／不小心／打翻灯／碰倒凳／摔掉钉／吓走鹰
    抬起头来看／满天都是小星星

  歌中的"星""鹰""钉"和"灯"，是叠韵，演唱此歌，能锻炼孩子伶俐的口齿和敏捷的反应能力，能灌输很多自然知识和社会知识。儿歌教给他们认识"星星"等天体名词，老"鹰"等动物名词，还教给他们"灯"和"钉"等人工物品的名词，这些都是他们在以后生活中需要经常用的。这方面的儿歌还有连锁调、颠倒歌、数数歌和问答歌等。

  再看游戏歌。儿童精力充沛，又干不了什么事，游戏便成为他们的主要活动。游戏的童年对一个人来说，是不可缺少的人生阶段。游戏歌或唱或诵，伴随捉迷藏、跳皮筋、踢毽子等传统游戏演唱，可以启发儿童的想象力，告诉他们合群互助，增添他们的野外兴味，锻炼他们的身体灵活性和增强体力。请听下面一首《竹马谣》：

    我的竹马真正好／不吃料／不吃草／骑上它／它就跑
    跑到泰山乘乘凉／跑到东海洗洗澡

早上还在满洲里/晚上就到海南岛

这首儿歌使用了我国东、西、南、北方的不同地区的地名,教给孩子地方文化。这些地名,看上去是假设,但能扩展孩子的想象世界,让他们了解方向、地点、距离和交通工具,并能产生好奇心,知道上"山"能"乘凉"、下"海"能"洗澡"等自然环境与身体文化的关系,还知道"泰山"和"东海"距离很近,去一次能办两件事;而"满洲里"和"海南岛"相隔很远,要从"早"到"晚"不停地跑或许才能到达。还一些儿歌教育孩子在共同玩耍的时候,要彼此合作,才能获得真正的快乐。湖南儿歌《一抓金》唱道:"一抓金,二抓银,三抓、四抓抓茶叶,五抓、六抓抓个人。"这首歌在演唱的时候,就需要三人合作,先由一个孩子伸出一只手来,手心向下张开,然后由另外两个孩子每人伸出一个指头,顶在那个孩子的手心下。大家再同声歌唱,唱到最后一句时,那个孩子赶快把手向下一抓,抓住了谁的手指头,谁就算输了。输者要轮到下一个抓别人。中国很多孩子是从小在幼儿园长大的,如果不会《一抓金》,也会另一首游戏歌《丢手绢》,游戏的功能大体是一样的。

丢手绢/丢手绢/轻轻地放在小朋友的后边
大家不要告诉他/快点快点抓住他

北京师范大学教育学部学前教育专业的研究生到校内的实验幼儿园做实验,发现孩子们在演唱这首游戏歌时特别认真,只要宣布了"不要告诉他"的行为规则,孩子们都会认真遵守,集体协作,效果极佳。

5. 领导歌

生活歌中也有颂歌。1949年新中国成立后,直到国家改革开放,都有不少颂歌流传。它们的主调是歌颂共产党的领导和广大人民的翻身感。在这个问题上,电影《焦裕禄》插曲《共产党是咱们的贴心人》是一首代表作。这首插曲是根据河南民歌改编的,被用来表达广大农民,包括妇女,对共产党让他们过上好日子的感激心情。但是,什么是好日子的标准呢?歌中唱了两条:

墙上画虎不咬人／砂锅和面顶不了盆
侄儿总不如亲生子／共产党是咱的贴心人

天上下雨地上流／瞎子点灯白费油
千金难买老来瘦／共产党是咱的好领头

由歌词可见,颂歌中的好日子标准有两条:一条是对"粮食"和分配粮食的家长权利的比喻,歌中用了"砂锅和面顶不了盆"和"侄儿总不如亲生子"的旧词,改为比喻"共产党是咱的贴心人";另一条是用"瞎子"和"瘦"做比喻,回忆苦涩的往昔,也说明现在的巨大变化,歌颂"共产党是咱的好领头"。与以上的传统生活歌相比,这首民歌是歌唱新政权的,不过其思维模式还是农业社会的,还是以"吃粮"和"吃胖"为幸福指标的。现在全球化了,人们换了工业标准、医学标准和西方标准,讲究以少吃和瘦身为美了,这就与以粮食为标准的农业文化观产生了距离。

上述民歌告诉我们,中国人的出生文化的总体特点是一种农业社会文化，在这种文化中，人的生命力要与天地万物的能量相和谐，做到天人合一。在跨文化的视角下，它与西方社会的人生文化有许多差别，也与现代社会的人生文化观有较大距离。但它以生命的态度关注生态环境这一点始终不能被抛弃，因为它优秀，所以它至今被人类所需要。

（三）信仰文化

此指与民俗信仰相关的民歌传承现象。一些在民间仪式中演唱的带有社会契约性和礼制规定性的民歌，也带有信仰色彩，至今还在我国很多地区或部分场合传唱[①]。

1. 仪式歌

在我国兄弟民族中，婚礼歌尤为发达。它们由多段短歌组成，多者达上百段，每首歌都伴随着一场婚礼仪式，唱歌本身就是信仰民俗。湘西土家族有哭嫁歌，当地认为新娘与家人的哭唱道别是一种求福的惯例，必须遵守。

> 辞别阿爹和阿娘/你养女儿没下场
> 别家女儿招女婿/你的女儿嫁出房
> 从今难见爹娘面/怎不叫我情惨伤

[①] 参见钟敬文主编《民间文学概论》（第二版）第十章《民间歌谣》，第179页。

> 女儿若是想爹娘/早晨看见红太阳
> 爹娘若是想女儿/晚间看见黄太阳
> 一个在东一在西/何日才能见爹娘①

哭嫁歌演唱时，能确认婚礼仪式正在进行，这对当事人及其社会关系的社会安全性都起到保障作用。

2. 抗灾歌

抗灾歌，在对付疾病和自然灾害等社区仪式中使用。它被认为具有与祖先、自然界神灵沟通的法术作用和禳解的力量，其中的语言和歌声都是有魔力的，是能够控制疾病和自然灾害的。从跨文化比较的角度看，这种歌曲的民俗信仰内涵大于文学意义。我国至今比较常见的医疗禳灾歌是"诀术歌"，凡家里有儿童得病，家长就在岔路口或高杆上张贴一张纸，上写："天皇皇，地皇皇，我家有个夜啼郎，过路君子念三遍，一觉睡到大天亮。"它配合民间治疗活动使用，被认为有一定的实际作用。在抗御自然灾害中演唱的仪式歌又称"求雨歌"或"防涝歌"。在农村地区，每逢洪涝灾害来临，便由村落联合，群体抗灾。陕西一带山村遇到旱灾时，要举行刷石狮子的仪式，由7个或11个女孩组成一组，在石狮子跟前围成一个圈，打一盆水，每人手里拿一把刷子，围着石狮子转圈，轮流给石狮子刷身，大家一齐演唱祈雨歌：

> 刷刷狮子头/下得遍地流

---

① 钟敬文主编：《民间文学作品选》(第二版)，第129页。

刷刷狮子尾／下得满地水①

仪式歌是民间宗教的历史文本，它以某种象征物为对象，模拟人接触祖先和自然神灵的现场情景，按内部传承的规矩进行表演，在音调、歌词和动作上，有一定的套式，它的流传具有相当的稳定性。一般由老人担任传承教师，老年妇女对传统民俗知识的记忆力和实践能力还要更强一些。

信仰民歌附着在地方社会的历史上，有些不是歌手本身就能讲清楚的。贵州凯里苗族的《牯脏歌》需要演唱一个月，还伴随十分复杂的祭祀活动，这些都是当地苗族六十年一度的祭祖仪式所要求的。外人只有了解了当地的社会历史，才能理解这种民歌的文化规则②。

四、传统民歌的特征

（一）公有性

传统民歌一个最基本的特征就是它的公有性。现代民族志音乐学家阿兰·玛丽安（Alan P. Merriam）指出，传统民歌的公有性

---

① 演唱者：张庚花，女，58岁，不识字，农民。搜集时间：2000年5月。搜集地点：山西霍州刘家庄村。搜集人：董晓萍、李鹤。

② 参见陈有昇、邱桓兴《苗岭布依的民俗与旅游》，旅游教育出版社1996年版，第12—15页。

特征,指它"提供一种鼓舞人心的氛围,把全体社会成员聚拢起来,按照约定俗成的习惯,投入到某种集体行动中去"①。这种公有性与专业作曲者和专业演唱者的个性化特点是有区别的。传统民歌初步定型后,要经受群众的检验,受欢迎的就被保存下来,广为流传,或被添枝加叶地再创造和再民间化,久而久之,成为常年流行的传统民歌。在传统民歌的加工和再创作过程中,一些杰出的民间歌手起了相当的作用,被当地拥为"歌王"或"歌仙"。他们都能够根据自己的生活感受、记忆能力、艺术才能和听众的需求,对作品进行即兴加工,使作品凝聚了众人的智慧。20世纪40年代,光未然到云南搜集彝族支系阿细人的叙事歌《阿细人的歌》,他感慨地说:

> 《阿细人的歌》是一部活的口头文学,在实际演唱场合,往往是随着演唱的环境和对象发生若干变化,添加若干灵巧的诗句,并在一唱一和的互相酬答中,发挥若干新的创造。毕荣亮君告诉我,如果让他回到自己的山村,找到合适的对唱的对象,他可以连唱四天四夜也唱不完,这样看来,我们所记录下来的,不过是一个粗略的骨干。②

毕荣亮是路南中学的学生,阿细人,参加了这次搜集工作。他既是听者,也是歌者,他以亲身体会说明,现在出版的《阿细人的歌》,只有两千多行,放到听众在场的场合,就会膨胀,就不是现在这个固定的数字。那是一个被"合适"的氛围、互动的激情和不知

---

① Alan P. Merriam, *The Anthropology of Music*, Evanston: Northwestern University Press, 1964, pp. 223-227.
② 光未然:《阿细人的歌·序言》,人民文学出版社1954年版,第7页。

不觉的时间"连唱"所拉长的行数,是原生态表演文化的固有样式。传统民歌在传统社会的传播中,歌手和听众是共同再创作的,歌曲预留空间是很大的,作品成果的归属也是双方共有的。

(二)听力文化

传统民歌的公有性与它是广泛的听力文化有关。公有性使传统民歌在听力系统传承,不胫而走,越传越广。公有性也使传统民歌在听力认知文化中得到体现和保存,成为公共社会资源。

口语演唱有利于发展听力系统的认知文化。在传统社会,民众基本不识字,不依靠书面文字传承,歌手通过一套听力词汇,把民歌演唱变成一种展现地方文化的活动,他们在听众听歌中,引入人生的知识,描摹自然的生态,指认关系人群,讲述社会事件,使歌声在口耳传递中渗入当地的历史与社会。那些久传不歇的民歌,如《茉莉花》《月儿弯弯照九州》和《达坂城的姑娘》等,还以天上的月亮、地上的石头、人间的花草、田里的瓜果为例,即兴起兴,引出后面的歌词,把理想世界和现实生活糅合在一起,构成一个精神世界。当地人对此是再熟悉不过的,他们通过歌声,发展他们的认知系统,也向外界告知其认知文化所在。这是任何外来演唱者和专业创作都无法达到的效果。

据早期学者研究,听力认知文化的产生与人类生理节奏有关。人类喜爱唱歌和听歌,传达了深藏在人体内的节奏感、音乐感和仪式感。人类还通过唱歌,产生社会集合和公共事件,也正是这种联系,把传统民歌的演唱变成了民俗表演。就是现代人,一边走路一边唱歌，也不会感到累。

听力认知系统的魅力来自于现场创作。歌王或著名艺人都有这个本事，他们见什么唱什么，出口成章。传统民歌的丰富性和竞赛性也来自于当地听力文化的养成，听众正是在这种聆听中，接受自然事物、世界观和人生知识的。现在很多年轻歌手都是跟着录音机学民歌的，这样也能练本事，但轮到即兴，就囊中羞涩、见出高低了。对传统民歌歌手来讲，在听力认知系统内进行即兴表演，既是发挥天才的第一通道，也是与听众亲密交流的文化现实。它是民俗表演的化境。

（三）工具性与实践性

传统民歌的工具性和实践性很强，反映了被支配阶层的心灵和行为，能指导人们接受民俗的规范。有些民歌的传承具有一定的被动性，例如，那些劳动歌，是在行船或伐木中被需要而演唱的，那些祭灶的仪式歌，也是被认为有法术作用和有灵力的，用现代人的眼光看，这种被动方面都是由资源匮乏和世代传承的文化习惯造成的。现代歌曲不同，它是一种主动精神释放的产品。发达的中国传统民歌却给了中国人积累和表达翻身奋斗的动力的勇气。这种翻身动力还成为一种公有文化遗产，深深镶嵌在每个中国人的灵魂中。阿兰·玛丽安认为，这样的民歌便能"提供一种鼓舞人心的氛围，把全体社会成员聚拢起来，按照约定俗成的习惯，投入到某种集体行动中去"①。正是由于民歌具有这种功能，所以它不断地被加工改造，焕发出新的生命力。

五、传统民歌的艺术风格

　　传统民歌具有鲜明的艺术风格。首先是地域风格。歌手对地理环境十分敏感，歌曲的风格鲜明，方言的表现力强，曲调和节奏也随着地方和民族的不同而千差万别。歌曲《青藏高原》嘹亮高亢、遥不可及，与"世界屋脊"喜马拉雅山之第一高险是相匹配的。山西地区山陡路弯，那里的传统民歌就曲调婉曲，人音回转。内蒙古草原辽阔无际，牧羊人在一望无际的草原上自由自在地放牧，那里就盛产曲调悠扬、富有抒情意味的牧歌。其次是民族风格，我国不同民族创造了不同的唱法、声腔和旋律，给我们留下了极为丰富的艺术基因。

---

① Alan P. Merriam, *The Anthropology of Music*, pp. 233-234.

第九讲　通俗歌曲

通俗歌曲与传统民歌相比，有两个不同之处：一是传统民歌具有公有性，没有作者，靠集体传唱；而通俗歌曲具有公众性，有词曲作者，是专业歌曲大家唱。二是传统民歌是民俗的组成部分，而通俗歌曲是超民俗的现代表演。在当代通俗歌曲中，吸收传统民歌还是一种时髦，能让人感到更前卫、更现代，而不是成心恋旧。通俗歌手还能从这种演唱中获得非同小可的现实利益，包括政治利益、社会利益和经济利益，这是传统民歌所不具备的。

本讲要讲的通俗歌曲概念与分期，会与一般学术界和音乐界的看法有所不同，这里将侧重阐释通俗歌曲的民俗内涵、人文传统和文化保护，这个原则也是贯彻全书的。然后对通俗歌曲进行分期和分类。本讲还将在这个统一标准下，将通俗歌曲与传统民歌做比较研究，指出两者在中国现代社会建设中的作用，再分析全球化和现代化对它们的影响，讨论它们的走势。

我国通俗歌曲的发展经历了两个阶段。一是主流化时期，时间为20世纪20—70年代，它的特点是，通俗歌曲与战争歌曲、政治歌曲结合，成为民族独立和新中国建设的文化武库。二是非主流文化时期，时间为20世纪80年代以后，它的特点是，通俗歌曲与日常生活歌曲、职业歌曲结合，成为反映新一轮社会阶层和社会关系结构的晴雨表。

一、通俗歌曲的定义

通俗歌曲是跨文化的社会歌曲,是一种得到国家支持,接受外来音乐影响,吸收民族音乐成分,在创作和传播中增加了专业力量,有一定商业因素,引导大众参与,追求个性化也十分情绪化的歌曲类型。

通俗歌曲的功能,是运用一种可视化的语言和激励大众情绪的机制,将民族传统文化与现代社会文化组合在一起,形成新的社会文化,促进社会成员接受现代社会知识,也接受外来知识。它批评全球化和现代化时期的社会病,呼唤人文和人性。它在一定范围内进行文化反思,也在传统文化与现代文化之间进行重构,产生了较大的社会影响。

二、通俗歌曲的分类与内容

上讲提到,传统民歌的公有性、工具性和实践性都很强,有些民歌的传承还有一定的被动性。通俗歌曲不同,它们不追求传诸久远,它们是不同时代、不同个人的创作,是一种主动赋形的精神产品。它在社会发展中,还往往得到政府的支持、专业人员的介入和社会力量的开发。因此,对它的研究工作,有时也能摆脱实践性和工具论的影响,侧重于使人们获得精神消费行为和价值取向。

(一)国内政治歌曲

在20世纪上半叶,中国遭受了战争的创伤。通俗歌曲被政治传媒和军事传媒加以利用,很快被放到了一个制度化的合法地位上,放在一个能唤起民族觉醒和国家信心的中心舞台上。这种歌曲的本质就是民族政治的象征。新中国成立后,这种歌曲又成为国家的主旋律,把政党、领袖、纲领和社会蓝图都通过歌声输入人们的头脑,几乎不需要任何解释,就被人民接受了。直到20世纪70年代前,人们不是从音乐上,而是从感情上,衷心地热爱这些歌曲,热情地加入了演唱它们的行列。

在我国20世纪30年代,创作了一首最重要的通俗歌曲《义勇军进行曲》。1935年,在我国全面抗战开始之前,聂耳应邀为电影《风云儿女》谱写插曲,他根据当时的严峻形势,创作了这首歌。歌曲一经播出,便风靡祖国大地,千千万万的中国人把郁积心中的对日本帝国主义的仇恨,都宣泄到这首歌中,万众一声,弦歌不绝。两年后,日军大举入侵中国,《义勇军进行曲》迅速变成了最通俗的抗日歌曲,到处传唱。在学校,在军营,在游行示威的队伍中,在大街小巷,勇敢的中国人一遍一遍地放声歌唱,唱得热血沸腾、斗志昂扬。1949年,在中国共产党取得国家政权后,又很快将这首歌确定为国歌[①]。《义勇军进行曲》的命运,充分反映了通俗歌

[①] 关于1949年前中国通俗文化(包括通俗歌曲)的研究,参见Chang-tai Hung, *War and Popular Culture: Resistance in Modern China, 1937—1945*, Berkeley: University of California Press, 1994。另见洪长泰《新文化史与中国政治》,台北一方出版有限公司2003年版,第185—187页。

曲的社会基础和文化能量，它一旦被开发出来，就比传统民歌有更强大的爆发力，在服务对象的设计上也要宽泛得多。

以下介绍其他几种通俗歌曲。

1. 领袖歌

它的代表作是《东方红》①：

> 东方红/太阳升/中国出了个毛泽东
> 他为人们谋幸福/他是人民大救星
> 共产党/像太阳/照到哪里哪里亮
> 哪里有了共产党/哪里人民得解放

这首歌来自西北地区，是一首早期的领袖歌。从这首歌中能看到，早期的领袖歌构建，突出了三种关系：一是领袖与农民的关系，当时歌词中的"人民"，主要指农民；二是领袖与政党的关系，如歌词里提到的"共产党"；三是领袖与天体的关系，如在歌中把领袖比作天体三子中的日月星。在这首歌的故乡陕北延安的革命文艺工作者对原有的旧民歌进行了改造，号召中国人跟着革命领袖和政党走，而不是跟着神仙走，这就是一种主体精神的释放。

现代社会有一首领袖歌，叫《春天的故事》。

> 1979年/那是一个春天
> 有一位老人/在祖国的南海边画了一个圈

---

① 本讲以下讨论或分析的歌词均为节录，并非全文引用，特此说明。

中编　体裁分论

神话般地崛起座座城/奇迹般地聚起座座金山

这首歌讲了三种新型关系：一是领袖与人的关系，在歌曲里把领袖说成是"一位老人"，此前少见；二是领袖与城市化的关系，歌里唱到，按他的思想发展，中国"神话般地崛起座座城"，开始了农村城市化的进程，打破了城乡二元化的社会结构，整个社会形态都发生了翻天覆地的变化；三是领袖与市场经济的关系，讲中国实行了经济体制改革，从计划经济转向市场经济，开创了国富民强的新局面，造就了祖国到处是"金山"的繁荣气象。将两歌对比可以看到，前面的一首歌唱的是开国的政治巨人，后面的一首歌唱的是现代社会的政坛巨匠，通俗歌曲是一种很容易被加以政治开发的歌种。

通俗歌曲《红旗飘飘》回忆党史和国史，在现代中国社会转型发展的背景下，强调建构中国人与政党、领袖、先烈和爱国主义的关系，引起广泛的社会反响。

那是从旭日上采下的虹/没有人不爱你的色彩
一张天下最美的脸/没有人不留恋你的容颜
你明亮的眼睛牵引着我/让我守在梦乡眺望未来
当我离开家的时候/你满怀深情吹响号角
五星红旗你是我的骄傲/五星红旗我为你自豪
为你欢呼我为你祝福/你的名字比我生命更重要
红旗飘呀飘/红旗飘呀飘/腾空的志愿像白云越飞越高
红旗飘呀飘/红旗飘呀飘/年轻的心不会衰老

国旗是符号,从传统到现代的接续是内涵,从出国到回归是历程,从内到外对党和国家的认同是关键。自豪、骄傲、祝福比生命更重要。这首歌创作于1994年,充满文化自信,一经传唱,便汇入红歌潮。

2. 生产歌曲

通俗歌曲有不少歌颂劳动的内容,但与传统民歌的劳动歌相比,它们都脱离了配合劳动和组织劳动的功能。在早期通俗歌曲中,生产歌曲是与军事歌曲和翻身歌曲混合在一起的,如在《黄河大合唱》中,表扬了两个农民要一齐去当兵。脍炙人口的歌曲《南泥湾》,歌唱大生产,这种生产也是一种军事劳动。歌曲对三五九旅部队开荒种地、度过抗战时期经济困难的壮举做了充分的肯定,反映了共产党在战争中所建立的自给自足的生产制度是伟大的创造。

> 往年的南泥湾/处处呀是荒山/没呀人烟
> 如今的南泥湾/与往年不一般/不呀一般
>
> 如呀今的南泥湾/与呀往年不一般
> 再不是旧模样/是陕北的好江南

20世纪80年代,通俗歌手崔健重新演绎了这首歌,把军事内容去掉,突出演唱了陕北生态环境的美好,这更符合现代听众的心理特点。

1949年以后,我国的社会政治制度发生了根本性的变化,通俗歌曲中的劳动概念也发生了改变。以前的劳动歌都是饥饿歌,说农民如何吃不饱,背井离乡。后来的通俗歌曲都是丰收劳动歌,不再唱饥饿问题了,唱的都是鱼满船、粮满仓、麦浪闪金光,走在希望的田野上。通俗歌曲对幸福的评价还是以粮食丰歉为标准的,但是关于粮食的生产观念已具有社会主义理想要素。还有被通俗歌手重新演绎的红色歌曲《洪湖水浪打浪》和《映山红》也是这样,歌手一脸的阳光,能洒进所有现代听众的心田。

(二)国际关系歌曲

在世界范围内,二战的经历和反战的情绪,都成为一种特殊文化产品。通俗歌曲正是这种产品的一类,因而发展很快。它传达了各国各民族人民反侵略、反殖民、反对践踏生命的强烈心声。中国的通俗歌曲也不例外。在歌曲中,通俗歌手通过描述国家领土观念和民族认同观念,把这种情绪传达出来,传递给全社会,化为呼吁和平、呼吁博爱、呼吁人类美好家园的巨大国际力量。

1. 领土认同

二战时期通俗歌曲的创作,都有鲜明的主权领土认同观念,对外来侵略者掠夺本国自然资源和文化财产的行为极为不满,呼吁人民奋起抗争,歌词的号召力很大,有时能席卷一个民族特定时期的全部文化。抗战歌曲《我的家在松花江上》就是这种作品。

> 我的家在东北松花江上/那里有森林煤矿
> 还有那满山遍野的大豆高粱

> 九一八／九一八／从那个悲惨的时候
> 脱离了我的家乡／抛弃那无尽的宝藏
> 流浪／流浪／整日价在关内流浪
> 哪年／哪月／才能够回到我那可爱的故乡
> 哪年／哪月／才能够收回那无尽的宝藏

这是一首北方歌曲，歌中所唱的"森林煤矿""大豆高粱"和"无尽的宝藏"，都是在讲东北大平原的自然资源，歌中还唱了中国人的出生文化的第一生产基地——"故乡"。自然资源和故乡，都是中国人心中的领土含义所在。拿走资源、侵占故乡，就等于掠夺领土。国人对领土的沦陷和丧失有割股之痛。在南方，同样燃起了罪恶战争的狼烟。根据严歌苓小说改编的电影《金陵十三钗》中有一个插曲，是用通俗唱法演绎的无锡民歌，叫《秦淮景》，歌中描绘了江南的秀美风光和古典园林等宝贵的文化资源和历史遗产，令听者痴醉：

> 秦淮缓缓流／盘古到如今
> 江南锦绣／金陵风雅情
> 瞻园里／堂阔宇深深
> 白鹭洲水涟涟／世外桃源

日军在南方掠夺文化资源和历史遗产，同样等于掠夺中国的领土，遭到了中国抗日将士的浴血抵抗，直至收复家园。

一旦失去的领土重新收复，又会掀起强烈的爱国热潮。1997年后，香港、澳门陆续回归，在祖国960万平方公里的土地上，到处回响着来自港澳和内地的通俗歌曲。一首《东方之珠》十分感人：

> *小河弯弯向南流／流到香江去看一看*
> *东方之珠／我的爱人／你的风采是否浪漫依然*
>
> *月儿弯弯的海港／夜色深深灯火闪亮*
> *东方之珠整夜未眠／守着沧海桑田变幻的诺言*
>
> *让海风吹拂了五千年／每一滴泪珠都仿佛说出你的尊严*
> *让海潮伴我来保佑你／请别忘记我永远不变黄色的脸*

　　它唱的是香港的历史，但它有理由对每个中国人都产生强烈的感染力，因为它用了故乡明月、"沧海桑田"、"五千年"等中国家喻户晓的历史掌故，表示了领土归一的实质是山河破碎历史的结束，是"一国两制"创举的开始。它还用了游子"泪"和"永远不变黄色的脸"等比喻，诉说了港澳同胞寄人篱下百年的特殊心情。具体的细节，我们可能是体会不到的；但久别的人们把祖国叫作"爱人"，我们是听得懂的。这种通俗歌曲仍然充满了爱国主义的主旋律，但不再使用政治军事模式，而是换用了情歌的模式，在人文含义方面进行了再设计，适合唱给新老两代听众。

　　在澳门回归时，闻一多的旧作《七子之歌》被重播，一时间广为传诵。这首歌使用了母亲版的民歌套式，用歌声的力量，在现代社会的和平时期，重新评价领土完整的意义。

> *你可知"MACAU"不是我真名姓／我离开你太久了／母亲*

但是他们掳去的是我的肉体/你依然保管我内心的灵魂

那三百年来梦寐不忘的生母啊/请叫儿的乳名/叫我一声"澳门"

  母亲啊/母亲/我要回来

  母亲/母亲

与前一首歌不同的是,在香港、澳门全部回归后,国人借助这种名人创作,对现代化条件下的强国富民之路进行了新的想象。

2. 民族认同

中国是世界上华侨最多的国家。很多通俗歌曲表达了他们的观念,即与华夏故土的民族认同。20世纪70年代末中国对外开放后,许多老华侨和他们的后代怀着绿叶对根的情意,回到了祖国,通俗歌曲成为这批人表达感受的积极生产者和传播者。这类歌曲的要点有三个,一是歌唱梦中的故国河山,二是抒发思乡情怀,三是在世界多元文化的背景下,重塑中国的对外形象。给人印象很深的是《我的中国心》:

  河山只在我梦萦/祖国已多年未亲近
  可是不管怎样也改变不了/我的中国心

  洋装虽然穿在身/我心依然是中国心
  我的祖先早已把我的一切/烙上中国印
  长江/长城/黄山/黄河/在我心中重千斤

> 无论何时无论何地／心中一样亲
>
> 流在心里的血／澎湃着中华的声音
> 就算生在他乡也改变不了／我的中国心

这种歌曲不再讲吃粮生存，而是通过民族服装讲民族认同，叙述海外游子与祖国文化的血脉关系，真正是"百脉流通炎黄血，未曾相识已相亲"①。再看《故乡的云》：

> 天边飘过故乡的云／它不停地向我召唤
> 当身边的微风轻轻吹起／有个声音在对我呼唤
> 归来吧／归来哟／浪迹天涯的游子
> 归来吧／归来哟／别再四处漂泊
>
> 踏着沉重的脚步／归乡路是那么的漫长
> 当身边的微风轻轻吹起／吹来故乡泥土的芳香
> 归来吧／归来哟／浪迹天涯的游子
> 归来吧／归来哟／我已厌倦漂泊

这些歌曲里的世界很大，歌手是从异国他乡回望祖国的。当他们唱到"河山只在我梦萦／祖国已多年未亲近"时，我们能感受到，通俗歌曲把海外儿女的声音背景推得很遥远。当他们高唱长

---

① 2004年10月20日全国政协与九三学社在北京香山饭店举行"中国传统文化与现代社会文化建设"学术研讨会，北京大学金开诚教授撰此联语，被用于大会横幅，我应金开诚教授之邀参加了这次会议。

江、黄河"在我心中重千斤"时,我们又能发现,通俗歌曲是用祖国的地名和文化遗产来建设民族认同的。后一首歌曲用"归来吧/归来哟/浪迹天涯的游子",唤起整个华夏子孙的民族认同意识,这与当时祖国亲人欢迎广大海外华人回乡观光、回国投资、协助发展文化教育事业和经济建设的意图是合拍的。

通俗歌曲营造了浓浓的祖国之恋,也重新描述了中国和世界的现代关系,对"东方睡狮"的定义做了重新界定。有一个时期,《霸王别姬》《遥远的东方有条龙》和《中华武术》等歌曲都很流行,充满了阳刚之气。在全球化的冲击下,它们重新诠释中华民族精神,让世界更加了解中国。

从跨文化比较的视角看,随着我国现代化进程的发展,中国通俗歌曲的创作观也在发生变化。印度诗人泰戈尔说:"世界给我以痛,我报世界以歌。"我们发现,新时期的通俗歌曲转向开发新的社会资源,重新解释民族精神和国家形象。它们走在跨文化的路上,用"我看人看我"和"我看人看人"两个视角,面向当今观望中国的全球世界,将我们习惯的传统民歌进行解构,改变其传统视角,增加歌曲的现代流行性。在众多歌手中,费翔演唱的《冬天里的一把火》比较成功,歌声曾感动中国,南北传唱,一时掀起"费翔热"。

    你就像那冬天里的一把火/熊熊火焰温暖了我的心窝
    每次当你悄悄走近我身边/火光照亮了我
    你的大眼睛/明亮又闪烁
    仿佛天上星星/最亮的一颗

你就像那一把火／熊熊火焰温暖了我
我虽然欢喜／却没对你说
我也知道你／是真心喜欢我

这种通俗歌曲之所以成功，在于它做到了东西结合、古今结合。过去都是母亲版，现在是青春版。过去管祖国叫母亲，现在叫爱人。海外华人歌手演唱的通俗歌曲，比国内原先流行的歌曲，少了一些疆界，可以根据人们对民族传统和现代文化的需要比重，加以重构，因而流行性更强。

（三）日常生活歌曲

我国近几十年在跨文化的语境中出现了"七化"，即市场经济化、农村城镇化、传媒工业化、知识产权化、网络信息化、价值多元化和非遗政府化。这些变化都通过不同的形式在通俗歌曲中，特别是表现日常生活的通俗歌曲中，得到了反映。

传统民歌也有不少日常生活歌，但都是农民歌。通俗歌曲不同，里面的社会关系和文化层次复杂了，社会职业多了，从农民到工人、军人、警察、教师都有，还增加了城市生活和国际关系的内容。近十几年来，在这类歌曲中，还增加了下岗就业、环境保护和数字化等内容。这些成分是传统民歌所不能承担的。

通俗歌曲反映日常生活都是大白话，讲衣食住行，是每个普通人关心的问题，歌手的演唱虽然很个性化，但到了听众的耳朵里就变成了社会性的集体选择。现在我们要了解的是，在跨文化的语境下,中国人的社会选择有哪些变化？这些变化允许通俗歌曲怎样去描绘和再现？它们创造了哪些中国现代日常生活的象征符号和新文本？通俗歌手所扮演的角色与传统民歌的歌手有何不同？

1. 家庭生活歌

传统民歌唱家庭生活,大都是讲伦理,现在通俗歌曲唱家庭生活,大都是讲心态,讲生活方式。通俗歌曲中的家庭对象,不只是女性,里面还有夫妻家庭中的老人、夕阳人生中的父母亲、退休后的工人干部、就业阶层的蓝白领等,内在的诉求,都是放慢忙碌,放宽心怀,增加关爱。《常回家看看》,就是上班族与"下岗"家长的心灵对话。

> 找点空闲找点时间/领着孩子常回家看看
> 带上笑容带上祝愿/陪同爱人常回家看看
>
> 妈妈准备了一些唠叨/爸爸张罗了一桌好饭
> 生活的烦恼跟妈妈说说/工作的事情向爸爸谈谈
>
> 常回家看看/回家看看/哪怕帮妈妈刷刷筷子洗洗碗
> 老人不图儿女为家做多大贡献呀/一辈子不容易就图个团团圆圆
>
> 常回家看看/常回家看看/哪怕给爸爸捶捶后背揉揉肩
> 老人不图儿女为家做多大贡献呀/一辈子总操心就奔个平平安安

还有些家庭生活歌曲内容与我国急剧的社会改革和社会结构分层有关，各种变化都反映到家庭中来。一个家庭中革命的、新潮的、退休的、下岗的、出国的、还乡的，什么情况都有，这就使富有中国文化传统的现代家庭成为各种压力的聚集地，通俗歌曲成了缓解家庭压力的一种工具。请听改革开放初期出现的《一封家书》：

亲爱的爸爸妈妈／你们好吗
现在工作很忙吧／身体好吗

我现在广州挺好的／爸爸妈妈不要太牵挂
虽然我很少写信／其实我很想家

爸爸每天都上班吗／管得不严就不要去了
干了一辈子革命工作／也该歇歇了

"管得不严就不要去了"，这种调侃的话，从前在国营单位和现在的市场竞争时期都不能叫真章，但在通俗歌曲中是一种心态上的缓压之举。允许大众"心之忧矣，我歌且谣"，这就是社会的变化。

通俗歌曲中的父母角色也有较大的变化。传统民歌唱母亲的多，唱父亲的很少，现在的通俗歌曲也开始歌唱父亲，如一首名为《父亲》的歌唱道："人间的苦有十分，你吃了七分，央求你下辈子还做我的父亲。"还有一首农民歌手参与创作的《我的老爸老妈》，是将父母亲一起歌颂的，歌曲表达了涌入中国城镇化大潮的"农二代"的家庭变化。这位男青年曾经有闰土般活泼淘气的乡村童年，终于有一天,他要远离农村去打工,这时一向沉默寡言的爸爸"眼里含着泪花",把对儿子的担忧和鼓励都化作了深切的注目。等到这位农村青年把工资寄回家,他的妈妈又把汇款全都存起来,以备他日后之需,"一分钱也舍不得花"。这首通俗歌曲里的下一代形象,不再是唱着"在白莲花般的云朵里",在"高高的土堆上","听妈妈讲那过去的故事"的翻身青年,而父母亲的社会角色和传统消费观也从家庭生活细节上被加以新的诠释。

传统民歌唱了很多难以破解的婆媳关系,现在的通俗歌曲唱这种内容少了,而是改唱翁婿关系和母女关系。姜昆的相声《虎口遐想》说,现在的男青年周末都到女友的娘家干活去了,曾引来现场听众的会心大笑,笑的由头正是从现代日常生活中提取出来的。通俗歌曲在表达这个变化上也是预留了空间的。当然它是艺术,它唱母女关系也不等于否认婆媳关系,不过通俗歌曲还是积攒了不少"女儿吻"的现代文本,它多少有点西化,或者说有些跨文化,但也赢得了表演市场。

2. 城市生活歌

我国现代社会结构改革的最大变迁是农村城镇化。《春天的故事》所讲的地点,原来是深圳的渔村,不久成为中国经济特区的前哨城市,后来我国还出现了长三角、珠三角等城市群,那里财富集中,现代化设施林立,但城市的钢铁森林和人口密度也让人喘不过气来,于是民族地区风清月闲、载歌载舞的欢乐生活被人们回忆起来。根据广西壮族自治区民歌电影《刘三姐》插曲改编的同名通俗歌曲《山歌好比春江水》,成为室内舞台表演和广场联欢会的热门节目:

> 唱山歌/山歌好比春江水/这边唱来那边和

这种通俗歌曲好处是既旧且新，容易获得超常的流行性，它从歌仙刘三姐的广西家乡唱到祖国的大江南北，被人们用来歌唱身边的幸福生活。

到目前为止，通俗歌曲的拿手好戏还是歌唱小城镇，被邓丽君唱红的《小城故事》是这类歌曲的代表作。在我国各地城镇化的快速进程中，它伴随着邓丽君堪称完美的歌声飘到了内地，带给人们温婉深厚的文化回忆。在我国现代社会的东南城市群一带，小城镇保留了稳定的文化结构，如余秋雨笔下的江苏同里。在城乡中等发达区域，小城镇成为一种历史文化符号，如山西晋商的老宅。在西部欠发达地区，小城镇成为理想田园的代表，如西域风情浓郁的新疆千年古城喀什。在这种社会巨变中听《小城故事》，是一种对比，也是一种追寻。

《小城故事》之流行，还在于它的文化叙事方式的变化。传统民歌也唱小城镇，但主要讲人与动植物的关系，《小城故事》讲人居环境多了，着重评价一种有知识、有品位、有情趣、恬淡的小城生活。

> 小城故事多/充满喜和乐
> 若是你到小城来/收获特别多

> 看似一幅画/听像一首歌
> 人生境界真善美/这里已包括

谈的谈/说的说/小城故事真不错

请你的朋友一起来/小城来做客

这种歌曲有风格，很阳光，又很中国化，境界很高，谈吐含蓄，人们置身其中，就有归属感。不像有些传统民歌叙述生活过于哀痛或被动，放到现代社会，共鸣者就减少了。

另一首《好人一生平安》堪与之比肩。这是20世纪80年代热播的电视剧《渴望》的插曲，易茗词，雷蕾曲，歌名《每一次》。我把它抄在下面：

茫茫人海，终身寻找，一息尚存，就别说找不到。希望还在，明天会好，历尽悲欢，也别说经过了。

每一个发现，都出乎意料。每一个足迹，都令人骄傲。每一次微笑，都是新感觉。每一次流泪，也都是头一遭。

2019年年底，全球疫情袭来，中外高校师生在解除隔离、重返常态校园生活，再隔离，再返回中往返，如何做好心理准备，迎接新的转型？这首歌唱入人心。疫情隔离中正能量的音乐教育同样是武器，在艰难条件下的演唱，同样是从校门跨入社会大舞台的重要实践，那时每个人都要在个体、国家与世界的关系中，历练成为人类差异文明实践的一分子。而人类只要记取经济全球化的利弊得失，学会包容多元，积极进行价值社会建设，重点是保护生态环境、创建绿色文明，就有希望遏制各种难以遏制的巨大风险，并取得胜算①。

（四）社会职业歌曲

现代中国社会变迁的一大特点，就是可选择、可从事的社会职业增多了。传统民歌中的社会主体都是农民。通俗歌曲里有农民、工人、军人和警察等不同职业人员，还出现了很多可以演唱的教师文本、警察文本、军人文本和农民工文本等。通俗歌曲与新社会职业相结合，提高了自己的表现魅力。

1. 教师文本

我国高校的大学生都应该熟悉一首歌唱教师的通俗歌曲《长大后我就变成了你》，它配合教师节的庆典仪式演唱，能产生公共精神，也能向未来传承。

> 小时候我以为你很美丽 / 领着一群小鸟飞来飞去
> 小时候我以为你很神奇 / 说上一句话也惊天动地
> 长大后我就成了你 / 才知道那间教室
> 放飞的是希望 / 守巢的总是你

---

① 关于生态环境保护的观点受到经济学家李晓西教授的启发。参见李晓西《绿色文明》（英文版）内容简介："（此书）分析了地球面临的难以遏制的巨大风险，……强调了人类文明发展史进入新阶段的经济与文化基础，发出了包容多元文明和共建绿色文明的强烈呼吁。"该著的中文版已经出版，详见李晓西编著《绿色抉择》，广东经济出版社2017年版。

长大后我就成了你／才知道那块黑板
写下的是真理／擦去的是功利

小时候我以为你很神秘／让所有的难题成了乐趣
小时候我以为你很有力／总喜欢把我们高高举起

长大后我就成了你／才知道那个讲台
举起的是别人／奉献的是自己

歌唱教师的通俗歌曲数量不大，但很好听。它的出现，与我国1985年建立教师节有关。中国儒家教育活动开始得很早，但从前以私塾教育和书院教育为主。《长大后我就变成了你》歌唱从事现代教育事业的教师群体，这是由现代教育事业的公共性质所决定的，它说明教师工作是积累高尚精神财富的伟大事业。

2. 警察文本

由雷蕾作曲、刘欢首唱的《少年壮志不言愁》是一首广为传唱的人民警察赞歌。

几度风雨／几度春秋／风霜雪雨搏激流
历尽苦难／痴心不改／少年壮志不言愁
金色盾牌热血铸就／危难之处显身手／显身手
为了母亲的微笑／为了大地的丰收／峥嵘岁月何惧风流

中国的警察，包括武警和公安干警，是祖国的第二国防部队。

改革开放后,他们奔波在边防、山乡、海疆、渔场乃至蓝天上,缉毒、反贪、打击贩卖人口的"蛇头",追捕国际罪犯,成为捍卫国家政治安全、经济安全和人民生命财产安全的正义之师。这首歌告诉我们,有一种财富叫奉献。继雷蕾创作了此歌之后,电视剧《湄公河大案》的插曲《遥远的河》是又一首代表作:

> 是这条河,常年沉沉流过;今夜迷茫,怎不见星月如昨?
> 是这条河,留下一路风波;船儿远去,带走我心艰难起落。
> 是这条河,守护着爱与尊严;要真相不要假说。
> 是这条河,终于到了这一时刻,男儿必须生死相搏。
> 无论是谁,犯我几何,一债未还,千里追索。
> 激情涌动,英雄职责,破晓时分,且看归来你我。

此剧根据2011年湄公河"10·5"案件改编,公安干警在海外打黑行动中展现了家国情怀与英雄气概。我国近几十年涌现出大量的刑侦破案影视片,插曲也都是通俗歌曲,通俗歌曲让"中国警察"的名词焕然一新。

3. 行业文本

通俗歌曲在开拓行业歌曲方面是有功劳的,《蛋炒饭》中有一首表彰厨师的职业歌:

> 嘿/蛋炒饭/最简单/也最困难/饭要粒粒分开/还要沾着蛋
>
> 嘿/蛋炒饭/最简单/也最困难/铁锅翻不够快/保证砸了

招牌

　　嘿/蛋炒饭/最简单/也最困难/这题目太刁难/可我手艺并非泛泛

　　嘿/蛋炒饭/最简单/也最困难/中国五千年火的艺术/就在这一盘

　　满汉楼里/高手云集/放眼中国/享誉盛名

　　传至我辈/精益求精/若非庖丁/无人可比

中国美食世界闻名，这首歌颂扬中国的传统食谱有"中国五千年火的艺术"的历史，又讲到古老的厨艺"传至我辈/精益求精/若非庖丁/无人可比"，这些歌词都有很强的文化渗透性。歌词里还提到了庄子的《庖丁解牛》，里面有一位厨师庖丁，传说他的刀工"游刃有余"，"莫不中音"，比当时的宫廷音乐还要美妙。中国古人已将饮食与审美意识联系在一起，并将这种思维习惯传至后世。

4. 军人文本

在新时期的通俗歌曲中不乏军人歌曲，如《当兵的人》《说句心里话》《小白杨》《为了谁》《真的好想你》和《在那桃花盛开的地方》，等等。但是，它们都不是战争歌曲，而是表现军人情感和军人生活的歌曲。歌里所唱的内容，是军人的爱情、军营的人情和军人的父母情。它们让我们想起俄国电影《这里的黎明静悄悄》。它们与早期的军人文本《南泥湾》和《我们都是神枪手》等大有区别，但与二战后的国际反战潮流的发展方向是一致的。以下是几个例子。

《说句心里话》：

说句心里话/我也想家/家中的老妈妈已是满头白发
说句那实在话/我也有爱/常思念那个梦中的她梦中的她

既然来当兵/就知责任大
你不扛枪/我不扛枪/谁保卫咱妈妈/谁来保卫她

《真的好想你》：

真的好想你/我在夜里呼唤着黎明
追月的彩云哟也知道我的心/默默地为我送温馨

真的好想你/我在夜里呼唤黎明
天上的星星哟也了解我的心/我心中只有你

《小白杨》：

一棵呀小白杨/长在哨所旁/根儿深干儿壮/守望着北疆
微风吹/吹得绿叶沙沙响/太阳照得绿叶闪银光
小白杨小白杨/它长我也长/同我一起守边防
小白杨/小白杨/也穿绿军装/同我一起守边防

《在那桃花盛开的地方》：

到处荡漾着孩子们的笑声/桃花映红了姑娘的脸庞

通俗歌曲中的军人文本栽种的都是军营玫瑰，抒发的是对战后和平建设生活的渴望，同时教育全民从保卫和平的角度理解国防建设的意义。

5. 农民工文本

农民工文本，是在中国推行经济改革后才出现的一种新社会阶层的职业歌曲。歌中的农民工远离家乡，有强烈的失落感，但也有更新知识、改变社会认同的需要。农民工组合翻唱的《春天里》：

如果有一天/我老无所依/请把我留在那时光里
如果有一天/我悄然离去/请把我埋在这春天里

这种通俗歌曲不是演唱苦闷移民情绪的传统民歌，如《走西口》，也不是反映社会动乱和个人颠沛流离的古典诗词，如唐代的"三吏""三别"和边塞诗，而是现代中国时代大潮的精神产物。农民工歌曲听上去很时髦，实际上也在遵守现代社会运行的原则。它们诞生于和平时期的社会结构改革之中，它们是新版的"走西口"，呈现出一种农民工融入城市的新现象。

（五）爱情歌曲

通俗歌曲歌唱爱情是一大宗，但与传统民歌中的情歌相比，它们没有那么实，大都是符号比喻，或是朦胧象征，流露了十分现代化的爱情情绪。早期的通俗歌曲也是擅长创造爱情比喻的，但所使用的象征符号有所不同，20世纪30年代进步电影《马路天使》中的插曲《天涯歌女》就是一个例子。《天涯歌女》改编自《知心客》。《知心客》只适合于市井演唱；《天涯歌女》的改编歌词借用了传统民歌中普遍使用的"郎"和"妹"的象征词，并改以"小妹妹"为中心，更适合在现代公共社会中广为传播。

改革开放后流行的通俗歌曲讲爱情，内容都很朦胧，其象征性不可考，作者和歌手追求的是一种感受、一种体验。我们来比较以下三首爱情歌曲：首先是根据古典文学名著《红楼梦》改编的电视连续剧插曲《枉凝眉》，男女主角宝黛两人，本为缘情而生的恋人，有名有姓。其次是在民歌《梁祝》中，梁山伯和祝英台为爱而死，行为也很具体。在莎翁笔下，在汤显祖的剧中，也都如此表现，遂成世界古老定制。现代通俗歌曲就不这样了，在很多歌曲中，爱情很朦胧，爱人很抽象，行为很哲学，情节不落实。在此，我们来看乔羽作词的《思念》：

你从哪里来/我的朋友/好像一只蝴蝶/飞进我的窗口
不知能做几日停留/我们已经分别得太久太久

这首歌里所唱的蝴蝶，也是《梁祝》民歌中所唱的"蝴蝶夫人型"故事。世界很多国家都有这种"蝴蝶夫人型"故事。梁祝双双为爱情而死，行为是很具体的。但在《思念》中，蝴蝶夫人却好像擦肩而过的爱情鸟，看也看不清，摸也摸不着。但是这种歌曲也能叫现代人怦然心动，听完了能平静地咀嚼，并不觉得这种爱情不认真，反而会很现实地品味多味人生。我们知道，现代社会的流动机会多，造成了很多邂逅的情感，这种情感可能不会成为社会真实和文化真实，但却可能成为艺术真实。通俗歌曲正是挖掘了这种艺术真实，并谱成歌曲，演唱出来，填补了现代人匆忙的心灵，因此它即便把爱情虚唱了，也能得到真心回报。

庞龙创作并演唱的《两只蝴蝶》也唱"蝴蝶夫人型"的爱情，但更倾向于描绘理想化的爱恋语境，把纯洁的感情、桃花源的世外美景和浪漫的二人世界这三者结合起来歌唱，成为深受现代人喜爱的华语歌曲。

亲爱的/你慢慢飞/小心前面带刺的玫瑰
亲爱的/你张张嘴/风中花香会让你沉醉
亲爱的/你跟我飞/穿过丛林去看小溪水
亲爱的/来跳个舞/爱的春天不会有天黑

我和你缠缠绵绵翩翩飞/飞越这红尘永相随
追逐你一生/爱恋我千回/不辜负我的柔情/你的美

我和你缠缠绵绵翩翩飞/飞越这红尘永相随
等到秋风起/秋叶落成堆/能陪你一起枯萎也无悔

这首《两只蝴蝶》，中外人士、男女老少都爱唱。

但是，真正把梁祝爱情唱成唯美的文化诗学的是李健。他创作并演唱的一首《风吹麦浪》，面向他的母校清华校园的大学公寓外的一片金色麦田，想象着相爱的两个人儿，穿越麦浪，在金丝银线洒向大地的灿烂阳光下，蝴蝶般地"飞舞"和"飘荡"，让人陶醉其中,物我两忘。

  远处蔚蓝天空下/涌动着金色的麦浪/就在那里曾是你和我爱过的地方
  我们曾在田野里歌唱/在冬季盼望/却没能等到这阳光下秋天的景象
  就让曾经的誓言飞舞吧/随西风飘荡/就像你柔软的长发曾芬芳我梦乡

爱情不理智,还有许多独特复杂的情绪,不可理喻,现代通俗歌曲《心太软》和《爱上一个不回家的人》都唱了这种情绪。通俗歌曲对爱情定义的诠释,对爱情质量的检测,是没完没了的,它们很善于揭示爱的各种心路历程,因而总是受到欢迎。

三、通俗歌曲的价值

(一)公众演唱与激情广场

唱歌的目的,常常是要让人一下子快乐起来。传统民歌和通俗歌曲在这方面都显示了优势。它们框子少,话题多,范围广,主动权大,参与性强。好歌大家唱,让人人都感到自己可以主宰命运和前程,所以人气很旺。近年来,电台电视台许多栏目的开办和成名,都得益于这一条,公众参与程度前所未有,说明通俗歌曲在搭建百姓舞台上真有本事。

(二)小人物与社会批评

通俗歌曲所歌唱的,都是小人物,在他们中间,有张哥、李姐、小芳、小警察、磨刀老头、居委会马大姐、贫嘴张大民、我的老爸老妈、普普通通的军营战士和进城务工的农民工,等等。这种歌声响起来,能提高普通人的心气,能成为批评社会不公现象的舆论,成为他们的勇气和目标,帮助他们从不自信和不安定中获得片刻的解脱,这种歌声的魅力对他们来说是无与伦比的[①]。

(三)商业经济与个性演出

通俗歌曲表演是消费经济,演唱者、中间人和经营者都有利可图。许多人利用通俗歌曲获得了可观的经济利益和社会利益。在才能、兴趣和利益的综合驱动下,他们追求个性化的表演。相比之下,传统民歌就不那么热闹了,它们原是功能性歌曲和自娱性歌曲,离开了原生态的环境、生产方式和听众,生存能力就要大大减弱。

---

① 参见洪长泰《新文化史与中国政治》,第185—187页。

（四）政府导向与专业介入

很多国内外学者都认为，通俗歌曲能广泛流行，与政府导向和专业人士的介入有关。《康定情歌》的改编，《天涯歌女》的成名，《篱笆、女人和狗》能唱红，都能说明这个问题。同时，通俗歌手的演唱也都是在政府许可下进行的。现在，在政府的提倡下，中国的通俗歌曲已出现了传统民歌、通俗歌曲、中国的戏曲和曲艺，以及西式美声互相吸收的倾向，如电视连续剧《四世同堂》的主题歌《重整河山待后生》，是京韵大鼓和民歌相结合的创作，由一代大鼓艺术家骆玉笙亲自演唱；电视连续剧《大宅门》的主题歌《让这世界都香》，是京剧、大鼓和民歌相结合的创作，由胡晓晴演唱；电视连续剧《水浒传》的主题歌《好汉歌》，是传统民歌与通俗音乐相结合的创作，由刘欢演唱，播出之后，都深受好评，广为传唱。

（五）新媒体传播趋势

通俗歌曲的新媒体传播加强了跨文化交流的趋势，引起了广泛的社会关注。

1. 主流媒体推出的特色节目

我国是一个多民族团结共进的社会主义大家庭，新疆维吾尔自治区是祖国大家庭不可分割的部分，是世界级非物质文化遗产木卡姆的故乡。20世纪以来,著名作曲家王洛宾、雷振邦和施光南先后创作了新疆民歌风格的专业歌曲,弘扬了新疆的优秀历史文化遗产,促进了我国多民族的大团结。这些歌曲还提高了新疆民歌的中外知名度。中央电视台是我国主流媒体的代表,2015年CCTV3"回声嘹亮"春季栏目播出的新疆歌曲联唱节目令人很受鼓舞。在这一期节目中,新疆维吾尔族歌唱家克里木演唱了王洛宾改编的新疆民歌《达坂城的姑娘》;锡伯族女中音歌唱家关牧村演唱了施光南创作的新疆民歌《吐鲁番的葡萄熟了》,克里木和关牧村合唱了著名满族作曲家雷振邦为电影《冰山上的来客》创作的插曲《花儿为什么这样红》。在这档节目的后半部,插入了东方歌舞团汉族青年演员郭蓉用通俗唱法演绎的关牧村首唱名曲《打起手鼓唱起歌》。整台节目展现了我国各民族大团结的美好场面,呈现出我国现代音乐舞台上多民族民歌与通俗歌曲百花齐放、共同发展的繁荣局面,令人赏心悦目。

上面提到的刘欢和李健等,推出了具有中国元素的通俗歌曲,他们也在这一过程中成了新一代音乐人的传奇。请听李健创作并演唱的《传奇》:

只是因为在人群中多看了你一眼/再也没能忘掉你容颜
想你时/你在天边/想你时/你在眼前
想你时/你在脑海/想你时/你在心田
宁愿相信我们前世有约/今生的爱情故事不会再改变
宁愿用这一生等你发现/我一直在你身旁从未走远

我国改革开放四十余年来成长起来的这批精英歌手,以很高的文化修养、坚定的理想信念、少有的音乐天赋和驾驭中外歌曲的能力,吸收我国深厚的民族音乐营养,坚持走创新发展通俗歌曲的道路,取得了社会公认的成就。他们既不是民粹主义的化身,也不是西化思想的代言人,而是兼容并蓄。

2. 通俗歌曲与广场舞结合

这方面的歌曲如《月亮之上》:

> 我在仰望／月亮之上／有多少梦想在自由地飞翔
> 昨天遗忘／风干了忧伤／我要和你重逢在那苍茫的路上

在皇城根下,在街心公园,《月亮之上》以专业水准的创作与表演,传达了通俗歌曲的浅白、热辣、节奏和韵律的优势。它打开大众心扉,展现民族风情,激发社会集体感,带动社区人群,成为流行广场舞的必选曲目。

3. 多国歌手演唱中国歌曲

全球化以来,学者对通俗歌曲的发展与变化的关注,也反映了人文科学研究对象和模式的变化。不是所有歌曲都适合做这种研究,只有那些反映综合社会文化和可以多元共享的歌曲类型才适合,通俗歌曲就有这个特点。它们携带各国文化的主体性,也在表演和传播上具有国际化交流与对话的特点,因而发展很快,广受欢迎。例如乌克兰青年歌手用中文演唱的《青藏高原》:

> 是谁带来远古的呼唤／是谁留下千年的祈盼

难道说还有无言的歌/还是那久久不能忘怀的眷恋

我看见一座座山一座座山川

一座座山川相连/那可是青藏高原?

是谁日夜遥望着蓝天/是谁渴望永久的梦幻

难道说还有赞美的歌、还是那仿佛不能改变的庄严

我看见一座座山一座座山川

一座座山川相连/那就是青藏高原

  作者在前面提到过《青藏高原》,但这次不同。这些外国青年歌唱家带着精美的音乐表达、真诚的友谊,从遥远的地方跨文化而来。跨文化让你发现自我文化不注意的地方,也关注别人的文化让你好奇的地方,共享多元文化的优秀遗产。通俗歌曲正具有这种优势。在现代社会,它可以用来促进人类优秀人文精神的建设,推动和平事业的发展。

第十讲　谜语

人类的祖先在没有书籍时已有谜语。全球化之前,在很多国家、地区、民族和人种中,语言不懂、舟车不通,但都有思路相似的谜语。在谜语的世界里,上通天文、下知地理,什么都能问,什么都能猜。谜语保留了最古老的问答结构,又能时用时新,传承至今。东西方无数先哲早已把宇宙观、自然观、人文观和社会观,透过谜语的滤窗,开展研究,投入实践,形成一种谜语现象。学习跨文化民间文学,必学谜语,了解这份遗产,认识它的价值,准备创新利用。

一、定义与分类

以下介绍谜语体裁与谜语分类的基本知识。

(一)定义

谜语由口头与文字双向创作,是一种问答式、对话体和短谣形式的语言艺术,富有知识性和文化底蕴,也是在民间文学其他体裁中都不同程度出现的共享性文本。

在钟敬文主编的《民间文学概论》中，设"谜语"专章，介绍谜语的定义如下：

> 谜语是民众创作的、用以表达、测验和锻炼智慧的一种短谣体的语言艺术。①

我国汉代辞书《说文解字》对谜语的解释是"谜，从言从迷"，指出它是要使人迷惑的。魏晋时期刘勰的《文心雕龙》是研究谜语的最早文论著作，其中有《谐隐》篇，谈道："谜也者，回互其辞，使昏迷也。"意思是说，谜语，就是靠着闪烁其词，让人一时摸不着头脑。只有动脑筋、想办法，才能猜中这种短谣的含义。中国古代又把谜语叫作"廋词"。廋者，隐也。让谜底隐藏在谜面之中，藏得越隐蔽越好。南宋周密在《齐东野语》中说："古之所谓'廋词'，即今之'隐语'，而俗所谓'谜'。"意思都与刘勰所述差不多。

古今中外都有谜语，中国谜语尤为丰富，涉及历史地理、政治经济、文字文化、民族民俗、地方社会方方面面，拥有相当丰富的资源。中国记载谜语的文献也有两千年以上，研究谜语的古代文论也已流传了千百年。从古代到今天，谜语一直广受欢迎。它将百科知识与问答连环镶嵌，有很强的情境代入感。它可以跨体裁、跨媒介、跨民族、跨时代地传播，携带中国式的机智与幽默，在任何人群和任何场合落地。

谜语能保留人类的好奇心，也激发人类的好胜心，成为有趣味

---

① 钟敬文主编：《民间文学概论》（第二版），第237—247页。

的人文活动。在中国,谜语与汉字结合,可写可说,吹拉弹唱,只要有才,信手拈来。谜语还能在精神世界、物质实体、语言交流和社会组织各领域广泛应用,成本低、效果大,所以我们决不能轻视谜语。

(二)分类

为谜语分类是民间文艺学研究专业化的体现。钟敬文主编的《民间文学概论》将谜语分为三类,即事谜、物谜和字谜。在《民间文学概论》的配套资料《民间文学作品选》中,提供了中国谜语的分类样本[1]。国内其他民间文学理论书也都采用这种分类法和大同小异的谜语样本。

1. 事谜

事谜,以人们的行为动作或自然现象作谜底[2]。

大哥把灯照,二哥天上叫,三哥流眼泪,四哥到处跑。
——打四种气象名称(闪电、打雷、下雨、刮风)[3]

---

[1] 参见钟敬文主编《民间文学作品选》(第二版),详见"民间谜语选录",第282—285页,分事谜、物谜和字谜三类。另见第347—348页,共提供了7种样本。
[2] 参见钟敬文主编《民间文学概论》(第二版),第241页。
[3] 钟敬文主编:《民间文学作品选》(第二版),第283页。

2. 物谜

物谜，以具体事物为谜底①。

东方一棚瓜，伸藤到西家，花开人做事，花落人归家。

——打一天体（太阳）②

四四方方一戏台，生旦净丑走出来，会演的不会唱，会唱的不上台。

——打一民间戏曲的剧种（木偶戏）③

3. 字谜

字谜，以汉字为谜底进行制谜④。

一个不出头，两个不出头，三个不出头。

——打三个字（木、林、森）⑤

在上述样本中，事谜讲气象，把风雨雷电形容为一家四兄弟。物谜讲太阳，第一、二句讲太阳东升西落的规律，第三、四句讲人们"日出而作，日落而息"的社会节奏。在文化方面，暗含孟姜女的传说故事，怎么琢磨都有趣。另一则物谜讲戏曲，数量不多，却

---

① 参见钟敬文主编《民间文学概论》（第二版），第240页。
② 钟敬文主编：《民间文学作品选》（第二版），第284页。
③ 同上书，第241页。
④ 参见钟敬文主编《民间文学概论》（第二版），第241页。
⑤ 钟敬文主编：《民间文学作品选》（第二版），第285页。

能反映民众看戏的他理解。至于字谜,生动地描述了造字法在民众眼中的他反观。这些样本的共性,是体现谜语与其他民间文学体裁的共享能量。

二、制谜法及其性质

下面使用钟敬文主编的《民间文学概论》和《民间文学作品选》的观点和资料介绍制作谜语的方法。

(一)制谜法

有两种制谜方法:描写法和诡词法。

描写法,"通过隐喻、暗示,对谜语事物的特点(形状、性质、功能、声色等)进行具体的描绘,即古人所说的'图象物品'"①。

> 头戴红帽,身穿白袍,走过小桥,发出亮光。(火柴)

诡词法,"用费解的、反常的、矛盾的现象表现谜底"②。AB矛盾句中的属性转换方法,就是诡词法。

---

① 钟敬文主编:《民间文学概论》(第二版),第243页。
② 同上书,第245页。

会吃没有嘴，会走没有腿，过河没有水，死了没有鬼。（象棋）

为我打它，为它打我，打破它的肚皮，流出我的鲜血。（蚊子）

在实际生活中，描写法和诡词法的使用，大多数都是两结合的。

石头层层不见山，短短路程走不完。雷声隆隆不下雨，大雪飘飘不觉寒。（推磨）①

破解难题充满发现的快乐。一个人的一生中只要体验过一次发现的快乐，就会终生难忘。谜语让我们体验发现的快乐。

（二）性质

谜语通过制谜法产生，自带问答模式。它的谜面是问题，谜底是答案。制谜人站在幕后，并不出场。在谜语启封后，自动把单方创作的谜语，变成双人问答。猜谜活动在日常生活的形式中开场，测验智力，展现使用谜语的人们的才华，文人和民众都接受，并感到生动有趣。

谜语建立的对话是一种思想的模式。人们在猜谜活动中，插入文化情境，虚拟社区平台。通过猜谜人与解谜人的出场，组织对

---

① 钟敬文主编：《民间文学作品选》（第二版），第283页。

话。对话的双方合作进行他反观和他理解,揭示真相,传播思想,增长智慧。谜语活动扩大内部文化的影响,吸收外部文化,随时产生符合民众审美要求和文化习惯的他解释,并在这样的动态传承中,让谜语的内容和形式都得到补充和发展。

三、谜语的本体化结构

制谜和猜谜是一种本体化结构展示。对它的研究,介于研究拆句法和拆功能法之间,旨在探寻其本体化结构生成的他逻辑。

(一)谜面与谜底

钟敬文主编的《民间文学概论》中提到:

> 谜面,又叫喻体,是谜语的艺术表现形式,是提出的问题;谜底,又叫本体,是谜语的题旨,问题的答案。[①]

(二)本体化结构

谜语的本体化结构由谜面和谜底双层构成,谜面在表层,使用

---

① 钟敬文主编:《民间文学概论》(第二版),第238页。

自然逻辑，引人进入结构；谜底在底层，使用文化逻辑，让人在结构中先迷糊而后恍然大悟。谜语的他逻辑成立的奥秘，在于用谜面和谜底构成一对自相矛盾的因素，产生疑惑，再通过悖论逻辑的概括，使用比喻的修辞，达到揭示事物的自然属性或文化属性的真实目的。

例如，电影《刘三姐》中演出了一段歌仙刘三姐的山歌谜，其中第一句是：

刘三姐：什么有嘴不讲话？（菩萨）

我们来分析这个谜语。在"什么有嘴不讲话"中，"有嘴"是因素A，"不讲话"是因素B。按一般的看法，A和B构成了一对自相矛盾的因素。以第一句为例，A有B的自然属性，即有嘴就要说话，但B又否定了A的自然属性，实际上是"有嘴不讲话"，指"菩萨"，这就变成了"文化属性"。什么文化？信仰文化，"菩萨"有嘴不说话。谜语这么一转，就产生了文化属性。再看刘三姐唱词的其他三句，也使用了同样的逻辑。

刘三姐：
什么无嘴闹喳喳？（铜锣）
什么有脚不走路？（财主）
什么无脚走千家？（铜钱）

第二句，A有B的自然属性，就是无嘴不说话，但B又否定了A的自然属性，将之变成民俗文化属性，就是"无嘴闹喳喳"。"闹喳喳"形容打铜锣的地方风俗。

第三句,A有B的自然属性,即人有脚应该走路,但B又否定了A的自然属性,变成财主"有脚不走路",这就转为阶层文化属性。

第四句,A有B的自然属性,即无脚不走路,但B又否定了A的自然属性,而将之变为流通经济属性,即钱币"无脚走千家"。

谜面与谜底组合,这种结构有趣而合理。从谜面到谜底的叙事,按照自然属性向文化属性转换的逻辑运行,开发了人们的艺术思维。

再看英国和德国谜语,也有类似的逻辑:

什么有眼看不见?(马铃薯)

我们使用逆向思维,从文化属性转向自然属性,再来猜谜,结果会怎样呢?答案是也会产生极大的乐趣。有一次,相声大师侯宝林请数学家华罗庚猜谜,问:"在什么情况下,二加二等于五?"能计算火箭速度的华罗庚,一时找不到答案,侯宝林便代为答道:"在数学家喝醉的情况下呀!"华罗庚听了哈哈大笑。数学计算是数理文化的属性,"醉酒"是自然属性,侯宝林把文化属性变为自然属性,就产生了乐子。在某年的春节联欢晚会上,两位演员合作表演小品,演到猜谜的一段,其中一位说,动物开会,缺少大象,大象被关在冰箱里,问:"怎样找到大象?"听众原以为要设计很多抢救方案,没想到这位演员脱口而出:"把冰箱门打开,让大象自己走出来。"台下大笑,群情沸腾,这是文化属性转为自然属性的另一个例子。

谜语在属性转换之间,向左转,向右转,形成他逻辑。转得有趣,就产生特有的他逻辑的魅力。

四、我国历代典籍对谜语的运用

我国先秦文献中已有大量记载,如《周易·爻辞》中的谜语:"士刲羊,无血;女承筐,无实。"这是商末周初的谜语。东周以后使用谜语的场合更多,它们被用于臣子进谏、帝王测验臣民和外交事务中,谜语又被称为"廋词"或"隐语",有了固定的名称。《左传》记载了不少春秋战国诸侯征战时发生的谜语故事。宣公十二年冬,楚国攻打萧国。眼看逼近萧城。萧大夫还无社便向他认识的楚大夫申叔展求救。当时两军对峙,不便直言,申叔展就用谜语,问还无社:"有没有麦麴和山鞠穷?"这两样东西都是去湿的,意思是让还无社逃到低洼处的泥水中躲起来。还无社猜不着,只好回答说:"没有。"申再问:"得了风湿病怎么办?"这下还无社明白了,让申叔展留神看枯井。申叔展就叮嘱还无社,在井上放一根绳子,说"听见有人哭,那就是我"。第二天,萧城攻陷。申叔展从井中救出了还无社。

《国语》是政治外交谜语故事集。《国语·晋语》说,范文子有一次退朝很晚,他父亲范武子问他何以晚归,他说:"有秦客廋词于朝,大夫莫之能对也,吾三知焉。"其父大怒曰:"大夫非不能也,让父兄也,尔僮子而掩人于朝,吾不在晋国,亡无日矣。"竟把他痛打了一顿,怕招人之忌。可见,破"廋词"在当时之重要,确实被看成一种才能。

《荀子》也是一部吸收民间文学的名著。《荀子·箴赋》有一首生活谜语说:"无知无巧,善治衣裳;不盗不窃,穿窬而行。"谜底是"针"。

五、中国谜语代表作

中国谜语,将中国文化万千事物笼于一种语言文字模式之中,这一现象堪称奇迹。中国谜语把中国人的想象力、价值观、群体智慧、人文传统和民族情感等,都用这种诗体形式"定量"地反映出来,供做"定性"研究,成为浓缩的汉语汉字文化。

(一)年节谜语对联

谜语对联,把年节吉利话变成对句韵语的形式,写在红纸上,张贴出来,这是一种谜语、文学创作与书法艺术相融合的产物。这种形式很早就孕育在我国的历史长河之中了。《诗经》是我国最早的一部诗歌总集,今本《诗经》中,就存有不少对仗工整、类似联语的诗句,如《郑风·子衿》"青青子衿,悠悠我心"。在先秦的散文作品中,如《论语·子张》"博学而笃志,切问而近思"一类的句子也不少。汉魏六朝的乐府骈赋、唐代的近体律诗,对偶日见工巧,诗句愈发整齐,为对联的发展奠定了基础。唐代稍后的五代时期,谜语与对联结合紧密,变得典雅而有趣。

宋代灯谜风行,转为娱乐。人们把谜语写在灯笼上,引人观灯又猜谜。传说中的明太祖朱元璋是我国谜语对联发展史上的功臣。一年除夕夜,太祖传旨,命公卿士庶家家户户都要在门上贴一副对联，以示升平吉庆。太祖微服出游，与民同乐，亲自为某民户题写了对联，联语为"双手劈开生死路，一刀斩断是非根"。此联中埋伏了谜底，即"屠户"，对联也因捆绑了谜语而生趣。明代冯梦龙编写的《黄山谜》是谜语专著。20世纪初学者钱南扬撰《谜史》，是我国近代以来出现的第一部专门研究谜语的著作。

（二）建筑谜语对联

自宋代起，题桃符又被推广到楹柱上，称楹联。据说到了明初，转称对联。各地历史建筑和人工园林中不乏这种朱墨胜迹。年复一年，人们从四面八方赶来观赏它们，使这种楹联成为名联。曹雪芹《红楼梦》第十七回，翩翩公子贾宝玉为新建的大观园各处景致题撰联语。第五十三回，写钟鸣鼎食的宁国府，在除夕夜祭祀宗祠，对祠堂内的两副御笔联语少不得一番吹嘘，这是大作家曹雪芹从楹联的角度描写的中国人的文化生活。

山海关是我国古长城起于东方的第一关，西抱群山、东临沧海，自古便是一个雄中藏幽的去处。不知从何时起，关隘上的孟姜女庙内多了一副民间对联"海水朝朝朝朝朝朝落，浮云长长长长长长长消"，吸引了无数游客。这副联语奇巧地使用了汉语的谐音双关修辞法，细心的读者若在适当的地方将上联中的"朝"字分别读作潮水的"潮"字和朝阳的"朝"字，将下联中的"长"字分别读作生长的"长"字和经常的"常"音，便会体会到个中描绘把长城首端依山傍水的万千气象吐纳其中，这真是制谜出奇、令人叫绝。

我国各地大量的山川胜迹缀以对联，杂以谜语，点染江山，格外平添了一番情趣。这种对联所包含的知识面相当广泛，除了田园生活，还有山川地理、典章文物、人情社会和历史变迁等，从中可以发现的文化史事象称得上是琳琅满目。

（三）谜语故事群

谜语故事群，指谜语与故事体裁相结合，所产生的谜语叙事群组。这种谜语群越多，文化功能就越大，生存能力也就越强，自产自销的本领也越大。在中国社会文化史上，很多上层文化和书面文学因素也沉淀到谜语中，经过长时间的融合，渗透到中国人的日常生活和社会行为的方方面面，形成了新的谜语群，这些都扩大了我国谜语的社会文化承载量。

民间有这样一个故事。从前，有个秀才上京赶考，路上与一个樵夫在独木桥上相遇，樵夫指着肩上的柴担说："'此木为柴山山进'，你如能对出下联，我就先退回桥头。不然，请相公让步于我。"秀才答："'皆书若宝家家有'。"樵夫笑道："相公差矣。上联中的'此木'二字，合起来为一个'柴'字；'山山'二字，合并起来为一个'出'字，故言'此木为柴山山出'。相公所言下联，不能合并，何言'皆书若宝家家有'呢？"这是一个拆字联。这种联语，巧妙地利用了汉字的构造特点。与樵夫的上联相对的下联应是"因火成烟夕夕多"。"因火"两个字合并为一个"烟"字，两个"夕夕"合并为一个"多"字。这便从一副对联的创造敷衍出一个故事。

樵夫拆字的谜语故事，后来变成了一个群组。故事主人公总是一个底层小人物。他通过解联破谜，向文人或高官"普及"了日常生活知识。明清时期的文人才子杨升庵、唐伯虎、徐文长、冯梦龙、李调元等都是在这种语境下进入谜语故事群。

一个李调元的故事讲,老樵夫请他对对子,老樵夫出上联"此木成柴山山出",他听后,看着路边的村舍,想到老百姓的生活,接上老樵夫的话说:

"有了,"便用手指着远处只见那村口暮色中,房顶上升起一缕炊烟,念道:"因火成烟夕夕多。"

老人一听,赶忙搬开柴捆,跪在路旁谢道:"村民有眼不识泰山,望大人恕罪!"①

谜语对联的结构都是上下两层,上层制谜,由小人物出招;下层猜谜,由文人或官员接招。自下而上构筑民众思维的他逻辑,就算成功了。

今存许多姓氏谜联,对得工巧,堪称巧对、妙对。读到这些运用之妙、存乎一心的联语,人们不禁感叹其天造地设、浑然天成的神来之笔。

传说明代文学家李梦阳在江浙一带督学时,对一位与他同名同姓的考生说:"尔安得同我名?"考生答道:"我名乃父母所取,弗敢更改也!"李想暗示考生知上知下,行尊者礼,便出句命他试对。李出上联曰:

---

① 罗良德搜集:《柴成对老人挡道,烟为媒主考见机》,袁嶶编:《李调元佳话》,山西人民出版社1985年版,第43—44页。

蔺相如、司马相如,名相如,实不相如。

考生思索片刻,说出下联:

魏无忌、长孙无忌,彼无忌,此亦无忌。

出句者居高临下,对句者不卑不亢,双方都巧用了历史人物的姓名,对仗精妙。

1953年,我国著名物理学家钱三强率团出访,团员中荟萃了一批闻名中外的科学家和学者,其中有华罗庚、张钰哲、赵九章、贝时璋、吕叔湘等人。旅途闲暇,少不得谈古论今,华罗庚即景生情,提出上联求对,叫作:

三强韩赵魏

在这里,从字面上看,三强是指战国时期的韩赵魏三个强国,暗地里却又隐含着代表团团长钱三强的名字。即使是对这些学贯古今、博闻强志的科学家,这也不啻为一道难题。正当诸人沉吟不语,暗觅对策的时候,华罗庚顺口说出下联:

九章勾股弦

《九章》是我国古代数学名著,里面记载了我国数学家发现勾股定理的史实;同时,九章亦指在座的物理学家赵九章,实在妙不可言,举座为之赞叹。

有的对联按地名编写，暗藏谜面。例如：

山河新日月
天水旧家风（指甘肃省"天水"市）

祥光极北
春色河南（指"河南"省）

20世纪30年代，我国著名桥梁专家茅以升主持建造钱塘江大桥，总工程师罗英曾出过一个上联征对，也算谜联，叫作"钱塘江桥，五行缺火"。这一谜联的前四个字的偏旁，分别是金土水木，就是缺火。造桥始终，无人应对。桥刚刚造好，日本帝国主义的战火就烧到了钱塘江桥。1937年12月，为了阻止敌人的进攻，茅以升忍痛炸毁这座自己造起的大桥。茅老日后回忆这段往事的时候，不无感慨地说："不料今日，火来了，五行不缺了，桥却断了。"这段谜联，没了谜底，竟成伤心史，但也是一种文化史话。

有按干支编写的谜联，如逢"甲子"年，写道：

甲第毗连风清里巷
子孙蔚起泽衍箕裘

为长者寿，谓之贺联，它是对联中常见的一个类型，其中不乏含有谜事、暗揭谜底的佳作。1941年，郭沫若50寿辰，各界人士前往庆贺。当时，因国民党右派一手制造的皖南事变而身陷囹圄的叶挺将军还被囚禁在重庆，他也写了一副对联相赠。叶将军的

对联是:

  寿比萧伯纳
  功追高尔基

在传统社会和革命战争年代,这种谜联还成为表达革命者意志和智慧的利器,展示了中华民族正直不屈的品格。

杨乃武与小白菜的一桩公案,人称清末"四大奇案"之一。案发当年,钦差大臣胡瑞澜复审此案时,依样画葫芦,判杨乃武问斩立决,拟小白菜毕秀姑凌迟处死。杨乃武感到最后的希望也成了泡影,奋笔疾书一联:"举人变犯人,斯文扫地;学台充刑台,乃武归天。"愤懑不平之气,跃然纸上。上联中的举人,即指杨乃武本人,他是乡试的第48名举人,由于陷入冤狱,被剥夺功名,变成犯人。下联中的学台,即指胡瑞澜。他是浙江学政,根本不知理讼,加之畏惧权要,为虎作伥,致使冤狱难平。后来,由于统治阶级集团内部的倾轧,杨乃武的冤狱才侥幸得以平反。他的对联虽然是一声微弱的呐喊,但终于揭开了帷幕的一角,让人们看到了清朝官场的腐败。

还有一些对联,以讽刺和幽默见长,嬉笑怒骂,皆成文章,堪称雅谑。清朝末年,皇帝昏庸,吏治腐败,经济凋敝,民生艰难。民间流传着这样一副联语:"宰相合肥天下瘦,司农常熟世间荒。"在这副对联中,"宰相"指李鸿章,安徽合肥人。他当时官至直隶总督兼北洋大臣,总揽外交、军事、经济大权,深得慈禧太后的信任,所以说他是宰相。下联中的"司农",指翁同龢,江苏常熟人。他曾做过户部尚书,掌管全国地亩、户籍、赋税和财政。司农是当时人们对户部尚书的别称。这一联语,巧妙地使用了"肥"与"瘦"、"熟"与"荒"两组反义词,显现出上下层之间巨大的贫富差距,表达了人们对清朝政府统治的批评态度。当时的基层社会,更是政治混乱、官场黑暗。一县官借做寿之机搜刮民财,有人作联讽刺他说:"大老爷做生,银也要、钱也要,红白兼收,何分南北;小百姓该死,麦未熟、稻未熟,青黄不接,有甚东西。"另一知县上任伊始,在县衙门口贴出一副对联,以示廉政。他的上联是"一不要钱,二不要命",下联是"三不要官,四不要名"。可是他上任没几天便贪污受贿、索要无度,引起了民众的极大反感,有人便在他的对联每句话后面各添个两字,给予辛辣的嘲讽和鞭挞,改后的对联是:"一不要钱,嫌少;二不要命,嫌老;三不要官,嫌小;四不要名,嫌臭。"① 我们读到这些妙趣横生的对联,不能不对人民群众的眼光犀利和刚正不阿表示极大的敬意。

辛亥革命以后,袁世凯倒行逆施,复辟称帝,激起国人的愤慨。蔡锷将军首义云南,掀起了护国运动。有人写对联斥责袁世凯说:"国犹是也,民犹是也,何分南北?总而言之,统而言之,不是东西。"这副对联的暗含意思是,国民不分南北,都要团结;总统不是东西,趁早下台。

接踵而来的五四运动,打出了天安门广场亘古未有的最醒目的反帝反封建对联。1919年5月4日那天,最早到达会场的学生们被金水桥上的一副巨型对联所吸引,上联是"卖国求荣,早知曹瞒遗种碑无字",下联是"倾心媚外,不期章淳余孽死有头"。这是事谜语,上联指曹汝霖,时任交通总长、财政总长兼交通银行总理;

---

① 安广禄:《讽贪妙联拾趣》,《文摘报》2000年1月16日。

下联指章宗祥，时任外交官员。他们都因参与签约割让中国领土被当时痛骂为"卖国贼"。此联白布黑字，惊心动魄，原出自北京高师史地部学生张润之之手。

在中国共产党领导的新民主主义革命时期，对联作为一种灵活的舆论武器，曾发挥了团结人民、教育人民、揭露敌人、打击敌人的积极作用。

1931年九一八事变后，有人写了一副对联，上联只一个"死"字，下联是一个倒写的"生"字，两联合成一个谜面，谜底是宁愿站着死，不愿倒着生。这副对联表达了中国人民大义凛然、维护民族独立、同仇敌忾、抵抗日本侵略者的决心。仅两个字，恐怕是字数最少的谜语了。

对联谜语群，它的作用，远自穷乡僻壤、深山名刹，近至通都大邑、高楼巨厦，无处不见。或文人唱和，或友朋往还，或讽刺嘲弄，或歌颂赞扬，或检测智力，或启迪后学，或祝尊者长寿，或哀逝者永诀，或书于店肆以招徕顾客，或挂于厅堂以剖白心曲，无不求诸对联。千百年来，我国人民真不知创作了多少脍炙人口、流芳后世的对联佳作！现在欣赏这些绝妙好联，如含英咀华，齿颊留香。

第十一讲 谚语

谚语很早就成为跨文化民间文学体裁,世界很多国家都有针对谚语的跨文化研究,不能跨文化的谚语与谚语不能跨文化的情况几乎都不存在。

在我国,谚语将自然观、社会观和人生观凝结在一起而长期流传,堪称古老而年轻。在我国这个古老的农业国家中,谚语还将技术叙事扎根在文化土壤之中。谚语的思维方式和逻辑表达,利用形象思维、灵活组织情境,又有很强的概括力,容易被当作警句,转为格言,乃至抽象为话语,爆发出思想的力量。各地区的谚语极为丰富,在跨文化史上也十分耀眼,学习跨文化民间文学不能不了解谚语。

本讲主要介绍中国谚语,适当兼及其他国家的谚语,帮助同学们深入认识这份文化财富。

一、定义、性质与范围

首先了解谚语的定义、性质和传播范围。

（一）定义与性质

钟敬文主编的《民间文学概论》中写道：

> 谚语是人民口头创作中的一种很有特点的体裁。它形式短小，形象生动，是劳动人民智慧的结晶，其中有不少包含着丰富的生产知识和生活经验，有的还具有深刻的哲理和教训的意味。
>
> 什么叫谚语，古人作过各种解释："谚，俗语也。"（《礼记》）"谚，传言也。"（《说文解字》）"谚，俗所传言也。"（《汉书·五行志》）"谚，俗之善谣也。"（《国语·越语》韦注）"谚者，直语也。"（《文心雕龙·书记》）这些解释大都侧重语言方面，认为谚语是一种广泛流传的俗语。在一定程度上概括了谚语的某些特点。外国的某些研究者则认为"谚语为日常经验之女儿"；"谚语为街上的智慧"[①]。这些说法已触及了谚语的内容和本质。早在20世纪40年代，语言学者郭绍虞就认为："谚语是人的实际经验之结果，而用美的言辞以表现者，于日常谈话可以公然使用，而规定人的行为之言语。"[②]这个定义比以往的说法进了一步，较正确地概括了谚语的特征。我们吸取前人的研究成果，根据谚语的本质和作用，认为：谚语是人民

---

① 原注：薛诚之：《谚语》，《文学年报》1936年第2期，燕京大学国文学会。
② 原注：郭绍虞：《谚语的研究》，上海商务印书馆1925年版。

用精练的语句,总结各种生产实践和社会生活经验的语言艺术结晶,它是一种有教育意义、有认识作用和含有哲理的民间传言。①

《民间文学概论》从谚语的角度,阐述了它在知识和经验两方面积累的宝贵资源。它也是韵文体的"炼话"在民间诗学中的特殊身份。它还兼具主体性和跨文化性,中外皆有,可以从文本资料上和理论上都做研究。我国曾长期是农业社会,谚语的主体性以反映农业生产和农民生活为主,这也曾引起国际学者的研究兴趣。在20世纪后期,美国学者欧达伟②、俄罗斯学者李福清③、英国学者白馥兰(Franceca Bray)④等,都曾研究中国谚语,并发表过研究著述,成为海外汉学研究的新成果。

(二)范围

不是任何民间文学体裁都有书面与口头两种资源的,但我国的谚语两者兼备,这说明它自古就受到重视,曾被多渠道推送,而且有较大的影响面。在我国的历代文献中,有不少谚语编著,其中,明代杨慎编《古今谚》,有明清刻本,在明代以后被高频率引用,十

---

① 钟敬文主编:《民间文学概论》(第二版),第227—228页。
② 〔美〕欧达伟:《中国民众思想史论》,董晓萍译,第46—87页。
③ 〔俄〕李福清:《中国成语、谚语和歇后语》,圣彼得堡大学五年级论文,1955年。
④ 〔英〕白馥兰:《跨文化中国农学》,董晓萍译,中国大百科全书出版社2018年版。

分有名。清代杜文澜编《古谣谚》，清刻本，是截至晚清搜罗谚语最富的一部。史襄哉编《中华谚海》，中华书局1927年出版，将谚语、格言和成语广采博收，词条逾万。朱雨尊编《民间谚语全集》，世界书局1935年出版，是一部民国时期的谚语集，对谚语做了日用分类。费洁心编《中国农谚》，中华书局1937年出版，收入谚语5953条，分时令、气象、作物、饲养和箴言等五大部分，有学术价值。钱毅编《庄稼话》，黄河出版社1947年出版，也很重要。钱毅是五四先驱钱杏邨（阿英）之子，曾任苏北共产党抗日报纸《盐阜大众报》记者，1944年至1945年在当地采集农谚近3000条，编成专集，用于在战争年代教育农民和动员农民。他在解放战争中牺牲，英年早逝，令人痛惜。他认为谚语是直通民众心灵的教科书。

近代西方来华传教士搜集了谚语，有的回国后出版，有的在北京或上海的汉学机构出版，以下列出当代西方国家高校图书馆馆藏较多、西方汉学家也比较重视的八种：

〔英〕戴维斯（John Francis Davis）：《中国伦理格言》，清道光三年（1823）在英国出版。戴维斯是第一个把中国谚语译成英语的外国人，他热情地向西方读者介绍中国谚语，此书收入中国谚语200余条。

〔法〕保罗·波尼（Paul Perny）：《中国谚语集》，清同治八年（1869）在法国出版，收入谚语441条。①

〔英〕斯卡勃鲁斯（William Scarborough）：《中国谚语集》，清光绪元年（1875）在英国出版。

---

① 〔美〕欧达伟：《中国民众思想史论》，董晓萍译，第94页。

〔英〕亚瑟·史密斯（Arthur H. Smith）:《谚语与中国大众格言》，清光绪十四年（1888）在英国出版。①

M. Schaub, "Proverbs in Daily Use among the Hakkas of the Canton Proverbs", in *China Review* 20, 1892年至1893年（清光绪十八年至十九年）在北京出版。

Joseph van Oost, "Dictions et Proverbs des Chinois habitant la Mongolie sud-ouest", in *Varietes Sinologiques*, No. 50, Zi-Ka-wei, Shanghai, 1918年在上海出版。

Clifford H. Plopper, *Chinese Religion Seen Through the Proverb*, 1926年在上海出版，1969年在美国纽约重印。

Clifford H. Plopper, *Chinese Proverbs*, Peiping: North China Union Language School, 1932年在北京出版。②

斯卡勃鲁斯和亚瑟·史密斯的两本谚语书，在西方销量最大。斯卡勃鲁斯是英国人，维斯莱派的传教士，他曾在湖北的汉口传教。他从局外人的角度，认为中国谚语对中国社会治理很有作用，应该引起外国人重视。他在书中写道，在宣讲教义时，适当地使用中国谚语，可以收到很好的效果。

> 对一个传教士来讲，学会在中国信手拈来、又恰到好处地应用谚语，简直是至关重要的。……一则谚语，经常可以激活整个演讲会场的气氛，一下子把信徒们的注意力牢牢吸引到

---

① 〔美〕洪长泰：《到民间去——1918—1937年的中国知识分子与民间文学运动》（新译本），董晓萍译，中国人民大学出版社2015年版，第225页。

② 〔美〕欧达伟：《中国民众思想史论》，董晓萍译，第94页。

布道内容中来。一则谚语，往往可以扫荡听讲者的满面倦容，使他们顷刻之间绽开友善的笑意，苏醒那久已掩藏的善良情感。一个西方人能应付裕如地使用中国谚语，尤其会对他们的传教事业推波助澜，乃至达到完善圣洁的宗教境界。①

《谚语与中国大众格言》的作者亚瑟·史密斯是美国人，美国驻外传教协会会员。他于19世纪末来华传教，在中国住了几十年。他出于对中国谚语丰富性的震惊，搜集和编写了《谚语与中国大众格言》一书。他在书中对中国谚语进行耐心细致的分类，并附以他本人错误百出的评注。今天中国人看这本书是能随处挑错的，但在当时向西方介绍中国谚语的著述中，它却是回头率很高的一种。亚瑟·史密斯对谚语的中文含义一知半解，不过他的态度热情洋溢。他说，谚语是深不可测的汉语工具，也是以美妙绝伦的方式向外国人展示中国思维模式的窗口。

> 每一条中国谚语都能加深我们对中国社会的了解。从中，我们可以看到一种古老而庞大的宗法社会；看到蛛网一样扭结交织的血缘家族的生存方式；看到不同年龄组的人们如何在这种特殊的组合中处理日常实际事务；看到中国人所理解的、为他们的谚语所囊括的全部人生真谛。仔细品味这些谚语吧，中国人的历程中的每一片浅滩、每一块岩石、每一处暗礁，甚至每一堆流沙，都在这里留下了积淀。②

---

① 〔美〕洪长泰：《到民间去——1918—1937年的中国知识分子与民间文学运动》（新译本），董晓萍译，第226页。
② 同上书，第227页。

中国谚语,中国人搜集的也好,外国人搜集的也好,这些资料都说明,它虽然没有足够的长度,却有足够的跨文化含量。谚语里有文学、艺术、哲学、宗教、经济、社会、医药、天文、地理、伦理、制度、风土人情,也有国家心态、民族性格和文化窗口。世界各国人民都愿意使用这种小型百科全书。

二、谚语的跨文化性

谚语是中西方公认的一种经验现象。由于文化传统不同,国别背景不同,各国的谚语观念也有一定的差异。欧洲谚语著作《阿达吉亚》出身古老,从古希腊罗马时期就开始搜集。这种风气还绵延在西方历史中,以后世伊拉斯莫思(Erasmus)编著的《阿达吉亚》最为有名,1500年在法国出版,在欧洲文艺复兴时期广为流行。此书最初收录谚语1500条,后来曾补至4000多条。但这部谚语集又被当作欧洲语言文学的杰作,而不是像前面谈到西方传教士把中国谚语当作治国理政的参考手册。中世纪德国人使用谚语处理法律问题,非洲的法官在判案时也大量使用谚语[1],表现才学。在非洲的商业活动中也能见到谚语。谚语的跨文化性,彰显了它背后的文化多样性。

---

[1] 参见〔美〕阿兰·邓迪斯编《世界民俗学》,陈建宪、彭海斌译,上海文艺出版社1990年版。重点看小约翰·C.梅辛杰《谚语在尼日利亚人判案中的作用》。

三、中国谚语的主体性

谚语是保存和传承我国优秀传统文化知识的宝库。谚语渗透到中国社会文化的各个方面,包括政治权力、社会治理、伦理道德、经济地理、传统技艺、农业生产生活和日常人生的方方面面,有的还能发挥一定的支配性,有的进入名家名作。以下简要介绍几个方面。

(一)国家社会治理

中国人很早就从国家社会文化管理的角度使用谚语。朝廷官员、政治家、思想家们对谚语都很熟悉,注意历史传承,在国家社会发展的重大时刻也能及时应用,汉代(公元前1世纪)桓宽在《盐铁论》的《轻重第十四》中说:"骤雨不终日,飓风不终朝。"比桓宽更早,老子《道德经》第二十三章中就写道:"飘风不终朝,暴雨不终日。"这是一句很有穿透力的谚语,原意是预测风雨,后来被用来预测政权的久暂。原文的本意是说,狂风刮不了一上午,暴雨下不了一整天。老子重新化用,用狂风暴雨暗指暴政,这条谚语就变成了对庸政的批评和警告,意思是说,统治者对人民施以暴政酷刑,政权就不会长久。再看其他几条社会治理谚语:

  一任清知府,十万雪花银。
  上梁不正下梁歪。

天网恢恢,疏而不漏。

中国明末农书《天工开物》也使用了这条谚语,但做了新的解释,要求遵守自然规律和传统技术,然后监督管理要跟上,如"无灰不种麦","收麦如救火"。

(二)道德伦理

《论语》是阐释儒家道德伦理思想的经典著作,位列《五经》。谚语在《论语》中承担了讲解儒家道德伦理观的角色。一些道德伦理谚语出自孔子,还被当作格言和成语混合流传,千百年不歇,产生了政治思想的影响力。例如:

三人行,必有我师焉。——《述而》
以德报怨。——《宪问》
四海之内,皆兄弟也。——《颜渊》

《孟子》对谚语的使用与孔子一脉相承,还有所发展。孟子使用了连续陈述句。

恻隐之心,人皆有之。——《告子上》
鱼与熊掌,不可得兼。——《告子上》
不孝有三,无后为大。——《离娄上》

《孟子》还插入了禁忌语,强化了效果,推动谚语进入主流思想。

(三)经济地理

中国地大物博,区域差异较大,经济地理谚语很多。但以往民俗学和民间文学著作对此都用一般地方性特征来解释,这是不够的。当我们把不同地区的经济活动谚语搜集起来再观察就会发现,自然地理的地方差别在表层,经济地理的地方差别在深层。

自然地理的地方谚语有一个套式,里面有各种风光、物产和特产的名词,彼此之间可以换来换去,例如"三宗宝"谚语,走遍南北都有"东北三宗宝:人参、貂皮、靰鞡草","大同三宗宝:黑炭、红桐、黄米糕"①。民国时期北京大学学生李家瑞就发现,其实中国有很多"三宗宝"谚语。前面提到的美国传教士亚瑟·史密斯也见过三宗宝谚语,还评论说:"人参,俗称神参,是一种极其珍贵的中草药材。靰鞡草,是满、蒙两种语言的合称,塞外民间以此草御寒;即使在冰天雪地里以此草垫鞋,也不会冻伤双脚。这种草还有很高的工业原料价值。貂皮也是轻软而名贵的皮货,'三宗宝'确实反映了中国东北的地方物产特色。"②他对谚语的喜爱溢于言表,但他把东北三宗宝谚语当作唯一的同类谚语,是少见多怪。

---

① 李家瑞:《三宗宝》,《歌谣》周刊第2卷第11期,1936年6月13日。另见〔美〕洪长泰《到民间去——1918—1937年的中国知识分子与民间文学运动》(新译本),董晓萍译,第257页。

② 〔美〕洪长泰:《到民间去——1918—1937年的中国知识分子与民间文学运动》(新译本),董晓萍译,第132页。

经济地理的地方谚语没有这种套式，里面有各种气象、物候和征兆的名词，这些名词设置严格，一旦变化，就会涉及年运丰歉、社会贫弱，人们讲起来十分谨慎。有的气象谚语带有天气预报的准度，连气象学家都不能掉以轻心①。我们暂且多举几条经济地理谚语，因为过去还少从这个角度分析它们，这里稍作弥补。

1. 气象物候

这种谚语讲，传统农业经济最重要的是掌握二十四节气。遵守节气，不违农时，就有丰收的可能，正所谓"节气一把火，时间不让人"。在合乎节律的前提下，再使用自然地理谚语，就有双倍的胜算。关键是要谨慎地对待地方差异，了解"五里不同风，十里不同天"的道理。例如，在我国这个农业国度，农耕灌溉是农业经济的生命线，灌溉谚语很多，但对那些强调南北农业差别、避免盲目浇灌的谚语，要格外留意。

（华北下雨）：春雨贵如油。
（内蒙古下雨）：别处春雨贵如油，河套春雨庄稼愁。
（苏北下雨）：有钱难买五月里旱，六月连阴吃饱饭。
（青海下雨）：冬日下雨麦盖被，农人头枕馒头睡。②

华北干旱缺雨，春雨就成为水利灌溉之宝，由它决定是否风调雨顺。内蒙古河套地区是盐碱地，一旦春天多雨，就会加重土地次

---

① 参见朱炳海编著《天气谚语》，开明书店1952年版。
② 〔美〕欧达伟：《中国民众思想史论》，董晓萍译，第61页。

生盐渍化，不利于农作物生长，所以春天最好别下雨，这与华北求雨正好相反。在南方的苏北地区，五月不下雨就有钱赚，下雨就要减产，所以谚语说"有钱难买五月里旱"，这是钱毅在苏北搜集到的一条谚语，被他收入《庄稼话》里。他关注农民的经济收益，搜集这类农谚，帮助农民改善生活。青海地处青藏高原，气候条件和水文地质与平原地区大不相同，而从华北、苏北到青海绵延千余里，春天要不要下雨，在谚语使用上，不能用内地谚语生搬硬套，更要考虑高原生态条件。青海人说，最好是"冬日下雨"，才能过上"头枕馒头睡"的好日子。青海省的藏族人民居住在玉树、果洛、海北、黄南藏族自治州和海西州等地，高地自然环境和地理条件，决定了利用气象谚语的可能性。当地藏民对于何时下雨，不但要考虑农业，还要考虑畜牧业在民族经济中的位置[①]。

2. 自然灾害

对经济收益带有极大破坏力的是自然灾害，大量谚语描述灾害预兆，是防灾减灾的民间指南。

（旱灾）：星星稀，淋死鸡；星星稠，晒死牛。

（水灾）：燕子钻天蛇过道，水缸穿裙山戴帽。

（雷灾）：雷公先唱歌，有雨也不多。

（震灾）：蜻蜓千百绕天空，不过三日雨蒙蒙。

---

① 参见许英国选编《青海藏族民间谚语选》，青海人民出版社1987年版，第3—4页。

3. 勤俭持家

中国传统经济观讲究节约，不浪费任何资源。大量谚语都有告诫勤俭节约、精打细算的内容。

> 多赚不如少用。
> 一天省一把，三年买匹马。
> 四月种芋，一本万利；五月种芋，一本一利。

4. 农业为本

> 生意不如手艺，手艺不如种地。
> 衙门钱一蓬烟，生意钱六十年，种田钱万万年。
> 三百六十行，行行出状元。

中国农业谚语可以从许多方面介绍，但本讲对其他书中的同类观点就不再重述了。以上所述观点，从前谈得不多，这里就多讲一些。

四、中国历代经典中的谚语

中国历代典籍经常引用谚语，延续两三千年，下面从这个角度谈谈谚语利用的特点。

（一）先秦诸子著作中的谚语

我国从上古时期起就使用谚语，至先秦时期达到第一个高潮，《战国策》是一个代表。《战国策》中的谚语已有多种功能。

1. 朝廷治理。如："怒于室者色于市。"①"于安思危，危则虑安。"②

2. 仁治为主。如："仁不轻绝，智不轻怨。"③"君明则乐官，不明则乐音。"④

3. 礼治礼仪。如："帝者与师处，王者与友处，霸者与臣处，亡国与役处。"⑤

4. 伦理道德。如："见君之乘，下之；见杖，起之。"⑥"同欲者相憎，同忧者相亲。"⑦

5. 王道权力。如："善为国者，内固其威而外重其权。"⑧"木实繁者披其枝，披其枝者伤其心；大其都者危其国，尊其臣者卑其主。"⑨

---

① 缪文远等译注：《战国策》卷二十七《齐令周最使郑》，中华书局2012年版，第858页。
② 缪文远等译注：《战国策》卷十七《虞卿谓春申君曰》，第484页。
③ 缪文远等译注：《战国策》卷三十一《燕王喜使栗腹以百金为赵孝成王寿》，第998页。
④ 缪文远等译注：《战国策》卷二十二《魏文侯与田子方饮酒而称乐》，第669页。
⑤ 缪文远等译注：《战国策》卷二十九《燕昭王收破燕后即位》，第940页。
⑥ 缪文远等译注：《战国策》卷十七《或谓黄齐曰》，第465页。
⑦ 缪文远等译注：《战国策》卷三十三《犀首立五王》，第1043页。
⑧ 缪文远等译注：《战国策》卷五《范雎曰》，第156页。
⑨ 同上。

6. 军事战略。如:"此所谓藉贼兵而赍盗食者也。"①"敌不可易,时不可失。"②

先秦时期的策士们运用这些谚语四方游说、议论国是、出谋划策、劝谏美政。谚语在他们的口中就是智慧,影响君主看问题的角度。

(二)中国古典小说中的谚语

中国古典小说《西游记》《三国演义》《水浒传》《红楼梦》都是成功运用谚语的杰作。艾伯华曾说:"中国古典长篇小说全部包含谚语,据不完全统计,在名著《水浒传》中,几乎每3500字就有一条谚语。"③这是艾伯华的估计,其实四部古典小说是在中国古代文化传统基础上发展而来,运用谚语各有高妙。以《红楼梦》为例,作者曹雪芹在《红楼梦》开篇第一回中就声明自己"虽不学无文,又何妨用假语村言,敷衍出来"。据统计,他在"假语村言"中就用了300多条谚语。

下面抄录钟敬文使用《红楼梦》谚语的少量部分④,看看曹雪芹将小说与谚语进行跨体裁交叉所产生的不同效果。

首先只看谚语,就能感受到曹雪芹的过人语言能力。

---

① 缪文远等译注:《战国策》卷五《范雎至秦》,第152页。
② 缪文远等译注:《战国策》卷六《说秦王曰》,第200页。
③ 转引自〔美〕洪长泰《到民间去——1918—1937年的中国知识分子与民间文学运动》(新译本),董晓萍译,第237页。
④ 参见钟敬文抄录《红楼梦》谚语,手抄本,1965年。

百足之虫，死而不僵①

贵人多忘事（第47页）

朝廷还有三门子穷亲呢（第49页）

瘦死的骆驼比马还大些（第51页）

没笼头的马（第63页）

蟾宫折桂（第71页）

三日打鱼，两日晒网（第72页）

忍得一时忿，终身无恼闷（第76页）

天有不测风云，人有旦夕祸福（第84页）

治了病治不了命（第86页）

知人知面不知心（第87页）

癞蛤蟆想吃天鹅肉（第89页）

热锅上的蚂蚁（第91页）

饿虎扑食，猫儿捕鼠（第92页）

月满则亏，水满则盈（第96页）

乐极生悲（第96页）

能者多劳（第113页）

坐山看虎斗（第117页）

没事人一大堆（第117页）

指桑说槐（第117页）

吃着碗里瞧着锅里（第117页）

没吃过猪肉，也看见过猪跑（第121页）

---

① ［清］曹雪芹、［清］高鹗著，启功等整理：《红楼梦》，中华书局2001年版，第12页。（以下《红楼梦》谚语均出自此版，随文括注页码，不另注。）

丈八的灯台,照见人家,照不见自己(第146页)
鸡争鹅斗(第164页)
过了河就拆桥(第167页)
巧者劳而智者忧(第246页)
眼不见,心不烦(第280页)
涎皮赖脸(第287页)
入乡随乡(第341页)
偷鸡摸狗(第367页)
陈谷子烂芝麻(第373页)
惊师动众(第376页)
牛不喝水强按头(第384页)
当着矮人,别说矮话(第385页)
名正言顺(第400页)
井底之蛙(第408页)
是真名士自风流(第415页)
病来如山倒,病去如抽丝(第442页)
一人作罪一人当(第470页)
幸于始者怠于终,善其辞者嗜其利(第478页)
花马掉嘴(第571页)
明是一盆火,暗是一把刀(第575页)
妻贤夫祸少(第601页)

  以上谚语确实精彩,但把它们放到别的古典小说里也行。我们只进行作家文学分析,就会到此止步。但是,如果对《红楼梦》采用跨文化学的互文性方法进行研究,就会产生另一番图景。为节省篇幅起见,下面我只把谚语所在章回的标题列出来,再把谚语分别放在各自的章回标题下面,为这些谚语恢复情境因素,然后再投放部分事件话语的名词,把同类话语框架下的谚语分为一组,大家对比一下就能发现,原来作者挑选的谚语匠心十足。谚语还是原来的谚语,但它们在曹雪芹的安排下,已经跨越体例、人物出身、文化分层和情节排序,产生了新的作用,如命名、诅咒、批评、劝诫等,这种谚语就在小说中成为边界,提醒研究者做进一步的理论分析。

1. 命名

《红楼梦》中的人物、动物、花草植物、建筑的自然划分,情节发展与思想变化,都通过命名的方式,联结思想或建立社会边界。例如:

> 第二回《贾夫人仙逝扬州城　冷子兴演说荣国府》:
> 　　百足之虫,死而不僵
> 第二十一回《贤袭人娇嗔箴宝玉　俏平儿软语救贾琏》:
> 　　鸡争鹅斗
> 第四十四回《变生不测凤姐泼醋　喜出望外平儿理妆》:
> 　　偷鸡摸狗
> 第十二回《王熙凤毒设相思局　贾天祥正照风月鉴》:
> 　　饿虎扑食,猫儿捕鼠
> 第四十九回《琉璃世界白雪红梅　脂粉香娃割腥啖膻》:
> 　　井底之蛙
> 第十一回《庆寿辰宁府排家宴　见熙凤贾瑞起淫心》:
> 　　癞蛤蟆想吃天鹅肉

第十二回《王熙凤毒设相思局　贾天祥正照风月鉴》：
　　热锅上的蚂蚁
第八回《贾宝玉奇缘识金锁　薛宝钗巧合认通灵》：
　　没笼头的马
第四十六回《尴尬人难免尴尬事　鸳鸯女誓绝鸳鸯偶》：
　　牛不喝水强按头
第四十五回《金兰契互剖金兰语　风雨夕闷制风雨词》：
　　陈谷子烂芝麻
第十六回《贾元春才选凤藻宫　秦鲸卿夭逝黄泉路》：
　　指桑说槐
第九回《训劣子李贵承申饬　嗔顽童茗烟闹书房》：
　　蟾宫折桂
第十五回《王凤姐弄权铁槛寺　秦鲸卿得趣馒头庵》：
　　能者多劳
第二十二回《听曲文宝玉悟禅机　制灯谜贾政悲谶语》：
　　巧者劳而智者忧
第四十九回《琉璃世界白雪红梅　脂粉香娃割腥啖膻》：
　　真名士自风流

在以上章回使用的谚语中，以动物命名的有：虫、鸡、鹅、虎、猫、鼠、青蛙、癞蛤蟆、天鹅、蚂蚁、马、牛，以植物命名的有：谷子、芝麻、桑树、槐树、桂树，以人物命名的有：能者、巧者、智者、名士。仔细想想，在这些命名中，哪个只是就事说事？哪个不是话里有话？"百足之虫"岂止是说"虫"？"鸡争鹅斗"岂止是说"鸡"与"鹅"？曹雪芹的双喻排序真是巧妙。

2. 诅咒

在民俗学中,"诅咒"也称"咒语",或者"提醒语"。例如:

> 第十一回《庆寿辰宁府排家宴　见熙凤贾瑞起淫心》:
> 　　知人知面不知心
> 第十三回《秦可卿死封龙禁尉　王熙凤协理宁国府》:
> 　　乐极生悲

在《红楼梦》中,诅咒多以独白的方式出现。

3. 批评

《红楼梦》在各阶层人物和各种场合中都有批评性谚语,例如:

> 第六回《贾宝玉初试云雨情　刘老老一进荣国府》:
> 　　贵人多忘事
> 第九回《训劣子李贵承申饬　嗔顽童茗烟闹书房》:
> 　　三日打鱼,两日晒网
> 第十六回《贾元春才选凤藻宫　秦鲸卿夭逝黄泉路》:
> 　　坐山看虎斗
> 　　没事人一大堆
> 　　吃着碗里瞧着锅里
> 第十九回《情切切良宵花解语　意绵绵静日玉生香》:
> 　　丈八的灯台,照见人家,照不见自己
> 第二十一回《贤袭人娇嗔箴宝玉　俏平儿软语救贾琏》:

　　　　过了河就拆桥

第三十四回《宝钗借扇机带双敲　椿龄画蔷痴及局外》：

　　　　涎皮赖脸

第三十五回《白玉钏亲尝莲叶羹　黄金莺巧结梅花络》：

　　　　中看不中吃

第四十五回《金兰契互剖金兰语　风雨夕闷制风雨词》：

　　　　惊师动众

第五十六回《敏探春兴利除宿弊　贤宝钗小惠全大体》：

　　　　幸于始者怠于终，善其辞者嗜其利

第六十五回《贾二舍偷娶尤二姨　尤三姐思嫁柳二郎》：

　　　　明是一盆火，暗是一把刀

　　　　花马掉嘴

第六十八回《苦尤娘赚入大观园　酸凤姐大闹宁国府》：

　　　　妻贤夫祸少

曹雪芹利用谚语建立的批评关系，大都是一种对话结构。

4. 劝诫

劝诫，表示劝人。例如：

第六回《贾宝玉初试云雨情　刘老老一进荣国府》：

　　　　朝廷还有三门子穷亲呢

第九回《训劣子李贵承申饬　嗔顽童茗烟闹书房》：

　　　　忍得一时忿，终身无恼闷

第十一回《庆寿辰宁府排家宴　见熙凤贾瑞起淫心》：

　　　　天有不测风云，人有旦夕祸福

治了病治不了命

第十三回《秦可卿死封龙禁尉　王熙凤协理宁国府》：
月满则亏，水满则盈

第十六回《贾元春才选凤藻宫　秦鲸卿天逝黄泉路》：
没吃过猪肉，也看见过猪跑

第二十九回《享福人福深还祷福　多情女情重愈斟情》：
眼不见，心不烦

第四十一回《贾宝玉品茶栊翠庵　刘姥姥醉卧怡红院》：
入乡随乡

第四十六回《尴尬人难免尴尬事　鸳鸯女誓绝鸳鸯偶》：
当着矮人，别说矮话

第四十八回《滥情人情误思游艺　慕雅女雅集苦吟诗》：
名正言顺

第五十二回《俏平儿情掩虾须镯　勇晴雯病补雀毛裘》：
病来如山倒，病去如抽丝

第五十五回《辱亲女愚妾争闲气　欺幼主刁奴蓄险心》：
一人作罪一人当

这是在《红楼梦》中的复调交织之处。

曹雪芹通过在小说中插入谚语，描写了一个贵族王府极为复杂的政治、阶级、文化、家族和人生网络关系，语言交叉生动，情节滚动细密，对话结构完整。下面我再引用章回标题下谚语完整运用的例子，同学们可以观察，这些谚语在上下文的烘托下，在作者曹雪芹的手中，如何出神入化、游刃有余，如庖丁解牛。

在《红楼梦》第六十五回《贾二舍偷娶尤二姨　尤三姐思嫁柳

二郎》中,贾珍打尤三姐的主意,贾琏见状,故意戏弄尤三姐。他笑嘻嘻地让尤三姐和贾珍喝交杯酒,尤三姐听了这话,马上跳了起来,站在炕上,指着贾琏冷笑道:

> 你不用和我"花马掉嘴"的!咱们"清水下杂面,你吃我看","提着影戏人子上场儿,好歹别戳破这层纸儿"。你别糊涂油蒙了心,打量我们不知道你府上的事呢!……如今把我姐姐拐了来做了二房,"偷来的锣鼓儿打不得"。我也要会会那凤奶奶去,看他是几个脑袋、几只手?若大家好,取和儿便罢;倘若有一点叫人过不去,我有本事先把你两个的牛黄狗宝掏出来。①

好一顿批评,不,严格地说是教训,把两个公子哥的酒都吓醒了,答不出半句话来。

在《红楼梦》第六十八回《苦尤娘赚入大观园　酸凤姐大闹宁国府》中,王熙凤得知丈夫讨妾尤二姐后,曹雪芹写她的严厉"批评":

> (凤姐)哭着,搬着尤氏的脸,问道:"你发昏了?你的嘴里难道有茄子塞着?不就是他们给你嚼子衔上了?为什么你不来告诉我去?你要告诉了我,这会子不平安了?怎么得惊官动府,闹到这步田地?你这会子还怨他们!自古说:'妻贤夫祸少','表壮不如里壮',你但凡是个好的,他们怎敢闹出这些事来?你又没才干,又没口齿,锯了嘴子的葫芦,就只会

---

① 〔清〕曹雪芹、〔清〕高鹗著,启功等整理:《红楼梦》第六十五回,第571页。

一味瞎小心,应贤良的名儿!"说着,啐了几口。①

在以上两段引文中,曹雪芹成功运用谚语描写了人物关系的三种反应:一是尤三姐的反应,性情刚烈,快人快语;二是王熙凤的反应,精明能干,性格泼辣;三是尤氏的反应,任人摆布,忍气吞声。谚语在这些引文中与大量的物质要素、社会经验和日常人生智慧因素交相辉映,在曹雪芹的笔下大放异彩。

我们是当代人,与四百年前的曹雪芹,彼此之间也是跨文化的。但是,我们从命名、诅咒、批评、劝诫的边界,看小说叙事的不同层次和不同结构,能看到它们互相区别,又彼此勾连。看书中的人物,上的上,下的下,雅的雅,俗的俗,都被谚语勾住。读者进得去,出得来,都被谚语迷住。真是好看,值得深思。

五、西部格言

我国西部青藏高原多民族谚语资源相当丰富,不只农谚,还有部分谚语出自金顶佛寺饱学高僧的提炼和再创造,或者来自敦煌藏经洞古藏文文献的记载,成为佛典格言。千百年来,它们在青藏高原博大精深的佛教文化中传承,也在藏民口头传统中流传。近期出版的《藏族格言大全》展现了青藏高原这方面的独特文化遗

---

① [清]曹雪芹、[清]高鹗著,启功等整理:《红楼梦》第六十八回,第601页。

产①,下面按藏族学者归纳的方式和用语,摘录如下。

(一) 佛法民生

一切幸福安乐之门,
要有良行才能跨入。
国王以及普通百姓,
都要有利佛法民生。②

(二) 三轮之事

无论过去现在未来,
必须思索为王之道。
国家之内一切贤者,
三轮之事完全通晓。

熟谙兵法操练武艺,

---

① 参见青海藏族研究会编译《藏族格言大全》(藏汉对照)(全四卷),甘肃民族出版社2020年版。据该书《跋》记载,此书搜集了自唐代至近代的格言,包括成书于公元8世纪的《格言》,该书吸收了王尧翻译的《敦煌本吐蕃历史文书·兄弟教诲录》和《萨迦格言》、多识的《格鲁派善教昌盛祝愿词》、耿予方译的《国王修身论》《格丹格言》和《水树格言》、西藏边巴的《卡其帕鲁》,详见第395页。这套书承蒙青海师范大学民族师范学院吉太加教授赠送,特此致谢。

② 居木潘·嘉扬南杰嘉措:《国王修身论》,耿予方译,青海藏族研究会编译:《藏族格言大全》(藏汉对照)第三卷,第5—6页。

保卫国土头等大事；
发展农业修建民房，
此乃国家第二大事。

理好工商兴盛工艺，
此乃国家第三大事。
如果做好以上三事，
众生都会称心如意。①

（三）僧俗安乐

学好经典掌握知识，
既促文艺又做生意。
一切僧俗人民安乐，
国家就会太平如意。②

（四）学校与贸易

手艺人各业各行，
驰名品种传于四方；

---

① 居木潘·嘉扬南杰嘉措：《国王修身论》，耿予方译，青海藏族研究会编译：《藏族格言大全》（藏汉对照）第三卷，第334—335页。
② 同上书，第335页。

建立学校开展贸易，

都应一一安排妥当。①

这是另一种经典汇集，主要从佛教的角度，阐述治国要务、为王之道，也讲到工艺技术在高原生活中的重要性。

结　论

李约瑟（Joseph Terence Montgomery Needham）曾说:"如果我的中国朋友们在智力上和我完全一样,那为什么像伽利略、托里拆利、斯蒂文、牛顿这样的伟大人物都是欧洲人,而不是中国人或印度人呢？为什么近代科学和科学革命只产生在欧洲呢？……为什么直到中世纪中国还比欧洲先进,后来却会让欧洲人着了先鞭呢？怎么会产生这样的转变呢？"这就是所谓的"李约瑟难题"。如果了解了中国的谚语,可以从这个角度（当然仅仅是一个角度）,面对李约瑟的问题,进行自己的跨文化思考。

第一,技术视角的思考。现在我们需要回想笛卡尔（Rene Descartes）,他是近代西方科学的始祖,被称为17世纪的欧洲和世界科学界最有影响的巨匠,他把世界文化变成机械原理的演示。黑格尔称他为"现代哲学之父"。再看李约瑟,他比钟敬文先生年长3岁,逝世时已是全球化席卷全球的一年。他的代表作《中国的

---

①　居木潘·嘉扬南杰嘉措:《国王修身论》,耿予方译,青海藏族研究会编译：《藏族格言大全》（藏汉对照）第三卷,第336页。

科学与文明》(即《中国科学技术史》),钟敬文在《民间文学概论》中也引用过。他的主要观点是:在现代科学技术登场前十多个世纪,中国在科技和知识方面的积累远胜于西方。笛卡尔和李约瑟都是从欧洲自然科学的角度做阐释,不过李约瑟开始摆脱"欧洲中心论",向西方介绍中国的传统科技发明,但他仍然有"欧洲中心论"的遗传,他的难题就是这种遗传所致。

　　第二,文化的视角。曹雪芹写小说、用谚语、做批评都是文化视角的。其实我国谚语的技术含量是比较突出的。在我前面列举的中文谚语书目中,有一位作者叫朱炳海,是气象学家,他考察了408条谚语,发现其中85%拥有科学合理性,75%具有天气预报的价值①。但是,要注意,中国谚语即便是反映自然地理和生产技术知识也离不开文化观照。现代中国社会变化很大,进入世界话语体系之处很多,现代大学生也有多元文化观,在看待和使用谚语的思想内涵上会有一些变化。但本讲所介绍的谚语也告诉我们一个中国文化的基本问题:分析中国传统文化,包括带有技术因素的传统文化,是做技术阐释还是文化阐释?这是要选择的。中国谚语从谚语的角度告诉我们,中国的技术扎根与中国文化,从来就没变过。中国人强调从文化自律的角度认识自然界,重视文化对技术的控制利用。当然,这里所说的文化阐释,一是要掌握内涵,继承优秀传统,二是也不要一味地寻找古方子,戴古帽子,凡事要有当代文化价值,要创新发展。

----

① 参见〔美〕欧达伟《中国民众思想史论》,董晓萍译,第59页。另见朱炳海编著《天气谚语》,第95—100页,特别是第91页。

第十二讲 史诗

史诗是在传统社会产生的、具有一定长度的、承载民族历史文明特征的叙事体诗篇。从经典民俗学研究到当代民间文艺学研究无不重视史诗，全球化时代成长起来的大学生和研究生无人不知史诗。中国的三大史诗《格萨尔王传》《江格尔》和《玛纳斯》，印欧四大史诗《伊利亚特》《奥德赛》《罗摩衍那》和《摩诃婆罗多》，都是以诗体的形式，叙述人物、事件、历史、社会和风俗。它们多样文化交织，在辽远的地域上传播，明显具备主体性和跨文化性两种品质。史诗是跨文化民间文学研究的重要对象。

一、民俗学的史诗观

在民俗学的学术史上，研究史诗与研究歌谣和故事几乎同步，都是超过百年的不老课题，不过史诗的研究更受关注，这是因为史诗的容量大，历史传统承载厚重，文化交流因素复杂，可以不断提出新问题，因此备受青睐。相比之下，歌谣和故事是史诗叙事中的部件，无论从结构和分量上都不能与史诗相比。经典民俗学的史诗学研究有三个特点：一是在研究理念上，将史诗从体裁学上处理，视为民俗文本；二是在研究对象上，主要研究史诗中的神话传说、英雄传奇、社会事件、风俗百科和波澜壮阔的叙事性质;三是在研究方法上,采用多学科交叉研究的方法。本讲增加跨文化学的研究,尝试远望,尝试深掘,也尝试对纠结已久的问题稍作回答。

(一)史诗的定义与形成年代

在钟敬文主编的《民间文学概论》中,对史诗的定义是,它以诗的语言,记叙天地的形成、人类的起源、民族的生活、历史发展中的重大事件,以及英雄人物的业绩等,是规模比较宏大、比较古老的民间叙事体长诗①。

史诗形成于氏族社会后期至中世纪。古希腊的《伊利亚特》和《奥德赛》,约公元前12至前9世纪产生,印度的《罗摩衍那》和《摩诃婆罗多》,约公元前10至前9世纪产生。法国的《罗兰之歌》,约11世纪末至12世纪初完成。俄罗斯的《伊戈尔远征记》,约12世纪完成。德国的《尼贝龙根之歌》,约13世纪完成。我国三大史诗的形成时间与法、德、俄史诗的差不多,其中,藏族的《格萨尔王传》约形成于7至9世纪,蒙古族的《江格尔》和柯尔克孜族的《玛纳斯》约形成于公元11至12世纪。

对史诗形成年代的讨论,在格林兄弟时代就已提出。他们和不少欧洲学者认为,将史诗形成的时间向史前社会靠近,是因为要

---

① 参见钟敬文主编《民间文学概论》(第二版),第204—226页。另见钟敬文主编《民间文学作品选》(第二版),重点看《史诗和民间叙事诗》,第214—272、346—347页。

符合初民社会的神话和传说的两个产生条件,一是个人的精神劳动还没有从集体意识中分离出来,二是文学艺术还没有从混合意识形态中分离出来。在早期人类的观念中,"万物有灵"占支配地位,社会模式也停留在不发达时期,与中世纪之后灿烂的欧洲文明无法相比。希腊史诗《伊利亚特》和《奥德赛》出现时,原始社会刚刚解体,进入奴隶社会的军事民主制时期,即所谓的"英雄时代"。印度史诗《罗摩衍那》和《摩诃婆罗多》的雏形,是原始社会到奴隶社会转变时期的产物。晚于希腊和印度的史诗作品,如法国的《罗兰之歌》和德国的《尼贝龙根之歌》,都是在早期广泛流传的零散作品的基础上形成的。这种史诗形成论有欧洲文化中心的痕迹。我国三大史诗的形成,从历史时期看,与东部文化发展有不平衡性;从地理分布看,集中在西部崇山峻岭地区。但对此不能用相同社会的先进或后进衡量,也不能用共同文化的高或低比较。我国西部史诗保留了独特的生态文化,东部史诗蕴含了丰富的人文文化,两者各有特点,相映生辉。

(二)史诗的内容特征

民俗学对史诗特征的研究,从研究的理念、对象和方法出发,认为史诗有以下特征。

史诗是以诗的形式表述的神话和传说,是各民族早期社会文化的产物[①]。将史诗与神话比较,在内容上,史诗比神话的内容更

---

① 参见钟敬文主编《民间文学概论》(第二版),第205—207页。

丰富、更广泛。它除了神话描述，还有大量古老自然观和社会生活习俗的记录。在规模上，神话是单个、零散的单篇，史诗把神话加以系统化和完整化①。在时间上，史诗晚于神话，中间有个历史化过程，加入了社会生活内容。在内容上，史诗更为丰富，除了神话，还有传说、民俗、民族迁徙、社会婚丧礼俗。在思维方式上，史诗比神话凸显了集体性，出现了讲述人与听众两者。神话看不见听众，史诗有听众。史诗传达了讲述人与听众的共同集体性。

史诗是对古代历史传说的理想化和系统化的加工创作。将史诗与传说比较，在叙述英雄人物上，把英雄人物神灵化。希腊史诗和我国藏族史诗《格萨尔王传》中的英雄都有浓郁的神话色彩和传奇行为。据说荷马本人双目失明，《荷马史诗》是他对古老的神话传说整理加工而成。史诗在历史事件上，集合了同一时期的各种重大社会历史事件。在描述社会形态上，史诗是一种形象化了的社会历史。前面提到的芬兰史诗《卡勒瓦拉》是由学者兼作家伊利亚斯·隆洛德对本国的神话传说、歌谣故事和社会历史资料二度创作的产品。

史诗风格崇高，叙述庄严，具有较强的权威性。将史诗与民俗比较，史诗是对本民族的自然观、社会观、伦理道德观、生产活动、风俗习惯、氏族部落战争和民族关系等重大历史事件的艺术概括，是各民族的特殊的知识总汇。在传承遗产要素上，史诗被强调为"祖谱"或"根谱"。在传承方式上，史诗的传播仪式化和庆典化，有神圣时间。在传承空间上，把史诗仪式地点圣地化，产生真理化的社区。据一位《格萨尔王传》的演唱艺人讲，过去一本《格萨尔

---

① 参见钟敬文主编《民间文学概论》（第二版），第204—205页。

王传》的手抄本需要15驮茯茶或20头牦牛才能换取。1980年7月在首都戏剧界为《格萨尔王传》搬上京剧舞台而举行的座谈会上,一位藏族学者激动地介绍了藏族人民对格萨尔王的崇敬之情。他说,藏族人民每次看到藏戏《格萨尔王传》都激动得泪流满面。

(三)史诗的分类

在钟敬文主编的《民间文学概论》中,将史诗划分为创世史诗和英雄史诗两类。

1. 创世史诗

创世史诗,也称"神话史诗"。它歌唱天地的开辟、万物的起源和人类的诞生。它也反映洪水泛滥、人类遭受大自然危害和与人、自然斗争的情景。它还反映古代社会的风俗习惯,以及农耕、畜牧和手工业的发展。这类史诗与神话的关系十分密切,但也加入了关于部落、民族历史的传说和民俗的内容[①]。

目前已知世界上最古老的、有文字记载的创世史诗,是古巴比伦的史诗《吉尔伽美什》(The Epic of Gilgamesh),稿本残存,保留至今,上面标明的时间是公元前三千年末,实际形成的时间可能还要早,专家鉴定为4000年前。巴比伦是西亚的一个古国,公元前两千年已臻隆盛,后来衰落。这部史诗用楔形文字写在泥板上,在苏美尔人中间流传,在古巴比伦王国时期改编成巴比伦版本,现

---

① 参见钟敬文主编《民间文学概论》(第二版),第207—208页。

存2000余行，还有三分之一残缺。史诗的内容是对古代美索不达米亚地区乌鲁克城邦的领主吉尔伽美什的赞颂。原由许多独立的情节组成，被编撰后形成一个整体。近年在我国新疆和田地区发现了古代地毯，有的研究者认为记录了与《吉尔伽美什》相似的史诗故事①。

1949年前，在云南的独龙族和纳西族中间，还流传着创世史诗。纳西族的《创世纪》说，洪水泛滥时，人间留下一个青年叫利恩。天上的仙女衬红喜爱利恩，冲破天神父亲的阻挡，下凡人间，与利恩结为夫妻。他们生下三个儿子，"老大是藏族，居住在上边；老二是白族，居住在下边；老三是纳西族，居住在中间"。天地一片汪洋，无法生活，利恩用白银铲刀开荒，衬红用黄金锄头锄草，"利恩犁田赶起七驾牛，衬红插秧同时插七行"。他们通过辛勤的劳动，加上神仙的帮助，让大地遍布人烟，六畜兴旺。

彝族的创世史诗《梅葛》，第一部讲天地形成、人类起源，第二部讲天神造物、农事生产，第三部讲婚事，第四部讲丧葬。整部史诗按照创世的思维，组织神话传说，反映了人类早期社会的重要历史事件，表达自然观与社会观合一的认识。

贵州的创世史诗《苗族古歌》，讲天地初开，运金运银，用金银打造撑天柱，"运金造金柱，金柱撑住天；运银铸银柱，银柱支住地，天才不会垮，地才不会崩"。这种描述虽然出于想象，但只有在冶炼技术发明后才能出现，而掌握金属冶炼技术就是我国春秋战国

---

① 参见段晴《天树下娜娜女神的宣言——新疆洛浦县山普鲁出土毛毯系列研究之一》，《西域研究》2015年第4期，第147—160页。

时代的事了。在四川三星堆出土大量金银器具，被考古学认定为春秋战国时期的文物，从它们的神奇造型和祭祀坑看，应该有创世神话，可惜迄今为止还没发现。

芬兰史诗《卡勒瓦拉》又名《英雄国》，也有创世史诗的内容。芬兰是欧洲发达较晚的国家，史诗的主体部分产生于中世纪，创世部分出现更早，其基本情节是讲述锻造和争夺神磨三宝的经过。这座神磨非同凡响，能磨出粮食、盐和金钱。史诗讲，有两名男子同时向北方国的女族长卢西恶婆的女儿求婚。在两人中间，一位是魔法师、弹唱诗人维亚摩能老人，他是空气和大海的女神所生，有开天辟地的功绩；另一位是青年铁匠伊乐马利宁，是个穷人。卢西恶婆提出，谁能锻造出神磨三宝，就把女儿嫁给谁。青年铁匠伊乐马利宁打造神磨，请求风神帮他拉风箱，于是狂风大作，东西南北风一起呼啸，大风吹了三天，在熊熊火焰中锻造出了神磨。这部史诗从天地开辟写到铸造铁器，与纳西族的《创世纪》和彝族的《梅葛》相似，都表现了人对自然的解释和参与自然运行的想象。史诗的中心角色是半人半神。虽然这部史诗讲了很多开天辟地的神话，具有创世史诗的特点，但芬兰民俗学者仍然认为它是一部英雄史诗。《卡勒瓦拉》面世后，极大地感动了芬兰人民，成为芬兰国家史和民俗学史上的一座丰碑。20世纪60年代，芬兰译制电影《三宝磨坊》在我国放映，打动了无数热爱和平的中国观众的心。这部史诗在所有欧洲史诗中国际性最强，为实现民间文学的主体性与跨文化性的统一，提供了一个样本。

2. 英雄史诗

英雄史诗,是以民族英雄的斗争故事为主要题材的史诗[①]。英雄史诗主要面向社会,以英雄人物或家族为中心,讲述英雄人物带领部落或民族征战,抗御侵略、除暴安良、夺取王位等宫廷故事,斗争的情节占据压倒地位。希腊史诗《伊利亚特》,说的是十万希腊联军远征小亚细亚特洛伊城,原因是特洛伊城的王子掠走了斯巴达王的美丽妻子海伦,激怒了希腊人。这场特洛伊战争经考古资料证明是有历史依据的。

印度史诗《罗摩衍那》讲述印度古鲁王族争夺王位的斗争。故事围绕这个基本情节,叙述印度许多氏族、部落、国家的兴亡,具有一定的历史依据。

后起的欧洲四大史诗都是世界名著。法国的《罗兰之歌》自9世纪开始传诵,叙述法兰西王国查理大帝和他的勇将罗兰远征西班牙归国途中之事。罗兰是理想的封建骑士。查理大帝是正在形成中的法兰西民族的代表。查理大帝和罗兰最后战胜卖国贼加奈隆,得胜回国。查理大帝当政的时间是8至9世纪,史诗于11至12世纪完成,成了国家统一的象征。

德国的《尼贝龙根之歌》是德国人民根据古代匈奴灭亡、勃艮第兴起的历史和英雄传说创作,作者为不知名的奥地利骑士。史诗讲,尼德兰王子早年曾杀死巨龙,占有尼贝龙根族的宝物。他爱慕勃艮第国王巩特尔的妹妹克里姆希尔特,并向她求婚。他帮助巩特尔打败撒克逊人,使巩特尔娶冰岛女王布伦希尔特为妻。最

[①] 参见钟敬文主编《民间文学概论》(第二版),第210页。

后尼德兰王子与克里姆希尔特如愿成婚。

俄罗斯的《伊戈尔远征记》是古罗斯人的史诗，公元11世纪在基辅罗斯产生。古罗斯人是乌克兰、俄罗斯和白俄罗斯人的共同祖先。史诗讲，1185年，伊戈尔王公率领自己的亲属和为数不多的军队，远征突厥游牧民族波洛夫人，最后以悲壮的失败告终。史诗号召俄罗斯人团结起来，建设自己的国家。

英国的《亚瑟王之死》是中世纪的英国史诗。亚瑟王是英格兰传说中的国王，圆桌骑士团的首领。他和他的骑士军团有很多神话般的奇遇。史诗中的王后桂妮维亚和骑士兰斯洛特相爱。

我国的英雄史诗都是世界级非物质文化遗产。藏族史诗《格萨尔王传》达150万行，比印度的《罗摩衍那》长五倍，是世界上最长的史诗。它长期流传于我国西藏、青海、甘肃、内蒙古、四川和云南等藏族和蒙古族聚居区，讲述了格萨尔一生的战斗业绩。他是天神的儿子，因为人世妖魔横行，天神派他下凡拯救苦难的人民。他降生时，父亲遇害，家乡被叔父霸占，母亲在破帐篷里生下了他。他幼年放牧，受妖魔的折磨。15岁参加争夺王位的赛马比赛，一举成功，获得"雄狮大王"的称号，成为岭国的首领。从此他开始了一系列的征战，所向无敌。他相貌不凡，神通广大，能变化形体，像孙悟空一样幻化无穷。他骑着赤兔马，上天入地，南征北战。他的神箭千百人拔不动，他的身躯钢刀砍不倒，大火烧不坏。他有众多保护神帮他渡过难关。史诗《降妖伏魔·上部》唱道，他出征前向王妃珠牡告别说："在我的右肩上，有水晶白额男天神；在我的左肩上，有绿色度母女天神。"他心地善良、护国佑民，能实现人民的一切愿望。他闯进阴曹地府，下到十八层地狱，救出了母亲和十八亿亡灵。在完成拯救人民的大业之后，他把王位传给侄子，自已返回天国。

《格萨尔王传》有分章本和分部本两种。分章本以情节为单位,分成若干章节。目前出版的有贵德分章本,共五章。分部本,以事件为单位,分成若干部,在分章本的基础上加工而成。分部本也在出版。它的说唱艺人叫"钟垦"。

蒙古族史诗《江格尔》叙述以江格尔为首的十二位雄狮英雄、六位勇士与入侵者战斗,直至取得胜利的故事。

《玛纳斯》是柯尔克孜族人民的古老英雄史诗,共8部、23万行。《玛纳斯》以史诗的第一部《玛纳斯》命名,第二部《赛麦台依》,第三部《赛衣台依》,第四部《凯耐尼木》,第五部《赛依特》,第六部《阿斯勒巴恰·别克巴恰》,第七部《索木碧莱克》,第八部《奇格台依》。演唱《玛纳斯》的艺人叫"玛纳斯奇"。史诗从柯尔克孜族的来源开始讲述。相传汗王阿尔汗的公主和大臣们的女儿四十人,喝了皇宫御花园的溪水,四十个女孩全部怀孕,被赶到森林中。她们生下了二十个男孩,二十个女孩。男孩与女孩婚配,产生了柯尔克孜族。我国历史典籍《史记》《汉书》《魏书》《周书》《隋书》《新唐书》和《元史》中都有对柯尔克孜族的记载。柯尔克孜族90%的人口聚居于新疆南部的克孜勒苏柯尔克孜自治州,其他居住在北疆伊犁哈萨克自治州的额敏、特克斯、昭苏等县和南疆的塔什库尔干、乌什、阿克苏、温宿、莎车、英吉沙和皮山等地。

《玛纳斯》叙述了柯尔克孜族人民的社会历史、民族精神和生活风俗,保留了古代突厥英雄体碑铭文学的叙事传统,是突厥语民族史诗和中亚史诗中的经典。柯尔克孜族共有数十部史诗,其中还有一部分是神话史诗,《玛纳斯》是其中的代表作。

我国政府于1956年、1964年和1978年改革开放后先后三次对《玛纳斯》进行大规模的调查搜集工作,使这部史诗被完整地保存下来。《玛纳斯》的演唱者居素甫·玛玛依生于1918年,能够完整地演唱全部八部《玛纳斯》,与钟敬文先生相熟,被誉为"活着的荷马"。

《玛纳斯》拥有完整丰富的麻扎民俗信仰仪式。玛纳斯是柯尔克孜人的祖先神和民族魂。柯尔克孜人每年都要举行麻扎仪式,朝拜玛纳斯途经之地、埋葬玛纳斯勇士之地与很多无名英雄的陵墓。柯尔克孜人在麻扎中放置野山羊角或马头骨、骆驼头骨,使用宰牲和炸油饼,用以祭祀神灵和祭奠亡灵。人们在麻扎仪式中唱道:"玛纳斯的第五代孙别克巴恰在与卡尔梅克人决一死战的前夕,来到祖先玛纳斯的陵墓。他宰杀了60匹白马向祖先的灵魂祭祀,并向玛纳斯的灵魂祈祷。这时陵墓突然发出雷鸣般的响声,只见玛纳斯带领着40位勇士骑着马向陵墓走来。祖先玛纳斯赐予别克巴恰力量与勇气,使他终于力克强敌。"柯尔克孜人相信歌唱和祭祀玛纳斯就能得到祖先灵魂的佑护。柯尔克孜牧民家里的人或牲畜病了,或者妇女要分娩,都要请玛纳斯奇来家里演唱《玛纳斯》,以祛病消灾、驱邪镇魔、保佑平安。在阿合奇县色帕巴依乡,山脚下的山壁有水流出,旁边长有一棵高大的柳树和一棵苹果树,据说玛纳斯骑马从那里经过,手上的苹果掉了,就在那儿长成了一棵苹果树,这条溪水叫"苹果泉"。人们朝拜苹果泉和这棵树,把它们看成玛纳斯的象征。

《玛纳斯》于20世纪上半叶已被译成多国文字。1996年出版柯尔克孜文版《玛纳斯》,2004年出版吉尔吉斯文版《玛纳斯》,被吉尔吉斯共和国人民誉为"金子般的书"。2009年出版汉文版《玛纳斯》,全套共8部,19册。

3. 祖先来源史诗

史诗叙事未必宏大，但需要作品经典和全民族传承。我国汉族历史上就有这种民间长诗，它们既受中国传统文化影响，也受儒家和佛教文化影响，富有多样化的民族志形态。但以往从民俗学的局内看，这类长诗叙述祖先的起源，还没有达到英雄史诗的程度，故将之归入民间叙事诗。现在从跨文化视角看，它们照样是史诗，不应该被排除在史诗之外。《诗经》中的《大雅·生民》和《大雅·公刘》都是此类作品。它们讲述祖先的来历和民族起源，在本民族中长期流传。

4. 家庭婚姻史诗

家庭婚姻史诗，指以诗的形式，讲述爱情经历和婚姻家庭的矛盾与斗争的叙事长诗，如汉乐府中的《孤儿行》《东门行》，汉末建安时期的《孔雀东南飞》和北朝乐府民歌《木兰辞》，彝族支系撒尼人的《阿诗玛》和傣族《娥并与桑洛》。我国的家庭婚姻史诗存量很大，精品很多，过去把它们归入叙事诗未必妥当。

5. 民族斗争史诗

民族斗争史诗，指以诗的形式，讲述军事英雄和民族斗争英雄的叙事长诗。这里重点谈谈《嘎达梅林》。

嘎达梅林是蒙古语，"嘎达"在蒙古语中意为家中最小的兄弟，"梅林"是官职。长诗的主人公嘎达梅林，蒙古族，据说姓莫勒特图，本名那达木德，又名业喜，汉名孟青山，内蒙古哲里木盟（今通辽市）达尔罕旗（今科尔沁左翼中旗）塔木扎兰屯人，军衔是札萨克达尔罕亲王那木济勒色楞的总兵。这首长诗的《序歌》是一首著名的蒙古族民歌,久为人知,流传很广。

> 南边飞来的小鸿雁哪,
> 不落长江不起飞。
> 要说起义的嘎达梅林,
> 是为了蒙古人民的房屋和土地。

> 北边飞来的海力色雁哪,
> 不落辽河不起飞。
> 要说造反的嘎达梅林,
> 是为了蒙古人民的房屋和土地。

史诗所述发生于20世纪20年代内蒙古哲里木盟的历史事件。当时东北军阀向内蒙古地区渗透,扩张势力范围,为达此目的,他们向当地统治者软硬兼施,又打又拉。达尔罕王为了自身的享乐,不惜出卖草原人民的利益,把达尔罕旗的土地和牧场卖给军阀实行"放垦",当地人被迫背井离乡,生计无着。在这种情况下,嘎达梅林挺身而出,率领草原人民奋起抗争。这场斗争终因寡不敌众而告失败,但嘎达梅林的英雄形象却深入人心。史诗《嘎达梅林》是草原人民为他树立的不朽丰碑。长诗的结尾唱道:

> 天上的鸿雁从南往北飞,
> 是为了追求太阳的温暖呦。
> 反抗王爷的嘎达梅林,

是为了蒙古人民的利益。

这首史诗把崇敬英雄的激情渲染得十分浓烈,富于蒙古族音乐的特色。

二、跨文化的史诗研究

在20世纪的百年中,历经两次世界大战、战后和平建设、各国步入现代化、全球化和计算机信息技术革命,社会巨变,唯一不变的经典研究课题是史诗。联合国教科文组织把多元文化中最富原创性、体裁系统性和精神神圣性的作品叫史诗,如前面提到的欧洲史诗和中国史诗。史诗的哲学、思想和经验,渗透到人类社会文化的各个方面,是文化最深层的叙事。直到今天,艺术界仍把奥斯卡获奖影片中的宏大叙事泛称史诗,比如俄罗斯的《日瓦戈医生》、美国的《飘》《罗马假日》、英国的《国王的演讲》。中国人也把重大历史题材的叙事文本叫史诗,如司马迁的《史记》、杜甫的"三吏""三别"。现代中国人也把描写北京大学和北京师范大学爱国学生运动的长篇小说《青春之歌》称为"史诗"。对这些说法,我们也不能只看作是文学比喻,还可以从跨文化学的角度,研究其价值和意义。

(一)跨文化研究的必要性

季羡林先生曾谈到,他在完成对印度史诗《罗摩衍那》的翻译之后，深感学术研究不能被体裁束缚。他在多元民族志资料中发现，史诗是早已存在，并可以实现共享的人类文化遗产。季羡林为此写下《译者前言》，做了精彩阐述：

> 这一部大史诗，虽然如汪洋大海，但故事情节并不复杂。只用比较短的篇幅，就可以叙述清楚，胜任愉快，而且还会紧凑生动，更具有感人的力量。可是蚁垤或者印度古代民间艺人，竟用了这样长的篇幅，费了这样大量的辞藻，结果当然就是拖沓、重复、平板、单调；真正动人的章节是并不多的。有的书上记载，我也亲耳听别人说过，印度人会整夜整夜地听人诵读全部《罗摩衍那》，我非常怀疑这种说法。也有人说，古代的民间文学往往就是这样子，不足为怪。这个说法或许有点道理。不管怎样，这种故事情节简单而叙述却冗长、拖沓的风格，有时却让我非常伤脑筋，认为翻译它是一件苦事。
>
> 既然是诗，就应该有诗意，这是我们共同而合理的期望。可在实际上，《罗摩衍那》却在很多地方不是这个样子。整个故事描绘纯真爱情的悲欢离合，曲折细致，应该说是很有诗意的。书中的一些章节，比如描绘自然景色，叙述离情别绪，以及恋人间的临风相忆，对月长叹，诗意是极其浓烈的，艺术手法也达到很高水平。但是大多数篇章却是平铺直叙，了无变化，有的甚至叠床架屋，重复可厌。更令人难以忍受的是把一些人名、国名、树名、花名、兵器名、器具名，堆砌在一起，韵律是合的，都是瑜洛迦体，一个音节也不少，不能否认是"诗"，但是真正的诗就应该是这样子的吗？
>
> 这样的诗，不仅印度有，我们中国也是古已有之的。从前

幼儿必读的《百家姓》《千字文》之类的书，不也合辙押韵像是诗吗？可谁真正把它当作诗呢？《罗摩衍那》自然同这类的书还有很大的不同，不能等量齐观。但其中也确有一些这样的"诗"，这是不能否定的。印度古代许多科学著作也采用诗体，目的大概是取其能上口背诵，像是口诀一类的东西。在这一点上，中印是完全相同的。①

《罗摩衍那》富有多元文化要素，既定的史诗观并不能对它穷尽解释。相反，突破单一格局，进入跨文化宏观思考，就能别有发现，季先生联想到中国《百家姓》《千字文》一类的书，想到印度古代科学著作也采用诗体撰写。当然不止这些，但给我们启示良多。

中外史诗都有跨文化研究的历史。以《格萨尔王传》为例，清康熙五十五年（1716）在北京刻印了7部蒙文版史诗，引起了国际汉学界的关注。最早研究这部史诗的是清乾隆年间的藏族学者松巴·盖希尔觉尔。据他所说，格萨尔不是神话人物，而是青海安多地区的一个小王子。18世纪之后，俄、英、法、美、日、印等国的学者纷纷来到青藏高原地区调查和搜集《格萨尔王传》。他们搜集藏文抄本，带回国去翻译和出版。20世纪以来，在中外学者对它的研究基础上，形成了一门"格萨尔学"。德裔法籍藏学家、法兰西学院院士、巴黎高等实验学院教授石泰安（Rolf Alfred Stein），曾到青藏高原搜集《格萨尔王传》。20世纪30年代，他将搜集到的部分文本在巴黎出版。他的巨著《西藏史诗与说唱艺人的研究》坚持从

---

① 季羡林：《罗摩衍那·译后记》，《东方赤子·大家丛书·季羡林卷》，华文出版社1998年版，第16—17页。

多元文化互动的角度研究藏族史诗,以其理论的精湛和方法的严谨成为至今无人超越的范本,该著1959年由法国大学出版社出版,1993年在我国出版了中译本①。俄罗斯学者很早就关注《格萨尔王传》,1948—1950年,俄罗斯《文学报》陆续发表讨论文章。新中国成立后我国政府十分重视这项工作,1959年成立《格萨尔王传》工作组,组织人力专门调查、搜集、整理和翻译。经过40年的努力取得重大进展,于1990年完成《格萨尔王传》集成工程。

(二)史诗中的爱情叙事与国家叙事合一模式

西方史诗中的爱情叙事与国家民族叙事联系紧密,但有一个发展的过程。希腊史诗《伊利亚特》和《奥德赛》,讲到阿喀琉斯与阿伽门农发生争端。在特洛伊沦陷后,奥德修斯返回伊萨卡岛,回到自己的王国,与妻子珀涅罗珀团聚。两部史诗都有爱情情节。

前述"欧洲四大史诗",在德国的《尼贝龙根之歌》中,尼德兰王子娶勃艮第国王的妹妹克里姆希尔特为妻,西班牙《熙德之歌》中的国王阿方索六世把自己的堂妹希梅娜许配给西班牙民族英雄熙德,但另外两部史诗《罗兰之歌》和《伊戈尔远征记》没有爱情情节。至19世纪末20世纪初,随着北欧国家民族独立和国家解放运动兴起,芬兰史诗《卡勒瓦拉》的爱情叙事完全衍生为爱国格局,与之有语言亲缘关系的爱沙尼亚史诗《卡列维伯格》也采用了同

---

① 〔法〕石泰安:《西藏史诗与说唱艺人的研究》,耿昇译,西藏出版社1993年版。

样的爱情与爱国合一模式。欧洲其他国家的史诗，在这一时期已基本定型，只传诵而不发展，但北欧国家的这两部史诗还在发展，终成国家史诗，是国家精神的旗帜。

（三）史诗中的生态文化与生态环境建设

史诗中的英雄叙事与生态环境建设的关系引人关注。蒙古族史诗《嘎达梅林》中的英雄为阻止草原放垦而奋起反抗，因为放垦的最大危害就是对草原环境的破坏。20世纪上半叶，在嘎达梅林的家乡，草原的放垦并未因嘎达梅林的斗争而终止。后来科尔沁草原还曾"出荒"11次，严重破坏了草原生态结构。科尔沁草原已几乎全部沙化，属于正在发展的西辽河沙丘平原沙漠化土地，以风蚀沙地半固定状态为主。目前"科尔沁沙地"仍以每年1.9%的速度扩展，总面积已达8000万亩，被列为中国最大的沙地。嘎达梅林牺牲的乌力吉木仁河，现已然变成一条沙沟，昔日淙淙的河水早已断流，河岸四周也是一片片沙化的农田与一座座沙包和沙坨子，近年地方政府正在努力扭转沙漠化的颓势。

下编　个案研究

第十三讲　跨文化的中印故事

跨文化的中日印故事比较研究是一个切入点，钟敬文和季羡林先生有关中日印猫鼠型主题故事的研究已经提供了典范个案。此个案的突破点有：一是指出猫鼠型主题故事中的印度老鼠嫁女型为东方国家独有，但中国对它的历史记载和现实异文更为丰富，具有老鼠嫁女型与猫鼠主题故事共同传承的完整形态，此点大大突破了汤普森AT的成绩；二是揭示跨文化研究能促进编纂与西方故事类型有别的中国故事类型，同时也要考虑体现中国多民族多地区的内部文化多样性；三是在国家级层面上评价故事类型研究的价值，探索保护利用中国故事资源的现代途径；四是故事类型研究从开始就有外来理论特点，钟、季都有留学背景并使用了外来理论，但他们能用中国实际资料刷新外来学说，建立既有国学基础又有世界前沿水平的新学派，在提倡学术研究"国际化"的今天，治学之道也值得后学反思。

在本讲中，分析中印共享的猫鼠型故事。在这组故事中，中心角色是猫或鼠；故事的内容是讲猫与鼠的动物生活或拟人生活。在汤普森修订的AT类型中，它位于前300号的"动物故事"和2031号的"程式故事"中①。猫鼠型主题故事包括四个类型：猫鼠对手型、强中更有强中手型、老鼠嫁女型和异猫命名型。以下介绍

---

① Antti Aarne, translated and enlarged by Stish Thompson, *The Types of the Folktale*, pp. 21-87, 530-533.

这四个类型的母题要点，以方便后面的叙述。在本讲中，我暂时给这四个类型做了编号，在下面的讨论中，也会适当使用这个编号，说明钟敬文和季羡林的学术发现和研究方法。

1. 猫鼠对手型，列入汤普森AT的前300号，讲天帝排属相，猫上了老鼠的当，睡觉过了头，错过了时间，没有排上属相，从此猫鼠结仇。猫与鼠是食肉动物中的一对天敌，又因主人的大意，变成拟人生活中的宿敌①。

2. 强中更有强中手型，AT编号为2031，讲人给物体取名，把这个名字用更强大的动物名字或某种强硬的东西的名称来表示，或者人要控告猫或老鼠，为了打赢官司，要找一个本领更高强的法官。在叙事结构上，这是一种连环套故事，讲的是日怕云、云怕风、风怕墙和墙怕鼠之类，由一连串循环情节单元组成。汤普森AT指出，这两个类型分布于欧美、非洲和亚洲的印度，东西方国家都有，是世界大扩布故事②。

3. 老鼠嫁女型，汤普森指出，老鼠嫁女型故事为印度所独有，给它一个专属编号2031C③。讲的是甲怕乙、乙怕丙、丙怕丁之类，由一连串循环情节单元组成。这个故事与强中更有强中手型粘连，

---

① Antti Aarne, translated and enlarged by Stish Thompson, "217 The Cat and the Candle", *The Types of the Folktale*, p. 70. 需要说明的是在汤普森AT中，217猫和蜡烛型是一种猫鼠对手型，但丁乃通在《中国民间故事类型索引》的"217［猫与蜡烛］"中对这个类型未作任何翻译，但丁乃通却补充了另一个猫鼠对手型的中国故事"200［猫的权利］"，讲猫鼠因为排属相结仇。参见〔美〕丁乃通《中国民间故事类型索引》，郑建成等译，第37、41页。

② 参见 Antti Aarne, translated and enlarged by Stish Thompson, *The Types of the Folktale*, pp. 530-531。

③ 参见 Antti Aarne, translated and enlarged by Stish Thompson, *The Types of the Folktale*, p. 531。

结果老鼠父亲认为自己的同类本事最大,就把女儿嫁给了另一只老鼠。

4. 异猫命名型,无AT编号,指主人给一只猫起名,起的名字暗喻的对象一个比一个强大①。这个故事与强中更有强中手型粘连。这只"猫"几乎与"3. 老鼠嫁女"中的"鼠"混同。还有的异文说,猫冒充鼠,干掉了鼠新郎,吃掉了鼠新娘。

在有的故事中,这只猫都与猫鼠对手型粘连,它冒充鼠,干掉娶亲的鼠新郎,吞吃了鼠新娘。老鼠嫁女型和异猫命名型在东方国家流传已久,中国的老鼠嫁女型还演为民俗,在中国人的农业生活中扎根。

钟先生和季先生对猫鼠型故事的研究,从这两个类型开始,提出了东方故事研究中的一个学术命题。钟敬文研究了上述猫鼠型主题故事中的猫鼠对手型、强中更有强中手型、老鼠嫁女型,后吸收了季羡林的研究意见,将异猫命名型综合考察,纳入对该主题故事的研究中。季羡林由发现异猫命名型,进入老鼠嫁女型和强中更有强中手型,他的研究,为民间文艺学者对这个问题的研究提供了重要成果。在这个意义上说,两人殊途同归。

钟敬文先生早在1927年就向国内介绍了欧洲人编的印欧故事类型,其中有"三蠢人式",里面已包含猫鼠对手型和猫狗对手型②,但这还不是明确的猫鼠型主题研究。1928年,他发表了中国

---

① 参见季羡林《"猫名"寓言的演变》,《比较文学与民间文学》,第77页。
② 参见〔英〕库路德编,约瑟·雅科布斯修订《印欧民间故事型式表》,钟敬文、杨成志译。另见钟敬文《中国印欧民间故事之相似》所举类型六十九"三蠢人式"的编制,《钟敬文民间文学论集》下册,第241—244页。

故事类型研究论文，对猫狗结仇型做了专门研究①，但仍不是明确的猫鼠型，这说明他还没有找到问题，而找到问题对学术研究是何等重要。1936年，他在中国和日本完成了一系列故事类型研究论文，其中的重点是老鼠嫁女型，也涉及强中更有强中手型②，这时他介入问题。1991年，他发表了最后一篇中日故事类型比较研究的论文，增加了异猫命名型，并对老鼠嫁女型和异猫命名型故事的关系做了总结③。

从他的研究看，猫鼠型主题故事中的印度老鼠嫁女型为东方国家独有，但中国对它的历史记载和现实异文更为丰富，具有老鼠嫁女型与其他猫鼠主题故事共同传承的完整形态，因此要从整体文化上考察老鼠嫁女型故事。他的这个观点大大突破了汤普森AT的成绩。在长达六十余年的治学生涯中，他对故事类型的研究，由于众所周知的原因，虽有停顿，但并没有停止。一个国家的某学科创建者的理论兴趣和治学经历对该学科的基础研究是有着整体影响的，以猫鼠型故事研究为例，钟先生的这类研究也给我国民间文艺学的研究带来了深刻的影响，大体有三：第一，它提供了一种可供观察的发展途径，就是通过口头传统及其民俗生活中的故事资料进行文学性的描述，使民间文学研究变为一门现代学问。第二，以比较方法为主的中国故事类型研究，需要补充古典文学、历史学、人类学、民族学、艺术学和东方文学知识，开展交叉研究（特别

---

① 参见钟敬文《中国民间故事型式》，《钟敬文民间文学论集》下册，第345页。
② 参见钟敬文《中国古代民俗中的鼠》，原文最初以日文本发表，中文本发表于《民俗》季刊1937年第1卷第2期，收入钟敬文著，巴莫曲布嫫、康丽编《谣俗蠡测》，上海文艺出版社2001年版，第66—80页。
③ 参见钟敬文《中日民间故事比较泛说》，《钟敬文学术论著自选集》，首都师范大学出版社1994年版。

是在印度和日本民间文学方面)。钟先生的中日印故事类型比较研究就在民间文艺学的方法论建设上起到了核心作用。第三,民间文艺学研究以拥有国际化又符合中国实际的故事类型学方法,成为民俗学的基础部分。

季羡林于1948年发表了《"猫名"寓言的演变》一文,直接进入猫鼠型的异猫命名型。在文章中提出了一个惊人的观点:中日流传的异猫命名型故事的老家在印度,与老鼠嫁女型"属于同一个类型"①,其原始出处是印度《五卷书》。此前1946年,他还发表了另一篇论文《一个故事的演变》,指出强中自有强中手型的原型也在印度。他的依据是印度梵文文献《五卷书》和《嘉言集》的原本②。猫鼠型主题故事中的四个类型一下子被他认出了三个。他还指出,这三个类型都有印度祖宗,不止老鼠嫁女型。他还举述出中日两份异猫命名型的历史文献③,提出日本的异猫命名型"很可能是从中国流传过去的"④。他提出了日本民俗学研究在中印故事研究之间有"桥"的问题。这样就与钟敬文的研究形成交叉。季先生不是民间文艺学家,他的本行不是搞故事类型研究的,但他却得出了一个超出AT2031C的观点。钟先生也不搞印度文学,但钟先生长期坚持从中国故事资料实际出发,同时也关注中日比较故事类型研究的前沿成果,得出了与季先生类似的结论。

钟先生对猫鼠型主题故事的研究,在四个类型中,较早采用了一个特殊的视角,即主攻老鼠嫁女型。在这个故事中,老鼠是中心

---

① 季羡林:《"猫名"寓言的演变》,《比较文学与民间文学》,第77页。
② 参见同上书,第77页。
③ 参见季羡林《一个故事的演变》,《比较文学与民间文学》,第21—23页。
④ 季羡林:《"猫名"寓言的演变》,《比较文学与民间文学》,第73页。

角色。它虽然产自印度，但至少在500年前的明代，已在中国农业社会土壤中适宜地驻足，在南北各地多民族中广为流传，人们早忘了它的印度出身。在这个类型中，老鼠是中心角色。季先生根据印度梵文译本，主攻异猫命名型，在这个类型中，猫是中心角色。钟先生和季先生的治学方法不同：一个是民间文艺学，一个是比较文学；主攻故事类型的中心角色也不同：一个是鼠，一个是猫，但他们都对猫鼠型故事进行了精彩研究。他们使用中国故事文本、中国历史文献、印度古代故事文本和日本故事文献，在中日印多国资料中，对故事类型的原型进行辨识和整理，对故事类型的传承结构和路线进行了推论。他们的研究，由于解读跨文化对象的资料正确，方法得当，其结论具有汤普森等西方学者不可能达到的深刻程度。

钟先生与季先生关于中日印故事研究的交往时间较长，仅自1976年后，钟先生就多次给季先生写信讨论。他向季先生求证印度古代文献原文中的佛学词汇和外国人研究动物故事的翻译问题，也交换猫鼠型故事资料。其中有一封信写于1991年，这是钟老向季先生索要《"猫名"寓言的演变》一文。我去送信，季老寄回资料。这一时期正是他们晚年厚积薄发，达到毕生学问之大成的年代。钟先生在收到季先生此信后，正式发表了《中日民间故事比较泛说》一文①。他们在晚年基于对印度故事原型的共识，互相切磋交流研究意见，分析这个故事在中国、日本的变异，取得了更加深入的学术成果。以下谈谈他们怎样进行方法互补。

---

① 钟敬文：《中日民间故事比较泛说》，《钟敬文学术论著自选集》。

一、老鼠嫁女型研究的学术史价值

艾伯华在《中国民间故事类型》中,收入了猫鼠型主题故事中的1.猫鼠对手型和2.强中自有强中手型,以下摘引他的原文,原文编号也是他编定的。

6. 猫和老鼠

(1)猫和老鼠是朋友。
(2)这两位朋友都想排入十二生肖。
(3)老鼠巧计安排,让猫迟到。
(4)从此以后它俩成了冤家对头。①

209. 强中自有强中手

(1)一个强人干活时遇到了另外一个比他更强的强人。
(2)那位更强的强人也遇到了一个更强大的强人,等等。②

艾伯华编写猫鼠结仇型在丁乃通之前,是依据中国江浙地区流传的这类故事而作,他的工作并未采纳AT系统。但艾伯华的2.强中自有强中手型,几与AT相同,这对不与AT同流的艾伯华来说,是很少见的。比起丁乃通,他对中国的猫鼠型故事相对敏感,可惜

---

① 〔德〕艾伯华:《中国民间故事类型》,王燕生、周祖生译,第14页。
② 同上书,第300—301页。

对老鼠嫁女型未置一词。

丁乃通的《中国民间故事类型索引》完全仿照汤普森AT的编号和框架，收入中国故事和历史文献而成。此书有1.猫鼠对手型、2.强中自有强中手型和4.异猫命名型。以下录入原文，文中的编号是丁乃通完全对应汤普森AT采用的编号。

2031【强中更有强中手】

Ⅰ.［其他开头］（a）人要替物取名字，想把它的名字叫作比它强壮有力的动物或东西。（b）鹰不肯把猪腿给猫，想找一个更强有力的朋友。（c）一个石匠（或老鼠）想要成为更强的人（或动物）。（d）人或喜鹊想要控告猫或老鼠。继续寻找更坚定的法官，或者知道了罪犯已被弄死了或者逃到别处。（e）一个红孩儿喜欢跟样样东西一起玩，但他的玩具老是出毛病。小孩在烂泥里（冰上）滑，但是太阳把泥土晒干了，等等。（f）一位官员画虎不成反像猫。下属想告诉他真相，但又不敢。

Ⅱ.［强中更有强中手］下列物和人每个都比前一个强：（a）虎（b）龙（c）狮（d）牛（e）蛇（f）猫（g）狗（h）富人（j）高官（k）壮族人（m）饥饿（n）木匠（o）太阳（p）云（q）风（r）墙（s）岩石（t）白蚁（u）草（v）土山（w）树（x）洞（y）小孔（z）洪水（aa）菜籽（bb）菜油（cc）灯（dd）乞丐（ee）绳子（ff）老鼠（gg）皇帝（hh）天。

Ⅲ.［其他结尾］（a）人、鹰或喜鹊终于认识猫是最强的。（b）石匠或老鼠满足现状，不想再做别的工。（c）到处找不到那个罪犯。①

在丁乃通编制的这个类型中,他的"(a)人要替物取名字",即4.异猫命名型。他的"(d)人或喜鹊想要控告猫或老鼠",即2.强中自有强中手型。他的"(f)一位官员画虎不成反像猫。下属想告诉他真相,但又不敢"是外行人的牵强附会。他的"Ⅱ.[强中更有强中手]"这个类型提到了猫和鼠,但却将它们与人、喜鹊、罪犯、红孩儿、官员、老鹰等一群角色混在一起,没有看懂这个故事类型。丁乃通还误解了汤普森2031C老鼠嫁女型,把它改为另一个中国故事《变了又变》。经他这一改造,2.强中自有强中手型就替换了3.老鼠嫁女型,这次出错也不应该发生。下面录入其原文。

2031C*【变了又变】

老妇人豆腐吃多了变成一只虎,虎吃馒头变成一只牛,牛吃小麦变成一只麻雀,麻雀吃芝麻变成一只灰骆驼,骆驼吃蚂蚁变成一只母鸡,母鸡吃豆腐变成一位老妇人。②

丁乃通对中印故事都不熟悉,故不能把握这个类型。钟先生和季先生将猫鼠型的研究集中于3.老鼠嫁女型和4.异猫命名型,体现了他们独有的学术能力。与汤普森、艾伯华和丁乃通等外国人相比,他们能深入到中国民间故事资料的内核,这是他们的志向和学问所致。他们借鉴了西方的方法,但其目标是将西方人的理

---

① 〔美〕丁乃通:《中国民间故事类型索引》,郑建成等译,第514—515页。
② 同上书,第516页。

论和方法中国化,因此他们能通过中心角色的复杂变化,找到这个故事的中国特点。

二、钟敬文先生对中日印猫鼠故事的比较研究

对猫鼠型的研究,在中日学者中,几乎是一个竞赛。1936年,钟先生在日本,应日本同行的邀请,发表了关于鼠类型的专题论文《中国古代民俗中的鼠》①。1987年,他发表论文,专门谈猫怎样进入鼠的故事②。从钟敬文的研究观点可见,他使用了文化学的观点,分析人类由怕鼠到养猫的思想认识的变化。他又从民间文艺学和民俗学的视角解释说,故事教给人类"害怕"老鼠或某种事物,相应地在人类社会中产生的民俗,却可能是亲近老鼠,不侵犯它,表现了一种人鼠相安的意识,这大概是老鼠娶亲故事的来历。中国南北各地都有正月不扰老鼠而听其"娶亲"的风俗,也许是这种意识使然。这是一种对故事讲述人的精神世界的分析方法。鼠和猫处于人类思想的不同阶段上,鼠的故事发生在前,猫的故事发生在后。因为猫的故事更符合后世人的叙事合理性,故后来猫的故事在叙述中占了上风。鼠的故事在民俗中依然绵延,因为人类的民俗意识不是对抗,而是相处。季羡林不必考虑民俗学者看重的故事"合理性"与"不合理性"的研究,这不是他的研究焦点。但钟敬文是民俗学者,他要考虑这个问题。鼠与猫的关系,不是简单的

---

① 钟敬文:《中国古代民俗中的鼠》,巴莫曲布嫫、康丽编:《谣俗蠡测》,第66—80页。关于日方约稿的记录,参见第80页"作者附记"。
② 参见钟敬文《从文化史角度看〈老鼠娶亲〉》,《话说民间文化》,第67—70页。

谁代替谁的问题。他把这点想通了，才能把鼠与猫都成为中心角色，并且都进入同型故事的现象想透。

1991年，钟敬文再次发表了研究猫鼠型故事的论文①，由此这个类型也就成为他一辈子下功夫最多的一个类型。在此文中，钟敬文已吸收了季羡林的看法。对他的观点的转变，我将在后面谈到。这里要转入讨论季羡林的研究方法对钟敬文的影响。他们围绕一个从不同角度提出的问题讨论：猫鼠两个中心角色的处理，背后是解决其历史文献解释和地理传播。他们为解决这类学术问题而结盟，最终超过了日本学者的研究。

三、季羡林先生翻译猫鼠型故事的学术价值

前面提到，季羡林发表《"猫名"寓言的演变》一文讨论了4.异猫命名型。钟先生在此前已有命名，就叫"老鼠嫁女"。但从民间文艺学和民俗学领域看，季羡林的研究可谓异军突起。他是从印度佛典文学研究中发现这个类型的，他还运用比较文学研究的方法进行研究，使之成为一个此前几乎无人讨论的著名个案。

明代也有印度故事整个地搬到中国来的。我只举一个例子。明刘元卿《应谐录》里面记载了一篇短的寓言，说一家人有一只猫，起个名字叫"虎猫"。有人建议说，虎不如龙，不如

---

① 参见钟敬文《中日民间故事比较泛说》，《钟敬文学术论著自选集》，第389—395页。

叫"龙猫"。又有人建议叫"云猫",叫"风猫",叫"墙猫",最终叫成"鼠猫"。这样一个故事在世界各地都可以找到;但是大家都公认,它的故乡在印度。在梵文故事集《故事海》里有这样一个故事,在《五卷书》里也有这样一个故事。它从印度出发,几乎走遍了全世界。东方的中国和日本也留下了它的足迹。①

我把季先生看中的这个故事编制类型如下:

异猫命名

1. 主人家有猫,身体硕大,起名"虎猫"。
2. 第一个客人改为"龙猫",说龙比虎大。
3. 第二个客人改为"云猫",说云比龙大,龙升天靠云。
4. 第三个客人改为"风猫",说风能吹走云。
5. 第四个客人改为"墙猫",说墙能挡住风。
6. 第五个客人改为"鼠猫",说鼠能给墙打洞。
7. 主人感叹说,这样给猫起名,猫就失去本真了。

季先生又引用了他自己翻译的《五卷书》中的3.老鼠嫁女的译文,对这个故事进行比较分析。以下是我据季先生的中译文制作的类型:

---

① 季羡林:《印度文学在中国》,《比较文学与民间文学》,第111页。

56. 第十三个故事（第三卷）

1. 他是一个净修院的僧侣和族长。

2. 他从鹰嘴里救下一只小老鼠，把它变成一个女孩，对妻子说，把它当作女儿养大。

3. 女儿十二岁时，他要把她许配给门当户对的人。

4. 他要把女儿许配给太阳，但太阳怕云。

5. 他要把女儿许配给云，但云怕风。

6. 他要把女儿许配给风，但风怕山。

7. 他要把女儿许配给山，但山怕老鼠。

8. 他把女儿许配给老鼠，女儿很乐意，说老鼠是自己的同类。

9. 他把女儿变回老鼠，把她嫁给老鼠。①

季先生的译文具有怎样的学术地位，以下对照汤普森的AT中的老鼠嫁女型原文便知：

2031C. 老鼠给女儿挑选本领最大的丈夫

（a）他抓住一只老鼠，把它变成一个女孩，把它当作女儿养大。

（b）他要把她许配给世上最有本领的人。

典型的套式是：他要把女儿许配给太阳，但太阳怕云。

他要把女儿许配给云，但云怕风。

他要把女儿许配给风，但风怕山。

---

① 《五卷书》，季羡林译，人民文学出版社2001年版，第288—293页。该故事类型由作者编制，故事类型题目的编号亦为作者所加。

他要把女儿许配给山,但山怕老鼠打洞。

印度5.①

将汤普森编写的AT类型与季先生的梵文译文相比,马上就能知道,汤普森的出处正是印度的《五卷书》。但是,如果没有季先生的译文,中国人就不能这样准确快速地对季先生如此接近世界级的汤普森成果的程度做出判断。汤普森到底是第一个将印度故事类型植入AT的学者,季先生的发现印证了汤普森的发现。季先生还发现了汤普森没有发现的东西,他指出,在另一部印度古代故事集《故事海》中,同样有这只结婚的"鼠"②。汤普森只写了一个孤证,季羡林指出该类型在印度本土并非孤证,这对世界故事学的研究都是贡献。

不仅如此,自1958年至2001年,季先生和他的学术团队还陆续完成了对印度古代三大故事集《五卷书》《佛本生故事》《故事海》的系列翻译,也编译出版了他一再强调的《佛经故事》③,这就为开展中日印故事类型研究提供了更为系统的第一手资料。以下仅就这套书提供的猫鼠型主题故事资料做说明。

---

① Antti Aarne, translated and enlarged by Stish Thompson, *The Types of the Folktale*, p. 531.(董晓萍译)

② 季羡林:《"猫名"寓言的演变》,《比较文学与民间文学》,第73—74页。

③ 《五卷书》,季羡林译;《佛本生故事》,郭良鋆、黄宝生译;《佛经故事》,王邦维选译;《故事海选》,黄宝生、郭良鋆、蒋忠新译,人民文学出版社2001年版。

表7 季羡林等译印度古代故事著作中猫鼠型主题故事统计一览表

中心角色	《五卷书》（类型编号）	《佛本生故事》（类型编号）	《故事海选》（类型编号）	《佛经故事》（类型编号）	合计
猫	1（46）	3（45,111,121）	4（1074,3006,3705,4010）	2（81,102）	10
鼠	3（41,42,56）	3（2,45,2012）	10（440,602,3006,3519,3613,3614,3615,3616,3619,3712）	1（81）	17

注：由作者根据上述季羡林等译印度故事集制作，表中所列故事类型由作者据原文编制。

  在表7中，《五卷书》的第56号，《故事海选》的第3712号，都是2031C老鼠嫁女型。此外，这批印度原型故事资料证明，在印度故事类型中，"猫"和"鼠"的数量还不在少数。季先生从前提供的老鼠嫁女型两条资料，以及季先生提出的猫的老家在印度的看法，不但正确，而且准确。他的资料从梵文、巴利文和印地语直接译出，具有权威性。他的工作还证明，与印度宽广无比的故事大海相比，3.老鼠嫁女型的数量虽然很少，但不是唯一，而是唯二。季先生把它们从印度文献中找出来真是"大海捞针"。然而，中国的3.老鼠嫁女型故事却遍地开花。从已出版的《中国民间故事集成》省卷本看，中国有近半数省份都有3.老鼠嫁女型故事，独立流传，约占27%[①]。在其他相似故事中，1.猫鼠对手型、2.强中自有强中手型和4.异猫命名型是粘连流传的，例如，1.猫鼠对手型与3.老鼠嫁

[①] 老鼠嫁女型独立流传的故事，如贵州的《耗子嫁姑娘》和海南的《老鼠攀亲》，参见钟敬文主编《中国民间故事集成·贵州卷》，第573—574页；钟敬文主编《中国民间故事集成·海南卷》，第588—589页。

女型混合流传的，约占56%①；3.老鼠嫁女型与4.异猫命名型混合流传的，约占9%②。此外，也有与佛典文献结合，或者与地方宗教和民间信仰结合，成为劝善的善主的鼠③。3.老鼠嫁女型在中国流传的实际情况，又能证实，以研究中国故事为主的钟先生，主攻老鼠嫁女型、一并将猫鼠型主题故事做系统考察的方法，是经得住推敲的。

上面也提到，季先生还指出，中国明代刘元卿的《应谐录》和日本的《日本古笑话》都把"鼠"换成了"猫"，不过是一个角色的两极转化而已。

> 印度寓言里的主角是老鼠，由老鼠想到猫，于是中间不知经过了多少演变，在中国和日本，猫就变成了主角。虽然老鼠已经降为配角，但它在这里仍然占一个位置。这一点据我看就能暗示出中国的"猫名"寓言和印度的"老鼠结婚"寓言的关系。④

季先生的结论很直接，认为异猫命名型就是老鼠嫁女型的变身幻形，是鼠冠猫戴。他说："正像孙悟空把尾巴变成旗杆放在庙

---

① 福建故事《画虎成猫》就是猫鼠对手型，参见钟敬文主编《中国民间故事集成·福建卷》，第866页。
② 异猫命名型故事如黑龙江的《田鼠选婿》，参见钟敬文主编《中国民间故事集成·黑龙江卷》，第637—638页。另如湖南故事《老鼠嫁女》，参见钟敬文主编《中国民间故事集成·湖南卷》，第512—513页。
③ 老鼠嫁女型与民间信仰结合的，如湖北故事《老鼠子嫁姑娘》，参见钟敬文主编《中国民间故事集成·湖北卷》，第398—399页。
④ 季羡林：《"猫名"寓言的演变》，《比较文学与民间文学》，第77页。

后面一样，杨二郎一眼就可以看出来，这座庙是猴儿变的。"① 他还将这个类型研究带入跨文化领域讨论，当然，这是他的本行。

四、钟、季故事类型比较研究方法之比较

在这里，我们不厌其烦地讨论钟先生和季先生对猫鼠型故事的研究，目的是什么呢？除了要解释他们的原创理论，还要研究他们的方法，以为后学所用。

钟先生和季先生都有留学背景，在这种"国际化"的故事类型研究上，都使用了"洋"理论，但他们不是一般地使用，而是将之用中国最"土"的民间故事资料"刷"了一遍，使之转化成一种"洋"为"土"用又能超乎"土"的新工具。他们使用自己发明的新工具做学问，便定有新见。

先看钟先生。他研究猫鼠型故事比季先生要早20年。他的方法是用现代搜集的猫鼠型故事做资料，再对照中国历史文献中的同类记载做研究。20世纪20年代，他在接触到西方人的故事类型学说后，已对猫鼠型主题故事归纳出若干不同的类型。他的这些工作，上文已从不同角度约略提到过，这里再系统整理一下。例如，1927年和1928年，他归纳出猫狗鼠对手型②。1936年，他在日本发表了《中国民俗中的鼠》，归纳出老鼠嫁女型，并开始主攻这个类型。他之所以能做到这一步，是因为他熟悉中国故事资料，同时对

---

① 季羡林：《"猫名"寓言的演变》，《比较文学与民间文学》，第77页。
② 参见钟敬文《中国民间故事型式》，《钟敬文民间文学论集》下册，第345页。这个类型的结尾粘连猫狗结仇型。

大量中国历史文献进行了检验，仅在《中国民俗中的鼠》中，他就列举了《尚书》《山海经》《说文解字》、晋葛洪引《玉策记》、唐《初学记》和宋《太平广记》等从先秦到唐宋的连续史籍，这比起季先生引用明人刘元卿笔记《应谐录》，在对中国历史文献的征引上，是要多出几倍的。他在日本时，已知猫鼠型故事在印度等很多东方国家流传的消息，他写道"据日本有些学者指出，……它还流传于……印度……等国家"①，但他并没有将这组故事直接地归为印度原型，这是他从中国搜集故事和历史文献的两个实际出发的结果。他在1936年已引用胡怀琛关于印度有老鼠嫁女的文章，但并没有附和胡怀琛的印度来源说。就在钟先生命我到季先生家送信索要《"猫名"寓言的演变》的同时，他还要我到北京大学图书馆再查胡怀琛的这篇文章，并复印下来细看。但是，在经过多年对中国民间文学资料的研究之后，在步入晚年学术研究巅峰之际，钟先生再度重读季先生这篇异猫命名型研究文章，是大有深意的。正是这个时候，钟先生才坚决站到季先生一边。对钟先生来说，季先生的贡献有两点：一是以梵文和巴利文认定印度古代故事文献的可信性，这种精熟原文语言的可信性，让钟先生可以接受，在诸多流传老鼠嫁女型故事的东方国家中，印度才是它的原型传承国家；二是季先生最早提出，4.异猫命名型和2.强中自有强中手型都出自印度，而此点是季先生将印度文献与中国历史文献对照后得出的结论，这对钟先生也是有说服力的。

钟先生与季先生的学问功夫不同，但在季先生提出异猫命名型之后，钟先生照样能在异猫命名型与老鼠嫁女型关系的讨论上

---

① 钟敬文：《中日民间故事比较泛说》，《钟敬文学术论著自选集》，第389页。

大显身手。这与钟先生很早就从事猫鼠型主题故事的综合研究分不开。在1936年的文章中,钟先生对猫、鼠各为主角,又能对立转化的故事逻辑做了文化史和民俗学的分析,这是季先生做不到的。

与季先生相比,钟先生还以一个民间文艺学家的身份,发现猫和鼠在动物故事中的特殊性。老鼠嫁女型固然是印度原型,但它与其他动物故事格格不入,这是需要通过对其他大量动物故事的研究才能得出的认识。钟先生这时期已研究了鸟、狗、牛、猪、鼠、猴、蛇、青蛙、蚕和熊等动物故事①,那些故事中的动物与人类是亲人、朋友或助手关系,都与人类互相交换世界的信息。唯独猫除外,这也是钟先生运用故事类型研究方法才能得到的对中国民间叙事逻辑的认识。我们可以看到,猫鼠型主题故事中的四个类型都可以混合传承,但老鼠嫁女型和猫鼠对手型又十分特殊,很多中国故事都讲了鼠和猫分别与同类结婚成功,而猫和鼠作为对手却结婚失败的故事。它们需要通过其他助手帮助的情节,才能进入拟人生活,变成强中自有强中手型和异猫命名型中的那种被人关注的可爱样子。在中国文化传统中,它们被认为是与人类生活有距离的动物,它们不能帮助人类获得世界的秘密,人们传诵它们就是知识积累的过程,这也是我们识别外来故事类型可能性的一个方法。

季先生不做民俗的研究,但对钟先生的这个功夫真诚地欣赏。他在1981年以后的文章中,大力呼吁比较文学研究要关注民间文学,当然他也希望民间文学研究关注印度文学。

---

① 例如,钟敬文于1928年编制蛇郎型、熊妻型、蛤蟆儿子型、猴娃娘型等类型,参见钟敬文《中国民间故事型式》,《钟敬文民间文学论集》下册,第345、346、349—350页。该书还收入了钟敬文后来为此撰写的系列论文。

> 在世界上，只要有国家，就会有民间。只要有民间，几乎就都有民间文学。然而，民间文学的情况却是千差万别的。在所有的民间文学中，无论是从内容上看，还是从数量上看，无论是从影响来看，还是从历史来看，印度民间文学可以说是遥遥领先的。
>
> ……
>
> 印度文学与中国文学的关系，自来论之者众矣，但是系统的研究，只能说是刚刚开始。因此，我们如果要研究外国民间文学，首先应该研究印度民间文学。在这方面，有大量的工作有待于我们去做，这一条道路真可以说是前途光明，是一条阳光大道。①

钟先生不做印度学问，但对季先生的梵文翻译和研究的绝活也真诚地欣赏。季先生在《"猫名"寓言的演变中》，通过直接翻译梵文资料，提出在中国明代笔记《应谐录》之前，就存在印度的《五卷书》《故事海》和《说薮》对同类故事的记载，因此不能不考虑这个类型的印度资料。从某种程度上说，季先生也是印度民间文学研究的大家。

钟先生后来是接受了季先生的观点的。但在这一过程中，钟先生对猫鼠型主题故事的研究，还增加了农业文化和宗教仪式等层面的分析。他对印度故事类型的研究，扩大到对月兔、月中人等

---

① 季羡林：《序言》，原文撰于1982年12月23日，王树英等编译：《印度民间故事》，北京大学出版社1984年版，第1—2页。

中印相似故事类型的探讨①。两人的学问视角不同,研究方法不同,又使用不同国家的语言文字资料和翻译资料。在他们面对相同的故事类型时,有时会发现不同的问题,这正是故事类型研究需要跨学科和跨文化的地方。以下使用1990年季先生致钟先生的回信,从一个具体例子的分析,说明他们怎样在研究方法和跨文化视角上彼此回应和观点互补。

下面是季先生的信:

钟老:

您要看的关于猫名的拙作已复印了一份,今寄上,请查收。

……

季羡林
1990.10.26

钟先生对季先生此信给予了历史性的回应。在1990年之前,钟先生通过对猫鼠型主题故事的综合研究和对老鼠嫁女型故事的专题研究,认为中日印的猫鼠型故事可分为两个异式:老鼠择婿和异猫命名。该故事类型中的鼠和猫是两个角色,表达式为"鼠≠猫"。如果我们可以把季先生"关于猫名"的观点也归纳为一个表达式,那就应该是"印度鼠＝中日猫",意思是印度的老鼠嫁女在中国变成了异猫,异猫又传了到日本。两人的观点是有距离的。

---

① 参见钟敬文《马王堆汉墓帛画的神话史意义》,原作于1973年,《钟敬文民间文学论集》上册,第136—137页。

1990年以后，钟先生部分地改变了观点，认为印度的鼠与中国的异猫存在着原型和异文的联系，即"印度鼠≈中日猫"。但是，在考察原型和异文的联系时，还要顾及各国、各地区和各民族的文化多样性，在文化多样性的背后，还要考虑各自的社会史、民众心理和接受民俗的差异。所以，看似相似的故事类型的异文，在具备季先生所提出的确凿证据时，可以在异文之间画等号；在尚不具备确凿证据时，就未必认定中国异文一定是从印度传来的。

在这之前，大约从1987年开始，钟先生已带我开始查阅《中国民间故事集成》的省卷本和市县卷本。我相信他始终在考虑怎样使用季先生的研究成果。以下我使用距印度较近的《中国民间故事集成》西藏卷和云南卷说明这个工作过程。

西藏卷有35个动物故事，以藏族讲述为主，这些动物都有神名，十分接近《五卷书》，但没有老鼠嫁女型[①]。云南卷有45个动物故事，有19个民族的讲述人，有老鼠嫁女型故事。该故事的讲述人为陇川县阿昌族人，故事篇名是《鼠王选婿》[②]。相对西藏来说，云南距印度较远，保留了这个故事，但老鼠嫁女型与猫鼠对手型粘连。西藏和云南的情况不覆盖全中国，但至少在中国多地区多民族中，故事类型传承也有内部文化多样性的问题，这未必要等印度原型传过来才能得出结论。

钟先生在此文中还引用了四川遂宁和河北邯郸的故事资料。

[①] 参见钟敬文主编《中国民间故事集成·西藏卷》。
[②] 《鼠王选婿》（阿昌族·陇川县），参见钟敬文主编《中国民间故事集成·云南卷》，第999页。

第十三讲 跨文化的中印故事

在这两则故事中，一个是独立流传的老鼠嫁女型①；另一个开头是老鼠嫁女型，结尾转为猫鼠对手型②。而两份资料都没有猫、鼠完全叠合的例子。

这期间，钟先生再次推敲季先生《"猫名"寓言的演变》的雄辩资料，放弃了对老鼠嫁女是两个主角的推论，承认猫鼠之间可以彼此转化为同一个角色。下面是1991年的原文：

> 我国流传的这种类型的故事，既然有明显的两式，那么，它便给我们提出了一个问题：这种现象，是故事输入中国后在流传过程中才产生的？还是在它输入中国之前就存在着这种分歧？要解决这个问题，我们只有回头考察一下印度等地这类型故事的记述篇章。
>
> 我原以为中国第二式的猫及关于它的命名活动，是由印度故事传入后所产生的异文。现在觉得中国古代记录中的此类故事中的"猫"同样也是外来货。①

钟先生的保留意见是，在猫鼠型故事的四个类型中，彼此转化的关系很复杂，季先生认为猫就是鼠，也缺乏足够的证据。在四个类型中，猫和鼠虽然转化，但并不完全是同一个角色。另外，就中日印故事比较看，中国和日本接受印度故事，或者日本接受中国故

---

① 参见《老鼠嫁女》，《中国民间文学集成·四川省遂宁市卷》，文化艺术出版社1990年版。

② 参见王福榜记录《鼠妈妈选婿》，《中国民间文学集成·邯郸市故事卷》中册，中国民间文艺出版社1989年版，第427—428页。

① 钟敬文：《中日民间故事比较泛说》，《钟敬文学术论著自选集》，第393—395页。

事，也都不是被动的。他在同一篇文章里说：

> 中日两国民间传承中不但存在着同样类型的老鼠嫁女故事，并且同样具有鼠女择婿和异猫命名的两式。此种特殊现状，加上过去两国长期的一般文化及口头传承的密切关系的事实，就不能不使我想起它们之间的传播关系，更明白一点说，即我认为日本的这类故事是从中国传过去的。在没有得到相反的证据之前，暂时我们只能作此判断。因为对这一现象的解释上，任何"各自创造"和"偶然相似"的理由，都不大容易令人信服。同此道理，我们也推断两国这种类型故事的渊源大概都在印度和锡兰等处。①

至于这个故事怎样从斯里兰卡的南海路线到中印传播，当时还没有更多的资料，钟先生未作追踪讨论。

此时钟先生年届九旬高龄，正在总结一生的学问。他特别强调从文化多样性上寻找故事类型的原型与异文活跃传承的原因，并且提出，重视各国各民族讲述故事异文的兴趣，研究故事异文的差异点，其实是更重要的命题。他反思说，自己年轻时关注故事的相似性，晚年时关注故事的差异点。而我们已在上面多次提到，他所强调的故事异文差异的背后是对各国各民族本身故事资源和文化知识的保护利用。猫鼠型异文在不同国家、不同地区和不同民族中存在不同的异文差异，承认和尊重这些异文是学者的责任。

---

① 钟敬文：《中日民间故事比较泛说》，《钟敬文学术论著自选集》，第398页。

特别是在中国,老鼠嫁女型和其他三个类型化来化去、整体传承,体现了文化同根的社会史,也说明文化同根才有共享民俗。他在这期间发表的另一篇文章《从文化史角度看〈老鼠娶亲〉》中系统地表达了这个观点。

> 从文化史的角度考察起来,这无疑是人类与动物关系变迁思想史的一种体现。在遥远的古代,人们对于老鼠是抱怨和惧怕。……直到近代,我国一些南方省份,在除夕或正月的某晚,居民还要用食品奉祀家鼠,并且戒小儿早睡,不要惊扰它们的好事。这是远古对老鼠崇拜或表示友好的遗俗。……
> 但是,社会是不断前进的。人们的智力(对待自然和完善生活的能力)也随着前进。对于老鼠这种害人的小动物,人们终于发明了那些控制它们的方法(例如养猫去捕吃它)。……这样一来,就自然要在传统的画面上添上那个令人注目的猫公了。①

他的个案研究有以下几个突破点。

第一,从中日印相似故事类型研究中,明确印度《五卷书》中的老鼠嫁女型故事,是东方国家独有的故事类型,但中国对它的历史记载和现实异文更为丰富,具有老鼠嫁女型与猫鼠主题故事共同传承的完整形态。印度同类故事类型的藏量要比汤普森的结论更多。日本的同类故事是从中国传过去的。这些看法都大大突破了汤普森的成绩。

---

① 钟敬文:《从文化史角度看〈老鼠娶亲〉》,《话说民间文化》,第68—70页。

第二,揭示跨文化研究能促进编制与西方故事类型有别的东方故事类型,但同时也要考虑体现东方国家的文化多样性。

第三,在国家级层面上评价故事类型研究的价值。在现代社会,这有利于探索保护故事资源的途径。

第四,故事类型研究从开始就有外来理论特点,钟、季都有留学背景并使用了外来理论,但他们能用中国实际资料刷新外来学说,建立本学科的中国学派。这种治学之道,也值得后学反思。

第十四讲　跨文化的中俄故事

在世界故事类型研究中,"会唱歌的心"(singing bone)和"地下世界"(underground world)都是跨文化共享故事类型。它们都曾成为钟敬文和普罗普的研究对象,两人也都建立了符合各自国情的研究个案和故事分类方法。钟敬文的方法为亚洲国家民俗学者所沿用,普罗普的方法影响了法国的结构主义和后芬兰学派的研究框架。在今天强调多元化研究的国际思潮中,对钟敬文和普罗普在这方面的著述加以阐发,具有重要的历史价值和社会现实意义。

个案之一：会唱歌的心

"会唱歌的心",是一个位置突出却很少被研究的类型。早在先秦典籍中,对此已有记载。在新疆《玛纳斯》史诗故事群中,这个类型至今还在流传。

一、研究的问题与延伸

我国的"会唱歌的心"类型,在AT系统中的记载凤毛麟角。

下编　个案研究

早期芬兰学派的AT少量收入了中国故事，但编制AT的西方学者对中国故事的实际内容并不了解。在学术史上，芬兰、俄国和中国学者都对这个类型有过研究，不过研究的结论各异。重新整理这段学术史，能为民俗体裁学的建设提供史鉴，同时，使用新疆《玛纳斯》史诗故事群的资料，重新研究这个类型，还能有不少新的发现。

芬俄中的故事类型如何在AT中相遇

将"会唱歌的心"的英文写法直译过来，应该是"会唱歌的骨头（竖琴）"。钟敬文早年使用中国文献也编制过这个类型，有两种：一种是"骷髅呻吟式"，即骨头开口说话；一种是"吹箫型"，即心变成石头唱歌。艾伯华根据钟敬文的研究结果再行翻新，将"骷髅呻吟式"扩展为"骷髅报恩"，将"吹箫型"改为"不到黄河心不死"，后来大都叫作"会唱歌的心"。对这些几乎与AT同步的中国故事类型研究，我们将在后面再做仔细的分析。现在先看AT，原文如下①：

AT780 会唱歌的骨头（竖琴）

哥哥杀死弟弟（姐姐），将他掩埋了。牧羊人用弟弟的骨头

---

① 对这个类型，中译文和中文的命名有不同的用词，如说"骨头""骷髅"或"心"等。本节为了便于研究，暂时一律统称为"会唱歌的心"，但在分析具体文本时，会严格采用原文的说法，按作者在原文中使用"骨头""骷髅"或"心"等用词，据实引用。

做了一支笛子,笛声诉说了弟弟被谋害的经过,此事真相大白。

其他异文叙述了不同揭穿谋害人的方式,有的是通过竖琴或笛子,也有的是从坟墓中长出树讲述了这个悲哀的故事。①

AT的编制者在它的出处部分说明,在众多记录者和研究者中,有两位重要人物,即德国的格林兄弟和芬兰的隆洛德。他们都是经典民俗学的奠基者,当时德国民俗学与芬兰民俗学的思想联系十分密切。

从结构上说,AT780可分为三层:1. 身体的一部分发声(骨头或骷髅、心脏),2. 人工物发声(乐器、陶器、杯子),3. 自然物发声(石头或玉石)。AT分别给了它们三个编号,即780、780B和780A。这是由不同国家、不同文化内部的叙事差异造成的。

在AT索引中,对这个类型的资料来源和编制结构做了增订,补充了俄国和中国的故事类型,新增了100、1694和163三个编号,这样该类型共有6个编号,不过这时艾伯华命名的"会唱歌的心"还没有被收进来。

以下是AT索引中的增订版"会唱歌的心"的原文:

会唱歌的骨头(竖琴)揭发谋害者,780-780B,780A;谋杀者是一匹醉醺醺的狼,狼背叛了主人,100;被谋害者

---

① Antti Aarne, translated and enlarged by Stish Thompson, *The Types of the Folktale*, p. 269.

是一个带路人（他的同伴向他喊救命），1694；谋害者是一只狼，163。①

该类型在索引中分为四层，各层的母题相对集中，国别分布数量不等。

第一层，AT编号780、780B、780A，都是原有编号，不过母题命名已有改变，写作"会唱歌的骨头（竖琴）揭发谋害者"，流传的国家和地区有19个，分别是：芬兰、爱沙尼亚、拉脱维亚、荷兰、苏格兰、爱尔兰、英国、法国、西班牙、意大利、罗马尼亚、斯洛文尼亚、捷克、俄国、土耳其、印度、日本、美国、非洲。在这些国家和地区中，有17个位于印欧文化圈中；有1个在东亚，日本；还有非洲，未提具体国家。

第二层，AT编号100，母题为"谋杀者是一匹醉醺醺的狼，狼背叛了主人"，流传的国家和地区有德国、芬兰、爱沙尼亚、拉脱维亚、立陶宛、爱尔兰、法国、西班牙、西班牙的加泰罗尼亚地区、俄国、希腊、美国印第安人聚居区，共有12个欧美国家和地区。

第三层，AT编号1694，母题为"被谋害者是一个带路人（他的同伴向他喊救命）"，流传国家为拉脱维亚、法国、俄国、印度、中国，共有欧亚5个国家。

第四层，AT编号163，"谋害者是一只狼"，流传国家为立陶宛、拉脱维亚和俄国，有3个欧洲国家。

---

① Antti Aarne, translated and enlarged by Stish Thompson, *The Types of the Folktale*, p. 580. 其中，关于谋杀者是一匹醉醺醺的狼，背叛了主人，见AT100，第42页；关于被谋害者是一个带路人，见AT1694，第480页；关于狼，另见AT163，第60页。

在这四层中,都有"俄国",还增补了俄国民俗学的新资料,如俄国学者阿法纳西耶夫的著作,见以上第二条,普罗普撰写《故事形态学》用到了它。"中国"的资料见第三条,在这里AT编制者使用了艾伯华的《中国民间故事类型》中的第64号和第148号。从这条信息可知,芬兰学者很早就通过艾伯华知道了中国有故事类型,但他们为什么没有选择距第148号很近的第157号"会唱歌的心"?今天已不得而知。不妨猜想一下,艾伯华给这个类型起名叫"不到黄河心不死"①,会让西方学者怎样的一脸懵懂,一百多年前,中国与芬兰的文化距离好比地球和月球,让芬兰学者去理解中国的"黄河"与男女爱情的关系,应该比登月球还难。对中国学者来说,艾伯华的介绍是否准确,或者今天看他的工作会带给我们什么感受,我们将在后面用实际资料来讨论。不管怎样,AT的编制对俄国和中国的民俗学者都产生了强烈的刺激,只不过在AT主宰的时代,中国学者的声音是很微弱的。这种中西差距有多大?仅从AT780看,在上述四个分层的同类故事的国家分布数据中,西方国家的故事最多,东欧国家的故事较少(包括俄国),中国的故事最少,只有一本书,还是由德国人编写并从德国输入的,这显然不符合中国故事海洋般藏量的实际,也不符合当时中国故事类型研究在亚洲领先的实际。隔膜之深,终将消除,俟待来日。

二、非欧洲中心的研究

中国"会唱歌的心"的故事类型的书面原文记载出现很早,地

---

① 〔德〕艾伯华:《中国民间故事类型》,王燕生、周祖生译,第238页。

方异文也十分丰富。中国文献藏量巨大,历史悠久,又拥有多民族文化,不同文化之间有统一的传统又绚烂多姿,在这种社会文化环境中,"会唱歌的心"的形式与内容都具有中国特色。与西方同类故事相比,中国的这个故事类型可与之比较,其中有跨文化背景的资料还能直接为世界故事类型增添文本,但从总体上说,它们在中国文化传统和地方社会中生存发展,更适合从"文化间距"上呈现特征。

从迄今我们所能搜集的中国历史文献和口头资料看,对这个故事类型的形式划分,与钟敬文早年的划分一样,仍分为"骸骨说话"和"骨头唱歌"两种形式。如果尝试将形式分析与思想对话、社会对话的内容分析结合,概括该类型的中国叙事特征,可分为"代神"与"代人"两个亚类型,具体有7种亚类型的组合结果:

  亚型1,骨头不是人,是灵魂。
  亚型2,骨头是人,道家无为。
  亚型3,骨头是人,在佛教轮回中产生功能。
  亚型4,骨头是人,现世报恩。
  亚型5,骨头是人,公案故事。过阴断案。
  亚型6,骨头是人,追寻爱情与生死的不确定问题。
  亚型7,骨头是半人半神,英雄回家。乐器或音乐篇章。

本节主要从新疆史诗故事群切入,与西方早期AT相比,新疆史诗故事群的"会唱歌的心"型的资源储存,远比国内其他地区更为多种多样。至今不仅有钟敬文已经提出的两种形式;还有钟敬文没有提出,而在我国存在,西方AT已有,但双方缺乏沟通的形式，如乐器和音乐在"会唱歌的心"型中的活泼生态和多元寓意。

从理论上说，这个类型值得研究的问题是，角色是"骨头"，是一个符号，兼具两个亚类型，即起源亚型（骨头代神）和现实亚型（骨头代人）。又因为这两个亚型系列拥有"骨头"这一共同符号及其故事与信仰文化，所以我们又能找到它的民俗单元，发现它的民俗体裁所在。它的民俗单元不是孤立的，有四个指示物：（1）骨头或骷髅，（2）民族乐器（笛子、竖琴、冬不拉、马头琴），（3）树（坟墓上长出的树、通神的树、会说话的树），（4）手工器具（陶碗、石头、杯子）。四个指示物的民俗单元的资料丰满，结构清晰，可以深入研究，让我们充满研究的兴趣。

在"会唱歌的心"的中西类型中，开口说话或唱歌的骨头都是一个信仰对象，即"代神"。所谓"代神"，是指有确定形象、有命名和有思想观念的某神，神代替骨头发声。在西方故事中，这个神是耶稣基督；在中国故事中，这个神是儒释道思想的混合形象。故事中的骨头已非人类，但它是宗教世界、民俗信仰和现实世界的中介。它是引导人类接受神谕的物质实体，用普罗普的话说，是从"别一个"或"别的"国家来的，"这个国家或者远在天边，或者在山高水深之处"①。它是神奇的报信者。

在中西相似的故事类型中，对骨头的解释有差别，造成类型形式的结构不同。比较前面分析的AT780和芬兰与瑞典共有的"北博滕的地方文本"可见，那里最初该类型的叙事在AT780中没有宗教，到了半个世纪之后，在"北博滕的地方文本"中才有了"基督教"的说法。追问基督教进入该文本的时间，又不能以口头文本

---

① 〔俄〕普罗普：《故事形态学》，贾放译，第45页。

与教义文本之间的间隔年份做简单计算,而是要将之放到与文本所在的社会文化中分析。据于鲁·瓦尔克(Ülo Valk)研究,基督教的教义文本与爱沙尼亚的口头文本交叉的时间是在13世纪,引来爱沙尼亚的故事类型也发生变化,主要有两点:(1)基督教教义反对天神撒旦,神界中已不承认撒旦的存在,将它视为魔鬼。但在民俗叙事的口头文本中,基督所不接受的对象,从背叛的天神变成了人间的儿童,这个儿童又可以经过接受洗礼的方式重返基督教的大家庭,而撒旦是回不去的。(2)应该洗涤原罪的不是儿童,而是儿童的父母。儿童不是邪恶的形象,而是站在社会边缘的弱者。他有普通人的人格,他有时还站在路边摇树枝,提醒父母涤除原罪;他是一个可视的民俗形象①。有没有基督教教义被民俗化的文本呢?后芬兰学派的研究告诉我们,有。在芬兰和北欧其他一些国家,当地与基督教相区别的儿童民俗仍然保留至今。在这种儿童民俗中,所有夭折儿童的灵魂都被认为能变成奇异人物,成为人类的助手。故事还给儿童赋予奇异命名,使儿童能获得自己的性格。这种命名带着这个故事类型在后世社会中继续发展②。

西方同类故事研究的宗教学传统深厚,所关注的问题也很不同。他们关注基督教文本与民俗口头文本对待"原罪"的思想差异。比如,后芬兰学派指出,有的故事讲,如果父母涤除了原罪,儿童也可以成为上帝的子民。于鲁·瓦尔克曾为此批评过经典民俗学,而坚持非西方中心的故事类型研究,他说:

---

① 参见〔爱沙尼亚〕于鲁·瓦尔克《信仰、体裁、社会:从爱沙尼亚民俗学视角的分析》,董晓萍译,中国大百科全书出版社2017年版,第19页。

② 参见 Juha Pentikäinen, *Legend Is a Part of Life*, p. 174.

在爱沙尼亚民俗中，天堂之战和坠天使的故事，属于世界起源故事，流传已久。根据爱沙尼亚民众的说法，魔鬼曾与上帝共同创造世界。魔鬼创造了狼、蛇，还发明了烈酒。

坠天使的传说
1. 魔鬼天神背叛上帝。（A106.2）
2. 魔鬼和同伴被逐出天堂。（G303.8.1）
3. 坠天使变成野外自然界的妖精。（V236）①

在AT中，这类故事是世界大扩布母题，归入中世纪的浪漫故事、训诫故事、笑话和地方传说。

在民俗创世故事中，在解释万物由来时还说，坠天使自己变成了超自然的妖精。……民俗同时告知，野外存在着超自然的危险，需要回避。②

他认为，所有这类讨论都涉及民俗体裁的研究，民俗学者可以通过对"民俗体裁的互文性"观察发现，民俗体裁可以"涵盖口语文本与书写文本之间的各种复杂关系，包括民俗母题与基督教《圣经》之间、民俗传承和书写传统之间的关系等。通过研究能发现，

---

① Stith Thompson, *Motif-Index of Folk-Literature. A Classification of Narrative Elements in Folktales, Ballads, Myths, Fables, Medieval Romances, Exempla, Fabliaux, Jest-Books and Local Legends*. Revised and Enlarged Edition I–VI. Copenhagen: Rosenkilde and Bagger. 1957.（这三个母题分别见于该著的A106.2魔鬼天神背叛上帝，G303.8.1魔鬼和同伴被逐出天堂和V236坠天使变成野外自然界的妖精。——译者）

② 〔爱沙尼亚〕于鲁·瓦尔克：《信仰、体裁、社会：从爱沙尼亚民俗学的角度分析》，董晓萍译，第19页。

互文的结果，呈现了一种与以往不同的世界观，它的内容是民俗信仰与基督教元素的混合物"①。

于鲁·瓦尔克的另一个关注点是民俗体裁与宗教信仰结合而产生的民俗单元，即"信仰丛"。他指出，爱沙尼亚同类故事的"信仰丛"，包括原罪与死亡的观念。在基督教的教义中，这是一对基本概念，后来基督教在爱沙尼亚的传播也有民俗化的倾向。在马丁·路德发起宗教改革后，路德派的基督教思想为爱沙尼亚人民所普遍接受，其教义教理与民俗信仰的结合也比较深入。他指出：

> 爱沙尼亚是一个基督教国家，以接受新教派为主，新教派领袖马丁·路德的《教理问答》（1529）深入人心。此书对魔鬼、原罪和死亡的概念提出了新看法。

> 基督教的重要仪式是洗礼。洗礼是一种圣洗，象征着一个人正式成为基督教的信徒，被视为人类与上帝签约。签约之后，人接受基督为救世主。在爱沙尼亚，在很长的历史时期中，新生儿出生都被视为是从魔鬼的控制下获救，而洗礼前的婴儿尚未脱离危险，随时都有可能被魔鬼带走。《教理问答》在解释洗礼的含义时说："执行它的意义，就在于宽恕原罪，摆脱魔鬼的控制和避免死亡……"②

他在这里没有提到"会唱歌的骨头"，但他对这个类型的基本

---

① 〔爱沙尼亚〕于鲁·瓦尔克：《信仰、体裁、社会：从爱沙尼亚民俗学的角度分析》，董晓萍译，第21页。
② 同上书，第22页。

分析观点和研究方法是清楚的,在北欧学者中间也具有代表性。

三、钟敬文与普罗普对话"会唱歌的心"

钟敬文与普罗普一生不曾谋面。但两人在研究对象、研究问题和学术观点上却有很多不谋而合之处。由于学术史和翻译等原因,直接做比较研究有困难,但可以做他们的思想对话研究。程正民曾首先用这种方法,开辟了钟敬文与巴赫金比较研究的新课题,发掘了中俄现代文化科学学说与民间文艺学研究的内涵①,这给作者以重要启发。

开头提到,钟敬文与普罗普创建了非AT系统的故事类型研究模式。现在要指出的是,在这个非AT的模式中,包括"会唱歌的心"。艾伯华曾套用钟敬文的该类型编制了新的母题文本,被AT吸收,写入AT的索引部分,用来补充AT。普罗普在个人著作中对"会唱歌的心"的研究也很充分,提出了成套的"功能项"概念与研究方法。以下集中讨论钟敬文和普罗普关于"会唱歌的心"的研究观点。

---

① 关于本小节的标题"钟敬文与普罗普对话'会唱歌的心'",是作者受到程正民的启发而拟,参见程正民《文化诗学:钟敬文和巴赫金的对话》,《巴赫金的文化诗学》,第235—256页。

（一）从钟敬文的研究看普罗普

在中国资料中，关于"会唱歌的心"，有书面文本和口头文本两种，最早的书面文本记载见于《列子》，距今已有千年以上。钟敬文早在1927—1928年就向中国读者介绍过AT780型，包括1.精灵唱歌（骸骨呻吟式）和3.身体的一部分唱歌（吹箫型）两种。后来国内又搜集到不少关于这个类型的资料。现在全国很多省份的故事集成①中都有这个文本，又以新疆史诗故事群为最。

钟敬文创制的第一个同类型是"骸骨呻吟式"。

钟敬文是第一位将西方"会唱歌的心"型引进中国，并根据中国资料，创制了两个亚型的中国相似类型的中国民俗学者。1927年，钟敬文从英国民俗学者班恩的《民俗学手册》中获得了印欧故事类型的文本，并参考日本学者冈正雄的日译文，与友人杨成志合作翻译《印欧民间故事型式表》出版②，这份类型表共有70个类型，其中的第十五则"杜松树式"和第五十四则"骸骨呻吟式"互补，就是AT780型的"1.会唱歌的骨头"③。

---

① 故事集成，指钟敬文主编的《中国民间故事集成》，自1984年至2009年历时近30年完成。这是本书使用的主要资料，书中会经常提到。作者在没有使用该著直接引文的情况下，为方便讨论起见，使用这一简称。

② 参见〔英〕库路德编、约瑟·雅科布斯修订《印欧民间故事型式表》，钟敬文、杨成志译；〔英〕查·索·博尔尼《民俗学手册》，程德琪等译，上海文艺出版社1995年版。

③ 董晓萍：《钟敬文与中国民俗学派》，中国社会科学出版社2017年版，第161页。

1928年，钟敬文又发表论文《中国印欧民间故事之相似》①，对"杜松树式"做了初步研究。这个类型与后芬兰学派研究的"小孩骷髅唱歌型"比较接近；钟敬文还对"骸骨呻吟式"做了研究，这个类型与《列子》保存的文本和后世流传的"会唱歌的心"有部分重叠之处。以下是钟敬文编制的同型故事类型：

第十五则　杜松树式

一、一继母恶其继子，因杀死他。

二、怪异的景象随着来，小孩灵魂回生：第一次变成树，第二次变成鸟。

三、继母受惩罚。

这和曹植《令禽恶鸟论》中所记伯奇化鸟的故事甚形似。小孩灵魂回生，第一次变成树，第二次变成鸟。这和蛇郎故事中，蛇郎的妻子给伊的姊妹弄死后，灵魂不散变成鸟，又变成竹一节的说法也很相近。②

第五十四则　骸骨呻吟式

一、兄弟（或姊妹）以羡望或嫉妒杀了别个。

二、经许多日后，死尸的一片骸骨给风所吹，宣告了暗杀者。

前人笔记中，常有和这类近之故事的记载，在民间口头传述中，也有这种被谋害者自己泄案的型式，虽然他（或伊）的

---

① 钟敬文：《中国印欧民间故事之相似》，《钟敬文民间文学论集》下册，第240—244页。

② 同上书，第241—242页。

宣告，不一定与风吹骸骨相同。①

在钟敬文晚年，AT780"会唱歌的骨头"型的口头文本再次出现在他的视野中。在他主编的《中国民间故事集成》中，收有他的故乡广东的一篇同类故事，属于AT780之"2.人工物发声（乐器、陶器、杯子）"。

骷髅报仇

1. 商人背着装有陶制灯盏的布袋出门。
2. 商人被盗贼误认为背了财宝。
3. 商人被盗贼谋害。
4. 商人变成骷髅。
5. 官员路过此地。
6. 大树被大风刮倒，树下露出骷髅。
7. 官员发现骷髅。
8. 官员破案，捉拿凶犯，真相大白。②

讲述者：李忠记，男，42岁，新会县石步圩商人，小学。采录者：蔡权，男，58岁，新会县水步镇水基坑小学教师，初中。采录时间：1987年6月。采录地点：新会县。

从文本表面看，钟敬文对"会唱歌的骨头"的翻译与所编制的

---

① 钟敬文：《中国印欧民间故事之相似》，《钟敬文民间文学论集》下册，第240—244页。
② 钟敬文主编：《中国民间故事集成·广东卷》，第1126—1127页。

同一类型都是民俗叙事,没有信仰内容,其实不然,中国很早就有代神的文本,不过这个"神"不是基督教的教主,而是中国土生土长的道教和印度来的佛教。

看亚型2,中国历史典籍《列子》记载了"会唱歌的骨头",列子看见"骨头"后,与弟子百丰对话,将骨头解释为道家思想的指示物。

骷　髅

1. 列子去卫国。
2. 列子途中在道边用餐。
3. 列子的学生百丰看见蓬蒿中有一个百年的骷髅。
4. 列子走进蓬蒿看见骷髅。
5. 列子说,只有他和骷髅才知道,人的生死是一场虚无。①

季羡林曾提出,《列子》疑似印度佛典的《生经》等的抄本,他还举出好几篇中印文献作对照说明②,其证据似无法反驳。钟敬文在中日学者早年做洪水故事比较研究时曾使用过《列子》,后来钟敬文在个人著述中也曾对这部书多次使用③。他谈过《列子》的伪托之嫌,但认为这不妨碍用它的资料做研究。钟敬文的这种看法与季羡林的观点并不矛盾。不管怎样,《列子》是一种汇集多元文化成分的历史著作,版本很可能不"纯",但也可能是因此而成为

---

① 参见叶蓓卿译注《列子·天瑞》,第7—10页。
② 参见季羡林《〈列子〉与佛典》,《比较文学与民间文学》,第78—91页。
③ 参见钟敬文《中国的水灾传说》,《钟敬文民间文学论集》下册,第163—191页。

保存自我与他者故事的特殊资料文本。

再看亚型3,在中国佛典文献中,骨头的"代神"是树,由树发出声音,给人类以神谕。这个类型见于西藏佛经《于阗国授记》①,以下我根据段晴的文本编制它的类型。

《于阗国授记》故事类型

佛祖。于阗王伏阇讵帝的时代,有位僧人是文殊菩萨的化身。他在坎城传法,成为于阗王的善知识。国王为他建立了一座寺庙,叫斯累喝寺。

树干发出声音。1. 树干说法。有僧人在此树前诵读佛法。树中传出声音,解析佛法。2. 误读失法。有年轻僧人接受佛法之后,来此处聆听佛法,树中便传出声音。一僧人诵法失误,一天神说:"并非如此。"从此树干再无说法的声音传出。

为什么是"代神"而不是"代人",这部佛典文献讲得很清楚,神树能代替佛祖发声,人的声音不能与神的声音混合。新疆史诗故事也强调以树声为神声的民俗单元,与以上西藏佛典的记载属于同类。这时我们应该再次想起季羡林对印度佛典影响中国故事的预判,也应该想起1500年前唐僧路过新疆播撒佛教思想的可能性。举个例子,见《大唐西域记》中的《烈士池》。

---

① 段晴对《于阗国授记》与新疆考古文物和毛毯故事的关系做了研究,参见段晴《新疆洛浦县地名"山普鲁"的传说》,《西域研究》2014年第4期,第1—5页。

烈士池

违反禁声。1. 设坛做法。(1) 隐士坐在坛场的中心,口念神咒,屏息视听;烈士手持长刀,静立坛脚,二人各司其职。2. 错误地发出声音。(1) 天将近亮时,烈士突然发出一声惊叫。(2) 瞬间天降大火。(3) 隐士拉着烈士跳进水池,躲避火灾。3. 托梦中打破禁忌。隐士为烈士为何失约出声,烈士回答是做梦所致:(1) 他第一次在梦中看见怪异的事,忍住没出声;(2) 他第二次在梦中看见更怪的事,也忍住没出声;(3) 他第三次在梦中结婚成家,到了六十五岁的时候,妻子要求他说话,否则就杀孩子,他终于忍不住惊叫起来,发出声音。①

关于《烈士池》的研究,季羡林的弟子蒋忠新和王邦维都做过不少工作②。在这类故事中,有佛教的思想,也有儒家的影响,都讲不能随意选择生死。它否定出世,肯定入世的价值。不过在此需要说明一下,《烈士池》的故事并不是出自新疆,它是印度故事,不过它的作者是玄奘,玄奘把新疆故事与印度故事都收入《大唐西域记》。在新疆故事中,神树发生的故事也很多,但那些神祇不一定都指佛教,也可能是其他宗教神在发出指示。下面三个来自柯尔克孜族《玛纳斯》史诗的最重要流传地乌恰县、阿合奇县和特克

---

① [唐]玄奘、辩机:《大唐西域记》,季羡林等译,第131—132页。
② 参见蒋忠新《〈大唐西域记〉"烈士故事"的来源和演变——印度故事中国化之一例》,《民间文艺季刊》1982年第2期,第81—92页;王邦维《一个梦的穿越:烈士故事与唐代传奇》,《文史知识》2014年第9期,第107—113页。

斯县的故事《狼姑娘》与《柯尔克孜人的由来》等①，都反映了这种情况。

"会唱歌的心"长久流传，除了宗教意义，还有文化传统使然。AT类型中的"1. 身体的一部分发声（骨头或骷髅、心脏）"和"2. 人工物发声（乐器、陶器、杯子）"，其故事原型的身体某一部分和人工物的含义，都是人心的指代物，而不是祈神通灵，此为"代人"。这是通过身体指代物或人工物自己发声，揭示某种价值观和社会意义。从历史典籍和口头传统资料看，"代人"的母题都要比"代神"的母题产生要晚，所反映的具体社会的文化差异也大。很多中国同类故事的亚类型都涉及对现世社会的直接认识，反对无为无谓的生命态度，强调生命的责任和权利，也有的描述将自我生命融入他者的美好。这种亚类型的共同特点是骨头变形为各种隐身或化身形象，向主人示好，成为主人的助手。对这种亚类型的定性，在1928年的同年，钟敬文命名为"报恩"，普罗普命名为"施予者"。

钟敬文创制的第二个同类类型叫"吹箫型"，原文如下：

吹箫型
第二式

一、一秃子（癞痢头），平日爱吹箫。

二、某阔人的小姐闻而害相思病。

---

① 《0509. 狼姑娘》，讲述者：玛玛迪亚尔·阿纳皮亚，柯尔克孜族。采录者：阿依古丽·托合托尤夫。翻译者：依斯哈别克·别先别克、巴赫特·阿曼别克。采录时间：1990年。采录地点：乌恰县。钟敬文主编：《中国民间故事集成·新疆卷》，第764—767页。《0312. 柯尔克孜人的由来》，讲述者：居素普·玛玛依，男，78岁，柯尔克孜族，阿合奇县人。采录者：朱玛拉依。翻译者：朱玛拉依、张运隆。采录时间：1989年。采录地点：阿合奇县。《中国民间故事集成·新疆卷》，第439—440页。

三、她看见他的相貌便死了思恋之心。但秃子又因之相思了。

四、他死后,化为一颗怪石或怪玉。

五、后来,这石或玉,获见小姐,即消灭。①

在AT类型中的"1. 身体的一部分发声(骨头或骷髅、心脏)"和"2. 人工物发声(乐器、陶器、杯子)",在钟敬文的类型中合二为一,而且是"代人"型。艾伯华模仿类型编写了一个相似类型,又自编了一个新名"不见黄河心不死",但"代人"的性质不变。

157. 不见黄河心不死

(1)一个穷人总是吹笛或者唱歌。

(2)有钱的姑娘听见了,并且爱上了他。

(3)他也爱她。

(4)他因爱而死,死后他的心变成了一块石头或者玉,在歌唱。

(5)当石头看见姑娘时便死了。

母题(4)—(5):

姑娘死了。她的心变成了铁。男人看见姑娘的时候,他和他的心都死了:b。

历史渊源:

通过b证明,据说唐代就已经出现。

附注:

围绕a的内容编出一句俗语"不见黄河不死心";参阅"彭

---

① 钟敬文:《中国民间故事型式》,《钟敬文民间文学论集》下册,第353页。

祖死了"。①

丁乃通的中国故事类型著作出版较晚,也收录了同类类型:

780D*【唱歌的心】

有一个人(a)猎人(b)痫痫头男孩(b1)。由于单恋着一位大家闺秀而死去的牧童。他的心却活着,被制成一只杯子,并唱他自己的悲剧,最后这杯子被人带到那位导致他死去的小姐面前。它唱出一首最后的哀伤的歌曲而(c)破裂了(d)深深地感动了她。或者,(e)这男人是一位技艺精湛的演奏者。这小姐听着他的音乐但当看到这人其貌不扬时,拒绝了他。或者,(f)她的父亲拒绝了他;他因而死去。

这是模仿钟敬文的"吹箫型"的又一版本。丁乃通还有一处是对池田弘子的模仿:

780【会唱歌的骨头】

有时泄露机密的东西是从尸体埋葬处取来的一只陶罐子。②

当然丁乃通使用的资料是中国故事文本。不管怎样,中国的同类故事都强调观照"他者"的人生追求,将自我与他者合为一体,

---

① 〔德〕艾伯华:《中国民间故事类型》,王燕生、周祖生译,第238—239页。
② 〔美〕丁乃通:《中国民间故事类型索引》,郑建成等译,第240—241页。参见〔日〕池田弘子《日本民间故事类型与母题索引》,第183—185页。

第十四讲 跨文化的中俄故事

物我两忘,达到人生的美好境界。有一个来自云南故事卷的"会唱歌的骨头"与此类似。

到目前为止,我们还很少提到"会唱歌的心"的一个要素,就是被害人的要素。在AT类型中他"是一个带路的主人(他的伙伴向他喊救命)",AT正是在这条信息中将艾伯华《中国民间故事类型》中的第64号和第148号两条信息引入这部索引。现在我们有必要引出艾伯华的这两个类型,以期补全对中国"会唱歌的心"的跨文化讨论。

64. 隐身帽

(1)一个男人从鬼那里偷了一顶隐身帽。
(2)因为滥用隐身帽,丢了。

出处:

h粤南民间故事集,第65—66页(广东)。

隐身帽:

没有隐身帽,而是一个男人在一具尸体下边睡了三年,从而能隐身:广东h。

附注:

隐身帽母题作为滑稽故事处理:a. 贪嘴的袒人,第84—90页(广东、海丰);b(广益书局)民间故事Ⅳ,第84—87页(地区不详)。①

如果不是看到"一个男人在一具尸体下边睡了三年,从而能隐

---

① 〔德〕艾伯华:《中国民间故事类型》,王燕生、周祖生译,第120—121页。

身：广东h。"和"附注"中的出处"广东，海丰"，还无法知道艾伯华的第64号与"会唱歌的心"（或称"会唱歌的骨头"）有何联系。因为我们已经知道钟敬文早年做过"骸骨呻吟式"，现在艾伯华灵光一现，又使用了钟敬文提供的家乡"广东，海丰"的资料。但我们看到这个第64号与"骨头"和"唱歌"没有丝毫联系，AT把它拉入AT780是牵强附会，艾伯华其实没有帮上中国什么忙。

艾伯华编制的第148号"三个强盗"，在AT"会唱歌的心"中占有一席之地，倒是的确抓住了这个类型中"谋害人"的一个特点，即"强盗"对主人公下黑手。以下引用艾伯华的原文：

148．三个强盗

（1）吕洞宾出于同情想使一个死人复活；他因此与阎王谈话。

（2）阎王说，一切都是他无法左右的命运。

（3）吕洞宾不相信，于是进行了一场试验。

（4）吕洞宾让三个在森林里拾柴的人找到了钱。

（5）一个人用其中一些钱在城里买食物。但是他在食物中下了毒，为使自己得到所有的钱。

（6）当他回来的时候，其他人为了分这些钱把他杀死了。

（7）他们自己也死于有毒的食物。

（8）于是阎王把生死簿拿给他看，这一切全都记录在其中。

出处：

a．民间Ⅰ，第12集，第80—82页（浙江，温州）。

附注：

叙述的中心内容似乎流传得很普遍。比如就印度来说参阅《佛教民间故事》，第140—141页；很可能是从印度传到中国的。①

关于强盗谋害者，普罗普在分析俄国的"会唱歌的心"时也提到过，而艾伯华注意到这个点时，中国其他学者还都没有注意到，这是他的与众不同之处。艾伯华还说这个类型"很可能是从印度传到中国的"，还说印度《佛教民间故事》中有类似故事②，这也是他个人的意见。他多次引用中印佛典文献与故事互存的文献，这是他的长处。

现在看亚型4，骷髅是人，现世变形报恩。在20世纪30年代，钟敬文向艾伯华提供了"骸骨呻吟式""吹箫型"和"燕子报恩"等自制故事类型文本，艾伯华不久编写了"骷髅报恩"型。

21. 骷髅报恩

（1）有个人在新年的夜里寻找金银财宝。

（2）他找到了一具骷髅，出于同情便把它埋了。

（3）这具骷髅为向他表示感谢，给了他一些有益的预言，这个人由此变富。

（4）有人效法，然而他先把骷髅挖了出来。

（5）这具骷髅给了他一些假的预言，因此他挨了揍。

出处：

a. 妇女VII，第1册，第105—107页（满洲，吉林省）。

---

① 〔德〕艾伯华：《中国民间故事类型》，王燕生、周祖生译，第230—231页。
② 参见〔德〕艾伯华《本书使用的参考文献》，《中国民间故事类型》，王燕生、周祖生译，第459页。

附注：

这个故事跟那些"报恩"故事的表现形式略有不同。①

艾伯华在"出处"中出示的第一份引用资料，就是"妇女Ⅶ"，即《妇女与儿童》第7期，这是钟敬文主管并寄赠他的书刊之一②。他在"附注"中说明，"这个故事跟那些'报恩'故事的表现形式略有不同"。艾伯华分析这个类型时，使用的资料来自"吉林省"，现在民间故事新疆卷的骷髅报恩故事又提供了另一佐证。

青年斗阎王

1. 青年骑马路过高山。

2. 高山上滚下骷髅，被他扔掉。

3. 高山上滚下人头，被他拾起。

4. 人头帮助青年逃过阎王致死的劫难。

5. 第一次，青年听了人头的话，将羊心丢进炉灶，要将躲在里面索命的大臣烧死。

6. 第二次，青年听了人头的话，将大树锯倒，将变成小鸟躲在树上索命的大臣赶走。

---

① 〔德〕艾伯华：《中国民间故事类型》，王燕生、周祖生译，第36—37页。
② 参见钟敬文著，董晓萍整理《我与浙江民间文化》，《话说民间文化》。钟敬文在该著147页写道："《妇女与儿童》，娄子匡主编，我给以赞助，出八期。这是在原来一份招登广告的杂志《妇女旬刊》的基础上，更名兴办的。主要刊载民俗资料，也有些理论文字。后来娄子匡嫌《妇女与儿童》的名字不太好，就从第八期后改作《孟姜女》，两者其实是一码事。《孟姜女》出五期，抗战前夕停止。"

7. 第三次，青年听了人头的话，没有伤害驼羔，驼羔送他仙丹，让他再逃一劫。①

讲述者：尼玛，男，44岁，蒙古族牧民。采录者：巴雅尔太，女，24岁，蒙古族。翻译者：乌恩奇。采录时间：1991年。采录地点：和静县。

在被普罗普打碎分析的"会唱歌的心"中，在其功能项"九、灾难或缺失被告知"里面，有普罗普编制的第六个功能，被他简述为"该当送命的主人公被秘密放走，……杀了一只动物来充数，以便弄到肝和心来作为人已被杀的证明"②，我们拿来对照以上新疆故事的"5. 青年听了人头的话，将羊心丢进炉灶，要将躲在里面索命的大臣烧死"，能看到，新疆故事与俄国故事在此点上有相似性。海南故事卷也有骷髅报恩的故事③。

现在看亚型5，这是一个公案故事，它肯定生命的权利，而生命的权利归子女与父母共同所有，受到法律的保护，如上面池田弘子和丁乃通都提到的《灰阑记》。

新疆史诗故事也讲生命的权利，但强调个体生命的权利是对家庭负责，故而不能轻言放弃。下面是在柯尔克孜族《玛纳斯》的故乡流传的故事。需要说明的是，虽然这个故事表面上也讲树神发声，但其深层含义是强调家庭团圆的重要性。

---

① 钟敬文主编：《中国民间故事集成·新疆卷》，第1387—1389页。
② 〔俄〕普罗普：《故事形态学》，贾放译，第35页。
③ 参见钟敬文主编《中国民间故事集成·海南卷》，第498—499页。

（二）从普罗普的研究看钟敬文

本书已多次提到普罗普，普罗普在《故事形态学》中对神奇故事的研究包括"会唱歌的心"，他对于该类型的五个功能项进行了阐述，它们是："九、灾难或缺失被告知"，"十一、主人公离家"，"十二、主人公经受考验"，"十三、主人公对未来赠予者的行动做出反应"，"十四、宝物落入主人公的掌握之中"①。

我们阅读这五个功能项的篇章可见，普罗普所说的"会唱歌的心"，已经按照他提出的故事功能可以拆分和组合的思维逻辑和工作方法，打乱拆解，将之切分为最小单位的有机要素。他再从最小单位中提取新的意义单位，将之抽象为功能项，在功能项的层面上，进行结构形式的理论研究。研究者要具体找到某个类型，需要循着他的方法框架中找到最小单位的有机要素，再做功能项的组合，该类型才能再现出来。例如："会唱歌的心"的情节单元，被放入"十二、主人公经受考验"，普罗普将骨头发声的功能归类为"垂死者或死者求助"②。"唱哀歌"的情节单元，被放入"九、灾难或缺失被告知"，将用唱歌宣告灾难信息的功能概括为："这一形式是杀害（唱歌的是活下来的弟弟等人）、施魔术驱赶、偷换所持有的。灾难因此而为人所知并激起反抗。"③普罗普将骷髅遇到报恩对象的新情节单元的主人公命名为"赠予者"，将之放入"十一、主人公

---

① 〔俄〕普罗普：《故事形态学》，贾放译，第33—45页。
② 同上书，第37页。
③ 同上书，第35页。

离家",将新主人公为受害者提供帮助的功能概括为:"新人物进入了故事,他可以被称为赠予者,或者用更为准确的说法,是提供者。通常是在树林里、路上等地方偶然碰到他。"①

如何对位于底层的功能和位于第二层的"功能项"系统联系起来做分析呢?我们再看"会唱歌的心",普罗普的办法是做第三层,即建立符号系统。例如,他将位于功能项"十二"中的最小单位的有机要素"死者求情"的功能用俄文字母 Д3 表示,然后指出,如果将 Д3 从功能项"十二"中提出来,去与功能项"十四"的三个 Z 字打头的最小单位有机要素的"转交""发现"和"现象"的三个功能组合,也就是说,用 Д3 去组合"Z1转交""Z5发现"和"Z6现象",形成四个最小单位的有机要素 Д3+Z1+Z5+Z6 的序列,再到"十二"+"十四"的两个功能项层面上做抽象归纳,就能看到"求助者—赠予者—提供者"的逻辑脉络,骷髅遇害真相大白的故事类型就可以还原如初了②。普罗普认为,用这种方法"从整体上可以判定一些变体与另一些变体有着宽泛的替代性"③。在普罗普的研究中,故事类型的功能都是现象,现象是汪洋大海。学者要观海,就要找到船,在海上航行。船就是功能项。但这还不够,还要给不同的海域和不同的航船编号,编号就是符号。将在不同海域行驶的不同航船编为航班,再由航班路线驶向目标。这套方法的实质,用普罗普自己的话说,就是"在做直接分析时这项功能被分解为各个组成部分,但对于我们的目的来说这无关紧要"④,他的目的是要

---

① 〔俄〕普罗普:《故事形态学》,贾放译,第36页。
② 同上书,第37、42页。
③ 同上书,第42页。
④ 同上书,第59页。

研究故事，而不是讲故事，这是普罗普的方法比芬兰学派的AT类型说更具理论性的地方。

钟敬文在1927年和1928年发表"骸骨呻吟式"译文和1928年发表"吹箫型"等同类型研究文章的时间，跟普罗普发表神奇故事研究成果的时间十分相近。

在近年对新疆柯尔克孜民俗信仰的田野调查中发现，"会唱歌的心"的故事类型，在当地社会有对应的麻扎仪式长期流传。人们在仪式中崇拜和祭祀"骨头"，认为那是英雄玛纳斯的神勇坐骑的"马骨头"。人们也崇拜和祭祀"马尾"，有关它的故事讲，当地人用马尾制作民族乐器，弹唱民族英雄玛纳斯，歌颂美好的爱情[①]。"会唱歌的骨头"同样在维吾尔族史诗《乌古斯汗传》中具有神圣的意义，喀什地区的维吾尔族家族仍习惯于将儿童的生命安全系于"狼骨"，要为新生儿佩戴"狼骨"，当作护身符，直到今天，这种骨头的价格仍然很贵[②]。总之，这个故事群既有地方社会内部文化的同质性，也有跨文化的异质性。

个案之二：地下世界

在东西方史诗叙事中都有"地下世界"的母题，也叫"地下的

[①] 参见古丽巴哈尔·胡吉西《新疆柯尔克孜族麻扎民俗志》，北京师范大学博士学位论文，2014年，第156—157页。

[②] 参见热孜万古丽·依力尼亚孜《维吾尔族英雄史诗〈乌古斯汗传〉母题的现代传承》，北京师范大学2016年8月"跨文化学研究生国际课程班"新疆学员论文，第11页。

生活""别的国家"或"别的地方",故事讲英雄在迎战敌军途中坠入地下,在地下生活多年,完成英雄伟业,再返回地面,继续战斗。

对"地下世界"故事类型的研究,涉及对以往民俗分类概念的重新界定,主要是对英雄史诗叙事分类的突破。关于这方面的研究,中西史诗学界是有差别的。西方史诗学界将史诗分为创世史诗和英雄史诗,在此姑且称为"二分法",研究的范围也限定在神话、传说和英雄故事作品中。按照这种"二分法"框架进行研究,史诗中的天庭世界和地上世界的叙事是重点,地下世界的叙事被划入动物故事等其他分类,远离史诗。但是在东方国家民族的史诗中,包括中国和西亚,史诗中是"三分"的,即有天庭世界、地上世界和地下世界。本讲从中国实际出发研究史诗,就要根据其三分原貌分析史诗。但如此就要处理比较复杂的学术史遗留问题,即要将动物故事、爱情故事和妖怪故事都纳入史诗分析范畴,形成史诗故事群研究。而这样一来,就要打乱从前民间文学作品的分类。但在今天全球视野下的跨文化研究兴起之时,这种突破已成趋势。本讲主要使用《玛纳斯》的史诗故事资料,运用适合这种资料系统研究的民俗体裁学的理论与方法,开展这项研究。为什么要选择《玛纳斯》做个案分析?原因有二:第一,不是说动物故事、爱情故事和妖怪故事就不能独立成篇,但从我国史诗看,它们是与史诗捆绑在一起叙事的。在《玛纳斯》中,英雄甚至与故事中的动物同体异形,被直呼为"熊大力士"或"狮子大力士";野兽与美女都心甘情愿地给英雄当助手。如果学者硬要把动物、美女和妖怪从史诗中清除出去,净化英雄神坛,那么史诗也就不成其为民众的史诗了。第二,有助于认识中西史诗学的差异。西方宗教神学一度支配西方史诗学,在这种标准文本中,英雄是从天上降落人间的,他或他们在人间完成伟业后,或者返回天庭,或者留在人间成为神。中国是非宗教国家,纵然有佛道之学和外来宗教影响,但并未出现宗教统领史诗的局面,《玛纳斯》的很多故事还在中国文化传统中得到了很好的保存。尤其需要指出的是,《玛纳斯》的天庭世界叙事不突出,而地上世界与地下世界的"通道"叙事十分丰富。这个神奇的"通道"和地下世界的生活正是英雄用武之地。

我国的内陆地区,承担通道叙事的英雄角色,是能够进入地层的"土"与"水"以下的地下世界的传奇人物。他们就在今生今世穿越地层,毫发无损地建功立业,而不是轮回转世的新面孔,也不是来世托生的上辈人。通道的名称叫"地洞(地缝)"或"水道"。英雄要借助爬"神树",登"高山",乘"大鸟"或放"绳子",才能成功地进入通道,然后他有一系列神行壮举,往来于两个世界之间,象征在人间世界不可能完成的事情会在地下世界完成。在天庭世界的叙事中,英雄要从地上到达天庭,同样也要以大树或高山为梯,以大鸟为飞行器,以绳子为动力加载工具,才能达到目的,英雄的穿越手段并无二致。由此可见,地下世界的象征意义与天庭世界的象征意义是同等的隐喻。差异在哪里?在于谁是主宰者。坐在天庭世界的宝座上的主宰者,是耶稣基督教主,独一无二。地上世界和地下世界的主宰者英雄和英雄团队,包括野兽朋友和公主。他们合力打败妖魔鬼怪,返回地面,建设家园。总之,三分叙事的史诗故事结构整体,把民俗思维发挥得淋漓尽致,因此更值得关注。

本讲研究《玛纳斯》史诗故事不是泛泛而为,重点是在以往较为缺乏讨论的地下世界叙事部分展开讨论。本讲更主要的工作是,对钟敬文与普罗普在这方面的学术思想开展研究。

第十四讲 跨文化的中俄故事

钟敬文与普罗普的对话背景与价值

以下根据本讲的研究问题,集中讨论他们对"地下世界"的研究观点和方法。

(一)从钟敬文的研究看普罗普

钟敬文在普罗普出版《故事形态学》的同一年发表《中印欧故事类型之相似》,其中谈到"地下世界"。他在这篇论文中提到,英雄在离开"地下世界"时,曾得到兽、鸟或鱼的帮助,才"得逃脱或成功",故将之命名为"兽鸟鱼式"。

第四十八则　兽鸟鱼式

一、一人施恩于地上的一匹兽,空中的一只鸟,水中的一条鱼。

二、他陷入于危险,或从事工作。

三、他以报恩动物的帮助,得逃脱或成功。

我两三年前,曾记录过一篇《小龙报恩及猫犬鼠仇杀的故事》(见《文学周报》),里面情节与这个型式大略相近,虽然它在故事上的形态是"混合的"(Diffusion)。又《齐谐记》中董昭救蚁故事，亦颇与此式同。①

1928年，钟敬文又发表了关于地洞母题的著名故事类型编制模型，题目叫"云中落绣鞋型"。在这个类型中，将地洞母题、地下通道母题、杀死妖怪母题和英雄救美的母题粘连在一起，合成一个结构链。

云中落绣鞋型

一、樵夫在山中砍柴，以斧头伤了挟走公主或皇姑的妖怪。

二、樵夫与他的弟弟到山中寻觅公主或皇姑，弟弟把她带归，而遗弃哥哥于妖洞之中。

三、他以异类的助力，得脱离妖洞。

四、经过许多困难，他卒与公主或皇姑结婚。②

1931年，钟敬文发表了长篇研究论文《中国的水灾传说》，使用中国历史典籍《列子》《楚辞》《吕氏春秋》《尚书大义》《楚辞章句》《述异记》和《搜神记》等系列文献提出，比《南方草木状》更早地记载了树人母题的古书是《列子》。《列子》还记录了一条到达婴儿出生地点的水道，伊尹的母亲经过这条水道，才到达了一棵大树的位置。后来伊尹的母亲变成了桑树，伊尹就生在树洞里。关于该母题，钟敬文最早从民俗学角度指出，这是一种地下世界"通道"的叙事。

---

① 钟敬文：《中印欧民间故事之相似》，《钟敬文民间文学论集》下册，第243页。
② 钟敬文：《中国民间故事型式》，《钟敬文民间文学论集》下册，第344页。

《列子》自然是一部后人杂凑成的书。这不但是指的现存本（即晋人编纂的）为然，就是《汉书·艺文志》所著录的那个较初期的本子，恐怕在某种程度上也是如此。但我们不能因此就断定其中全没有先秦的古记录（或古传述），尤其是关于神话和传说方面的。倘我们相当地肯定这个前提，那么，对于它所载关于伊尹的传说，当作可信的传说史料看，也许不是太不合理的吧。关于这传说的语句，见于现存本的第一篇——《天瑞》，那是：

　　伊尹生乎空桑。①

　　他还指出，后世的《尚书大义》已经将《列子》过分简约的讲述变成明明白白的"树洞"故事，原文称"桑穴"。

　　伊尹母孕，行汲水，化为枯桑。其夫寻至水滨，见桑穴中有儿，乃收养之。②

　　从钟敬文的研究中还能看到，对地上世界与地下世界的通道成因的解释，民间还有一种说法，是"地陷"出湖，这方面的最早记载见于《搜神记》。

　　现本《搜神记》，自然已非干宝氏的原书，但证以唐宋古书所引，其大部分的材料，必出自原著是无疑的（其中有拉杂

---

① 钟敬文：《中国的水灾传说》，《钟敬文民间文学论集》下册，第164—165页。
② 同上书，第166页。

下编　个案研究

地抄入别的古书的地方,如第六、第七两卷,全抄《续汉书》、《五行志》,前人已经指摘过;但大部分,仍是辑录自前世类书所引的——即等于"辑佚"性质)。所以,除了一部分外,大都不妨信为晋代人的记述。在这二十卷书中,关于我们所要论述的水灾型传说,竟有三则记录。第一则,见于第十三卷。其文云:

　　由拳县,秦时长水县也。始皇时,童谣曰:
　　城门有血,
　　城当陷没为湖!①

钟敬文写作此文的背景是,他当时正与日本学者铃木雄健、小川琢治讨论中国的洪水故事,他撰写此文是在讨论之余。这是我国首篇关于"地陷"母题的论文,至于他为什么会写这篇文章,他自己有个声明,我把它抄在这里:"伊尹母亲化空桑的故事,小川琢治氏虽然述及,但他的原意似只想说明它和治水的禹王之关系。所以,他在这故事的上面没有什么发挥,自然也更无较详尽的'下文'。现在,我却要以这故事来做这篇小文论述的起点。这工作颇像有些给他的文章作'补充',虽然我在拈到这么一个'主题'时,尚未拜读过他的大作;而这意思(补充他的缺漏)其实也始终不是我所曾萦心的。"②也许正如钟敬文所说,此文是他个人的副产品,他的正产品是与日本同行研究洪水故事。但他的副产品发现其实相当重要,再走一步,就是地下世界研究,但他擦肩而过了。尽管

---

① 钟敬文:《中国的水灾传说》,《钟敬文民间文学论集》下册,第169页。
② 同上书,第164页。

如此，他把"水道""地洞""杀死妖怪"和"英雄救美"等有意思的问题留给了后人，他的开辟之功不可磨灭。

就本讲的研究对象而言，钟敬文当年从《列子》和《尚书大义》中发现了"桑穴"故事之后，即便没有再做地下世界研究，仅就"桑穴"母题本身看，对它的研究价值也需要重估。为什么？因为它还活着，这个母题是长命的叙事。在柯尔克孜族《玛纳斯》的叙事中，这种树神用乳汁哺育人类。在维吾尔族史诗《乌古斯可汗传》的唱诵中，英雄团队中的将士之妻在树洞中生下儿子。据说这类母题在突厥语系中并不稀见①，喀什地区的维吾尔人至今喜种桑树，认为"人如果种下7棵桑树，死后能上天堂"②。

上面谈到，AT提到过，艾伯华的《土耳其故事类型》有此母题，但语焉未详，这里就不讨论了。不过，在他此前编制的《中国民间故事类型》中，可以看到他对钟敬文创制的"云中落绣鞋"母题的全文模仿。

122. 云中落绣鞋

（1）砍柴人在林中用斧子砍伤了一个妖怪，这个妖怪掠走了公主。

（2）他跟他的兄弟一起去寻找公主；公主得救，他兄弟把他扔进妖洞里。

（3）砍柴人依靠其他动物的帮助走出洞穴。

---

① 参见热孜万古丽·依力尼亚孜《维吾尔族英雄史诗〈乌古斯汗传〉母题的现代传承》，打印本，第8页。在该页中，作者引用17世纪中亚史家阿布勒孜《突厥世系》一书描述了这个故事。

② 段晴给作者的微信中讲到喀什的桑树，2017年5月20日。

（4）经过多次努力，他娶了公主为妻。

出处：

h.民间Ⅰ，第12集，第59—64页（浙江，绍兴）。

k.民俗，第84期（江苏，兴化）。

l.妇女与儿童，第14册，第168—170页（浙江，义乌）。

对应母题（3）：

老鼠、蟹和蛙出于同情把好人从洞中救出：江苏c。

好人搭救龙王（龙太子），龙王使他活下来并把他带了出来：山东g；浙江l，m；江苏k；以及a。①

艾伯华在书中三次引用"云中落绣鞋"，并且都做了标注，他对这个母题的重视，由此可见一斑。以下是另外两个母题：

16．动物报恩

（1）有个人曾帮助过一只动物。

（2）当他处于生命危险时，这只动物前来救助。

出处：

a.相思树，第105—106页（浙江，富阳）。

b.同上，第106页（浙江，富阳）。

c.同上，第107页（浙江，富阳）。

d.参见"云中落绣鞋"。②

---

① 〔德〕艾伯华：《中国民间故事类型》，王燕生、周祖生译，第203—206页。
② 同上书，第29页。

192．穷汉娶妻

（1）一个穷人由于误解，猜想有钱的姑娘爱着他。

（2）他请父母去说亲。

（3）他必须猜中谜语，或者为婚礼置备珍奇的物品。

（4）他得到了她为妻。

出处：

a．民间Ⅱ，第3号，第40—42页（浙江，绍兴）。

b．民间Ⅰ，第12集，第56—58页（浙江，绍兴）。

补充（3）：

猜谜：浙江a；江苏e，h；山东g。

带来珍贵的物品：浙江b，c，d。

必须把两种谷粒分开（参见"云中落绣鞋"）：f。

扩展：

龙王被吹笛人的吹奏所感动，拿出了珍宝：浙江b。

"天问"：浙江d。

"百鸟衣"：f。[①]

"16．动物报恩"中的回报主人的动物，在《玛纳斯》中都是英雄的助手所为。在"192．穷汉娶妻"中，他将地下世界叙事与难题母题相联系，指出受到了"云中落绣鞋"影响。他又将龙宫母题"扩展"进来，灵光一现。遗憾的是，他始终没有使用地下世界的概念，这也许与他不研究史诗有关，也许不研究史诗的人就无法看清故事分类与体裁的矛盾。

[①]〔德〕艾伯华：《中国民间故事类型》，王燕生、周祖生译，第284—285页。

（二）从普罗普的研究看钟敬文

普罗普在研究俄国神奇故事时，已经发现了"地下世界"型，他建立了31个功能项，其中有10个直接提到它，占功能项总数的1/3。它们是："十五、主人公转移，他被送到或被引领到所寻之物的所在之处"，"十六、主人公与对头正面交锋"，"十八、对头被打败"，"十九、最初的灾难或缺失被消除"，"二十一、主人公遭受追捕"，"二十三、主人公以让人认不出的面貌回到家中或到达另一个国度"，"二十五、给主人公出难题"，"二十八、假冒主人公或对头被揭露"，"二十九、主人公改头换面"，"三十一、主人公成婚并加冕为王"[①]。在这些功能项中，普罗普把英雄进入地下世界的诸多角色功能和行为功能统统都编进来。他用他的办法，也将地下世界的复杂母题排序结构讲得清清楚楚，我做几个摘要放在下面，以便举例说明。

十五、主人公转移，他被送到或被引领到所寻之物的所在之处

1. 他在空中飞翔。骑在马背上，被鸟驮着，化作鸟的形象，乘飞船，坐在飞毯上，伏在巨人或精灵的背上，乘坐鬼的车等等。被鸟驮着飞有时还伴随着一个细节：在路上需要喂它，主人公随身带着一头牛和其他的东西。

---

① 〔俄〕普罗普：《故事形态学》，贾放译，第45—59页。

2. 他在陆地或水中行驶。①

5. 他使用固定不动的通行工具。……他拽着绳索往下降等等。②

十八、对头被打败

5. 兹米乌兰藏在树洞里,他被杀死了。③

十九、最初的灾难或缺失被消除

6. 运用宝物摆脱贫穷。神鸭下了金蛋。自动摆上食物的桌布。

10. 被囚者获释。马撞碎牢门,放出了伊万。④

二十一、主人公遭受追捕

5. 追捕者试图将主人公吞下去。母蛇妖变成一位姑娘来诱惑主人公,然后又变成了一头母狮子想把伊万吞下去。⑤

二十三、主人公以让人认不出的面貌回到家中或到达另一个国度

1. 到家。主人公落脚在某个手艺人那里:金银匠、裁缝、鞋匠,给手艺人当徒弟。⑥

---

① 〔俄〕普罗普:《故事形态学》,贾放译,第45页。关于普罗普功能项的使用,本节为集中讨论问题起见,在不影响读者了解原著的前提下,暂且省略原来每句后的编号。

② 同上书,第46页。

③ 同上书,第47页。

④ 同上书,第49页。

⑤ 同上书,第51页。

⑥ 同上书,第54页。

二十五、给主人公出难题

送交东西和制造东西的难题:送药……一夜之间建起一座宫殿。建起一座通往宫殿的桥。①

二十九、主人公改头换面

2. 主人公造出一座奇妙的宫殿。他自己以王子的身份在宫殿里走动。姑娘一觉醒来身在奇妙的宫殿里。②

三十一、主人公成婚并加冕为王

1. 或者一下子获得未婚妻和王国。③

从普罗普的角度看,英雄进入或离开"地下世界",有因有果。需要反复提及的是,普罗普讨论的这种因果,也不是佛教轮回观和道家无为观,而是另一种民俗思维方式,这是他的工作特点。普罗普的观点能帮助我们认识到,在"地下世界"类型中有一批同类民俗单元,对它们的价值判断,并非用"是"或"不是"来界定,而是要考察各种叙事母题之间如何"转换"④,具体地说,考察英雄怎样从地上世界转到地下世界,再从地下世界转到地上世界。"转换"的条件不是"求助"而是"交换"⑤。有的是机会的交换,如英雄的朋友先把公主从洞中拉上去,再把英雄拉上去。有的是

---

① 〔俄〕普罗普:《故事形态学》,贾放译,第55页。
② 同上书,第57页。
③ 同上书,第58页。
④ 同上书,第45页。
⑤ 同上书,第48页。

技能的交换,如青年当工匠,学手艺,回来娶亲。有的是人与动物的交换,如救了树上的小鸟,鸟王帮助英雄飞出地洞。有的是人与植物的交换,如英雄爬上金树,离开地下世界。有的是人与仙药的交换,如英雄吃了受伤的小鼠疗养的三叶草,治愈了自己摔断的筋骨。

普罗普提出的"交换"原则值得讨论,对于中国史诗故事研究尤其如此。为什么?因为"交换"与"求助"是根本不同的思路。"交换"是双向的,立等可见;"求助"是单向的,需要长时间的约束。"交换"旨在获得平衡,"求助"旨在破除危机。中国是长期依靠自然条件生存发展的农业国家,《玛纳斯》史诗所在西北地区是牧业区或农牧交错带,人民长期在恶劣的自然条件和严重的自然灾害中生活,具有向超自然、超人力的力量"求助"的种种需求,这些需求也会多多少少渗透到史诗故事中来。"交换"的母题不多,"交换"需要资源。流传于我国西北地区的《玛纳斯》史诗故事传达了当地社会"求助"于天时、地利、人和,以战胜一切自然、社会与人生危机,建设和平家园。这样重大的精神"求助"和社会历史实践,也只有玛纳斯那种史诗英雄才能做得到。

普罗普找到了分析大型叙事的角色和功能的一套方法。按照他的方法,研究者要了解英雄进入"地下世界"是一个"初始情景",这个初始情景的叙事场景有"长辈离家,禁令,对头(狼)的骗人劝说,破禁,家庭成员被劫走,告知灾难,寻找,杀死敌人",破解这种文本的具体过程"可以以三种方式进行:1. 根据同一标志的不同变体(树木可分为阔叶林和针叶林);2. 根据同一标志的有无(有脊椎类和无脊椎类);3. 根据互相排斥的标志(哺乳动物中的偶蹄类和啮齿类)。在一种分类法的范围内,方法可以按照类、体和变体或其他层级变换,但每一层级要求方法的首尾一贯和形式划一"①。

关于普罗普对地下世界的总体研究观点,我们用他的话概括为以下要点:

第一,(英雄)通常寻找的对象都在"另一个""别的"国家。这个国家或者远在天边,或者在山高水深之处。②

第二,(英雄)找到一条地下通道并用上了它。③

第三,数个故事人物迅速交替行动,一下子获取所寻找的对象。④

第四,有很大数量的功能项是成对排列的,……另有一些功能项是分组排列的,……可以做出预测:关于故事的亲缘关系问题、关于情节与异文的问题均可借此获得新的解答。⑤

在对中国历史文献相关记载的研究方面,钟敬文的关注点不是"交换",而是"报恩"和"互助"。我们看到,他从这些书面文本中的洪水神话、报信者和洞穴救公主等资料出发,研究属于地下世界类型的一些要素。在他的观点中,在缺乏资源和遇到危机的情况下,依靠整合弱小力量,发挥集体智慧,也可以战胜强敌,度过危机⑥。季羡林也有这种看法,他以对中国颇有影响的《五卷书》为

---

① 〔俄〕普罗普:《故事形态学》,贾放译,第97页。
② 同上书,第45页。
③ 同上书,第46页。
④ 同上书,第48页。
⑤ 同上书,第59页。
⑥ 如钟敬文对"猪哥精"一类故事的研究,参见钟敬文《读〈三公主〉》,《钟敬文民间文学论集》下册,第455—456页。

例,指出,自第5页至第121页,有一系列"弱者与强者斗争而获得胜利的故事",在他举述的这些例子中,有画眉战胜大象,乌鸦战胜毒蛇,兔子战胜狮子,鸽子、老鼠、羚羊和乌鸦战胜猎人等①。当然,钟敬文做的是定性研究,普罗普做的是定性兼定量研究。

钟敬文与普罗普的研究都涉及地下世界,但他们的研究均以故事为主,属于单一体裁研究,都还没有来得及将故事学与史诗学做综合研究。当然,普罗普和钟敬文的文本分析并不是支离破碎的,是强调整体性的。普罗普曾提出:"正确分析一个故事并不总是容易做到的,这里需要相当熟练的技巧和习惯。……阿法纳西耶夫的集子在这方面是绝好的材料。但大体上也提供了同一图式的格林兄弟的故事,就显得不那么纯粹和稳定。无法预料所有的细节,还应该考虑到像故事内部因素的同化一样,还有整个体裁的同化和交叉的情况,那造成的就是有时十分复杂的混合体。"②钟敬文也讲过体裁的"混合"问题,但钟敬文的工作又要求具备处理中国口头文本与书面文本双料的娴熟知识,这不容易做到。

最后我们需要考虑一个问题,就是在新疆史诗故事群的发祥地,在守护《玛纳斯》的柯尔克孜族人民中间,他们如何看待"地下世界"?特别是在现代社会,柯尔克孜人也要用现代人的眼光看世界,他们又怎样解释本民族史诗中的"地下世界"用词?下面我引用新疆师范大学柯尔克孜族民间文学专业硕士研究生艾力努尔·马达尼论文的一段文字来说明:

---

① 季羡林:《印度寓言和童话的世界"旅行"》,《比较文学与世界文学》,第121页。
② 〔俄〕普罗普:《故事形态学》,贾放译,第96页。

英雄入地母题在突厥语民族民间文学中大量存在,例子不胜枚举。英雄所入的"地下",在汉语译文中一般都译作"地牢"、"地狱"或"冥府"。但在突厥语系中,"地下"的基本用语是"jeraste",其中,"jer"是"地"之义,"aste"是"下、下面"之义,"jer, aste"的直译就是"地下",整个词的意思都没有"地牢""地狱"之义,更没有"冥府"之义。在突厥语民族叙事文学中,英雄成年后大多都有进入地下的经历。英雄入地母题广泛地存在于民间文学作品之中。柯尔克孜族史诗《艾尔托西图克》中的英雄艾尔托西图克,在众多英雄业绩中,最引人注目的一个是他到地下世界历险的经历。史诗《艾尔托西图克》中英雄与七头妖婆展开激战,七头妖婆斗不过英雄,节节败退,托西图克穷追不舍。七头妖婆施展魔法,大地开裂,英雄托西图克落入地下,在地下生活了整整七年。在各种动物朋友的帮助下,托西图克战胜了种种妖魔,并被大鹏鸟驮上地面,返回世间。①

艾力努尔·马达尼用自己本民族语言解释"地下世界"一词,并没有"地狱"的意思,只指大地的"下面"。对她和她的民族而言,英雄是否有地下世界的经历,还不仅是关系到史诗是否完整,而且还是他们断定英雄素质和史诗魅力的一个条件。

---

① 艾力努尔·马达尼:《神话史诗〈艾尔托西图克〉变体的母题分析与现代传承》,北京师范大学"跨文化学研究生国际课程班"学员论文,2016年,第9页。

第十五讲　跨文化的中欧故事①

钟敬文于1927年与友人杨成志合作翻译《印欧民间故事型式表》②，这是中国民俗学者对欧洲故事研究成果的最早接触。钟敬文从英国民俗学者班恩所撰《民俗学手册》中获得这份资料，又参考了日本学者冈正雄的日译文，再将之译成中文，介绍到中国。自1927年至1991年，他断断续续64年都没有放弃这项研究，本讲尝试在这方面做一些补白的工作。

一、中欧故事类型比较研究的路径、问题和资料

（一）译介印欧文化圈的故事类型

钟敬文等译印欧故事类型的中文名称如下：

---

① 关于跨文化中欧故事，多年来，作者在涉及印度故事、印度佛经故事和中印共享故事方面，都得到王邦维教授的很多帮助，特此致谢。详见董晓萍、王邦维《钟敬文中日印故事类型比较研究》，《民俗典籍文字研究》2013年第11辑，第6—32页，第12辑，第28—60页。

② 〔英〕库路德编，约瑟·雅科布斯修订：《印欧民间故事型式表》，钟敬文、杨成志译。

1	丘匹得与赛支式	19	白猫式	37	斗法式	55	白雪姑娘式
2	麦罗赛那式	20	辛得勒拉式	38	巧智退魔式	56	拇指汤式
3	天鹅处女式	21	美人与兽式	39	大胆约翰式	57	安德洛麦达式
4	皮涅罗皮式	22	兽姊妹夫式	40	预言实现式	58	蛙王子式
5	哲诺未亚式	23	七只天鹅式	41	法术书式	59	刺谟皮斯地理忒士京式
6	判赤京或生命指南式	24	孪生兄弟式	42	盗贼式	60	动物语言式
7	叁孙式	25	从巫术逃出式	43	勇敢的裁缝匠式	61	靴中小猫式
8	赫剌克利斯式	26	白太式	44	威廉退尔式	62	狄克喜亭吞式
9	蛇儿式	27	哲孙式	45	忠心约翰式	63	正直与不正直式
10	恶魔罗伯式	28	谷德纶式	46	茎勒特式	64	死人报恩式
11	金小孩式	29	悍妇驯服式	47	报恩兽	65	笛手皮得式
12	利尔式	30	脱剌是卑耳德式	48	兽、鸟、鱼式	66	驴、桌及棍棒式
13	侏儒式	31	睡美人式	49	人得到支配兽类的法力	67	三蠢人式
14	里亚·塞尔米式	32	赌婚式	50	亚拉丁式	68	替泰鼠式
15	杜松树式	33	约克和豆茎式	51	金鹅式	69	老妇与小豚式
16	和尔式	34	旅行地狱式	52	禁室式	70	亨利坟尼式
17	卡斯京式	35	杀巨人者约翰式	53	贼新郎式		
18	金发式	36	波力飞马斯式	54	骸骨呻吟式		

在这次翻译过程中,钟敬文还增加了两项工作:一是用中文给印欧故事类型命名,二是对部分故事类型使用了具有中国色彩的篇名,如"睡美人式""报恩兽""禁室式"和"骸骨呻吟式"等,它们后来都成为中国民俗学界常用的类型名称。日、韩民俗学者也一直借用这些命名。这次译介工作至少带来了四个结果。

第一,钟敬文了解到欧洲学者正在制作故事类型,他也知道日本民俗学者已率先拿到印欧故事类型表[①],这是他关注中欧故事的机缘。

第二,找到了把民俗做成学问的门径。顾颉刚在钟敬文的印欧故事类型中译文完稿后,为之撰序赞扬,肯定故事类型法可以成为民俗学的支架。

> 民俗可以成为一种学问,以前人决不会梦想到。他们固然从初民以来早有许多生活的法则,许多想象的天地,可怜他们只能做非意识的创造和身不由主的随从,从来不会指出这些事实的型式和因果。……现在我们的眼睛已为潮流所激荡而张开了,于是陡然看见沃野膏壤可以做我们的田地,许多嘉卉珍果可以做我们的农产;我们心知在这很近的时期之内可以收获到一笔大产业,哪里禁得住不高兴,哪里禁得住不呼喊道:"我们要开辟这些肥土!我们要在这方面得到丰盛的

---

① 钟敬文说明这次翻译曾参考日本学者冈正熊的日文译本,详见《付印题记》,原文写于1928年1月24日,〔英〕库路德编,约瑟·雅科布斯修订《印欧民间故事型式表》,钟敬文、杨成志译,第5页。

收获！"①

从顾颉刚的这段文字可以看到，五四以来，他和钟敬文等接触民间文学资料日久，而方法日蹙。这时他们拿到了钥匙。

第三，钟敬文找到了与印欧类型相似的中国类型。1928年2月，钟敬文发表了《中国印欧民间故事之相似》②，这是他制作的第一批中国故事类型，它们是：类型三、天鹅处女式，类型十五、杜松树式，类型十六、和尔式，类型十九、白猫式，类型二十一、美人与兽式，类型二十六、白太式，类型四十七、报恩兽，类型四十八、兽鸟鱼式，类型五十四、骸骨呻吟式，类型六十七、三蠢人式，共10个。以下我们讨论钟敬文于1927年至1937年撰写的论文，他原曾计划对70个印欧类型做逐一对应的研究，因战争和社会变迁等种种原因，他完成了42个类型，占原计划的60%。

第四，动物故事占半数以上。在钟敬文已完成的故事类型研究中，动物故事占34个，其中很多动物能开口说话。在上面刚刚提到了他制作的10个中印欧相似类型中，动物故事类型占8个，达80%，所举述中国对应动物达90%。但在他个人编制的中国相似故事类型中，动物丈夫稍少，动物妻子较多，动物助手更多。还有不属于动物故事的其他类型，如傻子型或呆女婿型（在印欧故事类型中叫"三蠢人式"），在钟敬文后来制作的中国故事类型中，它被

---

① 顾颉刚：《民俗学会小丛书前言》，原文写于1928年1月29日，〔英〕库路德编，约瑟·雅科布斯修订：《印欧民间故事型式表》，钟敬文、杨成志译，第1页。顾颉刚原文中"那里禁得住"中的"那里"，兹据原意改为"哪里"。

② 钟敬文：《中国印欧民间故事之相似》，《钟敬文民间文学论集》下册，第240—244页。

归入"云中落绣鞋型"①,或称"呆女婿型"(附五个异式)②。还有两个类型属"后母型(灰姑娘型)"和"歌唱的骸骨型",它们也都是AT中的重要类型,在钟敬文晚年的著述中还对这些类型进行了补充研究③。

当他得知日本民俗学者松村武雄也翻译《印欧民谭类型》后颇有同感,后来还发生了他与松村武雄就此对话的学术事件④。他曾雄心勃勃地说:"关于中国的乃至于世界的这型式的故事,我希望将来有较详细地讨论一下的机会。"⑤比如,槃瓠故事类型,由松村武雄提出,钟敬文使用中国资料给予了补充和发展,这已成为中日印故事类型比较研究中的一段著名的学术史佳话。以后钟敬文留学日本,引松村武雄为"私淑"老师。

从现代专业标准看,钟敬文等翻译的印欧故事类型存在明显的不足。原作者约瑟·雅科布斯的原文并没有注明故事类型的出处,故钟敬文等中译本也没有标明故事出处。钟敬文不久后发表的《中国与印欧故事类型之相似》一文,也未能对所使用的印欧国家故事交代出处。这就是一种局限。现在我们已经知道,我国和邻国开展的故事类型比较研究,在整个20世纪都争论不休,其中的原因,就有资料来源问题。多年后,季羡林率后学团队翻译的

---

① 关于钟敬文将印欧故事类型中的"三蠢人式"归入中国故事类型"云中落绣鞋型",参见钟敬文《读〈三公主〉》,《钟敬文民间文学论集》下册,第454页。
② 钟敬文:《中国民间故事型式》,《钟敬文民间文学论集》下册,第354—355页。
③ 钟敬文对"灰姑娘型"和"歌唱的骸骨型"故事类型的研究,对"不到黄河心不死"故事类型的研究,参见钟敬文《中日民间故事比较泛说》,《钟敬文学术论著自选集》,第374、377—383页。
④ 参见钟敬文《槃瓠神话的考察》,《钟敬文民间文学论集》下册,第103页。
⑤ 同上。

印度故事文学著作出版，提供了大量的新线索，例如，印欧类型的二十六、白太式和六十七、三蠢人式，在王邦维选译汉魏佛经《百喻经》中，就有《食盐》《挨打》《认兄》和《赞父》等作品，可以证实是来自印度的故事。这类资料和研究，对于解决钟敬文早期的历史局限，全面判断中印故事类型研究的历史价值，是有新的开辟作用的①。

（二）制作中国故事类型

一般认为，钟敬文受到印欧故事类型的启发，撰写了中国故事类型②。但持这种观点的学者，忽略了另一个层面，即钟敬文翻译印欧故事类型，后来又使用印度故事，在这一过程中，还有两个人起了关键作用，就是许地山和赵景深。对这段学术史，我国民俗学界很少谈及，但实际上不能不提。印度文学研究者对许地山比较熟悉，但又很少提到他对故事类型学的影响，因此这个空白需要补上。

钟敬文曾几度走近许地山。1928年6月，许地山出版译著《孟加拉民间故事》，1935年他又出版了三本相关的著作，并介绍了印度的两大史诗和三大故事集《佛本生故事》《五卷书》和《故事海》，

---

① 印欧故事类型二十六、白太式和六十七、三蠢人式等，已进入中国佛典的印度故事作品，参见王邦维选译《佛经故事·百喻经》"食盐""挨打""认兄""赞父"，中华书局2009年版，第2—4页。

② 参见钟敬文《中国民间故事型式》，《钟敬文民间文学论集》下册，第342—356页。

这些都对钟敬文产生了很大影响。在季羡林从德国返回之前，德国人的印度学传统还未能传到中国。另一位学者郑振铎，对印度文学研究也颇着力，却不如许地山对梵文和印度更为精通。赵景深在钟敬文和许地山之间搭过桥，季羡林也在三十多年后的一篇文章中肯定了许地山在译介印度故事文学方面的才能和功力，这些都能把钟敬文对印度故事的兴趣吸引过去。下面引季羡林的一段评价：

> 小说家和梵文学者许地山对印度文学有特殊的爱好，他的许多小说取材于印度神话和寓言，有浓重的印度气息。他根据英文翻译过一些印度神话，像《太阳底下降》(*The Descent of the Sun*)和《二十夜间》(*A Digit of the Moon*)等等。他也曾研究过印度文学对中国文学，特别是中国戏剧的影响。他的结论我们虽然不能完全同意，但是其中有一些意见是站得住的，这一点大家都会承认。此外，他还写过一部书，叫作《印度文学》，篇幅虽然不多，但是比较全面地讲印度文学的书，在中国这恐怕还是第一部。它从吠陀文学讲起，一直讲到近代文学，印度文学史上的主要作家作品，主要的都讲到了。对想从事于印度文学研究的人来说，是一部有用的书。①

我们站在比季羡林和钟敬文更远的地方能发现，在季羡林的评价中，许地山也许未必是顶尖的印度文学批评家，但却称得上是一位印度情结最浓的中国先驱，季羡林说他"比较全面地讲印度文

---

① 季羡林：《印度文学在中国》，《比较文学与印度文学》，第114页。

学的书，在中国这恐怕还是第一部"。从钟敬文的工作看，许地山只翻译而未研究印度故事类型，由钟敬文填补了这个空白，而许地山译介的印度故事成了钟敬文最早的专业食粮。

在许地山之前，郑振铎是介绍印度故事的主将，早在1921年，他就在《小说月报》上翻译并介绍了泰戈尔的诗。1927年，他发表了《民间故事的巧合与转变》，提出了故事相似说的几个流派[①]。1928年，钟敬文在自己的文章中采用了他的部分说法。

钟敬文与赵景深的来往更多。他在1928年写《中国印欧民间故事之相似》时，在写到"天鹅处女"类型时，已提到与赵景深的关系，原文是："景深按，比较近似一点的，我以为还是牛郎和织女的故事，此故事也曾编成戏剧《鹊桥相会》，在七夕演唱；并且拙编《中国童话集》中也收得有这个故事。"[②]1929年钟敬文撰写了又一批中国故事类型，赵景深也提供了自己的意见。

> 民国十六年的冬天，我和友人杨成志先生合译了库路德那被修正过的《印度欧罗巴民间故事型式》(Some Types of Indo-European Folk-tales)，当时想，把中国的民间故事照样来整理一下，该不是无意义的吧。次年（民国十七年）春，国立中央研究院历史语言研究所在粤成立，谋出《集刊》第一期。主持其事的为傅斯年、顾颉刚诸先生，承邀分题做文，我即提出"中国民间故事型式"的题目。但只在忙碌中草就了数型，

[①] 参见郑振铎《民间故事的巧合与转变》，《矛盾月刊》1932年第1卷第2期，又见《郑振铎文集》第6卷，人民文学出版社1988年版，第255—258页。
[②] 钟敬文：《中国印欧民间故事之相似》，《钟敬文民间文学论集》下册，第241页。

即因故中断进行。后来,赵景深先生曾来函提议过大家分力合作;我也有时想起此事中断的可惜。但兴味既弛,课务又忙,因之,便长期悬搁。①

钟敬文这项工作至1931年完成,这期间他在许多场合都提到赵景深。

钟敬文在这段时间里共编制了45个中国故事类型,它们是:

1	蜈蚣报恩型	13	龙蛋型	25	人为财死型	37	择婿型
2	水鬼与渔夫型	14	皮匠驸马型	26	悭吝的父亲型	38	书呆子掉文型
3	云中落绣鞋型	15	卖鱼人遇仙型	27	猴娃娘型	39	撒谎成功型
4	求如愿型	16	狗耕田型	28	大话型	40	孝子得妻型
5	偷听话型	17	牛郎型	29	虎与鹿型	41	呆女婿型
6	猫狗报恩型	18	老虎精型	30	顽皮的儿子(或媳妇)型	42	三句好话型
7	蛇郎	19	螺女型	31	傻妻型	43	吃白饭型
8	彭祖型	20	老虎母亲(或外婆)型	32	三句遗嘱型	44	秃子猜谜型
9	十个怪孩子型	21	罗隐型	33	百鸟衣型	45	说大话的女婿型
10	燕子报恩	22	求活佛型	34	吹箫型		
11	熊妻型	23	蛤蟆儿子型	35	蛇吞象型		
12	享夫福女儿型	24	怕漏型	36	三女婿型		

---

① 钟敬文:《中国民间故事型式》,《钟敬文民间文学论集》下册,第342页。

这是钟敬文一生中用力最集中、产量最多的一批纯故事类型。所谓"纯"故事类型，指这批类型都是故事情节单元缩写，并不提供任何历史文献和现代调查的口头故事篇名，未标明故事流传地，没有附出学者调查研究的任何背景。我们看AT著作，在每个类型之后，都附有长篇的故事出处索引，还附有研究者的分析提示。两相比较，中国民俗学者借来的方法受到了同时代人的批评。

但是，钟敬文编制中国故事类型的工作又是相当重要的。他的这批中国类型一出，就立即在日本引起了积极反响，这能说明邻国同行对中国学者的期待。在我国现代民俗学史上，这批类型也有不可替代的学术价值，主要有二：一是首次提出了一批中国故事类型的母题和主题；二是这批中国故事类型的中心角色以动物为主，此点成为中日印比较研究的钥匙。

在钟敬文编制的这批中国故事类型中，动物故事类型有26个，占半数以上，它们是：1.蜈蚣报恩型，2.云中落绣鞋型，3.求如愿型，4.偷听话型，5.猫狗报恩型，6.蛇郎，7.燕子报恩，8.熊妻型，9.龙蛋型，10.皮匠驸马型，11.卖鱼人遇仙型，12.狗耕田型，13.牛郎型，14.老虎精型，15.螺女型，16.老虎母亲（或外婆）型，17.罗隐型，18.求活佛型，19.蛤蟆儿子型，20.怕漏型，21.人为财死型，22.猴娃娘型，23.虎与鹿型，24.百鸟衣型，25.吹箫型，26.蛇吞象型。它们涉及的动物共14种，分别是蜈蚣、龙（龙王、龙子、龙女）、猫、狗、蛇、燕子、熊、蜜蜂、鱼、牛、田螺、青蛙、鸟（云鸟）、猴。其中出现虎4次、龙4次、蛇2次、鸟2次、狗2次，其余均出现1次。

钟敬文凭借这批故事类型和不久开始的中日印故事类型研究奠定了他在东亚和东南亚民俗学界的地位。

钟敬文还研究了中国民俗学的其他范畴,如民间艺术、民间信仰、民间组织和传统节日等。但与同时代的其他中国民俗学者相比,他之所以对中国民俗学的理解全面深入,与他从事故事类型研究有关。他在当时社会历史所允许的条件下,还做了跨国比较研究,这为他打开了极为广阔的民俗学领域。

(三)争论问题

在钟敬文翻译印欧故事类型和制作中国故事类型时,对西方人的主流方法的争论就在他身边爆发了,这对他是极大的考验。

> 自《印欧民间故事型式》由国立中山大学语言历史学研究所刊行之后,有些人珍爱备至,常用以为写作民间故事论文援引的"坟典"。但也有些人,却很鄙薄它,以为全无用处,甚至把它视为断送中国民俗学研究前途的毒药。这两种"偏歆"的结果,都是我们翻译那"型式"时所遥未及料的。(关于此事,另日当作专文论之,此处不详谈。)这篇文字发表时,不知要惹起如前或更严重的反响否?我这样预想着,不免有些惴然了。①

他与沈雁冰就马头娘型故事产生了争论。沈雁冰是用进化人类学的学说考察神话故事的作家兼学者。现在我们知道,沈雁冰

---

① 钟敬文:《中国民间故事型式》,《钟敬文民间文学论集》下册,第343页。

之所持,正是后来被翻盘的直线进化论,这就不去多说它了,而处于同时代的钟敬文也未能彻底摆脱进化人类学的影响。那么,两人的分歧究竟在哪里呢?钟敬文认为沈之不妥,是沈要求神话传说也能跟着社会一同"进化",钟则否定这种说法。他指出,故事类型在时空分布上是先后错落的、差异的,故事叙事中的"事物常因空间与时间的差异而呈现变态,这是普通的原则","如孟姜女故事,在重'天人感应说'的汉代,则谓她'哭倒杞城',到了人民苦于兵役的唐朝则说她'万里寻夫'"。沈认为故事的说法比较怪诞,是用后人的合理性思维去要求故事,而故事本身已经"解释得十分清楚"了①。钟敬文能看见故事思维的特殊性,就能看见更多的故事类型。在两年后撰写讨论青蛙儿子型的论文中,他再次引用了约瑟·雅科布斯的印欧故事类型,说明青蛙儿子型的"第二式的中间一部分,则颇和古代所传'蛮族来源传说'及'蚕的神话'相近"②,"这类故事的主要相同点,是异类(狗、马、蛙等)应国王之募而立战功,目的在尚公主,虽收梢略有差歧,而大干上初无二致。在这种地方,我们可以见到一点原始时代的背景——尤其是那时代的思想和信仰。"③简单说,沈雁冰是先社会而后故事,钟敬文是先故事而后社会,这是两人争论的差别。

1928年4月,钟敬文发表了《读〈三公主〉》一文,再次指出,文学家与民俗学者对待故事类型是有区别的。文学家只是改造利

---

① 钟敬文:《中国民间故事型式》,《钟敬文民间文学论集》下册,第249—250页。
② 钟敬文:《中国民间故事试探》,《钟敬文民间文学论集》下册,第221页。
③ 关于钟敬文引用印欧故事类型指出马头娘与青蛙儿子型故事相似,参见钟敬文《中国民间故事试探》,《钟敬文民间文学论集》下册,第221—222页。

用民间故事,"以表达自己的感情、思想及艺术"。而如果是撰写儿童读本,这种文学作品与民俗学著作在功能和撰写上的立场一定是有差别的。他还举了日本池田大佐编译《支那童话集》的例子[①],说明用故事写儿童读物的做法,另当别论。但是,轮到民俗学者做故事类型研究,就要恪守故事思维的规律,而不从文学家的思路出发看问题。

我们从他的这些认识中可以看到,译介故事类型和编制中国故事类型,让中国民俗学者感到有了独立的学术身份,这是最重要的。他们使用故事类型法,成了我国早期民俗学学科的一种构建过程。

二、中欧类型比较的主要母题、主题和民俗文化内涵

钟敬文的中日印故事类型比较,在使用资料上,以中国故事资料为主,以日、印故事资料为辅,这样他的比较研究所要解决的主要问题,就是在处理中国故事资料时,与在运用西方故事类型概念时,在中西类型彼此不能套用的地方,建立了适合中国故事类型分析的概念和方法,同时这种调整还要适应中日印比较研究的工作框架。他在这方面值得肯定的工作,是提出了故事类型的母题和主题的不同概念,并在当时西方人比较忽略的故事类型的内容研究方面,开展了民俗文化分析。

---

① 钟敬文:《支那童话集》,《钟敬文民间文学论集》下册,第460—461页。

(一) 母题和主题

钟敬文以中国人的方式,根据中国历史文献和现代搜集的口头故事,编制中国故事类型,并对中国故事类型研究提出了"母题"和"主题"两个概念。这些工作都是有创造性的。钟敬文所讨论的著名个案有:马头娘、呆女婿、蛇郎、老虎与老婆儿、蛤蟆儿子、田螺精、地方传说型故事和植物故事。他的这套方法也可称为"民俗志分类法",其"特点是根据中国民俗志的特点和民俗志修辞用语的分类,奠定了中国故事分类学的历史基础"①。

(二) 中国故事类型分析样本与钟、季各自的观点

钟敬文建立了一批适合中国故事类型的母题和主题分析样本,季羡林在自己的文章中,对其中的部分母题或主题做过论述。

1. 马头娘

1927年11月,钟敬文发表《马头娘传说辨》②。他指出,这个蚕神由来的神话故事,与约瑟·雅科布斯《印欧民间故事型式表》中

---

① 董晓萍:《现代民间文艺学讲演录》,广西师范大学出版社2008年版,第380页。
② 钟敬文:《马头娘传说辨》,《钟敬文民间文学论集》下册,第245—251页。

"蛇儿子"类型的第二式相似①,但在选择故事类型的中心角色上,应确定为"马",而非"蚕"。

2. 呆女婿

钟敬文于1928年撰写了《呆女婿故事试说》②。这是分析这类主题故事的开篇之作。他首次为这类故事命名,并给出定义:"呆女婿故事,在我国民间传说中,可说是很通行的。它之集合关于人性愚呆方面之故事之大成(是所谓箭垛),正犹如徐文长集合关于人性尖刻方面的故事之大成一样。"③他还指出呆女婿主题包含"数式",如牵绳线教动作、说吉利话、吟诗或行酒令、性行动的外行、买纸衣、走错路、认僧为鹅、放鸭下水、跳下茅厕、打破大人家的东西和学话失败等。这是约由11个单纯的故事联合组成的"复合的故事"④,即前面所说的异式群。他还指出,印度也有傻子故事,"记得在印度寓言中,也有和这很相似的一个故事"⑤,如牵绳线教动作的异式。

3. 蛇郎

钟敬文研究蛇郎型母题的文章发表于1930年。从他的研究看,即便是单一动物的母题类型,在流传形态上也有差异。蛇郎母题可分为"原形的""变态的"和"混合的"三型,其中与混合

---

① 关于钟敬文引用印欧故事类型指出马头娘与青蛙儿子型故事相似,参见钟敬文《中国民间故事试探》,《钟敬文民间文学论集》下册,第222页。
② 钟敬文:《呆女婿故事试说》,《钟敬文民间文学论集》下册,第235—239页。
③ 同上书,第235页。
④ 同上书,第237—238页。
⑤ 同上书,第237页。

型粘连的类型,还有老虎外婆型、螺女型和灰姑娘型等。该类型的叙事套式有时会夹杂问答和鸟的咒言。钟敬文还两次将这个蛇的故事与印欧故事类型做比较分析,这在其他故事类型分析中,并不多见。其中,对小妹被害变形的情节,他认为是印欧故事类型的一种:

> 欧洲民间故事中的"杜松树式"(Juniper Tree Type)(格林童话集中,有这个故事的记录),云前妻子被继母所杀,灵魂回生:第一次变成树,第二次变成鸟,卒以歌唱之力,换到一具磨石,把后母击死,而自己从烟火中仍回复为人,与父、妹重叙天伦之乐。大体上与这故事极相近。①

对女子与蛇丈夫结婚的情节,他指出,与其他人兽婚故事相比,"与蛇结婚的似乎很不普遍"。但在两年前,他已经注意到它的世界扩布现象,指出中国的蛇郎故事很像印欧故事类型中的"美人与兽型"。

> 两年前,我曾把《印欧民间故事型式》,与中国民间故事作一比较探讨。文中有这样的话:"这故事(按指《美人与兽》(Beauty and Beast))自一至四(指表中所列)所述的情节,和我国流传很广的民间故事《蛇郎》,真符合极了。"《美人与兽》的型式如下:
> 一、三姊妹中最小的受轻蔑。

---

① 钟敬文:《蛇郎故事试探》,《钟敬文民间文学论集》下册,第201页。

二、父出旅行,应承给她们一种赠物。最小的只要求一朵花。

三、取花时,父陷于危险,他应许交出女儿以赎他的生命。

四、因此女儿极富饶,并得了一个漂亮的爱人。

五、姊妹们谋害爱人,几置于死地。

六、最小的救了他的生命。①

钟敬文对这个母题用多个人物和兽类做中心角色的方法,如将蛇郎、父亲、三个女儿、蛇郎妻等,分别当中心角色,再对各个中心角色的相关情节展开分析,指出它们的传承特征,这种分析是十分独特的,它为纳入大量地方文化空间资料分析该母题的民俗内涵提供了一种可行的方法。这种方法完全被艾伯华所采纳,在他编撰的《中国民间故事类型》中,对此法全盘挪用。

钟敬文的另一种方法是采用20世纪初被介绍到中国来的格林童话,将格林童话作中介,与中印故事类型做比较,结果也解决了一些难题。据季羡林的研究,格林童话也有印度故事来源。这个信息告诉我们,钟敬文引用格林童话越多,靠近印度故事来源的几率也就可能越大。以下是季羡林的看法:

> 欧洲中世纪的故事集像《罗马事迹》(*Gesta Romanorum*)里已经收入《五卷书》里的寓言。其他许多著名的寓言家和童话家像薄伽丘(Bocaccio)、斯特拉帕罗拉(Straparola)、乔叟(Chaucer)和拉芳丹(La Fontaine)都借用过《五卷书》里

---

① 钟敬文:《蛇郎故事试探》,《钟敬文民间文学论集》下册,第204—205页。

的寓言和童话。德国格林兄弟的童话集,虽然是采自民间,但里面也有的不是《五卷书》里的童话,甚至欧洲各处的民间传说都受了《五卷书》的影响。①

钟敬文曾三次使用格林童话,用来分析蛇郎型、青蛙儿子型和田螺娘型的中印相似母题②。其中,除蛇郎型母题在约瑟·雅科布斯的《印欧民间故事型式表》之内外,其余都是在该型式表之外的。对照季羡林的研究,我们还可以推测,钟敬文借助格林童话研究中日印故事类型的途径,与季羡林直接使用梵文研究印度故事,如果殊途同归,也不是完全不可能的。

4. 老虎与工匠

1930年8月,钟敬文完成了对老虎母题的研究,发表了论文《老虎与老婆儿故事考察》③。老虎精灵,在我国南方很多地区也称"猪哥精"。钟敬文还对广东该类型中的命名做了统计,指出,在广东,命名"猪哥精",比命名"虎精"的比例要高出一成,即四比三,"猪哥精"的说法要胜出一筹④。在北方,称"虎精"为

---

① 季羡林:《梵文〈五卷书〉:一部征服了世界的寓言童话集》,《比较文学与民间文学》,第30页。
② 钟敬文在蛇郎、青蛙儿子和田螺娘母题分析中引用格林童话,参见钟敬文《蛇郎故事试探》,《钟敬文民间文学论集》下册,第201页。在此处分析中,钟敬文与约瑟·雅科布斯的印欧故事类型中的"类型十五、杜松树式"作了比较。另见钟敬文《中国民间故事试探》,《钟敬文民间文学论集》下册,第221、231页。
③ 钟敬文:《老虎与老婆儿故事考察》,《钟敬文民间文学论集》下册,第209—217页。关于该文的撰写时间,第217页文末记为1932年,但在同页"附记"中说明是两年前的作品,则应为1930年。
④ 同上书,第210页。

多。在对这个母题的分析上,钟敬文主要抓到了两点,并做了重要发挥。

第一,老虎母题。钟敬文指出,老虎母题的特征是,多个过路人成为帮手。在帮手中,行业工匠和工匠手工制作的器物成为中心角色,他们变形为各种精怪,团结在一起,产生了强大的力量,最后战胜了一个十分强悍的对手。

> 种种过路的帮助者,他们是组成这故事的重要成分之一种。这些帮助者,大概可分为两类:
> 一、帮助者,为各种物精(生物的、器物的),而用以为助之物,即其本身。
> 二、帮助者是各种行业的人,而用以为助的,是他们行业中的物品。
> 属于第一组的例,如正文中(老虎与老婆儿)的纺车精、蝎子精、炮仗精、西瓜皮子精、溜柱精、蛤蟆精、碾子精。属于第二组的例,如潮州的(若水君记)卖摇鼓的、卖猪屎的、卖蛇的、卖甲鱼的、卖蟹的、卖鸡蛋的、开井的、糊纸眠床的、卖牛的。
> ……
> 如果我们把各篇的帮助者的本身或赠品,列举了出来,做种种比较详细的研究,那结果也是很有意思的。可是,我们现在似只被容许来做点示例的工作。如在帮助物中,最多见的为卵(凡九处),针(凡七处),鳖(凡五处),蟹(凡五处)等三数种。但考其故事流播的区域,都在海滨的广东境内。这

也不是全无道理的吧？①

钟敬文的这个发现是重要的，几与 AT 的工匠母题不谋而合②，钟敬文还提出了这些母题的中国命名，指出了行业工匠的名称，这是 AT 没有做过的工作。钟敬文还将这种分析发展为鲁班母题研究③，在他的后学中产生了鲁班专题研究成果。

中国的工匠故事类型富有中国文化传统，据语言文字学家研究，至迟在东汉时代，号称我国古代字库的《说文解字》中，就已有对工匠器物的解释。经《说文》的解释，工匠具有神秘性、奇迹性和巫算性④。我国流传至今的工匠故事仍有这些特点，我们可以将之概括为工匠通鬼神的巫巧、手艺技术的神巧、工具算数的能巧和器具制造的精巧。

季羡林于1948年指出，木匠故事有印度来源。他还对记载鲁班故事的《列子》存疑，指出"《列子》剽掠了佛典"⑤。他说，中国的机关木人故事"不但是从佛典抄来的，而且来源就正是竺法护译的《生经》"。

---

① 钟敬文：《老虎与老婆儿故事考察》，《钟敬文民间文学论集》下册，第210—211页。

② AT工匠母题类型约4个，如A729 樵夫和金斧子，〔日〕池田弘子：《日本民间故事类型与母题索引》，董晓萍译，第169页。另如A563型，参见〔德〕艾伯华《中国民间故事类型》，王燕生、周祖生译，第174、176页；〔美〕丁乃通《中国民间故事类型索引》，郑建成等译，第198页，另参见第190—199页的相关类型。

③ 参见钟敬文主编《民间文学概论》（第二版），第191页。

④ 关于"工"和"匠"的古文字解释，本人使用了王宁等的观点，参见王宁、谢栋元、刘方《〈说文解字〉与中国古代文化》，河南人民出版社1994年版，抽印本，第15—16页。关于工匠民俗分析，参见拙著《说话的文化·能人之道》，中华书局2008年版，第72—85页。

⑤ 季羡林：《〈列子〉与佛典》，《比较文学与民间文学》，第83页。

《列子》既然抄袭了太康六年译出的《生经》,这部书的纂成一定不会早于太康六年(公元后285年)。①

让民俗学者兴奋的是,从季羡林的研究领域,传来了西晋时期已有印度工匠故事传入中国的消息。民俗学者大都知道,春秋时期的《墨子》已记录了"公输班"的故事。十几年后,季羡林翻译出版了《五卷书》,在第一卷第八个故事里,就讲了一个织工"骑着木头制成的金翅鸟飞到王宫里"的故事。季羡林还指出,在宋《太平广记》二八七卷、宋吴兴韦居安《梅磵诗话》和江盈科《雪涛小说》中,都有同类的故事。而江盈科《雪涛小说》的收录文本已为郑振铎《中国文学研究》所谈论②。约40年后,季羡林通过研究新疆丝绸之路文献,又提出印度故事与中国故事通过丝绸之路交流的新观点。他说:"在古代很长的时间里,新疆是东西各国文化交流的枢纽,许多国家的文化,包括世界上几个文化发源地的文化,都在这里汇流,有名的'丝绸之路'就是通过新疆。……在新疆许多民族中流传的民间故事,比如阿凡提的故事等,也同样是进行比较文学研究的好材料。"③他又举述两个《木师与画师的故事》,也都指出它们都有中日印来源,包括汉译大藏经的《杂譬喻经》和《根本说一切有部毗奈耶药事》。用德文和英文所译文本中,也有同型故事。在德国藏吐火罗语A(耆那语)的译本中,也有这个故事。最后一个

---

① 季羡林:《〈列子〉与佛典》,《比较文学与民间文学》,第89页。
② 参见季羡林《五卷书·译本序》,第15—17页。
③ 季羡林:《新疆与比较文学的研究》,《比较文学与民间文学》,第142—143页。

吐火罗语的译本是他根据德国导师的德文译本转译而成的①。

季羡林说,比较这些从不同外文翻译过来的译本有方法论的意义,而读取原文是最重要的基本方法。对此,季羡林有特别的解释:

> 我琐琐碎碎写了一大篇,目的只在指出,同一个故事的中文译本,当然别的译本也一样,可以帮助我们了解吐火罗译本,这是研究这些新发现的古代语言的很重要的方法。今后的研究仍然要走这条路。成绩的好坏全看我们发现译本的多少和利用这些译本的本领而定。②

现在我们可以看到,中国的鲁班型故事(或木匠故事)有三条传播渠道:一是古老口传,二是先秦文献,三是印度故事。2000年,我指导学生写了一篇讨论AT的工匠器物母题的本科论文,以北京故事为例,对传统工匠与手艺制品型故事做了初步的研究③。事后再回头看钟敬文提炼的工匠故事的观点,仍要感叹先师的慧眼:"我觉得原人或近原人对于生物与无生物的认识、制造及应用等学识,我们也可以从这故事中略窥一斑。"④再看季羡林分析的木师故事,也令人鼓舞:"类似《木师与画师的故事》这样的故事,不但在焉耆语里有,在新疆其他古代语言和现代语言中,估计还会有很多。"⑤

---

① 参见季羡林《新疆与比较文学的研究》,《比较文学与民间文学》,第148页。
② 同上书,第148—149页。
③ 参见刘洋《〈北京故事〉AT563型手工制品故事的整理与初步分析》,北京师范大学学士学位论文,2010年。
④ 钟敬文:《老虎与老婆儿故事考察》,《钟敬文民间文学论集》下册,第215页。
⑤ 季羡林:《新疆与比较文学的研究》,《比较文学与民间文学》,第149页。

第二，食人魔母题。钟敬文指出，在该母题中，人成了动物的帮手，而不是动物给人当帮手。印度的《五卷书》也有同型故事。

  印度的古文献《五卷书》中，有雀和啄木鸟、苍蝇、蛙等协力杀象的故事，恐怕是此型民间故事中较古的记载了。其型式可约述如下：
  一、雀儿苦于象。
  二、雀儿求助于啄木鸟。
  三、啄木鸟为求助于苍蝇。
  四、苍蝇为求助于蛙。
  五、蛙设定了分工合作的毙象办法。
  六、它们各依计做去，象卒毙命。
  依上列的型式看，从"二"到"五"的辗转求助，及由最后的一位帮助者（蛙），设定整个毙象的计划等节，和我国及日本等的说法，虽稍有出入的地方，但在大体上，仍可说是同属于一个型式的故事。例如此型民间故事最重要之点，是各帮助者以自己的特长，去诱致或伤害当事者的敌人，而造成了美满的大团圆。这种情节，在这故事中是明显存在着的。……又这种型式的民间故事，其造成全体故事的起因，大都是由于弱者的无力抵抗其敌人，以悲哭而引起物类或人类的援助。这一点，它也一样具备着。①

---

① 钟敬文：《老虎与老婆儿故事考察》，《钟敬文民间文学论集》下册，第214—215页。

季羡林译《五卷书》对此有过讨论：

《五卷书》第一卷第十八个故事讲的是麻雀、啄木鸟、苍蝇和虾蟆四个身体极小的东西，联合起来，同心协力，利用计策，竟杀死了一头大象。①

据王邦维研究，印度佛典故事也有相似的母题，如"王子投虎型"(《王子摩诃萨埵》)②。原来我一直纳闷，人类为什么会帮助看上去远比自己强大的老虎？老虎吃人，为什么反被人所帮助？看了印度佛经故事，方知这是佛祖舍身护生的训谕，再看该母题中的动物（包括食人魔）的"哭"的习俗，或者是食人魔以哭声获取帮助者的情节，才能化解从前的疑惑。钟敬文早年写过"以悲哭而引起物类或人类的援助"的故事情节，AT也有这种情节，它们能让我们明白这类母题中的帮助者为何能具备神奇的功能。

钟敬文将这个问题解释为"人牲献祭"的古老习俗③，这不能说没有道理，但又与我们在上面讨论的工匠母题是有矛盾的。"人牲献祭"中的"人"是通神的工具。但在"虎精"母题中，"人"（工匠或印度国王）却是通神者，他们能与鬼神对话，而不是工具，所以这两种角色是有差别的。

---

① 季羡林：《五卷书·译本序》，第7页。季羡林对麻雀、啄木鸟、苍蝇和虾蟆战胜大象故事的翻译见该译著第120—123页。
② 王邦维选译：《佛经故事》"十五·贤愚经""王子摩诃萨埵"，第153—157页。
③ 钟敬文：《老虎与老婆儿故事考察》，《钟敬文民间文学论集》下册，第215页。

5. 青蛙儿子

钟敬文在《中国民间故事试探·一、蛤蟆儿子》中提出了"青蛙儿子"型母题[①]。这是他与虎精型同时完成的母题分析论文,在撰写格式上也有相似之处。他还提出中国有两种青蛙儿子的型式,而在印欧故事类型中,它们有可能是两个母题或两个主题。这是钟敬文的重要发现。

钟敬文提出的两种青蛙儿子母题,分别是蛙郎型和蛙王型[②]。据他分析,蛙郎,近似蛇郎,是动物丈夫。但与蛇郎相比,蛙郎的"最重要的一点,是人类生产或抚养小动物或别的小物类"。他使用了《搜神记》《续搜神记》和《稽神录》的三条记载,指出三种小动物分别是蛇、虾鱼和狼。蛙王,指故事中的人类"生产或抚育的不是异物,却是躯体异常渺小的人类",它后来当上了国王。该异式与格林童话中《青蛙王子》十分相似。他使用了《后汉书》中的马头娘资料,指出在文献中记载马立战功的情节,也属于这种异式[③]。中国这种异式的流传历史是久远的。

钟敬文在分析汉魏小说所记载的蛙郎型母题后,指出,印欧故事中也有相似的类型,原文如下:

> 这故事的第一式几乎全与前文所说欧洲的蛇儿子式故事相同。它的型式,据约瑟·雅科布斯的"修正表"所述如下:
> 一、一个母亲无子女,她说只要有一个,即使是一条蛇、

[①] 钟敬文:《中国民间故事试探》,《钟敬文民间文学论集》下册,第218—224页。
[②] 同上书,第218—219页。
[③] 同上书,第221—222页。

一只兽亦好。

二、她果在床上产生了一个小孩,竟如她所希求的。

三、她把小孩嫁给一个男子,或娶一妇人,在夜里能变成人形。

四、她脱弃其皮而焚烧之。以后,她的小孩脱离兽的形态。①

与虎精型母题分析一样,钟敬文在青蛙儿子型分析中,也使用了"民间语源学"的方法,但这次不是分析动物命名,而是分析开口说话在动物故事中的作用和相关语言民俗,甚至指出开口说话与"法术、祈祷、谶兆、禁忌"的关系。这段分析相当精彩,兹抄录如下:

原人对于"语言"的观念,颇不像我们现在这样平凡。他们以为话话一出口(尤其偶然的或虔心的),往往要发生某种可喜的或可怕的结果。法术、祈祷、谶兆、禁忌的盛行,都不能说和这没有某种限度以内的关系。我们做小孩子时,母亲对于我们的口,是非常注意的。无论对于神、鬼、山川、草木,都不容许我们乱说话,尤其是在年节的时候。好像我们的话,真的会像所谓"出必应验"的"圣旨"。②

他对故事中以口吹蛙退敌、祈祷求子、咒语变形、禁忌难题等

---

① 钟敬文:《中国民间故事试探》,《钟敬文民间文学论集》下册,第221页。
② 同上书,第222页。

情节的民俗文化要素也做了简要分析①。我们知道,在中外故事中,动物开口说话的母题都是普遍存在的,中国也还有大量的动物开口说话故事。这些故事还都有民族化、地方化和仪式化的异式。但这类故事至今还未得到很多关注,钟敬文开辟的此课题仍有新的讨论空间。

6. 田螺娘

钟敬文在《中国民间故事试探·二、〈田螺精〉后记》中提出了"田螺娘型"母题,这个母题也是他与老虎和青蛙儿子同时完成的三母题研究之一。对田螺娘型母题的研究,他以是否有动物妻子为界,分成人兽婚和人兽未婚的两种异式,并指出,几乎同时记载该故事母题的两种文献《搜神后记》和《述异记》,都记载了这两种不同的异式。他在对这个母题的研究上,提出了值得注意的观点。

第一,历史文献和口头故事有不同的说法。对这个母题,郑振铎曾从文献出发进行研究,钟敬文则从文献和口头故事两个角度进行研究。在文献考察方面,他指出,学者在对待文献记载的故事上,应该先提出问题,即"我们要先问的是,螺女的故事,本身是否在未被著录前已经是一个流行民间的传说"②,这样才能对书面记载与民间口头的不同时态的判定问题,不去轻易地采取断然的态度。他对赵景深用文化进化论的观点所做故事母题解释也持不同意见,提醒说"不能概括地用时间来区分","还要留心同时而'地域'不同,同地而'阶级'不同"③。在口头故事的考察方面,他指

---

① 钟敬文:《中国民间故事试探》,《钟敬文民间文学论集》下册,第223页。
② 同上书,第228页。
③ 同上书,第228—229页。

出,田螺娘型之有两个异式,是因为民间文学有时空变异的特征,故"仍不妨当它做同一个'类型'的故事看"①。他的这些看法都讲得很扎实。

第二,田螺娘与印欧类型的异同。赵景深认为,田螺娘属于印欧故事类型中的"天鹅处女式"。钟敬文认为,田螺娘和天鹅处女是两个母题。在田螺娘的两式中,只有人兽婚型与天鹅处女型相似。田螺娘的另一异式为人兽未婚式,其情节单元更接近格林童话中的《罗仑》及《五月鸟》,与田螺女相近的五月鸟,虽然与人相处,但结果是未婚的②。

在此文的最后,他对1930年所做的这三个动物故事母题的分析研究做了一个小结,认为,在虎精、青蛙和田螺母题中,有两点是最重要的,即变形和人兽婚。

> 变形的思想,起于何时,虽然不很容易确知,但灵魂主义时代,该已有它的存在了吧。许多原始人都相信人会变成各种动物(如虎、狼、鳄鱼之类),以捉弄人或残害人;同时也相信各种动物,能幻形为人(老婆子、少女等),与人类婚媾或吃掉他们。这故事的重要思想之一,就是动物之精灵幻为人形,与人类结合。这种故事的类似者,差不多在各民族中都可找到。③

钟敬文的这个学术总结是半个世纪前做出的,他在句末做出

---

① 钟敬文:《中国民间故事试探》,《钟敬文民间文学论集》下册,第227页。
② 同上书,第231页。
③ 同上书,第232页。

的概括"（动物故事）差不多在各民族中都可找到"，在今天看仍然是要紧的。

7. 地方传说

1931年5月，钟敬文发表了《中国的地方传说》①。以往民俗学界将之视为研究地方传说的发轫之作，其实这是远远不够的。此文更重要的价值，是提出了有地方风物色彩的群组故事类型，这是钟敬文的新贡献。

在此文中，他所言之"地方"，指区别于西方的中国故事。他在文章的副标题中写下"对于这个巨大的课题，试做开端的探险"，说明他正在进行这类故事研究的尝试。他声明，自己仍然在循着班恩的《民俗学手册》做研究："C. 伯恩女士（Miss Burne）曾说过：'英国诸岛极富于地方传说。'这句话，移用到我们的国度里，也是非常得当的。"②他还提到，他赞成赵景深的看法，就是把地方传说看作故事，以便于开展适合本国本地的分析。他阐述道：

> 赵景深先生也说过和这极近的话。他说："这（按：指地方传说）是特殊的童话，只有一处地方有，不是普遍的；但有时也有借用。"比较这些略详细的，我们想引用几行刚好方便的在手边的伯恩女士的语句。她说："……这等传说（按：指地方传说）的大部分，在那非历史的事项中，包含着历史的事实之断片。其大多数是原因论的故事（Setiological Stories），

---

① 钟敬文：《中国的地方传说》，《钟敬文民间文学论集》下册，第74—100页。
② 同上书，第76页。

民间语源学（folk etymology）及其他类此的。又其中亦有如比德喀拉德故事、威兰德冶工的洞穴故事、斯哇非哈姆的行商故事，是地方化了的民间故事。这等传说采集者不要企图依其构成的要素来分类，只照发现时的形态，当它做'地方传说'而记录较好。这等传说在观察敏锐的外来的，探访特异的自然物、粗糙的石碑或历史上有兴味的地方之时，是很容易采集到的"。这段话，自然仍是颇简略的，但关于这个名词的要点是相当地说明了。①

他在后面申述了他的研究目的：

我们想来叙述地方传说中一些比较显著的"类型"——自然，这叙述只是"举例式"的。地方传说中，一部分固然不但对象是地方的，便是故事的性质，也是"地方地"独立的。例如，阿继潭、仰忠街等的传说。但，半数或近半数的这类故事，是各地方大致相似的。②

他要做的故事类型和分析，是与特定地点相关的故事类型，这样容易使用各地搜集的故事资料按主题归纳，同时保存地方文化史。我们还要注意到，在他新开辟的这个领域中，仍然有动物故事。

在地方性主题故事中，钟敬文列出5个类型与动物相关，它们

---

① 钟敬文：《中国的地方传说》，《钟敬文民间文学论集》下册，第78—79页。为方便读者阅读，本节作者在保持原文不动的原则下，对这段引文的格式略有调整。
② 同上书，第87页。

是:1.鸡鸣型,2.动物辅导建造型,3.竞赛型,4.石的动物型,5.动物受咒型。这些动物故事占他整理的地方故事的50%。所涉及的动物有龙、鸡、龟和青蛙。

在他看来,民俗学者要了解故事记述历史(狭义)的性质和历史借用故事的地方过程,这是一种必要的建立资料系统的过程。如果是这样,那么"地方传说"这个概念,就可以进入"口头传统"的概念,再从"口头传统"的概念,进入"历史"的概念。当然,对这种被钟敬文称为"狭义"的历史,我们不能看成是历史文献所记载的历史,那是"书写传统"所为。与之相比,口头传统中的历史只能叫"历史性",并作为"历史性"进行研究。研究什么?再回到故事类型学的问题上来,这时的"地方传说"就可以当作故事类型开展研究,因为它也有母题和主题。

在研究观点上,他对顾颉刚1928年为其所撰《两广地方传说集》的序文中的民间以命名作为解释的意见表示认同,但又增加了阐述,发展了顾的学说。

> 顾先生的文章,虽然在量上不过是一篇未及两千字的短篇,但内容,对于中国地方传说比较重要的两三方面(关于它的产生及形态等),都曾相当地触动到。现在把他关于"产生"方面的意见,提出在此略加探论。顾先生说:"人们对于一切事物,都有作解释的要求,大而日月星辰,小而一木一石,都希望懂得它的来历,这是好奇心的驱使,这是历史兴味的发展。但一般人的要求解释事物和科学家不同,科学家要从旁静观,徐徐体察它的真实,一般人则只要在想象中觉得那种最美妙、最能满足自己和别人的情感,便是最好的解释……"顾

先生这段话的意思,是以为科学家和一般民众对于事物解释的不同,乃由于两者去观察和说明它的态度之不同所致。这可说是一种平面的看法。但依社会学、心理学等去加以考察,他们(科学家和民众)对于事物解释结论的不同,与其说是由于同时代的解释者的态度不同,毋宁说是由于时代阶段的不同,解释者的智力有稚幼与成长之差所致较为妥当。这就是说,把平面的看法,换为直线的。①

钟敬文对顾颉刚的学说怎样推进呢?他的推进思想不是外来的,而是他自己的创见。他有一段话很重要,我抄在下面:

> 在我们现代看来,富于怪诞想象的述说,实在是"原始科学者"所认为"合理"的解答。他们的态度,大多是严肃的,而不是游戏的;主要是理智的,而非限于情绪的;主要是实用的,而非只是美感的。把他们的那种解答,以为是出于他们"美感"的要求,这恐怕是我们误用了现代人的进步心理去揣测的结果。此意,质之顾先生及其他好学深思之士,不知以为怎样。②

他强调科学思维与民众思维有差异,这是他的论断,这对他分析"地方性"的故事类型及其内容特征是有意义的。他指出,民众思维是民众的"理智",并非为了满足"情感"和"美感"装饰而成,

---

① 钟敬文:《中国的地方传说》,《钟敬文民间文学论集》下册,第99页。
② 同上书,第100页。

他的这个观点已经与顾颉刚找真历史和假历史的看法有了分野，而这正是他发展顾颉刚处理故事资料的方法的地方。他必须说明口头传统的历史与书写传统的历史的差异。年轻的钟敬文在理解外来理论上，也有一时不能甄别的地方，也有的当时就可以甄别。这段话就是他的甄别之论，然后他就化用。

他还在用地方知识解释动物故事及其变形情节上向前迈进了一步：

> 许多关于动植物等之"种"的起源，或它们身上某部分特征的由来之解答，普通是该归在"解释神话"部门之下的。……现在为什么独抽出一部分安放在这"地方传说"里呢？原因是，有一部分动物及植物，只生长于某地，或生长在某地的，独具着与一般不同的状态，或一般的物类在某地却有特殊的名称。①

他对动物故事的变形情节解释如下：

> （我）曾引申了德国学者枯奴的意见，以说明表现在那些神话中的"物体变形"的原始人的观念。那种由某种物体转变为别种物体的思想，在这集子里的许多神话中，也可找出若干的例证来，像蝇和蚁，是土地伯公和观音老母用小纸团、泥土咒化成功的（《蝇与蚁》），米粒是观音娘娘的乳汁和血变成的（《米粒的来源》），这都是极好的证明。又像老虎的牙爪，

---

① 钟敬文：《中国的地方传说》，《钟敬文民间文学论集》下册，第82页。

是鲁班先师的斧头削木所造成的说法(《虎的故事》),也是显然地属于这一类的。①

他很早就能用地方知识解释动物故事,这在当时少有人做。他还为研究口头传统中的历史性提供了一种带有方法性质的东西,而正确的方法是能带动理论发展的。

8. 植物起源型

此指钟敬文于1932年11月发表的《中国的植物起源神话》,同年此前发表的还有《中国的天鹅处女型故事》,两文一篇谈动物,一篇谈植物,合起来观察,不妨说,钟敬文对动物故事和植物故事关系有一些整体认识。他在前一篇的《引言》中提到,黄石在《青年界》发表植物资料7种,说明他对人类学者的工作是关注的。他的关注点还有赵景深前一年发表的《孟加拉民间故事》,文中所谈"生命指示物"中也有植物。钟敬文指出,植物神话与植物故事是同样的含义:"都是属于解释性方面的",可以"予以'故事式'的说明"②。

植物故事研究的问题之一是"森林广场"问题。从钟敬文写作此文上,我们能看到,当时我国学者在"森林广场"问题上的初步认识,以及他们由此与印度故事发生的紧密联系。从这点看,钟敬文撰写此文有三个意义:一是从社会文化史上看,中国故事与印度故事对植物描述的丰富和想象力不同,中国故事的叙述相对简

---

① 钟敬文:《中国神话之文化史的价值》,《钟敬文民间文学论集》下册,第360—361页。
② 钟敬文:《中国的植物起源神话》,《钟敬文民间文学论集》下册,第149页。

约,历史文献也记载简约,但这不等于中国人过于务实而不能创造伟大美丽的故事,而是因为"缺少著作家较详尽的记述及保留伟大的民俗诗人之歌咏"。二是从民俗学上界定森林广场中的树木含义,指出中欧有相同的"生命树"。以枫树为例,他说:"枫木在中国民俗学上,是一种很占有位置的植物。例如老枫化为羽人,枫人可以作咒物等传述。"他同时还举述了其他富有中国特点的生命树类型,如夸父的桃林,还提醒大家注意"化林故事的被古著述者们所注意的程度"①。季羡林也谈过印度史诗《罗摩衍那》中有《森林篇》,婆罗多就是到森林里去找罗摩②。罗摩也在森林中与食人魔罗刹相遇③,好像小红帽的妈妈在森林中被狼欺骗一样。三是指出在植物故事中,所发生的变形情节是一种"物体转变"的变形,或称"物体变形"。这与我们将要讨论的钟敬文分析的"人体变形"和"人兽变形"都有所不同。从"物体变形"看,钟敬文还讲过"器具的变形",如在虎精或猪哥精母题中,那些器皿化精当人类助手的情节,还有聊斋故事常用的"建筑变形"情节。

相对而言,在跨文化中欧故事研究中,就钟敬文个案而言,动物故事研究起到关键作用。讲动物故事是一种从古延续至今的漫长的人类文化过程,古人站在这个过程的一端,现代人站在这个过程的另一端。对"全没有一点近代人类学、民族学、民俗学等常识"的现代人来说,动物故事至今是帮助理解"怪异的(在我们看来)

---

① 钟敬文:《中国的植物起源神话》,《钟敬文民间文学论集》下册,第157—158页。
② 参见《五卷书》,季羡林译,第396页。
③ 参见季羡林《罗摩衍那》,《比较文学与民间文学》,第258—259页。

观念、行为和叙述"的钥匙①。我们从跨文化研究的角度也能看到，动物故事是世界传布最广、传承最久的故事类型，比起神话传说，它属于长时段的故事类型。

---

① 钟敬文:《中国古代民俗中的鼠》,《民俗》季刊1937年第1卷第2期,收入钟敬文著,巴莫曲布嫫、康丽编:《谣俗蠡测》,第66—67页。

第十六讲　跨文化的中日故事

从跨文化学的角度说，在中国现代民间文学史上，中日民间文学交流的兴起，与敦煌学有关。钟敬文早年留学日本，一生写了不少中日故事研究论文，这项研究的资料工作的起点也在敦煌。1908年在甘肃敦煌石窟发现大量文献，引起中国学界和海外汉学界的惊喜，从此各方有竞争，也有共享。中国学者利用敦煌资料形成了三种研究倾向：一是国学研究，如罗振玉与王国维开辟了"国学"新领域。二是东方学研究，陈寅恪在欧美留学时，搜集了梵文、巴利文、藏文和中亚语言文献的很多资料，回国后存藏于北大东方学系。敦煌文献的发掘给他增加了中国新史料。他对罗振玉编《敦煌零拾》中的《佛曲》做了重要的补充考证，为20世纪初我国东方学的研究提供了专题性的新成果①。还有一些学者涉猎《敦煌零拾》的佛曲研究，如郑振铎、向达等②。三是民俗学研究。钟敬文当时加入北大歌谣学运动不久，也被敦煌学的热潮席卷而入。但他不研究陈寅恪等擅长的佛曲，而是使用罗振玉《敦煌零拾》所收《搜神记》，研究中国故事类型与文化史的关系，撰写了《中国的天

---

①　参见陈寅恪著，荣新江整理《〈敦煌零拾〉札记》，《吐鲁番研究》第5卷，2001年，第1—12页。
②　参见向达《唐代俗讲考》，《燕京学报》1934年第16期，第127—128页；向达《论唐代佛曲》，《小说月报》1929年第20卷第10期，第51—60页。

鹅处女型故事》长篇论文①，完成了一个出色的个案，这让他一鸣惊人。钟敬文后来引起日本学者的关注和长期钦敬，就与他最早使用敦煌资料并做了前沿研究有关。

各国学者使用敦煌文献形成了不同的发展方向。欧洲汉学界建立了以佛教经典研究为主的敦煌学，日本学者利用敦煌文献发展了日本汉学，日本汉学学者狩野直喜还曾追踪到英、法、俄三国查找敦煌残片，后来在中国的古典文学和通俗文艺研究上都很有作为。钟敬文最初研究敦煌文本与日本汉学界没有关系。他去日本留学后找到了开门的钥匙。中日学者在20世纪30年代使用敦煌石窟文献和印度佛典，建立了中日印故事研究的文献系统。钟敬文在与西村真次对话的天鹅处女型故事研究和在与松村武雄对话的槃瓠神话研究中使用了敦煌文献《搜神记》和印度的佛本生故事，在这方面他与日本同行是同道。我在前面已提到，他的天鹅处女型研究受到日本老师西村真次的影响。但是他的这项研究也不都是西村真次影响的结果，他也有自己的观点，并发明了自己的方法，即研究中国故事类型的竖式法。这个方法继续发展，就对东亚国家的民间文学研究产生了巨大的影响，也受到西方学者的重视。

一、敦煌本《搜神记》的白话文翻译

罗振玉辑印《敦煌零拾》所收《搜神记》，题句道兴撰，流行于

---

① 参见钟敬文《中国的天鹅处女型故事》，《钟敬文民间文学论集》下册，第36—73页。

唐宋年间，是一个通俗讲本，以下简称"敦煌本"①。《敦煌零拾》共收敦煌文献抄本七种，此卷列为末卷。除了《搜神记》，其他六个抄本分别是韦庄的《秦妇吟》《云谣集杂曲》《季布歌》《佛曲》《俚曲》和《小曲》，陈寅恪专攻其中的《佛曲》三种，未谈《搜神记》。罗振玉的这些抄本不仅在国内有，在法国的巴黎和英国的伦敦也有存藏，海外流传面很广。敦煌学兴起后，《搜神记》也名声在外，沙畹的弟子瓦西里·阿列克谢耶夫（Василий Михайлович Алексеев）就翻译过它。但是，据我们所知，迄今外国没有研究《搜神记》的民俗学者。国内也没有像钟敬文那样以研究《搜神记》而影响海外的学者。为什么会有这种反差呢？因为敦煌本《搜神记》的研究需要专门的民俗学知识，但这种知识在当时并不是现成的，它要由研究晋干宝《搜神记》等的前期储备、针对敦煌本《搜神记》的资料处理能力、民间文学搜集整理的经验，以及借鉴现代科学方法的意识和渠道共同构成，钟敬文是不二人选。

为什么这样说呢？因为《搜神记》是一部重要的文献典籍，长期存在于一定范围内的学术视野中。鲁迅的《中国小说史略》，1924年在北大初讲，正值敦煌学轰动于世，书中提到了晋干宝的《搜神记》。这时鲁迅并没有用新思想和新观点对待这本书，只是用一般作家文学去下结论。他并不认可干宝的创作动机，认为干宝和他的同时代的"六朝人并非有意作小说，因为他们看鬼事和人

---

① 罗振玉：《敦煌零拾》，钟敬文使用的是1924年辑印本，但这个版本一般读者很难找到，本讲使用了通常在图书馆容易找到的《罗雪堂先生全集》所收《敦煌零拾》本，《搜神记》在罗振玉《罗雪堂先生全集》三编（七），台湾大通书局1989年版，第2535—2540页，凡6页。

事,是一样的,统当作事实"①,故这种书是不入流的,不能与现代人所说的小说相提并论。鲁迅还提出,干宝的同时代人对他的印象还不错,认为他算是一位不错的史官,但这个人剑走偏锋,"性好阴阳数术,尝感于其父婢死而再生,及其兄气绝复苏,自言见天神事,乃撰《搜神记》二十卷"。鲁迅不喜欢干宝神神秘秘的叙事方式,说他"发明神道之不诬","于神祇灵异人物变化之外,颇言神仙五行,又偶有释氏说","视一切东西,都可成妖怪"②,这些都说明鲁迅还不能用民俗学知识去分析这本书的内容。他的观点在相当长的一段时间里产生影响,在某种程度上对《搜神记》的研究起到负面作用,后来曾受到批评③。其实鲁迅的说法也不统一,他的文学观与革命观不无矛盾和冲突。他在晚清时期留学日本,接受了西方的、日本的和国内章黄国学的新思想,发表了许多使用先进学说评价中国神话传说的见解,为五四新文化运动提升民间文化的地位奠定了思想基础,但他对《搜神记》的态度似乎例外。例如,同样是"称灵道异"的奇书《山海经》,他的态度就要亲近得多,在《从百草园到三味书屋》中说得十分尽兴。总之,鲁迅对《搜神记》的研究是作家文学的文学史研究,不属于民俗学的研究。

还有一些重要学者,在接触敦煌文献上,比钟敬文更有条件;在研究敦煌通俗文学方面,比钟敬文的时间要长;在掌握东方国家语种和涉猎敦煌文物的范围上,也比钟敬文更广,但他们的兴趣都

---

① 鲁迅:《中国小说史略》,人民文学出版社2007年版,第319页。
② 参见同上书,第45、315页。
③ 〔英〕杜德桥:《唐代文献中的宗教文化研究:问题与历程(上)》,董晓萍译,《文史知识》2003年第3期,第11—19页。这个问题不是本讲研究的重点,此处不作展开。

不在《搜神记》上。向达和王重民曾于1936年之后奔赴大英博物馆，查找敦煌文献。向达看到了远渡重洋的《搜神记》，而且有三种版本[①]，可惜仅作目录而已，没有继续研究。王重民后来也出版了有关敦煌文献目录学和历史学研究的著作，但他也没有对《搜神记》那么上心。他认为敦煌古籍"使历史、语言、社会经济、宗教、文学、艺术等科学方面，都获得了新的发展"，但没提民俗学[②]。钟敬文是首次以中国民俗学者的身份，对敦煌本《搜神记》进行了民俗学的开辟性研究，这就使他与鲁迅的文学史研究和以上的目录学、历史学研究均有不同。

钟敬文在接触敦煌本之前，已对晋干宝《搜神记》和郭氏《玄中记》做过研究，对这两种历史文献中的天鹅处女型故事谙熟于心。他在1927年至1928年翻译过一些印欧故事类型并做过初步研究，也涉及天鹅处女型故事。他也掌握大量的现代口传天鹅处女型故事的记录本，还对同时期日本文化史学者西村真次等研究天鹅处女型故事的程度比较了解。在这种情况下，出现了敦煌本的《搜神记》，对他而言，是意外的惊喜。他像一个少年老成的猎手瞄准一只猎物一样，十拿九稳。据说罗振玉的《敦煌零拾》在北大很少外借，钟敬文却得到了这份文献，只能说机会总是留给有准备的人。

钟敬文利用敦煌本研究天鹅处女型故事，具体工作有二：一是将罗振玉《敦煌零拾》中的《搜神记》译成白话文，在翻译的过程中，建立文献与口头共存形式的民间知识叙事样本；二是通过对故事变异的历史形态的解释，建立民俗学的解释权。

[①] 向达：《伦敦所藏敦煌卷子经眼目录》，《图书季刊》1939年第4期，第400、406、415页。向达录入的三种《搜神记》的版本，编号分别为：525、2072、6022。

[②] 王重民：《敦煌古籍叙录》，商务印书馆1958年版，第3页。

（一）钟敬文对敦煌本《搜神记》中天鹅处女型故事的翻译与补文

钟敬文的第一项工作，是要对敦煌本的《搜神记》进行白话文翻译，对其中的脱字和脱句处做补文，所形成的白话文，既要符合敦煌本的原意，又要做到比敦煌本更能完整地表达其所记载的内容。这个目标其实并不容易达成，原因有二：一是罗振玉的印本只能说大体成文，但细看脱文错简很多，有的关键处无法卒读，如果对民间文学不懂行，翻译根本进行不下去。日本的敦煌学者已经发现了这个问题，据他们反映："罗氏抄录的文字，大概由于照片不清，或什么原因，错字满篇，因此，作为底本，很不理想。"[①] 钟敬文虽然是中国学者，但要解决的问题的难度绝不在日本学者之下，他正是在这种条件下完成了敦煌本《搜神记》的第一个白话文本。对此，钟敬文本人曾反复说明，与上古经典和其他先秦文献相比，敦煌出土的这份通俗文本已经很"白话"了，但唐宋距民国初年仍有千余年，通俗文本沉睡已久，语言文字的现实性也会失效，还有不少脱字少句，需要填入；有的文本句意不通，需要从民间文学搜集整理知识去做判断，再对原文的字句做出补充，因而翻译过程本身就是一种基础研究。二是他的民俗科学思维、民俗知识和早已成名的作家功力都给了他必不可少的帮助。

为了观察他的翻译兼研究过程，考察他的白话文翻译内容是

---

① 严绍璗：《日本中国学史稿》，学苑出版社2009年版，第191页。

必要的。过去这项工作没人做过,这次给予补做。下面我选出钟敬文本人注出的8段补文为对象,将罗振玉辑《搜神记》的原文与钟敬文翻译的白话文对比抄录,对罗的原文与钟的补文所在段落,用粗体字标出,并加下划线,然后再附上钟敬文本人对"补文"的意见和方法的说明。我想通过这种办法,再现钟敬文当年的工作,让有这方面研究兴趣的学术同行和一般读者了解到他的民俗学知识和方法到底在何处。同时我也尽量避免脱离他本人当时的实际做额外的发挥,还要避免拔高。

第1段
罗振玉本原文:

昔有田昆仑者其家甚贫未娶妻室当家地内有一水池极深清妙至禾熟之时昆仑向天行乃见有三个美女洗浴其昆仑欲就看之遥见去百步即变为三个白鹤两个飞向池边树头而坐一个在池洗垢**中间遂入谷口底葡萄而前往来看之**其美女者乃是天女其两个大者抱得天衣乘空而去小女遂于池内不敢出池。①

钟敬文的白话译文:

从前有一位田昆仑,他的家里很贫乏。到了相当年纪,还没有讨老婆。境内有一个水池,水深而且清澄。有一次,正是禾稼成熟的时节。昆仑到田里去,远远地望见了三个漂亮的

---

① 罗振玉:《敦煌零拾》,《罗雪堂先生全集》三编(七),第2535页。

姑娘在洗澡。他要看清她们，谁料忽然已变成三只白鹤。两只坐在池边的树头，一只仍在池中洗垢。<u>他便悄悄地跑近了她们，并且偷取了一套衣服</u>。一会，大的两个各抱了自己的天衣，乘空而去。只剩下一个最小的留在池中不敢出来。①

钟敬文的补文与注释：

　　补文："并且偷取了一套衣服"。
　　注释：原文没有此句，这是我依下文语意补上的。

第2段
罗振玉本原文：

　　日往月来遂产一子形容端正名曰田章<u>其昆仑点著</u>西行一去不还。②

钟敬文的白话译文：

　　昆仑夫妇，过了若干时候，便产下一个儿子。形容端正，叫做田章。<u>昆仑因事西行</u>，一去不还。③

---

① 钟敬文：《中国的天鹅处女型故事》，《钟敬文民间文学论集》下册，第41页。
② 罗振玉：《敦煌零拾》，《罗雪堂先生全集》三编（七），第2536页。
③ 钟敬文：《中国的天鹅处女型故事》，《钟敬文民间文学论集》下册，第41页。

钟敬文的补文与注释：

补文:"因事"。
注释:原文此句作"其昆仑点著西行"。

第3段
罗振玉本原文：

其天女曰夫之去后养子三岁。①

钟敬文的白话译文：

<u>他临行的时候</u>,<u>天女说,他去后,她当抚养儿子三年</u>。②

钟敬文的补文与注释：

补文:"他临行的时候"。
注释:原文此处道:"夫之去后,养子三岁。"由上下文势看来,线索颇欠分明,姑揣译之如此。

第4段
罗振玉本原文：

---

① 罗振玉:《敦煌零拾》,《罗雪堂先生全集》三编(七),第2536页。
② 钟敬文:《中国的天鹅处女型故事》,《钟敬文民间文学论集》下册,第42页。

其天女得脱到家被两个阿姊皆骂老口<u>你共他阎浮</u>众生为夫妇乃此。①

钟敬文的白话译文：

她这回归到了天上，给姊姊们骂了一顿，怨她不该<u>和地上众生</u>缔结夫妇。②

钟敬文的补文与注释：

删除："阎浮"

补文：将"老口"改为"怨她"，将"你共他阎浮"改为"不该和地上"。

注释：原文此句作"你（指昆仑妻）共他阎浮众生为夫妇"。

第5段

罗振玉本原文：

乃此悲啼泣泪其公母乃两个阿姊语小女曰你不须干啼湿哭我明日共姊妹三人更去游戏定见你儿<u>其田章始年五岁</u>乃于家啼哭歌歌嬢嬢乃于野田悲哭不休。③

---

① 罗振玉：《敦煌零拾》，《罗雪堂先生全集》三编（七），第2537页。
② 钟敬文：《中国的天鹅处女型故事》，《钟敬文民间文学论集》下册，第42页。
③ 罗振玉：《敦煌零拾》，《罗雪堂先生全集》三编（七），第2537页。

钟敬文的白话译文：

<u>她在天上因挂念世间的儿子而哭泣。</u>两位姊姊便劝慰她<u>不要干啼湿哭</u>，说明天和她再到人间游戏，定可以看见儿子。<u>另一边，**突然失去了抚养的幼儿田章**</u>，也在因想念母亲而啼哭。<u>正是天女们要下凡间来游戏的那一天，田章在田野中悲哭着。</u>①

钟敬文的补文与注释：

删除："其公母乃"、"始年五岁"、"歌歌娘娘"。

补文：1. "她在天上（因挂念）世间的儿子（而哭泣）"。

2. "正是天女们要下凡间来游戏的那一天，（田章在田野中悲哭着）"。

改文：将"其田章始年五岁"，改为"另一边，突然失去了抚养的幼儿田章"。

注释：原文此处接连下文语句似颇朦胧，或许有讹夺也说不定。

第6段

罗振玉本原文：

---

① 钟敬文：《中国的天鹅处女型故事》，《钟敬文民间文学论集》下册，第42页。

问诸群臣百官皆言不识遂即官家出敕颁宣天下谁能识此二事赐金千斤封邑万户官职任选尽无能识者时诸群臣百官<u>遂共商议惟有**田章父**识之</u>①。

钟敬文的白话译文：

（众官在田中猎游时拾到一个身高三寸二分的小儿和一枚长达三寸二分的牙齿）朝内群臣又没有个晓得它的来历。于是，官家便发出榜文，昭告世人，有能够晓得这两件物事的，赐金千斤，封邑万户，官职由他选择。但结局终没有人来应征。这时候，朝廷中群臣百官<u>便共商议，大家以为这种奇物，恐怕除了**田章**，别人是不容易晓得的了</u>。②

钟敬文的补文与注释：

补文："大家以为这种奇物"。

注释：原文，此句作"惟有田章父识之，余者并皆不辨"。以下文看来，"父"字或有误。

第7段
罗振玉本原文：

---

① 罗振玉：《敦煌零拾》，《罗雪堂先生全集》三编（七），第2539页。
② 钟敬文：《中国的天鹅处女型故事》，《钟敬文民间文学论集》下册，第43页。

今问卿天下有大人不田章答曰有有者谁也昔有秦故彦是皇帝之子当**为昔鲁家斗战**被损落一板齿不知所在。①

钟敬文的白话译文：

　　现在问你，世间有大人么？田章回答道，有，那是秦故彦。他是皇帝的儿子。**因为战斗**，被打落板齿，不知所在。②

钟敬文的注释：

　　注释：原文，此句作"为昔鲁家斗战"。

第8段
罗振玉本原文：

　　因此以来帝王及天下人民始知田章是天女之子也。③

钟敬文的白话译文：

　　这样一来，皇帝和世间百姓，才晓得田章是天女的儿子。④

---

① 罗振玉：《敦煌零拾》，《罗雪堂先生全集》三编（七），第2539页。
② 钟敬文：《中国的天鹅处女型故事》，《钟敬文民间文学论集》下册，第43—44页。
③ 罗振玉：《敦煌零拾》，《罗雪堂先生全集》三编（七），第2540页。
④ 钟敬文：《中国的天鹅处女型故事》，《钟敬文民间文学论集》下册，第44页。

钟敬文的注释：

注释：这故事全文，见罗振玉氏辑印的《敦煌零拾》第一五页（铅印本）。

翻译中的特例

在罗振玉《敦煌零拾》所收《搜神记》中，在以上所列原文与译文比较的第3段与第4段之间，在"其天女曰夫之去后养子三岁"与"其天女得脱到家"之间，还有一大段话，讲田昆仑与母亲藏匿天女羽衣和天女穿上羽衣飞走的情节，但原文句段纠缠、语意不清，翻译起来相当棘手。钟敬文便采用了整段重写的办法，将其原意补出。

罗振玉本原文：

遂启阿婆曰新妇身是天女当来之时身缘幼小阿耶与女造天衣乘空而来今见天衣不知大小暂借看之死将甘美其昆仑当行去之日殷勤属告母言此是天女之衣为深弃勿令新妇见之必是乘空而去不可更见其母告昆仑曰天衣向何处藏之时得安稳昆仑共母作计其房自外更无牢处惟只阿娘床脚下作孔盛着中央恒在天上卧之岂更取得遂藏奔讫昆仑遂即西行去后天女忆念天衣肝肠寸断胡至意日无欢喜语阿婆曰暂借天衣着着看频被新妇咬齿不违其意即遣新妇且出门外小时安口入来新妇应声即出其阿婆乃于床脚下取天衣遂乃视之其新妇见此天衣心怀怆切泪落如雨拂摸形容即欲乘空而去为未得方便却还分付

阿婆藏着于后不经旬日复语阿婆曰更借天衣暂看阿婆语新妇曰你若着天衣弃我飞去新妇曰先是天女今与阿婆儿为夫妻又产一子岂容背离而去必无此事阿婆恐畏新妇飞去但令牢守堂门其天女着天衣讫即腾空从屋窗而出其老母捶胸懊恼急走出门看之乃见腾空而去姑忆念新妇声彻黄天泪下如雨不自舍死痛切心肠终朝不食其天女在于阎浮提经五年已上天上始经两日。①

钟敬文的白话译文：

到了期满时，她便向阿婆索看天衣。当昆仑离家时，曾叮咛地嘱托母亲，勿使媳妇得见天衣，并商定了秘藏它的地方。这时阿婆本不愿意把天衣给她看。无奈被她诉说得太频繁了，只得让她看一回。她见了天衣，一时以未得方便，所以暂隐忍着没有披了它飞去。不久，她又向阿婆求看天衣。阿婆初不肯，但被她用甘言说动了。在防备谨严之中，天女竟穿了她从前的衣服，从屋窗飞了出去。此时在这屋子里剩下的，只是阿婆的伤心。②

今天我们重读《敦煌零拾》时，就会发现，此段即便不译，暂时放一放，也不会影响天鹅处女型故事的整体研究。但钟敬文在此段时，采取了严肃的治学态度，删除了无关紧要的乱文，提交了完整的白话译本。

综上所述，钟敬文翻译敦煌本《搜神记》的过程，是将魏晋以

---

① 罗振玉:《罗雪堂先生全集》三编（七），第2536—2537页。
② 钟敬文:《中国的天鹅处女型故事》，《钟敬文民间文学论集》下册，第42页。

来《搜神记》的祖本和《玄中记》等相关文本与敦煌本《搜神记》等做不同时期历史文献的比较，将历史文献与现代口头记录资料做不同性质文本的分析，结合自己前期对天鹅处女型故事的外文翻译和民俗学研究的经验，综合考察敦煌本《搜神记》缺字少句、段落错讹之处，补出民间故事的原意，并做出注释。最后，他将罗振玉的不分段的《搜神记》辑印本，按照故事类型的推进逻辑，在白话译文中，将之分成六段，做到文字简明、表述流畅、叙事清晰、故事完整。我把他的分段总结抄在下面，把该段对应的故事开头与结尾的文字也抄下来，用括号表示，这样就能体现一个基本可以看懂的段落主题；再将整体翻译工作总结也都抄在下面，提供学术同行和有兴趣的读者核查①。

第一段的分段

（自"从前有一位田昆仑，他的家里很贫乏。到了相当年纪，还没有讨老婆"至"他们一道回到昆仑家里，成为夫妇"。）

以上，可算是这故事的第一段。

第二段的分段

（自"昆仑夫妇，过了若干时候，便产下一个儿子。形容端正，叫作田章。昆仑因事西行，一去不还"至"天女竟穿了她从前的衣服，从屋窗飞了出去。此时在这屋子里剩下的，只是阿婆的伤心"。）

到此处，算是故事的第二段。

---

① 钟敬文对罗振玉辑印本《搜神记》的白话文翻译分段总结和整体总结，详见钟敬文《中国的天鹅处女型故事》，《钟敬文民间文学论集》下册，第41—45页，读者容易核对，为节省篇幅起见，在此处以下的录文中不再一一注释。

第三段的分段

（自"天女在人间，虽然已经历了五年的时光，但从天上的日历看来，不过仅有两天而已。她这回归到了天上，给姊姊们骂了一顿，怨她不该和地上众生缔结夫妇"至"于是，姊妹三人便把天衣共乘这小儿到天上去"。）

以上为第三段。

第四段的分段

（自"小儿被带到天上，天公看了，知道是自己的外孙，他老人家兴起怜惜的心肠，便教他学习方术技艺"至"小儿听了吩咐，便回到人间来。当时一般人都晓得他的本领，皇帝听到了，便召为宰相。后来因在殿内犯事，被流谪于西荒之地"。）

以上，为第四段。

第五段的分段

（自"后来，官众在田野里游猎，射得一只白鹤。厨人破割鹤嗉，里面有一个小儿……当时朝廷群臣百官，都不晓得他是什么人"至"官家便发出榜文，昭告世人，有能够晓得这两件物事的，赐金千斤，封邑万户，官职由他选择。但结局终没有人来应征"。）

以上，为第五段。

第六段的分段

（自"这时候，朝廷中群臣百官便共商议，大家以为这种奇物，恐怕除了田章，别人是不容易晓得的了"至"这样一来，皇帝和世间百姓，才晓得田章是天女的儿子"。）

以上，是故事的收梢——第六段。

下面我们再看他在1928年做的天鹅处女型故事的最初类型，再比较以上钟敬文在1932年利用敦煌本所做的工作，就会知道敦煌本带给他的进步。

牛郎型：

一、两兄弟分家，弟得一头牛。

二、弟以牛的告诉，得一在河中洗澡的仙女为妻。

三、数年后，仙女得前被匿衣，逃去（或云往王母处拜寿被斥）。

四、牛郎追之，被王母用天河阻绝。①

钟敬文通过敦煌本的翻译工作所得到的收获，经过上述比较，就能看出，开展中国民俗学研究，要重视口头资料，但也绝不能忽略历史文献。中国历史文明悠久的一个标志是拥有历史文献的丰富矿藏。仅就天鹅处女型故事来看，口头资料与历史文献的重要性，就几乎各占一半。它们两者的位置绝不是政治性的对立，而是文化上的互补。民俗学者掌握了民俗学知识，就能看到它们彼此之间能互补，也能互替。它们之间谁也不能取代谁，但它们同样谁也离不开谁。敦煌文献促进了两者作用的整体呈现，让它们相映生辉，这为钟敬文后来强调民俗学立场上的中国整体文化研究打下了基础。

钟敬文对白话文翻译工作的整体总结是：

---

① 钟敬文：《中国民间故事型式》，日文版题目为《中国民谭型式》（1928年），《钟敬文民间文学论集》下册，第348页。

第十六讲 跨文化的中日故事

这个记述,和干氏的及郭氏的记录比较起来,不仅是描写上繁简的不同而已,内容的演变,情节的增益,处处表现着这故事在当时民间传播上形态的进展。我国古代小说,到了唐朝,有着蓬勃生长的气势。我们现在读《霍小玉传》、《南柯太守传》、《柳毅传》、《虬髯客传》等传奇的作品,颇赞赏那时散文文学艺术手腕的进步。这篇天鹅处女型故事的记录,在一般守旧的文学评论家看来,语词上殊欠所谓"雅驯"也未可知。其实,依我们的眼光评量,这一篇最早期的现代语化的散文文学的作品,至少它的价值——文艺之历史的价值,不应远在前文所提及的《霍小玉传》等之下①。它实在和同被发现于石室中的《季布歌》、《昭君出塞》等②通俗文学,有着一样被重视的意义。这虽然是就文学方面来看的,但是,同时它的作为民俗学资料的价值,不也因此更加唤起我们的注意么?③

钟敬文"依据这样一个不堪通读的底本,完成了具有相当水平的"翻译工作④,呈现了一个唐宋年间流传的天鹅处女型故事的原貌。他的翻译源自原文又超越原文,整体体现了他创造的民俗学知识和方法,我将之称为"民间文学文献志"。

---

① 钟敬文原注:"句氏《搜神记》,似从来未见著录。它著作的年代,不能详知。但以同时被发现的许多通俗文学作品推测起来,当在唐代,或在这前后,所以把它和当时(唐)的传奇比较。"

② 钟敬文原注:"俱见刘复博士编辑的《燉煌掇琐》上辑(国立中央研究院历史语言研究所刊印)。"

③ 钟敬文:《中国的天鹅处女型故事》,《钟敬文民间文学论集》下册,第44—45页。

④ 严绍璗:《日本中国学史稿》,第191页。

（二）故事异文研究

以下举出有关故事异文研究的比较主要的四点。

1. 故事异文为文献与口头两种介质所承载

从钟敬文的八条补文中能看出，他有一个观点，即时间的变化，不仅引起口传民间文学的变化，也引起书面文献的变化①。自20世纪20年代民俗学引入中国至70年代，中国和西方所流行的理论是，书面文献是固定的，口头文学是流动的。钟敬文却在20世纪30年代就提出对时间因素的认识问题，从而细化对这方面问题的认识。现在我们已经能通过很多文献研究和田野调查了解到，故事母题的流动性是故事的一种重要的生命力现象，记载它的书面文字或口头语言都是呈现这种生命力的介质，它们会在介质层面上展现出故事的变异。此外，还有故事讲述人的人为变异、故事母题的社会性变异等，这些变异因素也都可以研究，但能在中国这个文献大国中，通过具有一定灵活性而不是刻板经典的敦煌通俗文献的介质，发现书面介质与口语介质都会成为故事母题变异的承载体，这就是敦煌文献对民俗学者的帮助。

---

① 参见钟敬文《中国的天鹅处女型故事》，《钟敬文民间文学论集》下册，第56页注②。

2. 对文献记载故事的脱文的翻译方法不是"描"字而要意译

蔡元培在为钟敬文提到的另一本敦煌文献、刘复编辑的《燉煌掇琐》作序时,曾提到刘复对"脱字"的处理办法,说刘复是"一一照样描出"的①。钟敬文没有采取这种做法。传统故事是自然天成的,文人描无可描。有时描了,反而让人看不懂了。从文字与口头两种介质来说,传统故事在民间依靠口述,不依靠文字传诵,对文献记载的这种故事的脱文的翻译方法,也就不能"描"字,而要意译,因为即便补了文字,也未必是建立在口语基础上的文字意义,所以不如意译。

钟敬文在第3段中说,他就遇到了这种让人看不明白的文献,比如敦煌本《搜神记》将仙女滞留人间的时间写为三年,但三年是谁的规定?是人间丈夫的规定?还是天界的仙女的规定?文献中并无主语,这就要依靠翻译者自己来判断原意。在这种地方,钟敬文说他"姑揣译之",实际是使用民俗学研究的经验,判断为是天女与丈夫已有约定,他对此所做的补句是,天女在丈夫"临行的时候",自己说了三年为期,这就使这个问题得到化解。这类情况在其他地方也有,就是在文献记载的一段话中,没有颇为关键性的主语,而这也是一种脱文,猜出这种脱文,要靠中国故事惯用的叙事知识,也要靠日常社会生活知识。搜集和研究民间文学作品的学者都知道,在我国所有"家有仙妻"型的故事中,尽管都是丈夫痴情、仙妻离去,没有逆定理,但是并没有任何家庭到了三年就解散的规矩。可见钟敬文的补文是合理的。

---

① 蔡元培:《燉煌掇琐序》,刘复辑:《燉煌掇琐》,《敦煌丛刊初集》本,台湾新文丰出版公司印行1985年版,第5页。

钟敬文在第5段中说，书面文献"有讹夺也说不定"，此指在敦煌本中说，天女回到天庭之后，与两个姐姐说话，本来她们的父母并不在场，可文献中忽然插入"其公母乃"四字，与前后句子都不搭界，可见是窜入文字，他予以删去。在敦煌本中，还有的地方，从书面文字上看，勉强说得通，但在口语中说不清，他就根据现代口头资料的搜集记录本，补入了口头讲述的句子作为连接语，如在敦煌本中姐妹三人决定下凡的当日，和敦煌本中幼儿田章哭喊找妈妈一句之间，补上"正是天女们要下凡间来游戏的那一天（田章在田野中悲哭着）"。钟敬文做这样的处理，还不仅仅是坚持民俗学者的立场的问题，而且是抱着让后人能够理解书面文献内容的目的。想想看，母亲降落田野看孩子，与孩子在田野上啼哭找母亲，两者如果不是发生在相同的"那一天"，母子就无法见面了，这个故事也就讲不下去了。这里不是生硬地加上民间文学知识解释，而是掌握民间叙事逻辑的学者正确地运用民间文学理论知识，对书面文献记载的不足做了合理的弥补。

在以上对《敦煌零拾》本《搜神记》的八段补文中，除了有两处是明显的改错之外，其余六段都是他在创造性修补脱字。比起1927年翻译印欧故事类型之初，这时钟敬文已经有很多的变化和自信。他所掌握的天鹅处女型故事资料已经比较完整，但他并不满足于此。西村真次的研究著作让他学到了怎样使用古代文化史的方法，在书面文献和口头资料的不同性质的文本之间进行比较，然后去判断故事类型的不同异式产生的早晚或先后，找到研究的思路。他的信心满满正来自他充分的准备工作。他跃跃欲试地说：

在这里，让我来做一点比较的探讨吧。

干氏《搜神记》和《玄中记》的记录，不但在文献的"时代观"上，占着极早的位置，从故事的情节看来，也是"最原形的"，至少"较近原形的"。关于这，我们只消把它和西村教授或雅科布斯氏等所拟定的型式一比较看，便自然地明白了。

这故事，到了句道兴氏的记载中，便有很大的演化。以前的女子，是鸟的变形（衣毛为飞鸟，脱毛为女人），现在的白鹤，却反是仙女的化身了。中间如术士的教唆，田章的召对等重要情节，都是出于后来的增益。此外，像干记中没有明言男主人公姓名，句记中却说是田昆仑，干记中的女子六七人，句记中却说是仙女三个，干记中女鸟生三女，句记中却说是一子，干记中女鸟使女问父亲而晓得了藏衣的处所，句记中却说是仙女自己向婆婆问出来的等差异，以及其他干记所没有，而句记细写着的零星情节，更不必细述了。总之，这故事情节的进展，在一千年前已是那样地足令人惊异了。①

他究竟是怎样做到的呢？他首先整理《搜神记》的历代版本与敦煌石窟《搜神记》的关系，从他最熟悉的地方开始，建立他的本土立场。

中国的牛郎、织女星神话，起源甚古，在传播上形态也屡有变化（参看《妇女杂志》十六卷第七号黄石先生的《七夕考》及中大《语言历史学研究所周刊》第一集第十一、二期拙作《七

---

① 钟敬文：《中国的天鹅处女型故事》，《钟敬文民间文学论集》下册，第55—56页。

夕风俗考》)。但像现在这故事(天鹅处女型故事)的牛郎型所具的形态,于文籍考核起来,在宋代也许已经存在。龚明之(宋人)的《中吴纪闻》有一段云:"昆山县东,地名黄姑。父老相传,尝有织女、牵牛星降于此地。织女以金篦划河水,河水涌溢,牵牛因不得渡。今庙西有百沸河。……"这记载,虽于二星故事写得太缺略了,但现代牛郎型故事中的以金篦(或作金钗之类)划河的情节,在这里已昭然地存在。且从这记载的文意看来,牵牛和织女,因故互相追逐的情事,并非毫没有线索可寻。所以我疑心在当日,现代牛郎型的情节已相当地成立了。《江宁府志》记织女庙条,文意大约和龚记相近,并说该庙是宋咸淳五年嘉定知县朱象祖重修的。①

钟敬文对本土的书面文献与现代口头搜集文献的研究都下过大功夫。拿到敦煌本后,他的评价是:"敦煌所发见的文籍,其写藏年代,约从唐末始,至宋初止,最近的也在千年左右了。"②看他的话,再换成我们今天的话说,他从上古的牛织两星神话,到魏晋的《搜神记》和《玄中记》,再到现代学者赵景深、孙佳讯等记录的天鹅处女型故事,已知这个故事类型的传承首尾三千余年,敦煌本的时间正好处在这个历史长河的中段,属于半书面、半口头和"半古"的文字记载,为这个类型撑起了脊梁,而这个定位正好符合民俗学研究的要求。

其次,他重新审视五年前翻译的印欧故事类型中的天鹅处女

---

① 钟敬文:《中国的天鹅处女型故事》,《钟敬文民间文学论集》下册,第62页注②。

② 同上书,第56页注②。

型故事。他不是要回到从前的立场,而是接受了"西村教授所提示于我们的意见",将这个故事类型纳入世界文化史的视野下,将这个中、日、印、欧的共享故事做比较,思考它背后的"传播的广远及历史的悠久"。

这看来似简单的故事,其实它的形态的复杂,正和传播的广远及历史的悠久成一个正比例①。详细地述说,在这里不但非篇幅所应许,而且也是不必要的。我们且画一画它的轮廓吧。

这故事在各地传布着的形态,哈特兰特博士,把它归纳为下列六式:

一、海生式

二、平阳侯式

三、海豹女郎式

四、星女儿式

五、梅露西妮式

六、梦魇式

这里各式相互间颇呈现着高度的异态,甚至于有令我们要诧异或怀疑它们原来同属于一个类型的。在约瑟·雅科布斯氏(Mr. Joseph Jocobs)所修正的哥尔德氏(S. Bring Gould)的《印度欧罗巴民间故事型式》中,也载了这故事的型式。它的情节如下:

---

① 钟敬文原注:"西村教授推断这故事开始传播的时间,至少也当在'新石器时代'终了以前。然否固待考究,但这种型式的故事,它的产生必非甚近是不容疑惑的。"钟敬文:《中国的天鹅处女型故事》,《钟敬文民间文学论集》下册,第38页。

下编 个案研究

一、一男子见一女在洗澡,她的"法术衣服"放在岸上。

二、他盗窃了衣服,她堕入于他的权力中。

三、数年后,她寻得衣服而逃去。

四、他不能再找到她。①

这是比较普遍、单纯,近于原形的状态。依西村教授的研究,这故事的"本来形态",应该如下面所列:

一、天鹅脱了羽衣,变成天女(人之女性)而沐浴。

二、男人(主要的,为猎师或渔夫)盗匿羽衣,迫天女与之结婚。

三、结婚后,生产若干儿女。

四、生产儿女之后,夫妇间破裂,天女升天。

五、破裂原因,即由于发现了"在前"为"结婚原因"的被藏匿的羽衣。②

现在地球上各处所流布着"五花八门"的形态,是从这种"基本型"分化、加减而成的,这是西村教授所提示于我们的意见。③

钟敬文的六处十分必要又颇有创意的补文,正是经过了这样长达几年的准备,才得以完成的。我们集中分析一个他做得很漂亮的补文。他在第1段中发现罗振玉原抄本中有"口"的脱字,即

---

① 钟敬文原注:"原文见伯恩女士(Miss Burne)编著的《民俗学手册》附录C,中文有我和友人杨成志先生合译的单行本出版(国立中山大学语言历史学研究所印行)。"伯恩,又译为"班恩"。

② 钟敬文原注:"见西村教授的《神话学概论》第三七二页,及同氏的《人类学泛论》第六章。"

③ 钟敬文:《中国的天鹅处女型故事》,《钟敬文民间文学论集》下册,第38—39页。

"遂入谷口底匍匐而前往来看之",就补了一个完整的句子"他便悄悄地跑近了她们",还另补了"偷取了一套衣服"7个字,而不只针对一个缺"口",补一个字。他之所以能做到这种程度,是由于他在接触敦煌本的这个故事之前,已经阅读了晋干宝的《搜神记》,内有"豫章新喻县男子,见田中有六七女,皆衣毛衣,不知是鸟。匍匐往,得其一女所解毛衣,取藏之"。他也对比了同时期郭氏的《玄中记》,内有:"衣毛为飞鸟,脱毛为女人。"所以他对这两段补字很有把握地说:"我以为是颇近情理的。"① 对这段补字的含义,他在后面还做了十分详细的分析,指出它的法术意义。故事中的女孩或男孩的"衣服",或者是田螺壳、青蛙皮和水晶鞋等,都是女孩或男孩的寄魂物。控制者对其施以法术。通过控制寄魂物,就能控制女孩或男孩。关于此点,在后面还要分析。这里暂且只说故事叙事本身。民俗学者知道,这种地方就是故事的民俗眼,在书面文献中,即便某处脱文,漏掉了这个民俗眼,另一处文字也会把它找回来,不然故事就讲不下去了,因为没有了它,男孩或女孩就不能再人兽变形或人神变形,故事的吸引力就要打折。在敦煌本《搜神记》中,钟敬文发现"匍匐而前往来看之"以下脱文,而接下来又有"两个大者抱得天衣乘空而去"的一段,接着又有"小女遂于池内不敢出池"一句,这样他就比较确定地补上前文小女的衣服被田昆仑偷走的缺失文字,要不然,小女不缺衣服,为什么不敢将身体出水池呢?他在这方面做了大量开辟性的工作,我称之"民间文学文献志",今后还应继续发展。

---

① 钟敬文:《中国的天鹅处女型故事》,《钟敬文民间文学论集》下册,第40页。

3. 开展民俗学与东方文学的交叉研究

在这篇研究天鹅处女型故事的论文中，钟敬文四次提到印度故事，两次直接提到日本故事，他对印度故事中的洗澡故事和相关东方国家的同类故事做了比较研究。

他在第1段的译文中，在补入"法术"衣服的情节之外，还有一段翻译十分重要，即"洗澡"，然后，他使用东方文学资料，对此开展了仔细的研究。他引用的东方国家故事文本包括：戴伯诃利（Lal Behari Day）《孟加拉民间故事集》所收印度故事《豹媒》，阿拉伯故事《木乃伊与法术的书》《比赛法术》《苦敷王与法术师》及《咒的黑箱》，以及与唐玄奘去印度取经撰写的《大唐西域记》沾边的《西游记》中的蜘蛛精洗澡故事等①。他将这些东方故事与《搜神记》比较，指出：

> 这故事中除了极少数的变形外，差不多都有洗澡的情节——女鸟或仙女到池或海中洗澡的情节。这看去虽然是像不关什么重要的事，但在民俗学上的意义是颇可吟味的。②
>
> 神话、民间故事中，以法术或术士作为要素而组成的，是很普遍的事。如古代阿剌伯故事中，所谓非洲法术师，使徒弟下地穴盗取神灯的事情，我们凡读过《天方夜谭》的人，是不会忘记的。埃及故事中，含有法术或术士的要素的，到处可以

---

① 参见钟敬文《中国的天鹅处女型故事》，《钟敬文民间文学论集》下册，第65、71页。
② 同上书，第65页。

找到①。我们中国,在古代已很富于这种故事了。其中说术士能预知神仙的行止,像天鹅处女型故事里所具有的一样,我们可以举出三国时管辂的故事为例。据说,这位大术士,一天去到平原地方,见了一位姓名叫做颜超的小孩子。他断说他不易活到壮大。于是,小孩子的父亲便求为设法延命。他指点他们于某天用酒食去诱求在大桑树下弈棋的仙人,找寻解救的办法。颜超依话做去,果然获得完满的结果。②

我们能看到,能让钟敬文东方民间文学研究与民俗学研究结合起来的原因,还是古代文化史,他因此也能看到"法术衣服""洗澡"之间的超越时空的文化联系,这样故事类型学的方法就帮上了忙。

4.佛教、道教与民俗信仰

他对印度佛教用语的处理,见第4段的翻译,他改掉了印度佛教术语"阎浮"。此语也称"阎浮提""南阎浮提",是须弥山四方的四洲之一。须弥山,梵语为Sumeru。据《长阿含经》卷十八《世纪经》中的《阎浮提洲品》的说法,"南阎浮提",即南赡部洲,后世也用"阎浮"泛指人间世界。钟敬文在这段译文中,直接将"阎浮"改为"地上",即人间,用来讲述仙女与人间男子结合一事。这是从中国民间文学的叙事立场出发的。他也不是完全不谈宗教,但是要从中国故事文本的实际出发去谈。在天鹅处女型故事研究中,他就

---

① 钟敬文原注:"例如《木乃伊与法术的书》《比赛法术》《苦敷王与法术师》及《咒的黑箱》等故事,不一而足。"
② 钟敬文:《中国的天鹅处女型故事》,《钟敬文民间文学论集》下册,第71页。

分析道，这个故事类型掺入了佛教思想，同时也有道教和民俗信仰的影响，总之是有三种因素在起作用，而非只有印度佛教的影响。

一是印度佛教。他认为，如洪振周、孙佳讯二君所记述的文本就有佛教的缘分思想。他指出："本来缘分的思想，不是中国的固有物，这只要查考一下汉、魏以前的神话、传说便了然了。它大约是跟佛教一道传入中国的。所以，六朝以来的故事中，多浓郁地带着这种色彩。自然，我们晓得一种思想或制度，由甲地传至乙地，在那里所以能够发育滋长，是要有相当的土壤的。但关于这问题的话只能暂止于此了。"①他在这里对自己放弃佛教研究的意图讲得很清楚了。他说，他并非不研究印度佛教，而是要研究佛教进入中国后，在中国故事中产生的地方性变化。

二是道教。关于道教对《搜神记》的影响，他也不是孤立地去谈，而是讲它怎样与天鹅处女类型中的法术思想搅在一起传播。他在分析时，再次使用了古代文化史的方法，同时也参考了弗雷泽的文化人类学观点，提出，观察故事与某种宗教思想的粘连，是考察文化史的阶段性的一种方法。他说："术士的预测法术（Magic），到了我们文化已高度进步的社会里，和微生虫在极讲究卫生的场所一样的是不适宜于存活了。但在文明民族的远古时代，或现在尚停留在文化史初期的自然民族，法术在他们的社会里一般是演着很重要的角色。近世考古学者和土俗学者所揭示于我们的事

---

① 钟敬文:《中国的天鹅处女型故事》,《钟敬文民间文学论集》下册,第70页,特别注意该页的注①,他的原文是:"这种型式故事的记载,屡见于前人笔记中。兹特举近人记录的一个民间故事为例。某君所述的《水獭精》云,当水獭变成白面书生,走进船舱里时,对赵家的女儿说道:'我俩生前有缘分,我早已被你迷住了。'（《小猪八戒》第四八页）"

实,是怎样的显明而真确。英国人类学者马栗特(Marett)博士说:'法术实未开人秘密的科学。'这话是很接近真理的。"①《搜神记》中的佛道混合是一个老问题。钟敬文无疑是最早提出这个问题的民俗学者之一。

三是禊祓信仰。钟敬文很早就指出,天鹅处女型故事中出现的"洗澡"母题,同时是一种民俗信仰,我国上古文献称为"禊祓"。这是中国人自己的精神民俗,但也可与东方国家和西方的洗澡民俗做比较。他说:"我联想起古代弗里季地方,他们的女子在结婚之前,照例要到河里去洗澡,目的在奉献她们的贞洁于费略斯精的民俗。又希腊及许多印度欧罗巴民族间,多有相似的风习。著名学者韦斯特马克氏(E. Westermark)以为这种行为,暗示着'净化'的目的。我们虽然不敢遽然断说这故事中洗澡情节的原义,是一种献贞或净化的作用,但在后来的传说上,或多或少地带着这种意味也未可知。再者,这故事中的女主人公原本是一种鸟类(外国大多是天鹅,中国则是女鸟)。鸟类里面有许多是常沐浴于水中的(如天鹅、凫、鸥、鸳鸯等)。脱羽毛洗澡的情节,或仅是原人极幼稚的一种推想也未可知。(后来的仙女洗澡,是一种情节上的因袭,或者夹杂着另一种意义。)"②

钟敬文使用自己翻译的译本直接进行故事类型研究,这样就能避免羼入其他各种附会的东西。他可以将个人的观点和方法贯穿他的研究工作的始终。

钟敬文对自己使用敦煌文献的总体收获概括为三点:"一、旧

---

① 钟敬文:《中国的天鹅处女型故事》,《钟敬文民间文学论集》下册,第71页,特别是该页的注①。

② 同上书,第66页。

有情节的修改,……因为时间上的或地理上的文化程度高低的不同,往往把传来故事的原有情节,给予以适合于自己社会的习俗和心理的修正,……大都是有社会文化史的意义的。""二、吸收或混合了别种故事的情节,……这也是一般传播广远的故事的常例。……大抵自然是为了'必要'的关系,但其中也不无是一时偶然拌合的吧。""三、故事性质的转变。"此指神话、传说、故事体裁的内部转化。①

钟敬文首次系统地使用敦煌学资料开展工作,对在这场国际化竞争中外国人研究中国故事的难度不无感慨。他说:

> 因为种种的障碍,外国学者对于中国神话、故事、民俗等的观察、研究,正如对于同国的别部门的探讨一样,往往非常隔膜,有的甚至于是错误的。(自然,正确而较深入的获得,也不能说完全没有,不过仅限于很少数罢了。)这在我们,是应给以谅解的。但是,利用自己的能力与方便,把外国学者所不易摸捉住的真相,给以叙述说明,这难道不是我们忝为主人者的职务?②

总而言之,敦煌本土新资料让他获得了诸多新思考,更激发了他的本土研究意识,他积极学习外来先进学说的结果是本土的文化感更强,这也成为他一生治学的特点。

---

① 钟敬文:《中国的天鹅处女型故事》,《钟敬文民间文学论集》下册,第59—61页。
② 同上书,第37页。

（三）建立中日印故事文献系统

小岛瓔礼对钟敬文利用敦煌文献研究中日印故事类型的学术价值有相当充分的评价。他说，日本民俗学之父柳田国男的著作《桃太郎的诞生》于1933年出版，标志着"日本用民俗学方法进行民间故事研究"的阶段刚刚开始，而钟敬文在1932年就已经采用了这种方法，并参考其他现代人文科学方法，完成了《中国的天鹅处女型故事》的研究论文，比柳田国男的工作提前了一年，因此，钟敬文的学术成绩并不亚于柳田国男，甚至还在柳田国男之上。他还发现，钟敬文"学问的生命力"来源于"在自己人生和学问的矛盾中探求真理的志愿"，这正是整个"中国文人做学问的传统思想原则"。此外，钟敬文善于利用中日印文献，建立故事研究的文献系统，这也很重要，小岛瓔礼就和桂又三郎学习钟敬文的方法，使用中国的《搜神记》和敦煌文献，也使用日本的《簠簋钞》，解决日本民俗学界没有解决的问题。他们果然在"唐或天竺的某个记录中"找到"画中人"原型，也开展了中国的《搜神记》、日本的《簠簋钞》和印度故事相似类型的文献研究[①]。小岛瓔礼在谈到完成这项工作的过程与心得时说：

我的搜索尚无结果。但是，我相信这个故事的早期型式，

[①] 上引见〔日〕小岛瓔礼《钟敬文先生的学问》，《钟敬文学述》，浙江人民出版社2000年版，第226—227页。

可能在唐或天竺的某个记录中会被发现。我期待着这一天早点到来。

桂又三郎君接受这个看法后，于昭和八年（1933）发表了题为《画像妻子故事的研究》的论文。在这篇论文里，他介绍了正保四年（1647）的《簠簋钞》上卷中载有"画像妻子"类型的故事。这个故事表现的是鸳鸯型的传说。故事的梗概是：天竺有一个叫于名的人娶了一个美女做妻子。婚后他天天守着妻子不出去劳动。妻子出了一个主意，让画家把她的脸画下来，夹在竹竿上插在田头。这个男人每挖一下地就看一下画。有一天，刮大风，那张画被吹走了。有人捡到后把它献给国王。于是国王派手下去找画中的女人。于名的妻子被召进了宫中。于名去宫中向国王诉说苦衷。国王发怒把他扔进了池塘。妻子也跟着跳了进去。后来两个人变成鸳鸯，住在池塘里。国王知道后，把鸟杀死，埋在地下，又在埋他们的地方栽了两根竹子。这两根竹子长大后，竹梢缠合在一起。人称"连理枝"。

这个故事的舞台在天竺，但是因为《簠簋钞》是日本的，所以这个例子不能作为在外国也有这个故事的根据。正如桂又三郎君也在同一篇文章中引用了《搜神记》卷十一有关鸳鸯的故事，说起鸳鸯和连理枝的由来。由此看来，起码在中国会有这个典故。再者，从《簠簋钞》是总结阴阳家的知识的书来看，"画像妻子"故事很有可能是由阴阳家从中国传过来，然后在日本社会扩散开来的。但是，为了证明这种观点，首先必须能确认在中国也有这个类型的故事。从这个意义上来说，钟先生的《中国民谭型式》起到了把亚洲大陆和日本列岛连接起来的大桥基石的作用。①

在中日学者使用敦煌文献和印度故事开展比较研究上，钟敬文的地位是特殊的。他坚持独立研究，注意方法，穷搜文献；同时他与日本学者积极对话，双方共享发现，结果如小岛瓔礼所说，"起到了把亚洲大陆和日本列岛连接起来的大桥基石的作用"。

二、通过编制中国故事类型建立研究中日故事模式

前面提到，钟敬文的天鹅处女型研究是向老师西村真次学习的结果，没有提到的是，他在对中国故事类型的研究中首次使用了竖式法，包括天鹅处女型故事，正是这个方法对东亚国家的民间文学研究产生了巨大影响，也受到西方学者的注视，兹仍以"天鹅处女型"为例说明。

（一）钟敬文的竖式法

下面我们重新看钟敬文在1928年做的天鹅处女型故事的最初类型：

---

① 〔日〕小岛瓔礼：《钟敬文先生的学问》，《钟敬文学述》，第226—227页。

牛郎型：

一、两兄弟分家，弟得一头牛。

二、弟以牛的告诉，得一在河中洗澡的仙女为妻。

三、数年后，仙女得前被匿衣，逃去（或云往王母处拜寿被斥）。

四、牛郎追之，被王母用天河阻绝。①

这是一个竖式，在这个竖式中，包含了"两兄弟""星女儿""洗澡型"和"仙女留居人间"四个类型。

（二）钟敬文与西村真次对话的方法

下面是根据钟敬文与日本西村真次等日本学者对话的观点编制的《中国的天鹅处女型故事》的类型名称（1932年）②：

（1）海生式、（2）平阳侯式、（3）海豹女郎式、（4）星女儿式、（5）梅露西妮式、（6）梦魇式、（7）自动变形型、（8）脱衣沐浴型、（9）仙境淹留型、（10）洗澡型、（11）天机不可泄漏型、（12）术士泄漏天机型、（13）答奇问型、（14）两兄弟型、（15）仙女留居人间型、（16）虫类蜕化型、（17）名人传说型、

---

① 钟敬文：《中国民间故事型式》（日文版题目为《中国民谭型式》），《钟敬文民间文学论集》下册，第348页。

② 钟敬文：《中国的天鹅处女型故事》，《钟敬文民间文学论集》下册，第38—72页。

(18)神仙助手型、(19)答难题型、(20)动物助手型、(21)解除禁忌型、(22)两星运行型、(23)星光型、(24)潮汐型、(25)缘分结合型。

钟敬文在与日本学者对话后,对同型故事的研究有了重要发展。在对各类型的理论分析上,他引用了日本学者西村真次、松村武雄和高木敏雄等学者的著作;在使用资料上,他使用了大量的中国历史文献,包括敦煌本《搜神记》、赵景深编《中国童话集》、钟敬文编《新民半月刊》和《妇女杂志》第七卷等[①];在故事类型上,他提取了25个。将他的这个成果与他最初的竖式相比较,已不可同日而语。

(三)西方AT类型的横式法

丁乃通使用西方AT法编制了中国故事类型出版的著作,根据他的天鹅处女型故事类型,大体可知这个故事的AT表述形式。

丁乃通,313A【女孩助英雄脱险】(1978年):

Ⅰ(a)男孩许给了术士,有时因为他想学法术。(a^1)术士是个吃人的妖魔,用他的女儿在蜜月期间引起青年的欲望,而又使他们不能如愿因而致死。(a^2)男孩要跟他的女儿结婚。

[①] 钟敬文提供的关于中国天鹅处女型故事研究的文献,仅以这里举述的四种为例,详见钟敬文《中国的天鹅处女型故事》,《钟敬文民间文学论集》下册,第45—48页的注释。

(b¹)天鹅（神仙）少女和英雄结了婚生活在一起,但他的父亲反对这头婚事,就把她带回仙境。英雄常常要找许久才找到她。(参见400A)①

原文很长,以上截取其中比较关键的一段。横式的关键是插入一个"名词"做话语式词语,如"女孩助英雄脱险",然后再利用"男孩""术士""天鹅""英雄"等名词,两者组合在一起,把故事情节的时间排序和双喻排序表达出来。在这样编制的母题中,包含了"天机不可泄漏""仙女留居人间"和"仙境淹留"三个类型。更早的时候,德国学者艾伯华也用名词法"仙女"等改造钟敬文的竖式,但增加了跨文化概念名词,如"出处""扩展""比较""历史渊源",体现了方法论的意义。下面是艾伯华对钟敬文的竖式改造后的排序法:

出　处:
　　a.敦煌《搜神记》,参见《敦煌零拾》第15页(甘肃,敦煌)。
　　b.《中国童话集》,第1册;天鹅,第3—14页(四川)。
　　c.《新民》半月刊,第5期;天鹅,第1,5—16页(浙江,永嘉)。
　　d.《妇女杂志》VII;天问,第14—15页(满洲,奉天)。
　　……

仙　女:
　　对应母题(1):

---

① 〔美〕丁乃通:《中国民间故事类型索引》,郑建成等译,第74页。

兄弟俩分家，弟弟只分到一头牛：四川b；浙江c；满洲d；河北v；山东w。

牛告知仙女洗澡的地方：四川b；浙江c；满洲d；江苏g；山东q，r，w；河北v；以及s。

扩　展：

让燕子传递消息，燕子把信息传错了，因此夫妇两人一年只能会面一次：四川b。

喜鹊传错了信息：满洲c。

历史渊源：

通过出处a，o，n，p，s可以证实，此类型流传在5世纪以后的时代。然而这个故事要比神仙故事出现得更早些。公元前2世纪在《淮南子》里已有记载（迈尔：《日记》第311页）。——在《荆楚岁时记》（湖北）中纯粹是仙女故事。——《江宁府志》（参见天鹅，第33页）间接地提到宋代。①

艾伯华的这项贡献十分重要。钟敬文晚年称赞他"完成得那么漂亮"②。

---

①　〔德〕艾伯华：《中国民间故事类型》，王燕生、周祖生译，第59—64页。为节省篇幅起见，此处有删节。
②　钟敬文：《中译本序》，〔德〕艾伯华：《中国民间故事类型》，王燕生、周祖生译，第2页。

（四）两种文化观

西方学者曾经大都使用AT类型研究故事，采用的都是横式法，与钟敬文的竖式法相比，两者大有区别。

横式法主张外部多元文化的一元中心。在上述西方AT法横式中，在AT创始人安蒂·阿尔奈和斯蒂斯·汤普森所建立的关于"天鹅处女"同一母题的不同异文来源表述格式上，提供了印欧文化圈内的许多国家的名字，除了前面说到的芬兰，他们还提供了其他拥有这个类型的24个国家的清单，其中包括德国、爱沙尼亚、立陶宛、拉脱维亚、瑞典、丹麦、冰岛、爱尔兰、西班牙、意大利、匈牙利、捷克、斯洛文尼亚、塞尔维亚-克罗地亚、波兰、俄国、希腊、土耳其、古巴、多米尼加、波多黎各、委内瑞拉、墨西哥、美国[①]。中国和日本同样拥有这个母题，但在这份清单中没有出现。AT将所有异式来源都归于一个母题，而这个母题的中心在欧洲，这正是问题的焦点。

竖式法，表达文化内部的多元文化。在钟敬文天鹅处女型研究中，提供了中国天鹅处女型故事的异式的多民族和多地区来源。当然，对中国与周边国家长期文化交流所产生的多种异式，乃至西方国家存在的同型异式，钟敬文也给予一定的讨论，如提到中国、

[①] 参见 Antti Aarne, translated and enlarged by Stish Thompson, *The Types of the Folktale*, pp. 106-107。在AT创始人阿尔奈和汤普森开列的这个拥有天鹅处女型故事类型的国家清单中，在有的国家的流传范围上，还介绍了更具体的流传地点或讲述群体。

日本、印度、蒙古国、法国、德国都有同型故事，但他更侧重对文化内部的多元文化加以阐述，用他的话说，是针对"干氏《搜神记》和《玄中记》"，"二十世纪初年敦煌石室中新发现"，以及"现在，中国境内，尚存活着的天鹅处女型故事"。①

这是两种不同的文化观。钟敬文最初的竖式法并不完善，既没有松村武雄式的故事文本《题解》，也没有西方AT类型的世界大扩布故事分布描述。但是，经过钟敬文留日后在理论和方法上的进步，其竖式已逐渐得到充实。再经艾伯华的改造，钟敬文的竖式法的价值便显露出来了。

其实艾伯华还不只是一个改造中国同行的故事类型表达式的人。他的《中国民间故事类型》一书，还用了相当的篇幅讲他的研究观点。他把这一研究部分放在他改造的故事类型的前面，题目是"前言：局限性和宗旨"。我们从这篇《前言》中，可以读到他本人对改造钟敬文竖式法的观点和方法的阐述。他从AT和德国故事学的角度，使用钟敬文的核心成果，同时查阅了中国历史文献，使用了他本人在浙江与曹松叶合作进行田野调查所搜集的故事，也参考了曹松叶向他提供的个人搜集资料，建构了一个仍有"局限性"但不乏理论"宗旨"的资料系统。我们将他的《前言》与他的类型对看，可以看到他改造钟敬文的竖式法的捷径，也能看到他另有学问上的功夫，发现了新东西。他是怎样做到的呢？总的说，他使用钟敬文的《中国的天鹅处女型故事》中所重新设定的故事类型概念，将钟敬文已做完的文本分析与注释拿来直接使用，再加以压缩，冠以新概念兼标题，再将各标题进行竖式排列，将标题下的

---

① 《钟敬文民间文学论集》下册，第41、45、55、63、65、231页。

描述文字用横式排列，生成了新的表达式，形成艾伯华改造成功的东方民间故事类型研究法。关于这种方法的内容，以下择要介绍。

1. 中心角色

艾伯华吸收AT运用中心角色概念编制母题类型的方法，使用钟敬文的文本分析和对应异文中的中心角色共同分析的成果，加以压缩，冠以新增标题"仙女"，即天鹅处女；再冠以新增标题"对应母题"，即两兄弟，包括牛郎，这样就用两个新标题，将钟敬文原来的一个中心角色（牛郎）表达式，改造成两个中心角色（仙女和牛郎）的表达式。他的手法，看上去不难，但用处很多。如此，学者既能以"仙女"为中心角色编制故事类型，也能以"牛郎"为中心角色编制故事类型。学者根据不同的研究目标，确定某一中心角色，但不等于排斥另一中心角色。两种中心角色的存在及其功能发生的可能性都被保留。以此类推，学者从故事文本实际出发，还可能找出第三个或第四个中心角色。它们互为类型与亚类型，供学者分析，但在故事文本中始终保持其整体性，不会因为曾被学者进行故事类型研究而肢解了文本的原貌。

艾伯华在《前言》中明确交代了他的改造"宗旨"：

> 本书不是严格按照阿尔奈提出的模式来编排的。中国民间故事的特点，无论从内容，还是从它们的特点来说，都比较容易地看出，它们属于一个整体，彼此不能分家。
>
> 所有的民间故事都是按类型归总在一起的。因为搜集到的资料还很不完整，所以，往往不能断定某个民间故事是一个独立的类型，还是仅仅是一个变体。因此，我首先列出一系列

类型,然后再将它们慢慢固定下来。有时一些民间故事归纳成为一个类型,后来,这个类型也可能分解成若干个类型。这在这本书搜集的资料中暂时还反映不出来。

然而,把许多类型现在加以合并或者以后加以合并,这对中国这种特殊的情况来说也并非是值得提倡的。如果过分地合并,那就将会证明所有的类型对全中国都是适用的了,地区性的差别就会完全消失。那样说来,民间故事资料对比较文化学来说就没有什么用处了。①

什么是艾伯华的"宗旨"? 正是他说的"比较文化学"。谁在开辟中国民间故事的比较文化学的研究? 当时,他和钟敬文都在走近比较文化学,不过钟敬文这时在日本进行中日比较,他这时在中国进行中西比较。艾伯华此种改造的好处,是促进人们认识中国故事存在多个中心角色复杂交织的现象。按照他的设两个或两个以上中心角色的方法办理,就可以不搞AT一刀切。他能想出这个办法,是他面对中国故事资料的实际,也掌握西方同行的学术问题,能用双视角思考怎样处理中国故事中的中心角色问题和类似的问题。

2. 异式

对同一母题的不同异式的处理,艾伯华很敏锐地抓住了"地方文化"的概念,再加以发挥,构建了整体文化下地方异式不平衡分布状态的表述框架。具体做法:新增一个标题叫"扩展",再在"扩展"的标题下,排列各种地方异式。

---

① 〔德〕艾伯华:《中国民间故事类型》,王燕生、周祖生译,第1—2页。

下编 个案研究

艾伯华在《前言》中陈述了他建构不平衡地方异式框架的想法：

> 搜集整理出来的资料的地域分布很不平均……在相当于德国整个面积的广大区域里，只有30至40个民间故事是大家所知道的！其中的原因，一方面在于民间故事的搜集者大都出生在沿海省份。另一个原因在于——只要对作品的历史渊源稍加留意即可看出——南方和中原的民间故事比起北方和西北部的民间故事来，要生动得多。
>
> 对此必须注意下面一点：这儿说的"中国南方"和"中国北方"，指的不是地理概念。中国并非是一个单一的民族统一体，而是分隔成许多文化区。我们可以把这些文化区概括成两大地带：南部地带和北部地带。……"中国南部"的含义并不表示地理上的分布区域，而是表述南部地带的文化传播范围。①

对艾伯华的南方故事和北方故事的划分及其对南北故事差别的评论，我们不能同意；但对他的神奇猜想，比如中国地方故事的分布分"文化区"，我们可以认同。20世纪30年代的他年轻气盛，指点中国各地故事分布这般那般，其实他只去过浙江、北京和陕西等不多的地方，要挑他的错是很容易的。但是，将他与钟敬文、周作人和松村武雄等当时强调中国民间文学的地方性的先进提法相比，再将他与西村真次、松本信广和钟敬文当时重视的文化史研究相比，他们彼此之间的研究取向是在一个大体趋同的文化史方

---

① 〔德〕艾伯华：《中国民间故事类型》，王燕生、周祖生译，第6页。

向上靠拢的。不过艾伯华与中日学者又有所不同,他是将中国故事研究中的"地方文化"问题既当作概念也当作方法,与当时西方AT系统以"故事的特征"确定故事的"最初类型"和"最早国家"的通用方法进行比较,产生了对AT方法的怀疑。他通过自己的观察证明,中国故事异式繁多,能证明使用"地方文化"概念的正确性,同时他已感到使用"地方文化"法研究中国故事屡试不爽,其出处标注可以到"省和县",有时到"市或地区"①,面对如此的丰富性,他认识到西方AT一元中心论的不妥,承认"地方文化"的概念和方法所呈现给他的中国故事的多元性。

> 通过"工匠的绝活"和"山神"这两个最好的类型,人们从这类概念中可以看出,这样的类型在一个很小的地区内能有多大的变化。我们将可以通过分析这样的变异情况,得出比较普遍的结论来。②

艾伯华为此强调研究民间故事的"文化传播范围",这就是他的思想特点。对此,无论他是用概念推导出来的,还是通过资料概括出来的,他这种观点至今都能站得住脚。今天把"文化传播范围"称作"文化空间"已是几十年后的觉悟,而艾伯华很早就显露了他的天分。中日学者与他的差异是,当时他专心用"地方文化"和"文化史"的概念研究中国故事类型编制本身的问题,而中日学者关注中国文化史与东亚文化史的大问题。

---

① 〔德〕艾伯华:《中国民间故事类型》,王燕生、周祖生译,第9页。
② 同上书,第8—9页。

3. 文献系统

艾伯华受过德国学术训练，重视文献注释。钟敬文研究天鹅处女型故事做了大量的注释，在论文中呈现为大量历史文献与口头资料交互印证的整体注释群。在论文之外，钟敬文没有对这个注释群做过再分类。钟敬文的注释体现了五四以后的现代科学方法，但总体说是中式的。艾伯华作为一个外国人，对钟敬文的注释群做了改造，将之分解为两个系统，一是历史文献系统，一是现代口头传承民族志系统。在我们上面讨论过的"异式"部分，他通过描述故事采集的地方来源，放置这批现代口头传承资料。除此之外，他新增一个标题"历史渊源"，再将钟敬文注明的中国古代记载故事的历史文献存放在此。他为什么要做这样的划分呢？他在《前言》中回答说："关于民间故事的历史，也会在'历史渊源'中给予说明。"[①]纵观其全文，他的意思有两个：一是他将个人研究中国民间故事的发展脉络的意见放在"历史脉络"中；二是其他学者可以通过"历史渊源"这部分提供的观点继续展开讨论，通过这个途径，能建立中国民间故事史。他对这种文献系统构建方法是很用心的，指出：

> 每种类型都注明了我所能掌握的出处。其详细说明见所附书目。接着是关于这个类型在每个故事中变异情况的概述。当然，这些说明也可以没有，或者很简略，但在涉及中国民间故事时，这些说明对编辑和文化研究者来说是非常重要的。[②]

[①] 〔德〕艾伯华：《中国民间故事类型》，王燕生、周祖生译，第9页。
[②] 同上书，第8页。

第十六讲 跨文化的中日故事

他认为，编制中国民间故事类型不是做资料史，而是一种"文化研究"。我们由此能看懂他对中国故事下功夫的目的。中国故事的文化又在哪里呢？他认为，这涉及两个问题：一是中国历史文献与民间故事的关系问题，二是中国地方志与民间故事的关系问题。这些历史文献与地方志的编撰者都是文人学士，而在艾伯华所成长的西方学术背景中，在20世纪初西方民俗学运动对作家文人曲解、删改民间文学作品的批评声中，艾伯华发出了另一种声音。他用他的母语德语，向西方人说明，中国的"文学家通常会讲明，是他把某个民间故事记下来的，还是他自己创作的"；"中篇小说和长篇小说是例外，在很多情况下可以毫不费力地证实，取材于民间的母题在加工整理时仍保持民间故事的本色"；"在许多县志中也能找到大量的民间故事"。他讲到中国的天鹅处女型故事的"历史渊源"："此类型流传在5世纪以后的时代。然而这个故事要比神仙故事出现得更早些。公元前2世纪在《淮南子》里已有记载（迈尔：《日记》第311页）。——在《荆楚岁时记》（湖北）中纯粹是仙女故事。——《江宁府志》（参见天鹅，第33页）间接地提到宋代。"① 粗粗一看，此结果无外是对《淮南子》和《荆楚岁时记》的看法，与钟敬文无异；又加一部地方志《江宁府志》，外加西方人迈尔的资料，也没什么了不起。但我们只要了解他本人对上述问题的见解和他所来自西方的学术背景，就会认识到，他在使用中、西、印资料上跨出了一小步，但在理论上迈进了一大步，产生了很多有利于西方人了解中国文化的新成果。不用说，中西学术史是具有共性的，在中国历代经典和地方志中也都有文人篡改和贬低

---

① 〔德〕艾伯华：《中国民间故事类型》，王燕生、周祖生译，第4、9—10、63页。

民间作品的做法。但这种文化冲突中西皆有,不是中国才有的特点。艾伯华讲的是中国特点。

最后看看艾伯华怎样考虑建立中国民间故事史。他主张,从中国民间故事本身的"生命力"去讨论这一问题。他有一段关于中国民间故事"生命力"的话很有名:"在中国的民间故事中每个母题都是非常固定的,同时也具有强大的生命力,然而母题链,即整个民间故事,又是相对的不稳定的。"①此外,他并没有提出一个系统的想法。他的关于"中心角色""异式"和"文献系统"的概念,与下面要谈到的"比较文化研究"的概念,以及运用这些概念编制中国故事类型的尝试,都应该属于这方面的准备工作。

(五)钟敬文留日学术遗产与敦煌学关系的要点

1. 敦煌学对民间文艺学的意义

我在另一本书《跨文化民间文学研究》中简要谈过钟敬文使用敦煌石窟本的《搜神记》②,但那次的侧重点是故事类型,而不是敦煌学,这次增加了对敦煌学的讨论。本书主要是从钟敬文早期将敦煌学与民间文艺学交叉研究的个案分析中,指出敦煌学对民间文艺学的价值,还指出文化史的理论与方法在此起到黏合作用。其实钟敬文接触敦煌学的例子并不多,但敦煌学却给他的民间文

---

① 〔德〕艾伯华:《中国民间故事类型》,王燕生、周祖生译,第2页。
② 参见董晓萍《跨文化民间文艺学》,中国大百科全书出版社2016年版。

艺学研究带来一声响雷。我在这里只说"敦煌学",而不是说"敦煌文献",是因为对敦煌文献的处理和解读要依靠敦煌学。敦煌学是由理论、方法与文献系统构成的整体,它的范畴包括敦煌文献,但它的起点很高,从一开始就进入了国际性的现代研究方法的讨论。敦煌学对民间文艺学的意义,在钟敬文的天鹅处女型故事研究中得到了集中体现,即帮助他从传统国学的原典释读法转向现代人文科学研究方法。

人类祖先创造的故事都有自己的土壤,天鹅处女型故事也不例外。它是人类自我的历史,但这种历史不是历史学上的历史,不是语言学上的历史,也不是文学史上的历史,而是文化史。文化史是一个很宽的概念,能把故事类型带往世界;文化史也是一个有圈子的概念,能让文化特质靠近的国家呈现为一个文化圈。钟敬文正是通过敦煌学发现了这个规律,于是就去日本学习文化史。

钟敬文多次说过,20世纪30年代初在杭州治学的时期是他一生学术进步最大的时期,这正是他通过敦煌学研究中国天鹅处女型故事的时期。他同时期发表的成果还有研究《楚辞》和《山海经》等历史典籍的著述,里面都有同类的探讨,但最出色的成果还是这篇在敦煌学之上起飞的《中国的天鹅处女型故事》,西村真次为之赞赏不已。他正是带着这样高起点的成果去日本留学的。

还有一点也要提到,就是在他这一时期论文的《附记》或《后记》中,经常能够看到他对自己"病"倒的描述[1],可见这种大视野、

---

[1] 参见钟敬文《〈山海经〉是一部什么书——〈山海经研究〉的第三章》,原作于1930年,收入《钟敬文民间文学论集》下册,第341页。例如他在这篇《附记》中写道:"我既病且忙,不能执笔作文。"

多学科的交叉带给学者的精神磨砺。那时他在理论的炉火中燃烧，也在燃烧自己的生命，——这正是将敦煌学植入体内的代价。这个代价的价值在哪里呢？在于敦煌学帮助他从传统国学恪守的原典释读法，走向原典释读与现代人文社会科学方法相结合的新方法。所谓现代人文社会科学方法，就是要在分析原典文献时，找问题、找角度、找对话者，让自己成为有思想和有方法的人。日本学术也正是在这一点上培养了他。尽管原典释读始终是基础，但不能把原典当作唯一的真理，不是古人说什么，今人就说什么，一字不动，述而不作，对民俗学来说尤其如此。敦煌文献是由文字托举的历史文献与口头俗讲的凝结物，从钟敬文的白话译文中就能看到，它的文字其实"半死不活"，但这种文字并不能成为民俗学者的障碍，因为它既然来自口语的俗讲，"活"的口语就能激活它，钟敬文正是用这种方法恢复了它的生气。敦煌学帮助民俗学者去做这种有思想、有方法的学者。

2. 跨文化翻译与研究并举

钟敬文在留日期间和在其前后进行的中日学者对话中，都承担了翻译者兼研究者的角色。与站在他对面的日本学者相比，日本学者的翻译量不如他。钟敬文重视翻译的现象能说明什么呢？说明他是中国民俗学理论的创建者和中国民俗学运动的组织者。将这一时期他本人翻译的日文文章与他撰写的研究文章相比较，可以发现，这些翻译文章是他的研究文章的基础资料，他自己翻译，自己研究，排除了使用二手资料的干扰，增加了研究工作的准确性。他的这些研究文章一经发表，还能将更多的读者吸引过来。读者不仅能够看到他的研究成果，还能看到他所翻译的外国学者的研究成果和他所关注的外国研究的问题与信息。这样翻译与研究并举，就建设起了学术研究国际化的氛围。学术界的同仁还可以通过这些论文，扩大学术阵地，形成学者论坛，人人平等，分享信息，共建学术。钟敬文是一位治学严谨的人，也是一个胸怀宽广的人，他的这两种特点也能通过翻译与研究工作体现出来。

3．法国社会学

钟敬文在留日期间就承认，有两种方法对他的人生观和社会观产生了重要作用，一种是法国社会学的方法，一种是马克思主义的方法。在战前，法国社会学的方法对他的影响更大。加藤千代说，由于法国社会学没有与权力结合，钟敬文就没有踌躇和担心，在使用法国社会学上很放手①。这种看法不无道理，但也不尽然。钟敬文留日前，柳田国男的日本民俗学曾与权力距离很近，曾在日本政府任职的柳田国男名气很大，钟敬文并未前往拜见。德国诺曼的民俗学曾因战争中为纳粹权力所用，战后遭到批判，钟敬文在晚年出版的《建立中国民俗学派》一书中照样提到它，认为诺曼民俗学的学问很好，不能因为曾被政治军事的错误利用就全盘否定。总之，对钟敬文接近法国社会学的解释，应该从他当时需求的学问结构的互补性和他从五四以来形成的改造社会文化的人生观两方面共同考虑。他后来接受马克思主义，是在新的社会历史条件下认识法国社会学的结果，不是百分之百的转弯。但是，无论是他曾经青睐法国社会学也好，还是他学习运用马克思主义也好，都给了

---

① 参见〔日〕加藤千代《钟敬文之留学日本——从日中交流方面论述》，何乃英译，钟敬文主编《民间文艺学探索》，北京师范大学出版社1987年版，第76页。

他先进的社会观,却没有给他足够的文化观,他从日本学到的文化史理论与方法,在他专心致志地探索的民众学问中始终是需要的,于是他在晚年又提出建立民俗文化学。

4. 多元方法

钟敬文从不同日本学者那里学到的多元方法让他受用终生。松本信广在他之前的研究中没有提出老獭稚传说的三轮山型和天子地型两种类型,但松本信广提出这些看似相同的故事类型在东亚不同国家有不同的发展变化,未必都源自中国某一地区。松本信广的观点成为一种惕厉,钟敬文在不久后撰写的文章中说,民间文学研究的方法"不是单一的,而是多元的。这原因,一面由于自己尚没有怎样固信着一种独尊的方法观点(至少,在写作这些文章的时候,没有这样存想或表现着),一方面也许由于以为——有意地或无意地以为——兼用多方面的方法和观点,倒可以更深彻地达到究明这对象真相底效果"①。

5. 西方故事类型法与编制中国故事类型

现在我们来对西村真次、钟敬文和艾伯华的工作做总结。钟敬文撰写了长篇论文《中国的天鹅处女型故事》,但没有再简化成故事类型表达式;艾伯华根据钟敬文的这篇论文制作了竖横式,简明扼要地展示了钟敬文的论文成果。从理论上说,这就将钟敬文的竖式法与西方AT横式法结合起来,进行了成功改造。从方法上说,这种竖横综合法能扫除引用历史文献与口头资料的纠结,用增

---

① 钟敬文:《〈中国民间文学探究〉自叙》,《亚波罗》1935年第13期,第66页。

加标题的方法使两者条贯排列，展现资料系统；又能在对故事类型的中外比较上插入学者观点，并将研究部分也表达得条分缕析。钟敬文最初的竖式法并不完善，但经过钟敬文在留日前后的努力所达到的理论和方法上的进步，又经过国际学者之间的对话与合作，他的竖式法的价值便显露出来了，再经过艾伯华的修改，变成了东亚国家民俗学者共有的横竖式故事类型研究法。

加藤千代对此有很深的理解，认为："钟敬文以《中国的天鹅处女型故事》这一力作为首的关于异类婚姻故事（田螺精、蛇郎、蛤蟆儿子），或者狗耕田、老虎与老婆儿故事等的研究，其方法都是提出特定类型，具有以下所述两个阶段，或者增加密度变成四个阶段的分析过程。即：1. 口头采集资料、古典文献资料的更多的提示。2. 类型抽出与类型相互比较，确定原型。3. 进而根据与古典文献资料之比较，考察其历史性的变化。4. 把主要类型抽出称为'质素、系类、成分'等，分别随意举出古今东西的类似例子，并附以社会的、宗教的背景。这种方法，在当时具有异常的创造性，颇为深刻，从今天的眼光看来，可谓接近于芬兰学派历史地理式的方法。可是，钟敬文1931年发表《中国民谭型式》后，并未继续保持《印欧民间故事型式表》（1928）翻译以来对类型、主题分类的兴趣。因之，所谓注重形式的'国际某些学派'，不可以说是历史地理式方法的前辈——神话学派的历史比较研究法与文化传播说之类的混合吗？"[①]

我同意加藤的说法。我们之所以反复谈到钟敬文的中国故事类型编制与研究，正是因为这始终是其民俗学学说中最坚实的部分。

[①] 〔日〕加藤千代：《钟敬文之日本留学——从日中交流方面论述》，何乃英译，钟敬文主编：《民间文艺学探索》，第61页。

6. 文化史方法

钟敬文使用文化史方法研究故事类型,有两个具体方法:一是特质标准法,指故事特质与文化成分的相互联系①。确立故事特质的标准,不是故事的形式,而是对待故事形式的思想特质。比如,把天女的衣服当作接触法术的工具,与把天女的衣服当作道教仪式的法器,是区分故事文化的特质标准。其中,"法术衣服"的文化史,东西方都有,"道教衣服"的文化史,中国才有。二是文化圈法,此指故事情节变动所反映的文化史变迁形态。它不是指一个国家的故事情节的变动,而是指多个国家的故事情节的变动,由此也形成一层层变动的"文化圈"。

小岛璎礼认为,钟敬文对文化史的方法采纳得很早,这使钟敬文从民俗学研究民间故事的方法论体系也提前成熟。他说:"民间故事的研究很早就具有了一门学科的体系,其原因在于它开始就是从文化史角度出发的。即正如在格林兄弟的《民间故事集》第三卷里能见到的那样,村人在家庭里讲的最一般的口传故事,也跨越语言和地区共同存在,这个事实是早期学者产生兴趣的所在。民间故事的研究,就是了解不用文字记下来的人类历史的真面目。正如卡尔·克伦(Karl Krohn)在《民俗学方法论》中讲的那样,在欧洲发展的民俗学,是对口头文学、信仰和人类传统的民众文化遗产中,以其幻想的部分为对象进行比较研究的。而钟先生的民

---

① 关于文化史方法的讨论,参考了人类学关于特殊标准法和文化圈法的概念与具体观点,详见芮逸夫主编《人类学》,《云五社会科学大词典》第十册,台湾商务印书馆1975年版,第56—57页。但本文没有完全采用人类学的观点,而是从钟敬文研究天鹅处女型故事的实际出发,讨论他的这种研究与文化史学说的联系,作者还注意使用他本人对这个问题的表述。

俗学一开始就这样实践了。"①

三、其他中日故事资料搜集与专题研究

(一)对日藏中国故事的辑录

1936年,钟敬文在日本期间,利用查阅日藏中国古籍的机会,做了《古传杂钞》两种(《古传杂钞之一(八则)》和《古传杂钞之二(六则)》)②,编制14个母题文本。这些故事母题虽然没有都像以上论文那样直接提到印欧类型,但还是间接涉及的。我们通过他编制的这些母题,能发现动物故事仍很抢眼,如他在附记中所说:"数年来,我从古文献中搜索说明神话,前后共得数十则;而其中关于动植物的占多数。"③这些母题类型的篇名是:1.石马型,2.初夜权,3.王质遇仙型,4.歌仙刘三姑,5.借地,6.人柱,7.胡人识宝型,8.人牲型,9.蝉,10.吴王余脍鱼,11.缢女,12.牛尾蒿,13.一捻红,14.念珠树。

从学术史意义看,他在这批类型中谈到的以下内容值得注意。

第一,编制这批类型的用途,是补充他自1927年以来所编制和分析的中国故事类型论文的观点。例如,石马型是对《中国的地

---

① 〔日〕小岛瓔礼:《钟敬文先生的学问》,《钟敬文学述》,第230页。
② 钟敬文:《古传杂钞之一(八则)》《古传杂钞之二(六则)》,《钟敬文民间文学论集》下册,第505—513、513—514页。
③ 钟敬文:《古传杂钞之二(六则)》,《钟敬文民间文学论集》下册,第514页。

方传说》中的主题类型和洪水型母题的补充①，人牲型是对《老虎与老婆儿故事考察》中的虎精母题的补充②。

第二，指出一些很有价值而尚待研究的新课题。他早年在杭州编辑出版《妇女与儿童》时，已提到"胡人识宝型"故事，这次在日藏明谢肇淛的《五杂俎》中又发现了一则记载"仙香木"宝物的同类型文献，当即予以录入，以备后用。他在文章中指出这个母题的研究意义说："胡人识宝型故事，在古代交通史、民族心理学等研究上，是一种颇值得重视的资料。中国的这个'故事群'，虽然曾经日本中国学研究家一再地加以论述，……但待搜集的资料和待阐发的意义尚颇丰富。"③后来他指导研究生程蔷完成了对该主题故事的研究④，中间等待的时间竟达40年。

第三，为开展比较民俗学研究寻找新线索。他在所编辑的《民俗学集刊》一书中收有松村武雄《地域决定的习俗与民间故事》一文，里面分析了"借地"类型的故事。这次他从日藏《云南通志》和《台湾府志》中，又辑出"借地传说"二则，为该类型研究提供了中国的新资料。我们从钟敬文所辑录的《云南通志》记录中，还能找到故事的中心角色有"观音"，凑巧的是，印度佛经故事中也有借地类型。他当年说"把自己所搜集的两则资料，献给松村氏及一

---

① 关于石马型补充地方传说研究的看法，参见钟敬文《古传杂钞之一（八则）》，《钟敬文民间文学论集》下册，第506页。
② 参见钟敬文《古传杂钞之一（八则）》，《钟敬文民间文学论集》下册，第512页。
③ 同上书，第511页。
④ 参见程蔷《中国识宝传说研究》，上海文艺出版社1986年版。

般的同道"①,其实我们至今仍能从中多方面受惠。

(二) 四种个案与方法

自1931年至1937年,钟敬文共发表五篇与日本学界对话的重头论文,主要就日本研究中国故事的学者的观点和方法,提出中国学者的反馈,表达不同意见。在这场讨论中,双方学者以印欧故事类型和印度故事为基础进行。从文化渊源上说,东亚和东南亚国家都是深受印度文化影响的国家,他通过中日对话的渠道,加深了对印度故事的理解和阐释,这点也反映在他的论文中。当然,对他在日本学术活动的评价,中日学者有不同角度的积极反响,但这不是本讲讨论的主旨②,在这里就不多谈了。

他在当时研究中国故事的学者个案中,选择讨论对象,利用国际同行的问题,发展自己的思想,主要在中、日、朝、越等国家做国别文化史研究。他由此建立了一组中国故事个案,他的理论和

---

① 参见钟敬文《古传杂钞之一(八则)》,《钟敬文民间文学论集》下册,第509—510页。

② 20世纪30年代前后钟敬文制作的中国故事类型和故事文本分析,中日学者从各自角度有不同的看法。中方学者认为,日本学界对此给予很高评价,日方撰文的学者有直江广治、泽田、铃木健之等。参见马昌仪《求索篇——钟敬文民间文艺学道路探讨之一》,上海民间文艺家协会编《民间文艺集刊》1983年第4集。她的看法是"自'五四'至今,我国还没有一部民间文学著述在国外引起过如此广泛的注意,时间竟长达半个世纪之久"。日方学者认为,钟敬文留日期间发表文章达32篇,其中译述17篇,有关日本的不过4篇,真正的论文5篇。所以,他的中日比较研究目标是"着眼世界而不着眼日本",参见〔日〕加藤千代《钟敬文之留学日本——成果及其地位》,杨哲编《钟敬文生平、思想及著作》,河北教育出版社1991年版,第747页。

方法也因此在东南亚国家产生了相当影响。他在与日本学者对话的论文中，仍然以丰富的中国文献和现代口头资料为依据，这种工作，无论许地山、郑振铎或赵景深，都没有上手。他由此发出了中国人的声音，这也是其他学者都没有去做的。在这一过程中，钟敬文从印欧故事开始的学术研究，最终同日本理论嫁接获得成功，这也是一段学术史。在他赴日前和在日本期间所写的几篇故事类型分析的重头论文，如对洪水型、天鹅处女型、槃瓠型和老獭子型的研究，都形成他一生的代表作，也在国际同行中被视为达到当时研究的最高水平。他的工作启发了德国学者艾伯华，艾伯华后来在芬兰出版了《中国民间故事类型》。以下讨论四个个案，同时说明他的方法论是怎样炼成的。

1. 洪水型与乌龟

日本学者小川琢治在《支那历史地理》一书中提出一个假设：中国史料中的故事，如"女娲止淫水，精卫填东海，蜀王化杜鹃，伊母化空桑"等，相互之间"也许有眷属的关系，或竟是由于同一故事的'异传'"。日本历史学者出石诚彦《有关中国古代的洪水故事》一文，将小川琢治的假设改造中国民俗学上的假设，即印欧故事类型中的洪水母题，在中国故事中是一个异式群在不同时态中变迁传承的"主题"。1931年，钟敬文在此基础上完成了论文《中国的水灾传说》。这篇论文所产生的价值有三个。一是在解决历史文献与民俗资料的矛盾中，创造了异式群有不同时态传承变迁的观点，为中国民俗学者从历史学中寻找资源空间，提出了一种不同时态分层法。二是在解决民俗学与故事学的矛盾上，提出同一情节故事异式建组分析的个案，避免单一直线分析将中国文献和故事的复杂联系简单化。三是在故事类型学上,首次完成了中国的洪水故事类型研究。

日本学者小川琢治的研究与顾颉刚颇相契合。他使用了中国人不大注意的古史文献,兼及史料中夹带的大禹、女娲、精卫等故事记载,没有随意地删除它们。但这位日本学者又不是顾颉刚,他对中国古代史料中的故事问题,唯假设而已,未做历史与民俗矛盾的处理。他是不把民俗学作为本行对待的。钟敬文说,顾颉刚的不同在于,并不回避历史与民俗的矛盾,相反,为了对历史文献辨伪,大胆疑古,还"曾把笔尖触动过这事件(见《古史辨》第一册)"①。

在国内,这时顾颉刚的历史地理研究法已经建立,包括研究上古故事的古史辨法,给年轻的钟敬文以充足的底气。从民俗学的角度说,钟敬文可以使用当时占主流地位的民俗学理论,包括运用日本学者洪水故事研究成果,从民俗学的侧面呼应顾颉刚,这也对顾颉刚的疑古问题予以民俗学的严肃考察提出了科学支撑。到了1931年,钟敬文有了前述理论准备,这时小川琢治的假设携带了历史与民俗的双重问题而来,自然被他纳入视野。小川琢治的学术倾向更像顾颉刚,而不是沈雁冰,更不是钟敬文这样的民俗学者,但在当时中国民俗学界多学科参与的氛围下,小川琢治就成了合适的讨论对象。钟敬文以此为背景"来做这篇小文论述的起点"②,带头开荒。需要说明的是,中国洪水故事是一篇大文章,他写了近60年,并没有到水灾传说一文止步。1990年4月,钟敬文再撰《洪

---

① 钟敬文:《中国的水灾传说》,《钟敬文民间文学论集》下册,第163页。
② 同上书,第163—164页。

水后兄妹婚再殖人类神话》一文,又对这个假设做了新的补充,继续与日本学者伊藤清司和大林太良展开对话①,为了从总体上认识他的思想,兹将前后两文一起分析。

钟敬文将小川琢治的问题改造成中国洪水故事异式群的假设,原文如下:

> 本文的任务在于述说一些自战国(指被记录的时间)直至现在仍活在民间的"水灾传说"。这些传说并不仅限于题目的共同,在传述上,似也有着源流的关系。退一步说,后起者倘不是先行者的嫡系子孙,最少也有某种程度上的"瓜葛"。这不是笔者有意地牵合,从它们的主要形态上考察,实在不容许我们不承认其有血统或亲眷的关系。自然,从其已变化的方面观之,它们各自的相貌却已是那么歧异。②

钟敬文对中国洪水故事所提出的异式群,由以下相同情节的不同时代故事异式组成,为这类中国故事描述了叙事特色、历史文献形态和现存口述传统的面貌。

伟人奇异出生型。钟敬文称之为"伟人(或英雄)产生的神话",指上古名人伊尹在洪水空桑中诞生的故事,同类异式有简狄生契、姜嫄生稷、夜郎侯生水中竹木、孔母生孔丘于空桑等。这些在先秦至汉代文献中被记载,但钟敬文认为,这些异式的流传时态

---

① 钟敬文:《洪水后兄妹婚再殖人类神话》,《民俗文化学:梗概与兴起》,中华书局1996年版,第220—247页。
② 钟敬文:《中国的水灾传说》,《钟敬文民间文学论集》下册,第164页。

要比文献记录的时间更早,他将之归纳为"初期的"洪水故事①。

地方传说型。它们由神话故事变为地方传说,同类异式有神物启示、妇人避难、陆地沉没、治水型和下沉型等。它们被载入汉魏文献中而延至唐宋,不过故事记录的时间与文献传抄的时间彼此错出,大约从汉魏到近代。钟敬文指出,这部分洪水传说历经历史文献和社会变迁而存在,在异式流传过程中,已被地方化。它们"被解释的'对象'和'人物'(伟人、英雄)转为'地方'",拥有地方性新特征。他把这群异式归为洪水故事的"第二期"②。

现代洪水故事。钟敬文把现代意义上的民间传说中的洪水故事称为第三期,分两类:一类是普通民间故事,同类异式有傻子型、云中落绣鞋型和石狮子型;一类是人类毁灭及再造神话,同类异式有姐弟婚型、再造人类型、肉团型、城陷型、恩将仇报型等。对现代故事,钟敬文强调它们有两个特点:一是它们有文化耐力,能"从上古一直传播下来";二是它们有社会黏性,能附着在不同社会中,延续为"后裔或变形物",或"颇有瓜葛"的情节③。

钟敬文在20世纪90年代续写的洪水故事论文中,就1931年的遗留问题进行了补充探讨,主要有三:一是这类故事的背景是血缘婚禁忌期还是解禁期;二是洪水母题和兄妹婚母题是不是复合性主题;三是起到预告和报恩作用的石狮子和石龟,原是两种并存的动物,还是后者衍生前者。

禁忌故事。讨论第一个遗留问题。钟敬文的看法是,这是洪水故事中的婚姻异式群,在汉族和其他民族中都有流传。它们是

---

① 钟敬文:《中国的水灾传说》,《钟敬文民间文学论集》下册,第169页。
② 同上书,第168页。
③ 同上书,第178页。

血缘婚制度的非禁忌与禁忌背景彼此连接的超时间叙事，又分三个异式组：一是人类两性自动结合型；二是在神或动物助手的劝导下，在举行占验仪式后，人类完婚型；三是人类占卜成婚，但回避性关系，以捏泥人造后代。其中，第二种异式的文本居多。后两种异式中的卜婚情节，是这类长时段传承异式在后世被文献或口传"加以修改、增益的结果"。持此时态观视之，"也就不必在学术解释上再绕弯子了"①。

兄妹婚故事。讨论第二个遗留问题。同类异式有洪水为灾型、兄妹结婚再殖人类型。钟敬文认为，这同样是汉族和其他各民族共同传承的类型，洪水型与兄妹婚型两者，可分可合，并没有统一的定式，分开居多，而两者结合在一起的故事反而"比较少见"，"很可能是由于后来的拼合"②。

石狮和石龟故事。讨论第三个遗留问题。钟敬文通过文化史分析和故事文本比较的方法提出，在中国的洪水故事中，狮子和乌龟曾经发生身份更替。"乌龟是原始的角色，狮子则是后来者"③。同类异式有河伯型、鳌驮大山型、龙伯国大人钓大龟型等。

钟敬文通过洪水故事研究所回答的理论争论要点如下。

关于故事异式群不同时态传承与历史文献记载的矛盾，钟敬文说，从文献上看，存在着汉魏笔记杂纂从别人抄书和互相抄书的现象，但也有前代流传下来的本土文献。

---

① 钟敬文：《洪水后兄妹婚再殖人类神话》，《民俗文化学：梗概与兴起》，第230页。
② 同上书，第235、236页。
③ 同上书，第238页。

现本《搜神记》,自然已非干宝的原书,但证以唐宋古书所引,其大部分的材料,必出自原著是无疑的(其中有拉杂地抄入别的古书的地方,如第六、第七两卷,全抄《续汉书》、《五行志》,前人已经指摘过;但大部分,仍是辑录自前世类书所引的——即等于"辑佚"性质)。所以,除了一部分外,大都不妨信为晋代人的记述。①

他使用了《搜神记》二十卷中的第十三卷和第二十卷所记录的三则洪水故事,认为相对而言是可资参考的资料。季羡林则对我国六朝以后抄书的印度背景做了研究,特别指出汉魏志怪小说与印度文学的相似性②,这对民俗学者是大有启发的。

从口头传统上看,钟敬文指出这三期洪水故事的不同时态异式群结构的差异,在于其叙事的"注重点"不同。"第一期的伟人产生神话,若说它是注重'人'的,那么,第二期的地方传说是注重'地'的,这第三期的'民间故事'则是注重在'故事的本身'的。"③现代洪水故事记录文献与民俗思维传承,在不同步时态分布上,差异反而极大,文字功能与民俗功能的反差也大,他说"到了现代,一方面变为失掉严肃性的民间故事,另一方面却衍成了极具'原始性'与'认真性'的'人类毁灭及再造的神话'"④。这种观点为他人所未道。

关于故事与民俗思维的矛盾,他以洪水中的动物为对象,做了

---

① 钟敬文:《中国的水灾传说》,《钟敬文民间文学论集》下册,第169页。
② 季羡林:《印度文学在中国》,《比较文学与民间文学》,第103页。
③ 钟敬文:《中国的水灾传说》,《钟敬文民间文学论集》下册,第172—173页。
④ 同上书,第177页。

两者关系的分析。在《中国的水灾传说》中,他分析了一组动物,如龟、龙、鱼、蛇、猴、乌鸦、蚂蚁、鼠和蜂,指出,它们都是预言洪水的神异灵物,但有两种情况:一种是借助童谣谶语预言洪水的动物,包括龟、龙、蛇和鱼;一种是动物报恩式预言洪水的动物,包括猴、乌鸦、蚂蚁和鼠。这让"我们明白同一'母题'的故事、神话,以时间与地域之不同,而相当地变异其形态,是一般的通例"①。在《洪水后兄妹婚再殖人类神话》中,他分析了另一组动物,如(石)狮和(石)龟。这组动物与中国和东南亚文化传播有关,但它们在中国扎根后,更具有中国特点。也就是说,故事异式的时空变迁多种多样,分期分批,只用人类早期文化进化学说去说明这些变迁,是没有足够的解释力的。此外,文学家还要接受与民俗思维的变异性造成的故事异式群之间不可思议的离合现象,他还说:"这种变化,竟至使现代一些拘泥于文学作品(其实是作家个人的书面文学作品)创作原则的学者,不敢承认后者是前者故事的蜕变。这种地方就不能不让我感叹那些汉唐等古代学者的更有见解和胆识了(因为他们敢于把她的前后传说汇集在一起,承认彼此是有关系的)。"②这对于现代作家是一种婉言批评,但是,现在看,对汉唐文人接受民间故事的态度,除了钟敬文的肯定评价,我们还应该参考季羡林从另一角度的评价,即汉唐抄印度③。我们需要把两者的评价综合起来,这样会得到更全面的认识。

关于故事中的古老观念与现代思维的矛盾,他认为,可以将故

---

① 钟敬文:《中国的水灾传说》,《钟敬文民间文学论集》下册,第170页。
② 钟敬文:《洪水后兄妹婚再殖人类神话》,《民俗文化学:梗概与兴起》,第236页。
③ 参见季羡林《印度文学在中国》,《比较文学与民间文学》,第103—104页。

事与谚语做综合研究,去发现其中蕴含的智慧。有些古老谚语在初民时期和现在看来都是"合理的",而谚语往往是故事的内容。他说:

> 尽管初民以及近初民的思想、观念等,有许多是我们不免发笑的,但并不是整个如此。就是说,初民的思想、观念,有好些是在我们现代看去也仍然"合理的"。我国从古代传下来的关于事物的谚语,不合理的(从我们现在的眼光去看)虽然很多,但近于真理的见解的并不是没有。譬如:"础润而雨"这个谚语,即使它的确实性是有限制的,但却不是闭着眼睛的胡说。……(洪水故事情节单元)第一条的臼出水,当即"础润而雨"之意。①

对动物故事中的动物功能的分析。钟敬文在洪水故事中提到十几种动物,包括鸟、狮子、狗、巨鱼、鲤鱼、石龟、龙、蛇、猿猴、乌鸦、蜂、蚂蚁和鼠,动物故事是洪水故事异式群结构的有机组成部分,这种现象是十分显眼的。从另一方面说,在洪水故事中,动物的组合关系,动物的传统文化含量,与动物在空间场合中的作用轻重等,表现也十分复杂,仅研究洪水中的动物就是一个重要课题。我们看到,钟敬文对此颇为留意,经过长期思考,他在《洪水后兄妹婚再殖人类神话》一文中,对动物故事做了较长篇幅的阐述。

---

① 钟敬文:《中国的水灾传说》,《钟敬文民间文学论集》下册,第180—181页。

熟悉神话、传说以及民间故事的学者,大都知道在这些种类的民间传承中,常常要出现动物(或其精灵)及神灵的角色。在故事中,他们有时是配角,有时却是主角。中国洪水后兄妹结婚传衍人类的这种类型神话,就现有的汉族大量民间口传的记录看,作为配角的动物(或其精灵),一般就是石狮子或石龟。这种情况在中原地区的神话资料中表现尤其明显。这类神话的配角,尽管还有传说是别的动物,如野猪等,也有的说是神仙的,如太白星君、洪钧老祖之类,但是占较大数量因而也较有意义的,却是它们两类。

在目前几乎传播到我国大陆各地(实际上也并及隔海的台湾)的这种类型神话里,石狮子与石龟是同时在各种异式里扮演着同样角色的。在故事较完整的形式里,它们的任务约有三项:1. 对主人公(兄妹或姊弟)预告灾难将来临的信息;2. 在灾难中救助他们(或预告以避灾的方法);3. 劝导他们结婚以传衍后代(有的还在此点上给以助力或充当媒人)。在故事比较简略的形式里,它们也担任其中的两项或一项任务(例如只进行预告、救助或只劝婚、当媒人)。这类神话,如果没有它们的参预,该不仅是减声减色,而且会比较难以构成故事的相对完整形态(自然,在少数记录里,它们的任务是被别的"人物"——如神、仙等代替的)。①

在与洪水有关的所有动物中,他特别注意到乌龟和狮子两种

---

① 钟敬文:《洪水后兄妹婚再殖人类神话》,《民俗文化学:梗概与兴起》,第237—238页。

动物的作用，进行了长篇讨论。

我认为，现在故事呈现的这种情景，是它们（石狮子和石龟）在历史发展过程中身份更替的结果。而从两者更替的时间顺序看，乌龟是原始的角色，狮子则是后来者——它的替身。

乌龟是我国历史上出现的古老和它在文化上的显著足迹，是稍有史学常识的人都知道的。它被认为是能预知自然变化及人类吉凶、祸福的灵物，被看作是长生不老的表征。人们给它以高贵的称号：灵龟、神龟及宝龟，又把它去跟其他一些神异动物龙、凤、麒麟结合起来，合称"四灵"。

被认为能预知事物变化是人类吉凶，是乌龟在文化史上的一大特点。从殷墟大量出土的龟甲卜辞看（"先商"出土文物中已有陶龟，但未见有占卜用的龟甲），可以知道殷商的统治者，不论国家大事或日常风雨，都要凭藉龟甲、兽骨去占卜。周代以来，用龟甲占卜吉凶的事，史传不绝于记载。我国最伟大的史学家司马迁在他的《史记》里，就专门设了《龟策列传》。随着时间的不断进展，历史不知翻过了多少篇章，但是，直到现代，我们依然能在古庙闹市或街头巷尾的卖卦先生的小桌子上，看到那些被认为有关人生命运的龟壳和金钱。这点大概足以说明乌龟与我国传统文化关系的长久和密切了。

这种传统心理和文化现象的灵物，自然要反映到民间传承中来。在有关这方面资料的古代典籍记录里就早有它的踪迹。例如《庄子》所记宋元君夜梦清江使河伯（乌龟）告以将为渔人豫且所获的故事，《列子》所记上帝命十五匹大龟（鳖）

首戴五座大山及龙伯国大人钓走六匹大龟的故事，都是很著名的。秦汉以后，关于龟（或龟精）的传说更是枚举不尽。在现代汉族口头传承中，也有不少是说乌龟帮助人的。这大概是关于它的比较古老的观念的反映。但也有一些是说它偷吃东西或侵犯民间女子而受罚的，这就说明它已经由神圣的灵物变成邪恶的精灵了。

……

狮子在我国历史上的出现是比较迟的；它在文化史上的足迹也是比较稀疏的（特别是中古以前）。……能够使我们较为安心承认的，还是像史书上所说汉章帝时，西域安息贡狮子一类的事情。自东汉以后，直到元代，都有外国（主要是西域）进贡这种动物的史实，而且有关它的记载也逐渐多起来。当然，谈到它跟中国人民生活、文化、信仰等的关系程度，它到底比不上龙虎或龟蛇。有关这一点，只要看唐代学者欧阳询所编纂的著名类书《艺文类聚》的兽类部分里没有"狮子"这个项目，就可以参透其中的信息了（同时代徐坚编的另一部类书《初学记》，所收录的也不过《尔雅注》等文献及一些诗文罢了）。

尽管如此，这外来的异兽狮子，终于进入中国人民的生活圈、文化圈了。如名画师顾光宝所画的狮子，就为治疟疾；谗人诬李泌受人金狮子而终于受到惩罚的传说或历史故事等在文献上出现了。但是，大概由于时间的及实物接触的限制吧，在民间传承方面到底不多见，像宋代官修中国古代小说之海的《太平广记》，记录龙、虎一类传说，故事多到八卷，而狮子却只寥寥三则。……

情况终于有了变化。像前文提到了，明代那位无名氏所编著的《龙图公案》中便载有《石狮子》一篇。尽管这种小说情节并不是与现在汉民族广泛流传的洪水后兄妹婚再殖人类神话的说法没有出入的地方，如石狮子不是灾难的预言者，结局也不是兄妹结婚传人类（它的主题是清官审判负心汉）等。但在这个故事里首次出现了石狮子眼中流血预兆水灾的情节，并有洪水泛滥，广大生灵受害，以及善良人因善行得到救助的情节。它与今天民间所传的洪水后兄妹结婚再殖人类类型的神话，在基本上有相当多的类似之处。这无疑是我们今天研究此类型神话应当注意的一种历史资料。……我以为，现在汉族流行的这种类型的神话，部分记录中石狮子及其预告灾难等情节，是从较早时代地陷传说中的石龟角色及其作用所蜕变而成的。而明代小说中的石狮子及其预兆作用的叙述，正是现在这种故事有关情节的较早形态。在现代同类型神话的另外记录里，那角色仍然是乌龟，这是原始说法的遗留。它说明故事情节的演变并不是一刀切的。①

乌龟和狮子的故事角色十分复杂，故事类型所涉及的学术史问题也很多，但不管怎样，钟敬文将乌龟和狮子这两种动物放在一起讨论是第一次。当然这个问题还有待后人去继续解决。他在现有资料和思考程度的条件下，将动物与故事异式群的关系分为三组：(1) 动物是有宗教色彩的神族或宗教故事的角色，能变形，能

---

① 钟敬文：《洪水后兄妹婚再殖人类神话》，《民俗文化学：梗概与兴起》，第238—242页。

预言，能占卜，能充当传达最高神旨的使者发布神谕，如太白星君和洪均老祖都是；(2)动物或人是创世故事的中心角色，有时动物和人都是创世故事的中心角色，两者组合成双角色，相互合作，不分轻重；(3)动物是宇宙起源类故事的助手角色，可以给宇宙生成或人类繁衍提供帮助。他提出这三点，想得很深，要覆盖多元故事比较研究的目标也很明确。

钟敬文指出洪水故事与印度同类故事是有关系的。他在20世纪30年代就提出，中国的洪水故事异式之一《狸猫换太子》，在印度也有，原来它"是流播于东西洋（尤其是东洋的印度、波斯等国）各地的民间故事。（关于此事，胡适之作《狸猫换太子故事的演变》时，未曾提及，暇当为文专论之。）"①。1990年，钟敬文撰《洪水后兄妹婚再殖人类神话》时再次强调，有洪水故事记录的国家，包括"巴比伦、希腊、罗马、印度和希伯来"，洪水故事在亚洲的地理分布，"也不限于中国境内，而是扩展到东南亚等地区"②。这时季羡林也发表了对印度洪水故事的看法。

钟敬文在乌龟故事的分析中，对后起的某种文本中龟与女子之间的人兽婚，解释为失去神性的邪恶者。季羡林通过翻译和研究印度《五卷书》等，有大体相同的观念，但持印度来源说。不过季羡林讲龟类动物，都是讲积极的角色作用③，这是两人的不同。

钟敬文把包含以上各主题的故事编成一组，创用了一个中国

---

① 钟敬文：《中国的水灾传说》，《钟敬文民间文学论集》下册，第174页。
② 钟敬文：《洪水后兄妹婚再殖人类神话》，《民俗文化学：梗概与兴起》，第220—221页。
③ 参见季羡林《译本序》，《五卷书》，季羡林译，第7页。

命名,叫"水灾传说"。他译介的《印欧民间故事型式》已描述了洪水主题,他的工作是使用中国资料,编制了中国的洪水故事类型,再经过分析,将之命名为灾害主题故事,这是一个转变,十分符合中国这类故事类型的特点。他还把经印度佛典文献渠道传到中国的一般动物故事,把经中印僧人翻译传抄后流入民间宝卷进行传播的动物故事,把中国东西南北不同地区和不同民族已有的洪水故事,统统纳入这个主题中,也为这批资料正确地安装了一个类型的骨架。他从撰写《中国的水灾传说》始,到完成《洪水后兄妹再殖人类神话》止,前后近60年,终于为这个庞大而复杂的主题研究奠定了理论基础。多年来,他和季羡林从两个学科角度进行的工作,也推动了这个类型的研究。

2. 风水鱼

1932年,钟敬文完成了天鹅处女型故事的研究之后,接着研究跨国境流传的故事类型,撰写了一篇重要论文《老獭稚型传说的发生地》。此文在国内起草,1934年在日本写完并发表①。在此文中,他根据在中国搜集到的故事,与日本研究此类型故事的重要学者松本信广教授进行了对话。在这里,为了方便讨论,我们也称此类型为"风水型与鱼"。

20世纪初,日本学者鸟居龙藏最早对这个故事类型展开了日朝比较研究。故事讲,乌龟精变成男子,夜里与女子同居,生下一子,儿子长大后,将父亲龟骨放入水中龙穴,自己当上皇帝。20世

---

① 参见钟敬文《老獭稚型传说的发生地》,《钟敬文民间文学论集》下册,第131页注释①。在本讲中,"老獭稚"又作"老獭子"。

纪30年代，另一位日本学者今西龙将之扩大到中日朝比较研究，提出该类型源自朝鲜。1933年，日本学者松本信广通过从越南获得的新资料，推翻了今西龙的朝鲜说，认为该类型在朝鲜和越南都有流传，并假设其中与风水皇帝有关的异式出自中国，然后流传到朝鲜和越南。钟敬文再次迎接挑战，在这个有争议的国际课题中，对松本信广的假设再改造，提出新的假设，即中国是该类型在东亚和东南亚国家异式群的共同发源地。

钟敬文参加这场对话的背景是，当时日本学者已开始了对日、朝、越、中的同类故事比较，但缺乏中国学者的声音。钟敬文此前已有洪水故事和天鹅处女型故事的中日比较研究成果，在了解到这个学术动态后，决心继续参战。他除了备有熟悉的日本资料和理论，还准备了中国与朝鲜的相似故事类型的文本①，并搜集了一些越南故事和文化资料②，他在1933年6月10日写给艾伯华的一封信中，踌躇满志地透露了一个"少壮学者"的心迹。

> 我近日颇注意于中国和日本、印度、朝鲜等邻国的神话、童话的比较探究。关于这一类的论文，我已答应了日本神话学者松村武雄博士盛情的要约，写成的时候，将发表在他们所主持的《民俗学》月刊上。

---

① 关于钟敬文撰写中国和朝鲜故事类型比较的文章，参见钟敬文《老獭稚型传说的发生地》，《钟敬文民间文学论集》下册，第147页注释③，原文为："详见拙著《中鲜共同民谭的探究》（未刊）。他使用的其他朝鲜故事资料，见本页注①所举述孙泰晋《朝鲜民谭集》和中村亮平编《朝鲜童话集》，另见第146页注释②使用僧一然《三国遗事》。"

② 钟敬文使用的越南故事和文化资料，如李根仙《越南杂记》。参见钟敬文《老獭稚型传说的发生地》，《钟敬文民间文学论集》下册，第147页注释②。

总之，中国今日一些少壮学者，在这类学问上，是已经深感到有自己起来动手的必要，而且事实上已经在努力地进行了。①

在老獭稚类型的比较研究上，钟敬文将比较研究的范围定为中、日、朝、越四国，比松本信广的范围扩大了。在理论上，他的目标是使用中国资料，确定中国故事类型的位置。他陈述自己的假设如下：

在这篇小文里，我所企图尽力的，不是要重新来讨论老獭稚传说是否为朱蒙传说的原形的问题（关于这，我同意松村教授的结论），也不仅是为论定这两个传说同出于一源的问题。我的主要的工作，是一方面提供出他们所不曾发见的同型式（老獭稚型）的中国的资料，一方面根据这新资料而做出比较确切的论断——关于这些同型传说发生地域的决定。②

从他在此段假说前后的解释看，他已估计到这种多国比较研究要有两处冒险：一是使用口头故事资料研究国别之间的民间传承，不一定能成功；二是没有充分资料和理论积累，也"极不容易成功"。但他还是满怀理想地完成了这篇奇文。在他之后，再没有中国学者去做承续性的研究。

---

① 钟敬文：《与W. 爱伯哈特博士谈中国神话》，《钟敬文民间文学论集》下册，第496页。
② 钟敬文：《老獭稚型传说的发生地》，《钟敬文民间文学论集》下册，第130—131页。

对第一种冒险,钟敬文认为,他可以采用民俗学与文化学相结合的理论和"比较研究"的方法去解决。

> 我们邻国的三数学者,各自运用专门的学识,来从事这类颇近于冷僻的"民间传承学"上的比较研究工作,他们的热心和毅力,是叫人钦佩的。正因为这样,我们不能不利用自己的方便,在他们赤足踏过了的道径上做更进一步的探险。这结果不一定就是成功,但我们总算尽了自己可能尽的责任,也是人类文化演进史上的一种必需的共同协力。①

较之天鹅处女型的单纯故事类型研究,在这一研究中,钟敬文的文化史意识十分突出。运用这种观点和方法,在故事母题、民族文化观念和本国历史文献的关系的考察上,也许更为切近。他还干脆把这种类型研究的实质,称为"人类文化演进史"的研究。

对第二种冒险,他认为,他占有日本学者不曾发现和使用的中国新资料,他更有建设中国民俗学的"责任心",因而他也理由充足。

> 自然,这工作是很困难的。本来关于诸种民族间文化流传的问题的考察,是极不容易成功的一桩事情,而这类问题属于"民间传承"方面的,那尤其是难于把握的了。何况笔者的学殖是这样荒落,更何况眼前环境不大适宜于从事这种细致的工作,但是,明明晓得这样,却仍执笔来做这冒险的尝试,那正是为前面所说过的责任心所推动着的缘故吧?假如这小

---

① 钟敬文:《老獭稚型传说的发生地》,《钟敬文民间文学论集》下册,第130页。

文能够相当地把我的本意大体表达出来,并且使读者于读完之后,觉得还不算是一种太不近情理的胡说,那就是笔者无上地满足了。①

这时他已综合消化了英国人类学和日本民俗学。他认为,在东方相邻国家之间开展这种比较研究,有文化交流和故事传播的历史基础,比西方人类学夸张的心理相同说,条件更为优越。

  我们早就明白,因为民族或部族间彼此文化阶段的相近,而产生了相似的神话和传说等,这种神话学上所谓的"心理作用相似说"(即英国人类学家所主张的),是具有颇大的解释一般神话事象的能力的。但是,像前面所列述的那些传说主要情节高度的类似,不,简直该说是相同!却不能尽在这种原则(心理作用相同说)之下,去求正确的解释。换一句话说,我们与其把它们(流行朝鲜、越南和中国的三个同型式的传说)看作各自独立地发生了的,怕不如看作从同一的根源传布出来的更为符合事实。更简截一点说,就是对于这些相类传说的解释,用神话学上的"传播说",似较胜于应用那"心理作用相同说"。②

在这篇论文中,他借助了当时先进的故事类型学和民俗学观点,判断这个类型源于中国。

---

① 钟敬文:《老獭稚型传说的发生地》,《钟敬文民间文学论集》下册,第131页。
② 同上书,第138页。

我们以为,这三个分布在亚细亚的东南部的同型式的传说,它发生的地域以位置于中国境内为适宜。

我们支持这论断的根据在哪里呢?

第一,因为中国的这个传说,比于朝鲜和越南的,较近于原始的形态。关于这,我们试举出几点看看:

一、中国这传说中,把水里的灵物(龙穴)说是活龙(或有灵的龙),这比于越南传说中的说是马形物(或神马)、朝鲜传说中的卧龙石,都较近于原始的意味。

二、中国这传说中,说水獭骨殖的埋葬,从灵物(活龙)的口中送进去,比于朝鲜传说中说是挂在角上的,显然更属于传说的原来的型式。

三、中国这传说中,后来成为天子的,是水獭的亲生的儿子,而在朝鲜传说中,他却成为老獭的孙子,后者无疑是被变形了的结果。

四、朝鲜这传说中的女子试夫一段情节,从这类型式的故事看来,实是一种添附的成分,所以在中国传说中便看不到,越南传说中也一样。

……

再次,因为老獭稚型传说中所表现的"风水思想",是中华民族的最有特征的民俗信仰之一种。

自然,关于风水思想的发源地及其所流布的区域等问题,这在没有做过精密的学术上的检察的现在,我们是不能够随便武断的。但是,至少我们可以大胆地这样说:风水思想即使不是发源于中国,即使不仅仅流行于中国的整个民间,但它老早已在中国人民的思想中占着势力(这是从文献上便可以考知的),它流传的广泛和深入,也恐怕要以在中国境内为最。①

我们应该考虑到,钟敬文将故事类型学与民俗学结合的倾向,有助于促进他吸收日本的民俗文化传承学思想。而这种思想发展的趋势,又加强了他的东方文化史比较研究,促使他扩大利用中国文献,并将之用在故事类型比较研究的解释上。这还有助于他大量使用同类型的故事现代调查记录本,将历史文献和现代口传资料综合利用,以解决多元国别文化环境中的故事类型传承问题。但是,我们已经知道,民间传承论的"中心圈"观点是杜撰的,它的发明者、日本民俗学之父柳田国男,后来受到了激烈批评。钟敬文要寻找老獭稚类型的最初起源地,也是他那个时代的中日学者的一般做法。

朝鲜和越南,因为地理上接近中国国境的缘故,在古代,在政制上不用说,就是一般制度、习惯和信仰(简括地说:一切国民的文化),也都是和中国有着极深切的关系,这是无论在历史书上,在考古学上,在民俗学上等,都可以历历证明的。仅就朝鲜方面来说,她现在的民间传说中,和中国所有的大体相同,且可以断定,必是从中国流传过去的着实不在少数。

假如我们真地承认流布在亚细亚东南部的三个境地的老獭稚型传说,是必出于一个根源的,那末,把它的最初发生地域安置在中国境内,这仅仅从这同型传说流传地的三个国度

---

① 钟敬文:《老獭稚型传说的发生地》,《钟敬文民间文学论集》下册,第139—141、146页。

的从来文化的关系上看,也不见得是很不妥当的。

此外,如果我们从这些同型传说(老獭稚型传说)的三个流传地域相关的地理位置来看,以至于从朝鲜和越南传说中所谓"天子"的那实在人物(清太祖和丁部领)和中国政治的关系来看,把它们的共同的起源断说在中国,也都是有很大的可能性的。①

现在我们知道,这个鳖或鱼与人类结婚的故事,也是印度佛典故事中所长期保存的类型②。既然老獭子故事还有印度传承地,印度传承地的这种类型不一定是中国流传过去的结果,所以中国起源说也就不一定可靠。但是,今天指出此文不足,不等于否认它在当时的创新价值。钟敬文的老獭稚型研究所推翻的是原来盛行的朝鲜起源说或朝、越双起源说。他反对外国学者不正确的假设,以及他在这一过程中进行的民俗学分析,还都是有道理的。下面是他在撰写此文期间,在使用另一篇《古今图书集成》所收白鱼与人结婚故事资料时,对这类比较研究所表达的感想,其理念至今令人感叹,值得回头一读。

提起"民间故事型式"的问题,真是"说来话长",在这里,我不准备怎样清算这麻烦的陈账,只想稍微表白出我的一点意见。我以为,神话、故事(乃至于一般的风俗习惯)的研究,是可以从种种方面去着眼的。型式的整理或探索,是从它的

---

① 钟敬文:《老獭稚型传说的发生地》,《钟敬文民间文学论集》下册,第147—148页。
② 参见王邦维选译《佛经故事·六度集经·槃达龙王》,第91—95页。

形式方面（同时当然和内容也有关系）去研究的一种方法。这自然不是故事研究工作的全部，但这种研究，于故事的传承、演化、混合等阐明上是很关重要的。我不愿引什么外国学者的话来助证自己的论点，我想脑子稍为清楚的人，总该不至否认我这里所说的话吧。是的，故事内容的研究是重要的（至少，我自己，无论过去或现在，都不曾在理论上或实践上忘记这个原则），同时形式方面的研究，也是不容许疏忽的。或者更确切地说，这两方面的研究，是应该相辅而行的。约瑟·雅科布斯（Joseph Jacobs）所修订的《印欧民间故事型式》，不但在它的本土欧洲，就是东方的日本，也被专门学者们所郑重地介绍，且承认它是很足供参考的东西。可是，它在中国却被一部分人赐以和这极相反的命运——蔑视！这是颇使人感到难堪的事。（虽然另一些人，把它过分地看成唯一的法宝，这也是我所不赞同的。）拙作《中国民间故事型式》，不过是一个未完成的尝试，但自信不是全无意义的工作（这并非因为它在国外发表的时候，颇受到称许的缘故）。在我国某些青年学子的眼中，它或仍要遭受那恶毒的讥评也未可知。①

这种西方主流研究方法在中国会遇到水土不服的问题，但它终究是中国民俗学起步时期的一种轨迹，要放弃它，或者要改造它，都要在解决问题后再行思考。

---

① 钟敬文：《〈中国民间文学探究〉自叙》，《钟敬文民间文学论集》下册，第405—406页。

3. 动物图腾

钟敬文于1936年写《槃瓠神话的考察》一文。这篇文章是他在日本期间对松村武雄所撰《狗人国试论》观点的补正与发展①。从他的这篇论文可以看出，这时的中日印故事类型研究对他有两个意义。首先，他通过故事类型的途径，体验到民俗学的民族性特征。他这时已经认识到，自我想象优势文明的汉族古人，在记录和评价其他民族故事时，表现出了傲视的态度和"理性"民族的优越感。此时钟敬文通过中日印故事类型研究，已接受民族故事类型中的怪诞母题，不再用汉族文化的优势文化眼光评价其他民族类型，也不同意以非理性的说法贬低民族故事类型的价值。在此文中，他再次使用班恩手册作为他提到印度故事的思想基础②。他指出，槃瓠与印度故事相关的例子是马头娘故事，他在文章的"引言"中说，早在1928年，他为友人余永梁写了一篇《后记》，就已经考虑"槃瓠故事与马头娘的传说"的关系。而马头娘传说是带有印度影响的中国故事。他说：

> 一九二八年，笔者的朋友余永梁首先在《西南民族研究专号》上发表了《西南民族起源神话——槃瓠》，我在为他写的

---

① 参见钟敬文《槃瓠神话的考察》，《钟敬文民间文学论集》下册，第103页。在此页中，钟敬文就撰写此文与松村武雄就槃瓠神话展开讨论的原文是："去年由于松村武雄博士的着笔而比较有力地展开了。博士在那篇《狗人国试论》的论文中，引用了关于这个神话的历史文献及其它记录，从而推断说槃瓠是某个南方少数民族的图腾。……看到这一情况，笔者不敢偷安，决心要尽力来耕耘那些尚未开拓的部分。"另见第120页，他也阐述了与松村武雄在干宝《搜神记》的文献使用的讨论意见。

② 关于钟敬文在日本期间研究槃瓠神话时使用班恩书，参见钟敬文《槃瓠神话的考察》，《钟敬文民间文学论集》下册，第117页注⑥、第124页注②。

论文《后记》中指出这篇文章提出了两个问题：一个是"槃瓠故事和盘古故事"，另一个是"槃瓠故事与马头娘传说"。余文的论断虽然未必是定论，但是这种探讨是一种开创性的而且合理的研究。余文发表两年之后，笔者在起草《种族神话起源》一文时，除了引用《搜神记》中关于这个神话的记录之外，还引用了明代邝露及近人某君的记述，希图证明槃瓠原是南方少数民族的动物祖先——自认为是血统所由来的"图腾"。但是笔者那篇文章只不过是简略的论述。①

他怎样在故事类型资料以外证实自己的观点呢？有意思的是，他没有继续通过日本的传承说去分析，而是使用松村武雄本人使用的欧洲人类学和民俗学分析印欧故事类型的观点，分析类型与图腾的密切关系。

松村博士在他的《印欧民谭型式》译注中，说世界上这类同型的故事从童话学者麦考劳克氏的称呼，可叫作"蛙女婿型"（Frog-Bridegroom Type）。他又说这类故事的产生，在文化低的民族里，是有着下列的民俗背景做根据的。

一、相信自己的祖先是某种动物，即所谓图腾（Totem）的信仰。

二、相信人、动物都能够自由地变形为自己所喜欢的东西。

三、事实上存在，部落的少女被类人猿一类的动物抢夺，

---

① 钟敬文：《槃瓠神话的考察》，《钟敬文民间文学论集》下册，第102—103页。

而成了它的妻子。

——见《童话教育新论》一〇六页

关于中国的乃至于世界的这型式的故事,我希望将来有较详细地讨论一下的机会。①

两年后,他果然使用了松村武雄的方法,这种方法帮助他找出槃瓠类型中的动物图腾遗痕,发展了他的思想。他说:

本文主要论证两个问题,即对槃瓠神话诸记录(文献的和口碑的)的搜集和比较研究,以及确定主人公槃瓠的图腾性质。②

这是怎样的新观点呢?他又说:

为什么会产生这种地域相隔较远,而其流传的故事却相似的情况呢?是由于人种迁移,还是由于故事本身的传播,或者还有其他的原因?探讨这类问题,对传承学的研究是有意义的。然而这不是本文的主意,因此不准备去讨论它。③

我们看到,他提出了自己的"修改说"。

---

① 钟敬文:《〈中国民间文学探究〉自叙》,《钟敬文民间文学论集》下册,第404—405页。
② 钟敬文:《槃瓠神话的考察》,《钟敬文民间文学论集》下册,第104页。
③ 同上书,第111页。

一、产生和传承这个神话的少数民族，后来他们的文化发展到相当的高度（不论是全体或是一部分），所以一面承继着远祖的传说，一面又有意识或无意识地进行了修改。

二、当这个神话由少数民族传到汉族的时候，汉族人民不知不觉地把自己比较高级的社会文化色彩掺和进去，因而改变了它的原形。

三、出于记录者有意无意地改动。

上面所说的第一条，是造成各民族大部分的神话先后异形的一个重要原因。然而对于这个特定神话的变形考证来说，却不能作为主要的理由。

……

众所周知，神话、传说很容易变形，这是"传承学"上的一条规律。至于变化的程度、原因，却是各不相同的。无论如何，只要经过相当的时间或空间的流传，任何神话、传说恐怕都不可能完全保持着产生时的固有形态。一部族、一种族或者一民族的神话，必然分化成若干大同小异或小同大异的型式。流传的时间愈久、范围愈广，差异也就愈大。①

他这时对故事类型的变异性有了新的认识，并不完全同意简单地使用日本的"传承论"②。他对动物祖先故事的分析，引用涂尔干的理论，使用了成年礼仪式的分析法，对这个类型的民俗含义给予解释，法国结构人类学派在半个世纪后还使用这种方法。

---

① 钟敬文：《槃瓠神话的考察》，《钟敬文民间文学论集》下册，第113—114页。
② 同上书，第114页注②。

> 狼氏族的少年战士达到成年的时候,用狼的皮包住身体,和其他同样装束的少年战士一齐把两手放在地上,做四脚走路的样子并且学狼的叫声。
>
> ……
>
> 如前所述,信奉图腾的民族,在举行宗教仪式时,通常都要学那图腾动物的各种举动。有的部落,其司祭者或全体,都要服用那种动物的皮革或羽毛(或身体的其他部分),把自己装扮得和图腾动物相似。这样做的目的,不用说就是为了表明或促进和图腾的密切关系。①

他给自己的这项研究归结为图腾说有当时的局限,但他的这些说法也肯定了我国西南地区苗、瑶、畲等民族存在着动物始祖故事类型,这是他的贡献。他还指出中国故事类型所必备的民族性,这就很接近民俗学研究的本质。他对故事类型采用的仪式分析法在当时也是先进的。他还有一种理想,就是通过社会制度研究,深化民族动物故事后面的民俗文化史研究,他在文末说:"本讲对于槃瓠神话的考察,应该说还是不够充分的。如对外婚制、氏族制度及母系制等与图腾主义有关的问题,本来也有一一加以探讨的必要。但是,因为时间、学力等的限制,只好等待将来有条件时再续笔。"②正是在这几层意义上,我们同意他的说法,即这种研究具有"高度的文化史的意义"③。

他在民族动物故事分析中,表现出五四新文化运动的理想价

---

① 钟敬文:《槃瓠神话的考察》,《钟敬文民间文学论集》下册,第119、122页。
② 同上书,第126—127页。
③ 同上书,第101页。

值观，他在故事类型研究的目标上，有建设新国民素质运动和社会改革的理想化倾向。在这些问题上，他更像是五四科学精神的追求者和社会运动的革命者。他还补充使用了人类学的理论，提出古人对各民族有"误解"，主要是持汉族的优势文明观记录其他民族的民俗和故事，却"不能正确地理解"它们。这种文献渗透到国民中，国民听信了这种误导，就会否定民族故事，现代学者应该清除这种误解。在这里，他把故事类型研究与五四以来的社会思想启蒙运动联系起来了，我国后来的社会主义文化体系建设吸收了五四传统的精华，加强汉族与各民族文化的共同建设，从社会主义先进文化的角度认识和保护民族文化，在这些方面，中国民俗学的研究是有独立贡献的。在20世纪30年代，其他学科也在这个领域中进行了不同程度的探索，钟敬文把当时与民俗学相邻学科的这类论文都收入到他主编的《民俗学集镌》中，共32篇，包括人类学者黄石的《满洲的跳神》、历史学者顾颉刚的《苏州唱本叙录》、民族学者杨成志的《川滇蛮子新年歌》和文艺学者刘大白的《故事拾零》等①。

结　论

钟敬文的中日故事研究是在三个文化圈内进行的：一是中日印故事圈，二是东方国家故事圈，三是世界故事圈。敦煌文献资料

---

①　参见钟敬文主编《民俗学集镌》，上海文艺出版社1989年影印景山书局1932年本。

的唐代性质，促进民俗学者对中日印故事圈和东方国家故事圈的研究大为增强，同时对日本学术的关注度显著提升。但天鹅处女型故事也是一个世界大扩布故事，拥有很多世界相似情节，如法术衣服，所以钟敬文在研究中也引用了西方人类学的观点。

如果没有后来战争的打击，中日学者交流会提前进入跨文化对话阶段也说不定。但如加藤千代所说，二战时日本文化史已有殖民史的倾向，"由于日本的侵略以及其后国家体制的不同，只有20年左右的时间。而且，研究一下从二、三十年代到日本战败这短短二十年交流的实际情况，就会感到'交流'一词所具有的平等互惠的积极意义顿时朦胧不清了。台湾'总督府'和'满铁'调查部的民族学、民俗学调查活动，与交流之名不相称"①。至1936年夏秋间，战前与战时的边界已经模糊，中日学者在烽火狼烟中读书与批评战争，钟敬文已提前回国，但我们能从他们当年的融入性学术思维和多元方法的研究中，找到我们今天所要的跨文化研究的本质，这也让我们心生敬意。艾伯华的著作出版于1937年，此时抗日战争已全面打响，此书成为二战前一位西方人所做的中日学者故事类型研究对话的某种总结。站在今天的全球化和现代化语境中看，中、日、印和西方学者的对话越来越多，钟敬文所开创的及其在与日本和西方学者的交流中所最终形成的研究方法，应当适合做跨文化研究。但不管怎样跨文化，都要遵守平等的观念，尊重文化内部的发明发现，这是本土文化权利，也是民俗学成为独立科学的学术原则。

---

① 〔日〕加藤千代：《钟敬文之日本留学——从日中交流方面论述》，何乃英译，钟敬文主编：《民间文艺学探索》，第57页。

后　记

　　为祖国西部奉献绵薄之力是我多年的心愿，这次与李国英教授共同主持和参加撰写以"教育援青"为主题的人文学科基础建设系列著作，正是一次实际行动。

　　最初的想法来自钟敬文先生。钟先生对新中国高等教育事业有重大贡献。他以北京师范大学为基地，创建了民俗学和民间文艺学两门学科，并招收和培养了研究生高级人才，其中的一个计划就是培养多民族研究生。我为钟先生做学术助手15年，全程参加了这个计划。来自青海、新疆、西藏、甘肃、内蒙古、宁夏、四川、云南、广西、湖南、湖北等地的藏族、维吾尔族、柯尔克孜族、哈萨克族、蒙古族、回族、土族、土家族、锡伯族、彝族、壮族和纳西族等多民族青年才俊，从家乡飞到北京深造。他们学习写作科学论文，我们倾听他们的文化心声。当他们获得博士或硕士学位返回家乡报来工作喜讯时，我能感受到钟先生的巨大喜悦。钟先生是中华民族团结奋进的乐观的文化建设者，他在晚年提出建设多民族一国民俗学的学说，与此一以贯之。民族地区的学生多才多艺、能歌善舞、热情淳朴，把个性品质与民族风俗融合在一起，也让人难以忘怀。他们在钟先生身后，继续来到我们身边求学，不曾间断。今年

后 记

年初,我承担主要负责工作的北京师范大学跨文化研究院,与青海师范大学高原科学与可持续发展研究院,在疫情防控期间签约,共同进行"丝路跨文化研究"重大项目,项目内容就包括这套书。认真完成此役,在我的思想深处,首先要感恩钟先生的教诲,而项目的顺利实施,则要感谢青海师范大学校长史培军教授。感谢北京师范大学跨文化研究院理事会的集体支持。我们从2019年立项,到2020年启动,中间虽有疫情肆虐的干扰,但从未动摇过信心。

我本人这次提供的三本书,是在北京师范大学讲授民俗学、民间文艺学、民间叙事学和跨文化学等课程的讲义基础上改造而成,不过也借此机会新写了若干章,删除了若干章。新写的内容,力求体现我近年在国际民俗学大本营北欧高校和跨文化研究前沿阵地法国高校工作的思考,而从外部反观中国民俗学的特色和未来,这在我的脑海里也从来就没有停止过。书中的部分内容,也曾写成专题讲稿,在北京大学、四川大学、华东师范大学、河南大学和青海师范大学等校试讲,得到过很多鼓励。

自2019年起,我响应学校号召,赴青海师范大学支教,包括讲课,当时听讲的师生接触到这套书,也许会感到耳熟或眼熟,要知道这种听者的记忆也是对讲者的鼓舞。我在本次写作中又增加了新的西部文献资料,还写了心得,希望能够继续与青海师范大学师生互动。若有理解不当之处,欢迎老师、同学们和广大读者不吝指教。

借此机会,向在青海师范大学支教期间遇见的同事们致谢,他们是：高原科学与可持续发展研究院曹昱源主任和马晓琴老师，负责教育基金会工作的马德明副校长与杨迎春老师，民族师范学院的吉太加书记和卓泽加老师，文学院的刘晓林教授、张韧教授、李成林副教授和王琪老师，是他们让我们对西部高校人文学科建设的价值和意义增加了理解。

商务印书馆对出版这套著作充分肯定，学术编辑中心陈洁做了大量的工作，并担任本书责编，一直在西部支教的征途上与这支高校团队并肩奋战，谨此郑重致谢！

董晓萍

2021年6月25日初稿

2021年10月27日定稿